中国纪实文学
年度佳作
2016

ZHONGGUO
JISHIWENXUE
NIANDUJIAZUO

李朝全

主 编

LICHAOQUAN
ZHUBIAN

山东人民出版社

全国百佳图书出版单位 国家一级出版社

图书在版编目（CIP）数据

中国纪实文学年度佳作2016 ／ 李朝全主编 . -- 济南：
山东人民出版社，2017.3
ISBN 978-7-209-10374-9

Ⅰ．①中… Ⅱ．①李… Ⅲ．①纪实文学－作品
集－中国－当代 Ⅳ．① I25

中国版本图书馆 CIP 数据核字 (2017) 第 006400 号

中国纪实文学年度佳作 2016

李朝全 主编

主管部门 山东出版传媒股份有限公司
出版发行 山东人民出版社
社　　址 济南市胜利大街 39 号
邮　　编 250001
电　　话 总编室 (0531) 82098914
　　　　　市场部 (0531) 82098027
网　　址 http://sd-book.com.cn
印　　装 山东新华印务有限责任公司
经　　销 新华书店

规　　格 16 开 (170mm×240mm)
印　　张 21
字　　数 383 千字
版　　次 2017 年 3 月第 1 版
印　　次 2017 年 3 月第 1 次
I S B N 978-7-209-10374-9
定　　价 40.00 元

如有印装质量问题，请与出版社总编室联系调换。

倾情关注现实中国，报告中国新故事

——2016 年中国纪实文学综述

李朝全

纪实文学的优点在于其能快捷、有力、主动介入现实。纪实文学作家的优点在于其自觉的使命、责任与担当。我们国家正在发生历史巨变，作为时代书记员和人民良心的纪实文学作家，是最可以大有作为的。事实上，在渐行渐远的 2016 年，我们一如既往地看到了纪实文学作家活跃的身影，读到了他们为这个伟大时代和民族所留下的一帧帧真实而生动的记录与映象。纪实文学的作用正一次又一次地被擦亮和刷新。

报告中国新故事

"2016：中国报告"中短篇报告文学专项创作工程是中国作协自今年 3 月开始实施的一项现实题材创作扶持工程。"中国报告"自启动以来，得到全国广大作家的积极响应和热情参与。《人民日报》《人民文学》《中国作家》《民族文学》《文艺报》等报刊先后刊发"中国报告"超过三十篇。这些作品大多重点选取具有时代典型特征、人民群众特别关心的题材进行创作，刊发后在社会上引起了较大反响。

"中国报告"特别聚焦改革开放伟大实践，记录时代变迁和重大现实变革，书写"中国梦"新篇章。马娜的《小布的风声》，记述宁都县小布村在党中央扶持赣南苏区发展决策的东风吹拂下发生的惊人变化，老百姓从破旧的房屋搬出，住上了宽敞明亮、设施完善的新居，村里大力发展绿色生态农业、红色旅游，村民们办起微店，当起电商，老区脱贫致富正在逐步变成现实。过去小布的风是尖锐、暴烈的，如今，小布的风则是温柔、暖人的。今昔变化揭示的是人间的沧海桑田。余秋尚的《独龙江帮扶记》真实反映精准扶贫和脱贫攻坚战对偏远落后的独龙江地区的巨大影响。哲夫的《水土中国》从习近平总书记当年插队的延川县梁家河长期以来注重水土保持养护的生动事例出发，全面反映我国在水土保持、营造良好生态方面所走过的曲折道路以及取得的显著进展，讴歌水土保持工作者的责任担当、奉献牺牲精神。有些中国报告从小处入手，着重描写现实生活中出现的新事物，表现在时代变革大潮激荡之下个人生活和命运的变迁。丁燕的《男工来到电子厂》《工厂男孩》关注在东莞樟木头电子厂里工作的男工群体，反映他们艰辛的生存状况以及被改写了的青春。黄传会的《再访皮村》延续其《中国新生代农民工调查》的创作主题，深入到北京打工者的一处聚居地朝阳区皮村，采写新一代农民工富于朝气与活力的生存状态。丁一鹤的《东方白帽子军团》则将笔触集中于网络黑客中的道德黑客，即所谓的"白帽子"，通过讲述360网络安全首席工程师、反木马专家MJ0011（本名郑文彬）等人的生动故事，揭示网络安全事关信息安全及国家安全，是一项亟待引起全社会普遍关注的严峻课题。陆春祥的《关于"家+"》描写社会敬老养老的一种可喜的新探索。有些中国报告聚焦实现中华民族千年梦想过程中各行各业涌现出的可歌可泣的时代英模及先进典型。徐艺嘉的《为祖国出征》描述的是十几年来中国航天员选拔、训练和备战出征的情形。在这个英雄群体中，既有像杨利伟、刘洋、景海鹏这样正式代表祖国出征升上太空的航天员，还有一批直至退出航天队伍也未能真正出征的默默无闻的航天员。山哈的《寻找师傅》通过对余姚一家制药厂制药师傅的寻访，提出师徒传承是延续诸多中国传统非物质文化遗产的重要途径。李青松的《鸟道》通过描述云南巍山一条每年候鸟迁徙必经的道路上所发生的判若天壤的变化，反映人们爱鸟护鸟和生态保护、生态安全意识的不断提高。他的《首草有约》以石斛为作品主角，表现人们对这种具有极高药用价值的草从采集到种植，从破坏生态自然到建设性开发利用的过程。

报告文学号称文学轻骑兵、侦察兵。尤其是短篇报告文学，在迅速反映现实新人新变化面前拥有"短平快"、易于传播传诵等得天独厚的优势。报告文学在20世纪80年代曾有过一个重要的辉煌期，那时的报告文学多数是中短篇，篇幅不超过三五万字，但往往都能引起全社会强烈共鸣。"中国报告"在倡导作家尽量写短、短写，关注现实的同时，也是在倡扬20世纪80年代报告文学的优秀传统：用这种富于中国特色的文体，为这个伟大的时代，为正在行进中的伟大梦想的实现过程擂鼓助威，及时发出文学强劲的声音。"中国报告"关注现实，报告中国，这批篇幅简短（其中近半数篇幅仅有万字左右）的作品必将对中短篇报告文学的发展起到有力的推动作用。

与梦想同行，与时代同行

"中国梦"是我们这个时代的主题。纪实文学关注现实中国，首要的便是对"中国梦"的倾情书写。蒋巍的长篇纪实文学新作《这里没有地平线》以对亿万老乡牵肠挂肚的关爱，记述和描绘了海雀村这个"苦甲天下"的村庄与贫困决战，脱贫致富的艰辛历程，刻画在这个伟大进程中的领头人、原支部书记文朝荣的动人形象。在作品中，蒋巍多次写到流泪场景。第一次是彝族姑娘罗养花一曲山歌引发的泪水。海雀村是中国著名的贫困角落，一个被地球遗忘的角落，干旱，贫瘠，山多石多土地贵，石头山，羊肠道，浅表土，漏水地，小块田……山里人就像石头里蹦出来的，骨头硬，不会哭。改革前这里老百姓的生存状况到了食不果腹、衣不蔽体的地步。人们住的是权权房（用木棍为柱，毛竹或木板为墙，上盖草顶的简易棚房）、茅草房。在苗族跳花节上，罗养花的一曲山歌把所有人都给唱哭了。歌里唱道："锅里断了粮，灯芯没了油，下雪草当被，雨过没路走。山里的日子眼里的泪，哪年哪月流到头？哥你有心喊一声，妹这就跟你走！跟你走，死在外乡——不回头……"这些歌词唱出了大伙儿心声，引起强烈共鸣，让在场者无不动容、潸然泪下。而歌词里所描述的情景，正是当时海雀村村民生活的真实写照。第二次恸哭是在村委会分配上级救济衣被时。家里孩子多、生活困难的大男人陈明德，因为抓阄没抓到棉被，当即抱头哭号不止，为了劝慰他，抓到棉被的王学芳将棉絮让给他，自己留下了布套。第三次泪崩是在街头，陈明德眼瞧着孪生儿子心满意足地吃着面条和白面馍馍，感到自己太没本事太对不起家人和孩子，泪流不已。第四次是陈明德因为家庭生活困难挪用了 580 元公款，主动向文朝荣坦白，悔恨不已而落泪。第五次是文朝荣拿出自己闺女出嫁的"手礼"帮陈明德偿还挪用的公款，而让陈明德感激涕零。还有如于同江盼望生个儿子过上好日子，在老婆连续生了三个女儿之后，酗酒打骂，逼死了老婆，在文朝荣的教育下流下了后悔的眼泪。罗养花嫁给李保华后因对方渴望生男孩而遭遇离婚，回乡后无地耕种的她意外地得到文朝荣的无私支援，将自己儿子的三亩地让给她种，让养花感动落泪。还有如朱玉良多年来对养花不离不弃的爱情，最终打动了养花，两人终成眷属。当初在离开海雀村外嫁辞别玉良，以及遭弃回村再次见到他时，养花都不禁落泪……所有这些流泪场景，都是作者着意捕捉的生活中的动人瞬间。世界上没有比眼泪更干净的水。眼泪代表着心灵的一次洗礼、净化与升华。能够让生活中的主角落泪的事情和情感，一定是世界上最美好、最动人的。这些流泪场景深深打动了作者，是贫困地区人们的不幸与灾难，他们坚忍不拔的生存、与贫困和命运苦苦的抗争，打动了作家。作家也力图将这些生活中原汁原味的内容生动地讲述出来，将海雀村贫困落后的面貌真实无遗地揭示给读者，以引起读者的情感共振。恶劣的自然条件，偏僻闭塞，交通不便，多子女、疾病交加等沉重的负担，使海雀村的乡亲们长期生活在贫困线以下，需要依靠外来的救济度日。而在这个村子里，却有一个像一面高高飘扬的旗帜一样的党支部及其支部书记文朝荣。无论在改革前还是在改革后，他都以身作则，敢于担当，吃苦在前享乐在后，把好处让给大家，把困难自己扛起。他四次推辞掉救济粮，每天总是最早起床，吹响铜哨招呼大伙儿上工，当荞花因唱山歌遭到上级"批判"时他挺身而出主动担起责任，为了群众利益他敢于冒犯上级被称为火神爷……他是一名当之无愧的优秀共产党员。改革后，他提出海雀村发家致富三字经。为了鼓励大家少生孩子，他带头结扎，还让本可以再生一个孩子的儿子和媳妇结扎。为了号召村民上山种树，他把妻子准备给女儿坐月子的一百多个鸡蛋都煮了给大家吃，又带着乡亲们深夜进城先斩后奏"偷走"上万棵松苗。他不放心村里的植树造林，甘愿辞掉了副乡长的公职。在退休之后，依旧保持本色，背篓、镰刀、笔记本三件宝不离身，时刻关心村子的发展……他的心里装着整个村子，唯独没有自己。这是一位朴实的村支书，他的事迹很平凡，但他却是千千万万基层党支书的典型代表，是忠诚干净担当的共产党员干部的突出代表。我们国家、我们党需要千千万万文朝荣式的干部，需要每一名党员都以他为标杆、为镜，衡量和照见自己的灵魂及所作所为。作者采取前后对比的手法，表现脱贫攻坚战实施后海雀村天翻地覆的变化。在新华社记者刘子富笔下，1985 年中国贫困角落海雀村苗族老大娘安美珍家终年不见食油，一年缺三个月的盐，一家四口人只有三个碗，已经断粮多日。而到了 2015 年，安美珍和儿子一家三口住上了一百二十平方米的大房子，家里有沙发、电视机、洗衣机，有牛有马和四只猪，一年收获了两千斤苞谷、一千斤荞子、一万斤洋芋，饭甑里煮的是白花花的米饭——海雀村人均年收入近六千元，人均粮食三百多千克！作者如实记述了上至中央下至省市县等各级政府部门和社会各界向海雀村伸出援手帮扶的经过。这是我国精准脱贫攻坚战中一个走向成功的个案。从这个个案中，我们仿佛看到了 2020 年七千万贫困人口如期脱贫、中国大地全面建成小康社会的美好前景。这是一场中国与贫困最后的决战，是 21 世纪初期最动人、最精彩绝伦的一幕。蒋巍两度深入海雀村，解剖这只微小的"麻雀"，力图描绘出"中国梦"伟大征程的崎岖坎坷与壮丽多彩。

与《这里没有地平线》相似，2016 年涌现出一批描写和反映对口帮扶支援脱贫的纪实文学。王华的《海雀，海雀》同样将文朝荣和海雀村的故事作为描述对象，运用女性细腻的笔墨，与蒋巍的作品各有侧重各具特色。林遥的《世界屋脊上的门巴》讲述了北京援藏医疗队给当地老百姓带来健康与福音，推动西藏卫生事业取得长足进步。李鸣生的《后地震时代》如实记述了汶川大地震后恢复重建数年来发生的翻天覆地的变化。

创新和发展是实现"中国梦"的基本途径。杨黎光的《商人与国运——粤商发展史辨》从粤商群体入手，继续探究思考中国现代化的道路这一重大主题。许晨的《第四极——中国"蛟龙号"挑战深海》记述载人深潜事业的风雨传奇，是一部及时反映我国科技创新领域取得重大进展的纪实作品。作品描写"蛟龙号"从动议到立项，从研制到探海，从失败到成功的曲折历程。从人与海洋的关系切入，将对"蛟龙号"挑战深海的描写放在海权战略和国家发展战略的背景以及中外探海历史的坐标上来书写，描述了中国从古至今对于海洋的探索、开发和利用，以"蛟龙号"研制和载人深潜实施的过程作为线索展开叙事，并对新海权时代如何维护国家海洋安全、保护我国海洋权益等进行了思考。唐明华的《耕海——一个农耕民族的沧浪之歌》是其近两年深入采访，精心构思创作的一部海洋题材新作，也是一曲献给闯海人的歌。作者记述了山东沿海人民从事海洋开发利用过程的历史篇章，用心刻画了一代代闯海筑梦者群像。这群耕海人早已不再止步于在海上耕耘，还要在海滨和陆地上耕耘，在财富与发展的梦想大道上耕耘。保护生态，永续发展，成了耕海人新的生活理念。王雄的《中国速度——中国高铁发展纪实》以亲临现场的采访，记录中国高铁发展历程和取得的辉煌成就。鹤蜚的《大机车》聚焦大连机车车辆厂的历史，表现机车工业与推动一个古老民族复兴崛起之间的关系。

"中国梦"具体体现在每一个个体的人生出彩、梦想成真。《习近平总书记的文学情缘》真实记述了总书记所受到过的文学和作家的精神滋养，这些滋养奠定了他的精神底色和高远的抱负追求。陈廷一的《中国之蒿——屠呦呦获诺贝尔奖之谜》通过面对面的采访，力图还原医药学家屠呦呦的人生及科研历程。王少勇、陈国栋、马亮的《地平线上的身影》描绘了地质测绘队员群像，在各种艰险的环境中凸显他们的家国情怀。叶梅的《美卿：一个中国女子的创业奇迹》讲述了瞿美卿所代表的改革开放时代一家企业的成长奇迹，塑造了一位传奇人物。这部作品所要表现的主题是：这个时代成就了个人，成就了瞿美卿的创业奇迹。美卿以其个人的传奇提示我们：成功包含了事业的、家庭的，物质的、财富的，声名的、声望的，社会地位的成功，更包括社会的认同度、欣赏度，包括个人身上的精神或品德。企业的支点在于一种文化，在于一种商业伦理、商业道德。而作为一个人来说，瞿美卿人生的支点是爱、诚、信。阎宇的《阎肃人生》从儿子的独特视角，塑造了阎肃这位可亲可敬又可爱的艺术家形象。邢小利的《陈忠实的"枕头工程"》和张艳茜的《近看陈忠实》、周明的《难忘忠实》等一批怀念文章，还原了一代文学大师陈忠实的本色人生。丁晓平的《一朵爬山的云——张胜友纪事》是一篇关于纪实文学名家张胜友人生及创作历程的传略，对写作者有启发意义。李燕燕的《天使 PK 魔鬼——一个癌症女孩的生命绝唱》以见证者身份，记述了一名身患绝症女孩儿在生命最后时光里微笑面对艰难的生活，故事感人肺腑，带给人对于生命与存在的意义、终极关怀的价值等的深刻追问。

铭记历史往事，传承红色基因

那些活的历史亟须打捞与抢救。有社会责任感和担当精神的纪实文学作家在抢救历史方面理应有所作为。铁流、纪红建的长篇纪实文学《见证——中国乡村红色群落传奇》就是这样一部及时抢救中国农村红色革命历史、记录新中国成立前老党员生平事迹的可贵作品。新中国成立前入党的老党员年纪都在八十多岁至一百多岁之间，人数正在一年年减少。农村老党员，被誉为"红色群落"。在新中国成立前的抗日战争和解放战争年代，他们像火炬像火种，照亮了一方土地，点燃了一个地方的革命烈火，为革命和战争的胜利做出了重要贡献。新中国成立后，这些曾经的战斗英雄或老兵复员回到了农村，恢复成普通农民，但却始终秉守着作为一名共产党员的本色，在各自的岗位上辛勤劳作、付出，为国家的发展默默无闻地做出自己的一份奉献。他们的生平经历，他们的人生传奇值得被记录与书写。《见证》所抽取的只是山东临沂地区莒县部分新中国成立前入党的农村老党员的样本，属于取样调查。但是这些党员都堪称普通党员之楷模，他们以自己的实际行动印证了一名合格的共产党员应该是怎样的、应该怎么做。历史是一面镜子，一道清醒剂和营养剂。铭记历史是为了从中汲取精神营养与思想启示，为今天和未来提供有益的镜鉴。新中国成立前老党员的故事对于今天党的建设具有重要的启示意义。有的老党员宁愿离婚也不离党，有的把自己的三个儿子都交给了党，有的一家有六口人加入共产党。对于自己的选择，他们始终坚定不移，从未动摇过。为了信仰，甚至甘愿付出自己的生命。他们的身上充分彰显了共产党员的本色与本分，树起了共产党员的标本、标杆和标准。莒县老党员莫正民，当上了共产党的正厅级干部，办公室却设在一个牛棚内，因此人称"牛棚局长"。他常年在东北农场工作，却十分清贫，日子过得很凄凉，晚年想要回到老家去，却不幸在启程之际猝死。富家子弟王玉璞，一心接济穷人，被视为败家子，为了革命他把自己的全部家底全都抵押了，死后竟连口棺材和一件有棉花的衣服都没有。许世彬的故事尤其感人。他在十六年打鬼子、打国民党、打美国侵略者的战争生涯中多次舍身炸碉堡，多次立功受奖，身上挂满了军功章，被炸成了脑震荡和耳聋还坚持回到前线。组织上要委任他职务，他却坚决推辞，说自己除了打仗啥都不会。复员后本可以进纺织厂当工人，他却甘愿回家种地，绝对不向国家伸手，连国家每年给他160元二等残疾军人的补助款也从来不去领，说是"俺不能占国家的便宜"。他当上村支书，在困难年代，父母饿死了他都不搞特殊化。为了保护修渠物资，又落下了腿脚一瘸一拐的毛病。"文革"后，为了给自己平反，他和儿子摸索到了北京，又一路打听来到石家庄找到了27军，第一次坐上吉普车，找回了属于自己的荣誉证明。而当那些被他视如生命的军功章被小偷偷走后，他的心仿佛被掏空了，最终在郁闷不甘和怅惘中离开人世。许世彬的身上充分体现了党员的优秀品质。正如作者所指出的那样，党组织的强大与否取决于其凝聚力和向心力，取决于每一名党员的信念坚定与否。《见证》一书所要表现的是一种信仰之美、崇高之美，是为我们这个时代所不可或缺的一种精神素质。

今年是中国工农红军长征胜利八十周年，涌现出了一批从新颖的角度重述长征的新作。丁晓平的《世界是这样知道长征的：长征叙述史》细致梳理了关于长征的最早的一批记录、报道和文学书写，在查询大量文献和深入考证的基础上，做出自己的分析判断，既具有文学史志价值，又具有学术研究价值。纪红建的《马桑树儿搭灯台：湘西红色传奇》是一部描写湖南桑植革命往事的、有感染力的长篇纪实文学。桑植作为1935年11月红二方面军万里长征的出发地，无疑是中国革命历史版图上一个重要的地点。它不仅是贺龙的家乡，而且还是湘鄂边、湘鄂川黔革命根据地的核心地带。在这片红色热土上，老百姓对红军有着非常深厚的感情，为红军和革命事业做出过巨大牺牲。桑植有五万多人参加红军，两万多人献出了生命，这块红色热土在中国革命历史上的地位不言而喻。这本新作给人印象最深的首先是贯穿全书、挥之不去、余音缭绕、悲壮低沉回旋的桑植民歌。这些民歌包括《马桑树儿搭灯台》《马桑花儿朵朵开》《红军打从门前过》《不打胜仗不回家》等，不仅带有当年的革命色彩，更带有鲜明的地域特色。众多民歌都给读者留下了深刻印象。作品写出了桑植人民的革命精神和桑植为革命做出的巨大奉献与牺牲，表现了红军与百姓之间的鱼水情深和老百姓对红军对共产党遍地赤诚的精神。

贾兴安的《周总理与邢台大地震》填补了关于邢台地震的文学纪实之空白。作品通过记述周总理两进邢台地震灾区所度过的几个昼夜，深刻表现了总理和人民的关系，为党的干部树立了榜样。周总理以六十八岁高龄，拖着生病之躯，第一时间奔赴灾区，同人民站在一起，共度时艰，废寝忘食，高效率地开展工作，给人留下了难忘印象。贾兴安通过这部作品探讨了邢台的抗震精神是对邢台人文精神传统的传承延续，既有自力更生、奋发图强、发展生产、重建家园的抗震救灾精神，也有邢台百姓知恩感恩报恩的精神。张庆洲的《幸存者说：唐山警示录续篇》是对唐山大地震真实情景的还原与重现。张隼的长篇纪实《陕甘宁根据地实录》借助对纷纭史料的梳理与深入挖掘，系统而全面地书写了陕甘宁根据地非凡的发展历程，刻画了刘志丹、谢子长、习仲勋等众多革命家的鲜明形象。这是一部不能忘却的红色历史，也是一段镌刻在共和国成长史上的国家记忆。

历史题材创作方面，梅洁、善清的《屈原，魂兮归来》和徐剑的《于阗王子》是两部题材独特的长篇纪实。前者反映了屈原研究的最新进展，后者从兖州兴隆塔佛祖金顶真身舍利之谜入手，层层剥笋，揭开大宋时代西天取经的使者——于阗王子的神秘面纱。刘强的系列回忆文章《1973年的大学梦》《人间真情》、解永敏的《一场战争的多种细节》，真实记录了作者人生成长的一个个片段或参与对越自卫还击战的真实情景，是国民记忆中启人思考的有趣篇章。李先辉的《童怀周——一个名字背后的共和国故事》讲述1976年作者所亲历的天安门诗歌热潮，还原《天安门诗抄》编选过程。

聚焦社会热点，揭示世道人心

习近平总书记在党的新闻舆论工作者座谈会上明确指出，"要根据事实来描述事实，既准确报道个别事实，又从宏观上把握和反映事件或事物的全貌"，做批评性报道要"事实准确、分析客观"。这些重要论断同样适用于新闻与文学联姻的产儿——报告文学。何建明的长篇报告文学《爆炸现场》很好地贯彻了习总书记讲话的精神，坚持真实性是纪实文学的生命，深入"8·12"天津滨海新区大爆炸现场采访调查，深刻反思事件原因，正确处理"全部真实"与"局部真实"的关系，深刻表现消防、警察官兵群体在极度危险中绽放出炫目的人性之花，感人至深，催人泪下，谱写了一曲感天动地泣鬼神的消防战士之歌。正如何建明自己所指出的那样，写现场最有说服力。生命第一，生命至上。他在写作纪实文学时，首先高度重视对客观现场的采访、调查，注重对那些幸存下来的和逝去的生命的追溯，对生命背后故事的探究与探索。这是一部歌颂体报告文学，但却不是一篇简单的表扬稿，因为它描写的主题是共和国历史上消防队员伤亡最为惨重的一次救火行动，有115名公安消防人员在爆炸中丧生或失踪。因此，这是一桩悲剧，作家在创作时时刻警惕着不能"把丧事写成喜事"，把悲剧写成喜剧。为了写好客观现场，何建明要求自己必须亲临爆炸现场。尽管爆炸现场经过清理，基本看不出原貌。但在那个爆炸炸出的大坑前，在清理过的废墟上，作家思绪飞扬，浮想联翩，他用自己的主观去充分地感受，接受心灵的洗涤与震荡，接受感动与悲悯的感染，凭借想象，抵达鲜活生动的主观现场。这是一个作家主体主动介入所要报告事件和人物的过程。它激活了作家的创作灵感、动力及源泉。在痛切的回忆与想象中，他在努力搜索和寻找那一部部的消防车，那一支支的消防队和一个个的消防队员。他们如同电影画面和镜头一样，一一在作家的脑海中浮现出来。那些谁也无法再次亲历、抵达或复原的惊心动魄的场景，被作家重新唤醒和唤回。这便是作家的创造，通过主观介入与主体想象，重新回到历史现场、事件现场。当然，作家的目的不仅仅在于表现出客观现场和自己感受到的主观现场，而是力求客观准确地反映事件的本质，亦即何建明自己所言之"本质现场"。他不是简单直接地去描述那些公安消防英雄们是怎么死的，死得有多惨，死后如何安葬，等等，而是要写出消防队员们在生死瞬间所呈现出来的那些最宝贵的东西，表现人们为了拯救那些受伤的消防战士永不言弃的努力和永不停歇的大爱，又是如何为那些逝去的英魂奏响忧伤动人的安魂曲。这些逝去的消防员，在直面极度危险时全都是面朝火海，都本能地做出了手臂上扬的动作。而这样的动作也铸就了一尊尊雕塑般永恒的瞬间。那是英勇的牺牲者的姿态。有的消防员死后，几乎变成了一把灰，有的连骸骨都找不着，为了慰藉他们的家属，战友们强忍巨大悲痛用心去捏出个人形来，为战友整容化妆，只为了安慰那些备受大恸煎熬的亲属。这是一曲曲悲切感人的英烈的安魂曲，让我们时时处处都能体味到人性的光芒。《爆炸现场》既描写了事件现场，更是呈现了生命现场，表现了生死场上公安消防战士们的情感现场。天津港大爆炸，威力相当于450吨TNT，那是多么可怕的一场灾难，那是多么恐怖的一幕啊！作家首先从描述爆炸的威力起笔，如实再现现场的极度危险。字里行间都充溢着作家的情感和思考，这是一部作家情感与思想都时刻"在场"的鲜明的"有我"写作，是一种主体主动介入的而非主观臆想的写作。作者不仅仅止于表现惨烈现场，不是单纯描述灾难，而是采用观照现实、观照生活的手法，对灾难进行了全面考量，不是津津乐道于照相摄影式的反映和以惨烈血腥的展示为噱头吸引读者，而是力图超越灾难，超越生死，思考何为生何为死、如何生如何死，表现和彰显那些牺牲者和英雄身上最珍贵的至高至上的品质与精神。那就是人活着，总有比生死更重要和沉甸甸的责任与担当，有肩负的神圣使命。那是人间的大义。这些战士之所以成为英雄，正是因为他们是为了使命与责任而前仆后继，赴汤蹈火，刀山火海万死不辞！他们在熊熊火海中绽放的是人的光芒，人性的光辉！人是有情物。作家全书聚焦于一个"情"字，凸显人间美好而心酸的爱情、亲情、温情和战友情，表现人的大爱至情。既有极度危险下消防官兵对百姓的无私救助和与战友的相濡以沫、携手同行，将濒临死亡绝境的战友扶携逃离火场；也有大难之后，亲属们对受伤消防战士声声不竭的呼唤，最终唤醒了昏迷了四十天的儿子张超方，更有医生们精心的全力救助、护士们热心的抚慰，使重度烧伤、几成"焦炭"的佤族小伙儿岩强苏醒重生，有美丽的姑娘林芬对丈夫那一息尚存生命的坚定守望，从而创造了一个又一个医学的奇迹、人间的奇迹。在表现这些或平凡或不平凡人们身上伟大的人性光辉的同时，作者更是毫不留情地谴责、鞭挞和诅咒那些残害生命的孽障、那些生命悲剧的制造者，追问悲剧的由来，追诘孽障们的罪恶与罪责。天津港大爆炸是一场大悲剧。在何建明的笔下，既写出了悲剧的惨重、惨烈，也写出了悲剧中英雄们生命的壮美、伟大。他是在书写废墟之上的人性之光、生命之花，思考的是生命与死亡、人生与幸福、生活与珍惜、欲望与罪恶等重大命题，因此，这部作品的价值显然超越了一般的灾难报告。

写什么对于纪实文学而言至关重要。纪实文学作家一定要目光向下，脚踏实地去行走。彭晓玲的长篇纪实文学新作《空巢——乡村留守老人生活现状启示录》就是这样一部"用脚走出来"的作品，是作者历时两年，深入全国8个省13个县（市），探访70余个"空巢"之后，依据采集得来的第一手鲜活资料创作出来的。在《空巢》中，我们看到了乡村正在破败、凋敝，乡村的自然生态环境正在遭到毁坏。与此同时，乡村的生存环境、人文环境亦在日渐凋零。作者对于那些青壮年纷纷离去剩下的那一座座空落落的乡村住所投以深切的同情、悲悯与关怀。她痛切地去寻访那一颗颗或闭塞或自我封锁、自我放逐的苍老而孤独的心灵，去抚摸他们身上的重负、创伤与疼痛，并且把他们满身的伤口一一指明给读者看。让我们仿佛看到了我们的父辈祖辈正在经受的精神煎熬与折磨。这是大变革的时代，剧烈转型的社会带给一代人的精神苦役与创伤，是世纪之痛与社会之殇，是一代人用自己的生命付出为大时代所做出的奉献与牺牲。老人们已经很老了，他们还会更加衰老。但是，他们还要继续顽强地坚持着，忍耐着。历史前行的巨轮需要他们咬牙坚忍做出更多的牺牲。他们的生存处境正是作者关心与倾注浓墨重彩之所在。跟随作者的脚步与笔触，我们看到了一个个老人在等待子女们候鸟式的归来中望眼欲穿，在硬忍着抵抗疾病的侵袭，贫苦潦倒地生活，老了的肩膀还要扛起一个个家，不仅无法指望子女的反哺赡养，反而还要继续为子女去做牛做马，让子女来"啃老"。在他们眼里，衰老就是可怕的病。他们自称是"没有明天的人"，宁愿早死。远在异乡的子女无可指望，空巢老人只有一个人过日子，只要自己能做就自己做。他们总是有病也不去治，尽量不给子女添麻烦。或者，有的留守老人就终日待在房间里，独伴孤灯不安眠，"垂死挣扎"苟延残存；有的老人只想维持最低限度的生存，一天只吃一顿饭；或者天天围着孙辈转，八十多岁了还得住出租房；有的老人到酒里去找安慰，或者干脆信仰耶稣基督以找寻灵魂的憩所……他们是一群社会的零余者、边缘人、被遗忘者。在他们的脸上，永远看不到笑容，没有欢笑与快乐。空巢老人各有各的不幸，各有各的忧伤与痛苦。彭晓玲在采访与写作过程中始终沉浸在一种感伤、感动与感慨的复杂心情里。她在内心深处万分怜惜和热爱着这群孤苦的老人，把他们当作了自己的亲人、家人，并用女性作家细腻而感性的语言将自己的心情如实地记录下来，希望将这种感触传达给读者，希望有更多的人来关注这数以千万计的留守老人，关注空巢老人的生存和病苦，关心他们的忧伤与疼痛，其目的与用意只有一个：在全社会大力弘扬中华民族悠久深厚的孝老爱亲传统，不要再让我们的空巢老人流泪，不要让他们忧伤以终老。

白描是一位令人尊敬的作家。他的创作一直致力于探寻人性的奥秘、揭示世道人心，具有理性思考的光芒。他的《秘境——中国玉器市场见闻录》采用第一人称叙事，带入感特别鲜明，可读性强。在作者看来，玉——玉器本身承载着多重的内涵和价值，既是一种财富也是一种品德，既是一种地位也是一种权力，既是一种物件、商品，也是一种象征、精神符号。同时，玉器也承载着政治的、经济的、人文的、艺术的、宗教的、教育的、历史的、考古的等多重的价值。《秘境》对玉文化的开掘从两个方向深入。一是纵的开掘，即描述玉文化历史，从玉的发现、开采，红山文化中最早的玉龙、良渚文化中的玉尊、商周以后被作为礼器的玉器，直到今天的玉器市场。二是横向开掘，即玉多方面的运用、功能及价值，包括玉石加工技术，玉雕艺术，玉器鉴定、拍卖、收藏、分享等。玉文化在最近十几年来的表现主要是市场热、收藏热。这部作品对当下的鉴宝热、收藏热进行了冷思考，"热中求冷"，反思了甚嚣尘上的收藏文化。畸形的"收藏热"反映出当下社会一种不正常不健康的浮躁心态。玉变成了一种"欲"的对象和财富、金钱的负载物，这不能不说是当今世道人心的一个软肋和缺陷。作者写到陕西一位贪官收受的贿赂品中有一批价值连城的假玉器，也写到当下的玉器财富神话，疯狂的赌石、作假、鉴宝、拍卖、乱采滥挖矿石等。玉和一切财富都变成了欲望对象，人欲变成了简单的钱欲，这可能是当今社会乱象的一个根源。白描试图从喧嚣的世道和浮躁的人心里找到一种静，"闹中取静""动中求静"，静思并追问我们究竟丢掉了什么，丧失了什么更为宝贵的东西。古人佩玉，乃慕玉洁；今人逐玉，却为财富。在古人看来，玉有玉德，玉是一种品行、情操的寄寓与象征。在白描看来，玉是一种洁白的、纯净的、能净化人心的物品。玉是奇特瑰异的石头。"凡自然造化形有所异者，必是情有所寄、理有所寓焉。"国中有玉方成"国"，家中有玉乃为"宝"。冰清玉洁，这样的品行操守才是国家之宝。玉寄托着人的情感，也喻示着生活的哲理。《秘境》就是要回溯传统，彰显玉德，提升人文素质，引导读者树立向真、向善、向美的价值观。《秘境》几乎可以看作短篇故事集或"俗世奇事"系列，通过讲述作者亲历或耳闻目睹的玉器市场的一个个精彩故事，汇成了一幅丰富多彩的浮世绘。

生态建设和环境保护是纪实文学创作长期关注的焦点。陈启文的《大河上下——黄河的命运》，依托自己锲而不舍的行走，深入探勘万里黄河水利、生态等方面的现状，用心触摸一条大河的脉搏气息，试图在历史与现实的交织之间捕捉与破解中华民族和人类生存的密码。这部长达40余万字的纪实文学，以鲜活的第一手资料以及翔实的文献等材料，对黄河的命运进行了冷峻的观察与深切的省思，在刻画水文工作者、水利人、环保人和生态建设者感人群像的同时，试图揭示历经沧桑却依旧顽强不屈的黄河的生存，在一条大河与一个民族、一群人类的命运共同体的建构中，探究人类生存发展的真谛：与水和谐相处，与自然和谐相处，才能做到永续发展。陈启文的中篇纪实文学《马家窑调查》以田野考古之精神，借鉴小说笔法，在细致踏勘马家窑文化前世今生、刻画与之相关人物栩栩如生形象过程中，对民族历史文化的发现、开掘、保护、传承提出了峻切而独到的思考。

教育、就业、医疗、住房、进城务工群体生存状况等始终都是社会热点，纪实文学对这些题材的反映一向不遗余力。李琭璐的《如果青春可以重来——中国超常教育三十五年反思录》寻访那些曾经扬名天下的少年天才及神童，追踪其人生走向，对至今仍为社会所热捧的超常教育进行严峻反思，能够为中国教育发展提供有益启示。高艳国、赵方新的《中国老兵安魂曲》选取大陆和台湾三位老兵，讲述他们执着于送抗战烈士英魂还乡的感人故事，重光伟大的抗战精神，弘扬人间大义。艾平的《一个记者的九年长征》生动讲述新华社记者汤计九年来为被蒙冤错杀的呼格吉勒图奔走呼号纠正错案的故事，彰显正义必定战胜罪恶，在表现我国司法进步的同时，深刻反思了法治建设依旧任重道远的主题。韩生学的《中国人口安全调查——"全面二孩"周年回眸》通过考察权衡全面二孩政策实施一年来给中国人口再生产带来的实际影响，触及中国可持续发展所必需的人口保障、人口安全问题。孤独自闭症、抑郁症、精神类疾病是当今相当严峻的社会问题，需要全社会共同直面和解决。邹文的《康康的世界》、张雁的《蜗牛不放弃：中国孤独症群落生活故事》便是对这些群体的直接关注与描写。王海霞的《疼痛的乡村——"越南媳妇"出逃背后调查》通过调查那些疑似被拐卖或骗婚的越南媳妇不断出逃的真相，揭示当前农村存在着男女比例失衡、适婚男子找不到配偶等现实存在的社会问题，对农村婚姻状况进行了峻切思考。

回望2016年的纪实文学创作，不少作家及作品给人留下了难忘印象，表现出了蓬勃的生机与活力。瞻望未来，2017年是建军九十周年，即将召开党的十九大，2018年是改革开放四十周年，2019年是新中国成立七十周年，在这些重要的节庆节点上，一贯与时代同行的纪实文学作家，一定会奉献出更多新的精品佳作。

2016年11月于北京东土城路

目 录

现实焦点

《爆炸现场》（节选）

何建明

火线"绝密行动"

冯警官的话一出，我连连倒抽了几口冷气。

他这样说："派出所被大爆炸轰得粉碎，但外人不知，当时我们全所的武器，也就是说我们的枪支弹药处在无人保管之中……这是极危险的事！当我们在现场抢救战友刚刚清醒过来时，又突然想到了枪支弹药。枪支弹药是我们的'第二生命'，甚至有时比第一生命还重要。尤其像突如其来的失控现场和意外事故期间，比如这次爆炸现场，完全没法控制，如果有坏人趁机抢劫我们的武器，该是多大的危险！"

天哪，这可是大事！我立即意识到这一意外的"意外"一旦再泄露到社会上，将使天津雪上加霜，同时面临又一个"大爆炸"……

这事，绝对不能发生！

绝对不能发生的硝烟仍弥漫在新区爆炸现场！

"有多少枪支弹药？"我紧张地问冯警官。

"21 把手枪，350 多发子弹……"他说。

上帝！倘若这些武器被不法之徒、被恐怖分子拿走了该是何等危险！必须立即坚决地夺回。中央和公安部门对此极度重视，而且不能泄露一点儿消息。

爆炸现场完全失控，谁能保证不出意外？

时间！时间就是保障！

时间！时间就是生命！这生命关乎的有可能比大爆炸本身还要严重，它一旦被坏人利用的话，其后果超过危险品爆炸本身。毕竟，瑞海危险品爆炸多少有些非人为的直接因素，而武器丢失所造成的破坏则是另一码事，它带给我们的危险就不再仅仅是天津地区了！最可能是北京，可能是最热闹的王府井……倘若如此，人民怎么还会有原谅谁的理由？

"我们都感到了责任的重大！而且这样的事以前从未遇见过，如何处置确实非同寻常。"冯警官说，"13日后，爆炸现场全部转交给了部队，我们想进去也得经过事故指挥部批准呢！"

情况紧急又特殊。抢救枪支弹药的行动得到了批准，并"必须严格保密"进行。这是中央和公安部特别给跃进路派出所冯宝军等几个尚能战斗的民警下达的绝密命令。

"任务落在我身上，因为我是所里枪支弹药的保管者。"冯警官说，"经上级批准，我带着治安支队副队长王跃和邵东英警官执行现场任务，其他人在我们后面接应。"

"当时我们遇上一个随时可能发生的考验：枪械柜和弹药柜随时爆炸……"冯警官说。

"为了确保安全，同时还必须清楚无误地知道每一把枪、每一颗子弹的最后结果。最理想的行动效果是：一点儿不差地将枪支弹药全部抢救出来！"领导向冯警官等强调了这一点。

"可是爆炸现场的情况并不是我们所能人为控制得了的。13日，甚至到了十六七日，现场的各种小爆炸就从来没有停止过。说是小爆炸，其实威力也是相当大的，能把汽车翻跟斗，能把集装箱爆出几米远的，时常有。"冯警官回忆道，"老实说，当时谁也不可能打包票说我们的枪械柜、弹药柜不会随时爆炸，或者可能在前面的爆炸时就早已爆开了……"

"务必争分夺秒弄清现场情况，确保枪支弹药绝对安全是首要。"绝密行动从14日清晨开始，冯警官一行"特别行动队"冒着随时丧失生命的危险，再次向浓烟滚滚、爆炸不断、毒气熏鼻的爆炸核心区进发。

"到14日凌晨时分，其实爆炸现场的环境是最差的，因为12日晚上爆炸后释放出的毒气和各种燃烧物所产生的种种有毒气体交织在一起，置身其中者，每一分钟都非常之艰难，更何况我们还要深入到破坏最严重的废墟中去寻找抢救对象。"冯警官说，他和战友前后费了一个多小时时间，才抵达和摸清了安放枪械和弹药的柜子位置。

"还好，当时我在废墟堆里看到枪柜和弹药柜没飞走，只是枪柜被烧熔了——还好，柜门锁着。这时我心里的石头才落了地……"冯警官说。

"弹药柜比较完整，可上了锁。必须先把钥匙找到才行呀！"冯警官又遇到一道难题。平时钥匙与弹药柜是分离的，他把钥匙放在自己的一个铁柜里。铁柜现在在哪儿？房子里没有，于是他在周围找。最后在一堆废墟里找到了那个铁柜和里面的弹药柜钥匙。

"354发子弹，一发不缺！"冯警官打开子弹柜，激动地在现场一一清点完毕后，给领导如实报告。

"好！马上把枪支也给弄出来！"领导十分满意，但并没有给"特别行动队"丝毫的喘气时间。

枪柜外壳完全熔化变形了。怎么办？

"现场请求支援！""请求支援！"冯警官等立即向上级领导求援。很快，一群全副武装的军人和消防队员抬着"家伙"赶到冯警官他们的战斗地点。

"嗞——"电切割机的火枪闪着蓝色荧光，对准那只变了形的枪械柜"四面出击"……14日8点10分左右，在爆炸现场，一群警官、现役军人、消防队员，手里传递着一支支锃亮的手枪。

"1、2、3……10……20、21！"

"一把不缺！一把不少！"

冯警官激动地拥抱了现场帮助他完成"绝密任务"的每一个战友，他知道，他们都是冒着生命危险在帮助他，与他一起并肩战斗。

寻找"失联"战友

我第一次熟悉"失联"二字，是在去年全国"两会"期间（2014年3月8日早晨），发生了马来西亚航班载有239人的波音777-200飞机突然与地面失去联系的事件，所以"失联"二字很快被大众所熟知。据说，"失联"二字，过去在台湾用得比较多，它的意思是失去联系。如今"失联"用得广泛，比如某某人、某某干部突然失踪或被纪检部门逮起来了，都称为"失联"。

"失联"的命运通常是凶多吉少。

天津港大爆炸一发生，"失联"是全国人民最关心、最揪心，也是最忧心的事，因为这一次"失联"人员之多，用公安部消防专家的话说：那是新中国成立以来，前所未有的一次一下"失联"那么多的消防队员！

当然，天津港大爆炸"失联"的何止是近百名的消防队员，还有公安民警、普通百姓……

大爆炸的巨大恐慌，除了现场的惨状外，其中之一就是"失联"人数之多，而且随着时间的推移，"失联"人数不仅没有减少，反而不断增加。同时，"失联"时间越长，意味着死亡的概率增大，存活的可能越小。这次大爆炸之后，"失联"二字成为压在人们心中最难受的字眼。

我们甚至痛恨这二字，但对那些无望的消防队员亲属们来说，"失联"二字又多少带着一丝丝希望，尽管有的现实明摆在那儿，他们仍然从内心和情感上期待奇迹会出现……"失联"因此对活着的人既是一种残酷的摧残，又是一份无望的安慰。

但在基层消防队、在消防总队、在公安消防局的领导和战友心里，寻找"失联"战友，是他们在大爆炸之后的第一时间里就发出的一道特别紧急和异常重要的命令，这一命令从习近平主席和李克强总理的批示中也充分地体现了——"当前，最重要的是抢救生命"。

关于众多消防队员"失联"，从大爆炸响起的一瞬间，就成了整个事件的"焦点"。当然还有如"某某领导的儿子"在瑞海公司任职和操纵什么什么的"腐败"问题也算吊足了许多中国人的胃口。然而，消防队员的"失联"，无疑是焦点之焦点、关切之关切。

生命第一。生命无法复原。

大爆炸的威力在电视和视频上全世界都看到了，使那千万辆钢铁铸制的汽车瞬间化为了灰烬，而血肉之躯的消防队员怎能在如此威力无比的火焰中逃生呢？几万只集装箱竟然如一只只千纸鹤在爆炸热浪引发的冲击波中四处摇荡飞舞……这是怎样的摧毁力？一个活生生的人，怎能在如此威力下得以生存？

"失联"者的命运牵动着所有活着的亲人、同事、战友和那些把人民的生命放在至高位置的领导者、决策者的心。

有人给我讲了大爆炸后一位消防队员的家属寻找"失联"儿子的情节——

13日傍晚时分。几个从飞机场下来的消防队员亲属直奔爆炸现场，他们见了火光后便哭天喊地要冲进去"救儿子"。现场的警察和军人苦心劝阻这些家属的鲁莽行动，但根本无用。"你们还我儿子！我要儿子！"消防队员的家属喊着、闹着、哭着。

"他暂时失联，我们正在想尽办法寻找……"这样的解释和劝说都显得十分乏力。

家属仍然一次次地想奔着爆炸地冲去，又一次次被拉回来。

"你们快去救火呀！快去救火！"最后，消防队员的母亲精神失常，她认定自己的儿子没有"失联"，那正在燃烧的地方就是她儿子在的地方。"儿子跟我说过：哪里有火光，他就在哪里……"母亲坚持这个理由。

面对这位"失联"消防队员的母亲，在场的人没有不流眼泪的。

是啊，即使是再严重的大爆炸，也许仅仅几秒钟、几分钟的时间，然而它留给我们活着的人的痛苦又是多么的漫长与深重！

"活要见人，死要见尸！"无论多么无私与大度的人，只要是"失联"者的亲属或家属，他们都提出了这样的要求，这个要求没有半点过分。谁能拒绝这样的要求呢？

但，天津这场大爆炸的复杂与特殊，远远超出了我们一般的想象和认识。我记得有位领导在评说此次危险品爆炸现场时，曾连用了三个"特别"，即"特别严重""特别复杂""特别危险"，这也说明现场确有许多普通人不了解的情况。比如传说中现场还有几百吨氰化钠，比如第二、第三天多支全副武装的解放军防化队进入核心，比如 8 月 16 日李克强总理到现场后指着仍在冒烟的废墟问是不是那些空气还散发着毒气……尤其当人们看到那个比球场还大的"炸坑"，周边的土上泛着厚厚的一层白沫时，谁都清楚这样的现场，即使没被炸死，也会被毒死、窒息死。

"失联"者的命运在如此绝境中，有多少生还的可能？我们都很清楚，但我们又有谁真正清楚？

"活要见人！""死要见尸！"没有理由可讲，没有人能接受与亲人间如此突然的生死离别，没有人能面对如此惨烈与悲壮的牺牲和伤痛。

仍然是这句话——"活要见人"。哪怕是只剩一个活人，也要不惜一切代价将其救出来。救出来一个就是少牺牲一个，少牺牲一个就让痛苦的人们少增一分对爆炸的仇恨与担忧，多让一个家庭获得团圆美满……

"政委当时就是这样给我任务的：尽一切可能救人，即使救出一个人，我也给你磕头！"张大鹏，保税支队参谋长，我心目中的英雄，也是此次大爆炸中的真正英雄。他如此说。

在我没有见张大鹏之前，他的政委竟然为了他不能越级提拔而愤愤不平甚至泪流满面——张大鹏并不知道这事，因为那天他不在场。还有一点我同样没有想到：这位比我晚当兵 20 年的"高大帅"消防支队参谋长，我俩竟然还先后在同一军校——廊坊武警学院待过。

"2008 年汶川'5·12'大地震时，我带了 4 名消防战斗员在那里战斗了几十天……"他说这话时，我暗笑：此人与我真有缘分——我是"5·12"大地震作家采访团的领队之一，写了本《生命第一》的书。而张大鹏则是抗震救灾的二等功臣。

"那天 11 点半左右，我正在市里的河西区家里，刚躺下，就接到支队值班室电话，说政委命令所有支队党委成员全部到火灾现场。我问什么情况，原来是我们的一个中队出警后，16 个人到现在全部联系不上了。我想一定出大事了！

因为以前从来没有遇到过这么严重的情况。于是从床上一个骨碌就跳了下来，直奔楼下，开动汽车。家属在后面问我去哪儿，我连回答她的话都没顾上，身上穿着一身运动衣……"张大鹏说。

"车一上路，好像比较顺，也没有人指挥，却见所有的车子都在往同一方向奔驰而去。那一夜天津人心急如焚，又心特别齐。大伙儿在大难临头时表现出的无形力量给人感觉很强大。而我当时内心感到另一份特别的责任，因为我是熟悉火情、具有专业灭火经验的消防支队参谋长。现在，前面，是大火引发的大爆炸，大爆炸后又引发了更大的火灾，我这个灭火消防的部队参谋长，必须去赴汤蹈火，必须去拯救我的所有战友和所有遇难的人。"张大鹏用坚毅而肯定的目光盯着我，说出这样一句话："当时我确实准备了去牺牲的。"

"为什么？"我需要问清楚。

"因为我估计我的战友已经伤亡巨大，而爆炸现场的通红大火仍在燃烧……必须有人去灭掉这样的大火，必须有人去抢救大火里的生存者和伤员。"张大鹏回答得非常专业，且是实情。

张大鹏到现场时，政委周秀已经先到。"大鹏，你负责去火场灭火与搜救！"政委下达命令。

"是。"张大鹏根本没有含糊，而且政委下达的任务也非常准确，你张大鹏是消防支队的参谋长，爆炸现场最重要、最十万火急的就是这两件事：灭火与救人。

政委下达的命令到位且及时。但政委没有注意到一点：他的参谋长张大鹏同志此时连防护战斗服都没穿，全身从上到下只是单薄的运动衣。

爆炸引发的大火已经把整个现场烧得通红，成千上万的汽车与集装箱化为灰烬，消防支队的参谋长的血肉之躯敌得了谁？

参谋长同志根本没有犹豫，他的职业素质驱使他一个立正："是！"随后辨了一下风向，从爆炸现场的东南方向直插火场……"想救人，要灭火，地形侦察和火情侦察两不可少。"张大鹏的脑子里立即蹦出这句教科书上的话。

"哎，你给说说，到底里面是什么东西引发的爆炸？"现场混乱不堪，就是因为混乱，所以又总能找到些特殊线索。张大鹏擒住了瑞海公司院区的一个小头目，问他爆炸缘由。

"你救救我的命吧！快救救我吧！"那人没想到自己不仅没被炸死，而且还在极短的时间里有人竟然来到他身边，惊恐万状之中跪在张大鹏面前乞求道。

"活路一会儿我马上指给你，现在你先告诉我到底里面是啥东西引起的大爆炸？"张大鹏需要知道最关键的真情。

"我……我也不知道到底今天怎么啦！是……是……可能是电池出了毛病，

然后又出了大毛病……"

送走求生者后，张大鹏独自往爆炸区走。依我估测，他与另一方向的跃进路派出所几位民警是大爆炸后第一批进入爆炸核心区的几个英雄之一，时间大约在13日零点30分。而在大爆炸的东南方向，张大鹏是孤胆进入爆炸现场的……冲天的火光映红了这位英雄高大而坚实的身姿，他像一只勇敢而精巧的山猴，一边探着眼前的危情，一边谨慎小心地向熊熊燃烧的爆炸中心靠近，每一步都无比艰难与危险。"每分钟都有五六次大大小小的爆炸，你不知道哪个地方会飞来各式各样的火球与碎块，要眼快脚快，否则不是被火烤焦了，就是让飞来物砸在那里。"他说。

"从吉运一道往里走了几十米，就看见一名消防队员躺在地上，因为他穿了战斗服，看得清。但当我把他翻过身来时，发现已经牺牲了，满脸是血，身子也不完整了。"张大鹏摇摇手，并不想再细描述这种场景。"再往里走二三十米，发现有生还者，三个。其中两个是港务局的消防队员，另一个是我们总队开发支队的消防队员。他们都伤得特别重，其中一个处于昏迷状态，另两个也只能说话不能走路。见这种情况，我赶紧往回走，寻求援助。不远处就遇上了港务局来的消防支援队伍，于是带着他们用担架将那三位重伤员抬了出去，又将那个牺牲的同志一起抬了出去。可是车子不够，我就对港务局来援助的同志说，你先把我的车开走，送伤员去医院，回头你把车还给我就是。那个时候也不会分公的还是私的，能救人出去就是最大的心愿。伤员和援助的消防队员走了，我又折回爆炸中心区，想看看到底什么情况，有没有活着的消防战友。走着走着，我觉得没法再靠近了，那火苗太高，温度也太高，烤得我皮肉发疼。这时我才意识到必须穿防护战斗服，否则无法完成政委交给的灭火与搜索救人的任务。两个字：先撤！"

"你是参谋长啊！"张大鹏飞步从爆炸中心的火光中后撤的那一刻，突然有人发现了他。

他定了定神，"你们是来支援的？太好啦！"张大鹏一看，是自己的消防部队，立即命令道："给我一套防护战斗服！"

"是！"战士随手递给自己的参谋长一套战斗服。

张大鹏仅用了几秒钟就穿上战斗服，同时又连续下达了几道命令，其中最重要的一句话是：你们灭火绝对不能轻易打水！要先侦察火情，再研究方案。

"跟我来！"布置完后，张大鹏一挥手，援助消防队官兵跟着参谋长向燃烧着的大坑方向前进……

"张大鹏，现在我命令你立即到总队现场指挥部执行新任务！马上过来！"张大鹏的手机响起，总队长的声音严厉而有力。

"是！张大鹏明白！"

等张大鹏到消防总队所设的现场总指挥部时，他看到了一个个领导神情极其严肃地站在那里，他同时也看到了自己的老战友：开发区消防支队的参谋长、滨海区消防支队的参谋长……

"现在我宣布：根据事故现场总指挥部命令，我总队指挥部决定成立现场救人敢死队，由你们3位参谋长各带9个人，深入爆炸中心区进行现场搜索，千方百计寻找生还者，也要把已经牺牲的战友们给我抬出来……你们要不惜一切代价，甚至不惜牺牲自己，也要完成好这一艰巨而紧迫的任务！有没有决心？"首长用血红的眼睛盯着张大鹏和其他两位支队参谋长。

"有——！"张大鹏立即将胸脯挺得高高的，他清楚：他是现役武警！是军人！是共产党员！党和全国人民时刻都在看着自己，作为军人，还有什么时候比此刻更需要去勇敢地迎接考验，接受战斗，哪怕是死和流尽最后一滴血……他用余光看到并排一起站着的另外两位参谋长与他一样雄赳赳、气昂昂。

张大鹏感到浑身是力量，是责任，一分钟也不能再耽误去现场搜索和抢救亲爱的战友们！

"出发！"总队陈参谋长一声令下。张大鹏等各领9名敢死队员，从不同方向朝爆炸中心区挺进……

"敢死队"这三个特定字眼，似乎在和平时期很少用上，一旦出现，必定是场特殊的恶战。天津港大爆炸现场到了十三四日甚至之后的一个星期内，现场的恶劣环境和不间断的爆炸，给当时进行搜索与抢救幸存者的工作带来极大困难。而随着时间的推移，"失联"者的人数又不断增加，来自社会各方的议论与压力也越来越大，加上数以千计的"失联"者的家属蜂拥至天津及爆炸现场，要求"活要见人，死要见尸"的愿望越加强烈，争取提早每一分钟每一秒进入爆炸核心区搜索与抢救伤亡人员使得有关部门做出成立"敢死队"的决定。从军事角度和技术角度讲，选择三个支队的参谋长担任"敢死队"队长，显然是经过周密而慎重考虑的，因为消防支队的参谋长是火场业务最熟悉的指挥员，由他们担任"敢死队"队长符合战况与情理。

此时的张大鹏其实已经在爆炸现场孤身进入核心区战斗达4个多小时，里面的情况已大体掌握，因此他当场建议：要接近爆炸核心区，三支"敢死队"得分工，以上风口的东南方向进入为主，西北方向不宜进入，那边顺风而燃的火势没有得到控制，危险大，指挥部采纳了张大鹏的建议，命令由他和开发支队参谋长带领的"敢死队"由东南方向进入，另一支"敢死队"则从西北方向摸索进入。

"此时天已蒙蒙亮，照理应当比夜间进入现场要好一些。"张大鹏说，"哪知清晨的风大了，最关键的是经历近一夜的燃烧后，现场空气极差，呛人不说，气味难闻，能觉觉出空气中有明显的毒味，这对我们闯进去的人来说，危险性增大不少。13日早上，我们还没有用上化学防护一类的装备，仅是平常消防战斗服外加一只口罩。噢，另外每人背一台呼吸器，这机器沉，15斤，只能用45分钟左右，实际上在现场只能用30分钟，因为我们还要除掉来回花费的时间。但这不是最关键的，关键的是当时现场爆炸不断，火势仍在自燃状态，危险性极大。但对我们敢死队来说，根本不可能去想这样的危险，因为我们的任务和职责就是争分夺秒冒死去救人。前面再大的困难，就是刀山或断头台，你也得往里冲……"

现场的情况比张大鹏想象的要严重和可怕得多："几乎每走四五米就有死人。"他说，"那天早晨，我带的那个队找到了7名遇难者尸体，我们一一将其抬出来，送上救护车。"

时间就是生命！倘若现场还有幸存者，那么每一分钟、每一秒钟对他们来说就是拯救生命的马达。

时间就是情感！现场外成百成千的"失联"者家属都在心急如焚地等待一个是死是活的"眼见为实"的结果啊！

张大鹏说，那些时间里，他的眼前总闪出许多人许多样的表情，或是在冲他骂，或是在冲他笑，或是在冲他哭。"更多的是在乞求我，乞求我哪怕是早一分早一秒钟将他们的亲人找到，告诉他们到底是死还是活……那些日子里，我感觉自己一分钟也不能停止战斗，即使前面是跨不过的火海、避不了的火球，我也得往前冲！"张大鹏感慨万千地回忆道。

越接近爆炸核心区，脚下的路越难走，几乎都要走一步退三步。"火势大呀！各种物质都在燃烧，越烧越烈，钢铁和车胎烧起来后，就是灭火器也非常难扑灭的，更何况当时我们的消防车还不能接近现场。怎么办呢？根据我的经验：想争取更好的救援，就必须制止火势。但通往爆炸核心区的道路无法让消防车进入。于是我向指挥部请示，敢死队抽出一部分人力进行现场人工捡废物。千万不要以为这个活儿不重要、不危险，其实在当时这比搜索更危险。因为你得弯下腰去捡东西，你得扛东西，这个时候稍有不慎，就可能被一件'飞来物'砸着了……所以我要求大家一是要仍然拿出敢死队的精神来，二是注意四周火情。安全是第一个！敢死队临行时，周政委用拳头打在我胸膛上，说：你大鹏如果出了事，你带进去的人出了事，我都要拿你问罪！政委的话既让我感动，又令我深感责任重大。敢死队员必须坚决完成任务的同时，又必须个个完好无损地活着从爆炸现场的抢救战斗中回来，这是我的第二任务。"张大鹏说。

一百多米通往爆炸核心区的道路被清理出来。

"坚决压住火势！掩护我们进入爆炸区……"张大鹏觉得这样的拉锯式战斗不是事儿，便一面请求总指挥部灭火支援，一面命令敢死队队员："瞅准火势减弱时机，冲锋进入核心区……"

"是！"敢死队员们毫不含糊，精神饱满，尽管每一小时对他们来说都需要付出巨大的消耗，但他们丝毫没有减退战斗力。

没有通往爆炸核心区的路，只有满地横七竖八、扭扭歪歪的集装箱与燃烧着的各种废弃物形成的死亡之路。敢死队员们双脚根本无法落地，地面上不是燃烧物，就是铁尖碎片，胶液残物，又滑又黏，时不时还有坑坑洼洼里溢出的污水……

"这次我们找到了3具尸体，两具是消防队员，一具是老百姓。"张大鹏说，"看上去他们都是被大爆炸震死的，面部完整，内脏估计全震碎了。"

有敢死队员抱起年轻的战友直哭。"现在还没有时间哭，抓紧时间将遇难者运送出去，或许我们还能找到活着的战友……行动快些！"张大鹏在一旁催促。

"前面就是瑞海公司的院子了！参谋长，进不进？"下午4点多，筋疲力尽的敢死队员刚刚将几具尸体抬出现场，有人一边揉着眼睛，一边指着火焰中的前方，询问道。

"那是他们的办公大楼？"张大鹏眯着眼，朝火势最猛烈的地方瞧去。

"是的，就是那栋楼。"

"成水泥骷髅了！"张大鹏看看表，再察看了一眼烟雾腾腾的现场，当即决定："暂时后撤，等待战机。"

"当时我看到队员们体力消耗太大，天又将黑下，烟雾浓烈，如果这时再往核心区进发，危险非常大，也不见得有任何战果，故下达了后撤的命令。"张大鹏解释了战术。

但情况并非如想象的那么简单。本来想"加油"的队员们回到现场的临时"营地"根本吃不下饭，一进食就恶心呕吐。而灭火的消防车一停，刚刚减弱的火势则又卷土重来。

灭火不能停。必须24小时不间断地战斗。张大鹏等在现场改进战术。同时，他们认为抢救幸存者的战斗同样不能停，因为只有紧跟灭火的步伐，才可能接近爆炸核心区。

"我们决定：13日傍晚6点，敢死队向核心区挺进，争取进入爆炸地。实际上自爆炸到现在，还没有人进入瑞海公司危险品仓库的爆炸点。我们的决定，意味着我们是第一批进到里面的人。为了防止意外，有效进行搜索和抢救，我做出战术安排：4人留在'后方'做援助，我和敢死队中的一位中队长各带4名骨干，兵分两路进入瑞海公司的那个院子——这样的布置，其实我内心有个没有说出来的原因：一旦遇上现场新的爆炸，一个小组牺牲了，另一个小组有可能活着……作为指挥员，我必须做这种无奈的安排。为了抢救幸存的战友和群众，我们敢死队同样必须做好最坏的打算和尽可能的全面考虑。生与死对我们个人来说，已经不重要，重要的是我们身上肩负着尽快寻找到'失联'战友的责任，这是第一位的任务。现场的复杂情况，需要指挥员做出正确的判断，因为越到核心区，情况越复杂难控。"

敢死队员排除万难，小心翼翼地进入院子——其实所谓的"院子"，这时连半堵像样的墙都看不到了。"里面的景象实在不能形容！一句话：惨不忍睹！"张大鹏说，"进去后，就在一个烧红的铁架下面发现了一具消防队员的尸体。当时看不清脸，他的身上又压着很多废弃物，等将他刨出来，翻过身一看，我看到了他的战斗服是我们支队的，而且不是消防中队战斗员穿的，是支队机关干部穿的那种风衣式的。我顿时明白了，他是王吉良……"

天津消防开发支队副支队长"失联"在爆炸之后的第一时间就被上上下下相传和关注，因为他是所有"失联"人员中职务最高的一位现役消防干部，中校警衔。

"老王在基层消防队一二十年，身经百战，是位功勋卓著的老消防，我们彼此很熟。在现场虽然无法辨认他的面容，但从其服饰看，我估计十有八九是他了，当时我和敢死队员心头极其难过。但也没有任何办法，唯一能做的就是小心翼翼地将牺牲的他移到担架上，再将现场他的遗物哪怕是一个纽扣，我们也要完完整整地拾起来……"张大鹏说到这里，眼睛已经红了。

"这样的场面，在那些日子里见得太多太多，现在一闭眼就会从脑海里跳出来……"张大鹏哽咽道。

"失联"的王吉良有了消息，当晚就在战友中传开。他的亲密战友、同为开发区消防支队副支队长的郝震得知好友已牺牲，痛不欲生地告诉前来采访他的记者："吉良同志从 11 号起就连值了两天班。当时他对我说，'我孩子大了，父母又不在身边，你们家在天津的，负担重，安心回家好好休整休整，我替你们多值几个班。'他这一替我们值班就……"

是啊，当晚值班和出警的消防队员中，何止王吉良一个人没有回来？

44 岁的王吉良，是山东德州人，从军 25 年，还有 3 个月，他就可以转业离开消防工作。但他把最后的生命留在一生热爱的消防事业上。其母在 2014 年底刚刚去世，王吉良妻子得知丈夫牺牲的消息，伏在婆婆的遗像前，悲恸欲绝，说："你儿子去陪你了，却丢下我和 16 岁的儿子不管了……"

多少亲人在企盼，多少"失联"者仍留在爆炸现场。此刻的他们，是死是活？亲人在揪心，战友在揪心，全国人民和中央领导跟着在揪心。

13 日的夜幕已经降临，风与火加之浓浓的烟雾，将整个爆炸核心区笼罩在寸步难行的恐怖迷阵之中。总指挥部决定暂停现场搜索，以确保敢死队和消防队的绝对安全。若造成无谓牺牲，谁也承担不起这份责任。

张大鹏等人无奈地在距大火不远处的露宿地焦虑地等待着战机、等待着天色渐变……

"我们决定 14 号一早再行动，而且这一次必须抵达爆炸核心区——也就是大家知道的那个大坑边！"张大鹏说。

次日，也就是 14 日凌晨将近 5 点，张大鹏便与敢死队员们早早醒来，进了一点儿食品后便开始向爆炸现场的"死亡之地"进发。

"由于任务明确，并且不再有任何顾忌，所以我们很快进入了爆炸中心地带。"张大鹏这样描述他第一眼看到的情形，"那个大坑我们已经能用眼睛看见了。在大坑旁，有四辆消防车，三辆是开发支队的，一辆是我们保税支队的，开发支队有两辆车绞在一起，显然是爆炸时其中一辆飞到了另一辆身上。我们之所以能认出消防车，是因为太熟悉我们这些'战友'了——它们其实跟我们消防队员一样，是每次与我们并肩战斗的'亲密战友'。见了消防车，我们就立即寻找有没有幸存者。虽然从完全变形和烧得面目全非的汽车看，我们心里多少有些准备，但只要不见尸体，就意味着可能还有战友是活着的。于是我们在几辆消防车周围细细察看，寻找可能的幸存者。就在这当口，一位队员突然喊了起来：'这里有人——活着呢！'我一听，那个兴奋劲就甭提了！忙问：'在哪儿？'那队员立即用手指给我看。可不是，就在一堆废墟旁，一个人躺在那里，似乎还在动……我一边快步过去，一边命令队员们'不要动他''不要动他'。等靠近一看，见是一位只穿着背心的小伙子，初步判定他应该是我们的消防队员，便问：'你是哪个单位的？啊？能回答吗？'我刚一落音，躺在废墟上的小伙子声音很小地吐了两个字：'开发……'我一听这两个字，立即兴奋地喊道：'是开发支队的！他还活着！活着！'我们几位敢死队员全都欢呼了起来。这是几十小时以来，我们在爆炸核心区见到的第一个幸存者，而且是我们的消防战士！太激动人心了！我和队员们真的是热泪盈眶，不知说什么好。我一边联系外面的救援医务人员，一边让队员们鼓励受伤的战士'坚持！坚持！'，并且不停地跟他说话，防止意外。很快，120 急救车出现在不远的地方，于是我们就扛着担架，轻手轻脚地将伤员抬上，又飞步离开现场……"

这位消防队员叫周倜，他被救的消息在当日早上开始传遍天津、传遍全国。

关于周倜，我必须把现在的他介绍给大家：

我见到这位唯一在爆炸核心区被救生还的消防战士的时间是 2015 年 10 月

24 日下午，小伙子还在医院治疗，病房里很安静，他父亲一直陪护着。

周倜的伤没有全好，但已经无妨正常的生活。

1996 年出生。与他同样年龄的许多小伙子牺牲了，周倜能够健康地活在我们中间应当是个奇迹。

"能讲讲当时的情况吗？"我自然要问最想知道的事。

看上去性格偏内向的小伙子点点头，说："我是中队第二辆车上的战斗员。当时我们的车子距火场约二十来米。我听到爆炸前的瑞海公司院子内的集装箱里噼里啪啦乱响，也不知是什么东西。就在这时突然炸开了，全是火点……我跟了几步，倒在地上。看到其他人都跑的跑，躲的躲。好像大家还没有弄明白是咋回事，就响起了第二声巨响。后面的事我就不知道了。醒来时，用手一摸，像是在一个坑里。我想从坑里跳出来，但没有力气，双手扒着土，就是使不上劲，几次重新倒在坑里。那里面有水，我只能站站躺躺，可又不敢睡着，怕睡着了再也醒不过来……抬头往上看，都是火，红红的，火焰在坑口上面一耀一耀的，好像要烤到我脸上一样。开始我喊过'救命''救命'，但没人应我。后来就喊不动了，心想，可能旁边没有人了，我得自己想法活下来。所以就又往外蹬，蹬不动，又上不去。再后来就越觉得累和困，就想好好地睡一觉。可一想，不对！不能睡，而且也不能一直在坑里待着，必须上去。也不知从哪儿来的力气，最后出了坑。一出坑就把我吓坏了，我这是在哪儿呀？怎么成这样了？我想一定是出了大事，大火灾了！我的中队战友们到哪儿去了？队长他们到哪儿去了？他们怎么丢下我一个人不管了？我想哭，可又哭不出声。烟呛得难受，嗓子干得发闷。我想这回肯定是死定了，可又想我才多大怎么就要死了呢？我不能这样死了，我当兵才刚刚一年，以前从家里出来的时候，就跟家里人和小伙伴们保证过，要当个好兵，争取入党，最好还能提干……是，我才 19 岁，不能死，至少也该有个对象嘛！也不知哪来的这些想法，那几十个小时里，我一会儿睡着了，一会儿被热烘烘的火烤醒了，一醒就七想八想。但最想的还是看到自己的战友、看到自己的家里人突然出现在……我就这样坚持着，盼望着。一直到张参谋长出现，问我哪个单位的，当时我心想，这回我有救了，不会死了。后来我又啥都不知道了……"

坐在一旁的周倜的父亲周进善补充说："我是 14 日 11 点左右到天津的。我在广东汕头打工，电视里看到天津这边爆炸了，就赶紧打电话给儿子，他手机没人接。又给部队领导联系，他们说周倜'失联'了。我一听就飞了过来，跟他妈一起飞过来的。路上就听部队的同志告诉说，周倜他被救了出来。我跟他妈一路上捂着胸口，生怕孩子找不到。等听说找到了，又怕他伤得太重，吃苦太多……第一眼看到躺在重症室的儿子时，根本认不出来。那天李克强总理来看周倜，我们一家好激动。李总理心疼地看了我儿子烧伤的脸，叮嘱医生，说一定要把孩子的脸治好。你看，现在他的脸基本好了。"

周进善从心底里泛着满足。而我的内心则有些空荡荡的，因为像周倜一样被张大鹏他们敢死队从爆炸核心区救出来的伤员，微乎其微。毫无疑问，周倜是幸运的，因为像他这样当时距爆炸点如此近的消防队员没被巨大的爆炸炸得粉碎和被爆炸引发的冲击波所震死本身就是奇迹。而他又被奇迹般地在30多个小时后从现场救出……

> 周倜
> 让我隔着窗看看你
> 轻轻地在你的病房门口
> 希望不会打扰你的休息
> 护士说你昨晚睡得不错
> 大夫说你真是生命奇迹
> 这个8月
> 消防员成为中国的热词
> 因为这场惊心动魄的战役
> 避免了就在眼前的更大的悲剧
> 为此我们付出了共和国消防史上
> 最大的牺牲
> ……
> 失联整整30小时
> 你从死神身边归来……
> 亲爱的兄弟
> 以后的每一天
> 你得好好活着
> 替所有长眠的战友
> 替所有爱你的人们
> ……

周倜真的是幸运的，在他从死亡堆里被救之后的每一刻，都有人在关注他。这首诗就是一个老消防队员多次默默来到周倜治疗的医院门口看望之后写下的诗篇。

周倜的得救让爆炸现场的许多人激动和流泪。我们的镜头还是拉到 8 月 14 日早上救出周倜的那个令人欢欣的时刻。

上午 9 时许，央视记者采访刚刚从"死亡之地"救出周倜的英雄参谋长张大鹏时，这位硬汉竟然哽咽得说不出话。许久，他对着镜头，保证道："我们要把每一位幸存者救出来！把每一位我们的兄弟背出来，绝不放弃！"

是的，绝不放弃！只要有一丝希望，部队和地方公安部门，到中央领导，都在强调和要求参加抢救与灭火的救援队伍这样做。希望周倜这样的奇迹再次出现……

然而爆炸现场的实际情况一点儿也不乐观，甚至比见惯了死人的张大鹏所想象的还要严重得多。"送走周倜后，我们又回到爆炸核心区，继续搜寻。在烧毁的一辆消防车上，前排座位上我们看到了一堆白骨，后排的座位上也有一堆白骨，车门下面掉着一条腿……估计这两位消防战友当时正在车上，其中一位正要下车时，爆炸就响起了。"张大鹏的话突然戛然而止。稍久，继续说道："当时我和队员们看到现场的这般情景，悲痛万分。不知如何是好。后来我对队员们说，想法让战友们回家吧！你们用头盔把他们的遗骸放好，所有的遗物也尽量找到放在一起……就这样，我们几个围着这辆车，寻找了好一阵，将所有能够捡起来的牺牲战友的全部遗骸与遗物收拾好，然后在现场列队默默致哀……"

"大鹏，后方起火了！赶快撤！"下午时分，当张大鹏他们仍在核心区搜索时，他们的后面竟然燃起大火，这等于是绝了敢死队的路。现场总指挥部立即下达了让敢死队员们后撤的命令。

"这个时候怎么能撤呢？我们进来一趟不容易啊！我请求我们队留在里面继续执行搜索任务，请政委批准！"张大鹏觉得在这紧急关头，撤就意味着又要耽误很长时间。

"张大鹏，你敢违令？你听着：不管什么理由，现在、立即，你给我把所有队员全部撤到安全地带！听清楚了没有？立即执行！"张大鹏从没听过周秀政委用如此口气跟他说话，想了想，无奈只得后撤。

"你们已经连续战斗了数十小时，后援部队已经到了，你大鹏任务完成得出色，现在需要换防了。"临时现场总指挥部帐篷里，政委对瘦了一大圈的张大鹏说。

"那不行，谁都可以下，我不能下！"张大鹏一听就急了。

"为什么？就你能？"政委生气地盯着自己的爱将，"没有说不让你再参加战斗，是让你先休整几天嘛！"

"也不行！"张大鹏犟上了，梗着脖子，道，"我是唯一一直在现场指挥的人，里面的情况最熟悉，增援部队不能跟我比。再说，我的许多战友还没有找回来，我能安心歇下来吗？啊？你政委说说我能歇得下来吗？"

钢铁汉子说着说着竟呜呜呜地哭了起来。他一哭，又让政委收不住眼泪了。"你、你张大鹏能吧！我——我管不住你，你去吧！你只要给我把我们的人、把我们的消防队员找回来我就不撤你的职……"周政委觉得自己没辙了，边擦眼泪，边甩手道。

"嗯，保证！我保证把他们一个个带回来……"张大鹏像受了天大委屈的孩子似的，边哭边重新穿上战斗服，投入新一轮的"死亡之旅"……

从 13 日 0 点 30 分左右，张大鹏始终在爆炸核心区内组织灭火与抢救，他带领战友们将能够找得见的牺牲的战友一一抬出爆炸现场，又将牺牲的战友的遗物一一寻找收拾好后带回到他们的亲人手里，同时又遵照部队命令，将另一批牺牲的"战友"——那些被烧毁的消防车也一一拉回到了部队。

2015 年 8 月 29 日，张大鹏完成现场抢救任务，带着满身臭味和异常疲惫的身体回到家。妻子见到后着实号啕痛哭了很久很久，一句"嫁给你就一直操透心"的话，在颤动的嘴边久久不绝……

但从此以后的数个月里，在张大鹏的心海里，抢救"失联"战友的战斗时刻也没有停止过，尤其是夜深人静时。"我现在不敢关灯，一闭眼，脑海里就浮起爆炸现场、那个大坑旁边一片片化成白骨的战友遗体……太惨太惨！我无法抹去这样的记忆，我觉得对不起这些牺牲的战友，他们多数也就十八九岁……他们是英雄！他们就是英雄！"张大鹏在接受我采访时，一遍又一遍地重复这句话。

是的，我不知道天津瑞海危险品仓库火灾爆炸事故最后到底怎么处理，但有一点可以肯定：那些因公牺牲的消防队员、公安民警，正如李克强总理说的那样，无论是编内还是编外，他们都应该是烈士——为人民的利益和安危牺牲的烈士。

我们应当永远地记住他们的名字。还更应当为他们做些可能做的事，因为他们多数还是孩子，他们是我们的亲人。

选自《爆炸现场》，何建明著，人民文学出版社 2016 年 2 月版

地平线上的身影

王少勇　陈国栋　马　亮

引　子

当高铁动车疾驰而过，拉近一座座城市间距离的时候；

当载人航天飞船发射升空，沿着轨道飞向茫茫太空的时候；

当宏伟的大桥飞架南北，将昔日天堑变为今日通途的时候；

当丰富的矿藏在荒漠峻岭中被勘探发掘，化为源源动力注入各项建设的时候……

人们可能不会想到，这一切，全都离不开地图，离不开精确的地理坐标，离不开那一组组详细的地理信息数据。人们可能更不会想到，这每一组数据的获得，都意味着不论在荒原，在沙漠，在高山，在大河，一定有人要亲身前往——架起仪器，读取数据，编入档案，画出地图。这些人，一步一步丈量祖国的大地，把汗水和热血洒遍广袤的疆土，完成了一个又一个看似不可能完成的任务，为共和国建设绘下了可靠的"底图"。

国家测绘地理信息局第一大地测量队就是这样一支默默无闻的开路先锋。

只步为尺测经纬，丹心一片绘乾坤。国测一大队成立61年来，一代代测绘队员前赴后继，他们6次登越珠穆朗玛峰，测量出珠峰的精准高程；他们第一次把测绘点布设到南极和珠峰北坳，在世界测绘史上留下了光辉的一页；他们累计完成国家各等级三角测量1万余点，提供各种测量数据5000多万组，得出近半个中国的大地测量控制成果。

61年的时间里，他们背着沉重的仪器装备，28次进驻内蒙古荒原，32次深入西藏无人区，37次踏入新疆腹地，徒步行程总计5700多万千米，相当于绕地球1400多圈！

在北疆的阿勒泰地区，最低温度达到零下 45 摄氏度，可为了保证测量精度，他们操作仪器时不能戴手套；

在天山东部的火焰山下，地表最高温度在 70 摄氏度以上，他们穿着厚底鞋依然被烫得直蹦，七条汉子在沙漠中一口气喝光 20 千克的水；

在平均海拔 6000 多米的珠峰地区，稀薄的氧气让人才走几步路就喘得厉害，强烈的紫外线灼得队员们一个个又红又黑，层层掉皮；

在中国内陆最低处、海拔负 154 米的吐鲁番艾丁湖洼地，温高风大，测绘队的一头骆驼被风刮跑，追了 100 多千米才找回……

遍布祖国版图上的地理坐标看似平凡，但却需要测绘队员在广袤大地上万里跋涉，精准测量。

这些地平线上的身影，是测绘队员们遍插于大地之上的生命旗帜。

今年是我国首次珠峰高程测量 40 周年，7 月 1 日，中国共产党建党 94 周年之际，习近平总书记亲自给国测一大队参加了珠峰测量的 6 位老同志写来了回信，高度赞扬了他们忠诚与奉献的精神。61 年来，国测一大队一代代测绘队员正是用自己的行动乃至生命诠释着"热爱祖国、忠诚事业、艰苦奋斗、无私奉献"的测绘精神，并将这种精神薪火相传，不断焕发出新的耀人光芒。

一

新中国成立初期，第一代测绘人响应祖国号召，投身于如火如荼的社会主义经济建设中，他们凭着对国家和对事业的无限忠诚，凭着强烈的使命感和责任感，凭着朴素而又崇高的理想信念和价值观念，在无比恶劣的自然环境中，艰苦奋斗、无私奉献，甚至不惜牺牲自己的生命，为共和国的发展做出了不可磨灭的贡献。

总书记回信了

2015 年 7 月 1 日早晨，古城西安阳光明媚，天空清澈如洗。这一天，已退休 20 年的邵世坤起得很早，他先是在家属院的林荫路上散步，吃过早饭后，还专门擦了擦书柜的玻璃，拿出摆放在里面的几张照片和党组织授予他的各种奖状、奖章端详了一阵。照片上，他还是个年轻的小伙子，意气风发，和队友们一起走南闯北，测量祖国的大好河山。

今天是党的 94 岁生日啊，邵世坤在心里念着。每年的这一天，他都觉得特殊而神圣。年轻时，他都是在野外庆祝党的生日，无论条件多么艰苦，只要想到自己是一名共产党员，内心就充满力量。退休后，看着祖国一年年发展变化，包括测绘事业在内的各项事业都蓬勃发展，他由衷地感到自豪和欣慰。

邵世坤正回忆着，电话铃声响起。

"喂，邵老啊。"邵世坤听出这声音是国测一大队现任党委书记刘键，声音有些高亢和激动。"邵老啊，告诉你一个天大的喜讯，习近平总书记给你们回信了。"

"什么？"邵世坤有些不敢相信自己的耳朵。

"总书记给你们回信了，就在今天，建党94周年的日子。"刘键重复了一遍，声音甚至因激动而有些颤抖。

挂上电话，即将年满80周岁的邵世坤闭上眼睛，深吸了两口气，让自己平静下来。他慢慢站起身，看着窗外，几朵白云在蓝天飘过，阳光洒在梧桐树上，也透过窗子辉映在他的脸上。

邵世坤很快在陕西省测绘地理信息局见到了薛璋、郁期青、梁保根、张志林、陆福仁。这6位老测绘队员曾一起参加过1975年的珠峰测量，那是我国首次成功测定珠峰高程，距离今年刚好过去40周年。就在一个多月前，国测一大队召开离退休党员组织生活会，6位老同志谈起40年前珠峰测量的话题，感慨万千。40年来，祖国发生了翻天覆地的变化，而今正在向实现中国梦的征程中阔步前进。在这40年里，国测一大队顽强奋斗，开拓创新，登珠峰、下南极，测天量地，足迹遍布祖国东西南北、跨越陆地海洋，为国家建设和发展做出了重要贡献。6位老同志商议，给习近平总书记写封信，汇报国测一大队近年来的发展情况，表达自己作为老党员、老测绘人，对党和国家的满腔热爱，对测绘事业的无限忠诚。

他们在信里写道："在党和政府的关心培养下，国测一大队成长为一支能打硬仗、打胜仗的英雄团队，大家用青春、热血、智慧和汗水为国家做贡献，有的同志甚至献出了宝贵的生命。敬爱的总书记，我们要自豪地告诉您，国测一大队建队61年来锻炼成长的优良传统正薪火相传。如今，年轻的测绘队员正沿着老一辈测绘人的足迹，继续奔波在崇山峻岭、大漠戈壁、原始森林、江河湖海。他们进驻内蒙古荒原28次、深入西藏无人区32次、踏入新疆腹地37次，徒步行程5700多万千米，相当于绕地球1400多圈；他们完成了南极重力测量、中国地壳运动观测网络建设、西部无人区测图、海岛（礁）测绘、汶川灾后重建测绘，等等。……在纪念我国自主科学测量珠峰高程40周年之际，我们以耄耋之躯向您保证，我们一定牢记党员使命，保持勇攀高峰的精神，为国家富强、民族复兴贡献余热，为传承爱国精神、敬业精神，发挥测绘工作对经济社会的重大作用尽绵薄之力！"

落款的署名是：邵世坤（80岁），薛璋（80岁），梁保根（79岁），张志林（79岁），郁期青（77岁），陆福仁（74岁）。

写这封信时，他们想，总书记日理万机，只要能看到这封信，我们就心满意足了。谁也没想到，总书记会亲笔回信，并且是在"七一"建党节这么有纪念意义的日子里。收到总书记的回信后，国家测绘地理信息局立即在陕西省测绘地理信息局组织召开"纪念建党94周年暨学习贯彻习近平总书记重要指示精神座谈会"。

座谈会上，邵世坤他们看到了总书记的回信：

国测一大队邵世坤等同志：

来信收悉。40年前，国测一大队的同志同军测、登山队员一起，勇闯生命禁区，克服艰难险阻，成功实现了中国人对珠峰高度的首次精确测量。你们是这项光荣任务的亲历者、参与者，党和人民没有忘记同志们建立的功勋。你们年事已高，但仍然心系党和人民事业，充分体现了老共产党员的情怀。

几十年来，国测一大队以及全国测绘战线一代代测绘队员不畏困苦、不怕牺牲，用汗水乃至生命默默丈量着祖国的壮美河山，为祖国发展、人民幸福做出了突出贡献，事迹感人至深。

忠于党、忠于人民、无私奉献，是共产党人的优秀品质。党的事业，人民的事业，是靠千千万万党员的忠诚奉献而不断铸就的。不忘初心，方得始终。全国广大共产党员要始终在党爱党、在党为党，心系人民、情系人民，忠诚一辈子，奉献一辈子，以自己的实际行动，团结带领亿万人民为实现"两个一百年"奋斗目标、实现中华民族伟大复兴的"中国梦"而共同奋斗。

捧着总书记的回信，邵世坤激动万分、热泪盈眶。"不忘初心，方得始终。忠诚一辈子，奉献一辈子。"总书记说得多好啊。邵世坤在心里想，是啊，我们就是把自己的一辈子都献给了党，献给了测绘事业，尽到了自己应尽的力量，我们对得起共产党员的称号，此生问心无愧，无怨无悔。

捧着总书记的回信，邵世坤的思绪飞回到那激情燃烧的岁月，他和兄弟们奋战在戈壁荒漠、雪域高原，战天斗地，无比豪迈……

激情燃烧的岁月

1954年4月，未满19周岁的邵世坤，从解放军测绘学院毕业，来到刚刚成立的总参测绘局第二大地测量队工作，这支队伍即是国测一大队的前身。

20世纪50年代初，新中国百业待兴。而旧中国留下的测绘基础十分薄弱，全国仅有三分之一的地区在20世纪20至40年代进行过精度较低的测绘。并且大地测量成果零星分布，测量基准和坐标系统十分混乱，大多无法利用。当时，大面积的国家基本比例尺地形图测绘工作亟待开展，黄河、长江、淮河等流域水利工程也要求统一、可靠的大地测量控制。

党中央、国务院高度重视测绘工作。1956年，国家测绘局正式成立，周恩来总理亲自点将，调总参测绘局局长陈外欧出任国家测绘局首任局长，要求尽快拿出国家基本图，为国家经济建设提供支撑。1956年10月和1958年3月总参测绘局第二大地测量队和地质部第一大地测量队先后转入国家测绘局，组成了如今的国测一大队。

全国性的大地控制测量，是国测一大队与生俱来的使命。包括国家基础测绘的三角、水准、天文、测距、重力、基线等的布测工作。国家大地测量工作，要按照总体设计，在全国范围内均匀布测大地控制点，组成高精度的控制网，用各种技术手段测定其精确的经度、纬度、海拔和重力加速度。每次测量，点位布设必须密集、均匀，不得有疏漏遗缺。高山、森林、湖岛、沙漠、沼泽，一律都要走到测到。

走出校门，邵世坤满怀梦想和激情，投入到祖国的测绘事业中。那是段激情燃烧的岁月，"哪里艰苦哪安家"，哪里有需要就到哪里去。那时，测绘工作的艰苦程度是今天的人们难以想象的。测区往往自然环境极其恶劣，高山缺氧、严寒酷暑是家常便饭，测绘装备落后、简陋，队员在野外作业所需的物资运输主要靠骆驼、牦牛、架子车。然而，测绘队员们凭借着满腔的热情和为国献身的决心，承受了常人难以忍耐的艰苦，克服重重困难，打赢了一场又一场硬仗，完成了一项又一项艰巨的测绘任务。他们用自己的脚步填补祖国测绘的空白，绘制出一幅幅珍贵的地图，为新中国的建设夯实了坚实的基础，立下了汗马功劳。

每年树叶一绿，邵世坤和队友们就收拾行囊，装备，奔赴测区。他们居无定所、沐风栉雨、风餐露宿，有时一年要转战多个省区。直到西安已经寒风刺骨了，他们才返回家中。

有一年，在新疆巴音布鲁克草原，邵世坤经历了生与死的考验。草原被高耸入云的雪山环绕，山顶终年积雪，高寒缺氧。国测一大队测量小组要攀登到雪山顶上，完成 6 个方向的观测任务。

包括邵世坤在内的 5 名测绘队员组成突击队，天不亮，就沿着一条小石沟向山顶爬去。一开始山势还较为平缓，他们走了四五个小时后，坡度突然变陡。抬头望去，山顶高悬在上方，云层笼罩；向下看去，悬崖峭壁，深不见底。沟里全是风化的片状岩石，很容易踩滑，不时有岩石滚落下来。队员们小心翼翼，手脚并用地往上爬，每一步都异常艰难。

邵世坤看见，一只老鹰在旁边的山谷上空盘旋，他们现在的位置比鹰飞的还要高。他的手上已经被锋利的岩石划破了几个口子，内衣被汗浸透，寒风吹来，刺骨的疼痛。

这段 300 米左右的陡坡，队员们用了近 10 个小时才爬上去。到了山顶，三名队员完成了任务，赶在天黑前下山去了。这时天色已晚，要同时观测 6 个方向已经不可能了，只能等到明天，邵世坤和记簿员武海宽留了下来。

天边的云朵被夕阳烧成红色，太阳慢慢地向地平线落去。邵世坤他们并没有背帐篷上来，只好把点位附近厚厚的积雪铲平，在上面铺一层帆布，作为自己的床铺。突然间，狂风大作，刺骨的寒风卷着冰雪将二人包围。邵世坤心想：不好，这样下去会被冻死的。"海宽，快，我们用雪搭个墙。"两人在冰雪的床铺边，迎着寒风，用积雪堆起了一堵墙，蜷缩在"墙"下，紧紧靠在一起互相取暖。没有被子，每人只有一件羊皮袄。

对邵世坤来说，这样在野外过夜并不少见，他和队友们经常夜里没地方住就找个背风的地方蜷缩起身子凑合一夜，还戏称这样是当了"团长"。可这一次，在这雪山之巅，实在是太冷了。他浑身发抖，上下的牙齿止不住地"打架"。长夜才刚刚开始，可每一分钟都是煎熬。"海宽兄弟，我们一定要挺过去，明天，等太阳出来，我们就暖和了。测完这个点，整个测区剩下的任务就有保障了。"两个人相互鼓着劲，等待黎明的到来。天上的云都被风吹走了，满天繁星闪烁，万物一片寂静。就在这无边的黑暗与寂静中，心脏"扑通扑通"地跳动。终于，漫长的黑夜逝去，天边露出一丝白光，紧接着，火红的太阳从地平线慢慢浮上来，群山被染成金黄色。终于熬过去了，邵世坤和武海宽激动地跳了起来。

可他们没想到的是，这漫漫长夜只是一个开始。测点的 6 个方向，最长的边有 50 千米，最短的也有 10 千米。高山气候多变，时常雨雪交加，云雾缭绕，6 个方向很难同时观测到。邵世坤和武海宽不停地向各方眺望，眼巴巴地等待观测时机，只要一有机会，就立刻抢测。老天好像在故意刁难他们，一天过去了，两天过去了，三天过去了……他们所有的食物只剩下一小袋干饼，渴了就抓一把冰雪吃，饿了就啃两口冻饼，脸被寒风吹裂了，嘴角不住地流血。第七天下午，两人已经非常虚弱了，到了身体能承受的极限。武海宽半躺着，表情很痛苦。邵世坤也筋疲力尽了，就在这时，他环顾一周，突然发现6个方向同时露出来了。"海宽，海宽。快，快。"武海宽听见召唤，一下爬起来。他们打起全部精神，精确而又迅速地观测了6个方向。这苦苦等了7天7夜的数据终于获得了。激动的泪水充满了他俩的眼眶。7天7夜啊，像7年那么漫长。"兄弟，我们成功了。这罪受得值了。"邵世坤和武海宽拥抱在一起。

可从山上下来不久，又发生了一件惊险的事情。有一天，邵世坤一个人骑马去执行任务，路过一个蒙古包时，牧民养的七八条狗，闻到了生人的气味，围着他和马就开始疯咬。邵世坤寡不敌众，不一会儿就被狗咬下马来，摔在地上。他奋力跟这些狗搏斗，抓住一只狗的腿就把它甩到远处，不停左挡右突。这时，蒙古包里的牧民听见狗叫跑了出来，喊了两嗓子，七八条狗才停止了攻击。邵世坤坐起身时才发现，身上因为穿着皮夹克没怎么伤到，但是左脚的脚踝被狗狠狠地咬伤了。茫茫大草原，方圆上百公里没有医生，更别说会有狂犬疫苗和血清了。凭着外业经验，他知道如果不及时处理伤口，沾染狗牙毒的地方就会慢慢腐烂，他也会不治而亡。

邵世坤心想：古有关云长中箭毒后，刮骨疗伤，此时此地，我何不一试？于是他取出身上的小刀，一刀一刀地在伤口上刮，肉一层一层地往下掉。疼得他汗水浸透了衣服，头晕眼花，但为了确保伤口不感染，他咬紧牙关一直刮，直到看见白花花的小腿骨才停了下来。后来回到营地，邵世坤在队友的帮助下对伤口进行了消毒，并包扎起来。休息几天后，他又开拔测量去了。

如今回想起这些工作往事，邵世坤内心非常平静。为了祖国的测绘事业，没有什么艰苦是不能忍受的，何况队友们也都是这样做的。在那激情燃烧的岁月，流点汗流点血算什么？测绘人就是这么豪迈。我们的汗水和热血洒在了祖国的大地上，共和国的崛起有我们付出的一分力量。

8848.13米，中国的高度

对于给习近平总书记写信的邵世坤等6位老同志来说，他们人生的制高点是在1975年，在珠穆朗玛峰。

莽莽喜马拉雅山脉的最高处，巍然屹立着世界第一高峰——珠穆朗玛峰。

人类对山峰的认识总是从测量其高度开始，而这"地球之巅"的精确高度到底是多少，在过去却一直是个谜。西方学者曾多次组成探险队来到这里，以求测出珠峰的高程，但由于自然环境险恶等原因，他们始终没有拿出令人信服的结论。

但尽管如此，在20世纪初期相当长的一段时间里，关于珠峰高程较"权威"

的说法，却一直为这些外国"探险家""考察队"垄断，甚至在我们的地图上，也只能沿用那并不准确的数据。

中华人民共和国成立后不久，中央人民政府就提出"精确测量珠峰高程，绘制珠峰地区地形图"。珠峰是中国的珠峰，它的高度，怎能让外国人说了算？测量珠峰，这一光荣而艰巨的任务落在了国测一大队肩上。

1966 年和 1968 年，国测一大队两次组织队员进入珠峰测区，建立定日到珠峰山麓的大地控制网，并获取珠峰地区大气折光的试验数据。测绘队员经过天文、重力、水准、物理测距、折光试验等各项测量工作，经计算获得珠峰峰顶的雪面高程，这是珠峰第一次有了中国测量的高度。但是由于这次测量没有登顶，峰顶未设觇标，高程没有对外公布。但国测一大队这两次在珠峰地区的布测，为1975 年的珠峰高程测量积累了第一手资料。

1975 年，经国务院批准，在中国登山队攀登珠峰之际，专门组建一支测量分队，精确测定珠峰高程。这一振奋人心的消息迅速在国测一大队传播开来，大家奔走相告，很多人主动请缨。尽管大家都清楚，珠峰地区是生命禁区，加之装备非常落后，上去的人死亡率达三分之一以上。队里经过挑选，派出了 8 名精兵强将，他们是邵世坤、薛璋、郁期青、梁保根、张志林、陆福仁、吴泉源、杨春和。其中吴泉源、杨春和两位测绘队员，因积劳成疾现已病故。

8 位队员被选中后都非常激动，尽管他们当时大多都已人到中年。可人生能有几回搏，此时不搏更待何时？在他们看来，攀登珠峰，精准测定珠峰高程，是测绘工作者报效祖国，打破一直以来被国外垄断的珠峰勘测数据的良好时机，是时代赋予自己的使命。

4 月初，8 位队员和全体登山队员一起列队，在珠峰大本营的五星红旗下，举起右手向祖国庄严宣誓。此时，他们心中充满使命感和责任感。一定要成功！哪怕付出再大的代价甚至生命，也要向党和国家交出一份满意的答卷。

珠峰大本营海拔就达 5200 米，空气含氧量仅相当于内地的 60%。人在这里，就算躺着不动，心脏负荷也相当于在内地干重体力活。更何况队员们还要背负沉重的测量设备开展工作。队员们除了用鼻孔呼吸外，还需要用嘴大口大口地喘气，时间一长便会嘴唇溃烂、口腔溃疡、喉咙发炎，就会喝不下水、吃不下饭，痛苦难耐。强烈的高原反应，也常常使队员们感到头痛、心跳加剧，还会导致呕吐，彻夜难眠。由于这里的水在 70 摄氏度就会烧开，所以煮了的米饭也是夹生饭，多数人因此患上了严重的肠胃病。为了避免感冒引起肺水肿、紫外线引起爆皮，队员们一连两个月不能洗头、擦脸，更谈不上洗澡了。在海拔 6120 米做珠峰测量大气折光试验时，4 名队员患了"高山厌食症"，头痛恶心，4 个人 8 天仅吃掉1斤多大米、一点点炼乳，却坚持每天工作十几个小时。

郁期青和梁保根承担了建立海拔5200米、5500米、6000米和6500米4个重力测量点的任务。在联测最后的6500米重力点时，意外发生了。在海拔6000米以上的区域，空气非常稀薄，每走一步都很艰难，更何况他们还要背着沉重的仪器。可当爬到北坳冰川的边缘时，梁保根突然捂着肚子，疼痛得脸色苍白，黄豆粒大的汗珠瞬间流了出来。看到兄弟情况紧急，郁期青为了保证安全，决定先把仪器放到山上，再搀扶他下山。谁知梁保根怎么也不肯，平时内向少语的他还有点儿急了。"那怎么行，就是死，也要先完成任务。"梁保根几乎是对着郁期青低吼："如果我真的死了，就把我埋在北坳山下。你回去对我媳妇儿讲，让她不要太难过，就说我是为了工作牺牲的。"郁期青禁不住热泪盈眶，看着面前可敬可爱的队友，一时说不出话来。

大约过了半个多小时，梁保根的疼痛稍微有些缓解，他们又艰难地向海拔6500米高地爬去。当任务完成时，太阳也快要下山了。此刻，他们又面临巨大的威胁，如果当晚不能赶回6000米营地，就一定会冻死在路上。返回的途中有两处十几米高的陡坎，一旦失足滚下去，不死也会残废。考虑到梁保根的身体状况，郁期青先把两台仪器分两次送下陡坎，然后再爬上去接他。下陡坎时，两人根本不敢站着，只能蹲下，用屁股一点一点往下蹭，一前一后，相差一米左右的距离。郁期青心想："我必须在前面，万一有什么闪失，我可以为兄弟挡一挡。"就这样冒着生命危险，忍饥挨冻，他们赶回营地时已是后半夜了。当天，他们跋涉了近18个小时。躺在床上，梁保根仍疼痛难忍，缩成了一团。医生检查发现他得了胃痉挛。可他一直强忍着病痛，默默坚持工作，这需要何等的毅力和耐力啊。8天的时间，梁保根体重下降了十几斤，身体骨瘦如柴，双眼明显塌陷。

更大的挑战还在更高处。为了取得7000米以上高海拔地区的重力测量成果，测量分队决定冲上"北坳"——珠峰与章子峰之间的一片奇陡的冰雪峭壁，是从北坡攀登珠峰最艰险的地带之一。这里几乎每年都要发生巨大的冰崩、雪崩，千百吨冰岩和雪块像火山爆发一样喷泻而下，几十千米外都能听到它的轰鸣声。4月9日，郁期青所在的7人突击小组向北坳发起冲击。那天，当寒星还在墨色的天幕上闪烁，郁期青一行已经从营地出发，开始向北坳突击了。

郁期青至今还清晰地记得当时的情形："抬头看北坳，这哪里是山啊，看不到一块岩石，看不到一点儿黑色，简直像一垛500多米高的雪墙横挡在我们面前。雪墙最大坡度达70度，而且雪崩频繁，裂缝很多。我们往上攀登，只能按'之'字形斜切，迂回前进。而且越往上，越缺氧，背上的仪器装备也越沉重。"每往上迈一步，都是考验。

这 500 多米的"路"，他们足足走了 8 个小时。最终，他们艰难登上北坳并完成了重力测量和航测调绘任务，把大地测量的重力点推进到了海拔 7050 米的新高度。

从北坳下来，郁期青在几天内又登了三座高山，这个连续三次参加了珠峰测量的汉子彻底累垮了。他患上了重感冒，发烧 41 度，引发了严重的肺水肿和胸膜炎，昏迷不醒，被紧急送往日喀则野战医院抢救。医院组织多名专家会诊，昼夜输液、特级护理，但他依旧持续高烧，生命垂危。

5 月 27 日下午 2 时 30 分，登山队员成功登顶，将标志性的红色觇标耸立在珠峰之巅。国测一大队的测绘队员，在 6 个交会点上经过 3 天的连续观测，终于测出珠峰的精确高度：海拔 8848.13 米。这一结果一经公布，立即得到联合国和世界各国公认，成为教科书上的权威数据。这，也标志着我国的测绘水平进入了世界先进行列。

经过 20 多天的抢救，郁期青终于苏醒过来。医院的大夫拿来一张报纸，头版头条就是队员们成功登顶并测量珠峰的消息。郁期青激动的眼泪止不住地往下淌。胜利了！我们胜利了！中国测绘人向世界宣布，珠穆朗玛峰从此是中国的高度。

后来，郁期青被转送北京治疗。医生先后从他的胸腔中抽了 8 次血水。他住院 160 天才出院，体重从 70 千克下降到 35 千克，牙齿几乎全掉光了，还留下了胸膜粘连、动脉硬化、静脉曲张等后遗症。那一年，他刚刚 36 岁。

测绘队员们为了圆满完成测量珠峰的任务，完全将生死置之度外，他们以惊人的毅力和勇气，突破了一个个生命极限，向世界证明了中国的实力，也使自己的人生价值在测量珠峰的过程中得到充分的展现，跨越到了一个新的高度。

南极绘图者

除了世界之巅，国测一大队测绘队员的脚步也踏上了神秘的南极，第一次把测绘点布设到 2 万千米之外的冰雪极地，制作了中国第一张南极地形图。

1984 年 11 月，我国政府派出南极考察队，首次在南极大陆开展科考、建站活动。国测一大队的工程师刘永诺，同国家测绘局两名同志组成测绘班，随科考队前往南极。

"向阳红 10 号"船从上海出发，连续航行了 35 个昼夜才到达南极。科考队员们大多是第一次出海，在波涛汹涌的海上，几乎全都晕船了，不少人吃不下饭，甚至有人连床也下不来。刘永诺却靠着坚强的毅力，不仅很快适应了海上的环境，还经常在伙房帮厨，参与船舱安全检查等，给大家留下了深刻的印象。

刘永诺就是这样一个不怕吃苦、勤奋、热心肠的人。他 1962 年来到国测一大队参加工作，一边认真钻研业务，一边冲在条件最艰苦的地方。"文革"期间，国家测绘局一度解散，不少人把专业书籍卖光了。但刘永诺坚持复习专业知识，同时开始第二外语的学习，并吸收最新科技如计算机、数理统计等知识。

1977 年，国测一大队承担了测量天山山脉最高峰托木尔峰的艰巨任务。刘永诺凭借精湛的业务技术，担任天文、三角测量加强组组长。大部分作业区域在海拔 5000 米以上，气温在零下 30 摄氏度以下。冰川内，冰裂缝、冰窟窿、冰塔、冰碴比比皆是。面对如此险恶的环境，刘永诺抢来了最艰苦的西冰川测量任务。白天，他带领大家在冰川中奔波，选点、造标志、观测。晚上，队员们因为劳累很快进入了梦乡，刘永诺却仍在零下 30~40 摄氏度的冰山上进行天文观测。那时，为了方便测量，队员们就在距离测量点不远的地方搭起小帐篷，在里面吃住。有时夜里突降大雪，越积越厚，队员们一早醒来就被吓一跳，原来帐篷已经被埋在了积雪中。在西冰川，刘永诺和队员们一干就是 17 天，为之后的登顶观测打下了坚实的基础。当成功登顶托木尔峰并测定高度的消息传到北京后，邓小平同志第一时间签发了贺电。

在南极乔治王岛，刘永诺同样诠释了国测一大队测绘队员艰苦奋斗、无私奉献的精神。刘永诺参加了"长城站"选址测量、实地放样等工作。他和测绘班另外两位队员一起，用不可思议的速度为我国绘出首张南极地形图，并测定北京与长城站的精确距离：17501.9 千米。南极长城站的测绘成功，填补了我国极地测绘的空白，为中国测绘发展史翻开了新的篇章。

那时，南极正处于极昼期。乔治王岛虽距离极点还有一段距离，但每天太阳沉入地平线下的时间都很短。所谓晚上，天也不会完全黑下来，天边依然飘浮着绮丽的霞光。在我国第一座南极科考站长城站的建设过程中，科考队员们真正是没日没夜地工作。大家每天工作十几个小时，只要钻进帐篷，很快就能睡着。但一觉未醒，起床的哨声就响了。

乔治王岛天气十分恶劣，帐篷一次又一次被风雪压倒，海浪一次又一次把码头冲垮。风急浪大，小船不能下海，直升机也无法出动，这一切影响了建站进度。但队员们用团结协作、顽强拼搏的精神，硬是把损失掉的时间夺了回来。有的队员受了伤，仍然带伤坚持工作，有的队员晕倒在工作现场，休息一会儿，继续拿起工具。海水、雪水、汗水湿透了衣裳，有时一天烤几次换几次。就这样，科考队的建站工程一天一个样，从登陆奠基，到 2 月 10 日长城站全部完工，只用了45 天。

刘永诺所在的测绘班，除了参加建站工程和为各项科学考察服务外，主要任务是在选定南极长城站的站址后，运用各种测量手段，测定该站的地理坐标，绘制大比例尺的地形图，为建站做实地放样等。这些任务几乎涉及所有大地测量和地形测量、工程测量知识及计算机软件知识。测绘班的 3 名队员在极其困难的条件下团结协作，精心施测，高质量地完成了任务。

刘永诺除了和其他两位队员协作外，独自承担了陀螺方位角的观测计算、重力和天文的观测计算、长城站主楼的工程放样、主楼的变形观测以及乔治岛的面积计算等工作。面对繁重的任务，刘永诺没有退缩，是啊，他向来都习惯于把重担往自己肩上挑。他每天的睡眠时间只有四五个小时，有时顶多就是打个盹儿。高强度的工作，让他常常忘记吃饭，有时刚吃过饭，却不记得是午饭还是晚饭。可是在工作时，他每一个数字都不马虎，每一项计算都确保精准。就这样，刘永诺出色地完成了全部任务。1985 年 4 月 6 日，我国首次南极科考庆功授奖大会在北京隆重举行，刘永诺被荣记个人三等功。

如今，刘永诺所建的测量觇标依旧屹立在乔治王岛上，在中国长城站前面，还立着一个方向标，上面写着北京与长城站的精准距离：17501.9 千米，指着祖国的方向。

刘永诺后来担任了国测一大队总工程师、副大队长、大队长等职务。1987年 5 月，他荣获全国总工会颁发的"五一劳动奖章"；1989 年 9 月，他又光荣地当选为全国先进工作者。

刘永诺曾总结过，干好测绘工作要过三关。第一关是艰苦奋斗关，吃不了苦就不要干测绘。第二关是思想感情关，接受测绘队员豪放粗犷的性格。第三关是操作技术关，多观察、多琢磨、多请教、多实践，练就了一身硬本领。像刘永诺这样的第一代测绘人，用自己的实际行动为后来的年轻测绘队员树立了标杆，做出了表率。

忠骨铸队魂

1976 年 4 月，国测一大队在新疆南湖戈壁执行测量任务。这是年轻测绘队员吴永安的第一次野外作业。在这茫茫的荒漠戈壁中，16 年前，他的父亲吴昭璞壮烈牺牲。

爹啊，您到底埋在哪里？这么多坟头，连块墓碑都没有。16 年了，难道您的坟，已经被黄沙掩埋？吴永安依照前辈的指引，来到当年父亲埋身之处，却找不到父亲的坟茔。

吴永安提着一桶清水，流着眼泪，往每一个坟头上都洒一点儿水。在烈日的炙烤下，水几乎刚落地就干了。洒遍之后，吴永安跪在滚烫的大地上放声痛哭。

"爹，儿子给您送水来了。您喝吧。现在咱们不缺水了。"

吴永安对于父亲面容的记忆，是从父亲生前仅有的几张工作照上获得的。而对于父亲的声音，父亲的动作，父亲怀抱的温暖，他没有任何记忆。16年前的那个春节，父亲回家探亲，吴永安刚4个月大，还不会叫"爸爸"，更不会记得父亲是怎样兴奋地把他抱在怀里，不住地亲他的小脸。父亲只在家里住了几天，过完年，就出野外去了。那是吴永安和父亲唯一的一次相聚，是初遇，也是永别。

那一年，国测一大队承担了国家坐标控制网布测任务。4月底，年仅31岁的吴昭璞，带领一个水准测量小组，来到新疆南湖戈壁腹地。虽叫南湖，可这里和水没有一点儿关系，有的只是无边无垠的沙漠和被风沙侵蚀得奇形怪状的土堆、石堆。这里酷热、干旱，是一片生命禁区，人称"死亡戈壁"。测量小组向沙漠深处的测量点走去，阳光如白色的火焰般炙烤着万物，脚下的沙石烫得脚底生疼。队员们携带的一箱蜡烛早已融化成了液体，顺着箱子的缝隙往外流淌。

到达测量点后，天已经快黑了，吴昭璞带着队友们搭起了一座帐篷，把仪器设备和资料都安置好。第二天早晨，当吴昭璞早早地起床，去给队友们的水囊灌水时，脑子一下蒙了。怎么会？满满的一桶清水，一滴都不剩了。桶怎么会漏呢？队员们指望着活命的水，就这样悄无声息地渗入沙地中。

吴昭璞知道，在沙漠里断水，意味着队员们已经被推到了死神的门前。光从这里走出去，就需要一天多的时间，没有水，在沙漠里走一天，能不能活下去，还要看运气。如果负重的话，谁也走不出去。这里还有这么多仪器，这么多资料，又岂能扔下不管？我是组长，出了这样的事情有我的责任，我留下，让兄弟们走。就这样定了，不能再拖了，拖一分钟，兄弟们距离死亡就近一步。

吴昭璞面对着空空的水桶，很快做出了决定。他把兄弟们都叫过来。"兄弟们，我们的水桶漏了，水全都流光了。我们不能留在这里，只能马上撤出去，再带着清水回来。这样，你们两人一组，确定好路线赶紧往外撤，我留下来看守仪器和资料。"吴昭璞说出了自己的安排。

"这怎么行呢？要走一起走，不能把你一个人留在沙漠里。"几名年轻的队员坚决反对。

"听着，我是组长，这是命令。这么贵重的仪器不能扔在沙漠里，我们又带不出去，再说这边的工作还没完。我在这里等大家，等你们回来，我们再把剩下的工作做完。"吴昭璞表情严肃地说。

在吴昭璞的催促下，队员们极不情愿地离开组长。他们走几步，就回头看看自己的组长，眼里含着泪水，他们知道这意味着什么。吴昭璞望着他们离去的身影，喊道："兄弟们，保重啊，我等你们回来。"一股热风卷着烫人的沙子迎面吹来，吴昭璞赶紧钻进了帐篷。

三天后，队员们带着清水回来了，却看到了让他们永生难忘的心碎的一幕。他们敬爱的组长，静静地趴在戈壁上，头朝着他们离开的方向，嘴里、鼻孔里全是黄沙，双手深深地插在沙子里。残酷无情的沙漠，用持续高温的烘烤，让他一米七的身躯，干缩到不足一米三。

吴哥，我的好兄弟。你不是说过要等我们回来吗？我们还要一起干活呢。你看，我们带水来了，带了很多水。老天啊，你怎么这么残忍？队员们趴在吴昭璞的遗体旁号啕大哭。

走进帐篷，他们看到，绘图用的墨水被喝干了，牙膏被吃光了。可以想象，这三天，吴昭璞经受了怎样的痛苦和绝望。而所有的仪器和资料都用他那带着汗渍的工作服包裹得完好无损。在生命的最后一刻，吴昭璞仍没忘记保护好这些让他看得比生命更重要的宝贝。

那一天，是五一国际劳动节。这位共和国英雄劳动者——年轻的吴昭璞把生命留在了大漠深处。队友们无比悲痛地将他的遗体埋葬，在他的坟头，摆放了一个灌满清水的军用水壶。

而就在吴昭璞牺牲的几个月前，国测一大队刚刚痛失了一名优秀的测绘队员。1959 年 7 月，在执行国家一等三角锁联测任务时，组长宋泽盛带领刘明、常虎来到新疆阿尔泰山中麓，准备开展尖山点的大地控制测量。壁立千仞的尖山，怪石嶙峋，突兀凌空的山顶巨石，有如一把刺天利剑，令人望而生畏，不要说攀登，看一眼都让人心悸。

在宋泽盛的带领下，三名测绘队员身负重物，一步一步在光滑陡峭的岩石上攀爬，经过一番艰难的攀登，终于到达山顶。连续两个昼夜，他们一边观测、记录，一边计算成果、整理资料。任务完成后，疲惫的测绘队员在尖山顶上，背靠石墩，昏昏入睡，全然忘了近在咫尺的深渊，直到黎明前被一阵冰雹打醒。

随后，他们开始收拾东西下山，年轻队员常虎主动背起了沉重的仪器箱。上山不易，下山更难。尤其是冰雹将地面打得湿漉漉的，石上的苔藓又软又滑。常虎被仪器压得伸着脖子直喘气，额头上的汗珠子不断往下流淌。突然，常虎的脚下一滑，仪器箱撞到了身边的峭壁，整个人被反弹向悬崖一方，眼看就要坠下悬崖。就在这千钧一发之际，宋泽盛大喊一声"小心"，一个箭步上前，双手抓住队友，用尽全力往回拉。常虎被拉了回来，他的生命和宝贵的仪器保住了，可年仅 29 岁的宋泽盛却因身体失去平衡，跌落深达四五十米的悬崖，壮烈牺牲。国测一大队党委决定，将宋泽盛使用的并用生命保护的那台经纬仪命名为"宋泽盛"号。

在整理宋泽盛的遗物时，队友发现他在山顶上写的一首诗："测绘战士斗志昂，豪情满怀天下闯。铁鞋踏破重重山，千难万险无阻挡。"

是啊，对国测一大队的测绘队员来说，千难万险也无法阻挡他们向测区迈进的脚步，就算付出生命的代价也在所不辞，这种精神一直传承下来。时光来到1980年夏天，国测一大队在天山深处执行测量任务。测区河流很多，队员们常常要骑马涉水前行，有时冰凉的河水甚至会没到腰部。一天傍晚，队员王方行等人作业归来，骑马横渡巩乃斯河。王方行小心翼翼地策马前行，马蹄踩在河底光滑的鹅卵石上，河水越来越深，水流湍急。眼看离对岸只剩几步路了。突然，马失前蹄，王方行一头栽进了冰冷的河水里，被急流卷走了。队友们急忙顺着河寻找，在两千米外的浅滩上发现了趴在水里的王方行，这时的他耳鼻流血，已停止了呼吸。

队员们在王方行的尸体旁点了一堆篝火，守着他渐渐发凉僵硬的身体，直到天亮。夜风中不时传来野狼的嗥叫，心情沉重的队员们听着，凄厉无比。这一年王方行46岁，依然单身。这次出测前，有人给他介绍一个女朋友，准备年底回去结婚，谁料他竟被无情冰冷的河水夺走了生命。

自国测一大队建队以来，共有46名测绘队员在外业工作时献出了自己宝贵的生命。除此之外，目前全队患有肺气肿、肝炎、关节炎、胃病、心理疾病等与所从事的职业有关的疾病者，占有相当的比例，更有不少人因身体原因提前退休，一些职工英年早逝。

这些英雄的照片和事迹，陈列在大队的荣誉室里，成为国测一大队精神家园的重要组成部分，激励着一代又一代测绘队员。

国家测绘局原副局长黄云康17岁时被分配到国测一大队，他来到青海格尔木的测绘队员留守处，踏进院门，首先映入眼帘的是院子里停放着的一口棺材——那是技术员杨忠华的遗体。老同志告诉他，杨忠华在格尔木南山工作时，下山运水，从悬崖上摔下英勇牺牲。"我们这支队伍是从解放军转业下来的，一向就有不畏艰苦、不怕牺牲、一往无前的传统。我们每一个活着的同志，都要把烈士生前未完成的工作继续干下去！"追悼会第二天，他们就背上烈士用过的仪器，向荒山野岭出发了。

二

改革开放时期，第二代测绘人接过前辈的接力棒走向测绘一线。他们传承和弘扬了老一辈测绘人的优良传统，在改革的浪潮中坚守、奉献，保持了本色，弘扬了测绘人的优秀品格。

野外测绘工作条件艰苦，老一辈测绘队员吃苦在前、言传身教，"测二代"们耳濡目染，久而久之，甘苦与共、生死相依的集体主义情感在"测二代"中形成了。他们不畏艰险、吃苦耐劳，继续为测绘事业奉献青春、奉献健康甚至生命。

师徒两代珠峰缘

1975 年 6 月的一天早晨，上初中二年级的施仲强被窗外的锣鼓声吵醒。"今天什么日子，大早晨就敲锣打鼓？"他揉着眼睛问。母亲说："测量珠穆朗玛峰的英雄回来了。"

施仲强噌地一下跳下床，鞋带都没顾得上系就往外跑。陕西省测绘局大院里已经人声鼎沸，从小就生活在这里的施仲强，还没见过如此热闹的场景。一辆辆车不停地驶进来，排起了长龙，据说全国各地的测绘单位都有人过来。

锣鼓越敲越响，仿佛全天下的喜事都汇集在这大院里。人们抱着鲜花，爬上卡车，准备去火车站迎接英雄凯旋。施仲强也爬上一辆车。车队缓缓前行，道路两旁站着很多自发等待的市民。

西安火车站平时很少开放的东门，像母亲的双臂般展开，红地毯一直铺到站台。施仲强挤在人群中，眼睛紧盯着火车站出口。

"英雄出来了！"人群一阵欢腾。施仲强看见，他的那几位测绘队员伯伯戴着大红花走了出来。走在最前面的是梁保根、邵世坤两位——让施仲强想不到的是，梁保根这位大英雄今后会成为自己的师傅。

那一年，梁保根 39 岁。在珠峰上，他和队友们每人身负四五十斤重的仪器，攀悬崖爬冰山，避冰缝躲雪崩，在生命禁区奋战 80 多天，将测量觇标牢牢矗立于珠峰之巅，为我国首次精确测定了珠穆朗玛峰的海拔高度——8848.13 米。看着这些让人敬佩的测绘队员，施仲强仿佛被磁铁吸住一样，测绘梦深深扎根于他心中。他暗下决心：今生一定也要成为测珠峰的大英雄。

10 年后，施仲强进入国测一大队，成为一名"第二代"测绘队员。他年少时心目中的大英雄梁保根，手把手教他重力测量。每一个测量点，梁保根都亲自带着他跑到，把多年总结的经验毫无保留地传授给他。时光荏苒，梁保根到了退休年龄。而在师傅的言传身教下，施仲强已经成长为大队的一名技术骨干。

真正成为一名测绘队员后，施仲强发现，测绘工作并不都像测珠峰那样惊天动地，而是平凡的、枯燥的，日复一日年复一年地，一个站点一个站点地测量，容不得任何马虎。每年的大多数时间，施仲强都在野外，和家人聚少离多。

这一年，春天到了，队里来了通知，施仲强所在的分队要去四川、西藏、云南等地执行测绘任务。当时，施仲强的妻子怀有身孕，眼看预产期就要到了。施仲强把即将出野外的消息告诉了妻子，没想到一向都很支持自己工作的妻子竟然哭了起来："仲强，孩子就要出生了，你能不能先请个假，等孩子生下来再走？你至少看一眼孩子啊！就求你这一次。"妻子哭着请求。

施仲强很难过，感觉心仿佛被揪得生疼。妻子的要求合情合理，一点儿也不过分。可是，任务已下达，岂能因为家事耽误了工作？再说在国测一大队，又有几个兄弟亲眼看着孩子出生？大家不都是舍小家顾大家吗？我施仲强绝不能搞特殊。

"不是我不想陪你，可国家下达的任务，我怎么能当逃兵呢？希望你能理解，今后我一定加倍补偿你和孩子。"施仲强耐心地安慰妻子，又陪伴了妻子两天，就随队伍出发了。

他们先到四川，又转战西藏。施仲强算着，妻子的预产期越来越近了，心里很是挂念。到底生了吗？大人孩子都平安吗？那时通信，没有手机，电话也很少见，只能通过写信或发电报。但测绘队员们居无定所，到处迁徙，家人想联系他们时，只能预判着他们下一站会去哪里，将信件或电报发至当地的人民政府，在上面标明：转国测一大队某某队员收。

这天，施仲强和队友们来到昌都，他安顿好之后，就跑到昌都市人民政府，看家里有没有消息来。收发室的同志一查，果然有一份转国测一大队施仲强的电报。施仲强接过电报，心脏狂跳，只见上面写着四个字：母子平安。他激动坏了，自己当爸爸了，他差点就跳起来、叫出来。

施仲强回到驻地，把喜讯告诉队友们，大家都纷纷向他祝贺。一个队友问："仲强，是男孩儿还是女孩儿？"施仲强一愣，对啊，是男孩儿还是女孩儿？按理说，"母子平安"，"子"应该是男孩儿，但女孩儿也是孩子啊。大家分析了半天也没个结论。为了搞清楚孩子的性别，施仲强又专门跑到邮局，给家发了个电报："子"是男是女？

等施仲强完成任务回家，见到儿子时，小家伙都七八个月大了。现在，这件事情被施仲强当笑话讲，但那时他心里的牵挂和酸楚，我们不难想象。

时间如梭，转眼到了2005年，时隔30年后，国家决定利用新技术新设备再次测定珠峰高程，重任再次落到国测一大队肩上。以第二代测绘人为主力的43名队员向青藏高原进发了。45岁的施仲强被任命为重力测量组组长。既是机缘巧合，也是命中注定，施仲强接过了师傅的"枪"，迎来了实现自己年轻时的梦想的机会。

重力小组的任务是从拉萨开始到大本营，再从大本营分别到6个交会点，一共控制测量 200 多个点，而且每个点段都要在当天完成并返回起点。施仲强和同事们一个点位一个点位地测量，从拉萨向日喀则逐步推进，一直推进到海拔 5300 米的珠峰二本营。一天晚上，施仲强决定第二天去测量位于东绒布冰川上的东 2 点和东 3 点，那是距离二本营最远的点位。雇工是本地的藏族同胞，听到后都劝阻："那两个点走过去就得一天，你们根本回不来，太危险了。"但时间紧迫，队员们登顶在即，必须尽快测出结果，施仲强决定拼一下。

第二天早上不到 5 点，施仲强和同事刘炜辉就吃过了早饭，坐在凳子上等天亮。天刚蒙蒙亮，他俩就出发了。重力仪器非常娇贵，任何轻微的磕碰都可能让其失准。两人小心翼翼地爬山，海拔慢慢升高到 6000 米以上，一片巨大的冰塔林出现在面前。每座冰塔都有五六层楼那么高，脚下很滑，一不留神就可能连人带仪器滑进冰沟，每走一步都十分艰难。足足用了 7 个小时，施仲强他们才到达西绒布测量点。完成测量后，俩人抓紧时间啃了几口面包便往回赶。但返回时更加艰难，过大断裂带时要依靠绳索下到五六十米深的冰沟底下，然后一步一步穿越冰河，再背着仪器抓着绳索爬上 100 多米长的断裂山崖，稍不留神就会掉到冰沟底，粉身碎骨。用了两个小时，他们终于越过了大断裂带，下午 6 点，来到中绒布冰川的一个点位测量，完成测量后，施仲强感觉自己筋疲力尽，已经没有力气向前再走一步了。那时，施仲强不知道自己能不能再回到驻地，为了保证仪器和数据安全返回，他让刘炜辉背上仪器先走，但刘炜辉死活不走。施仲强勉强站起来，两腿发软，刚迈出一步，就摔倒在地。恍惚中，仿佛又看到了年少时迎接师傅们凯旋的场景，等了 30 年的梦想，眼看就要实现了，自己怎么能放弃？他咬着牙再次爬了起来。

直到晚上 9 点多，施仲强才回到营地，距离他们早上出门已经过去了 16 个小时。施仲强连喝 3 缸子水，倒在床上不再起来。

几天后的 5 月 22 日，登山队员成功登顶，中国人第二次精准测定了珠峰的高度。电视台的记者采访施仲强时，他热泪盈眶，一时说不出话来，从小的梦想，终于在 30 年后实现了。梁保根通过电视直播看到了自己的徒弟，腾地从座椅上站起来鼓起了掌，他说他心里是充满了欣慰和骄傲啊。

10 月 9 日，珠峰新高程数据向全世界公布：峰顶岩石面海拔高程为 8844.43 米，测量精度为 ±0.21 米；峰顶冰雪深度 3.50 米。这次珠峰高程复测，国测一大队采用了 GPS 测量、重力场的理论和方法、峰顶冰雪层雷达探测等现代测量技术，结合水准测量、三角高程测量、电磁波测距、高程导线测量等经典测量方法，登上了世界测绘科技的新高峰。8844.43 米，是目前在全世界范围被公认的珠峰高程权威数据。

父子二人测绘情

2005 年 3 月的一天，王新光来到医院和父亲告别。他即将跟随复测珠峰的队伍前往西藏，父亲最近身体不太好，这是他唯一放心不下的。

王新光的父亲是一位老测量队员，一辈子都献给了测绘事业，对珠峰测量更是有着特殊的感情。但当他得知自己的小儿子接到通知，要去测量珠峰高度时，老人家高兴了好几天。他给家里所有人说，要全力以赴支持儿子完成任务。

王新光在病房里陪着父母，把队里的安排讲给他们听。二位老人一边听，一边露出赞许的笑容。告别时，王新光握住父亲的手，父亲微笑着说："那地方冷，你可得注意身体呵！"从父亲的目光中，王新光读到了父亲的期待和嘱托。可他怎么会想到，这句话竟是父亲对自己说的最后一句话。

来到雪域高原，王新光全身心地投入工作中。测量队员要从外围开始，逐步向珠峰推进。在每一个 GPS 观测点上，队员们至少都要坚持 60 小时（找点、上点 12 小时，连续观测 48 小时）。大家的主要食品就是方便面，几乎每一顿饭都是泡着方便面，啃着干饼夹咸菜来充饥。由于高山缺氧、狂风呼啸，想要烧开一锅水简直是件不可能的事情，蒸米饭、煮稀饭更是天方夜谭。

就这样，王新光和队员们顽强地和大自然抗争着，坚持着，一个点一个点地向珠峰大本营推进。他们仅用 1 个多月的时间就在青藏高原布下了覆盖 30 多万平方千米的监测网。

4 月 13 日，国测一大队的测绘队员们在珠峰大本营建起了中国测量营地。当五星红旗在营地冉冉升起时，每个队员都欣喜无比，纷纷在国旗下合影留念。可就在这一天，王新光的父亲，一名老测绘队员、老共产党员因病逝世。

王新光当时并不知道这一噩耗。他的母亲告诉在家的儿女们：不要将父亲去世的消息传到珠峰地区！她怕王新光听到父亲去世的消息承受不了打击，更怕影响整个珠峰测量队伍的情绪。母亲对王新光的大哥说："新光做的既然是一件好事，就让他把好事做到底，把好事做好，不要让他心里留下遗憾。再说，这也是你父亲的遗愿。"

直到 4 月 21 号，王新光才从其他队员的言谈举止中感觉到自己家里出了什么事情，便跑去问大队长岳建利。在证实了自己父亲去世的消息后，他跑进帐篷大哭一场。从小到大父亲没有骂过他也没有打过他，言传身教，把一名测绘队员的勇敢和忠诚传给了他。想到大队里其他老职工去世时，都是自己给穿衣服整容，帮着料理后事，而自己的父亲去世时却不能在身边，王新光更加伤心。

岳建利让王新光下珠峰，回西安，通知队上再换一个人上来。悲痛中的王新光却坚决反对。他在心里想：测量任务到了紧要关头，这时候换人，至少要耽误几天时间，新来的同志还要重新适应这里的气候和海拔，更重要的是，会影响到整个测量队伍的情绪。作为一名党员，我绝对不能走，父亲在天之灵一定会理解我，家人也一定会理解我。

王新光留了下来，他化悲痛为力量，在极其艰苦的环境中，出色地完成一个个任务。在珠峰测量交会的时候，他紧守着其中一个重要的测绘点。胜利就在眼前，父亲，您看到了吗？您从小就教育我，作为一名测绘队员，怎能不吃苦，怎能不付出，不管遇到什么情况，都要完成任务。如果您是我，也会这样选择吧？父亲，我们胜利了，这是中国人第二次精准测定珠峰高度，您的儿子参加了这项光荣的任务，完成了您的一大心愿，您安息吧。

测量珠峰的任务成功完成后，举国欢腾。王新光和几位队友到大本营旁边的绒布寺打电话。这时来了一名游客，他看到王新光和队员们穿着专业的服装，便问："你们是测绘队员吧？"王新光点点头。

"我刚在新闻上看到你们测珠峰的消息，你们为国争光了，真了不起。请接受我的致敬。"那名游客说完，郑重地向王新光他们敬了一个军礼。那一刻，王新光眼睛湿润了。

2005年5月30号，珠峰复测的第一批队员回到陕西咸阳机场，一踏上故乡的土地，王新光实在无法控制住自己，抱着前来接他的弟弟痛哭起来。他的大哥将父亲治丧期间的所有音像资料抱到他跟前，对他说："想父亲的时候可以看看。"王新光拒绝了大哥的好意，他说："我还是想永远留下父亲那最后的微笑和对我说的最后一句话。"

如今，王新光是国测一大队纪委书记、工会主席。谈起这些事情，他十分平静："我现在所坚持的，都是我的父亲和我的师傅们教导的。记得第一次跟邵世坤师傅出外业时，他没有给我讲大道理，没有说他在珠峰、托峰的英雄事迹，而是平和地说，测绘是个良心活儿，你必须用心，必须热爱，才能干好它。当晚在驻地休息时，师傅在灯下认真地削牙签，一包牙签被师傅削得整整齐齐、一模一样。第二天这些整齐划一的牙签被作为测量照准目标，用于我们的观测实习，日后他带出的徒弟都练就了一双火眼金睛。还有一次，师傅带我们去山顶测量，一座35米高的铁塔，让我们这些毛头小伙子都心生畏惧。但是快50岁的师傅身轻如燕，不一会儿就上到了铁塔顶。老一辈身上那种严谨细致的工作作风，率先垂范的优秀品格让我受益终身。而当我后来成长为大队的中坚力量，带着年轻人出测时，也是这样做的，我想这就是传承吧。"

珠峰上的 50 岁生日

2005 年 5 月 17 日，国测一大队测绘队员高国平在 6500 米营地，度过了自己的 50 岁生日。他是 2005 珠峰高程复测项目中年龄最大的队员，他常说："珠峰改变了我的人生，带我走上了测绘之路。"

1975 年，高国平参与珠峰测量的 30 年前，20 岁的他在老家——陕西省三原县务农。有一天，他正在玉米地里劳动，村里的大喇叭突然开始反复播放一条重要新闻：我国的登山测量健儿成功登上珠穆朗玛峰峰顶，精确测量出了世界最高峰的高度为 8848.13 米。高国平停下来，拿着锄头站在蓝天下，一遍一遍地听。他至今还记得播音员当时激动的声音，更清楚地记得自己激动的心情。那时，他根本不知道什么是"测量"，更不会想到自己此后的一生，会与这个词语紧密相连。

过了没几天，陕西测绘局来到三原县农村招工，得到消息后，高国平报名参加了面试，当时他仍然不知道这工作是要去干什么。坐在考官面前，高国平心里有些忐忑，怯怯地问："测绘是干什么的？"当考官对他说："珠峰的高度就是我们测的，我们的工作就是在野外搞测量。"高国平眼睛发亮，站起来挺着胸膛说："我能行。"他收拾好铺盖就跟着队伍走了。

那一年，高国平正式走上野外测量的道路。30 多年来，他平均每年在野外工作的时间超过 6 个月，几乎走遍了陕西、甘肃、青海、新疆、西藏、宁夏等西部省区的山山水水。他的身上留下了多种伤病，很多老同志渐渐淡出了野外工作岗位，他依然顽强地坚持着。

三十几年如一日的坚持，源自对测绘事业深深的热爱。在高国平的野外工作岁月中，有这样一个小细节。从 20 世纪 50 年代开始，针对野外测绘工作流动分散、生活单调、消息闭塞的特点，国测一大队就开始不定期地编印《大地简讯》，有时也称《野外简讯》，至今从未间断。即使在改革开放之初，大队经济一度陷入低谷，举债度日，也坚持把《大地简讯》办了下来。《大地简讯》犹如国测一大队的一部编年史，也是野外测绘队员了解政策、交流心得、学习传统、借鉴经验的一个平台。高国平来到国测一大队之后，每一期《大地简讯》他都当宝贝一样收藏着，每年出野外时，他还专门有一个箱子装《大地简讯》。有空时，他就拿出一本翻开看看，虽然每篇文章都已经看过多次，但里面记载的兄弟们的故事和心声，总能带给他无尽的力量。

高国平足迹遍布祖国西部，更是与西藏结下了不解之缘。他曾经 8 次进藏，一待就是 4 个多月。可他一直没机会实现年轻时的梦想——测珠峰。当得知大队承担了珠峰复测任务后，高国平兴奋了好几天。他说："50 岁怎么了？虽然我年龄是有点大，但我干劲一点儿都不小。测量珠峰，我这辈子只有这一次机会了，现在不拼命，什么时候拼命？"

由于具有丰富的高原作业经验，在这次珠峰复测中，他主要负责项目组的生产安排。从藏北到珠峰脚下，一路走来，高国平不但要带领着全体队员完成项目的实施，还要操心大家的吃喝、睡觉、穿衣、吃药。但他指挥若定，不愧为"老"字号的中队长。

2005 年 4 月 11 日，GPS 联测分队、水准测量分队和重力分队的所有队员会师珠峰脚下。此时，珠峰地区狂风大作，帐篷刚搭建好便被风吹翻，队员们只能从远处背来大石头加固帐篷。在海拔 5200 米的珠峰大本营，高国平带领着队员们齐心协力，硬是将 20 多吨的物资从车上卸下并搬进帐篷。

为保证测量工作顺利开展，按照计划，队员们还必须在海拔 5300 米的珠峰二本营建立中转站。高国平一马当先，扛起仪器就走，年轻队员不甘示弱，紧跟其后。队员们扛着仪器和物资，在 4000 米的山路上徒步往返，仅用了三天时间，就将六七吨的物资从大本营搬到二本营。后来大家才知道，高国平当时痔疮病发，白天爬山不敢大步走，晚上睡觉疼得钻心，翻来覆去难以入眠，为了减轻病痛，他甚至尽可能地不吃饭。可他强忍着剧痛，从不显露出来，凭着多年的管理和高原工作经验，整个珠峰高程测量工作进展有条不紊，有张有弛。

4 月 17 日，在海拔 5200 米的珠峰测量营地，珠峰高程复测分队党支部召开了第三次共产党员先进性教育学习。这次先进性教育学习被媒体誉为"迄今举行的海拔最高的保持共产党员先进性教育活动"。

高国平在讨论发言时说："保持共产党员先进性，关键是要在工作中体现出来。我们现在边生产，边自学，工作学习两不误，要的是实实在在的先进性。这次出来近 40 天了，如果我们参加珠峰复测的所有党员和积极分子都能冲锋在前，起好带头作用，复测工作一定能够做好。"

在珠峰高程复测的 90 多个日日夜夜，在高国平的带领下，全体队员战胜了一个又一个困难。同年，高国平也因表现突出，荣立了个人一等功。

再征冰雪极地

2004 年 12 月 24 日，我国第 21 次南极科考队乘坐的"雪龙号"驶近长城站所在的乔治王岛，在长城湾外抛锚。国测一大队 47 岁的工程师张世伟与 33 岁的工程师何志堂正站在甲板上，他们看见，长城站那些独特的红色高脚房耸立在不远处，眼前这一切，竟那么熟悉。20 年前，刘永诺曾在这冰天雪地中洒下了汗水，为长城站的建设立下了汗马功劳。此刻，踏着前辈的足迹，张世伟与何志堂不禁感到亲切和自豪。他俩的任务是前往长城站和中山站进行绝对重力测量和相对重力测量。此次绝对重力测量是我国首次在南极地区进行施测，意义十分重大。

两个月前，张世伟与何志堂登上"雪龙号"，从上海出发。在穿越著名的台风多发区——西风带之前，为了确保仪器安全，张世伟与何志堂顾不上休息，再次加固放在二人船舱中的仪器。娇贵的重力仪虽然安放在特制的防震箱里，但他俩还是不放心，将仪器箱底部的海绵由一层增加到三层，上面用粗绳编织的网兜罩住，再盖帆布，牢牢地和舱底甲板固定在一起。

尽管早有思想准备，但西风带的威力还是让大家吃不消。十几米高的巨浪扑向船头，冲刷着甲板，万吨巨轮像一片树叶一样被抛向高高的波峰，紧接着又跌入深深的浪谷。有3次，"雪龙号"被滔天巨浪托起，螺旋桨开始空转，情况十分危机，万幸的是短暂的悬停之后船又回到海中。

接近南极大陆时，陆缘冰平铺在海面上，白茫茫一片，望不到尽头。"雪龙号"开始破冰前行，开足马力撞击冰层，渐渐地冰层越来越厚，考察船只能停船、后退、再撞向冰层，船体剧烈地抖动着，航速由原来的每小时二十几千米下降到一天才行几千米。

历经艰难险阻，终于到达目的地，张世伟与何志堂在和科考队员们一起完成卸运物资、装备等繁重的工作后，顾不上休息，立刻指挥吊车和铲车开始吊装绝对重力测量实验室。房屋建成了，他俩为实验室接通了电源，再加温、抽湿，万事俱备，可以进行绝对重力测量了，然而意想不到的事情却发生了。

绝对重力测量仪是在一个抽成真空的不锈钢圆筒中提升一个测试块，再让测试块自由下落，圆筒里上面和下面有两束纤细的激光，测试块下落时激光会产生干涉，通过激光干涉条纹计算下落距离，同时计算机采集测试块下落此段距离所用的时间，由此测出此地的重力加速度。尽管他们一再加固，但在"雪龙号"破冰时，娇贵的仪器还是受到了震动，所产生的激光在两个激发室内经过上万次的震荡后非常弱小，无法进行测量。

张世伟与何志堂心急如焚，立刻与国内联系，眼看着"雪龙号"将返回中山站，他俩不能一同前往，二人都着急上火，牙龈肿痛，三天三夜睡不着觉。国家测绘局同生产绝对重力仪的美国公司进行联系，对方提供了几套解决方案，张世伟与何志堂依方案进行处理，均不成功。国家测绘局决定让他俩和仪器留在长城站，不随考察船前往中山站，放弃中山站的测量任务，并定下两套方案，一种方案是我队员携仪器前往美国进行维修，另一种方案是邀请美方技术人员携带备用激光管前往长城站处理问题。国家测绘局与国家海洋局同美国、智利多次联系商洽，第一方案被否决，这两个国家都不允许中国人携带高精尖的产品——激光管出入境。国家测绘局与国家海洋局只能不惜一切代价，全力促成第二方案，确保长城站绝对重力测量成功。

在等待美方技术人员的时间里，张世伟与何志堂没闲着，而是在长城站附近进行了十几个点的相对重力测量。两人身背15千克重的"拉科斯特"重力仪，有时凌晨4点就出发，踏着没膝的积雪，用五六个小时才走到测量点，内衣都被汗水湿透了，凉冰冰地贴在身上。他俩顾不上休息，立刻投入到测量当中，读数、记录，测完后又背上仪器匆匆往回赶，经常一天只吃一顿饭。南极号称是世界的风库，天气十分恶劣，大风刮个不停，二人虽然穿着厚厚的防寒服，还是难以抵挡寒风的袭击，太阳无力地照射着，风像刀子一样割得脸疼。经常是出门时还是风和日丽，回来时却得顶风冒雪。

有一个点在长城湾对面的韩国考察站，必须乘坐橡皮艇横穿14千米的海面才能到达。这里终日风大浪高，就在不久前，韩国队员乘坐的小艇遇风浪翻船，冰冷的海水无情地夺走了一位韩国年轻科学家的生命。恐怖的阴影还未散去，长城站的水手长和水手考虑到安全问题，轻易不愿出艇。张世伟与何志堂为了工作，耐心说服水手，并义无反顾地带头跳上小艇，水手长和水手被他们的行为打动了，协助他俩三次出艇前往韩国站进行测量。最后一次由韩国站返回时，天气变得更糟了，橡皮艇几次差点颠覆，一旦翻船，后果不堪设想。水手长小心驾驶，拼命往回赶，刚一靠岸，11级的大风就接踵而至。

转眼间，春节临近了，长城站张灯结彩。比过年更让两位测绘队员欢喜的是，盼望许久的美方技术人员终于来了，经过紧张的安装和调试，绝对重力仪可以正常工作了。

当全世界华人都沉浸在过年的欢乐气氛中时，张世伟与何志堂投入到紧张的绝对重力测量工作中。

2005年2月8日，大年三十。很多其他国家的科学家都应邀来到长城站"过年"，一时间喜气洋洋、热闹非凡。外面下着大雪，寒风呼啸。张世伟与何志堂冒着风雪前往绝对重力测试实验室，连续几个小时紧张地工作，终于完成了任务。随后，时任国测一大队队长的岳建利接到了越洋的报喜电话，并在拜年时把南极绝对重力值顺利测得的喜讯告诉了队里的职工，大家为这份万分难得、意义重大的新年贺礼而心花怒放，举杯相庆。

虽然完成了任务，可张世伟与何志堂并不愿意就此休息等待，他们注意到，负责考察气象的副站长总是在采集数据，完成了常规观测后，他还在进行其他数据的采集工作。是啊，千辛万苦来到南极，要利用一切时间让测量数据更丰富、更准确。他们提出一个大胆的想法——再建一个绝对重力点。这意味着工作量将增加一倍，要付出巨大的体力和花费更多的精力。他俩又开始选点、埋设标石、吊装实验室、搬运仪器、进行测量……一切从头做起。当一系列工作完成后，两人虽然非常辛苦，但心里是甜滋滋的，这一工作确保了测量数据的精确和可靠。

2月24日，张世伟与何志堂结束了科考工作，乘坐智利的运输机离开长城站。他们从空中俯瞰长城站，存蓄雪水为长城站提供淡水的天然"水塔"——"西湖"波光粼粼，两人测量过重力的"山海关"挺拔巍峨，长城湾中的"鼓浪屿"秀丽多姿。他们再次由衷地为祖国感到骄傲，为自己能够执行南极测绘任务感到自豪，几个月来吃过的苦、受过的累，如机窗外的云朵般随风飘散。

豪情走大漠

在我国西北部地区，有100多万平方千米的沙漠地带。国测一大队成立61年来，先后37次深入新疆腹地，在广袤的沙漠里留下了一代代测绘人勇敢的足迹，为我国西部开发做出了不可磨灭的贡献。

1987年8月，一中队中队长苏凤岐带领一个小组向新疆北部额尔齐斯河畔的沙漠腹地突击。一望无际的黄褐色沙漠里，沙丘连绵不绝，仿佛世间只剩下蓝天和黄沙。队员们嘴里、鼻子里不停地进沙子，皮肤被太阳炙烤得脱了皮。就这样在沙漠里转了两天，苏凤岐他们才找到一个可以宿营的地方——搭建在一片干枯芦苇丛旁边的三间破烂的羊圈，地上的羊粪有一尺多厚。不过有这样的地方住，已经谢天谢地了。晚上温度降了下来，队员们枕着羊粪，看着满天繁星，竟感到十分惬意。那一夜，大家都睡得很香。

第二天一早，苏凤岐就带上几名测绘队员，背着几十千克重的器材和水，离开宿营地深入沙漠作业。太阳像一个大火球悬在沙漠上空，地表温度达到60摄氏度，整个沙漠就像一口大锅，煎烤着上面少有的生物。苏凤岐他们在滚烫的沙丘间上上下下，来回奔忙，找点、测量、记录，汗水哗啦哗啦地往下淌。干到下午，他们带来的水就被全部喝光了。等到那一片区域的测量工作完成后，天渐渐黑了，苏凤岐赶紧叫上大家往回返。

队员们翻过一个沙丘又是一个沙丘，无边无际，没有尽头。他们停下来想歇口气再走，可一躺下，谁也不想再站起来，口渴得难以忍耐，浑身像着了火。他们脱掉衣服，把身体埋在凉沙中。昏昏沉沉中有人觉得凉沙下边可能有水，便不停地挖起来，手指挖破了，水却一滴没有。有个18岁的队员小邢，他的父亲也是测绘队员，他想起父亲对他说过，有一次被困在沙漠里，靠喝自己的尿走出了沙漠。他便强迫自己小便，把尿液倒进嘴里，其他人却干得连尿也排不出来。绝望的情绪在蔓延。苏凤岐强打起精神，大声说道："兄弟们，大家别怕。只要有一丝希望，我们也要互相搀扶着走出去，一个都不能少。真要是走不出了，大不了我们就和吴昭璞老前辈一样，为祖国献身！"这豪情万丈的话语，鼓舞了队员们。大家支撑着身体站起来，互相搀扶着往前走。

登上一个个沙丘，可希望却一次次被湮灭在无边的黑暗中。半夜3点，他们终于看到两个人影，那是赶来送水的工程师徐帮田等二人。大家全都没力气说话了，7个人一口气灌下20千克水，倒在沙丘上昏睡过去了。第二天下午，他们才回到宿营的羊圈。第三天早晨，他们又步入沙漠，向更远的测绘点走去。

1993年4月，国测一大队三中队来到新疆克拉玛依古尔班通古特沙漠腹地，为油田开发做前期测量工作。

三中队副中队长霍保华和另外3名队员刚抵达测区，一场30年不遇的大风雪袭来。狂风呼啸，似乎随时都能把帐篷吹跑，大雪下了一天一夜，积雪到膝盖那么深。夜里，气温下降到零下35摄氏度，帐篷里如冰窖般寒冷，人裹上两层被子依然冻得牙齿打战，根本无法入睡。风雪停了，霍保华他们在雪地里生了堆火，几个人围着火烤了半天，身上才有一丝暖意，趁着热乎劲赶紧钻进帐篷睡觉。天一亮，他们就踩着厚厚的积雪，深一脚浅一脚地去测量点工作。

没过几天，仪器又出现了故障。几名队员紧张地维修，直到凌晨1点多才把仪器修好。时间紧，任务重，霍保华咬了咬牙说："兄弟们，我们走吧，不能再耽误了。"从驻地到最远的作业点十几千米，四人穿着鸭绒衣裤，扛着几十斤重的仪器，照着手电筒出发了。一口气干到凌晨4点，他们才收工。回到驻地时天已经亮了，一看表，8点。足足走了4个小时，谁也没出一滴汗，个个冻得脸发紫。这时，大家已经没力气说话了，每人端着一个缸子，大口大口地喝水。

队员们日复一日地与无比恶劣的自然环境斗争，工作进程没有丝毫拖延，眼看就要圆满完成任务了。这一天，霍保华乘坐沙漠车去一个点测量。在下一个陡坡时，轮胎一滑，车失去控制，一下侧翻了过去。霍保华一头撞在挡风玻璃上，把玻璃都撞碎了，玻璃碴子扎进他的脸上和头皮里。一旁的司机昏迷了过去，霍保华呼喊了半天才把他喊醒。司机睁开眼睛，一把抱住霍保华失声痛哭。两个人大难不死。

情绪平复下来，霍保华想起，其他几个队友都在各自的点上等着他同步打开GPS接收机呢，如果他到不了指定的点位，兄弟们就都白跑了。他安置好司机，拨打了救援电话，独自一人背着沉重的设备，忍着伤口的疼痛，一步一步向沙丘走去。当离点位还有大约200米的时候，霍保华实在支撑不住了，摔倒在地。他将身上背负的设备都卸下来，躺在地上大口喘气。阳光无比热烈，天空中有一朵云飘过。霍保华想起了家人，血从他脸上的伤口不停地往外渗。他咬着牙站起来，先拿起一个设备，走到点位放下来，再回来拿第二个。如此折返了几次，才把设备全部搬到点位上，做好了测量准备。

霍保华通过电台与兄弟们取得联系，大家同时打开机器测量。在那个点位，霍保华一直守到天黑。当他拖着沉重的脚步回到驻地时，已是晚上9点。他先询问了司机的情况，得知一切平安后，才找了面小镜子，清理脸上、头上伤口里的玻璃碴子。

三

在我国经济迅猛发展的新的历史时期，第三代测绘人渐渐成为国测一大队的中坚力量。他们传承了光荣传统，始终如一地保持着无畏的担当精神、饱满的工作热情，他们乐于奉献、勇于创新、敢于迎接挑战，赋予了测绘精神新的时代内涵，也不断提升着我国测绘技术水平，拓展着测绘工作服务经济社会发展的领域。

国测一大队现任队长肖学年介绍，国测一大队保持着我国测绘领域的多个唯一：唯一一支仍在从事基线测量的队伍，唯一一支仍在从事重力测量的测绘队伍，唯一一支同时拥有航空重力、相对重力和绝对重力仪器的队伍，唯一一支仍在从事天文测量的队伍……这么多的唯一，离不开传承和坚守，更离不开创新。

被选中的冲顶队员

2005年，国测一大队执行珠峰高程复测任务，队里需要选拔4名登顶测量预备队员，这意味着，凡是被选中的，都极有登顶珠峰的可能。队里决定，登顶队员必须符合两个条件：第一不能是家里的独子，第二是还没结婚。因为谁都知道，登顶珠峰的死亡率达三分之一，被选中了，就要做好牺牲的打算。

可谁也没想到，这危险而艰巨的任务，竟有很多年轻队员抢着申请。最终确定了四个人选：任秀波27岁，刘西宁28岁，柏华岗27岁，白天路26岁。他们是国测一大队第三代测绘队员的典型代表。如今10年过去，除了白天路被调离之外，其他三人都已成长为队里的中坚力量，任秀波现任二中队中队长，刘西宁现任生产科科长，柏华岗现任三中队中队长。

当年，任秀波接到命令后，立刻推迟了婚期。他对未婚妻说："还是等我回来再结婚吧，万一有什么不测，别耽误了你。"未婚妻哭着送他出征："你无论如何也要回来，我等你！"

在珠峰上，年仅27岁的他把重力测量高度的世界纪录提高到了7790米。

可在此之前，他从来没有过登雪山的经历，没想到第一次尝试就是攀登世界第一高峰。

任秀波和几位队友背着近15千克重的重力仪，穿着厚重的登山靴，带着压缩干粮，一次次艰难地向上攀登。从5200米到5800米，从5800米到6500米，一趟接着一趟地采集重力数据，进行适应性行军。每一次，他都当成是最后一次，每一个高度，他都当成是此生所能到达的最高点。为了能准确读数，任秀波常常顶着七八级的大风，在雪地上一跪就是十几分钟，手脚冻得没有了知觉，腿也麻木了。

4月27日，任秀波成功地把重力测量推进到了7028米。次日，他又和队友一起背着重力仪前往7790米营地做行军适应。当他们行至7500米左右时，遇到了特大暴风雪，情况非常危险，指挥员立即发出了下撤命令。然而，倔强的任秀波却坚持一定要测量到7500米的重力值。因为他不知道还能不能再次到达这样的高度。任秀波用冰镐在坡度达60多度的雪坡上刨出一块小平台，为了操作仪器，他只能脱了鸭绒手套，带着薄手套。十几分钟后，手就冻得没有了知觉。他将手用力地砸向冰镐，用来刺激神经，增加血液循环，等手有些知觉了，才赶紧把仪器背好，下撤到7028米营地。

5月21日，登顶测量的前一天，任秀波突然想到自己还不是一名共产党员，万一牺牲了，都没有资格在遗体上盖一面党旗。于是他拿起笔，在7028米的1号营地，写下了海拔最高的入党申请书。把入党申请书装进信封后，他感觉心中充满了力量，脑子里什么都不想了，只有一个字：上。

当天，任秀波冒着风雪艰难抵达了海拔7790米的2号登山营地。当其他队员都因为极度疲劳躺在帐篷里休息时，他却来到帐篷外面，在没有任何供氧设备的情况下，喘着粗气，架起重力仪测量重力值，并用GPS接收机精确测得该点的三维坐标。世界测量史上新的重力测量高度诞生了。

5月22日上午，A组4名专业的登山队员成功登顶，任秀波他们所在的B组失去了登顶的机会，对此，他心中略有遗憾。但红色的觇标已经插在了珠峰之巅，国测一大队胜利完成了复测珠峰高程的任务，任秀波和队友们忘记了所有艰苦，尽情地欢庆。

在这次珠峰复测的过程中，任秀波在6500米营地留守了43天，是所有登山队员中留守时间最长的。6500米营地是所有营地中气候条件最差的一个，被称为死亡营地。在这43天里，除了适应性行军和重力测量，他每天都参与培训藏族队员操作峰顶测量仪器。43天，他没洗过一次脸，每天只靠方便面、饼干等充饥，体重下降了20千克。由于长时间地在高寒、缺氧条件下作业，他留下了严重的后遗症，心脏肥大、脱发、记忆力衰退，直到现在，走路或站立时间长了之后，他冻伤的右脚依然有些麻木。

刘西宁、柏华岗和白天路主要负责对登山队员进行测绘仪器培训，为了给队员们减轻负担，他们把仪器没用的口全部用胶布封住，其余的口用不同颜色标记，使其模式化，假如队员们忘了仪器操作，就靠颜色来分辨。因为在峰顶，由于高寒缺氧，人的智商和反应能力都会大受影响。他们给队员们一段段讲仪器的使用方法，天气好怎么测，天气不好怎么测，设计了很多方案，还将操作流程做成小册子交给登山队员。

柏华岗在珠峰大本营时曾发过一次高烧，烧到 38 度多，被送到定日县医院，输了几天液才好。后来，在向 7790 米攀登的时候，他一点儿也不逊色，硬是用了 8 个小时冲了上去。

珠峰复测三年后，2008 年，刘西宁又来到珠峰脚下。汶川地震发生后，国家测绘局为了快速、准确掌握汶川地震对青藏板块地形变化的影响，紧急下发通知，要求国测一大队在最短的时间内完成珠峰地区 8 个点的测量。刘西宁被任命为本次突击队队长。

他们是这样完成这次紧急任务的：四个小组第一天赶到拉萨；第二天赶往日喀则，一个小组直接上点，住帐篷准备观测；第三天三个小组分别到达拉孜、定日、珠峰北 3 点，准备观测；第四天、第五天所有小组开始观测；第六天搬家换点；第七天、第八天继续观测；第九天检查上交数据，完成任务。

刚到拉萨，就有个别队员出现恶心、头疼等高原反应，刘西宁动员大家："兄弟们，这次任务紧急，大家忍忍，坚持住，在高原这都是正常现象，不用怕。想想那些辛勤耕耘、艰苦奋斗的测一代和测二代，我们现在所吃的苦算什么。"后来在观测时，有 2 名队员呕吐、胸闷，无法继续工作，刘西宁及时调整小组人数，继续给大家做思想工作，并主动来到海拔最高、条件最艰苦的珠峰北测量点，和大家一起在没有后勤保障、没有任何援助的情况下，克服一切困难，圆满完成了监测任务。

2012 年 1 月 9 日，我国在太原成功发射民用测绘卫星——资源三号。刘西宁带队前往河北安平县、太行山、黑龙江肇东市、内蒙古托县、陕西泾阳县进行资源三号测绘卫星在轨几何检校和多光谱影像高精度谱段配准。卫星检校受天气影响较大，必须天气晴朗，空气质量高。卫星过顶只有几秒钟，而在方圆几千平方千米范围内布设 30 多个地面靶标的时间也只有 3 天。因此在资源三号卫星几何检校过程中，刘西宁带着队员们抗严寒、酷暑，和时间赛跑，和天气竞速。在一次次紧张的"战役"中，他们的经验不断丰富起来，水平也不断提高，每次都成功地完成了检校，最终实现了无地面控制点立体定位精度优于 15 米，带控制点平面误差在 3 米以内，高程误差在 2 米之内；并且实现了一次铺设，联合开展多部门国内高分卫星联合检校，在国内首开先河。

如今，测绘的技术手段、装备、理论快速更新，测绘工作服务经济社会发展的方式也发生着改变，国测一大队主动适应时代变化，与时俱进，迎难而上。你看，当年被选中的年轻的冲顶者，如今正带着国测一大队新一代测绘队员，冲向新的顶峰。

"中国人，真了不起"

2014 年，国测一大队测绘队员张建华被国家测绘地理信息局授予"新时期感动测绘人物"荣誉称号。站在领奖台上和接受记者采访时，张建华平静而谦虚，从外表很难看出，他曾在非洲大陆、珠峰冰川出生入死。

2006 年，在合同金额约达 70 亿美元的阿尔及利亚东西高速公路建设项目竞标中，中国企业力挫法、美、日、德等国实力强大的承包商，拿下这份令国际同行眼热的订单。国测一大队承揽了项目中的测量部分。阿尔及利亚东西高速公路约 927 千米，国测一大队承揽了 528 千米高速公路测量，70 多名测量队员在非洲大陆的深山茂林、烂泥沼泽、荆棘丛中苦战了 4 个多月。张建华就是其中之一。

作为测量站的组长，张建华负责了 9 个标段中最"特殊"的 M3 和 M4 两个标段。M3 标段长 26 千米，位于首都阿尔及尔以东的山区，被认为是阿尔及利亚最不安全的区域，进入这一区域需要阿尔及利亚政府专门的批准函。在这里，反政府武装和恐怖分子时常出没，山谷里埋有地雷。张建华就亲眼看见过当地人挖出一枚地雷，近距离地观看这种随时会爆炸的地雷，让张建华不寒而栗。

阿尔及利亚政府批准的在 M3 标段的工作时间只有 5 天，时间十分紧迫，队员们争分夺秒，连夜准备，把标石装满车，将仪器设备规整好。第二天一早，队员们打算出门测量，可推门一看傻了眼：外面正下着大雨，雨水中还夹着冰雹。按照常规，这样的天气只能在家休息，但 5 天时间稍纵即逝，每一天都十分珍贵。张建华果断决定：工作照常进行。

队员们乘坐的越野车在武装军警的护送下，离开阿尔及尔，来到 M3 标段。张建华带领着大家顶着寒风，冒着大雨，挥着铁锹，一个点一个点地挖坑埋石。虽然天气恶劣，但队员们干起活来一点儿也不马虎，每一个环节都力争做到最好，展现出中国品质。26 千米的路线，50 多块标石，50 多个点的控制测量，张建华和队员们只用 5 天时间就保质保量完成。分别时，担任护送工作的武装军警提出，要和测绘队员们合影留念。他们对张建华竖起大拇指："从来没见过在这么恶劣的天气下，像你们这样不顾一切工作的。中国人，真了不起。"

恶劣的天气、紧迫的时间是一方面，随时有可能到来的武装袭击，也让大家绷紧了神经。就在提心吊胆的野外工作即将完成时，发生了一个插曲。张建华和队员们正在埋头测量，突然一声枪响打破了山谷的沉寂。所有人的耳朵和汗毛都竖了起来。反政府武装？恐怖分子？大家朝枪响的地方望去，只见一名士兵向他们摆手，原来是那名士兵紧张过度，不小心触动了扳机，幸好没伤到人。为了给自己减轻压力，张建华想着奢侈一回，给家里打国际长途。当他听到父亲的声音时，所有的惊恐和焦虑都烟消云散，父亲在电话那头说："你们都是为国争光的人，都是做不出亏心事的人，都是运气好的人，灾难和危险是不会降临到你们头上的。"听了父亲的话，张建华内心再次充满力量。

算是幸运，测绘队员们平安地离开了 M3 标段。但这并不是张建华第一次经历生死考验，在此一年前，在珠峰的冰塔林里，他曾与死神擦肩而过。

那是 2005 年 4 月，珠峰复测到了关键时刻，为确保观测万无一失，担任综合交会组大组长的张建华，先后 4 次上到了峰顶交会中最困难的西绒布观测点。28 日早晨，晴空万里，6 点多钟，张建华就带着单增和索拉两位藏族雇工出发了，这已是他第二次踏勘西绒布点了。

他们从艰险的西绒布北坡绕道来到了西绒布点。中午，当他正在点上作业时，天空骤然黑云密布，狂风大作，气温急剧下降，刹那间整个珠峰被牢牢包裹在风雪之中，能见度只有一两米远，仿佛进入了黑暗的冰雪世界。危险一步步向他们袭来，当时张建华内心只有一个信念：任务还没完成，一定要活着出去！

为了使生存的希望更大，张建华把所带干粮都让给藏族雇工吃，希望他们有更多的力量。但是，此时的张建华明白，其实更大的挑战还在后面，他们返回时必须为下次上点探出一条安全、快捷的路。这条路他在 1998 年就曾经走过，充满了艰险，单是那条 10 米宽的冰裂缝和一条 30 米长、坡度几乎超过 60 度的悬崖就足以让人望而却步。历尽千难万险，张建华终于给冰裂缝和悬崖处都固定好了攀爬的绳索，他的手套、裤腿上都结满了冰碴，胡子、睫毛上也结出了"冰棍"。

到下午五六点钟的时候，风雪已经弥漫了整个珠峰地区，人们知道张建华没有归来，大本营和二本营所有队员都着急了。有人用对讲机在不停地呼叫，有人用测量仪器中的几十倍的目镜寻找……可他仿佛消失在了茫茫的雪海中，无声无息。

有那么几个瞬间，张建华甚至产生了放弃的念头，他觉得自己不可能活着走出西绒布冰川了。但他内心深处，有种更强大的力量，支撑着他坚持下去。他想到自己已经有两年没有见到远在甘肃的父母了，只要活着，就有机会在年迈的父亲面前尽孝；只要活着，就有机会为患病的母亲治病；只要活着，就能有机会照顾在乡下种地的妻子和刚刚上学的孩子；只要活着，就还能和队友们拥抱，一起欢笑，一起流泪；只要活着，就能亲手完成这次测量珠峰的光荣任务。

下午7点多，雪终于停了，张建华他们奇迹般地走出了冰塔林。当看到了中绒布冰川的一个点位时，张建华知道自己有生还的希望了，他坐在雪地上，放声大哭。晚上9点多，一路摸爬滚打，张建华终于拖着疲惫的身躯回到了二本营驻地。迎接他的所有队员都流下了激动的泪水。

纵然如此，一个星期后，张建华又第三次穿越中绒布冰塔林，到西绒布交会点进行珠峰高程交会测量。他啃着硬干粮，化雪饮水，坚守点位七天七夜，圆满地完成了测量任务。因在2005年珠穆朗玛峰高程复测项目中成绩突出，张建华被国家测绘局授予"二等功"，同时他还荣获了"测绘科技进步奖一等奖"。

"感动测绘人物"推选委员会为张建华给出了这样的颁奖词："月圆之夜，地球之巅，茫茫风雪掩盖了返回营地的痕迹，可你却只想和红色的觇标偎依在一起，矗立着测绘人至高无上的气魄和担当。你把艰苦留给自己，把孤独留给了妻子。可珠穆朗玛的女神都眷顾你，让你和国测一大队的战友们，带回了8844.43米的灿烂与荣耀。"

张建华现任国测一大队第六中队技术负责人，他善于思考，勤于钻研，利用休息时间编写了许多切合实际的作业及质量控制程序。这些软件已在大队各生产中队得到广泛应用，软件的使用减少了作业流程，降低了出错率，大大提高了生产效率，保证了产品质量，为大队带来了较大的经济效益。特别是"GPS网基线数据质量检核程序"软件，作为大队科技创新项目，已经通过了大队审核并应用于生产。

2012年3月，六中队承担了资源三号卫星太行山长条带控制数据采点的任务。该项目测点数量大，时间紧，交通状况复杂，生产组织难度很大。张建华再次发扬优良传统、攻坚克难，成功解决了无网络RTK的问题，而且首次利用开发的PPP（精密单点定位）技术，确保了GPS观测30分钟以内、15厘米的高精度。最终，在15天内圆满地完成了任务，为国家局卫星中心开展长条带影像几何定位验证精度提供了可靠数据。

张建华无愧于"新时期感动测绘人物"荣誉称号。他用默默的付出和勇敢的气魄，向人们诠释着："中国人，真了不起""测绘人，真了不起"。

唐古拉山上的坚守

2006年5月底，国测一大队派出9个GPS测量小组，分别奔赴青海、西藏和新疆，开展"第六次地壳运动网络观测"项目。年轻的测绘队员程虎峰和刚刚走出校门的宗峰被安排在青海和西藏接壤处的唐古拉山点位上作业。

上山前，程虎峰和宗峰在格尔木休整了几天，适应高原气候，试图减轻高原反应。但当他俩乘车来到唐古拉山点位时，依然感觉呼吸困难，快走几步或者搬个重物，就脑袋发飘，喘不过气来。两位身强力壮的小伙子从东风卡车上卸下仪器、装备、给养和帐篷后，便一屁股坐在行李卷上大口地喘气。

第一夜，俩人都没睡好。程虎峰听见宗峰在行军床上翻来覆去，宗峰听见程虎峰在旁边辗转反侧。头疼、胸闷、脸发麻，脑袋好像要裂开似的，他俩恨不得用绳子捆住额头。"人上唐古拉，喊爹又叫妈"，这句谚语没坑人啊。

半夜起了大风，把帐篷的帆布吹得鼓鼓荡荡，帐篷的顶剧烈摇晃，狂风呼啸着，有越来越大的趋势。"这样不行！我们得找石头压住帐篷。"程虎峰把宗峰叫起来。他俩钻出帐篷，大风吹得睁不开眼睛，似乎要把人吹走。借着手电筒微弱的光线，他们脚步踉跄地找来几块石头，压在帐篷的四周，总算挺过了一夜。

6月1日，两个小伙子迎来了在唐古拉山的第一个黎明。这是一个无比清新的黎明。太阳的光辉把天边连绵的雪山映成金黄色，无边的草原悠扬地铺展，寒冷的空气中饱含着泥土和野草的清香。俩人精神为之一振，简单吃了点早餐，就向点位走去。

他们踩着碎石，一步一喘地爬上帐篷边荒凉的小山，来到点位上。这里，已经建好了一个2.5米高的水泥观测墩。程虎峰不由地感慨：自己空手上来都这么累，当年前辈们要将水泥、沙石、钢筋、模型板和水等沉重的材料搬运上来，实在是太了不起了。

高原紫外线强烈，只半天工夫，两名测绘队员脸上就被炙烤得火辣辣地发疼发痒。他们看着手中的"点之记"，发现上面标记着一条可以取水的小河。当二人兴冲冲地来到河边时，刚才的欢喜转瞬间消失得无影无踪，只见小河已完全干涸。程虎峰试着在河心挖了个小坑，仍然没有一滴水冒出来。这就意味着他俩带来的10桶纯净水，要非常节省地使用，除了正常饮用，还要用它洗漱和淘米洗菜。

唐古拉山上的气候，说变就变，刚才还是大晴天，转眼就刮起大风，接着乌云压顶，大雨如注，不一会儿又变成片片雪花，黄豆大的冰雹接踵而至。如是几天下来，面对每天必下的冰雹，两人都习以为常了。宗峰总结出了这里的气象规律："见风是雨，见云是雪，黄豆冰雹不值钱。"

做好了各种测量准备工作之后，程虎峰和宗峰要等待奔赴"五道梁""尼玛""珠穆朗玛峰北"等点位的兄弟们到达开机，同步开始工作。山上没有手机信号，更没有网络，点位离最近的道班和兵站都超过 40 千米。两个年轻的小伙子仿佛置身于茫茫大海，与世隔绝，就连看到一只乌鸦飞过，都能让他们兴奋半天。漫长而枯燥的等待，两人看书，聊天，探讨问题，用以打发光阴。一天做两顿饭，宗峰负责午餐，程虎峰做晚饭，强烈的高山厌食症困扰着他俩，虽然有饥饿的感觉，但就是吃不下去，有时一顿饭就是一口稀饭，他俩望着饭菜发愁，一点儿食欲也没有，只能靠年轻和结实的体魄来应付饥饿与厌食的矛盾。

程虎峰想起他到国测一大队之后，听到过的前辈们的故事。老一辈测绘队员们在更艰苦的环境中都能坚持下来，我们一定也可以。晚上，他仰望星空，看到满天的繁星，自己在浩瀚宇宙中如此渺小，此生的价值如何实现？那就是做好本职工作，为测绘事业贡献一份力量。

6 月 5 日，他们期盼已久的观测时刻就要来临了，两人摩拳擦掌，提前一天就用汽油发电机将四块蓄电池全部充满电，早早地睡下了，就等天亮上山安装天线和 GPS 接收机了。没想到，凌晨 1 点，他们被呼啸的狂风惊醒。狂风夹带着雨、雪、冰雹直扑下来，帐篷剧烈地抖动着，扭曲着，单薄的帆布根本承受不住这突如其来的冲击，帐篷的中心支撑杆倾斜了。程虎峰一跃而起，双手牢牢扶住冰凉的铁杆，宗峰忙将 GPS 接收机塞到行军床下，又将笔记本电脑包裹到被子里，保护好。可狂风暴雨越来越凶猛，用大石头压住的帐篷被掀了起来，风、雨、雹粒挟裹着沙石乘虚而入，行李卷儿被淋得透湿。寒风像皮鞭一样，抽打着二人的面颊和身体，两人轮换紧扶着剧烈抖动的帐篷杆，生怕帐篷会坍塌下来。狂风呼啸，沙粒和冰雹四处翻卷，两人虽然近在咫尺，但交流却得大声喊叫。最担心的事情终于发生了，帐篷杆四周加厚的帆布被风雪扯烂了，整个帐篷塌了下来，覆盖在二人身上，冰冷而潮湿，四周一片漆黑，两位年轻人感到筋疲力尽，莫名的恐惧开始紧紧抓住二人的心，在狂怒的大自然面前，他们是那样的脆弱和无助。可风暴丝毫没有停歇的意思，整个帐篷，包括他们在内，仿佛随时都可能被风吹走。"宗峰，压住仪器。"程虎峰大声喊着，自己也拼命地用身体护住设备。此刻，他们心里只有一个信念——人在仪器在！

这或许是生命中最漫长的黑夜，在与风暴的搏斗中，两个小伙子耗尽了全部的力气。一个崭新的黎明终于到来了，狂风投降了，撤退了。欣慰的是，所有的仪器都安然无事。他们瘫坐在地上，竟然相视一笑，随后紧紧地拥抱在一起。在这样的笑容面前，肆虐的风暴显得多么无力。借着晨曦的微弱光亮，他们支撑起帐篷，用铁丝捆绑连接撕开的帆布，收拾遍地散乱的物品。

天渐渐亮起来，二人不顾饥寒交迫，来不及晾晒打湿的衣物，背起仪器、电池和天线朝山上爬去。程虎峰将接收机放进了几天前就抬上来，原本用来装灶具的大木箱，再用绳子把木箱牢牢地固定在观测墩位上，宗峰将天线牢固地安装好，打开机器，状况良好。

紧张忙碌的工作，让两人忘掉了疲劳和不适，每天 7 点 20 分、12 点、17 点和 22 点四次上山记录数据、测量电压、更换电池、传输成果、转动天线……工作有条不紊地进行着。工作让时间充实起来，不再显得那么漫长。

他们带来的火柴在大雨中全被打湿，已无法再生火做饭，只能靠干啃方便面度日。在这高寒缺氧的地方，一周下来，两个壮小伙只吃了 40 包方便面中的 10 包，两斤挂面只消耗了四分之一，10 斤大米也只用了一小半，带来的鸡蛋、土豆、黄瓜、西红柿和大葱也剩下很多。

6 月 15 日，程虎峰和宗峰与其他点位上的兄弟们共同圆满地完成了任务，踏上归途。在唐古拉山青藏公路线最高点位上，他们为测绘事业坚守了 16 个昼夜。

2010 年，程虎峰因工作需要被调入重力中队。一大队流传着这样的话："重力中队有奔驰，相对重力坐飞机，绝对重力逛南极。"程虎峰觉得，以后的工作环境肯定好了，工作肯定轻松了。可当他参加了中国大陆构造环境监测网络——西藏测区相对重力联测后，他才知道完全不是这样。

程虎峰说，从成都飞往拉萨的路线中，队员们每天都是早上 4 点多出门，凌晨 2 点多才能返回驻地。而且每次都要在拉萨贡嘎机场待上四五个小时等候飞机，每个人都有高原反应，有的头疼，有的呕吐。更糟糕的是来回飞机都是满座，没有放置仪器的地方。重力仪不同于其他仪器，不能单独托运，不管是坐汽车，还是乘飞机，必须由队员们抱在怀里。近 24 小时的往返，腿一直处于麻木的状态。在测区，平均海拔 4000 米以上，道路坑坑洼洼、崎岖不平，重力测量的队员们平均每天都要乘车行驶 300 多千米。没地方吃饭，队员们只能啃着干馕，就着"凉茶"熬过每一天。

经常有人提起他和宗峰当年在唐古拉山上坚守 16 天的事情，程虎峰总是说："那不算什么。在国测一大队，没有哪个岗位是轻松的，大家都在默默地付出，无怨无悔。'艰苦奋斗，无私奉献'这八个大字，就是国测一大队的队魂。"

"测绘尖兵"成长记

国测一大队技术研究开发部主任刘站科，是一名"80 后"，正在攻读武汉大学测绘学院的博士。

2009 年，他硕士毕业后来到国测一大队工作。用他自己的话说，当初"犹豫不决"，甚至"很不情愿"。因为他了解到，国测一大队是一个外业生产单位，常年离家在野外作业，没有美丽整洁的办公室，没有正常的上下班，属于自己的周末、甚至国家法定假日都难以保证。他突然感觉到，一切原本勾画好的美好未来都离自己远去。那时，他很害怕来到国测一大队，怕自己忍受不了，坚持不了。

一个偶然的机会，刘站科遇见了时任国测一大队队长的岳建利。岳建利对他说："国测一大队是一个特殊的集体，是一个非常有感染力、净化力的集体。你要对国测一大队有信心，对自己有信心，无论什么岗位都可以实现自己的理想，要不了多久，你就一定会融入这个集体，成为他们的一员。"

改变从入队的第一堂课开始。按照传统，每位新员工的第一课就是参观荣誉室。正是这次参观，给了刘站科巨大的震撼，深深触动了他的心灵，让他对测绘人有了新的认识。当他看到46名英烈用青春、生命谱写的悲壮故事；看到老一辈测绘工作者六闯"生命禁区"，精确测定珠峰高程的英雄壮举；看到他们建造测量觇标10万多座，提供各种测量数据5000多万组的惊人工作成果；看到他们那美丽工整、比用电脑打印还要精致的手工记簿。刘站科惊呆了，他在心里想：这是怎样的一支队伍啊？是什么支撑他们风餐露宿、居无定所、离妻别子？是什么让他们在面对极其险恶的自然环境时，依然能够保持顽强的意志和乐观的勇气？

带着这份震撼，刘站科被派往重庆测区一线，跟着师傅学习野外测量。2009年8月26日，50多岁的刘晓东师傅，带着刘站科和另外一个年轻同事，乘车从重庆江北赶往綦江。途中，因下雨路面湿滑，车辆在刚出隧道下坡时侧翻了。为避免车子冲下深达百米的山沟，司机迫使车子撞向了路边的巨石。当时，刘晓东坐在副驾驶位置上，一头把前挡风玻璃撞得粉碎，半截身子都冲了出去。刘站科和另外一名同事，也被摔得没了意识。GPS接收机箱子、脚架以及二十几块电瓶全压在他们身上。过了许久，他们才苏醒过来。但身体无法动弹，被当地路过的群众，从车子里拽了出来。刘晓东头被撞裂，右肩膀脱臼骨折，刘站科右胳膊骨裂骨折，大腿被碎玻璃划了一个十几厘米的大口子，另一名同事大腿、膝盖都严重受伤。

这时发生的一个场景让刘站科终生难忘。他的师傅刘晓东缓过神来，头上还在流血，整个右胳膊都不能动弹，垂在地上。他躬着腰，一步一步慢慢挪过来，用可以活动的左手帮两个徒弟把伤口包好，又过去把司机也安顿好。然后，他整个人趴在地上，使尽身上最后的力气，从车里把仪器设备一件一件地全部掏了出来，整齐地摆放在安全的地方，这时才动手把满是鲜血的脸用衣服擦了擦，开始给自己包扎。

刘站科他们拦了一辆车，连夜赶往重庆第三军医大学医院。山路颠簸，刘晓东疼得浑身冒汗，把车座都湿透了，但他仍不断微笑着给徒弟们讲笑话。到了医院，刘晓东头部被缝了 20 多针，一声不吭。直到两名医生用脚踩住他的上身，用力拉伸他的胳膊，给他脱臼的肩膀复位时，他才终于忍不住，喊了声痛。

那一刻，刘站科哭了。他真切地感受到了国测一大队测绘队员身上那种特有的无畏、坚韧、忠诚与奉献的精神。看着面前的老师傅，看着这个让人肃然起敬的真汉子，刘站科发现了自己的不成熟，内心在慢慢产生变化。

2010 年底，刘站科前往厦门北部山区一个观测点下载观测数据。那时，52 岁的老队员马忠已经一个人在点位上进行了连续七天七夜的 GPS 观测。当刘站科走进帐篷，发现垫子上面全是水，被子、衣服都湿透了，而仪器却用防雨布包裹得好好的。马忠告诉他，山里每天傍晚都会下雨，昨天下了场暴雨，帐篷被风刮跑了，他就用被子把仪器包起来，抱着坐了一整夜。说这些时，马忠像是在说吃饭睡觉那样的平常事，没有一句怨言，还微笑着说："没问题，放心，我能撑得下去"。那一刻，刘站科的眼睛又湿润了。

身边的人和事，一次次感染着刘站科，他意识到，作为一名国测一大队的队员，自己身上有份沉甸甸的责任，那就是守护一大队无数前辈用心血和汗水编织的荣耀，继承和弘扬一大队不朽的精神。

2012 年以来，为了适应时代发展，满足测绘对高新技术的需求，国测一大队相继引进了好几套高新技术设备。同时，成立了相应的新技术研究开发部门。新部门的人员全部都是刚参加工作不久的小年轻，刘站科成了这个部门的负责人。面对以前从未接触过的航空重力测量系统、机载激光雷达等设备，大家没有别的办法，只有硬着头皮学习。通过 3 个多月夜以继日的摸索钻研，大家熟练掌握了设备的关键技术。那段日子，刘站科和同事们总是加班到凌晨，一天也就休息三四个小时。有天他刚进家门，妻子就指着他的额头说："怎么头发又上去了两指？"刘站科跑到镜子跟前一看，不知什么时候，头发掉得这么厉害，额头都发亮了。

2012 年 7 月 22 日，机载激光雷达设备运到国测一大队，9 月 15 日便出发去三亚进行试生产并取得了圆满成功。不到 2 个月的时间，机载激光雷达已初步具备生产能力。当甲方对刘站科及同事们的工作干劲竖起大拇指时，在场的小伙子们都哭了。有谁知道，这段日子他们玩了命地和时间赛跑，每天只睡 3 个多小时，7 天 7 个架次 42 小时飞行，仅用 10 天时间，就把三亚全部任务顺利完成。

2013 年 7 月，机载激光雷达航飞任务在云南昭通开展。赶到昭通的当天，大家没有休息，就立即安装仪器上飞机。第二天早上 4 点，机长通知说白天是个碧空天，云南天气多变，如果抓不住这次机会，此次任务估计就要等到明年再来做了。听到消息，作为航飞员的赵越、郑文科立马整理飞行计划与装备，没有来得及吃任何东西，早上 7 点半，就随飞机起飞。

由于飞行高度接近 4000 米，没有加压舱，没有吸氧，加上气流颠簸，赵越和郑文科都晕机了，吐得一塌糊涂，但他们硬是坚持操作仪器，完成了上午的一个飞行架次。飞机着地后，他俩连站都站不稳，一下子躺在地上。刘站科帮他们把饭拿过去吃的时候，他们吃一口就吐，就只喝了一小口水。还没有等休息多久，机长通知，马上飞第二个架次，让准备起飞。刘站科问他俩怎么样，不行的话，就算了，明天再飞。但他们没有迟疑，从地上爬了起来，拿起控制器就往停机坪走去。结果，没走几步，赵越就晕倒了，郑文科也晕得东倒西歪。但他们都连说自己没事，坚持上了飞机，并完成了第二个架次的飞行。等飞机落地时，他们一走下飞机，就倒在地上，回到住处，就打起了吊瓶。这天他们总计飞行 11.1 个小时。第二天一大早，他们又开始了新一天的飞行。

刘站科的另一位同事王宏宇，2014 年 11 月份去唐山执行北京机载激光雷达航飞任务，获取首都地区高精度影像图，为首都建设和京津冀一体化战略服务。临走时，他的妻子已怀孕 3 个月。王宏宇在任务期间，从没请假回来一次，只在春节时回家休息了几天，正月初八就返回了唐山，直到 6 月底任务结束才回到西安。由于航空管制等因素，飞机并不是每天都能起飞，但只要能起飞，就是高强度的飞行作业。在天上，王宏宇经常出现头痛、胸闷、耳鸣等症状。他随身带着塑料袋，有飞行任务时每天都要吐很多次。最可怕的是冬天夜航，地面温度只有零下十几摄氏度，天空中的寒冷可想而知，关键是机舱不密封，舱内和舱外温度一样，王宏宇穿着厚厚的羽绒服仍感觉像在冰窖里一样，一飞就是好几个小时啊。任务持续了半年多，王宏宇飞行时间达 240 多个小时，相当于一名正式飞行员一年的工作时间。他回到西安不久，自己的孩子就出生了。

刘站科说，到国测一大队 6 年来，他无时无刻不被一种精神的伟大力量所感染，是这种力量激励着他不断前进，让他的信念更加坚定。他是这样，他身边的年轻队员们又何尝不是这样。在前辈精神的感召下，他们从一名测绘新兵慢慢成长起来，成长为新时期使用新技术手段和仪器设备的"测绘尖兵"。他们正式接过了前辈们手中的火炬，可以骄傲地宣布：我们是国测一大队测绘队员！

后　记

习近平总书记给邵世坤等 6 位老同志回信后，国土资源部党组织立即下发通知，要求全系统认真学习宣传贯彻总书记回信重要精神，号召全系统向国测一大队学习。国土资源系统各单位采取聆听先进事迹报告、召开座谈会、书写学习感想等多种方式，掀起了向国测一大队学习的热潮。

8月31日，国测一大队先进事迹报告会在国土资源部举行，部长姜大明，副部长库热西、张德霖亲切接见了报告团成员。

在聆听了报告团成员讲述的感人事迹后，姜大明部长在讲话中说，国测一大队是一个有着光荣传统和辉煌历史的英雄集体，长期以来一直是国土资源战线一面亮丽的旗帜。向国测一大队学习，就是要学习他们对党忠诚、心系人民的共产党人情怀，就是要学习他们顽强拼搏、勇攀高峰的艰苦奋斗精神，就是要学习他们不怕牺牲、无私奉献的崇高道德境界，就是要学习他们敢于担当、锐意创新的求真务实作风。

不只是国土资源系统，各行各业广大党员干部都认真学习了习近平总书记回信重要精神，纷纷表示要以国测一大队为榜样，真正做到"在党爱党，在党为党""忠诚一辈子，奉献一辈子"。

如今，国测一大队的感人事迹正在他们脚步踏遍的山河大地上传颂，正在感动更多的人，鼓舞更多的人。

"热爱祖国、忠诚事业、艰苦奋斗、无私奉献"，这16个字，深深印刻在国测一大队测绘队员心中，日复一日，年复一年，他们用体温暖化的冰雪书写，他们用鲜血染红的岩石书写，他们用汗水洒湿的黄沙书写，他们用双脚征服的山峰书写，他们用一个个基站、一条条标尺、一组组数据、一幅幅地图书写。

这是怎样的热爱啊！一步一步地行进，一米一米地丈量，他们像叫自己的亲人一样叫着每一座山每一条河的名字，他们像爱自己的身体一样爱着脚下每一寸土地，祖国大地的每个角落都留下了他们的足迹，再遥远的地平线上也有他们的身影。

这是怎样的忠诚啊！对他们来说，测绘工作是无比光荣而神圣的使命，没有到达不了的点位，没有不能做出的牺牲，人在仪器在，人在资料在，任何一项普通的任务都是军令状，任何一个寻常的数据都值得付出巨大的艰辛，人生的价值只有在事业中才能闪出耀眼的光芒。

这是怎样的奋斗啊！从冰天雪地到热带雨林，从湖泊沼泽到大漠戈壁，从海平面以下几百米到世界之巅，从零下四五十摄氏度到零上四五十摄氏度，在他们眼里，从来就没有什么"生命禁区"，他们用惊人的毅力，一次次挑战自身的极限，谱写出一曲曲震撼人心的生命壮歌。

这是怎样的奉献啊！每年绝大多数时间他们都在野外工作，远离家人和安逸的生活，难以听到孩子叫自己一声"爸爸"，难以看到妻子穿裙子的样子，极端艰苦的环境让他们中很多人身患多种疾病，甚至英年早逝，却没有一个人流露出一点儿悔意，说出过一句怨言。

他们的精神，就像插在珠峰峰顶的红色测量觇标，为这个时代树立起一座标杆，这就是中国新时期建设者的精神高度。看着这个标杆，我们不难理解，为什么中国会有震惊世界的发展速度，创造出一个又一个东方奇迹。

他们的身影，一次次出现在遥远的地平线，他们用几十年如一日的坚守，站成了共和国崛起的地平线。我们当然也不会怀疑，在这条地平线上，一定会崛起令世界赞叹的"中国高度"，中华民族伟大复兴的"中国梦"一定会实现！

《时代报告·中国报告文学》2016 年 2 月号

中国大飞机·适航报告（节选）

刘　斌

国家特级试飞员赵鹏：壮志凌云，大鹏展翅

"我心中有本账，国家花在我身上的培训费就有 2500 万。"

2016 年 5 月 25 日，中国航空城阎良医院的重症监护室里，一位泪流满面的中年男子把一台小型录音机放在床头，俯在静卧的患者耳畔，轻声地说："爸，醒醒吧，您已经 14 天没睁开眼睛啦，醒来听听音乐吧，我……"他哽咽着说不下去了，用纸巾擦了一下两眼滚流的泪水，又断断续续地说："爸，儿子不孝，要离开您一段时间……"他实在控制不住自己，看了看父亲头上缠着的厚厚绷带，微闭的双眼，一动不动的慈祥面容，咬紧牙关快步离开。刚迈出重症监护室的房门，再也控制不住心中泉涌的情感，抱头失声痛哭，众多亲友同事上前搀扶、安慰。

这位中年男子就是中国第一款涡扇喷气新支线 ARJ21-700 飞机首席试飞员，中国飞行试验研究院副院长赵鹏。

半个月前，年届 85 岁，身体硬朗的赵老伯到市场买菜，不慎遇到车祸，脑部受到重创，急救手术后一直昏迷不醒。赵鹏身兼数职，工作十分繁忙，每天下班后来医院看望守候，直到深夜。早晨，眼睛充满血丝，照常穿上飞行制服走进试飞院办公室。

赵鹏的父亲早年在林业部东北航空护林局嫩江林场任航空观察员，与苏联航空专家共事多年，喜欢俄罗斯的历史文化，有着浓烈的俄罗斯情结。2009 年新春佳节，试飞院派赵鹏接待俄罗斯教员弗拉基米尔·比留科夫到中国海南过中国传统的春节，赵鹏携父母妻儿迎接陪同。在海南三亚湾，当喜庆的焰火漫天升起来时，赵鹏的父亲和弗拉基米尔·比留科夫像年轻人一样手挽着手欢快地唱起了

《咔秋莎》《莫斯科郊外的晚上》《红梅花儿开》……歌声在节日的夜空中飞扬，中俄两位航空友人的脸上绽放着像花儿一样的笑容，与五颜六色的焰火辉映。

听说音乐能唤醒人的受损大脑的知觉，产生精神刺激，使深度昏迷的人能慢慢苏醒过来，赵鹏选来了父亲最爱听最爱唱的俄罗斯经典歌曲，把音乐 CD 碟片放到老人床头。老人热爱森林，喜欢猎犬，赵鹏又找来森林小溪潺潺流水、清晨悦耳的小鸟鸣唱、猎犬忠诚的汪汪叫声等大自然音乐之声，老人善良慈祥，喜欢孩子，赵鹏又录来四个孙儿孙女朗朗的欢歌、甜甜的祝愿、稚嫩的笑语。

赵鹏的眼前浮现出一幕幕父子情深的画面：小时候最开心的事是坐在小山包上看飞机，喷洒农药的通用飞机来到林场，他拍着小手蹦着跳着围着飞机转，父亲抱他进机舱，他高兴得不肯下来，指着操纵杆，一定要上前摸一摸，叫着嚷着："我长大也要开飞机。"

家中养过 4 条猎犬，林场人都有执枪证，爸爸经常带他去打猎。一次从清晨 4 点到 7 点，父子俩打了 16 只野鸭子，猎犬跑来跑去，从水泡子中把猎物叼回来，赵鹏很得意，把战利品挂在枪上拍了照片，那一年他 12 岁。枪握得稳、打得准，本事是父亲教的。

赵鹏天资聪颖，家搬到哈尔滨后，他考上了重点中学——哈市第六中学。有一年北京大学来招天体物理少年班大学生，父亲领着他到了考试地点，盯着赵鹏的眼睛说道："小三（赵鹏在家排行老三，上面还有两个哥哥，下面还有一个妹妹），自己看准的目标，就大胆地努力吧。"

由于年龄的限制，大了 6 个月，赵鹏失去了进北大少年班的机会，而以优异的成绩考进了北京航空航天大学。爸爸和妈妈千里迢迢把赵鹏送进了北航，一家人又到天安门广场留了影。几天后，赵鹏又送父母到北京站，火车开动了，挥手告别的瞬间，赵鹏的眼睛湿润了，那一刻，他感到：真的别离了父母，走自己的路了。

人生生离死别、求事不成、寻爱不得是三大痛苦，自从父亲车祸后，领导的关心探望，同事们自发的日夜陪护，让赵鹏感动不已。他是一个孝顺的儿子，多想守候在老人身边，看着老人慢慢睁开眼睛，生命出现奇迹啊，但是，自古忠孝不能两全。

赵鹏身兼数职，责任在肩，他是中国民航局特聘的第一位试飞员，是工业方的首席试飞员，又是中航工业的专职国家试飞员，还是中国飞行试验研究院副院长、中心党委书记，主管着 5 个中国民机型号的试飞任务。眼下已经接受赴西班牙培训的任务，为中国大飞机 C919 年底首飞做准备。5 月 27 日将启程，作为队长率陈明、赵明禹、赵生等 10 名队友前往。

一边是国家的任务，一边是昏迷中情深似海的父亲，赵鹏彻夜难眠，最后他果断表示："计划不变，我按时出发。"他说道："我心里有本账，不算工资、奖金、飞行小时费、空勤伙食费，单算培训费，国家为了培养我花了 2500 万。在祖国需要我的时候，我没有二话。"

赵鹏挥泪告别了重症监护室里的父亲，告别安慰了母亲，告别亲友和同事，登上了飞往北京的航班。5 月 26 日，他在北京紧张工作一天，与荷兰皇家航空实验室的副总裁和技术人员洽谈深入开展人机智能安全飞行和运用激光测速技术改进航空测量等科学研究合作意向。5 月 27 日踏上了飞往马德里的国际航班，将在位于西班牙西南部安达卢西地区的赫雷斯欧洲飞行学院训练，再从骄阳似火的赫雷斯转到阴雨绵绵的英国小城布莱顿，为了年底中国大飞机 C919 首飞，赵鹏和他的队友紧张地备战着。

"我只有一个愿望：能飞就行，不管去什么地方。"

1992 年 9 月，赵鹏在北京航空航天大学经过 4 年本科学习毕业了，面对人生的第二次重大选择，他坚守童年的理想，不改初心，向班主任明确表示：去哪里都无所谓，只有一个愿望，能飞就行。当时中航工业旗下有许多单位来学校招毕业生，赵鹏完全有条件留在北京从事航空科研。但是，当他得知中国飞行试验研究院来招人，就直接跑去询问："到院里能当飞行员开飞机吗？"招生的领导说，我们是飞行试验研究院，当然要培养飞行员，而且是驾驶国家研制的新型号飞机进行科学试验，你们幸运，赶上机会了，国家正在发展航空飞行试验事业。赵鹏没等领导介绍完，马上表态："我去你们单位，我从小就想当飞行员，上大学又选了北航，国家需要，就是我的志愿。"

就这样，赵鹏毅然决然地放弃了留在北京的机会，坐了一天一夜火车到了西安，又从西安坐了 3 个多小时中巴车，进了阎良航空城。初来乍到，天天吃面，生活不习惯，远离大城市，这里显得清冷，思想有些许波动，感到茫然。经过学习、教育，他慢慢适应安心了，短暂的彷徨过后，情绪振作起来。他感到这里是他航空飞行梦开始的地方，试飞院是他为国家做贡献的理想舞台，他的职业生涯十分简单，几十年只做一项工作，就是"试飞"。出了北航门，进了试飞院，一直到今天，一心一意，专心致志。从大学生到试飞员，从学员中心党委书记到试飞院副院长，从单一机型试飞到主管中国民机 5 个型号试飞（新洲 60-700，小鹰 700，蛟龙 600，ARJ21-700，C919），从普通试飞员到国家民机首席试飞员，赵鹏的成长伴随着中国民机的发展，个人的理想前途与国家民机事业息息相关，他的每一个前行足迹都与国家的改革开放步伐紧密相连。

来到试飞院两个月后，赵鹏便被送到中国民航四川广汉飞行学院学习，在两年的时间里，他系统全面地学习了航空飞行基础理论，进行了初教机、高教机的实际飞行训练，取得了几个型号的飞行执照，圆满完成了学业。儿时的梦想变成了现实，他激动得在睡梦中高兴地笑出声来，情不自禁哼起了"我爱祖国的蓝天……"

在赵鹏的职业生涯中，在完成了从大学生到大学生飞行员的转变后，又完成了从大学生飞行员到研究生飞行员的角色提升转变。

1995 年至 1998 年，赵鹏在西北工业大学研究生院学习飞行力学专业的公共课、专业基础课和专业课，然后在实际飞行中选择确定研究方向和课题，采集和处理数据做硕士论文，再回到课堂上请导师指导，最后通过答辩，获得了学位，成为我国第一批硕士研究生飞行员。1998 年 4 月，《人民日报》为此发布了消息。

"民航局万里挑一选聘我，我要以百分之百的努力为中国民机做贡献。"

研究生毕业时，领导找他谈话：机会来了，为中外合作研制的民用大飞机 AE-100 的首飞做准备。他十分兴奋，紧张地准备着，心理、技术、应急……然而天有不测风云，朝思暮想而来的不是 AE-100 飞机首飞，而是令人痛心落泪的项目下马，他跑到机场的跑道旁，仰望星空长叹：怎么这么难啊？祖国难，个人壮志也难酬。

沙漠埋不住绿洲，祖国会给真正有梦想的人机会。不久，赵鹏被借调到中国民航飞行学院任教，三个春秋，他与民航航空学子朝夕相处，像一个贴心的大哥哥，毫不保留地把自己的理论知识、实际经验全部倾囊而出，辛勤地培育新人，在教学中也不断提升自己，飞行小时数节节上升，完成了一个研究生飞行员向有丰富飞行阅历的机长教员的转变。

机会又来了，国家运 12-E 型飞机研制完成。等待中国民航局适航审定试飞，局方领导心急如焚，求贤若渴，在全国航空界大筛选，曾任哈飞运 12 首席试飞员的孟宪珍老师推荐了赵鹏。

千里马需要伯乐，民航局审阅了赵鹏经历和资质，马上拍板，就是他。应了辛弃疾的名句：众里寻他千百度，蓦然回首，那人却在灯火阑珊处。赵鹏不负众望，沉着冷静地完成了一个又一个局方试飞适航审查科目，为运 12-E 走出国门走向世界做出了贡献，这一年，赵鹏刚满 30 岁，正值而立之年。

赵鹏经常说，我做的工作只是一点点，国家为了培养我却花了 2500 多万元，我心中永远记着这本账。

2002 年，ARJ21 新支线飞机立项，时间紧迫，当时计划 2005 年取得型号合格证，2008 年交付航空公司运营。中国民航局未雨绸缪，提前进行了选派试飞员和试飞工程师出国培训的工作，选派 6 人前往美国国家试飞员学院培训。考核是严苛的，适航司司长王中和副司长周凯旋对赵鹏的飞行经历、专业知识和英语水平十分满意，但也有些担心，赵鹏例属关系在中国航空工业总公司，民航面对"双跨"（两个行业）人员送外培训没有先例，民航局出经费培养中航工业的试飞员，回来后会不会成了"煮熟的鸭子——飞了"，不听调遣，不为民航局适航审定服务？这个"担心"不是空穴来风，民航内部已有议论："花 6 万多美元培养中航工业的试飞员，不是长久之计，不稳妥。"中航工业也风传："民航局挖了我们多少人才？从副局长、司长到工程技术人员，现在又打试飞员的主意了，培训后调走怎么办？"

航空工业总公司民机部部长王启明是个贤达之士，他明确表态：无论是中航工业，还是民航局，只要为中国民机试飞做贡献，我们都要支持。后来，两大单位专事谈判，达成共识，形成会议纪要。试飞员是国家财富，共同使用人才稀缺资源，发展民机事业。一直到现在，赵鹏、陈志远两人仍是局方聘任的试飞员。

2002 年金色的秋天是收获的季节，赵鹏、陈志远、钱惠德、周成刚、朱雪峰、王志丹不负民航局的期望，在美国国家试飞员学院短短 6 周中，完成了 FAA 试飞员 / 试飞工程师适航审查培训课程，携带考试合格证书回国。

六人学成归来后，立即加入了中国民航适航"国家队"，即 ARJ21-700 新支线飞机型号合格审查组，皆成为大组和飞机性能专业组的中坚骨干。期间，赵鹏还担任了完全自主知识产权、按 CCAR-23-R2 审定取证的小鹰 500 型 5 座轻型多用途飞机的首飞试飞员，这型飞机现在已被中国民航飞行学院用作初级教练机。他还担任了南昌洪都航空工业公司生产的 N-5A 型 2 座农林专用机的局方试飞员。并代表局方参加了俄罗斯图 -204 飞机的认可审定。

N-5A 是以农业为主的多用途单发单座螺旋桨飞机，又是他与钱惠德搭档，一个是试飞员，一个是试飞工程师，钱惠德做了大量试飞前的技术准备工作，赵鹏按照他做的试飞审定飞行大纲，一个科目一个科目扎扎实实地试飞，圆满完成了任务，发现了飞机一些需要改进的问题，对变更设计提出了具体意见，工业方洪都飞机公司十分满意。

俄罗斯专家的赞誉

2006 年 7 月，赵鹏、钱惠德再次联手代表中国民航局局方试飞员和试飞工程师前往俄罗斯对图 -204（-120C）货运型飞机进行认可审定试飞。图 -204 是俄罗斯图波列夫航空科学技术联合体研制的中程飞机。俄方开始不同意试飞，理由很简单，多年成熟的研发经验，又是航空强国。想让中国民航代表看一看，签字认可，把飞机买回去就行了。赵鹏、钱惠德坚持：我们是代表中国民航局局方来的，局方有购买程序，必须试飞，验证飞机状况的真实性和有效性，方能签字，否则就不考虑发证，以后再说。"以后再说"四个字很有力量，俄方妥协，同意试飞。赵鹏、钱惠德回到酒店，认真研究试飞任务单和试飞豁免条款直到深夜。

第二天，赵鹏、钱惠德赶到总装厂试飞中心登机试飞，在飞紧急震荡科目时，要飞快速跟踪快速稳定内容，检查飞机震荡趋势。还有一个科目是偏执着陆，使飞机不沿跑道中心线，而是沿着偏的位置下降，然后迅速纠偏落地，偏差很大，试飞员必须反应敏捷快速，将飞机落到一个精确的位置，从而判断飞机是否会诱发震荡。赵鹏主驾，钱惠德监控并全程录像，两人配合默契，相得益彰，出色完成了认可审定任务。俄罗斯专家交口称赞：这个试飞员年轻有为，了不起。

后来，在试飞院研究员等级评定会上，赵鹏在申请答辩时播放演示了图 –204 飞机认可审定试飞的录像，受到评委一致好评，赵鹏成为国家第一位试飞研究员（正高职称），这一年，他 35 岁。

胆识与静气的历练

2008 年 11 月 28 日，赵鹏和他的 11 位队友紧张备战了 5 年，迎来了 ARJ21-700 飞机的首飞时刻。

赵鹏心情激动，彻夜未眠，想了许多许多，想到自己飞行生涯中遇到的险情、想到"每临大事有静气"的要则。由于酷爱飞行，2001 年，还是二十几岁年轻气盛之时，初生牛犊不怕虎，在陕西太白山麓的山岗上，他竟然敢在用推土机推出的一条 300 米的土跑道上驾驶一架没有高度表没有速度表没有飞行手册的两座超轻型飞机直上蓝天。座前只有操纵杆和发动机转速表，眼前是山谷悬崖，身后是茂密森林，临时跑道太短，又遭遇顺风的影响，第一次着陆飘过了一半的场长距离仍落不下来，加大油门拉起。第二次复飞还是落不下来，他急中生智，对后座的飞行员说："再落不下去，就落到旁边的高速公路上。"第三次着陆急踩刹车擦着崖边落下，停到跑道尽头的森林旁，在场的人都吓出一身冷汗。虽然凭良好的飞行感觉平安着陆，但这次冒险给赵鹏敲了警钟，他发誓：我是国家重金培养的飞行员，今生今世再不干这种明令禁止的冒险事。

赵鹏说，驾驶飞机是脑力劳动，更是体力劳动，两者结合，理性思考判断，科学敏捷处理紧急情况，进行飞行艺术追求，把天赋良好的飞行感觉与技术技能结合一体，才能达到精准精确精致的地步，达到炉火纯青，完美境界。他还体会到：飞的时间久了，就产生一种自然感觉，仿佛机翼就像身上的两只翅膀，在空中自由地飞翔，没有丝毫紧张、不安、焦虑，操纵也不是机械的，反之会更加及时、准确和从容。甚至不看仪表盘，就能判断飞行的速度、高度。

遇到意想不到的突发情况怎么办？赵鹏说，冷静、冷静、再冷静。2004年，飞一架科研轻型飞机，刚起飞爬升到300米高度，左舱门"嗒嗒嗒，嘣"的一声开了，面对这突如其来的意外情况，正在专心致志左手握杆，右手操纵油门的赵鹏下意识地移开左手去拉舱门，同时对右座的赵明禹说："舱门开了，你驾驶飞机！"明禹反应快，马上右手握杆，左手操纵油门，赵鹏双手拼力拉舱门，但是随着飞机速度加快，压差增大，双手拉出了血，还是关不上舱门。他当机立断，对赵明禹说："我这边力臂短，把杆交给我，你关舱门。"两人快捷换手，明禹紧紧地用双手抓拉舱门，赵鹏从赵明禹身体下方艰难地左手握杆，右手按油门操控飞机，飞机慢慢下降，平稳落地，两人双手满是鲜血，相视一笑。如果面对突发的情况不知所措，乱了手脚，任凭舱门被风吹掉，万一砸上机尾，飞机失去方向舵，就会变成秤砣铁块，导致机毁人亡。良好的心理素质，每临大事有静气，冷静处置是第一要务。

航天英雄和航空试飞英雄相聚浦江

2008年11月28日，这一天是ARJ21-700飞机首飞的日子，有关方面特别把航天英雄杨利伟请到了上海首飞仪式现场。

首飞开始了，赵鹏冷静地走到飞机前，习惯性地深情地抚摸一下机体，然后，冷静地带着微笑走进驾驶舱，像往常一样，一板一眼地按程序做动作，飞机伴随发动机的轰鸣声慢慢滑向跑道，瞬间加速离地起飞。赵鹏此刻心情万分激动，这不是一般的小型、轻型飞机，这是中国首款自主研制的涡扇喷气新支线飞机，它承载着祖国和民族的希望，是中国大飞机事业的开路先锋。起飞的那一刻，标志着中国大飞机的梦想正式启航。天公作美，那一天，风和日丽，在湛蓝如洗的碧空下，从上海大厂机场起飞，经崇明岛、长江入海口，直线距离50千米，赵鹏驾驶飞机凌空翱翔，这里程碑般的一起一落，仅仅1小时01分钟，高度3000米，风平浪静。然而，中国人的航空梦整整走过了一百年，中国大飞机梦走过了40年，ARJ21新支线走过了艰难曲折的6年，太不容易了。

在鲜花、掌声和欢呼声中，首席试飞员赵鹏率陈明、赵生走下舷梯，沿着红毯径直走到航天英雄杨利伟的身边，杨利伟站起身来，与赵鹏热烈握手拥抱。中国航天英雄和中国民机试飞英雄历史性的会面形成定格。威武的人民解放军将军制服与耀眼的镶有鲜亮五星红旗的中国试飞员工装交相比美，两位英雄坐下来，倾心交谈，十分亲热。

在我的独家采访中，赵鹏说了心里话："我对首飞成功充满信心，可以说，稳操胜券，工业方集高科技新技术于一身，在研制 ARJ 飞机上下了大功夫，飞机经过了风洞等地面试验，证明发动机是安全的。我们试飞院现成立了以院长挂帅的试飞专门领导小组，成立了专门型号办公室等机构，众多人员几年前就深入开展预可行性研究、技术改造、人才培训、组织管理等多领域，多层面的准备，所以说，首飞是万无一失的。我们试飞员只是实际操纵，背后是众多的人在努力做工作。从 2005 年开始，试飞院安排试飞员进行了扎实的专业培训，分别在民航波音 737、空客 A–320 飞机上进行资格训练，都取得了民航大型运输机的机长证书，又先后选送 5 名试飞员和 5 名试飞工程师到美国国家试飞员学院进行了为期 4 个月的适航审定培训，学校校长给予了很高的评价。"

赵鹏和试飞团队还到 ARJ 模型机和"铁鸟"航电试验台上进行了多次试验，与科研人员共同研究熟悉系统设备，在心理上和技术上都得到了修炼和提升。首飞之前，进行了历时 33 天 18 次滑行试验，飞机拉起后，会在空中发生什么，又寻找风险，制定对策。比如：空中两台发动机都停了，飞机变成了滑翔机，迫降到哪里？他们专门开车到崇明岛一带勘察具体迫降地段。首飞成功不是大功告成，而是刚刚开始，后面的路还很长很难。

挑剔的美国人向他竖起了大拇指

赵鹏的英文名字叫"爱伦"，在 ARJ21–700 适航审查的日子里，美国 FAA "影子审查"组长汤姆·斯蒂维给他起了一个绰号：小野牛（Maverick），不知是什么意思，后来查了一下，来自美国大片《壮志凌云》，影片内容是美国航空兵舰载机士兵生活与成长的故事，几个男主角都有绰号，什么"冰人""企鹅""小野牛"等，"小野牛"东北话叫"牛犊子"，天不怕，地不怕，初生牛犊不怕虎。ARJ21–700 飞机的风险最高、难度最大的科目，赵鹏都飞出来了。一到试飞现场，美国人不称他姓名，总是半开玩笑地叫他"小野牛"。

最小离地速度（Vmu）试飞是世界试飞界公认的第一高难度试飞，这个科目全球至今只有不足 20 人敢飞、能飞，风险非常大，就是飞机在等于或高于该速度时，在全发工作或一发停车的状况下，飞机能安全离地并继续起飞，不会出现机尾触地的危险。最小离地速度由飞机擦尾时机身的姿态角度确定，并通过飞机起飞试验证实。这个科目难在飞机很难建立稳定的尾撬擦地姿态，试飞中尾撬触地滑跑姿态角较大，试飞员几乎看不到跑道，很难保持飞机姿态和方向。成功率很低。

2013 年 5 月 9 日，赵鹏以中国民航局局方试飞员身份，赵生以申请人中国商飞试飞员身份共同执行这个科目的试飞。跑道仅有 3400 米，飞机滑跑尾撬需擦地 3000 米，时刻有冲出跑道风险。不允许加大油门，只能一点点加推力，小马拉大车，小油门大推力。业界称这个科目是用"刮胡刀刮脸"，尾撬就是锋利的刮胡刀，脸就是跑道，掌管刮胡刀的手轻了，刮不上，无效劳动；手重了，刮深了，宣告失败。蜻蜓点水碰一下是失败，出现蛙跳碰一下又跳起，再碰一下又跳起来，也是失败。难点是飞机离地前后，姿态角度不能减小；机头抬高后，看不到跑道，机身不能有一点儿偏差，差之毫厘，都会以失败告终。

试飞院请来俄罗斯试飞教员，讲解要领，分解动作。赵鹏和队友多次在机上感觉、体验，油门大小如何控制？刹车如何使用？杆量的多少如何调节？……教科书中是学不会的，赵鹏和他的队友反复琢磨，精细训练，终于把这把"刮胡刀"玩得出彩出色。

这个科目做了 7 次，要用不同推重比试飞，美国 FAA 专家现场观察 7 次，他们不相信中国试飞员能做成功，不在监控室看录像，坚持要求站在跑道一侧直接目击试验，直接冒着似火的骄阳跑到跑道上检查飞机尾撬擦地情况，看到尾撬擦地电光石火，在跑道上磨出光亮平坦的表面，傲慢并持有偏见的美国专家在事实面前服气了，在赵鹏面前竖起了大拇指，赞道：小野牛，好样的！并写了专题报告：这是一次杰出的试飞。

唯独有一次，赵鹏做完这个科目后在空中耗油，美国 FAA 的专家去吃饭，当他们回来时，飞机已经落地停场了。他们似是开玩笑又似是认真地说："我们没看到飞机落地那一时刻，你会不会趁我们去吃饭落地，然后用砂轮打磨尾撬造假给我们看？"FAA 自己带的翻译沉不住气，气愤地抗议："这是对中国人的污辱。"美国人忙解释，这是玩笑之谈。

当年在美国国家试飞员学院培训学习时，由于表现突出，赵鹏深得导师（现任学院副校长）格雷格·刘易斯赏识，这位校长是麻省理工学院毕业的航空工程学硕士，是毕业于美国空军试飞员学校的国际知名试飞员教官，他推荐赵鹏加入了国际试飞员协会，会员均有任聘世界各国试飞员的资格。中国民航局的局方试飞员赵志强、张惠中后来也荣入该协会。

2013 年 9 月 25 日至 28 日，在美国加利福尼亚州阿纳海姆举行国际试飞员协会第 57 届年会上，赵鹏登上演讲台，用英语做了 35 分钟的《ARJ21-700 飞机最小离地速度试飞》学术报告，赢得全场热烈掌声，各国试飞同行纷纷与他握手、拍照合影，表示祝贺。这是中国试飞员在国际试飞论坛上的第一次发声。

2015 年 6 月 12 日，在瑞士琉森的国际试飞员协会第 47 届年会上，赵鹏再次登上演讲台做了《ARJ21-700 飞机溅水试验及分析》的学术演讲，荣获大会论文金奖，并由会员晋升为协会副理事，是亚洲地区第一位人选。在长达十几分钟的热烈掌声中，赵鹏的眼睛湿润了，他感到能为祖国为人民扎扎实实做一点工作，十分激动；能够在国际试飞员的最高学术大会上宣讲 ARJ21-700 飞机适航审定报告，十分自豪。

珍贵的试飞感悟

在与赵鹏的采访接触中，让我感到他既理性又感性，是不可多得的全面人才。他是共和国第一位研究生试飞员，第一位研究员（正高职称）试飞员，有着多款民机首飞丰富经验的试飞英雄。又是一位优秀的党务工作者，身兼数职的行政领导，还是一个情感丰富，有着文学因子、艺术细胞的才子，他的博文充满诗情画意，文笔之精美、思想见地之独到令人赏心悦目。他回母校北京航空航天大学做《我为祖国试飞事业献青春》演讲时，礼堂爆满，不时响起热烈掌声，演讲结束时学子们有节奏地高呼："赵鹏，大鹏！赵鹏，大鹏！"

赵鹏说，能够实现自己的理想，在民机试飞领域一干就是 20 年，做了一点儿具体工作，祖国却给了我很多荣誉，我深感做得不够，什么享受国务院政府特殊津贴，航空航天"月桂奖""飞行精英奖"、上海市五一劳动奖章、全国五一劳动奖章，等等，太多了，盛名之下，其实难副。我唯一感兴趣的是被聘为北京航空航天大学"吴大观英才班"导师和中国民航飞行学院客座教授，每次与年轻的学子们在一起交流都特别开心，我也十分愿意讲述自己的经历和感悟，与大家分享。

赵鹏说："从大学生到试飞员，再到中国首款自主研发的涡扇喷气 ARJ21-700 飞机首席试飞员，十分感慨，只有在祖国强盛、时代变革的大背景下才有可能，当国家中航工业低迷时，3 年我只飞了 20 多个小时。因为没有自己的型号，你的航空梦再美妙，也是可望而不可即。飞机集高科技于一身，与众多相关产业相连，没有国家技术和经济实力，谈不上搞大飞机。俗话说，飞机一响，黄金万两。飞机靠上百、上千亿资金堆起，飞机也能带来国家尊严，民族自信和经济飞越发展。"

"作为中国这样的大国，不能世世代代买飞机了，也不能世世代代坐着别人的飞机在祖国的天空飞来飞去，还心安理得。更不能再用几个亿的'牛仔裤''衬衣'去换一支'机翅膀'，永远停留在低端制造业。"

"讲中国大飞机，讲产业升级，讲经济转型，讲新常态，势必要向高科技高端制造业大国装备大国重器进发。中国大飞机是国家新名片，赶上了千载难逢的大好历史机遇，能献身其中，尽微薄之力，做一点儿细微贡献，是非常荣幸的。"

"心中装着'祖国'，多想想国家花巨资对个人的培养，就会心明眼亮，热爱自己的职业，才会走得踏实走得远。"

"试飞这个行业风险大，条件艰苦，长期东奔西走，不能照顾家人，但是，想想国家，想想大家，就想明白了。就像一颗螺丝钉，在适合自己的地方钻下去，发挥作用，放出光芒。"

"每个人看问题的角度不一样，别人认为很苦很险的事，我都饶有兴趣，而且兴味无穷；别人认为舒适、安全、挣钱多的事，我却觉得索然无味，十分枯燥。比如：航线飞行员比试飞员收入高，也很轻松，有一个公司用高于我工资5倍的条件"挖"我，我没有动摇。我也飞航班，每次飞一个礼拜，觉得平淡无奇，没有挑战，单纯用金钱衡量生命的长度，是片面的，当然我毫无对航线飞行员的别样看法，他们也要担风险，也很辛苦。我喜欢有挑战性的工作，没有敢于冒险的精神，没有为祖国献身的精神，是不能当试飞员的。"

当然，试飞绝不是牺牲，要科学飞行，敬畏生命，敬畏科学。赵鹏是这样思考，也是这样践行的。2015年，赵鹏和他的团队向国家申报了"智能飞行系统"和"空地宽带通信系统"两个科研项目，获得批准和支持。"智能飞行系统"是研发人机合一，智能有效地保证飞行安全，智能化预防和处置如发动机双发空中停车、飞行员心理障碍等问题。"空地宽带通信系统"是通过宽带技术，快速有效互传通信信号，当飞机电子通信系统突发意外情况，实现空地平台无缝连接，保障通信畅通、飞行安全。

中国飞行试验研究院，是共和国国产飞机的保育院，为众多军机、民机的健康"出生"做出了卓越贡献。ARJ21-700型号合格审查组要求对全部试飞科目进行抽查，试飞的工作量是波音、空客试飞工作量的3倍，是国内外民机试飞工作量最多的，试飞院重担在肩，任重道远。

ARJ21-700飞机要远行出国门去温莎进行自然结冰试验试飞，试飞院开始了紧张的准备，确定赵鹏为带队机长，试飞员有赵生、赵明禹、张启龙，试飞工程师8人，其中试飞院6人，中国商飞试飞副总师1人，机务1人。飞机远行出国门试验，被迫进行"环球"飞行，行程3.1万千米，途经10个国家，18个机场，一路上经受了种种恶劣天气的考验，经历了许多意想不到的困难，以顺利返回祖国为结果，向世界宣告了：ARJ21-700飞机经受了比适航审查还严酷的真实考验。赵鹏全程在左座主驾，他和他的队友谱写了中国试飞史上的光辉篇章。

笔者经独家深入采访，首次披露"远行"具体详情，纪事于此。

雅库茨克的周折

2014 年 3 月 15 日，12 名勇士装上航材、工具还有方便面、火腿肠、矿泉水上路，从阎良出发，飞抵哈尔滨，等待合适的天气起飞。

3 月 19 日，天气晴朗，从哈尔滨启航出境，计划当天飞行 6 小时，在俄罗斯雅库茨克经停加油，然后飞往下一站。一路飞行顺利，赵鹏也适应了空管方面的俄式英语。没想到，飞机在雅库茨克一落地，马上上来了机场当局、海关、边检、检疫、防暴等七八个穿各种制服的人，有的头戴钢盔，荷枪实弹，要求机组 12 个人全部提行李下飞机，出海关接受检查，再入海关上飞机。他们有他们的职责，可以理解，对于境外一架试验飞机检查是公务，但他们的面部表情和肢体语言冷漠、严肃，甚至打开飞机上的工具箱，要进行检查。

赵鹏把腰一叉，大声说："我是这架飞机的机长，要对飞机负责，机组 12 个人全部离开飞机是不可能的，我不知道机组全部离开飞机会出现什么情况，如果被装上多余物品或危险品，谁来负责？我能接受的是 11 人可以下去接受检查，我一个人留下守机，如果当局认为需要，他们回来后我可以再下去。"赵鹏警觉性很高，他把飞机看得比生命还重要，绝不离开飞机，万一被恐怖分子钻空子塞上炸弹怎么办？俄方认为他说的有道理，接受了他的意见，护照交队友办理。一个多小时后，队友们登机，俄方人员知道了飞行目的任务，冷漠的表情变得友好了，好奇地欣赏飞机，与机组成员微笑告别。

白令海峡暴风雪

到达堪察加半岛的彼得罗巴浦洛夫斯克机场，已经是深夜 11 点钟了，延误了 3 个多小时。一路飞越西伯利亚冻土荒原地区，苍凉荒漠，如同穿行在月球之上。计划休息一天，隔日再飞。万没想到在彼得罗巴浦洛夫斯克收到前方白令海峡暴风雪肆虐的警报。白令海峡地处高纬度，气候寒冷，多暴风雪。天意不可违，没办法的办法就是耐心等待，一天两天过去了，暴风雪没停，三天四天过去了，暴风雪的警报还没有解除。12 条汉子 12 双眼睛，天天盯着电脑看天气预报，心急如焚，寝食难安，白令海峡风速一直超过每小时 100 千米，垂直能见度不足 30 米，根本无法正常起降，机场无限时关闭。

3 月 23 日，天气略为转晴，风力减弱。凌晨 4 点，赵鹏叫醒队友，5 点钟赶往机场，立即进舱各就各位，不停地搜索气象预报，向当地空客要天气资讯，值班的是一位女士，操着俄式英语与赵鹏对话。赵鹏问："是没变化还是没机会？"女管制员明确地回答："天气既没有变化，也没有机会。白令海峡的暴风雪还在继续，恶劣的天气没有变化；你们没有机会起飞，对不起。"赵鹏和他的队友一个个像泄了气的皮球，失望地抱着行李走下飞机，只能到旅馆等待。

等待，煎熬般的等待，赵鹏房间的门一直开着，他一直站在落地窗前望着天气发呆。他在想国人的期盼，领导的重托，飞机的命运，再延迟下去赶到温莎，结冰季节过去，怎么办？在俄签证 26 日到期，怎么办？……

事情往往糟糕到极点就开始向好的方面转化，队友搜到 26 日白令海峡地区阿纳德尔机场有两小时晴好天气，但必须在中午以前落地，下午又有一场更强烈的暴风雪接踵而至。

两小时，珍贵的两小时，不容迟缓，不可犹豫，否则，搁浅在阿纳德尔，强暴风雪来临，飞机在极度低温下，各系统连接密封处冻裂漏油，后果不堪设想。签证过期失效，找大使馆都来不及，真是雪上加霜，临时找其他机场备降，也是困难重重。白令海峡的暴风雪是大面积的，必须把握这珍贵的两小时飞过去。

赵鹏当机立断，争分夺秒，把握这珍贵的两小时，抓紧从彼得罗巴浦洛夫斯克起飞，到达阿纳德尔机场，只见跑道三分之一宽度的地方都被厚厚积雪覆盖，跑道的三分之一长度的地方都是反射着亮光的冰层，落地不能用刹车，否则飞机就会打滑侧翻。赵鹏冷静稳妥地利用反推慢慢减速，滑行道白茫茫一片白雪，隐隐约约可见路面，如果没有引导员用灯光棒引导，根本无法前行，感觉像在时而松软、时而坚实的雪堆中滑动。

加油员十分友好，表现出惊奇和敬佩的神色，加完油后说："你们这架飞机是一个星期以来降落的唯一一架飞机，快走，暴风雪马上来临，本场航班都已取消，机场马上关闭。"果然，起飞不久，阿纳德尔机场附近狂风大作，风雪漫天，再晚几分钟，飞机就不允许起飞了。

白令海峡，亚洲和北美洲的最短海上通道，地处北冰洋和太平洋之间，神秘又神奇。赵鹏和他的队友没有心思欣赏沿途的自然风光和壮丽景色，一直在紧张地各司其职。在做远行预案时，他最担心的是通信失效，系统出故障有备份，一旦通信失效，没有应答，本来语言沟通就不畅快，地形、天气情况复杂多变，人家把你当成非法进入他国领空的飞行器，击落你都有可能。还好，万幸，ARJ21-700 争气，通信系统经受住了考验。

3 月 26 日晚，机组抢在暴风雪之前到达白令海峡彼岸的美国阿拉斯加半岛的安格雷奇机场，在提供服务的 FBO 精心安排下，赵鹏和他的队友走下飞机后受到了走红地毯的高礼遇迎接。

3 月 27 日，马不停蹄，从美国安格雷奇机场经加拿大圣乔治王子机场到达温尼伯格。

3月28日，争分夺秒，从温尼伯格直抵试验试飞大本营温莎，时间是当地11：00，北京23：00。

抵达温莎后，赵鹏的身份由调机带队机长变成了试飞现场试飞总指挥。

勇闯高纬度地区

自然结冰试验试飞圆满画上句号后，赵鹏团队又开始了紧张的调机返回的筹划准备工作。航线如何选择？来时一路由西向东，全是顺风，如果原路返回，由东向西，则一路逆风，2000~2200千米的航程要缩短，再从阿拉斯加飞越白令海峡已不可能，除非天气绝好，风平浪静。

反复权衡，决定继续向东飞，跨越北大西洋，经由欧亚大陆返回。转场公司帮助设计了两条航线：一条经西欧、东欧、乌克兰、俄罗斯返回，这是一条最短距离的国际航线；另一条经地中海沿岸，包括利比亚、埃及、沙特阿拉伯、伊拉克、伊朗、巴基斯坦、印度返回，横跨整个阿拉伯半岛，均被赵鹏否定。赵鹏有清晰的政治头脑，ARJ21-700是"国宝"，安全第一，一定要避开战乱、麻烦、不安定地区的上空，安全出来，也要安全返回，不能有半点闪失。他周密思考，设计了一条航线，从加拿大、美国出来，经丹麦格陵兰岛、冰岛到挪威，再入挪威经奥地利、土耳其、哈萨克斯坦进入乌鲁木齐回到阎良。

一波三折，当把返程计划交给丹麦格陵兰岛和冰岛后，遭到拒绝，因为他们要过复活节，从4月15日到4月22日，放假一个星期，他们认为圣诞老人是他们北欧人，复活节是仅次于圣诞节的重要节日，22日以后才接收飞机正常工作，返航计划只得顺延。

经受大侧风考验

4月21日，为了节省时间，他们从加拿大温莎启航，飞临距格陵兰岛最近的加拿大东北部的古斯贝机场，准备次日飞往格陵兰岛。这里邻进北极圈，纬度高，飞机飞到北纬67度，温度已是零下20多摄氏度。

4月22日，离开古斯贝机场到达北冰洋中的格陵兰岛努克斯机场，这个机场在一条沟壑之中，两边是峭壁，飞机落地如同钻进地道一样，稍有偏差，便有事故。赵鹏小心翼翼，平稳着落，机场服务好，加油快捷。

加油后飞往冰岛雷克亚维真机场，落地时遇到65节大风，即风速每小时118千米，比大侧风试验试飞的风速还要大，大侧风试验是25节，而机组遇到的正侧风是35节，每小时64千米，全风是65节。从2008年首飞以来从未遇过如此大的风，对飞机，对飞行机组都是严峻考验，地处北冰洋周边没有备降机场，赵鹏稳稳按程序操作，平顺着陆，机舱里响起热烈掌声。

美国航空气象专家本·波尔斯坦先生给赵鹏发来贺讯："如此大风，你能落下来，好样的！"

风力很大，飞机落地后，挡上轮挡刹牢，飞机还是被吹得左右摇摆，哗哗作响，费了很大劲才打开舱门。机场两名加油员抓梯子加油时，被风吹得摇摇晃晃。

遭遇追捧和麻烦

加满油后，飞机起飞飞向挪威奥斯陆机场，奥斯陆机场是北欧地区最大的国际机场，服务规范，管制员英语标准。日行5000千米，飞过3个国家，到奥斯陆后吃了一顿像样的晚餐，在此过夜。第二天上午租了一辆商务车，到挪威湾和大歌剧院，这是赵鹏带队友第一次观赏异国风光。

当天下午飞往奥地利首都维也纳，不知维也纳媒体如何得到的消息，赵鹏和队员下飞机后，就受到明星般的追捧，从机场到酒店的路上，有3辆汽车从车窗伸出"长枪短炮"，不停地录像拍照，到酒店后又遭到围追堵截，采访提问不停，特别友好，非常好奇。赵鹏简洁自豪地回答："这是我们中国自主研制的新型喷气支线客机，是不远万里来做试验试飞的，谢谢大家对中国、对中国民机的关注。"

第二天，维也纳报纸铺天盖地报道了"中国新型客机亮相"的消息。

4月25日中午，准备飞到土耳其安卡拉，在那儿过夜，次日飞经哈萨克斯坦，加油后，一口气飞回乌鲁木齐。然而中间又遇到了波折。维也纳机场当局不允许起飞，原因是飞行计划还没得到批复。赵鹏急了："计划早报过了，安卡拉不接收吗？"答复是："安卡拉接收，但是波兰、罗马尼亚不同意你们飞越。"真是节外生枝，赵鹏赶紧叫负责航务的机组人员与国内联系。此刻上海、阎良是深夜，紧急通过国际民航组织说明协调，折腾了4个多小时，到安卡拉时已经是晚上10点多了。赵鹏关心队友，记得4月25日是赵明禹的生日，到酒店放下行李给明禹过了一个简短而又热烈的生日，以饮料代酒，没买到大蛋糕，用小蛋糕代替，在欢快的"祝你生日快乐"歌声中度过了不平常的一天。

穿越雷暴、风切变

4月26日清晨，赵鹏一行在安卡拉机场过了安检，准备登机时，又收到美国航空气象专家本·波尔斯坦先生的一封电讯："爱伦，我强烈不希望你明天飞越哈萨克斯坦，我强烈建议你在土耳其多休整一天。因为明天哈萨克斯坦的天气，特别是首都的天气非常恶劣，不仅有大风、雷暴，而且还有风切变，我不认为这是一个适合飞行的天气。"作为知名航空气象专家，提出的警告一定是有根据的，但是，这封语气如此重的邮件对赵鹏来说已经太晚了。取消飞行，似乎已经不太现实，注定是一场挑战。原计划起大早，飞行 5000 千米，一口气到乌鲁木齐的。第一站是哈萨克斯坦的阿特劳，第二站是哈萨克斯坦首都阿斯坦纳，第三站就是乌鲁木齐，只有选好备降机场硬着头皮飞。

第一站阿特劳的天气还是不错的，本·波尔斯坦先生说得非常准，阿特劳机场在海平面以下，像吐鲁番盆地一样，飞机第一次飞到负海拔标高的机场，又创造了一项纪录。

低海拔比高海拔好飞，第一站阿特劳风平浪静，向第二站阿斯坦纳飞行前，向管制员要了天气情报，与本·波尔斯坦先生说的一模一样，大风、雷暴、风切变，都出现了，怎么办？就地停飞手续还没办理，如果办，十分烦琐，最后决定，向前飞，到备降机场落地。

于是，选了两个备降机场。赵鹏转念一想，如果有其他飞机能落地，我也要落。当飞机从阿特劳飞到阿斯坦纳时，从雷达上看到机场上空红红一片，典型的雷暴和风切变云团。他在管制员引导下绕了一个弯子，果断地在两块雷暴云团之间穿越过去，也就是在第一块雷暴云团过后，第二块雷暴云团紧压过来之前的缝隙落地。好在阿斯坦纳的天气与新疆一样，澄清透明，雷暴云团滚翻的轮廓看得通透清晰，不像有的地区是"米汤天"，模糊一片看不清。

20 多年的飞行生涯，赵鹏第一次这样操纵飞机，油门一会儿加到最大，一会儿收到最小，速度表嗖嗖地大幅度摆动，飞机扭动得特别厉害，油门像拉风箱一样，平时是轻柔地操纵，这时却像在健身房练拉力器一样，必须下力气控制。飞机落地时，大家情不自禁地异口同声喊："赵院，太牛啦！"

落地后，赵鹏给本·波尔斯坦先生发了一封邮件，本·波尔斯坦先生给赵鹏回信：爱伦，飞得漂亮。

4 月 26 日当晚到了乌鲁木齐，睡了两天，4 月 28 日早晨从乌鲁木齐出发，飞回阎良。中国商飞贺东风总经理和中航工业耿汝光副总经理率领相关人员来到阎良，举行了一个盛大隆重的欢迎仪式。专门搭建了一个水门，迎接环球飞行回来的 ARJ21-700 型 104 架机，迎接赵鹏和他的队友们历经 42 天胜利归来。

被迫环球飞行 3 万千米，中国大飞机先遣机 ARJ21-700 经历了严酷的考验，赵鹏和他的团队也经历了严酷的考验。

中国民航试飞员赵志强：有志则强，气冲霄汉

转变：从航线飞行员到试飞员

飞行员是蓝天骄子，令人仰慕，试飞员是飞行员中的佼佼者，更增加了一层神秘的光环。可喜可贺，在 ARJ21-200 型飞机型号合格审定过程中，中国民航诞生了有史以来的第一支试飞员团队，虽然仅仅 3 个人，但"三人组"表现出色，艳惊蓝天，令民航人、中国人眼睛一亮。"三人组"中，张放由于 ARJ21-700 飞机商业运行的需要，经商调现已赴成都航空公司任副总经理、飞行总监。张惠中出差在外，目前我仅采访到其中一位，他就是中国民航上海航空器适航审定中心试飞室负责人赵志强。有一门学问叫"姓名学"，讲的是名字与人的命运，用到赵志强身上，有些关联，耐人思忖。有志则强，小伙子英俊潇洒，剑眉亮眼，听听他的不平凡经历和故事吧。

2009 年春暖花开时节，一天，赵志强走进时任中国民航上海航空器适航审定中心沈小明主任的办公室，沈主任热情地与他握手，递上一杯龙井香茗，便开门见山地问道："知道中心是做什么的吗？"

赵志强说："知道，代表政府维护公众利益，对航空器进行适航审定。"沈主任又问："知道试飞员是做什么的吗？"

"知道，是驾驶待适航审查的飞机，按规章条款进行试验试飞。"

沈主任接着问他："那你想过'试'的含义吗？"

"飞机试飞员与航线飞行员不一样，'试'代表风险，我做好了思想准备。"赵志强坚定地回答。

沈小明主任满意地点了点头，语重心长地讲道："你来应聘中国民航首批适航审定的试飞员，我们热烈欢迎，中心招聘的条件十分严苛，优中选优，你被录用了，向你表示祝贺。我在维修审定一线工作十几年，有一次对一架国外飞机进行认可审定，他傲慢地说，你们有试飞员吗？我说，还没有。他耸耸肩，两手一摊说，那就认可我们的试飞结论吧。这个情景对我刺激非常大，无论是对国外飞机进行认可审定，还是对国产飞机进行适航审定，是国家主权国家意志的体现，是国家强大兴盛的象征。航线机长有上万人，但是中国民航首批试飞员只从中招 3 人，你们肩上的担子不轻，任务光荣而艰巨。图舒服、要待遇，别来，怕出差、不吃苦，别来，中心给你们搭建事业的发展平台，你们发挥才干为中国民机做贡献。人生成功的标志不是你当了多大的官，挣了多少钱，而是看你做了什么样有

价值的事儿。当你退休后，对你的儿孙们说，ARJ21-700 新支线飞机、C919 大飞机是你试飞审定的，你会无比自豪和骄傲。"

一席话刻骨铭心，沈小明主任给志强上了入职第一课。

赵志强是安徽宣城人，他的家乡历史悠久，文化丰蕴，文房四宝的宣纸名扬四海。志强小时候只要一听见飞机越过山村的轰鸣声，就拔腿跑出家门仰头张望，一直看着飞机远远而去，他注定此生与飞机结下不解之缘。

1994 年秋天，赵志强以优异的高考成绩考进省城合肥工业大学，在机械三系（材料科学与工程系）就读，他学习好，懂事理，同学们推选他为班长。1996年春夏之交，中国东方航空公司来合肥理工科院校招收大学生飞行学员，消息传出，合肥工业大学、安徽大学、安徽建筑大学、安徽理工大学等校园里炸开了锅。系主任对志强说："你是班长，带个头，抓住这个可遇不可求的机会。"志强有点犹豫，太向往了，但那是飞天的美梦，心想，我行吗？他抱着试一试的态度填写了报名表，接下来是一天接一天排着长蛇阵的体检，一轮又一轮，残酷的淘汰，600 多名热血青年剩下 60 人，最后剩下 6 个人。快放暑假了，最后一次复检，又淘汰 1 名，正式录取通知书下来了，合肥工业大学的赵志强与另外 4 名其他院校的青年才俊圆梦蓝天，踏上了西行列车，来到位于四川广汉的中国民航飞行学院运输机驾驶系学习专业飞行，这是他做梦也没有想到的。一年后又被送往大洋彼岸的一家美国航空技术学院学习深造。毕业回国到东方航空公司，正式穿起民航飞行服，从副驾驶到机长，技术等级一个台阶一个台阶上升，几年后成为国家骨干航空公司的航线教员机长。

2008 年，中国民航上海航空器适航审定中心成立，2009 年的一天，赵志强在民航资源网上看到中心招聘试飞员的广告：条件是 35 岁以下，飞行 7000 时以上，教员机长飞行 3000 小时以上，并具有较高的外语水平。他动心了，自己的条件全符合，年龄在边界线内，喜欢挑战的志强决心一试。经考核考试他在众多报名机长中脱颖而出，这才有了沈小明主任与他入职谈话的一幕。

上海外滩，灯光璀璨，夜色迷人，一对情侣在黄浦江畔依偎倾谈。男主人公是赵志强，女主角是他的女朋友姜晓琼，一位美丽端庄的上海籍空中小姐。

"我要走了。"男生说。

"去哪儿？不飞航班了，出国？我不让你走。"女生睁大眼睛娇嗔地问。

"你听我说完……"

"我不听，你干什么都行，就是不让你离开我。"

"我要去当试飞员，还在上海搞飞行，只要咱俩不飞的时候，就能经常见面。"男生耐心解释道。

"啊，那多危险啊！"

"民航急需试飞人员，总得有人去啊，我的条件刚好符合，错过这个机会以后年龄增大就没资格了。你不是支持我干事业吗？"

"算叫你抓住理由了，只要你喜欢，就去吧。"姑娘温柔地倚在志强肩上嫣然笑了。

成长："国家队"里百炼成钢

赵志强到上海适航审定中心上班了，此时，ARJ21-700飞机型号合格审查正如火如荼步步深入，审查组已经从上海移师中国航空城，在远离阎良20多千米的富平县天成园宾馆扎下营寨，这里出门见山，前不着村后不着店。晚饭后继续开会进行适航审定，赵志强满心欢喜地来到这里与各路专家一道学习工作，没过多久突然接到紧急通知，马上去美国国家试飞员学院接受培训，一去又是7个月，半年把一年的课程和训练科目全部完成了，从早上8点到晚上5点，时间排得满满的，通过试飞初始学习、严格训练、实操考核，才准予毕业。在这个学院毕业，与在美国空军试飞员学院、美国海军试飞员学院、英国皇家试飞员学校、法国空军试飞中心毕业的学员一样可以加入全球最高级别的国际试飞员协会，有资格参加世界上各种型号飞机的适航审查试飞。后来，赵志强和张惠中以优异成绩成为该协会会员。

2012年2月14日始，ARJ21-700飞机审定试飞全面展开，至2014年12月16日止，张放、赵志强、张惠中三位局方试飞员与申请人试飞员密切合作，完成了全部大纲规定的试飞科目。首先进行性能试飞，空速系统校准，找出飞机空速误差和高度误差，进而找出系统误差，赵志强进行了空速校准（小重量）试飞和低速段空速校准试飞，一丝不苟，精细严谨。

失速和失速特性试飞是高风险科目，飞机要在不同速度不同载荷不同重心下，也就是在某一构型组合状况下进行飞行，通过试飞取得一定包线数据，找到边界，确定裕度，为日后商业飞行的安全提供可靠数据。还有负过载，高速特性，最大刹车能量中断起飞，以及一些中、低档风险科目，赵志强都飞了。特别气象条件下的大侧风，自然结冰等科目，赵志强都飞了。

在航空史上有人称试飞员是"背着探雷器的扫雷者"，确实风险极大。申请人在设计时，充分规范了风险边界，中国民航适航审定试飞员要用数据证明符合性。

艺高人胆大，北京大学山鹰攀岩登山队有一种精神：存鹰之心于高远，取鹰之志而凌云，习鹰之性以涉险，融鹰之神在山巅。张放、赵志强、张惠中就是这样的新诞生的中国民航试飞之鹰！

他们凭借在国外经过严格培训的知识技能，用自己冷静的思考，灵活的应变，高超的驾驶术，在一道道禁区边缘获取了宝贵的试飞数据，为首款涡扇喷气新支线飞机未来的商业飞行提供了安全保障。

"我去！"掷地有声挺身而出

在 ARJ21-700 型号合格适航审定中，有 243 个审定试飞科目，分为高、中、低三个风险等级，面对高风险、项目多、强度大、任务量多的实际情况，聘任的国家级资深试飞员赵雷、陈志远，中国民航试飞员张放、赵志强、张惠中都能勇于担当，迎难而上。赵志强平时话语不多，不善言谈，喜欢静静地躲在一边思考，神色坚毅深沉，但是，试飞任务一来，他经常是第一个站起来，掷地有声地说："我去！"获得批准后，他快速地整理文件做准备，收拾行李就出发。

"我去"，简短得不能再简短的两个字，干脆、坚决，是明确的态度，是果断的行动。

"我去！"挺身而出的实际行动，是情怀，是担当，脚踏实地做贡献，让 ARJ21-700 早日取证，让中国大飞机梦早日实现。

赵志强是个孝子，父亲过世早，前些年年迈的母亲在安徽老家与哥嫂一起生活，志强逢年过节经常回去探望，清明时节，必回去给父亲上坟扫墓。

2013 年清明节前几天，他风尘仆仆回到家乡，刚进哥嫂家门放下行李，远在嘉峪关大漠深处的联席试飞领导赵越让突然打来电话："志强，你在哪里？噢，在安徽老家？是这样的，据气象部门监测到的消息，最近三四天是飞'大侧风'的理想天气，风力达到规章条款要求，机会十分难得，我特意给你电话，要不要从上海派车去接你？"领导知道他的觉悟，了解他的品格。赵志强说："我明白了，不用接，我会尽快赶到嘉峪关。"关上手机后，他马上到父亲墓地摆酒、燃香、祭奠一番，晚上，握着老母亲的双手，全家人吃了一餐团圆饭。第二天清晨，他在哥哥陪送下来到长途汽车站，当天就赶回了上海。次日乘早班飞机到达嘉峪关，立即投入准备，抓住了难得的气象条件，不错时机地完成了"大侧风"科目，几个测试点都飞到位，测得了有效数据。

生日：连续三年在"追云逐冰"中度过

在漫长 12 年的 ARJ21-700 飞机型号合格审查期间，中国民航适航"国家队"的成员平均年出差 150~180 天，许多人因乘机频繁成为三大航空公司的金卡会员，在每月集中工作一周的日子里，他们通常是利用星期天准备，乘坐下午或傍晚的航班赶到西安，周一早上 8 点开始进入紧张的审查工作，5 天后，星期五乘坐晚间航班返回。在试飞审查期间，他们开始加班加点，赵志强曾连续 16 周在阎良工作，偶尔回上海一次，在家时间不足 24 小时。

2012 年至 2014 年，连续 3 年，在乌鲁木齐进行自然结冰试飞，每次奋战 20 多天，他的生日是 3 月 11 日，这 3 年的生日都是在新疆"追云逐冰"的日子中度过点。慈母的挂念，爱人的思念掠过心头，远离亲情，难免生发孤独幽思，但是在"国家队"中，他倍感温暖，队友们为他准备的生日祝福蛋糕让他热泪盈眶，当祝贺生日的蜡烛点燃时，赵志强许愿：祝中国首款涡扇喷气飞机自然结冰试飞成功，祝 ARJ21-700 飞机早日取得型号合格证。那一刻到来时再举杯欢庆。

爱妻、亲人的支持是前行动力

2013 年初春，赵志强的母亲因严重腰肌劳损住院手术，此刻，赵志强正在乌鲁木齐进行紧张的自然结冰试飞，那是一段倍受煎熬的日子，牵挂母亲，试飞进展不畅，就在他百般忧虑之时，爱妻姜晓琼起了大作用。每天晚上，小姜定时向志强报告母亲术后治疗和起居情况。小姜是上海人，口味清淡，为了老人，她每天换着样到菜馆点两三样味道浓辣的菜肴，再打上两份米饭端到老母亲床前，一边与老人聊天，一边共同进餐。老人看着漂亮懂事的儿媳，想着远方的儿子，不知不觉眼泪就流出来了。小姜看出老人心事，就接通微信视频电话，让志强母子"面对面"，老人热泪滚滚。志强看到爱妻对母亲照顾得如此细致周到，挂念之心也就安定了，放下电话，马上读书学习思考试飞中的问题。他悟性好，善于摸索总结，夜深了，洗个热水澡进入香甜的梦乡。第二天，太阳升起的时候，又满怀信心地开始了新的追索。

从乌鲁木齐回到上海后，志强夫妇看到母亲腰伤术后不能久坐，便买回一个投影仪，将电视画面投到白白的天花板上，老人躺在床上看，十分开心，脸上现出幸福之情。妻子如此孝顺，婆媳关系如此和睦，志强投入试飞的动力更足了。

"三军"被迫远行出国门

自然结冰试验试飞是一次"大考"，是 ARJ21-700 飞机型号合格适航审查重中之重的关键项目，这个科目对气象环境条件要求高，均有具体的量化指标，申请人中国商飞、中国试飞院和中国民航局三路大军费尽了心力，在国内一个又一个机场筛选，业经 44 个国家和省市气象部门推荐，经过专家学者论证，选定新疆乌鲁木齐作为试验场地。

从 2011 年至 2014 年 3 月，三年半时间里，先后去了 4 次，投入大量人力财力，每次都有 150 多人的集成军团奋战，试飞院投资上千万元建设了乌鲁木齐、克拉玛依和阿尔泰 3 个遥感试监控站，试飞区域扩大到 20 多万平方千米，试飞监控区域扩延到 500 千米，铺设光缆传输数据，能用上的都用上了。但是，煞费苦心，天公作难，千辛万苦换不来合宜的气象环境指标，液态水含量达不到每立方米 0.4 克，过冷水滴直径达不到 15~20 微米量级，结冰层温度，过饱和水的结冰能力……总是阴差阳错，不能满足试验试飞条件。有时冰结上了，厚度达不到 3 英寸标准，冰层很快就脱掉了。

2014 年 3 月，"三军"人马正月十五踏着月光再赴新疆，企盼能天遂人愿，事成圆满。然而，再三再四的努力又成了泡影，人们心急如焚，这个科目过不去，等于"大考"落榜，直接影响和制约 ARJ21-700 飞机取得型号合格证。

上海浦东，中国商飞总部的一间大会议室中，时任中国民用航空局局长的李家祥正在听取 ARJ21-700 研制和适航审定报告，中国商用飞机有限责任公司董事长金壮龙满脸倦容，眼角布满血丝，沉重地讲述着自然结冰的试验试飞遇阻情况，他表示：尽管困难重重，决不降低标准，决不放弃。这引发了激烈讨论。如果中止这项试验，一是不能取证；二是勉强取证，要加上限制条件，括号内注明飞机不能在冰雪条件下飞行，这样会成为世界航空界的一大"笑柄"，让国人失望，那将是一颗苦涩的橄榄，会遭到嘲笑：中国首款喷气飞机原来是一架经不得冰雪的"娇娃儿"。

大多数领导发表了十分坚决的意见：绝不能让 ARJ21-700 带着限制条件取证，国内没有气象条件，就到国外去。最后，大家把目光投向了型号合格审查委员会主任、时任中国民用航空局适航司司长殷时军。殷司长斩钉截铁地说："我们曾与申请人和试飞院做过交流，决心早已下定，ARJ21-700 不仅仅是一个型号，而是国家大飞机梦的开端，必须无附加限制条件取证。我们也做过调研，美国 FAA 制定 FAR25 部规章条款时，是在北美五大湖地区试验取得数据的，我们应该到那里去进行自然结冰试验试飞。"

谋而后定，各方共识一致：走出去，坚决完成自然结冰试飞，"三军"被迫远行出国门，ARJ21-700 型号合格适航审定的重头戏拉开了大幕。

艰难前行苦追索

西岳华山的登攀路上有一块巨石叫"回心石"，如果你不畏惧、继续向前，攀过"回心石"则会豁然开朗，奇景大开，便是"太华咽喉""气吞东瀛"的"千尺幢"；接着是石壁峭立、峡谷幽深的"百尺峡"，正是"幢去峡复来，天险不可瞬。虽云百尺峡，一尺一千仞"。世间万事，何不是登山？古有逼上梁山，林教头成千古英豪；红军当年被迫长征，苦难铸就辉煌。今日中国商飞人、中国民航人、中国试飞人三路大军远行万里，来到此地，在进展不顺的情况下，靠永不放弃的精神力量奋力艰难前行。

赵志强夫妻十分恩爱，为了照顾赵志强的起居生活，妻子前不久停飞辞去了工作。赵志强为了不让妻子担忧，回家从不多讲工作中的事，飞"失速"没告诉她，飞"大侧风"科目也没告诉她。知夫莫若妻，妻子知道，他不想讲的事是撬开嘴巴也问不出来的，干脆不问了。

2014 年 3 月，要去加拿大温莎飞"自然结冰"科目，赵志强有些犹豫了，之前去乌鲁木齐飞了两三年，都达不到自然结冰的临界点，飞机无法完成规章要求的符合性，这个科目不完成，ARJ21-700 型飞机无法取证，申请方决心前往加拿大温莎地区试飞。

赵志强心中清楚：自然结冰条件下试飞有很大的危险。夜已经很深了，赵志强难以入睡，一根接一根地吸烟，妻子推了推他说："快睡吧，明天你还要出差呢。"

赵志强深情地看着妻子的脸，欲言又止，含蓄地说："妈快 70 岁了，一辈子没享过福，我没尽到责任，今后，你要帮我好好照顾妈。"

聪明的妻子听出赵志强话中有话，一下子坐了起来，说："飞自然结冰有那么危险吗？"

赵志强忙说："没有，没有，你把心放在肚里吧，回来我们就生宝宝。"

妻子笑了，说："等你从加拿大回来，我们就把妈从乡下接过来，不让她走了，永远和我们生活在一起。"

采访中，赵志强吐露心声，为了 ARJ21-700 飞机无附加条件取证，要到加拿大温莎五大湖地区进行自然结冰试飞，要在恶劣气象条件下，做失速、操稳等科目，风险非常大，行前他不得不向妻子做出"交代"，有思想准备总比没思想准备好。

飞机在云层飞行中，受到冷湿气流影响，在零下 20 摄氏度低温下，机身机翼就会结冰，这些冰对飞行安全是致命的，吸入发动机后，会造成动力装置损坏，破坏气动性能，还会破坏电子探测设备和信息系统，改变飞机姿态，引发空难。此时的冷雨冰雪，已不是玉树琼枝，妖媚可人，而是会置飞机于灭顶之灾中。

空中结冰造成的空难太多了，2006 年 6 月，中国空军的一架运 8 飞机，因飞机机翼结冰坠毁，5 名机组人员和 35 名空军专家无一幸存；2009 年 6 月，法航一架班机进入冰雨云层，造成空速传感器风孔堵塞而坠毁；2012 年 4 月，俄罗斯一架 ATR-72 飞机因结冰失事，31 人遇难；2014 年 12 月，亚航 QI8501 航班因结冰发动机损坏，飞机坠毁，几十人遇难。

自然结冰试飞就是按照中国民用航空局规章CCAR-25部的相关条款的要求，对飞机空速管、风标、风挡、机翼、发动机短舱等的除冰系统、环控系统以及在自然结冰条件下带冰后的飞机操稳性能进行试飞验证。当然，不仅这些，还有更多需要评估的方面，比如在强自然结冰条件下，涡扇叶片的外端也会结冰，但这里没有防冰能力，这时就要评估结冰后对发动机的影响有多大，能否正确通过观察相应的参数来判断，能否通过发动机叶片的脱冰程序将冰甩脱，甩脱的冰会不会因吸入发动机而对本身造成损伤，等等，都要进行评估。

为了自然结冰试飞，申请方做了大量艰辛的工作。在阎良曾做过大量模拟冰型试验，进行计算、分析，建立数学模型，并在意大利的风洞实验室，通过模拟出云团状况，结出冰型，再根据风洞试验结果进行市场计算，评估飞机在结冰状况下的各种飞行性能。之后，用木块、聚乙烯等物质做成相应的冰型，粘贴到飞机可能会结冰的部位（机、尾翼、雷达罩等），并进行了数轮多个试验点的模拟结冰飞行。从2011年至2014年3月，又在新疆进行实际的自然结冰试飞。

北美苏必利尔湖、休伦湖、密歇根湖、伊利湖和安大略湖五大淡水湖，是100万年以前冰川运动的最终产物，其中休伦湖中有马尼图林岛，面积2700多平方千米，岛上湖沼众多，湖中有岛，岛中有湖，当地土著称这是"精灵"藏身之地。这里纬度高，大陆性气候明显，冬季时间长达4~5个月，是飞机进行自然结冰的理想之地。

2014年3月15日，ARJ21-700飞机从西安阎良航空城起飞，迎风冒雪、跨洋过海，到达加拿大温莎，原计划在加拿大和美国两国境内，环五大湖追云寻冰试飞。没想到2014年美国颁布了一项航空法令：只允许中国飞机沿着航线飞行，不允许中国飞机偏离航线。业界都很清楚：试飞飞机不可能在航线上飞行，这是常识。实质就是限制中国飞机在五大湖美国一侧试飞。

面对限制，必须据理力争，勇于说"不"。4月1日，中国ARJ21-700型飞机试飞团经过艰苦的谈判，申请到了美国航线试飞权，并打了个"擦边球"，偏离航线追到了自然结冰云团。但是，仍未满足适航规章条款的要求。

事实上，五大湖地区美国一侧的自然结冰条件更充分，那里生成的结冰云团多，更易于捕捉满足试飞的气象条件。迫于上述情况，最后只得在五大湖加拿大一侧安大略省的温莎安营扎寨。不觉间10天过去，温莎天亮得早，当地人4~5点钟就起床到户外活动了，试飞团的同志们入乡随俗，也早早起床，各司其职，中国适航"国家队"七个专业组的审查代表做好了充分的准备工作。但是，一次一次的试飞，都没有令人惊喜的讯息，人们的心情低沉，心上像坠着一块巨石，困难和问题也接踵而来。发动机等一些科目试飞完成了，但是自然结冰条件操稳的试飞还未能实现，条款要求要在结冰 3 英寸厚的情况下试飞，这是举足轻重的关键科目。

关键时刻冲向前

4月8日，中国民航局方试飞员赵志强驾机，试飞院试飞员赵生、局方试飞工程师徐骏驰、加拿大领航员以及申请人试飞工程师、机务人员共9人执行试飞任务。加拿大有关方面给出的气象信息并不理想，当天的结冰成功概率只有25%。飞了两个多小时，没追到可结冰的云团，这时天色已晚，飞机的油料也快耗尽，正待返航之际。赵志强突然发现正前方有一块积水云团，他判断那是一块难得的结冰云团，便迅速申请航行空域，得到空管许可后，果断地冲进云团。

赵志强的这一"冲"不是一蹴而就，不是盲目碰运气，而是他综合能力的体现，是他整体素质的体现，是他诸多知识的多年积淀，是他多年苦练试飞技术的结果，也是4年新疆自然结冰经验教训领悟的结晶。

试飞工程师徐骏驰激动地站起身，双手死死地抓着工作台的边缘，观察记录数据、拍照结成的冰块，直到冰块完全脱落，才回到后面座位上，仰头喘了一口粗气。他惊喜地喊道："结冰的厚度达到了3英寸，符合进行操稳试飞条件。"赵志强迅速做了一系列大纲要求的操稳科目试验，飞行动作准确利落，获得成功。

当地时间18时28分，104架飞机安全降落在温莎机场，申请人罗荣怀，赵越让等领导和全体同志激动地跑上前去，迎接胜利归来的英雄，人们像绿茵场上获胜队的队友簇拥进球功臣一样，把赵志强高高抛起。

人们无法用言语表达无比喜悦的心情，整整4年，多少人吃不香，睡不稳，投入了多少精力、时间，今日终于有了结果，太不容易了。来到北美五大湖地区后，时间一天天飞快过去，理想的结冰环境迟迟不到，再拖延下去天气变暖，投入了大量的人力财力没能圆满完成任务，更重要的是取证还要延期，怎么向公众说明交代？……如今，赵志强一"冲"大功告成，太激动了。

晚餐上，领导宣读了中国商飞董事长金壮龙和总经理贺东风从上海发来的贺电，群情激奋，欣喜若狂。加拿大领航员端着高脚杯走到赵志强近旁说："你敏锐发现云团，像豹子一样冲了进去，我佩服你！"赵志强淡然笑着回答："任何一位中国试飞员都会这样做的，机会来了，不容许犹犹豫豫。对不起，当时没有征询你的意见。空管同意后，我就冲了进去，我们等待太久，我必须抓住时机。"那位领航员听后，高高举起酒杯向赵志强表示祝贺。

事前，曾邀请美国 FAA 专家到现场指导，他们含笑谢绝，大部分专家未到场。

事后，美国 FAA 专家说，我们心里很清楚，五大湖地区是世界上自然结冰最理想之地。你们到了温莎，一定能抓住机会获得成功。

有志则强，赵志强为 ARJ21-700 飞机自然结冰试飞适航审定立了大功。

2014 年 5 月 23 日，习近平主席观察上海中国商飞公司时，接见了赵鹏、赵志强两位杰出的试飞员。

赵志强说，听到作为有功人员的代表接受习主席接见的消息时，心情十分激动，一夜未眠，想了许多，如果没有祖国和人民培养，没有党和民航局的培养，没有单位领导和同事的支持和帮助，就不会有我的成长，做了一点儿分内的工作，却得到了这么高的荣誉，十分感恩。

当习主席把他那温暖的大手伸向他时，他激动得热泪盈眶，暗下决心，以更加努力的学习和工作，报答祖国。此后，赵志强连向有关方面索取珍贵接见照片的事都放在脑后，只顾实干，不慕荣耀，这就是民航人引以为豪的中国民航试飞员本色。

选自《中国大飞机》之《中国适航报告》系列，《中国民航报》，2016 年 8-9 月

中国报告

第四极

——中国"蛟龙"号挑战深海（节选）

许 晨

马里亚纳海沟：中国人来了！

"蓝色海洋·你我同行"

一曲优美昂扬的旋律奏响了，其间伴随着一阵阵大海的涛声和一声声海鸥的鸣叫，宽大而清晰的背景天幕上，一层层翻卷着浪花的蓝色海水扑面而来。正中央冉冉升起一个圆圆的白月亮，越来越大，越来越亮，渐渐变成一个硕大的蔚蓝色的星球，上面最醒目的是太平洋、大西洋、印度洋、北冰洋和南冰洋五大洋。这就是我们人类的家园——地球。

7位身着一袭白色连衣裙的年轻姑娘，轻轻移动着莲花步，缓缓飘到舞台前面，宛如从天上下凡的七仙女，翩翩起舞，神采飞扬，向着这颗蓝色星球欢呼歌唱，立时把在场的人们带进了浩瀚而丰富的蓝色世界里。哦！这是名为《与蓝色同行》的开场大歌舞，正在气势磅礴地上演……

2012年6月8日下午，世界海洋日暨全国海洋宣传日主场活动——"蓝色海洋·你我同行"中外优秀海洋影片巡展首映礼暨年度海洋人物颁奖仪式在北京隆重举行。本次活动的主题是"海洋与可持续发展"，由国家海洋局、中国海洋石油总公司、保护国际基金会共同主办。主场特邀著名节目主持人李艾、曹涤非担纲主持，隆重揭晓2011年度海洋人物，为广大观众推荐五部中外优秀海洋影片，并授予影视明星朱军、陈红、蔡国庆"海洋公益形象大使"称号。

海洋，生命的起源，人类的母亲。就像每年我们会过母亲节一样，联合国也专门设立了世界海洋日。1992 年，加拿大首次在里约热内卢举办的"地球高峰会议"上提出了这个概念。联合国大会采纳，起初将每年的 7 月 18 日定为世界海洋日。2009 年，联合国将世界海洋日的主题确立为"我们的海洋，我们的责任"，并将日期调整到每年的 6 月 8 日。

我国是从 2008 年 7 月 18 日开始启动"全国海洋宣传日"的。活动主题为"海洋与奥运"，主场设在青岛。2009 年，活动主题为"海洋中国 60 年"，主场设在珠海。自 2010 年起，全国海洋宣传日与联合国同步，改为每年的 6 月 8 日，并更名为"世界海洋日暨全国海洋宣传日"。活动主题为"关爱海洋，我们一起行动"，主场设在天津。2011 年，活动主题为"辛亥百年海洋振兴"，主场设在大连。2012 年，也就是现在进行的世界海洋日暨全国海洋宣传日主题是"海洋可持续发展"，主场设在北京。

激昂的音乐响彻大厅，全场一片欢腾。主持人曹涤非介绍说："现在请国家海洋局刘赐贵局长致欢迎词。"

身穿整洁西装，佩戴喜庆红色领带的刘赐贵局长站在话筒前，用带有福建口音的普通话讲道：

"首先，我代表国家海洋局向专程出席本次活动的'全国海洋宣传日'组委会的所有成员单位、有关国际组织、社会各界来宾、长期奋战在海洋工作第一线的代表和新闻媒体的朋友们表示热烈的欢迎并致以诚挚的谢意！"

"6 月 8 日是联合国确定的世界海洋日，也是我们的全国海洋宣传日。举办中外优秀海洋影片巡展首映礼暨 2011 年度海洋人物颁奖仪式，目的就是要繁荣和发展我国的海洋文化，大力宣传海洋先进人物，广泛普及海洋知识，努力营造全社会关注海洋、爱护海洋的浓厚氛围。海洋是人类赖以生存和发展的环境和宝贵资源。开发海洋、利用海洋，是当今世界沿海各国的战略选择。保护海洋、珍爱海洋，已经成为人类社会的共同责任。"

"我国是陆海兼备的大国，海岸线漫长，管辖海域广阔，海洋资源丰富。近年来，我国积极实施海洋发展战略，海洋产业持续快速发展，海洋综合管理能力稳步提升，海洋生态环境保护得到加强，海洋科技支撑与防灾减灾水平显著提高，维护海洋权益的力度不断加大，海洋在国民经济和社会发展中的地位日益提高，作用日益凸显。当前，备受瞩目的'蛟龙'号载人潜水器搭乘着'向阳红 09'船航行在太平洋上，向着 7000 米的深度空间发起冲击；中国第五次北极科学考察队乘坐'雪龙'号破冰船即将从青岛启航；中国海监船舶正在南海执行维权执法任务。所有这些，都表明海洋事关国家的发展，事关民族的兴衰，事关百姓的安康。海洋，这片神秘湛蓝的家园，需要你我携手同行，共同守护。"

"蓝色孕育梦想，海洋承载希望。我相信，只要我们同心同德，携手前行，海洋一定会更加美丽，更加和谐，把我国建设成为海洋强国的宏伟目标就一定能够实现。谢谢大家！"

"说得太好了！谢谢刘局长。"两位主持人请刘赐贵局长留步，同时邀请台下的贵宾上台，"接下来，让我们共同见证一个庄重而神奇的时刻。请各位领导为我们共同启动此次'蓝色海洋·你我同行'的神奇之旅。"

几位嘉宾站在一起，共同按动了身前的蓝色水晶球式按钮。刹那间，音乐大作，灯光闪烁，一个个有关海洋的画面陆续呈现在大屏幕上，世界海洋日暨全国海洋宣传日活动正式启动了。

全场安静下来之后，主持人李艾继续说道："感谢我们尊敬的领导和嘉宾为我们开启中外优秀海洋影片巡展首映礼的美丽旅程。看完这组片花，相信您和我一样由衷地发出赞叹，在我们赞美大海的同时，更加对那些与大海结下深厚之缘的海洋人物产生好奇和敬意。从2010年开始，世界海洋日暨全国海洋宣传日活动组委会决定，在每年的世界海洋日评选'年度海洋人物'，以表彰那些奋战在海洋工作的各个领域的突出贡献者。此前，受组委会委托，人民网与众多媒体共同开展了'2011年度海洋人物'的评选活动，共有十人获得了'2011年度海洋人物'的荣誉。其中一位是取得了辉煌成就的'蛟龙'号载人深潜器的设计者之一。"

现场大屏幕上播放了海洋人物的介绍短片。引发了全体来宾浓厚的兴趣。特别是视频上出现了正在太平洋上海试的"蛟龙"号载人潜水器，以及海试副总指挥、"蛟龙"号副总设计师、七〇二所副所长崔维成的画面。解说词响起：

"19年前，在英国完成博士后学业的崔维成，在祖国的召唤下，毅然回国，投身深海科研事业。作为我国船舶与海洋工程结构力学的著名专家和'蛟龙'号载人深潜器的第一副总设计师，与许多科学家一起，为实现国人探寻深海奥秘的梦想做出了巨大贡献。2011年，我国'蛟龙'号载人深潜器创造了5188米的新纪录。该纪录已成为与载人航天、探月工程、千万亿次高性能计算机并列的重大科技成就。他心系民族，胸怀碧海，用一腔热血描绘出祖国深海探索事业的绚丽画卷，他就是，2011年度海洋人物崔维成。"

全场响起了春雷般的掌声。主持人不失时机地说道："有请代替崔维成领奖的中国船舶科学研究中心副总工程师，'蛟龙'号总设计师，2009年度海洋人物徐芑南上台。在这里要说明一下的是，此时崔维成正与'蛟龙'号载人潜水器7000米级海上试验队的队员一起，奔赴马里亚纳海沟执行7000米级海试任务，未能亲自到现场领奖，让我们一起期待他们凯旋，为我们的海洋发展事业写下新的篇章。今天徐芑南先生带来了一封崔老师的感言书。"

"蛟龙"号总设计师、曾获得2009年海洋人物的徐芑南，从衣袋里掏出一张稿纸，说："我受崔维成同志的委托，宣读他的获奖感言如下，我非常感谢活动组织部门以及广大网民的嘉奖和支持，我将在从事海洋高新技术装备研发的同时，也积极宣传海洋环保的知识和意识，为真正造福人类做出我自己应有的贡献，谢谢大家！"

远在波翻浪涌的太平洋马里亚纳海域的"蛟龙"号海试队，以及今天会议上的主角之一——2011年中国海洋人物崔维成，你们看到、听到海洋日开幕式上的盛况了吗？

这是国家和人民对于为海洋事业做出突出贡献的人与单位，给予的高度评价和光荣称号。毫无疑问，"蛟龙"号载人潜水器研发和海试团队，以他们"严谨求实、团结拼搏、无私奉献、勇攀高峰"的载人深潜精神，及奋发努力创造的探索海底世界的辉煌成就，深深打动了广大网民和专家评委的心。几乎每一届，他们都有缘分享这份荣耀。

2009年，"蛟龙"号总设计师徐芑南获得"年度海洋人物"荣誉称号，主持人介绍说："他是我国深潜技术的开拓者和著名专家之一，20世纪60年代主持与创建了我国最大深海模拟试验设备群和潜水器耐压壳稳性试验技术；20世纪80年代创造性地为我国自行研制了多型载人潜水器和水下机器人，是业内公认的载人深潜之领路人。为我国深潜技术、载人、无人多种潜水器设计、建造、应用以及海洋和深潜器工程的发展做出了突出的贡献。2009年率队创造了中国载人深潜1000米记录，圆满完成试验任务。"

2010年，中国载人深潜海试团队获得"年度海洋人物"荣誉称号。解说词说明："这是一支勇于挑战压力的队伍，这是一个不断刷新深度的团队。狭窄空间，高度重压，他们创造了世界奇迹；深潜五洋，历时八载，他们将中国制造烙印在寂寥深邃的海洋。他们便是由全国100多名科技人员、潜航员和船舶技术保障人员组成的中国载人深潜海试团队。"

那么，到了2011年，就隆重上演了我们前面所描绘的一幕。

早在颁奖前5天——也就是2012年6月3日，崔维成和他的战友们，"蛟龙"号海试队乘着英雄的试验母船"向阳红09"船，从江阴苏南码头出发，准备冲击7000米级的深度。如果从2002年立项"7000米级载人潜水器"算起，到2012年前往太平洋突破7000米大关，整整10个年头了。古人曾有诗云：十年磨一剑，霜刃未曾试。那么今天就是试试"蛟龙"号能否达到设计要求，也是看看中国人的载人深潜事业能否跃上世界领域的高峰！

所以，有关方面对这次海试异常关注、重视，甚而谨慎得有些苛求了。

就在 2011 年 8 月，"蛟龙"号胜利完成 5000 米级海试任务归来之后，对于在 2012 年是否有必要继续进行 7000 米级海试，曾经发生了一场不大不小的争论。有些过去十分支持这个项目的领导者，以及个别学者，认为应该见好就收，找出一些理由反对继续海上试验。说来也不奇怪，仁者见仁，智者见智，目的都是为了工作，只是考虑问题的出发点不同，得出的结论也就大相径庭。

2011 年 11 月 8 日，海试领导小组在北京召开了第六次工作会议，对"蛟龙"号 5000 米级海试进行了总结。一致认为："蛟龙"号 5000 米级海试工作取得圆满成功，为最终 7000 米级海试打通了道路，是党中央国务院高度重视，各有关部门大力支持，"蛟龙"号研制、海试及保障队伍全体人员共同努力的结果，是我国海洋科技发展史上一座新的里程碑。应该一鼓作气试验下去，达到 7000 米深度，实现中国载人潜水器的原定设计目标。

然而，有关部门的个别领导和专家学者，却萌生了"就此打住、见好就收，不必再进行 7000 米海试"的想法。甚至在庆祝 5000 米成功的欢迎会上，一边敬酒祝贺，一边悄悄散布差不多的言论："行了，该踩一踩刹车了……"

他们的主要论据是：世界平均海洋深度不超过 4000 米，而大部分矿藏和生物也是存在于这个水深，其他国家的载人深潜器最深在 6000 米左右。我们试验达到 5000 米，够用了！再说，越往下潜难度越大，风险也越大，7000 米级设计应该保留一定的安全系数，而且试验经费也难筹措。综合情况来看，没必要再去冒那个风险。

为了证明这个观点正确，他们还专门召开了一个专家会议。邀请技术专家咨询组成员和有关高校、研究院所的学者前来参加论证。会上，主持人首先发言，强调了种种客观理由，试图先入为主，将"无须再进行 7000 米级海试"的结论灌输下去，甚至还拿出一份事先准备好的报告，希望大家签字同意。

不料，许多参会人员极不认同这种意见，纷纷当场表态说：

"我们的'蛟龙'号设计的就是 7000 米级的，现在还没有达到这个深度，不能算成功。如果说安全系数，那是设计师们在设计阶段已经考虑了的因素，已经打足了安全度。应该继续试验下去。这个字我们不能签！"

"是啊，通过这几年的海试，已经摸索出来一条行之有效的试验路子，眼看就要成功了，半途而废太可惜了。再说 5000 米并没有完全满足需要，只有潜深 7000 米，才能到达全球 99.8% 的海底。"

由于多数专家不同意主持者的看法，不愿签字，这次会议不欢而散，可主持者仍然向上级部门做了反映，几乎形成了一种"不必冒险再试"的声音。组织实施这个 863 高科技重大专项的国家海洋局、中国大洋协会，十分清楚"试验到底"的重要性和必要性，得知有些人有不同意见之后，立即做出反应，向有关部门呼吁应该继续实施 7000 米级海试，出以公心，据理力争。

除上述种种理由之外，还有十分重要的一条：尽管将来海底科考多在 4000 米左右，但我们已向国际社会公布了这是"7000 米级载人潜水器"项目，如果连试验都没做，将没有任何说服力。科学就是科学，来不得半点虚假和水分。中国人说话是算数的，我们要一个实打实、硬碰硬的试验结果。目前来看，"蛟龙"号海试团队严谨求实，高效运作，效果十分显著，安全是有保障的。

言之有据，无论是从国家利益还是科学精神上面，都应该善始善终地完成"蛟龙"号的所有试验项目。有关领导部门经过研讨论证，给予了大力支持，彻底否决了"见好就收、停止试验"的意见，及时发出了号令：全力以赴，将海试进行到底！

7000 米级第一潜

同样的地点，同样的场景，同样的心情……

公元 2012 年 6 月 3 日上午 9 时，国家海洋局、中国大洋协会在江苏省江阴市国际码头隆重举行"'蛟龙'号载人潜水器 7000 米级海试起航仪式"。这次的目标海区是西北太平洋的马里亚纳海沟海域。因为那里水深达到了 1.1 万多米，为地球第四极，完全能够适应"蛟龙"号 7000 米级的设计深度。

从 2009 年 1000 米级海试算起，这已经是海试队第四次在这里整装待发、远航大洋了。今天的苏南国际码头与前几次一样，披上了节日的盛装，彩旗招展、鼓乐飞扬。仪式依然由海试领导小组组长——王飞副局长主持。国家海洋局刘赐贵局长、科技部王伟中副部长、江苏省徐鸣副省长和中船重工集团钱建平副总经理相继发表了祝词，共同为中国邮政和国家海洋局联合设立的"'蛟龙'号深海邮局"揭牌。中国邮政特地聘请"蛟龙"号载人潜水器设计者之一、深潜部门长叶聪担任"深海邮局"首任名誉局长。

中国邮政集团副总经理张荣林介绍："'蛟龙'号深海邮局有虚实两个邮局，虚拟邮局设于位于海底 7000 米深的载人潜水器舱体内，地面实体邮局设在青岛市崂山区邮政局金家岭邮政支局，目前主要开办国际国内函件寄递和集邮业务，邮政编码是 266066。今后将根据实际条件逐步扩大业务范围，为社会各界提供全方位的邮政服务，进一步满足广大人民群众的精神文化需求，共享我国海洋事业发展成果。"

此外，还有两名特殊的少年嘉宾——来自北京市汇文第一小学的少先队员代表。这所学校是北京市的首批科技示范校，有着 140 多年的历史积淀。学校于 1984 年与国家海洋局建立了大手拉小手的合作关系，从此对学生开始了极地科普知识的教育，至今已坚持了 30 年。科技老师张凯亮还申请参加了南北极科学考察。如今，"蛟龙"号载人潜水器象征着海洋事业的新高峰，在小学生中间引起了浓厚的探索深海的兴趣。得知今天海试队起航去冲击 7000 米深度，小学生们非常兴奋，课余之间纷纷叠起了五角星，写上他们的祝福心愿，放进祝愿瓶里，同时集体写了一封信，专门派代表赶到江阴苏南码头上，参加起航仪式。

这是我们祖国的未来，这是海洋事业的希望！当王飞副局长宣布："下面请北京市汇文第一小学学生代表发言。"立时响起了一片更加热烈的掌声。身穿白色校服、系着红领巾的一男一女两名小学生走到台前，向大家行了标准的少先队礼，而后以明朗激昂的童声宣读了全校师生所写的《给海试队员的一封信》，并把装满祝愿星的大玻璃瓶，一同转交给了"蛟龙"号海试队。

接下来，科技部副部长王伟中向海试队授"蛟龙号海试队"队旗。海试现场总指挥刘峰接过旗帜，用力挥舞着，整个会场一片鲜红，犹如万里朝霞在天空升起。他代表海试队表示：

"今天，'蛟龙'号海试团队 96 名队员再一次聚集在这里，接受祖国和人民的检阅。96 股来自祖国五湖四海的力量，再一次拧成一股绳，朝着蔚蓝的大海，向着深邃的海底世界，迈出中国载人深潜事业更加坚实的一步。从 1000 米、3000 米、5000 米到今天，每一位参试队员都得到了锻炼，收获了经验，锻造出了技术精湛、作风过硬、团结协作、不畏艰险的海试作风。今天的参试队员，信心更加充足，斗志更加昂扬，必将战胜一切困难，书写祖国载人深潜新的辉煌！"

随后，刘赐贵局长庄严宣布："'蛟龙'号载人潜水器 7000 米级海试起航！"

9 时 40 分，"向阳红 09"船在两艘拖轮的帮助下徐徐离开码头，顺长江而下，船上 90 多名海试队员，其中包括新华社、中央电视台、《科技日报》《中国海洋报》等几名随船采访的记者，身穿统一蓝色海试服，站在船舷边，不停地挥手。岸上渐渐远离的人们，一齐挥舞着小旗子，送上了深深的祝福。

为什么这次起航不同以往、特别隆重？因为"蛟龙"号要冲击设计极限深度、冲击这个星球上的第四极……

经过 8 天乘风破浪的航行，"向阳红 09"船搭载着蛟龙号和海试队抵达预定海域。马里亚纳海沟，世界海洋最深的地方，中国人来了！

2012 年 6 月 15 日，一场热带风暴刚刚离开这片海面，风平浪静，是一个适合"蛟龙"号下潜的好天气。试验母船后甲板上，红白相间威风凛凛的"蛟龙"

号安卧在轨道车上，精神抖擞，容光焕发。今天，是它进行 7000 米级第一潜的日子。

说实话，两位带队人——总指挥刘峰和临时党委书记刘心成的心情忐忑不安：海试队太需要首战的胜利了，这将极大提升海试团队乃至全国人民的信心，为下一步试验奠定坚实基础；同时在去年 5000 米海试后，七〇二所、声学所、沈阳自动化所等单位对潜水器纵倾调节、液压、电力配电等十大系统 26 个项目进行了技术完善，增加了 GPS 定位功能，包括载人舱以外的所有压力罐、水密件、电缆、穿舱件等都拆开了，检修后重新安装。如今在太平洋最深处做试验，潜水器各项设备能经得住考验吗？

7 时 15 分，全体人员在餐厅集合，进行 7000 米级海试第一次下潜动员。刘峰首先说："为了今天，我们等待了很久，全国人民、上级领导和我们的亲人们都在关注着海试。我们要牢记重托，慎重操作，搞好协同，遇到问题不慌不乱，要相信自己，要相信团队，一定圆满顺利地完成首潜任务！"

刘心成接着讲话："全体队员要认真贯彻落实总指挥的要求。一是牢记海试领导小组和国家海洋局领导慰问讲话精神，做到工作细之又细、实之又实；二是第一次下潜有很多未知数，要有清醒认识，不求无故障，只求沉着冷静、正确处置；三是各部门、各岗位要密切协同，用我们集体的智慧和力量，夺取首战的胜利！"

最后，总指挥刘峰提高嗓音："同志们，有信心吗？！"

"有！"队员们一声大吼，震动了海天。

"好！各就各位！"

三名试航员英姿飒爽地走来了。他们是即将转为正式党员的首席潜航员叶聪，"蛟龙"号副总设计师、刚刚获得"2011 年度海洋人物"称号的崔维成和中科院声学所的"80 后"工程师杨波。已经连续四年的海试生涯，使他们积累了丰富的经验和体会。在大家祝福和欢送的目光下，他们自信地挥挥手，依次下到了载人球舱内。

船尾高大的 A 形架下，水面支持系统的操作员、国家深海基地的李德威，在副总指挥余建勋、部门长于凯本（他也是深海基地的骨干之一，参加过前几次的海试）指导下，双手端着操作盘一丝不苟地操作着。硕大沉重的 A 形架起重臂在他的控制下，如同母亲温柔的双臂，轻轻且有力地抱起"蛟龙"号，从后甲板缓缓移向海面。12 分钟后，它安然入水，在"蛙人"的帮助下，解脱了最后一缕束缚，随着一声"水面检查完毕，一切正常，请求下潜"的报告，得到指挥部批准，"蛟龙"号注水下潜了。

100 米、500 米、1000 米……潜水器以每分钟 40 米左右的速度下潜，向深海进发。刘心成书记代表现场指挥部做了新闻发言人，不断向随船报道的新华社记者罗沙，中央电视台记者周旋、孙艳，《科技日报》记者陈瑜，《中国海洋报》记者赵建东等人介绍情况。

8 时 37 分，"蛟龙"号到达 3000 米。母船指挥部里，人们看着同步传来各种信息的"'蛟龙'号水面显控系统"，听着试航员与控制室清晰的水声通信，显得轻松而愉悦。总指挥刘峰对记者感慨地说："想当年，'蛟龙'号初出茅庐，潜到这个深度，我们已经激动得跳起来了。如今，已经习以为常了。"

又过了一个小时，"蛟龙"号打破了去年创造的下潜 5188 米的纪录，达到了 5285 米。刘峰与刘心成站起来，带头鼓掌。10 时 11 分，主驾驶叶聪报告："'向九'、'向九'，我是'蛟龙'。现在到达 6200 米，一切正常，我们准备抛载第一组压载铁。"

这就是说，"蛟龙"号到达预定位置，正在实现水上悬停，开展试验作业。就在这时，数字通信系统突然出现故障，母船与潜水器联系中断了！如果发生在第一年海试时，人们会惊慌失措，无法继续试验，试航员只能立即抛载上浮。今非昔比，水声通信保障组在朱敏研究员的带领下，胸有成竹，沉着应战，马上切换为模拟通信模式，保证联络畅通不影响试验。再迅速查明故障，予以排除。

随后，潜水器在试航员操作下，降低了速度，缓缓下行，几分钟后，安全抵达 6671 米，一个新纪录诞生了！指挥部里的人们喜笑颜开，互相击掌庆贺。10 时 44 分，试航员们完成了开启水下灯光和摄像机、手动操控航行、通过机械手采取水样等项目，抛载另一组压载铁上浮。

3 个多小时后，14 时 34 分，"蛟龙"号跃出海面，被蛙人小组和水面支持人员安全接回母船。三位勇敢的试航员出舱，照例受到英雄般的欢迎。虽说这7000 米级海试第一潜，还没有达到设计深度，但对"蛟龙"号一年来的维修保养，特别是对解决问题的能力做了检验，迈出了坚实的第一步。现场指挥部副总指挥崔维成高兴地说："通过这一次下潜，我们对完成 7000 米海试更有信心了！"

成功打响第一炮，全队士气大增！海试现场指挥部和临时党委给予了高度评价，连夜发出通报表扬：

……在 7000 米级海试第一次下潜试验中，由崔维成、叶聪和杨波组成的试航员小组担负当尖兵、打头阵的艰巨任务。崔维成作为海试副总指挥和潜水器本体第一副总师，坚持在每个新的下潜深度率先下潜，他担负右试航员任务，详细记录了舱内所有的操作、潜水器运行的重要数据和特征以及部分设备故障现象。他沉着冷静，把握住了试验进行的方向，不断给另外两位试航员鼓励加油，体现了临时党委和现场指挥部提出的"共产党员要让党旗在海试岗位闪光"的要求。中试航员叶聪负责潜水器的操纵，他认真准备、周密计划、谨慎驾驶、精心操纵，按照预案正确处置各种情况，为首战胜利做出了突出贡献。左试航员杨波克服晕船困扰，集中精力，一丝不苟，凭着他娴熟的专业技术素质和操作技能，认真检查、调试、测试声学设备的功能和性能，按计划完成了所有规定的试验内容的正确性。

海试临时党委和现场指挥部号召全体参试人员学习他们敢于斗争、敢于胜利的奋斗精神和一丝不苟、精益求精的科学态度。以后的试验任务十分艰巨，前进的道路上充满困难，需要全体参试队员继续发扬载人深潜精神，牢记使命和责任，为夺取7000米级海试胜利而奋斗！

"蛟龙"守护神

佛经记载：每个人一生下来就有位佛或菩萨在守护您，所生之日与有缘之佛结缘，被称为生肖守护神，亦叫"本命佛"！也就是说，人之初，性本善。在今后的人生历程中，一心积德行好，冥冥中会有神灵保佑逢凶化吉，转危为安的。

如果说我们的国宝"蛟龙"号也有守护神的话，那就是载人潜水器的维护团队。本次海试首潜成功之后，前后方的人们都在欢呼雀跃的时候，海试队中有几个人却眉头微锁，高兴不起来。他们就是负责潜水器维护保养的工程技术人员。

深海不是一片平坦温柔的"乐土"，黑暗的环境里潜藏着不可知的杀机。就在第一潜取得胜利的同时，我们可爱的"蛟龙"受伤了，它在与庞大的"海神"的搏斗中，被其"扔出的三叉戟"划伤了"耳朵"和"腿脚"——水声数字通信系统与两只推进器出现了故障。

晚上，指挥部会议决定对首潜出现的水面电缆泄露导致数字通信中断、前左和后下两个推进器故障，以及主液压源补偿误报警、可调压载系统（VB）在6600米附近排注水时有异常响声等4个故障进行攻关，要求必须在18号再次深潜试验前排除。相比而言，由于推进器已经使用了4年，这次又是在大深度水压下潜试，故障较难解决。

海试队员们连夜投入"排故"战斗。

声学部门的研究员朱敏，带领张东升、徐立军、刘烨瑶，还有下潜后仍在晕船的杨波，集中攻关。最后确认通信中断的原因，是接近声学吊舱根部附近电缆上摩擦出一个小孔，致使海水进去造成接地短路。他们截去100米声学电缆，重新接入，经过数小时硫化，第二天下午测试已经正常了。

潜水器维护部门在胡震副总师的带领下，分成两个小组：一组是专攻电气控制的杨申申、程斐、王磊，一组是精于机械液压的汤国伟、姜磊、沈允生和胡晓函、邱中梁，也是紧急行动起来，进行伤情探测、维修。

经过一番周密检查，找到了两只推进器的病源，需要拆卸下来修复。"胡司令"一挥手，大家七手八脚一块儿上，很快，中部的一只便拆下来了。可是尾部的那只位置较高，且周围没有可供攀缘的脚手架，加之母船在海浪中不断摇晃，一时犹如"老虎吃天，无处下口"。困难挡不住英雄的海试团队。他们想方设法架上塔梯、绑上安全带，采用多人扶持、联合作业的方式，硬是在晃动的露天"厂房"中完成了拆卸。

紧接着，胡震指挥大家再次分工，电气控制组以杨申申为首，修复驱动器过载的推进器；机械液压组以汤国伟为首，修复漏水的推进器。一直干到深夜11点多，人人累得直不起腰来了。胡副总师身先士卒，既是指挥员，又是战斗员，始终工作在第一线，这时实在不忍心了，敲敲架子说："今天就到这儿吧，没完的活儿明天再干！"

第二天——6月16日，按中国人的说法，应该是六六大顺的一天。队员们早早吃完早饭就来到了操作间，紧张有序地忙碌起来。

电气组的杨申申、程斐和王磊拿着两只万用表分头测量，表笔上下穿梭，对推进器驱动段每条线路的通断进行检测。只听着万用表不时地发出检测音，他们像精细的钢琴调音师一样，凝神聆听，很快找到了故障点，修复更换了损毁的元件。

机械液压组的故障严重一些，胡震一直紧盯着，汤国伟、姜磊等人全力以赴。由于加油孔狭小，注油非常缓慢，大家一边工作一边开动脑筋，献计献策，建议用针筒代替加油工具进行加油。果然大显奇效，大大加快了清洗和填充补偿的进度。

干到中午，胜利在望。卫星电话又传来了国内的好消息：就在这一天，北京时间18时37分，我国神舟九号飞船在甘肃酒泉成功发射升空。哈！这可真是一个带有必然性的巧合：中国载人航天工程和中国载人深潜工程，就在同一个6月里双管齐下，并蒂开花。在这个喜讯的鼓舞下，潜水器维护部门一鼓作气，完成受损推进器的修复组装后，又举一反三，更换了其他推进器上的抱箍。从早上8时到晚上8时，整整历时12小时，使潜水器恢复到正常状态，为组织第二次下潜试验奠定了基础。

"好了！收工！"随着"胡司令"的一声招呼，人们直起腰来，擦着布满汗水的脸庞，开心地笑了……

写到这里，我情不自禁又想起了跟随"蛟龙"号出海的情景。对于潜水器维护部门的辛勤工作，我深有体会和感慨，也曾在日记里记录下当时的感受——

　　每当"蛟龙"号从深海泛着水花、跃出水面，披着一身湿淋淋的"战袍"返回到母船之后，总有那么一群身穿工装、头戴安全帽、手拿各种工具的人员迅速围上来，分头攀上脚手架工作台，打开座舱、机舱、电池舱，从头至尾、由里到外，仔仔细细、认认真真地巡视着、检查着……

　　这使我想起了当年我在空军服役时的情景：飞行员驾驶战机胜利返航了，机械师、雷达师等地勤人员一拥而上，检修保养，加油装弹，很快一洗它的满身征尘和疲惫，重振雄风等待新的出征。人们亲切地称这些机务战士为战鹰的"保姆"和"医生"。而今，探海的"蛟龙"号潜水器，同样有这样一些呕心沥血保护安全和健康的"保姆医生"。因了她是深入数千米深海工作的高科技装备，应该说比普通飞机的维护更加严格、精密和艰辛。

　　记不清那是第几个潜次了，晚饭过后很长一段时间了，我来到后甲板上吹吹风、透透气。突然发现工作台上下灯火通明、亮如白昼，几名潜水器本体部门的工作人员正在紧张地忙碌着。副总指挥叶聪移动着健壮的身躯，有条不紊地调度指挥着。他是中船重工集团七〇二所的设计师之一，第一批深潜试航员，年纪不大却已是深海"蛟龙"的元老。海试结束之后，他又连续两年随船出海，接替他的老领导崔维成副所长和胡震副总师，出任潜水器部门副总指挥、潜水器维护部门长，负责组织协调各研发单位维护潜水器、培训新人，准备移交深海基地业务化运营。每次下潜作业或检修，他都是重任在肩。今天发生了什么事呢？

　　经过细心了解，我明白了：下午"蛟龙"号顺利完成又一次科考任务，下潜至3600多米，获取了许多深海生物和矿物等样品，拍摄了一些清晰的海底地型、地质，以及生物群照片和录像，安全返回到母船。各专业维护人员照例围上前来，先是用淡水冲洗干净潜水器身上的海水，听取潜航员汇报，而后按部就班地一项项检查、充电补氧。当查看到某个仪表盘时，七〇二所的工程师汤国伟、胡晓函等人发现油位下降较多，感觉有些异常，进一步打开腹部机舱，看到浮力块上有油迹，啊，密封件有漏油点！如果更换新件，工作量很大，需要"开膛破肚"，把浮力块一块一块地拆卸下来，擦洗干净，完成换件，再一块一块地装回去。即使在陆地车间里，也至少需要一个工作日才能完成。可这是在风大浪高的海上啊，船体摇摆不平，再说明天一早还要准备下潜科考，时间很紧张了。不然就要求撤销明天的潜次计划，何时修好何时再下潜。

　　关键时刻，大家的目光投向了领头人叶聪。他略一沉吟，说："天气要变了，潜次计划一定要抓紧进行。我马上报告总指挥，咱们连夜干，维护好潜水器，绝不能影响了下潜任务，更不能带着故障下水。"就这样，晚饭过后，其他队员都在休息娱乐的时候，他们又冲上了没有硝烟的战场。虽说潜水器部门来自几个单位，可在科考队一直遵循"只有岗位，没有单位"的理念，团结协作像一家人一样，有了任务毫无二话，一齐上手。不用说七〇二所全力以赴了，就连中科院沈阳自动化的所祝普强、声学所的刘烨瑶和国家深海基地的李宝刚、高翔等人也都来了。一时间，整个工作区灯火辉煌，上下左右，你来我往，拆卸浮力块的，吊装零部件的，测试密封圈的，上演了一出挑灯夜战维护"蛟龙"的激情大戏。

我不由得赞叹不已，连忙回屋拿来照相机，"啪啪"地打开闪光灯，记录下这激动人心的一幕。正巧负责电力方面的工程师杨申申走过来，礼貌地与我打招呼："许老师，你还没休息啊？""没有呢，你们连夜加班，太辛苦了！"他笑笑说："这不算什么，海试期间经常这样，潜水器试验暴露了问题，晚上抓紧寻找故障点抢修，有时一干就是一个通宵，天亮了不耽误下潜。""啊？那不是连轴转了，身体受得了吗？""嗨，不知为什么，那时也不觉得累，就是想赶快解决问题。等到潜航员下海了，我们才轮换着躺一会儿。"身材瘦长的小杨参加过连续4年的海试，由于工作出色曾受到临时党委通报表彰。我从他那疲惫而坚定的面容里，看到了他们当年经历的沸腾的日日夜夜……

如今随着"蛟龙"号海试成功，转入了试验性应用阶段，可那种"团结协作、拼搏奉献"的载人深潜精神永久地传承了下来。我眼前的"向九"船上的这个灯火通明的不眠夜，就是最典型的例证。尽管胡震主任因事没有上船，接替他负责这块工作的叶聪，还有杨申申、祝普强、刘烨瑶等人都毫无例外地兢兢业业，勤勤恳恳，有了故障不过夜，时刻保证"蛟龙"号整装待发。当晚他们一直干到凌晨4点多钟，直到做好了下潜的一切准备，才稍稍打了个盹。早晨7点钟，总指挥一声"各就各位！"他们又精神抖擞地出现在自己的岗位上。

记得我在空军服役时，曾专门写过一首歌咏地勤战士的小诗，其中有这样几句：停机坪，战鹰的卧房，我给你洗礼、梳妆。你守护着祖国的天空，我守护着你的健康。虽然我不能与你一起出征，可我的心时刻伴随你翱翔。上天、入海，同一个道理。我想，用它来形容"蛟龙"号的维护保养团队，也是十分恰当和生动的。青春似火献深海，愿做"蛟龙"守护神……

各路人马乘胜追击，接连干了两天一夜，捷报频传。"蛟龙"首潜中暴露的4个问题全部解决。根据气象预报：6月18日试验区浪高2米，处于海试限制条件的上限。指挥部例会决定：早晨5时30分，各位成员一起到驾驶室观看海况，如果气象条件许可，7点钟进行第二次下潜试验。

为了节约油料，试验母船在每次试验结束后就停掉主机，顺洋流漂泊，一晚上能够漂移20多海里。早晨再开启主机航渡到下潜点。时间到了，总指挥刘峰、书记刘心成、办公室主任李向阳、船长陈存本、气象预报员苏博等人，都不约而同地来到了驾驶台。看到海面上风浪小了许多，再研究气象资料，认为海况尚可，决定执行下潜计划。

6时整，陈存本船长在船上反复广播："指挥部决定，今天7时进行7000米级第二次下潜试验，有关人员起床。6时半早饭。"

其实，不等他广播，各部门人员都惦记着今天的海试，早早起来观察海况，感觉有戏，已经分头准备起来了。与此同时，媒体的电波也发向海内外了：我国载人潜水器"蛟龙"号，将于6月18日进行第二次冲击7000米下潜试验。

一时间，箭在弦上了。

不料就在这时，有人发现潜水器下方高度计传感器附近，液压油泄漏了，甚而越来越急，呈多条线状向下流下来。坏了！一个不祥之兆笼罩在大家心头：今天的下潜可能要泡汤！可是记者已经公布第二次海试的消息了，如何收场？！水面支持系统赶快启动轨道小车，载着维护人员迅速打开下部浮力块，胡震副总师带人钻下去仔细观察：是主液压源控制前左推力器转向的液压管破裂所致。

怎么办？又是一个下不下的难题。准备执行今天潜次的于杭教授，对赶过来的刘峰和刘心成说："如果今天一定要下，也可以，但是前面两个推力器转向功能失效，并且导致液压管破裂的原因不明，有隐患。"

"带着故障下潜肯定不行。至于能不能很快排除再试验，咱们马上开个指挥部会议，分析一下具体情况，拿出具体措施。"

这时，中央电视台随行记者孙艳走来说："中央人民广播电台来电话了，说刚看到《科技日报》网上消息，'蛟龙'号刚刚发现漏油，原定试验可能有变化，而电台已发布了今天第二次下潜的消息，到底还能不能进行？"

刘峰和刘心成简单一商量，说："我们先开个会，统一思想和口径，然后召开现场新闻通气会。"

很快，潜水器本体总师组会议就在后甲板上召开了，刘峰主持，于教授、崔维成、胡震、叶聪、侯德永、李向阳等人参加了，刘心成在场旁听。经过讨论，大家一致认为应从实际出发，不能因外界关注就带故障下潜，必须找到漏油原因并解决。随后，指挥部宣布取消今天的下潜计划，由崔维成、叶聪召开现场新闻通气会说明情况。这既反映了试验的艰辛及不可预见性，又诠释了海试队严谨求实的奋斗精神。

紧接着，胡震带领顾秋亮、张建平师傅拆开潜水器下部浮力块和轻外壳，液压工程师邱中梁、汤国伟不顾液压油往下流，钻进去查故障，不一会儿，他们的工作服都被油浸透了。查明了原因是软管老化，决定全部更换5条油路的十几条软管，同时更换主液压源油位补偿器的传感器。

更换软管后需要补充液压油。前提是必须把油路内空气全部排干净，因为空气是可以压缩的，如果油路内有空气，"蛟龙"号到了几千米水下将会有危险。这种工作非常需要时间，慢慢排气，排完后再复装轻外壳和浮力块，又是一直忙到晚上 8 点多钟，才全部修复就绪。

这就是海试团队的光荣传统，从不靠侥幸，故障不过夜，全力以赴，精心维护，使我们的"蛟龙"号下潜前完全处于身体健康、生龙活虎的状态……

历史性的对接

全中国乃至世界瞩目的一天终于到来了！

2012 年 6 月 24 日，在浩瀚的西北太平洋马里亚纳海沟海域，东经 141 度 58.50 分、北纬 10 度 59.50 分，中国"蛟龙"号载人潜水器开始正式冲击 7000 米深度。早晨 6 时 30 分，大雨如注，海浪翻飞，现场指挥部和临时党委在功勋卓著的试验母船——"向阳红 09"船值勤甲板上，冒雨举行试航员出征仪式。

夜幕还没有完全退去，明晃晃的甲板大灯亮如白昼，一条写有"中国载人潜水器 7000 米海试试航员出征仪式"的大红横幅格外光彩夺目。从 2002 年立项起，直至如今 2012 年第四年海试，这句"7000 米"早已耳熟能详了，经过了种种风风雨雨、坎坎坷坷，闯过了一道道难关，终于将在今天成为现实了！

指挥部和临时党委的所有成员，身穿蓝色的海试队服，头戴安全帽，整齐列队，久久注视着那横幅上的十几个大字，感慨万千，神情激动。三位重任在肩的试航员："蛟龙"号主任设计师、首席试航员叶聪，中科院沈阳自动化研究所副研究员刘开周，中科院声学研究所副研究员杨波，站在队前，左胸前的五星红旗标志分外醒目，映照着他们年轻的脸庞一片红光。

仪式由刘心成书记主持。

刘峰总指挥脸色凝重而坚毅，向即将第一次冲击 7000 米（总第 49 潜次）深度的三位试航员做了简短动员，随即一挥手："现在我宣布，试航员出发！"

现场指挥部、临时党委成员与他们一一握手、紧紧拥抱，此时没有了言语，只是用手在背上重重拍了几下。这是重托，也是祝愿。

三位试航员健步登上维护平台依次进舱。主驾驶叶聪最后一个进去，特意回身招了一下手，显示出一定要完成任务的信心和决心。雨虽然很大，但所有送行人员没有撤离现场，各个岗位继续按照部署开展工作，人们的衣服淋透了，内心里却充满了阳光。

7 时整，指挥部宣布"各就各位"。轨道车移动、拆除限位销、挂主缆、起吊、

A架外摆、挂龙头缆、布放入水、解缆等动作一气呵成。潜水器逐渐漂离母船尾部。不远处，"海洋六号"船在担负警戒任务。

自从5000米海试开始，新闻媒体公开报道"蛟龙"号情况以来，为了统一口径，海试队建立了新闻发布制度，由临时党委书记刘心成代表现场指挥部做发言人。现在，他第一次向随船采访的媒体记者权威发布："'蛟龙'号7时29分入水，7时33分建立声学数字通信，现在正以每分钟41米的速度下潜，潜水器设备正常，试航员状态良好。"

现场指挥部屏幕上的数据不断跳动着：1000、2000、6000米，随着深度的增加，刘心成的心情更加凝重：出征以来漂洋过海，迎"玛娃"台风而不畏，遇"古超"气旋尤奋勇。可变压载、推力器等遭遇深海高压几次受挫，团队逆境而上，挑战极限，一路拼杀。哽咽、泪水、走麦城交替出现，鲜花、贺信、掌声一路同行。当想到……他不敢多想，也没有时间多想了。10时05分，刘峰总指挥提醒道："老兄，该做第二次权威发布了。"

"好。"刘心成核对了一下数据，清了清嗓子，对记者们说："'蛟龙'号于10时04分下潜到6000米深度，目前以每分钟35米的速度下潜。潜航员叶聪报告设备正常，人员状态良好。"

指挥部鸦雀无声。大家目不转睛，紧紧地盯着显示屏，有人还不时地揉揉眼睛，唯恐看不清闪烁变化的数字：6900米、6935米、6970米……10时55分，"7005米"跳出画面，指挥部一片欢腾，掌声久久不息。这是共和国，不，是全世界搭载三人深潜的新纪录诞生！刘峰与刘心成情不自禁站起来，双手紧紧握在了一起，久久没有松开。

总指挥眼睛又一次湿润了，而临时党委书记则强打精神、抑制住心中的激动，因为中央电视台正在视频连线直播，他要时刻发布新闻，让公众看到"蛟龙"号海试团队敢于斗争、勇获全胜的精神风貌。而恰恰就在这一天，正在太空中遨游的我国"神九"飞船，即将实现与此前发射的太宫舱"天宫一号"手控对接。如果同一天成功，那将是中国人创造的"上天入海"的两大奇迹！

激动人心的一刻说来就来了！

11时25分——北京时间2012年6月24日9时07分，深海中传来了主驾驶叶聪的报告声："'向九'！'向九'！'蛟龙'号于北京时间2012年6月24日9时07分，下潜到马里亚纳海沟7020米深度，成功坐底。潜航员叶聪、刘开周、杨波祝愿景海鹏、刘旺、刘洋三位航天员与'天宫一号'对接顺利！祝愿我国载人航天、载人深潜事业取得辉煌成就！"

好啊！这是中华民族昂首挺胸的时刻！这是炎黄子孙扬眉吐气的一天！ 47

年前的 1965 年 5 月，新中国的开国领袖毛泽东主席曾在一首词里展望的梦想：可上九天揽月，可下五洋捉鳖，谈笑凯歌还。如今，竟在今天变成了现实，全国人民、世界华人，乃至五大洲的朋友们怎能不欣喜若狂、无比振奋呢！

刘心成激动得声音有些颤抖："大家都听到了，我就不用再发布了。刚才，我们的'蛟龙'号创造了历史！"

现场的新华社、中央电视台、《科技日报》《中国海洋报》记者谁也没有抬头，只是会意地点点头，双手飞快地敲打着面前笔记本电脑的键盘，在第一时间将这一重磅新闻发布出去。

更加令人称奇的是，当晚中央电视台新闻联播，在报道"蛟龙"号深潜7000 米和"神九"与"天宫一号"手控交会对接成功的消息时，有一段航天员祝福潜航员的报道。只见航天员景海鹏、刘旺、刘洋身穿蓝色航天服，胸前印有同样鲜红的国旗标志，飘浮在"天宫一号"轨道舱内，由指挥长景海鹏代表三人一字一顿地说：

"我们三位航天员向在太平洋下潜 7020 米深度的深潜员叶聪、刘开周、杨波表示祝贺，祝愿我国载人深潜事业取得辉煌成就！"

由此，中国两大高科技新成就随着电波传遍全世界。每一个黄皮肤、黑头发的中国人无不感到由衷的自豪！原来，经过中央电视台与北京航天指挥控制中心联系，潜航员的祝福被及时送到远在太空飞行的"神舟九号"飞船上。景海鹏等三名航天员，心领神会，也在第一时间做了回应，传回地面的指控中心和中央电视台。

这是历史性的对接！在 7020 米海底的中国潜航员与远在太空的中国航天员互致祝福、互相激励，意义非同寻常，影响波及世界。极大地鼓舞了国人的精神和士气，提升了国家形象和地位，令全球人都刮目相看！

那么，这绝妙的值得大书特书的一笔是刻意所为呢，还是纯属巧合？事后，曾有许多人就此事问询海试队。实事求是地说，这既不是刻意，也并非巧合，而是勤劳智慧勇敢的中国人，在中国共产党的坚强领导下，艰苦奋斗、团结拼搏到今天的一个必然成果！

自从"蛟龙"号来到马里亚纳海域实施 7000 米级第一潜之后，海试团队又在 6 月 19 日由唐嘉陵、于杭、张东升小组执潜，进行了 7000 米级海试第二次下潜试验。最大下潜深度 6965.25 米，完成了近底巡航、均衡、定深航行、灯光调试、摄像及海底微地形地貌测量、三次坐底、沉积物取样、水样取样、布放标志物等作业。标志物上印着"中国载人深潜'蛟龙'号第 47 次下潜"字样。坐底地点与计划完全吻合，说明了"蛟龙"号水下导航、定位能力十分优秀。

然而，这也给外界带来一些不解和疑问：为什么"蛟龙"号都到了 6960 多米，就差几十米了，不去冲击 7000 米深度呢？难道是潜水器出了问题，还是海底不适合继续下潜？一时间众说纷纭，莫衷一是。总之是认为错过了一个一步到位的好机会，令人遗憾和惋惜。

实际上，这是根据国家海洋局和科技部批复的"'蛟龙'号载人潜水器 7000 米级海试方案"，稳扎稳打，有意而为之。为了打消人们的疑虑，现场指挥部决定举行一个媒体通气会，说明详情，以释悬念。

会议在"向九"船会议室举行，由新闻发言人刘心成书记主持。刘峰总指挥首先通报了第三次下潜计划，而后解释说："为什么没有直接潜到 7000 米？主要有三个原因，一是海试领导小组批准的下潜计划是 4+2，即 4 个有效潜次，两个备用潜次，按照 5000 米、6000 米、7000 米顺序进行，前三个潜次都不过 7000 米，我们完全按照计划执行；二是在 6000 米深度有 200 多个项目需要测试、试验或验证，第二次下潜时可调压载系统和高度计就出现故障，未能通过测试；三是 7000 米下潜前需要与北京协调好，可能上级会有一些安排，必须要有计划，协调进行。目前来看，如无特殊情况，我们准备在 6 月 25 日第四次下潜时，冲击 7000 米……"

接着，刘心成补充道："特别是第二次下潜到 6965 米后，国内各种渠道不断质疑，综合起来有三个方面，一是替我们没有达到 7000 米深度感到惋惜；二是埋怨为什么不到 7000 米？三是认为试验可能不顺利。这些议论说明社会对试验非常关注，对中国载人深潜事业非常关心，也说明我们的宣传工作还没有完全到位。'严谨求实'是我们的团队践行并凝练的中国载人深潜精神，我们不但这样说，更是这样做。海试不仅仅是一个深度，而是扎扎实实，一步一个脚印，发现问题及时解决，以便将来更好地应用。为了排除可调压载系统海水泵控制电路板故障，电力与配电小组工作到凌晨 3 点，这就是拼搏奉献。我们的团队绝对不允许试验结束了，问题没有暴露而潜伏下来。这些年，我们都是本着这样的科学态度一路走来的。明天的试验还是重复第二次下潜试验的内容，包括对可调压载系统和高度计排故后的验证，深度还不超过 7000 米，所以请媒体的朋友们把海试团队严谨求实的负责精神和科学态度解读给广大公众。"

第二天的 6 月 22 日，由傅文韬、于杭、叶聪小组执潜，实施了"蛟龙"号 7000 米第三次下潜试验。最大下潜深度 6963 米，成果更加丰富。海底作业三个多小时，6 次坐底，获得 3 个沉积物和 3 个水样、2 个黑色块状结核和 1 个生物（透明状海参），拍摄到海底生物，完成了本潜次复核可调压载注排水功能、推进器功能，打开成像声呐、多普勒测速仪、避碰声呐、灯光、摄像机，观察工作情况等试验计划。进一步验证了"蛟龙"号在深海中的优异表现。

试航小组返回甲板前，傅文韬通过甚高频呼叫海洋二所的海洋环境科学家刘诚刚准备一个盆。现场指挥部的人们顿时兴奋起来：看来这回抓住深海生物了！不约而同地奔向了后甲板。轨道车复位后，大家竞相往采样篮方向涌去，把记者们都挤到外边了。刘诚刚拿了一个样品盘，小心翼翼地戴上橡胶手套，在很多人扶持下，一只脚踩在轨道车上，另一只脚悬空，小心翼翼地从生物采样篮中取出一只透明状海参，大家赶快举起样品盆。刘诚刚一边放入盆中，一边说了一句："需要加海水。"

"来了，海水来啦。"众人一阵呼应。原来准备给试航员的礼物——两桶海水，早已摆在潜水器准备间门口了。

当这只大木盆放在大舱盖上后，呼啦啦，一下子围上来很多人，都想看一看太平洋海底的海参什么样子，连拿着台标话筒、扛着摄像机的中央电视台记者都被挤在外边。刘心成不愧为新闻发言人，立即说："请大家先让一让，让记者们先拍照、摄像、发消息吧！"

"对对……"大家笑着自觉地向后闪身。中央电视台的孙艳、高淼，新华社的罗沙、《科技日报》陈瑜、《中国海洋报》赵建东一拥而上，啪啪地拍了个够。

而后，大家一波一波地在大舱盖周围尽情地观赏、拍照。刘诚刚拿出事先准备好的板尺，丈量那只透明状海参，足有15厘米长。随潜的于教授说："它缩小了，在海底是很大的，要是这么小，机械手根本抓不着。"

"指挥部只知道你们在水下发现了很多海参、虾等生物，可是还不知道你们已经取到了这么珍贵的生物样品。"刘峰感叹道。

"呵呵，这是我故意不让他们说的，给大家一个惊喜。我们在水下发现了这个海参，大家就不约而同地说一定把它抓上来，傅文韬操作机械手，叶聪在一旁指点，终于抓住了。我们又怕它跑掉，傅文韬一直用机械手压着生物采样篮的盖子……"

除此以外，他们在海底还采到两个结核状物体，形状不规则，有点像锰结核，具体是什么物质尚待进一步研究。根据一般原理，结核状物质只有在海盆地才有，但在马里亚纳海沟发现了，这在世界上还是首次，具有极大的学术价值。瞧，虽说这次仍然没有突破7000米深度，但检验了潜水器的各项功能，还采集到非常珍贵的生物和矿物样品，完全可以说是一个丰硕的潜次。

同时，国家海洋局刘赐贵局长通过视频与现场指挥部交谈。其中刘局长特别说道："今天的下潜很顺利，向你们再次表示祝贺。有一个事情与你们商量，原来准备在6月25日下潜7000米深度，这一天是星期一，大家都在上班。如果能在 24 日做，起到的社会宣传效果会更好，当然要以现场情况为准，如果准备来不及就不要勉强，还是要安全第一。"

刘峰看了看旁边的刘心成，答道："好的，刘局长，我们研究一下，争取提前一天。"

由此可见，第一个提出放在 6 月 24 日突破 7000 米的，是国家海洋局的领导们。不过他们还没想到能用通信手段与太空对话。而远离祖国的海试队，看不到电视新闻，没有手机网络信号，只是通过北海分局信息中心发给船上的国内新闻摘要，知道我国在 6 月 16 日成功发射"神九"载人飞船了，其他一无所知。加上海试任务非常紧张，天天都是工作日，没有星期几的概念，也无心关注其他事情。

当晚指挥部会议上，总指挥刘峰传达了刘局长讲话的精神，要求大家实事求是，看看到底能不能把第一次下潜 7000 米深度的时间提前一天。

负责潜水器本体的副总指挥崔维成首先发言："我觉得可以。虽然目前可调压载有些故障，但只是影响到上浮速度，对其他试验项目没有影响。"

专家咨询组组长于教授接着说："从技术角度分析，可调压载故障不影响其他试验。目前'蛟龙'号各项设备表现良好，从全局考虑，我同意 24 日进行 7000 米下潜。"

与会人员纷纷表示赞同。最后刘峰说："那好，我们就按照 24 日下潜 7000 米的时间节点来准备！"

会后，现场指挥部将新方案上报北京，得到批准后，立即通告全队人员。就在这天晚上 10 点多钟，随船采访的新华社记者罗沙跑到刘心成房间，欣喜而神秘地说："刘书记，我们社里刚传来一个消息，'神九'与'天宫一号'太空手操对接也是在 6 月 24 日，跟咱们冲击 7000 米在同一天。"

刘心成顿时眼睛一亮，心说：这太巧了！

罗沙接着说："我看可以运作一个深海潜航员与太空航天员对话的场景，那将特别有意义。"

"我看行，走，找总指挥说说去。"他们立马到刘峰房间。

刘峰听后也觉得是个好事："这个想法不错，但直接对话恐怕要首先解决声学通信问题。小罗，你赶紧把朱敏叫来商量商量。"

朱敏是"蛟龙"号声学系统负责人，更是声学专家，闻言思忖了一下说："潜航员与母船通话是水声通信，而地面与航天员通话是无线电通信，体制不一样，直接对话在技术上有难度。不过，可以通过航天中心'中转'来实现。"

年轻的罗沙当即表示：新华社、央视都可以承担中转角色。事情就这样确定下来。大家分头准备。

6 月 24 日那天，叶聪怀揣着三位潜航员对三位航天员的祝福词下潜，到达深海 7020 米时，他就是通过水声通信将照片和语音传输到"向九"船现场指挥部，央视小组直接视频连线到中央电视台，又被转送到北京航天指挥控制中心，再由他们传送至太空的"神舟九号"飞船。

不久，同样的办法传回三位航天员在太空对深潜员的祝福。双方深受鼓舞。这些视频都在第一时间播报给全国人民，乃至全世界，起到了极大的振奋和轰动效应，成为一个永恒的里程碑式的历史佳话。

然而，个别西方媒体也不无夸张地说，"从太空到海底对于中国人来说已经是透明的了！"话中仍然带有冷战思维的色彩。明明是一个科研项目，明明是中国作为海洋大国肩负起了推动世界海洋科技发展的责任，在他们眼里却滋生了无端的猜忌和不安。但这些，丝毫不能影响中国人以自己的方式庆贺这一丰硕的科技成果、庆贺这一海天科技发展史上的重要时刻。

茫茫太空、幽幽深海，中国人来了！

此时，身在北京海试陆基保障中心的刘赐贵局长通过视频连线，与在马里亚纳海沟 7020 米深度坐底的"蛟龙"号试航员通话了。

他欣悦而激动地说："叶聪、刘开周、杨波你们好！首先我代表国家海洋局和海试领导小组，对你们成功下潜到 7020 米深度表示热烈祝贺！我们一直在关注下潜过程，感到激动和自豪。通过媒体报道，全国人民都在关注你们。希望你们再接再厉，在下一步的试验中取得更大成绩，确保海试圆满成功！"

叶聪代表三位试航员回答："我们在 7020 米的海底，听到刘局长的讲话很清晰，感到很亲切。我们在坐底期间进行了布放标志物、取水样、照相、录像等作业。三位试航员状态非常好。我们为'蛟龙'号感到骄傲。感谢各位领导和关心、支持深潜事业的朋友们！"

通话也是"中转"直接实现的：北京的音视频通过卫星传输至"向九"船指挥部，朱敏研究员在喇叭前置一个话筒，将音频调制成水声信号发送给"蛟龙"号，然后再还原成声音，音频转换的质量和效果都很好。

"蛟龙"号在水下进行了两次坐底，取得两个非保压水样和一个保压水样，布放了标志物。返航途中进行了可调压载系统复核，注排水功能正常，完成了预定试验任务，于 17 时 26 分浮出水面，18 时 12 分回收至母船。试航员出舱时，展示了带到马里亚纳海沟的国旗，记者们的"长枪短炮"一片闪光。

值勤甲板的横幅已经更换为"中国载人潜水器下潜 7000 米试航员凯旋仪式"。刘心成书记主持。叶聪代表刘开周、杨波大声报告："我们三位试航员完成第 49 潜次试验任务，成功下潜到 7020 米深度，安全顺利返航，向你报道！"

刘峰总指挥说："你们辛苦了，欢迎你们，感谢你们！"

刘心成宣布："向英雄的试航员们献花！"

《科技日报》女记者陈瑜穿着连衣裙，手捧鲜艳的绢花，在一片响亮的掌声中，分别献给三位试航员并与他们拥抱。"向九"船陈崇明政委把已经打开保险盖的香槟酒递给试航员。他们拔出瓶塞，奋力摇动，酒花喷薄而出，洒向队员们，洒向海天之间。

18 时 49 分，身在北京的刘赐贵局长通过视频连线，宣读了党和国家领导人第一时间发来的贺信。

> "蛟龙"号载人潜水器各参研单位，全体参试人员：
>
> 　　欣闻"蛟龙"号载人潜水器成功到达 7000 米水深，实现了深海技术发展的新突破和重大跨越，这标志着我国海底载人科学研究和资源勘探能力达到国际领先水平，意义十分重大，谨向参加"蛟龙"号研制和海试的所有人员，表示热烈祝贺和诚挚问候。希望你们再接再厉，严谨求实，拼搏奉献，圆满完成各项海试任务，为我国建设海洋强国和创新型国家不断做出新贡献。
>
> 　　　　　　　　　　中共中央政治局常委、国务院副总理李克强
>
> 　　　　　　　　　　　　　　　　2012 年 6 月 24 日

电视直播，加之随船采访媒体的连篇报道，使"蛟龙"号突破 7000 米试验的成果迅速传遍全国、全世界。除了中央领导人的贺信之外，各单位各部门和社会各界的贺信贺电雪片似的纷至沓来。

从 6 月 24 到 26 日，计有共青团中央、中华全国总工会、上海市、天津市、青岛市、厦门市、珠海市、深圳市、福建省、浙江省、江苏省、广东省、海南省、科技部、国土资源部、外交部、中国科学院、中船重工集团以及各参试单位，可见"蛟龙深海"与"神舟飞天"一样，举国上下一片欢腾。

叶聪、杨波、刘开周三位试航员一夜之间，名扬神州大地及海内外。尽管此，4 年内已有数人乘载"蛟龙"号成功下潜深海，但真正突破 7000 米深度是一个节点、一个里程碑。多少年过去了，人们说起"蛟龙"号，往往会想起到达 7000 米的一瞬间。

当然，选择他们三人完成这个光荣的历史使命，也是指挥部有意为之的。叶聪是中船重工七〇二所高级工程师，"蛟龙"号本体组主任设计师之一，首席试航员；杨波是中科院声学研究所副研究员，"蛟龙"号水声通信系统设计师之一，

试航员；刘开周是中科院沈阳自动化研究所副研究员、"蛟龙"号控制系统设计师之一，试航员。他们来自研制中国载人潜水器的三个主力单位，具有特别的意义。这就像战争年代胜利者举行入城仪式一样，由最有代表性的部队打头阵、率先开进，享受人们的赞美与欢呼。

三位试航员表现出色，不辱使命，也是整个"蛟龙"号团队的代表与象征。

世界纪录：7062 米！

乘胜追击，再下一城。

2012 年 6 月 27 日，天气晴好，海面平稳。经过了三天的休整，"蛟龙"号焕然一新，又跃跃欲试了。海试队决定实施本年度第 5 次、也是总第 50 次下潜试验，继续固化 7000 米成绩，并进一步验证潜水器的各项功能。

本潜次由总指挥顾问于杭教授带领，国家海洋局北海分局潜航员傅文韬、唐嘉陵轮流作为主驾驶，计划再创新纪录。7 时 05 分，指挥部发出"各就各位"的号令，7 时 18 分，"蛟龙"号布放入水，开始注水下潜，7 时 34 分钟，母船与"蛟龙"号建立声学数字通信，以每分钟 41 米的速度潜向深海。

各随船媒体仍是现场报道。刘心成继续担任新闻发布人：10 时 10 分，"蛟龙"号经过 2 小时 40 分钟，下潜到 6000 米深度，潜航员报告人员正常，设备正常。10 时 45 分下潜到 7009 米深度，"蛟龙"号第一次成功坐底。

11 时 20 分，国家海洋局刘赐贵局长、王飞副局长通过视频，与正在组织"蛟龙"号第 50 次下潜试验的现场指挥部、临时党委有关领导进行座谈，重点是充分利用现场媒体记者的有利条件，加强对"蛟龙"号海试及深海装备发展需求的宣传议题。北京方面有大洋办主任、海试领导小组副组长金建才、"蛟龙"号载人潜水器总设计师徐岂南等人参加。

这已是惯例，除 1000 米级海试时，徐老夫妇坚决深入现场外，后都因年老体弱不宜随船出海了。但每年海试时，大洋办金主任总会把他们夫妇请到北京，坐镇国家海洋局八楼大洋办陆基保障中心，观看视频，随时提供技术指导。

试验母船上的参会人员有现场指挥部、临时党委成员，并特邀随船记者们参加。刘赐贵局长十分重视宣传文化工作，坚决支持现场直播，有好说好，有不足说不足，实事求是最能令人信服。他一一与在场每位记者打招呼、问候，进而坦诚地说："再次感谢记者们从现场传回来的好消息，你们做了大量工作。我们要把'蛟龙'号潜水器的作用、性能、先进性说足，以提振士气，为国争光。"

"'蛟龙'号今后的任务会很繁重，要成为海底勘探科考的永久装备。目前我们对海底的认知度还不够，不入虎穴焉得虎子？必须下到大洋深处去。'蛟龙'

号是我们自主设计、自主知识产权、集成创新的产品，还有不少的技术和零部件是从国外引进来的，今后还会有'蛟龙'号系列产品，向其他领域拓展，像海底旅游、潜水等。需要我们对潜水器的所有技术完全掌握，将来要转给大洋协会和深海基地，就需要我们有产业化综合配套，还任重道远。"

"要通过新闻媒体讲透彻，在现场有利条件下，要马上做这些事情，首先由专家向记者讲准确，变成记者的现场感悟，用媒体记者自己的语言来报道。不要仅关注下潜的最大深度，要做深层次挖掘报道，今后讲和现在讲效果是不一样的。'向阳红09'船是老船，我们需要造工作船，不要让'蛟龙'号成为阶段性的成果，要成为系列性的产品，要有长远的考虑，让社会都知道，这也就是我今天为什么要与每一位记者都打招呼的主要原因……"

语重心长，推心置腹。在场人员特别是每位记者都深受触动。

主持会议的王飞副局长最后说："刘赐贵局长对大洋工作和海试十分重视，每次下潜都通过视频进行座谈，探讨大洋工作如何科学发展的问题。这是对我们大洋工作者尤其是对参试人员的鼓励和支持。通过视频与海试现场沟通也是海试工作的一种创新。我们要按照计划和要求，扎扎实实把本次海试工作完成好。"

座谈会结束，刘赐贵局长、王飞副局长还有其他工作，就下楼到自己办公室去了，留下大洋办金建才主任等人在陆基保障中心继续观看海试。突然，这时发生了一件意想不到的事情，几乎搅动了整个试验母船和海洋局大楼，海试现场还好说，远在万里之遥的北京，不明就里，通信不便，着实受到了震惊……

这究竟是怎么回事呢？且听笔者慢慢道来——

当天11时47分，"蛟龙"号近底巡航移动位置，第二次在7059米深度上坐底，进行一系列试验。半个多小时后，具体时间是在12时37分钟，试验母船与"蛟龙"号的通信联络突然中断了！

"'蛟龙''蛟龙'，'向九'呼叫、'向九'呼叫……"

"'蛟龙''蛟龙'，我是'向九'，你在哪里，情况怎样？请速回复，请速回复……"

声学控制室一直不停而焦急地呼叫着，却听不到一点反馈回音，无论是声音通信还是文字图片传输，都没有一点消息。指挥部决定立即布放6971应急水声电话通信系统，开启另一套通信手段。

但是，仍然没有回答。"蛟龙"号犹如遭遇了"百慕大三角"一样，无声无息……

刘峰和刘心成两位领导非常着急，不时地跑到声学控制室去看看。其实在现场指挥部里已经显示得非常清楚，出去走走只不过掩饰一下他们焦虑的心情罢了。情况十分不妙。"蛟龙"号已经下潜到 7000 米的海底了，外表压力达到了 700 个大气压，每平方米承受着 7000 吨压力。尽管在设计上留有一定安全系数，但这是"蛟龙"号首次试验潜入这么大的深度，万一发生不测，那将是不堪设想的巨大损失。

现场指挥部里鸦雀无声，只有声学控制室里深潜部门长胡震一遍遍呼叫："'蛟龙''蛟龙'，'向九'呼叫、'向九'呼叫！请回答、请回答……"声音不停地回荡在母船上，显得是那样忧心如焚和无奈无助。时间在一分一秒地过去，10 分钟、20 分钟……当年在 50 米试验时，曾水下失联 5 分钟，大家都吓得不轻，如今是 7000 米啊，又是这么长时间，想想就不寒而栗。

不知道是哪位记者，用自带的通信设备把这一意外情况传到了北京，传到了大洋办陆基保障中心。金建才主任听后手脚一阵冰凉，感到事态严重，立即下楼告知了王飞副局长。啊？！作为一名"老海洋"，王飞也是倒抽一口冷气，神色骤变。他们丝毫不敢怠慢，马上来到了刘赐贵局长办公室报告情况。

"不要慌，再好好观察分析一下。"刘局长不愧有大将风度，泰山崩于前而不形于色，可心里还是发紧："你们先上去与前方保持联系，我就来。"

两位海试领导小组正副组长，肩头上陡然增加了沉重的压力，快步上楼来到陆基保障中心会议室，面对着大屏幕，一边请总设计师徐芑南分析情况，一边紧急呼叫太平洋上的海试队，询问究竟发生了什么事，"蛟龙"号联系上没有？

依然没有回音，有一个情况却引起了大家的注意：虽然通信中断，但通过母船超短基线可以跟踪到"蛟龙"号，清楚地看到载人潜水器的活动轨迹。这说明"蛟龙"号上的超短基线还在发射声波信号，其设备应该处于正常状态。而这一设备是由舱内供电的，现场指挥部立刻得出结论：舱内供电正常！水声系统换能器也按预设的时间间隔传回"嗞嗞"的声音，那么面对指挥部的呼叫，试航员们为什么不应答呢？莫非是生命保障系统出了差错？舱内人都昏迷了？

在北京的徐芑南总师密切观察后，安慰说："请领导们不必太着急，这条线一直在动，我认为潜水器本体没问题，可能是通信系统出了故障。"

"但愿如此！"王飞、金建才还是一脸凝重。

正说着，刘赐贵局长上楼来了。就在这时，前方奇迹出现了，水声通信机突然响起来："'向九''向九'，我是'蛟龙'、我是'蛟龙'，一切正常……"

主驾驶傅文韬的声音传来了。试验母船上刘峰、刘心成、崔维成、胡震，还有现场指挥部和声学控制室所有人员，包括记者们几乎同时激动地跳了起来。谢天谢地，总算没有发生不测事件。

那么，这是怎么啦？原来，两个年轻的潜航员傅文韬和唐嘉陵在"蛟龙"号坐底后，发现前方有一只大海参，决定互相配合抓取这个样品。机械手沉重而僵硬，而海参湿润黏滑，一次次抓住，又一次次滑脱。他们丝毫不放弃，聚精会神，终于成功抓到手，放入采样篮并盖好盖子。正当他们坐下来喘口气时，突然发现与母船通话的话筒不知道何时掉落在地板上，压住了语音通话的按钮。坏了！他们立马意识到问题的严重性——通信中断，大家肯定非常着急……

在通信功能设计上，"蛟龙"号每64秒钟会自动将有关信息打包，通过声波发往母船声控室，母船收到再解译显示在各个显示屏上。由于数字与语音都是通过同一套声学设备，所以在设计上有一个"语音通话优先"原则，也就是说语音通话开启后，其他一切都不能使用。当话筒掉落后，被他们的身体压到按钮，触发了语音通话通道，结果数字传输关闭。语音通话接通了，可又没有进行语音通话，致使母船呼叫传不下去，"蛟龙"号信息传不上来。直至13时17分，通信中断了整整40分钟。后来，大家把这一过程叫作"黑色40分"，造成了一场不大不小的虚惊！

北京保障中心里，刘赐贵局长刚走进会议室，还没说上一句话，一切就"多云转晴"了。王飞副局长半开玩笑半认真地说："好啊，还是你刘局长面子大，你要是早点上来，也许早就没事了！"

"是嘛，没事就好。不过，他们回来后应该'严厉'批评一下，这可不是好玩的，快把我们的局长吓出毛病来了。呵呵……"

通过这个意外事件，也提醒研发团队需要改进"蛟龙"号话筒的设计，以便防止此事再次发生。

有惊无险，"蛟龙"号继续下潜试验，在7062米的深度上坐底并开展相关作业。按照潜航员傅文韬的心愿：最大下潜深度应在7091米。因为2012年是中国共产党成立91年纪念日，具有划时代意义的党的十八大定于这年11月召开，而小傅已经被选为出席十八大的基层党员代表了。他多么想用这样一个"7091"的数字表达庆祝心情啊！可这片海底最深处只有7062米，虽然稍有遗憾，但已经是中国载人深潜的新纪录了。这是神州儿女引以为傲的中国深度！

15时15分，"蛟龙"号完成了本潜次所有试验项目，开始抛载上浮。

一项新的世界纪录诞生了！后来，有网友置疑"世界纪录"的提法，说早在20世纪50年代瑞典人皮卡德就下潜到10000米了，前几年美国人、大片《泰坦尼克号》的导演卡梅隆也曾在马里亚纳海沟潜深11000米，怎么能说"蛟龙"号潜到最深呢？

实际上，这些网友只知其一，不知其二。国际深潜界是以同类型潜器做比较的，就像竞技体育中的赛艇比赛一样，有单人双桨、双人双桨、有舵手和无舵手的，各有各的规则和名次。上面所说的瑞典和美国人都只是两人或一人下潜到 11000 米左右，但不能开展任何巡航作业，只是为了探险试验，如同坐电梯一样，潜到预定深度再返回海面。而"蛟龙"号是可乘载 3 人、下潜到 7000 米开展科学考察的潜水器。

目前全球同类型可载 3 名乘员的潜水器，只有日本的"深海 6500"号，最深下潜到 6500 米。俄罗斯的"和平号"、法国的"鹦鹉螺"号和美国的"阿尔文"号大都潜在 4500—6000 米左右。毫无疑问，从这个意义上说，中国的"蛟龙"号就是创造了世界纪录！

十年磨一剑

清晨，天还没有大亮，"向阳红 09"船尾部作业区灯火通明，各岗位人员已经开始忙碌了：潜水器准备部门进行通电检试；声学部门已经完成吊舱与声阵的链接，随时可以布放；水面支持系统人员启动液压站预热系统……

"蛟龙"号又一个潜次即将开始。这是 7000 米级海试的最后一潜，更是"蛟龙"号四年海试的收官之作。现场指挥部要求各部门认真检查维护，特别是对可调压载系统存在的问题进行研究改进，确保最后一次下潜顺利通过验收。

从总编号算起，应为第 51 个潜次，由叶聪担任主驾驶，崔维成、张东升分别任左右试航员。7 时 12 分"蛟龙"号入水，11 分钟后开始注水下潜，10 时 30 分在 6900 米深度进行了可调压载注排水试验，11 时 02 分到达 7008 米，11 时在 7015 米深度坐底，然后移动位置，12 时在 7035 米深度再次坐底，12 时 50 分抛载上浮，17 时返回母船。下潜时间 588 分钟。"蛟龙"号进行了三次定向和一次定高近底航行，多次坐底，最大下潜深度 7035 米，在 6900 米深度进行可调压载注排水验证正常。全程无故障。

至此，"蛟龙"号连续四年的海试圆满完成。如果从 2002 年立项到 2012 年海试成功算起，中国 7000 米载人潜水器横空出世，恰巧整整历经了 10 个年头。国人常常用"十年磨一剑"来比喻做成一件大事的艰辛历程。这句话来自唐代诗人贾岛的五言绝句《剑客》："十年磨一剑，霜刃未曾试。今日把示君，谁有不平事？"豪爽之气，溢于字里行间。"十年磨一剑"，表明此剑凝聚剑客多年心力，非同一般。"霜刃未曾试"，表现剑刃寒光闪烁，锋利无比，但却未曾试过它的锋芒。虽说"未曾试"，而跃跃欲试之意已流于言外。

海试大功告成之后，"向阳红 09"船立即载负着海试队胜利返航。航渡中，临时党委和现场指挥部部署进行海试工作总结。从总体情况、专家验收，到思想政治、各部门保障，等等，全方位全层面深入细致地梳理 7000 米级海试，以及"蛟龙"号研发试验过程，拿出一个响当当、硬邦邦的海试结论来。

凯旋，与出征的心情和气氛大不相同，就连太平洋的风浪也温柔了许多。深蓝色的海水一波连着一波，泛起了朵朵白亮亮的浪花，如同给英雄的中国海试队献上的鲜花。一条条调皮的海豚浮现在船舷边上，好像是前来迎接的伴游者。迎面遇上的过往货轮，相互之间拉响了汽笛，似乎是向远航归来的人们致敬。

海试队员们难得如此的轻松与悠闲，一边享受着战斗过后的愉悦，一边沉浸在回味之中。首先，现场指挥部总指挥刘峰代表"蛟龙"号海试队，根据中国21世纪议程管理中心与中国大洋协会办公室签订的《"蛟龙"号载人潜水器作业技术改进及 5000—7000 米海上试验课题任务书》、科技部批准的《"蛟龙"号载人潜水器 7000 米级海试实施方案》以及国家海洋局《关于执行"蛟龙"号载人潜水器 7000 米级海试任务的通知》要求，总结归纳了完成"蛟龙"号 7000米级海试任务的情况。

临时党委书记刘心成代表全体委员，深入思考、认真梳理了党委工作。海试临时党委受命于国家海洋局党组，在连续 4 年海试的战斗洗礼当中，形成了海试现场的领导核心，确立"以确保海试领导小组指示的贯彻执行、确保现场指挥部决策的实现为重点"的工作指导方针，探索适合海试特点的党建和思想政治工作，团结带领全体参试人员为祖国的载人深潜事业拼搏奉献，为 7000 米海试任务的圆满完成提供了坚强有力的思想和组织保证。

这些产生在海试归来途中、原汁原味的思考与总结，凝结着"蛟龙"号海试团队数年来多少心血汗水啊！它比一些记者或作家的生花妙笔更真实、更精确、更有说服力。透过简洁精练的语言和数字，背后埋藏着无数个生动感人、精彩纷呈的故事……

严谨求实、团结协作的科学态度，在这项史无先例的中国 7000 米级载人深潜事业中，激发了各个研发单位巨大的能量，形成了一个攻无不克战无不胜的海试团队。形式多样、坚强有力的思想政治工作对统一大家的思想，鼓舞奋斗意志起到了重要保证作用，使大家树立起敢打必胜的坚强信心。

在"蛟龙"号 50 米阶段敢于第一个下潜的是于杭、叶聪和唐嘉陵小组，驾驶"蛟龙"号下潜 38 米，迈开了中国载人潜水器深潜第一步；

第一次敢于突破世界同类型潜水器最大下潜深度的是叶聪、崔维成、杨波小组，他们敢为人先，7000 米海试第一次下潜深度就达到 6671 米，为下潜 7000米奠定了基础；

第一次超过 7000 米的是叶聪、杨波、刘开周小组，他们敢于担当，驾驶"蛟龙"号首次到达 7020 米；

下潜深度最大的是于杭、傅文韬、唐嘉陵小组，他们创造了"蛟龙"号下潜7062米的同类型潜水器世界纪录。

海试期间先后有9位队员的亲人离世，自己仍以大局为重，不离开工作岗位。还有人刚度蜜月，有人推迟婚期，有人妻子生孩子，有人父母住院，有人子女中考、高考。大家均以深潜事业为重，毫无怨言默默奉献在试验现场。这些动人心弦的事例，在前面的章节中均有介绍，此处不再赘述。仅举一例，可以清晰地看出海试队员们的奉献与甘苦。

在2012年的第35期、36期《海试快报》上，发表了两大版彩色照片，前期是16位活泼可爱的婴幼儿照片，有的拿着玩具在快乐玩耍，有的瞪着明亮的大眼睛喜笑颜开，还有的吐着小舌头幸福地攀爬。哈！他们有一个共同的名字"海试宝宝"。而在后一期，则在对应位置刊登了他们的父亲、祖父或外祖父的照片。大家一目了然，会心地笑了……

这就是在4年海试期间，海试队员家中诞生的下一代！其中，绝大部分做父亲的为了祖国的"蛟龙"，没有陪伴在亲人身边。从某种意义上说，这些可爱的小家伙儿，一出生就为中国载人深潜事业做出了自己的贡献。为此，快报编者配发了一段感人至深的按语：

> 四年的海试，在世界载人深潜的历史上绝无仅有，而就在我们用心、用行动见证这一历史时刻的同时，我们中的部分人也经历了人生中最为美好、也最为难忘的时刻。
>
> 有人在此期间荣为人父，有人在此期间喜获子孙。他们中的一些人，在妻子分娩的时候坚守岗位，在孩子刚出生的时候远离家人。他们是全家的主心骨，更是海试团队的脊梁。他们用不断刷新的深度向家人表达了他们的衷肠，他们用自己实际行动向世人展示了中国的载人深潜精神。四年的海试饱含了他们辛勤的汗水，凝聚了他们无穷的智慧，更留下了他们思念的眼神。
>
> 历史不会忘记光荣的"蛟龙"号海试团队在马里亚纳海沟镌刻的丰碑，"蛟龙"号的后人永将见证你们留给中华民族的灿烂光辉。

经过半个月的航行——7月14日晚上，"向阳红09"船顺利行驶到自己的母港——青岛团岛锚地了。为了庆祝"蛟龙"号载人潜水器全部海试成功，国家有关部门决定海试团队，包括一身征尘的"蛟龙"号，暂不返回江苏江阴，直接来到青岛奥运帆船基地码头，举行盛大的欢迎大会以及"公众开放日"，邀请市民参观劳苦功高的中国"蛟龙"!

在等待正式进港期间,现场指挥部、临时党委决定在团岛锚地举行集体会餐,洗却风尘,为自己喝彩。这里也是国家海洋局北海分局的大本营,自然要尽地主之谊。入关联检一结束,大洋技术保障中心吉国主任就送来几桶新鲜的青岛扎啤,海监一支队崔晓军支队长也送来了蔬菜、西瓜……

晚上 6 点钟,会餐开始,刘峰总指挥主持。他满怀豪情地站在桌前,简要讲述了今晚聚餐的意义,情深意长,声音不大却句句打动人心,最后说:"现在请我们的'司令'代表临时党委和指挥部讲话。"

在一片热烈的掌声中,刘心成站起来,抑制住心中的激动说:"我的弟兄姊妹们,请大家记住今天——2012 年 7 月 14 日,是我们征战马里亚纳海沟,圆满完成'蛟龙'号 7000 米海试任务凯旋的日子。在 40 多个日日夜夜里,大家同舟共济,拼搏奉献,完成了共和国一件了不起的大事,我们可以说上对得起国家,下对得起子孙,中间对得起我们自己。今生再有今天这些人的聚会恐怕很难,但是海洋事业还会为我们其中的部分人相聚提供机会。祝大家身体健康,家庭幸福,干杯!"

大家不约而同地爆发出"嗷嗷"的呼喊声,此起彼伏,足足有两分钟,不少人憋得满脸通红。这是激情的迸发、压抑的释放,更是友谊的表达、感情的碰撞。呼喊声是那么奔放,那么自然,那么豪迈。身临其境的每个人都会受到感染、受到震撼……

向祖国和人民汇报

海试最后一道程序:科技部下发了海洋高字〔2012〕41 号《关于成立"蛟龙"号载人潜水器 7000 米级海上试验现场验收专家组的通知》文件,由海试现场专家组对"蛟龙"号海试相关考核项目和技术指标进行逐条验收。

现场专家验收组组长于杭教授受科技部特聘,组织有关专家,依据《"蛟龙"号载人潜水器作业技术改进及 5000—7000 米海上试验课题任务书》,并参照《863 计划海洋技术领域海洋仪器设备第三方独立检验通用规程》,认真细致地进行了现场验收工作,提出了权威性的验收结论:

一、海试团队全面执行了《课题任务书》要求的各项任务,试验充分,结果可信,成果可靠,三大任务类六个组成部分共 313 个子项目完全满足验收要求,总评 98.5 分。

二、海试团队在全部完成《课题任务书》所规定的任务外,还增加了一系列潜水器的试验以及海底的科研作业项目……其中个别试验和作业内容,比如对国产推力器的试验、针对 7000 米深度的生物所进行抗衡诱饵布放试验、对海底微地形地貌的测量，对于未来的技术攻关以及深海科学研究具有十分重要的价值和意义。

三、与国际上其他大深度潜水器在其最大设计深度的海试相比，此次海试在其试验的重复性和充分性方面已明显超越了前者。我们的证据表明，"蛟龙"号载人潜水器在其最大设计深度安全可靠，并拥有投入应用所需要的实际作业能力。它不仅超越了国际上三人重载作业潜水器的最大使用深度，实现了它们所具备的功能，而且在某些方面，比如声学通信以及自动化控制等方面拥有明显的优势……

同时，"蛟龙"号专家咨询组在青岛召开会议。一致同意海试现场验收专家组的意见和结论，高度评价了"蛟龙"号海试团队的工作。认为：他们坚持了严谨求实的中国载人深潜精神，在 6 年的研发及 4 年的技术改进和海试作业期间，通过多方协同、持续投入、不断积累，最终实现了我国深海高技术的重大突破，使我国载人深潜的能力进入了世界领先行列。

这是真正的十年磨一剑，横空出世，震惊寰球。

其中，还有一项令国人引以为傲的纪录：迄今为止，全世界曾经下潜入海超过 7000 米深度的共有 11 人，包括前面所说的瑞典人皮卡德、美国人沃什和卡梅隆，其他 8 位全是中国人！

2012 年 7 月 16 日上午，美丽的海滨城市——青岛市奥帆基地码头上，一面面彩旗迎风飘扬，一只只大红灯笼升上天空，头扎英雄巾、身穿红黄相间民族服装的锣鼓队播得震天响。临时搭起的主席台上铺着迎接贵宾的红色地毯，蔚蓝色的大背景板上写着："蛟龙"号载人潜水器 7000 米级海试凯旋欢迎仪式。戴着红领巾的少先队员，捧着鲜花的男女青年，高举着照相机摄像机的新闻记者，早早等候在这里，翘首以待准备靠泊的"向阳红 09"船……

往年，"蛟龙"号海试返航归来，均是从东海长江口进入，驶达江阴码头，而后卸载"蛟龙"号运回无锡七〇二所基地。因为，将来交付应用的国家深海基地正在青岛建设中，潜水器仍由制造厂家保养。而这一次不同了，因是 7000 米海试全部胜利完成，标志着我国"863 计划"中的又一项高科技装备圆满成功了。国家有关部门决定在青岛举行隆重的欢迎仪式，向全国乃至全世界公开展示。

9 时许，"向阳红 09"船悬挂彩旗，右舷拉起"衷心感谢祖国和人民对载人潜水器海试团队的关怀"大红横幅，在两条拖船协助下，缓缓驶来，稳稳停靠在青岛奥帆中心码头。全体队员身着蓝色的海试统一服装，胸前绣着鲜红的国旗和深潜标志，精神抖擞地在甲板上列队站坡，接受祖国和人民的检阅。刹那间，整个奥帆码头上一片欢腾，礼炮轰响，鼓乐齐鸣，民间的舞龙队、海军的军乐团搅动了海天……

欢迎仪式由国家海洋局、中国大洋协会和青岛市人民政府主办，全国政协副主席、科技部部长万钢，副部长王伟中，国土资源部部长徐绍史、国家海洋局局长刘赐贵、副局长张宏声、王飞、王宏，山东省委书记姜异康、省长姜大明、中国科学院纪检书记李志刚，中船重工集团副总经理钱建平，山东省委常委、青岛市委书记李群，青岛市长张新起，海军北海舰队副司令员杜希平等领导人，以及1000多市民群众欢聚一堂，迎接勇士。

90名海试队员（船上留有6名值勤者）在总指挥刘峰和党委书记刘心成带领下，依次走下舷梯，领导们在舷梯口一一与大家握手。而后，队员们迈着矫健步伐走到主席台前列队，8名下潜7000米的试航员站在最前边。刘峰总指挥向前一步面对麦克风大声报告："我是海试现场总指挥刘峰，代表海试队全体队员报告，'蛟龙'号载人潜水器海试队圆满完成7000米海试任务，安全、胜利返航了！"

"好——"欢迎队伍响起一片叫好声、鼓掌声。90名中学生手捧鲜花跑上来，向90名海试队员献花。

时任中共中央政治局常委、国务院副总理的李克强发来了贺信。国土资源部部长徐绍史（现国家发展与改革委员会主任）代为宣读：

蛟龙号载人潜水器各参研单位，全体参试人员：

欣悉"蛟龙"号载人潜水器7000米级海试任务取得圆满成功，胜利归来，谨代表党中央、国务院向参加"蛟龙"号研制人员、海试队员和海试保障人员，表示热烈的祝贺和亲切的慰问！

"蛟龙"号载人潜水器研制和海试成功，实现了我国深海装备和深海技术的重大进步，是我国建设创新型国家的新成就，对于促进海洋科技发展，提升认识海洋、保护海洋、开发海洋的能力，推动我国从海洋大国向海洋强国迈进，将产生重大而深远的影响。

人类对海洋的探索永无止境，希望你们继续大力弘扬科学求实、团结协作、顽强拼搏的优良传统，不断攀登我国载人深潜事业的新高峰，为建设创新型海洋强国做出新的更大贡献！

全国政协副主席、科技部万钢部长讲话："'蛟龙'号的研制和海试成功长达十年，证明了在党中央、国务院的关心和各有关部门的通力协作下，我们完全有信心、有能力在关键技术领域实现跨越式的发展。'蛟龙'号的成功是我国深海科技发展的一个新的起点，但是未来的路程还很长，任务将更加艰巨。希望'蛟龙'号深海潜水器整个团队以更加饱满的精神投入新的征程，在我国建设海洋强国的伟大历史进程中再建新功、再创辉煌。"

国家海洋局局长刘赐贵，山东省委常委、副省长孙伟，江苏省副省长徐鸣分别代表各有关单位致辞。

山东省委书记姜异康、科技部副部长王伟中、青岛市委书记李群、中船重工副总经理钱建平等有关领导同志向中国海洋大学、青岛理工大学等学校赠送"蛟龙"号取自马里亚纳海沟 7062 米深度的海水水样。山东省省长姜大明、国土部副部长汪民、青岛市市长张新起等有关领导同志共同按动一个大圆球，为"蛟龙"号纪念邮封、明信片启动首发式。

随后，举行了"'蛟龙'号公众开放日"活动，与会人员、市民群众依次走上"向阳红 09"船参观"蛟龙"号，欢声震天，喜不自胜，无比激动地瞻仰着这件深海利器，一种强烈的民族自豪感油然而生。

当天中午，在青岛市富丽堂皇的五星级酒店里，举办了盛大的欢迎庆祝宴会。96 名"蛟龙"号海试队员全部参加，受到了英雄般的接待……

国家深海基地

如此盛大的欢迎仪式为什么在青岛举行？

青岛是我国著名的海滨旅游和港口城市，也是一座被誉为"中国品牌之都""世界啤酒之城"的国际化城市。红瓦绿树，碧海蓝天，闻名遐迩。2008 年，作为北京奥运会的伙伴城市，青岛成功举办了第 29 届奥运会帆船比赛。位于市南区"五四广场"附近的奥林匹克帆船比赛中心，汇聚了全世界的目光。

2011 年 1 月，国务院批准山东半岛蓝色经济区规划，青岛市作为其核心区域和龙头城市彰显重要。海洋科技、海洋经济、海洋文化日益繁荣。特别是筹建中的国家深海基地管理中心，即未来"蛟龙"号永久的家乡，就设在青岛蓝色硅谷区的鳌山湾。在这里举办欢迎"蛟龙"号凯旋的仪式，意义更深、影响更大。

至此，国家深海基地浮出"水面"……

早在 10 年前"7000 米级载人潜水器"立项之初，作为负责顶层设计、通盘考虑的总体组刘峰组长，就结合国内科研体制的优点和弊端，从分工合作、突出实用的目标出发，深入谋划具体运作模式。简而言之，他们把整个项目做了细化，分成四个大系统，一是潜水器本体系统，由中船重工七〇二所负责。二是水面支持系统，由中船重工七〇一所和北海分局负责。三是潜航员培训系统，由大洋办负责。四是应用系统，即潜水器研制成功后，负责管理维护、组织应用。每个系统之间的衔接、组合，由总体组去协调。其内部又分成若干个分系统。

前三个系统均有具体团队设计、研制和组织，唯独第四个——应用系统尚无对口单位。这也是目前科研体制上值得思考和重视的地方：一个科研项目上马了，大多只在研制上下功夫，缺乏考虑成功之后如何应用，谁来管理？往往费尽心力拿出了成果，甚而也获奖了，后续推广实用抑或走向市场却跟不上，只好束之高阁，造成不应有的浪费。刘峰他们从一开始就注意将来如何发挥作用，补上了这个重要环节。

潜水器总体组未雨绸缪，下棋看五步，一边组织协调各个系统开展工作，一边积极探讨将来业务化运营问题。2004年9月，他们联络邀请全国20多家海洋机构的有关专家，在北京深入座谈讨论载人潜水器成功后，怎样更好地体现其功能，为我国深海事业做出贡献。大家深切感受到：过去是谁研发谁管护，而这个研制单位并非只有这一个任务，其他项目一来，就会顾此失彼。

最后得出一个结论：应该设立一个专门机构进行管理、维护，即国家深海基地。它的定位既不是原始研发潜水器，也不是进行海底科学研究，而是一个多功能、全开放的国家级公共平台，负责驾驭、管护深海装备，面向全国科研院所、公司企业，甚而国际深潜界合作。谁有需求谁来申请，一次探海多方共赢……

会后，刘峰综合大家的意见，及时起草了一份"关于建立国家深海基地的请示报告"，充分说明了上述理由。经过国家海洋局、国土资源部慎重而细致地调查研究，反复征求中编办、外交部、发改委、科技部和财政部等相关部门的意见，得到了理解、支持和会签。2006年12月以（国土资发〔2006〕290号文）名义上报了国务院。

正值深化改革、精兵简政之机，时任国务院总理的温家宝兼任中编办主任，严格把关，压缩事业编制机构，但对这份报告格外重视，组织力量复核论证，认为定位准确，意义深远，有利于发展海洋事业。2007年1月，时任国务院总理的温家宝和分管副总理曾培炎，分别对《国土资源部关于建立国家深海基地的请示》做出指示：同意建立国家深海基地。

消息传出，各个海滨城市闻风而动，纷纷要求这个机构设在本地。首当其冲的是上海，理由是载人潜水器由无锡的七〇二所研发总装，距离上海最近，便于维修保养。此外，广东省深圳市、海南省的三亚市也都敞开了怀抱。她们濒临南海，水深、面积均为我国四大海洋首选，更能施展身手。

然而，最为积极的还是山东省青岛市。这个位于胶东半岛的黄海明珠，风景秀丽、民风淳朴，经济发达，是全国沿海开放城市和经济单列市之一，刚刚与北京联合成功申办了第 29 届奥运会，承办其中的帆船比赛。现在，市委、市政府又做出决定：争取国家深海基地落户青岛。时任市长的夏耕，亲自带领工作人员赶赴国家海洋局，先找到大洋办总体组组长刘峰，再请他陪同去见当时的海洋局长王曙光，言辞恳切、理由充分："总之一句话，就像我们申办奥运会帆船比赛一样，给青岛一个机会，青岛还一个高质量的深海基地。"

"很好！"王局长十分赞赏这种态度，但还需要综合考虑："感谢青岛市委市政府和人民群众的厚爱。这样吧，我们派人考查一下再定。"

事实上，各地各有千秋，做出在何处建设深海基地的决策不太容易。为此，海洋局组织有关专家，前往几个海滨城市详细考查，全面分析，反复权衡，专家论证会得出的结论是：青岛地理位置优越，处于我国海岸线中间地带，台风影响较少，且岸边多是花岗岩地质，便于建设港口。她还是海洋科研机构最集中的城市，有利于为深海科研事业服务，有利于科研人员研究交流。同时，这里的领导和各界十分欢迎，出台了一系列优惠政策。国家海洋局最后确定：深海基地选址青岛。

2007 年 4 月 14 日，国家海洋局在青岛召开了深海基地建设领导小组成立暨第一次工作会议。会议由海洋局副局长、大洋办理事长王飞主持，来自青岛市政府和有关部门的领导出席。会上传达了国务院关于建立国家深海基地的批示精神，宣布了建设领导小组组成人员，王飞任组长，成员有张元福（时任青岛市副市长）、张利民、王志远、刘保华、刘峰等。下设筹建办公室（简称筹建办），作为领导小组的办事机构，负责国家深海基地建设的日常事务。筹建办主任由刘峰兼任。

会议讨论了国家海洋局和青岛市共同推进基地建设的有关事宜，考察了深海基地预选地址。为了寻找一个安全可靠、经济方便的临海建设地点，刘峰等具体工作人员可是费了不少心思。他们在青岛市有关人员热情引领下，一连看了六七个地方：东海岸的崂山区、沙子口、北边的红岛、西海岸的黄岛，等等。

正是春寒料峭、乍暖还寒的时候，考察组一行冒着清冷的海风，沿着胶州湾的海边山石地，深一脚浅一脚，看地型，量水深，了解海况地质以及渔村社情。综合多方面因素，选中了青岛市区东北部的即墨市鳌山卫镇向阳庄村。这里属于鳌山湾，海域广阔，两座小山向前伸出，形成一个天然挡风坝，水深在 7 米以上，周围村庄较少，拆迁工作简单好做。同时，这里也是青岛市规划中的高新区及蓝色硅谷核心区，国家海洋第一研究所、海洋地质研究所、山东大学青岛分校等单位均将入驻，科研力量集中，政策优惠。

选址完成，一切按部就班地迅疾展开。当然，最为积极有力配合工作的，还是青岛市委市政府和人民群众。自从国家批复确定之后，他们立即行动起来，专门成立了青岛市深海基地建设协调组，由一位副市长任组长，列为全市重点工程之一，并且提出了一个激动人心的口号：全力以赴，就像当年山东人民支前一样，支持国家深海基地的建设。

当"蛟龙"号载人潜水器在 2010 年成功实施了 3000 米级海试、首次将国旗插在南海海底之后，科技部和国家海洋局联合在北京召开了新闻发布会，向全世界公开宣布了中国正在研制 7000 米级载人潜水器的消息，同时说明将建设国家深海基地。

不久，在筹建办的基础上，成立了国家深海基地管理中心，为国家海洋局直属的部委正司级事业单位。一直为"蛟龙"号尽心竭力的刘峰，在率领团队于 2012 年 7 月圆满完成"蛟龙"号海试任务后，即接受国家海洋局党组的委派，于 2012 年 8 月出任国家深海基地管理中心主任，刘保华为党委书记。

深海基地主要用于深海和大洋资源的勘探、调查、深海观测，深海大型装备的维护、设备改造，以及对 7000 米级载人潜水器——"蛟龙"号的维护、维修、保障以及对潜航员的选拔培训和管理等。建设内容具体包括综合科研办公区、维修保障区、码头作业区、学术交流与科普教育区、港口导航及大洋通信岸台天线区、VHF（指频带为 30MHz ～ 300MHz 的无线电电波）水声通信设施区、科研仪器试验区和生活服务区 8 个功能分区。

2013 年 6 月，国家发展改革委员会正式批复项目初步设计方案，占地 390 亩，用海 62.7 公顷，核定项目总建筑面积为 26233 平方米；核定项目总投资为 51244 万元；同时，国家海洋局与青岛市政府签订了关于共同推进国家深海基地管理中心建设与发展的协议。

协议确定：为全面贯彻落实党的十八大提出的"建设海洋强国"的战略部署以及国务院关于《山东半岛蓝色经济区发展规划》的批复精神，推动深海技术进步与成果转化，促进国家深海事业发展，并为青岛市蓝色经济可持续发展以及"蓝色硅谷"核心区建设提供技术支撑与服务，国家海洋局与青岛市政府，就共同推进深海中心建设与发展达成一致意见，由国家海洋局负责国家深海基地项目的立项、规划设计等前期工作，履行部门基建审批程序，支持青岛市政府对国家深海基地项目实施代建。

国家海洋局副局长王飞在签约仪式上讲话："多年来，青岛市政府对国家深海基地建设以及我国海洋事业的发展给予了大力支持，在此我代表国家海洋局表示感谢。此次共同推进深海中心的建设与发展协议的签订，标志着我国深海事业进入新的发展阶段。建成后的深海中心将为我国海洋科学研究、资源调查提供服务，并为我国海洋事业发展、建设海洋强国贡献力量。"

青岛市副市长徐振溪代表青岛市政府表示："国家海洋局长期以来对青岛市社会和经济发展，做出了突出贡献，我们也是深表谢意。青岛市将深海中心建设纳入青岛社会与经济发展的总体规划，作为发展蓝色经济、实现蓝色跨越的重点工程，并支持深海人才引进工程，提供优惠政策和便利条件。"

深海基地项目在国内史无前例，总建筑面积24526平方米，一期总投资为4.95亿元，将分两期建设，第一期完成包括码头、厂房和实验室等在内的基本设施建设，具备业务化运行能力；第二期完成深海潜水器工作母船在内的全部基础建设并投入业务化运行。这是继俄罗斯、美国、法国和日本之后，世界上第五个深海技术支撑基地，将建成面向全国具有多功能、全开放的国家级公共服务平台，对维护中国的海洋安全和海洋权益具有长远战略意义。

国家深海基地不仅是"蛟龙"号载人潜水器的业务化运营单位，也是中国潜航员选拔和培训基地。截至2012年7月，中国只有4名潜航员，分别是"蛟龙"号载人潜水器主任设计师叶聪，首批自主选拔、培养的唐嘉陵和傅文韬。2013年又在全国选拔了第二批6名潜航学员，四男两女。他们的名字是陈云赛、齐海滨、杨一帆、刘晓辉、张奕（女）、赵晟娅（女）。

为了高效、快速建设好深海基地，双方商定采取代建交钥匙模式：青岛市公务局负责具体组织招投标和施工环境，青岛建安建设集团有限公司进行施工，深海基地管理中心基建处负责监督、检查。首期经费需要6000万，国家财政一时不能完全到位，由青岛市全额垫付。

尤其是从城区到基地建设现场，需要铺设一条运输大道，负责这片辖区的青岛即墨市委市政府立即组织人力物力，征地拆迁，昼夜施工。当时，一位村民的果园正处在路线规划中间，得知国家重点工程急需修路，二话没说，就先挥起斧头砍起树来。有人问他："老人家，你不问问赔你多少钱？"

"问啥。多少都不能留着，咱总不能让几棵树挡了国家的路啊！"

很快，一条宽阔平坦的柏油公路修成了，直通国家深海基地的海边，简直就是一条专用公路，全由当地政府无偿修建。

2013年冬天，我在基地管理中心办公室贾颖陪同下，乘车沿着这条公路来到了国家深海基地建设现场。只见各种运输车、搅拌车你来我往，一片火热的建设气氛。正在这里值班的基建处副处长张长垒一边指点方位，一边介绍着项目情况。

"你看，那里是码头，灯塔，挡浪坝，潜水器保养厂房。这边是中心办公区，专家公寓等设施。现在都在抓紧施工，预计一年后就能让'蛟龙'号入驻。"

"真好！"我看到北面是苍松翠柏覆盖的山峦，南面是碧波万顷的大海，一个现代化的深海基地正在崛起，心旷神怡，"这里风景太好了，将来不仅仅是管理深海装备的基地，也是开展海洋科普教育和游览观光的胜地啊！"

2015年3月17日，国家深海基地一期工程竣工，正式启用。刚刚执行完2014—2015年"蛟龙"号试验性应用航次（中国大洋第35航次）第二、三航段科考任务的"蛟龙"号载人潜水器，乘载着"向阳红09号"工作母船返回青岛，稳稳靠泊即墨鳌山湾国家深海基地码头，从此就在这里"安家"了……

《第四极——中国"蛟龙"号挑战深海》，作家出版社2016年4月版

首草有约

李青松

> 深山无闲草，闲草也是药。
>
> 何谓药？与草有约，谓之药。
>
> ——采访札记

一

古代量器，从小到大，依次为：龠、合、升、斗、斛。

怎么计量呢？——二龠一合，十合一升，十升一斗，十斗一斛。斛，乃最大的量器了。

在古人看来，人的身体就是一个容器。身体羸弱即是容器空虚了，需要补之，填之，充之，使其满盈，继而强健。用什么补？用什么填？用什么充？还用问吗？当然是用规格最大的量器了。

石斛，不过是自然界的一种草，古人却用最大的量器来命名，可见，此草在古人心里的地位了。那意思是少于十斗米不换的草，一斛相当于十斗嘛！——相当珍贵呢。事实上也确实珍贵。石斛这种东西往往生长在深山悬崖峭壁上，要得到它，可不那么简单。采药人攀爬过程中稍有不慎，就有跌入万丈深渊的危险。

黔西南山区，鬼魅般的喀斯特地貌，变幻莫测的气象，加之丰沛的雨水，弥漫的雾气，使得乔木、灌木、竹藤、草等植物在这里疯长。在这里，石斛是某些人的重要经济来源。

崖壁上晃动一个人的身影，他叫贡嘎，背着背篓正在那里采草药。他今天的运气不错，采到了一丛黑节草。贡嘎有些兴奋，心怦怦跳——因为一丛黑节草，就等于是一沓厚厚的钞票。

贡嘎的儿子高考刚刚结束，听老师的口风，儿子被民族师范学院录取应该不成问题。虽说学师范费用低，但总还是需要一些费用的。怎么说也得给儿子买件新衣服，还有脸盆、牙具之类的生活用品。他得迅速赚来儿子上大学的费用。攀爬崖壁采草药是很危险的，寨子里已有多人为此丧生。不过，在贡嘎看来，自己的这次冒险还是值得的。

下到崖底，贡嘎取下背篓，用一团苔藓小心翼翼地把那丛黑节草包好，轻轻按了按，又重新放回背篓里。他不经意地觑了一眼崖壁，心里忽然又生出一种怅然的感觉——黑节草越来越少了。

贡嘎是个黑脸膛的布依族汉子，识字不多。贡嘎说，他从9岁就跟阿爸攀崖壁采黑节草，今年再有两个月就满50岁了，采药采了40多年，采到的黑节草汇集到一起，能堆成一座山了吧。他嘻嘻笑了。贡嘎说："小时候，阿爸就跟我讲，采黑节草不能挖绝，要挖一半留一半，留着过些年再来采。人不能把事做绝，弄绝了，下一代采什么呢？"

有人告诉贡嘎，黑节草是国家法律保护的珍稀植物，禁止挖采了。非法挖采要蹲局子的呢。

什么？蹲局子？——贡嘎的腿突地抖了一下，瞪大惊愕的眼睛。

二

黔地民间，把铁皮石斛称作黑节草。

尽管铁皮石斛属于稀有之物，身价不菲，但它从来都很低调，不张扬，无锋无芒，悄无声息地蛰伏在背阴的潮湿之地，守望着承诺和信念，与其相伴的是石砾、枯木、落叶、露珠和嘶嘶虫鸣，还有苔藓、苔苇、杂草、薄雾和满天星星。

从生物学角度来说，石斛的生长具有附生性和气生性，也就是说，它不是独立存在的，而是附着在石头或者树体上，通过根系吸收空气中的养分及自身的光合作用，来维持生长。石斛的生命力极强，采回的鲜条，在自然条件下，至少3个月以上的时间才能脱水。次年，石斛干条只要喝饱了水，就会睁开眼睛，伸展经络，舒展筋骨，昂扬饱满地发芽开花，生长出新根。

石斛作为药用最早见于秦汉时期的《神农本草经》。屈指算算，距今有几千年的历史了。《神农本草经》中对石斛是这么描述的："味甘，平，无毒。主伤中，除痹，下气，补五脏虚劳，羸瘦，强阴，久服厚肠胃。轻身，延年，长肌肉，逐皮肤邪热，痱气，定志除惊。"此书用词极讲究，"中"为何意？内脏也。能用一个字说清的，绝不用两个字，该用两个字才能表达准确的，绝不少一个字。寥寥数语，把石斛的功能和应用范围说得清清楚楚了。

再看看李时珍《本草纲目》是怎么说的。

《本草纲目》载道："石斛丛生石上，其根纠结甚繁，干则白软，其茎叶生皆青色，干则黄色，开白花。结上自生根须，将其折下，以砂石栽之，或以物盛挂屋下，频浇于水，经年不死，俗称'千年润'。气味：甘，平，无毒。"

李时珍不惜笔墨，连怎么栽植，挂在什么地方，怎么浇水都告诉后人了。尽管如此，李时珍还是没有写清楚，那石斛到底是什么石斛呢？能入药的石斛可有几十种哩。不过，依照他的描述可以判定，他笔下的石斛应当是铁皮石斛了。

据说，道家有一部典籍叫《道藏》，列出了"九大仙草"。排名为：

铁皮石斛
天山雪莲
三两重人参
百二十年首乌
花甲茯苓
肉苁蓉
深山灵芝
海底珍珠
冬虫夏草

铁皮石斛名列魁首，具有至尊的地位。铁皮石斛，因表皮呈铁青色而得名。茎丛生，圆柱形，肥壮饱满。长茎着花时略弯垂。叶三至五枚，常互生，呈两列，生于茎上部结节上，长圆披针形，先端钝而略钩转，边缘和中脉淡紫色。花序生于无叶的茎上部结节，有回折状弯曲，花瓣或淡黄色，或黄绿色，或白色。

石斛，兰科植物中的一个大家族。它的种类很多，全世界有1500多种，我国有76种。秦岭以南诸省区都有分布，尤以云南、贵州、四川、广西种类最多。生长在人迹罕至的悬崖峭壁上，崖缝间，常年饱受云雾雨露滋润，集天地之灵气，吸日月之精华。

资料显示，我国的石斛能够入药的有51种。《别医名录》曰："七月、八月采茎，阴干。"石斛以茎入药。"三月茵陈四月蒿，五月砍来当柴烧。"这句话的意思是，采药要按时节进行，不按时节采药，那药就跟柴火没什么两样了。采石斛的最佳时节是七月或者八月，入药的是茎，而且要阴干，不是晒干。中药材的哪个部位入药很有讲究，部位不同药效不同。就说当归吧——当归头止血，当归身补血，当归尾破血（催血）。一般来说，入药的石斛，是专指生于岩石及其缝隙间的石斛。石斛石斛，生于"石"的斛，才是石斛嘛。而附生于树木之上的石斛属植物，称之为木斛。石斛与木斛有什么区别呢？李时珍曰："石斛短而茎中实，木斛长而茎中虚。"一短，一长；一实，一虚。看来，二者还是很容易区别的。

木斛可不可以入药呢？还是翻翻药书典籍吧。

《本草图经》曰："惟生石上者胜。亦有生栎木上者，名木斛，不堪用。"而《本草经集注》则曰："生栎木上者名木斛，其茎形长大而色浅……今始安亦出木斛，至虚长，不入丸散。惟可为酒渍，煮汤用尔。俗方最以补虚，疗脚膝。"

一说不能入药；一说不能搓药丸子，但是泡酒喝，煮汤吃还是可以的。可是，用木斛泡的酒，用木斛煮的汤算不算药呢？严格说，还不能算，只能说是药酒和药膳，至多算是滋补品吧。

道家有"吃铁皮石斛成仙"的说法，按照此说，民间广泛流传的汉钟离、张果老、韩湘子、铁拐李、曹国舅、吕洞宾、蓝采和及何仙姑，莫非都是吃了铁皮石斛才得道成仙的吗？然而，这毕竟都是神话传说，不足为信的。但是，在民间，铁皮石斛的确又有"还魂草"一说。有谁奄奄一息快不行了，然后吃了铁皮石斛，就如何如何了，铁皮石斛似乎确有一种无法说清的神力。

在黔地民间，小儿发烧，目赤肿痛，虚火牙痛，用铁皮石斛退烧止痛倒是很常见。特别是退烧的效果明显，对各种原因引起的发热，只要将铁皮石斛捣碎，和水吞服，不消半个时辰就可起到退烧作用。

我没试过，姑妄言之，姑妄听之罢了。

三

"取茎舍花"——这是一个错误。

过去，受传统药典的影响，人们只盯着铁皮石斛的茎了，而花，一度被药学界忽略了。

花，正在归位。

近年来，铁皮石斛花的药用功能也被人们逐渐认识。据说，铁皮石斛花有解郁的功效。能使人心情开朗，缓解精神压力。某诗人和某杂文家，都是因抑郁症无法解脱而自杀。一卧轨，一自缢。他们生前没找些铁皮石斛花吃吃吗？不得而知。若常吃，或许不至于是那样的结果吧？唉，可惜了他们坚实的文字和横溢的才华。

我在黔西南走动时，吃过的一道菜，印象深刻。

那是一顿会议（推进中药材产业发展会议）工作餐，当时，大家都吃得差不多了，服务员却又端上来一道菜。大家一看不以为然，无非什么东西炒鸡蛋嘛！便没有几个人动筷子。我用筷子夹起，尝了一口，又香又脆，口感和味道都很特别。我问服务员这是什么炒鸡蛋呀？服务员回答，铁皮石斛花炒鸡蛋。大家闻之，呼啦一下全都抄起筷子，一盘铁皮石斛花炒鸡蛋瞬间只剩下盘底的油珠珠了。

事实上，品尝这道菜也是那次会议的内容之一。只不过，事先没有告诉大家而已。

在场的一位药学专家说，患有抑郁症的人，长期食用铁皮石斛花能够减轻或消除抑郁症状。大家听后都笑了，说为了不得抑郁症，能不能再来一盘铁皮石斛花炒鸡蛋啊！服务员闪到身后只是笑，不语。

当然不语。有人说："好家伙，说得轻巧，你们吃得起，人家还做不起呢！知道一斤铁皮石斛花几多价格吗？"

"几多？"

"……"

"——啊！"

四

每个女人都爱美。每个女人都有一个梦想。

武则天是最把颜值当回事的女人，到处求秘方，求长生不老药。当朝御医叶法善精心研制出了一个由三味药材配制的秘药，武则天照方子日日服用，从不间断，时间长达50年之久。虽每日朝政千头万绪，但武则天依然精气神十足，光彩不减。

秘密何在？

当然与那秘方不无关系。秘方后来解密，那三味药分别为：其一，藏红花；其二，灵芝；其三，就是铁皮石斛了。

"药王药王，身如星亮，穿山越谷，行走如常，食果饮露，寻找药方。"——这个药王就是孙思邈。

孙思邈尝百草，著作亦甚丰，以《备急千金要方》《千金翼方》最为著名。他还注重养生，对铁皮石斛偏爱有加，并以此作为自己的养生之本。据说，孙思邈还专门为武则天炼过仙丹。那仙丹里的成分有没有铁皮石斛呢？"药王"一生历经多个朝代，一说活了102岁，一说活了141岁。不知哪个说法准确，反正超过百岁是可以肯定的了。或许，孙思邈长寿的秘诀就是长期食用铁皮石斛吧。

史料记载，乾隆爱吃铁皮石斛炖的汤，主要是铁皮石斛炖的排骨汤。不说天天吃吧，但三天两头吃是言不为过的。朝廷为他 80 岁的寿辰举行庆祝活动，邀请两千名超过百岁的长者出席国宴。乾隆高度重视此事，亲自审定菜单，见菜单上没有铁皮石斛炖排骨汤时，断然提笔加了上去——如此盛大的筵席，怎么可以没有铁皮石斛炖排骨汤呢？

光绪二十二年（1895 年），李鸿章出使英国，时年已经 74 岁。当时的大清国处在内忧外患中，临行前的李鸿章患有严重的哮喘病，咳喘连连，头晕眼花。这怎么行呢？怎么说也是代表着大清国形象啊！慈禧把自己日日服用的秘方赐给李鸿章，说爱卿啊，你照方子把这六样东西泡水煲汤，一路服用，到英国之前一准会好的。李鸿章照方子做了，果然有效果——咳喘止住不说，睡眠也好些了。李鸿章大赞其妙。

那方子上的六样东西都是什么呀？——铁皮石斛、阿胶、灵芝、燕窝、龙眼肉、茯苓。瞧瞧吧，又是铁皮石斛列首位。

到英国后，李鸿章将随身带来的铁皮石斛作为国礼送给伊丽莎白女王（当然，自己服用的得留够）。女王服用后感觉也非常好，请李鸿章带话对慈禧表达谢意！从此，铁皮石斛成了英国王室的养生奢侈品。

随后，英国的一些传教士、植物学家、医生来到中国，在西南山区以传教或行医为名，寻找采集铁皮石斛，蓝眼睛贼溜溜地可劲儿往那悬崖峭壁上瞄。"植物大盗"威尔逊在中国西南从事盗采活动长达 12 年时间，盗采植物 4000 多种，漂洋过海，分批运回伦敦。其中不乏铁皮石斛、珙桐、绿绒蒿等珍贵稀有植物。当然，盗采也是要付出代价的。在岷江河谷，威尔逊遭遇山体塌方，右脚被石块砸断。一个月后等他到上海医治时，伤口严重感染，右脚落下终生残疾。大自然总要给盗贼点颜色看看的。

还有头发卷曲、鼻孔挺阔的药剂师出身的福雷斯特，常年行走于怒江流域，一边假意为山里人接种天花疫苗，一边收集盗采珍稀植物。据说，光是杜鹃科植物就有上百种。自然，女王喜欢的宝贝东西——铁皮石斛是万万不会漏掉的。只不过，说出来的都是无关紧要的，要紧的，从来都是很少说出来的或者压根就不说了。

也许，与李鸿章那次带铁皮石斛出使英国不无关系，欧洲人比中国人自己似乎更能认识到铁皮石斛的价值了。20 世纪六七十年代，一千克铁皮石斛可以从欧洲换回十二吨小麦。

12 吨小麦能养活多少人呢？算算就知道了。

五

为了寻访铁皮石斛，也为了探求铁皮石斛与那片山林的特殊关系。猴年6月，我走进了大山深处那个童话般的山寨。

这是一个依山傍水的布依族村寨。全寨93户412口人。房子是干栏式吊脚楼，稀稀落落，散布在山坡翠竹丛中。吊脚楼全系木质结构，木料多为杉木或者枫香木。底层中空，上立屋架，两头搭偏厦，顶上盖青瓦或陈年杉皮，三间五间不等。

"人须栖其上，牛羊犬畜栖其下"。——也就是说，楼上住人，底层养牲畜、家禽，置农具，设舂碓、碾坊等。这种原生态的建筑，既可防蛇防虫防猛兽之害，又可避免潮湿，采光、通风也不错。实用淳朴的格调中，透着布依族人生存的智慧。

寨口，有几棵高大的古青冈树撑起一片天，蓊蓊郁郁气象万千。树枝上间或挂着红布条，随风摇曳。

近年，这个寨子因种植铁皮石斛而日渐闻名遐迩了。

山寨位于滇黔交界处的南盘江右岸，海拔在700~1000米之间，森林资源丰富。独特的地理位置，使得这里每年有6个月时间大雾弥漫，空气湿漉漉的，特别适合铁皮石斛生长。

偏巧，我来的那天却是晴天。站在山顶放眼望去，大片大片的森林覆盖了山岭，起起伏伏，郁郁葱葱。到林中仔细观察发现，很多青冈树上似乎缠着一圈一圈的东西。询问之，答曰：那是种植的铁皮石斛。原来这是铁皮石斛一种仿野生的种植方式。

说话间，林中闪出一位背着背篓的布依族大眼睛女子，正往背篓里采着什么。只见她上身穿着蓝色对襟长衫，下身穿百褶长裙，头上包着青色头巾，银耳环叮当作响。细看看，对襟长衫的领口、盘肩、袖口、衣角皆有织锦图案。大眼睛女子叫蒙阿妹，往背篓里采的东西就是铁皮石斛。蒙阿妹原在深圳打工，两年前的春节，回家过年，就再也不去深圳了。因为一家石斛种植公司就在她的家门口，在家门口打工一个月也能赚3000多块，不比去外面打工赚得少，何必还要去深圳呢。

于是，蒙阿妹就给深圳那边的姐妹打了个电话，把深圳宿舍里自己的被褥、衣物打成一个包，快递回来了。

"还是在家门口打工好，花费少，还能照顾家里老人和孩子。"蒙阿妹一边采着石斛鲜条，一边抬头对我说。

我问："这鲜条采回去怎么处理呀？"

蒙阿妹："要先晒干，然后炮制加工成枫斗."

"什么是枫斗啊？"

"就是螺旋形的小球球。"蒙阿妹用手指比画着，咯咯笑了。

这时，石斛专家罗晓青闻讯赶来。罗晓青从事石斛研究已有很多年的时间，发表过一些石斛生境及种植技术方面的论文。

我问罗晓青："石斛为什么要种在青冈树上呢？"

罗晓青："并不是只有青冈树上才生长石斛，杉木、枫香树、黄桷树、油桐、槲栎、樟树、乌桕上都可以长，只不过在喀斯特地貌的山区青冈树更适合罢了。"罗晓青取下挎着的相机，啪啪啪连拍了几张石斛丛生的照片，接着说，"铁皮石斛与青冈树有一种天然的依存关系。"

"何解？"

罗晓青拍了拍身边的一株老青冈树说："这种树树皮厚，营养丰富，含水多，裂纹深，透气好，无杂菌，保湿。附生的铁皮石斛种上去，发根旺。"罗晓青顺手掰下一小块儿树皮说，"更主要的是青冈树喜欢生长于微碱性或中性的石灰岩土壤上。"

"这跟铁皮石斛有什么关系？"我问。

"青冈树吸收的营养成分，正好也是铁皮石斛喜欢吸收的营养成分。不过，石斛不是从石灰岩土壤里直接吸收，而是通过自己的根系从空气、雾气和水分中吸收。"

我听得瞪大眼睛，差点儿忘记掏出小本子记下罗晓青说的话。罗晓青兴致颇浓。他说："青冈树还能预报天气情况呢！"

"怎么预报啊？"我很好奇地问。

"正常天气，青冈树的树叶呈绿色，但一旦突然变红，就意味着此地一两天内必要下一场大雨了。"罗晓青说。

"这是什么原理呢？"

"青冈树的树叶叶片中所含的叶绿素和花青素是有一定比例的。长期干旱，即将下大雨之前，强光闷热的天气，使得叶绿素的合成受阻。而叶绿色和花青素是一种此消彼长的关系，在叶绿素弱势的情况下，花青素就呈现出强势状态，体现在叶片上就是红色。"

"长见识，长见识。"我说，"那就可以根据青冈树的树叶变化情况，打理种在树上的铁皮石斛呀！"

"是的，既要保湿、透气、增加营养，也要防虫防病防止烂根。"罗晓青用盖子盖上了长焦相机镜头说。

其实，在自然界里，植物与植物之间，植物与动物之间，植物与微生物之间，甚至与细菌及其空气之间，都存在一种微妙的联系。

听了罗晓青的讲解，我隐隐约约明白当地布依族人为何要给寨口的古青冈树挂上红布条，每年六月六都要祭拜敬奉了。

罗晓青还告诉我，他在一个叫冷洞的悬崖峭壁上种植铁皮石斛也取得了成功。我说，好啊，石斛石斛，石斛不能离开石呢！冷洞是黔西南一个村寨的名字，那里是罗晓青的原生态铁皮石斛回归保育基地，光是悬崖峭壁上种植的铁皮石斛就有 1000 多亩呢。

六

不能不提黄草坝。

因为黄草坝是地球上唯一以石斛命名的地名。此地，后来设县。提出设县建议的那个人，名气很大。纵观他的一生，他从未提出别处设县的建议。仅此一次，仅此一处。

那个人叫徐霞客。

那个地方就是现在黔西南的兴义。兴义之前叫黄草坝，其名始于明代天启年间，因此地盛产黄草而得名。黄草是什么呢？——就是石斛呀。兴义出产石斛 16 种以上。黄草是布依族人的叫法。

兴义是当之无愧的石斛之乡。就野生石斛的产量和品质而言，当年，全国没有哪个县能超过兴义的。早年间，兴义每年收购的黄草都在 35 担（每担 50 千克）左右。1951 年 20 担。1964 年是最高的年份——50 担。之后，一直是每年 20 担，到 20 世纪 90 年代初期，黄草越来越少，黑节草（铁皮石斛）和金钗（金钗石斛）几乎绝迹。

黄草坝的山以陡峭、高耸见奇。因之奇，徐霞客来了。

"透峡出，始见东小山南悬坞中，其上室庐累累，是为黄草坝。"显然，徐霞客是乘木船渡过滇黔襟带相接的界河——黄泥河，而来到青山环抱、碧水穿流的黄草坝的。在这里，徐霞客写下了字数不菲的《黄草坝札记》。

明代，黄草坝还是土司管辖下的一个小镇。

徐霞客到此时正遇大雨，宿农家，"虽食无盐，卧无草，甚乐也。"他在札记中写道："其地田畴中辟，道路四达，人民颇集，可建一县。"徐霞客为什么提出建县的建议？理由是什么呢？——在普安十二营中"钱赋之数则推黄草坝"。那意思，黄草坝这地方很富，应该归入朝廷体制内管理。可是，此地可以建县，却没有建县，长期属于布雄土司势力所辖是何原因？徐霞客写道："土司恐夺其权，州官恐分其利，莫为举者。"老徐一语道破，两个东西在作祟，其一为权，其二为利。可惜的是，徐霞客的建议并没有引起当朝的重视，直到159年之后，也就是清代嘉庆二年（1797年），才在黄草坝设兴义县。

然而，兴义并没有取代黄草坝。布依族老辈长者还是习惯把兴义称作黄草坝。是的，记忆中扎了根的东西，是无法抹掉的。

黄草坝的地名至今还在沿用——兴义县城所在地就是黄草坝。

朋友说，赶圩的日子，黄草坝一条街上的中药材市场相当兴隆，蜿蜒数里。草药都是新鲜的草药，是采药人起早从山上采回来的，还带着露珠呢。

我问："有野生铁皮石斛吗？"

答："有还是有的，但很难遇到了，而且价格巨高。"

七

《千金要方》记述："安身之本，必资于食；救疾之速，必凭于药。"这段话的意思是告诉人怎样治病，但更重要的是它提醒人怎样不得病。现代养生理念提出，防病重于治病。提高人体免疫力，增强肌体抵御病毒侵袭的能力，从而使身体健康才是养生追求的目标。

在一定意义上，与其说铁皮石斛是治病的，倒不如说是防病的。明代《本草乘雅》载，服铁皮石斛"补虚羸，暖五脏，填精髓，强筋骨，平胃气"。

什么样的铁皮石斛才是上品呢？

看似一根草，嚼时一粒糖。古代药学家张寿颐说："石斛必以皮色深绿，质地坚实，生嚼之脂膏黏舌，味道微甘者为上品，名铁皮石斛。"

近代名医张锡纯说："铁皮石斛最耐久煎，应劈开先煎，得真味。"

但是，也有专家主张，由于铁皮石斛最主要的成分是石斛多糖和石斛碱，水煎并不能保证多糖和石斛碱全部溶于水，因此，服用时应该把石斛也嚼细吞下。真正的铁皮石斛嚼后没有粗渣，也没有杂七杂八的怪味，只有微甘的黏稠感。甚好。

当然，用鲜铁皮石斛煲汤更是鲜美无比了（史料记载，这是乾隆的最爱）。这也没什么秘密，就是将铁皮石斛切成段，放在汤里，或者与鸡，或者与鸭，或者与鹅，或者与排骨，或者与腔骨等同时炖上一两个时辰即可。吃肉喝汤，美。不过，可别忘了锅里的铁皮石斛，要把它吃了，好东西才算没有浪费。

问题来了。

——在我们毫无心理准备，毫无应对准备的情况下扑面而来。

就在华盛顿时间 2016 年 6 月 30 日，110 名诺贝尔奖获得者联合签名，在网上发表公开信，力挺转基因农业的时候，转基因中药已经悄悄进入了我们的肠胃。中科院某专家报告显示，枸杞、板蓝根、鱼腥草、人参、杜仲、甘草、桔梗、麻黄等几十种中药材已经实现转基因或正在进行转基因研究。

当然，那些专家是一定要在石斛身上露一手的。2005 年，某课题组应用农杆菌介导法，克隆了某植物的基因，再如此这般地载入石斛兰体内，得到 69 个转基因株系，其中，有两个生根转基因苗。

这意味着什么？

意味着石斛兰已经有了另一个石斛兰——转基因石斛兰。

此乃幸耶？悲耶？好在石斛兰还仅仅是观赏花卉。

人类无时无刻不处在探索中，或许，转基因技术本身并没有错，但若把这一技术应用到中药材领域，那无疑是一场灾难。因为，它严重违背了自然法则，严重违背了生态学规律。

一些老中医开具药方时不无忧心忡忡，自己开出的药是道地的药还是转基因的药呢？

中药材的药效与其道地性有很大关系，越是原产地越是原生态的中药材效果越好。而转基因彻底颠覆了中药材的"道地"二字，改变了中药材中各种成分的平衡关系，或者将有毒有害的基因转入中药材中，或者将抗虫抗病抗毒的抗生素基因转入中药材中，从而，导致中药的本质发生了改变，已经不是原来意义上的中药了。这样的中药还能治病吗？

——能。——是致，而不是治。

"中医将亡于药"并非危言耸听。

随着资本市场的疯狂入侵，转基因诡秘的影子正一步一步向中药材逼近，中药材所固守的道地性和传统正在面临着崩溃，"中药"正在发生着变异，其流弊和乱象令人发指。

中药的本质是治病救人，而不是逐利，因此中药材的种植和发展只能遵道而行，切不可背道而驰。可是，对于任性的资本来说，这样的话是听不进去的。

首草——铁皮石斛是不是已经有了转基因？抱歉，我回答不了这个问题。这个问题也不该由我回答。我只能说，逐利的资本不会放过任何逐利的机会。哪怕它藏匿深山，哪怕它居于悬崖峭壁，哪怕它有跌入万丈深渊的危险。

这世界变化得实在太快——古代量器中的龠、合、升、斗、斛，先是淘汰了龠和合，后又以石代替了斛。直到今天，连斛的实物也没几个人认识了。我们总是喜欢改变，而坚守得太少。这是不是一种病呢？

病，乃潜伏的问题。人的问题，社会的问题，自然的问题。这世界，人的问题比人还多，社会的问题比堵车还堵，自然的问题比雾霾还糟糕。然而，这都不是问题，问题是药本身出了问题。——纲目乱了，本草难找，那药无论怎么服用都不对。

问药，问李时珍，铁皮石斛还是首草吗？

然而，无论怎样，我都固执并且坚定地认为，最伟大的药不是在医生开具的处方上，它一定是深藏在大自然中。

一味药，可以改变一个人的状态。

一味药，也可以改变一个民族的命运。

《文艺报》2016 年 8 月 5 日

苍南名片

黄传会

> 亮出一张名片，
> 我的名字叫苍南！
> 居玉苍山之南，
> 蕴横阳支江之钟灵毓秀……

灵溪、龙港、金乡、钱库、矾山、桥墩……19个乡镇像19位兄弟姐妹，组成一个和睦大家庭；闽南话、瓯语、畲话、蛮话、金乡话，1291平方千米的土地上，130万人说五种方言，在中国亦属罕见。

我的颜值蛮高哦，玉苍晨曦、鹤顶杜鹃、渔寮沙滩、矾都老矿、碗窑清窑、鲸头古庙、福德湾旧街……一道道风光美景，会让你流连忘返、叹为观止。单档布袋戏、道教音乐、蓝夹颉这些国家级非物质文化遗产，更会让你一饱眼福耳福。还有美味佳肴呢：螃蟹炒年糕、海蜈蚣烧咸菜、清蒸黄梅鱼、凉拌虾皮紫菜……真不是有意在馋你！

显摆一下我的光芒四射的祖辈好吗？这里诞生了8名文武状元；养育了文章名世的状元徐俨夫、笔砚独步的王自中、诗名宋元的林景熙、国学超群的刘绍宽；走出了苍南道学和武学开山者林倪；还有闻名遐迩的数学家黄庆澄、姜立夫等。

苍南英烈甘洒热血写春秋。持续100多年的宋代学子前赴后继斗贪官，可歌可泣的明代军民携手抗倭寇，轰动全国的清代"平阳三大案"反抗压迫，百折不挠的民国大刀会奋勇斗争，壮怀激烈的抗日民军司令朱程痛击日寇……

我的名字叫苍南。

民风淳朴，热情好客。口袋里有10元钱，恨不得请朋友吃100元。早晨进小店吃粉干，两眼一扫，先把熟人的粉干钱付了。夜晚去理发，见有熟人，照样抢先付钱。我回乡探亲，多次"被付钱"。想表示谢意，人家已悄然离去。每每想起，温馨无比！

苍南人爱吃海鲜，三日不闻腥味，恨不得亲自下海去捞。

苍南人先订婚，再结婚。订婚酒不收礼金，等于自费做广告；结婚酒红包不全收，你送1000，他收200，还回礼一包软中华。

苍南男人先买西服，再学打领带。

苍南女人勤俭时一分钱会掰成两半用，大方起来却可以搭飞机去韩国美容。

苍南人诚信，借钱不用打借条，口头承诺即可。谁借钱不还，谁就没脸做人。有位"诚信老爹"，"桑美"台风夺去三个儿子，留下80万元债务。他种菜、养鸡、拾废品，默默还清儿子的债款。老爹明晓，诚信比金钱金贵。

苍南人能吃苦。

改革开放初期，苍南人为了推销产品，踏遍千山万水，走进千家万户，吃过千辛万苦，说尽千言万语。

苍南人爱穿皮鞋，也能光脚；敢进殿堂，照样睡得了地板。苍南人人都想当老板，老板个个都从打工做起。

能吃苦不值得炫耀，敢创新才算真本事。

西北干旱，苍南人却去卖蜡烛。为啥？缺水，小水电必停，蜡烛自然抢手，这叫商业目光。公安"严打"，苍南人到监狱兜售棉被，监狱长惊讶：你们怎么知道缺棉被？回答道：犯人增多，哪能不要棉被？这叫商业敏感。大学刚刚开始招生，苍南人不仅设计好了校徽，连样品都准备好了，极受校长们欢迎。凡此种种，俯拾皆是。

苍南人"敢为天下先"，这一个个"第一"便是明证："中国第一座农民城""新中国第一家私人钱庄""第一家股份合作制企业章程""第一例民告官""第一条农民承包经营民航客运班机航线""全省第一个浙台经贸合作区"……

中国印刷之都、中国礼品城、中国塑编之都、中国井巷之乡……苍南已经走出一条独具区域特色的发展之路。

创新日日新，追求无止境。

我的名字叫苍南。

苍南设有全国首个县级动车始发站。每天57趟动车始发或停靠苍南站。你没来，苍南毕竟与你隔着山隔着水。

你来了，苍南的山，苍南的水，苍南人，都会成为朋友！

《温州日报》2016年10月15日

历史记忆

童怀周

——一个名字背后的共和国往事

李先辉

抄　诗

> 奔走相告广场聚，
> 心照不宣争抄记。
>
> ——《天安门诗抄》

爱国爱民的周总理溘然辞世，富国强民的邓小平再次挨整，祸国殃民的"四人帮"弄权乱政，使忧国忧民的人们心寒齿冷。原本春寒料峭的北京更觉寒气袭人。快到清明节了，许多北京人还穿着越冬的棉衣，尽管人们因营养不良而热量普遍不足，但是忧国忧民的政治热情反而更加高涨。广大群众纷纷"拿起笔做刀枪"，愤怒声讨"四人帮"。

自古道："诗言志"。丙辰清明，人民群众用诗歌抒发缅怀周总理的深情，反映拥护邓小平的民意，表达打倒"四人帮"的决心，掀起了伟大的"四五运动"。当时我已年近不惑，却也和血气方刚的年轻人一道投身于这场规模空前的群众运动。

当时，我妻子李正容出差在外，她一再嘱咐我：要多抄些诗词，要把天安门广场发生的事记录下来。我家住西城，在东郊工作。天安门是我每天乘公交车上下班的必经之地。所以，清明期间，我几乎天天都要在天安门站下车，去广场抄诗词，并记下天安门广场的见闻。

白晓朗和黄林妹虽然住校内，还是经常乘坐班车，特意去天安门广场抄诗。一天晚上，我和白晓朗在天安门广场抄诗，一直抄到晚上十点多钟。因赶不上末班车回学校，那晚白晓朗就住在我家。天安门广场的悲壮场景，使我们心潮难平，久久不能入眠。

借助手电　朗读悼词

1976年3月19日，北京市朝阳区牛坊小学"红小兵"率先在人民英雄纪念碑前向周总理敬献了一个花圈。花圈不大，但因为是清明前天安门广场出现的第一个花圈，所以引起了人民群众的广泛注意和"四人帮"的极度恐慌。"四人帮"的心腹，时任北京市公安局局长的刘传新说："花圈背后有严重的阶级斗争！"于是立即派出干警到天安门广场密切注意"阶级斗争新动向"，花圈很快就被收走了。

然而，"人民不怕压，心有向阳花"（引自《天安门诗抄》）。

25日，有人在人民英雄纪念碑上挂出了醒目的巨大横幅："敬爱的周总理，我们日夜怀念您！"有人在纪念碑前敬献了一盆土和一盆水，以此表达对将骨灰撒在祖国江河大地的周总理的怀念。

3月30日，纪念碑北面的浮雕下，摆放着一个镶嵌着周总理遗像的花圈。这是第二炮兵后勤部侯书智、张喜路等24位军人联名敬献的。纪念碑南面的浮雕下，一个花圈下面贴着一篇用小字书写的悼词，这是北京市总工会工人理论组曹志杰、殷绥冬等29位同志敬献的。它是清明节前天安门广场出现的第一篇悼词。工人和解放军南北呼应，使广大人民群众看到了希望，更受到了鼓舞。从此，花圈、悼文、诗词和涌向天安门广场的群众与日俱增。数以万计的人"奔走相告广场聚，心照不宣争抄记"（引自《天安门诗抄》）。

我在广场主要是抄诗词，对悼词和挽联，一般只是看看。我是近视眼，挤到浮雕前才看清曹志杰等29位同志敬献的悼词。我正埋头看，只听身后有人高声喊道："喂，戴眼镜的师傅，请您念一念，让我们大家抄。"我说我是四川人，口音不标准。有人说："邓小平不也是四川人吗，能听懂。"人们发出了会心的笑声。我刚念了两句，又听有人喊："请大声点！""慢一点，记录速度。"我念了两遍，因天色已晚，广场上的灯又未开，就对身旁一位工人模样的同志说："师傅，我眼力不济，请您接着念吧。"

"不行不行，我喝的墨水不多，还是您念，我给您照亮。"他连连摆手，接着掏出火柴，一根接一根地点着。我一遍还没有念完，他的一盒火柴已经用完了。"谁还有火柴？"他直起腰来转身问道。

"我有！""我有！"几个人异口同声地回答。

"我有打火机!"一位青年高举着打火机大声说。

"俺有手电!"一位操河南口音的人说,随即从旅行袋中取出了手电筒。

"好,用手电。"在一片欢呼声中,人们自动为这位带来光明的人让开一条道。

尽管我已口干舌燥,还是在手电的照射下,满怀激情地继续念道:"今天,在雄伟的天安门广场,在壮丽的人民英雄纪念碑前……敬爱的周总理……为实现您的遗志,把我国建设成社会主义的现代化强国,为壮丽的共产主义事业的胜利,披荆斩棘……"

离开广场时,天已黑了,纪念碑前仍有不少抄诗的人。

人回到家,心还在广场,念悼词的情景总在我脑海里浮现。这一夜我几乎通宵未眠,深夜写了三首悼念周总理的诗。

电话通知　弄巧成拙

3月31日凌晨,我又去广场抄诗。看见一位海军军官在扶起一个倒在地上的花圈。"这不知是谁干的,逮住了绝不轻饶他!"他气愤地说。

"是不是被风刮倒的?"我说。

"你说什么?风刮倒的?"他瞪了我一眼,"是偷花圈的人踩倒的。你还不知道吧,每天深夜都有人奉命偷偷运走一些花圈。有些人就是害怕花圈。"

当时我数了数广场上的花圈,共计102个。

4月1日下午,天安门广场的花圈已是层层叠叠,数不胜数。但不知昨天的102个花圈是否还在其中。

4月2日,学校传达了上级的"电话通知":"天安门送花圈纪念总理与批邓不相适应,是针对中央的,是破坏批邓。"还说:"清明节送花圈是旧习惯,应当破四旧……清明节是鬼节。"要求大家"不要去天安门广场,不要送花圈"。"通知"引起群众的普遍反感。当天下班后我去天安门广场时,就抄到了给"通知"以痛斥的两首诗:

> 谁说清明是"四旧",
> 谁说清明习惯臭?
> 年年祭奠我先烈,
> 今发禁令何理由?!
> 莫道《文汇》鬼火亮,
> 自有人民写春秋。

> 寄言魑魅慢猖狂，
> 勿学林贼把命休！
> 素纸黑纱含恸剪，
> 苍松翠柏和泪扎，
> 谁言献花是旧俗，
> 明朝她死定无花。

真是"不幸而言中"，江青死后的确"无花"。

"抽刀断水水更流"，"电话通知"传达后，今天去天安门广场的人至少比昨天多了一倍，估计有 20 万人。

"上面"不仅不让群众送花圈，还偷偷派人收走并销毁花圈。他们这样做的结果是送花圈的人反而更多了，许多小孩和老人都献上了花圈或青松。北京重型电机厂叶片车间的工人就针对他们踩踏、毁坏花圈的卑劣行径，特意加班加点制作了一个高约 6 米，重达千斤的铁花圈。花圈的正中，是用钢板敲制、喷上油漆的红五星，四周是以黄色和紫色铜箔做成的 8 朵大铜花，还有几十朵以马口铁和白铁皮制作的小花，花圈上一幅约 0.3 米宽、五米长的挽联则是用铝锡箔做成的。花圈下部是宽约 1 米、长约 3 米的刷了银粉的铁板，铁板上是用浓重的黑漆写着的一首词：

> 卜算子·悼念周总理
> 总理爱人民，
> 人民爱总理。
> 春夏秋冬四季时，
> 天地长相忆。
> 四个现代化，
> "两步"走到底。
> 遗愿化为宏图日，
> 国祭告总理。

铁花圈前，人头攒动。我好不容易才挤到跟前抄下了这首词，并仔细观看了这个被精心地焊在铁架上的铁花圈。我为当时没有相机而深感遗憾。

两天后，还是这个电机厂的大件车间也制作了一个类似的铁花圈，高达七米半，重千余斤。铁花圈真正显示了"咱们工人有力量"的如虹气势。

4月2日，我在纪念碑前还抄了一首脍炙人口的诗：

> 人民的总理爱人民
> 人民的总理人民爱
> 总理和人民同甘苦
> 人民和总理心连心

这诗是财政部国外局团支部敬献的。它表达了人民群众的心声，而且朗朗上口，所以人们争相传诵，还有人为它谱上曲子在广场教唱。

纪念碑前还有一首同样引人注目的诗，它的内容和书法都颇见功力。它是中国历史博物馆部分革命群众用楷、隶、行、篆四种字体书写的：

> 悲歌悼总理（楷书）
> 大鹏瞑慧目（隶书，下同）
> 悲歌恸九重
> 五洲峰峦暗
> 八亿泪眼红
> 丹心酬马列
> 功过任说评
> 灰撒江河里
> 碑树人心中
> 中国历史博物馆部分革命群众（行书）
> 诗言志（篆书）

童怀周在编辑天安门诗词时，我认识了历史博物馆的李晓斌、傅冰、范曾、张承志等，听他们说，这首诗是他们单位一个年轻人起草的，由四位擅长书法的同志分别用楷、隶、行、篆四种字体书写。这首诗完全是歌颂和悼念总理的，丝毫没有"影射""攻击"之嫌。可是"四人帮"的心腹、时任北京市公安局长的刘传新竟将"碑树人心中"一句和他人写的一首诗的句子拼凑成"反动诗词"进行追查，致使作者在残酷迫害下含冤而死，书写者也受到了牵连。

后来童怀周在"二外"举办天安门诗词和图片展览时，我曾请原诗的书写者按原样重写了该诗，为展览增色不少。

4月2日我在天安门广场抄到的最具战斗性的诗是：

红心已结胜利果
碧血再开革命花
倘若魔怪喷毒火
自有擒妖打鬼人

这四句诗分别写在 4 块高约 2 米、宽约半米的木牌上，而且用铁丝固定在纪念碑上，十分引人注目。人民群众看到它无不欢欣鼓舞，"四人帮"却为之胆战心惊，很快就派人把这四块诗牌收走了。

万人合唱　声泪俱下

4 月 3 日下午，我不仅继续抄了不少既有战斗性，又有艺术性的好诗，还在学唱中抄录了一首歌词。当时的感人场面，至今记忆犹新。

在蒙蒙细雨中，一个身穿中式对襟上衣的中年男子手持半导体喇叭，站在广场西侧的一辆平板车上，向群众教唱由他自己谱写的歌曲。他先以记录速度把歌词和曲谱念了几遍，上万群众都认真地记录着，待他逐句逐句地教唱过几遍以后，就指挥大家完整地唱起来：

当我走到天安门广场，
伫立在巍峨的纪念碑旁，
奔腾的思绪使我在回忆的长河里荡漾。
啊，敬爱的周总理啊，
您的一生怎能不令人怀念向往，
仰望着您的亲笔题词，
怎能不热泪盈眶。
……

上万人发自内心深处的悲壮之声，震撼了广场。我虽然五音不全，也情不自禁地加入了大合唱。

人民英雄纪念碑的背面，有周总理书写的碑文。当我们唱到"仰望着您的亲笔题词，怎能不热泪盈眶"时，不少人不禁哭出了声。人们唱了一遍又一遍，尽情地倾泻着满腔的悲愤！

学会了的还没有离去，想学的又涌了上来。这位中年人教了一批又一批，嗓子都教哑了，新来的人群还一再央求："再教一遍吧。"有人将随身携带的军用水壶递给他，他喝了几口，清清嗓子，又全神贯注地继续教唱。

他的精神令我敬佩和感动，但也不能不为他的安全担忧。后来听说有一些群众护送他离开了广场，结果还是受到了迫害。

广场车祸　情有可原

当天，我从学唱的人群中挤出来，又目睹了一件令我十分感动的事。

不停的牛毛细雨使广场出现了积水。在千万双脚的来回走动下，广场已是满地泥浆了。如山的花圈，有的被罩上了透明的塑料薄膜，上面凝聚着颗颗晶莹的水珠。

在广场的西北角，一位两鬓染霜的老人，身上的深灰色涤卡中山服早已被雨水湿透。他低着头，若有所思地缓缓移动着脚步。"叮当、叮当……"

一位骑自行车的年轻人不断地按着铃向他飞奔而来，老人避让不及，被撞倒了。年轻人也连车带人摔倒在泥水里，但他毕竟年轻，一个翻身站了起来，急忙弯腰扶起老人。老人浑身泥水，左额渗出殷红的鲜血。"对不起，老大爷。对不起，老大爷……"年轻人内疚地连声说。

"你干吗这么玩儿命？"老人嗔怪道。

"我这是刚下班，为了想多抄点诗，所以赶得急了些，真对不起您。"

我打量这位"想多抄点诗"，穿着油迹斑斑工作服的年轻人，相信他说的是实话。

"老大爷，您伤得厉害吗？"一位中年妇女关切地问老人，没等老人回答，又转脸对青年工人大声道："你还不快送老大爷去医院瞧瞧！"

"对。老大爷，我送您去医院。"

"没事，我只是磕破点皮。你不是想多抄点诗吗，天黑得快，别耽误工夫了，快去抄诗吧。"

"你还愣着干什么？还不快去抄诗！"中年妇女对青年工人说罢，就上前扶着一瘸一拐的老人走了。

青年工人用衣袖抹了抹脸，目送着他们缓慢地离开广场。我想，他抹去的恐怕不只是雨水，也许还有泪水。因为我都感动得热泪盈眶了。

边疆战士　倡议建馆

4月3日，"边疆某部队部分战士"在纪念碑北面，周总理手书的碑文下方，贴出了《关于建立"周总理纪念馆"的建议》：

> 为世世代代永远纪念我们敬爱的周总理，特建议由人民自己建立一座"周总理纪念馆"。
> 一、组织领导：首先需成立一个筹备委员会（以下设若干个分会），希望首都工人阶级担负此重任。人民群众是会拥护和支持的。人民的力量是伟大的；
> 二、资金来源：人民自己捐款，数量不限，一分钱也能表达人民的心愿；
> 三、工程设计：人民群众献计献策；
> 四、施工方法：人民群众自愿义务劳动；
> 五、建馆地点：北京市劳动人民文化宫；
> 六、落成时间：希望在总理逝世一周年（或明年清明节）时建成开馆。
> 全国人民联合起来，我们的愿望必定实现！

建议书旁还贴有表示支持的小字报。其中一张写道："我们坚决拥护建立'周总理纪念馆'。我们敬献人民币2元。我们一定积极参加义务劳动。"署名是"××中学高二、三班全体红卫兵战士"。因为没有捐款箱，人们只好将钱粘在小字报上。

悲壮场面　亘古未有

4月4日是清明节，又是星期天，天气格外晴朗。雄伟的人民英雄纪念碑耸立在人潮、花山和诗海之中，格外庄严肃穆。

广场上空，两束分别固定在两根华灯柱上的气球迎着微风在轻轻飘动。气球下面各悬挂着白缎红字的挽联："怀念总理""革命到底"，人们远远就能看见。

纪念碑正面，毛泽东手书的"人民英雄永垂不朽"几个大字下方的须弥座上，摆放着周总理的巨幅画像，画像下端是醒目的"民族英魂"四个大字，再下面是一条黑底白字的巨大横幅："我们日日夜夜想念敬爱的周总理"！

纪念碑背面，周总理手书的金色碑文下面，花圈堆积如山，诗词和悼文数不胜数。

在纪念碑和正阳门之间的松树林里（此地后来盖起了毛主席纪念堂），有一长排用绳子挂着的以大字书写的诗文。有人在朗诵，也有人在抄录。

纪念碑四周的铁链和松墙上，系满了人民群众敬献的小白花，犹如厚厚的积雪。

纪念碑北面的旗杆上，挂着一条用20多米长的黑布制作的横幅，上面贴着用白布剪成的28个大字："誓死继承总理志，深学马列识方向；若有妖魔兴风浪，人民奋起灭豺狼！"署名是"北京市西郊烟灰制品厂部分同志"。"妖魔"和"豺狼"何所指，人们无不心知肚明，所以有人说："他们已经兴风作浪了，应该将'若'字改为'已'字。"

广场的东北角，矗立着一个铁花圈，是4月2日北京重型电机厂的工人师傅敬献的，高约6米，重达千斤（这天下午我离开广场后，该厂又送来一个更高、更重的铁花圈）。人们既敬佩他们的大无畏精神，又赞赏他们的精湛工艺。许多人争相与铁花圈合影留念。

广场中央，摆放着一个巨大的万年青花篮，两侧系着一副挽联："亿瓣心镶人民将总理永远怀念；万年常青总理为人民一片丹心。"

国旗旗杆的基座上放着一张铺着金丝绒桌布的金属小桌，桌上放着一个十分别致的插着塑料花的花瓶。与之相邻的是一块用石纹纸制作的墓碑，上面抄录着邓小平在周恩来追悼大会上所致的悼词。

广场上的每幅画面，都令我激动、难忘。正如我抄录的一首诗所言："清明时节雨纷纷，谁入广场不动情？抬头不见总理面，俯首碑前唤亲人。"

展示血书　签署真名

大约10点钟，我突然听见有人喊："血书！一个青年写了血书！"我立刻随着人流涌向那位青年。为了让更多的人能看到青年和血书，几个小伙子将他抬到了护卫国旗的汉白玉栏杆上。青年双手举着一块白绸子（左手还缠着纱布），上面几行殷红的文字是：

血书

敬爱的周总理：

我们将用鲜血和生命

誓死捍卫您！！！

中国无产阶级的

红后代

　　一个少年爬上栏杆，递上抄诗本请他签名。他把血书搭在左臂上，毫不犹豫地签上了他的名字。

　　"王海力！王海力！他叫王海力！"少年兴奋地告诉大家。

　　"向王海力学习！向王海力致敬！"人们振臂高呼，我也情不自禁地跟着呼喊。许多人都想和英雄握手。人们担心他的安全，所以当他离开广场时，几个青年自告奋勇护送他回家。王海力的勇气和群众的激情深深打动了我。

　　一年以后，我曾登门拜访了他，向他表达我的敬意，并赠以《革命诗抄》。他向我介绍写血书的经过时说："我在北京铁路分局丰台机务段工作，是普通工人，今年24岁。清明节前，我经常去天安门广场，看到有人偷走和毁坏人民群众献给总理的花圈，而且还打骂、抓走写诗词和朗诵诗词的群众。我很气愤，人民悼念自己的总理，有什么错？为什么你们害怕人民悼念总理？你们只是一小撮，人民却有几亿。你们偷走一个花圈，人民再做千万个，你们抓走一个人，还有千百万人。你们压制得了、镇压得了吗？"

　　"4月3日晚上，我想到明天就是清明节了，我应该有所表示，写一篇悼词吧，觉得还难以表达我的决心。想来想去，怎么也睡不着。天快亮了，我想起在书上和电影里看到的革命先烈在狱中用自己的鲜血书写壮丽诗篇的情景，于是决定也用血书来表达自己以鲜血和生命捍卫周总理的决心。我立即起床，找出一块白绸子，割破左手，用鲜血写下了这几行字，然后包扎好伤口，拿上它就直奔天安门广场。我已经做好了被捕的准备，所以当时在广场上不少人请我签名时，我都是签的真名。尽管后来受到了迫害，但我无怨无悔，因为我做了一件使敌人害怕、让人民高兴的事。"

广场群众　清明呐喊

　　大约11点钟，一个穿中式上衣的人登上平时供照相用的木制平台，先面对纪念碑深深地鞠了一躬，然后昂起头，用手拢了拢头发，环视四周，激动地连声说："同志们！同志们！"待大家静下来后，他便充满激情地说："我是一个普通工人（后来知道他是首钢的工人李铁华）。今天，我再也忍不住了，我要讲几句话！"人群中顿时响起一片掌声。

　　"先别鼓掌，你知道他要讲什么？"我身边一个青年拽了拽他同伴的胳膊说。

李铁华像朗诵诗一样感情深沉地说："阳春三月的连绵雨水，那是我们八亿人民流不干的眼泪……"刚说到这里，他的声音就哽咽了。

稍稍停顿了一下，人们屏息着听他继续说道："敬爱的周总理！您一辈子工作，战斗，战斗，工作！不辞辛劳，不分昼夜。您为中国革命和建设事业，英勇斗争，鞠躬尽瘁。您老人家是活活累死的呀！总理……"他泪流满面，说不下去了。听众中有人低泣，有人失声痛哭，有人高呼："周总理永远活在我们心中！""周总理永垂不朽！"

"同志们！我们发现有那么一小撮人，把矛头对准周总理，这是我们绝不允许的！"他挥动手臂，愤怒地说。

"谁反对周总理就打倒谁！"听众中发出了雷鸣般的怒吼。

"同志们！"怒吼声略微平息后李铁华接着说，"斗争是尖锐复杂的。但是我们要坚定信心，一定要把那些野心家、阴谋家通通揪出来，彻底打垮他们！"

"打倒野心家！""打倒阴谋家！"听众的怒吼声更响了。

他刚走下平台，就被热情的群众团团围住了。人们争相和他握手。一个老工人握着他的手激动地说："谢谢您！谢谢您！您是好样的！您说出了我憋了好久的心里话。"我也很想上前和他握手表示我的敬意，但因人群太拥挤而未能如愿。

一个戴眼镜、穿中山服的青年，手持相机跳上平台，抢了一个镜头后大声说："同志们！我也要说两句，只说两句。"他紧握拳头，用尽全身的力气喊道："中国是中国人民的！不是一小撮野心家的！"他真的就只说了两句，但却赢得了热烈掌声。这两句话也是我想说的，可是我没有他那样的勇气。

李铁华离开时，几个青年要护送他，他感动地说："同志们，不要为我担心，我在人民中间。"但这几个青年还是坚决地护送他离去，后来他还是遭到了迫害。

清明节这天，许多人都发出了愤怒的呐喊。我抄到的一首四言诗就充分表达了群众的这种愤怒之情。

清明呐喊

前番悼念，又哄又压。

九十余日，百人遭抓。

今朝扫墓，变本厉加。

言称"破旧"，用心毒辣。

《文汇》《参考》，舞爪张牙。

人民愤怒，后台出马。

颠倒黑白，诬人造假。

遥桥无罪，总理有瑕。（注一）
桩桩件件，有目共察。
追根寻源，辽海两家。（注二）
名利熏心，欲立自家。
裹挟天子，以令万家。
篡权野心，一如林家。（注三）
若其得逞，必拥苏家。（注四）
人民眼亮，尔辈眼瞎。
民不畏死，何以惧怕。
革命新史，由此填发。
呐喊呐喊，喊哪喊哪。
浩荡洪流，冲毁斯家。

注一：遥桥指姚文元、张春桥。
注二：辽海指辽宁、上海。
注三：林指林彪。
注四：苏指当时的苏联。

后院起火　两校献花

清明节的中午，旗杆的基座上悬挂的一篮鲜花给我留下了深刻的印象。因为花篮是由"四人帮"严密控制的两校之一的北京大学革命教师（后来知道，是诺贝尔奖获得者丁肇中的堂妹丁始琪）敬献的，花篮中插着马蹄莲（这是总理喜欢的花）等鲜花。大概是为了引起人们对这篮鲜花的注意，有人写了这样一首诗：

人人挥泪，
痛向碑前洒。
看广场内外，
扶老携幼，
皆献素白花。
花圈海洋汇万处，
何不见清华、北大？
回首望，旗杆下，一篮鲜花。

我听到群众中有这样的议论："这篮鲜花的分量不比铁花圈轻。""昨天晚上，清华大学也献了一朵大白花。""看来'梁效'（'四人帮'抽调北大、清华两校的一些人组成的写作班子的笔名）并不代表'两校'。""他们的后院也起火了。""兔子尾巴长不了！"……

素不相识　互相依靠

来天安门广场抄诗的人与日俱增。绝大多数人都是有备而来，少数人没带纸或笔，他们有的反复默记于心，有的抄在手心上，有的抄在当时定量购买副食用的购货本上。

抄诗的人往往是里三层外三层，我挤不进去时，就只好听里面的人念一句我记一句。我每次都不带本子，而只带几张活页纸，因为抄在本子上若遇到不测，前些日子抄的诗前功尽弃不说，还肯定要被"罪"加一等。

为抄录方便，我效仿别人，将活页纸放在前面一位抄诗者的背上，我的背也成了后面一位抄诗者的垫板，由于抄诗者成千上万，因此这情景就如"后浪推前浪"，颇为壮观。抄诗者无论男女老少，尽管素不相识，却都这样相互依靠，互为垫板，真可谓"同一战壕里的战友"，然而不幸的是后来其中有些人又成了同一牢狱里的难友。

> 藏诗
> 花落自有花开日，
> 悲愤蓄芳待来年！
> ——《天安门诗抄》

不知是什么原因，"二外"的领导在奉命收缴天安门诗词时竟然朝令夕改。第一天说："凡在天安门广场抄的诗词一律上交或自行销毁。"第二天又说："只能上交，不准自行销毁。"尽管一再说"只要主动上交，就不再追究"，许多人却担心这是"引蛇出洞"，也担心秋后算账，所以抄有诗词的人不是说没有抄，就是说"我们执行命令不过夜，昨天已经把抄的诗词全都烧了"，很少有主动上交的。我院印刷厂的女工卢德华在副食购货本上抄了一首诗，既不能上交，又不能销毁，因为当时全家定量供应的副食就凭它才能买到呀，于是她只好用油墨将诗涂抹了。

千方百计　巧妙珍藏

人民群众珍藏诗歌的巧妙办法有许许多多，归纳起来，大致有以下三种：物中藏诗，诗中藏诗，心中藏诗。

在追查中，白晓朗、黄林妹和我抄的诗词都没有上交，也没有销毁。黄林妹将她和白晓朗抄录的诗词用蝇头小楷誊写在三指宽的薄纸片上，卷起后塞在掏空的蜡烛中，再用蜡密封好，然后将蜡烛点燃一会儿，使之好似用过了的。我将抄录的一百多首诗词和"纪要"，用极小的字抄写在几张薄薄的信纸上，卷起来，外面裹上塑料纸，埋在暂时不用的两用蜂窝煤炉的炉壁和炉瓦间的炉灰里，上面用黄泥封好。

一位公安民警在清明节执行任务时抄录了一些诗词，但是他并未作为收集的"罪证"上交，而是作为珍品带回河南老家装入瓶内，加蜡密封，埋在地下。

有的将诗稿密封在罐头里，有的埋藏在花盆中，有的缝在沙发内，有的缠在线团中……

所谓诗中藏诗，就是将天安门诗词重新抄藏在其他诗篇或原诗之中。

有的将诗词分解成单句、单词、甚至单字，穿插在其他诗歌之中，有的把几首诗词混合在一起，使人无法辨认；有的把一首诗歌的词序按照自己确定的规律，重新组合成一首别人很难看懂的诗；有的将一首诗歌中的几个关键的字删改变成另外的诗，并在删改的地方做上记号，将删改的字句牢牢记在心中；有的把诗歌隐藏在批判稿中，借此保存血泪诗篇。

所谓心中藏诗，就是群众在被迫上交或埋藏诗稿以前，下苦功夫反复吟诵抄录的诗词，直到倒背如流为止。一个同志说："抄在纸上的诗词他们能够搜去，刻在心上的诗词他们无法搜去。"一些因抄录诗词而身陷铁窗的同志，用默诵刻在心上的天安门诗歌，激励自己，顽强战斗。

天安门事件平反以后，我们珍藏的诗稿，连同炉子和蜡烛，都被中国革命历史博物馆作为革命文物征集收藏了。但是，从未展出过。

藏之名山　传之后世

秦皇岛市工业技术玻璃厂的技术科副科长朱文竹讲述的藏诗经过给我们留下了深刻的印象：

"1976年3月30日，我出差来北京，在天安门广场抄了60多首诗词。4月5日，我在人民英雄纪念碑一角的汉白玉栏杆下，亲见了未被冲洗干净的血迹，心想他们敢于向手无寸铁的群众下毒手，肯定对出现于广场的诗词恨之入骨。我想，将抄录的诗词烧掉吧，却打心眼里舍不得；带回秦皇岛吧，一时我还回不去，暂存在北京熟人家里吧，又怕牵累人家，怎么办呢？思来想去，想到了颐和园。"

"第二天，天刚蒙蒙亮，我就带上诗词，从东郊转了几次车来到颐和园。万寿山石头多，我想把它们藏于石缝中，可是这里往来的游人太多，怕被人发现，也怕被雨水毁坏了，转来转去，没找到合适的地方，于是我决定去游人相对少些的香山看看。香山的玉华山庄年久失修，也无人管理，我想把诗词藏在破裂的地板下，但怕维修时被人发现；转了好半天，发现靠南山墙一个桌子般高的石岩下，有个尺把宽的相当隐蔽的石洞，瞅瞅四周无人，便急匆匆地把装在塑料袋里的诗词塞了进去，可走不远，猛然想到塑料袋是装过点心的，有油香味，万一被山里的狐狸或黄鼠狼嗅到，钻进洞把诗词拽出来不就坏事了吗？于是又返回去把塑料袋取出、卷紧了，再放进洞里，还找来一些小石子把它塞满了，然后用一块大石头把洞口堵死，这才放心地走了。"

粉碎"四人帮"后，朱文竹同志专程从秦皇岛来香山，将珍藏在山洞里的诗词取出并留影纪念，然后连夜将它们重抄一份，寄给叶剑英副主席，还附诗一首：

> 敬禀未语泪先流，为悼总理险断头。
> ……
> 吾心还有一线念，诗词可否写春秋。

当他看到童怀周编辑的《革命诗抄》后，不能不激动万分，因为他"写春秋"的心愿实现了。于是立即带上这宝贵的"出土文物"来"二外"找到我们，满怀激情地介绍了"藏之名山"的经过。

编 诗

> 碑高千丈诗万首，
> 篇篇惊雷云中吼！
> ——《天安门诗抄》

1976 年 10 月 7 日，我的妻子李正容下班回家后，急切地告诉我："中央可能出大事了！"因为她的工作单位中央人民广播电台出现了一些异常情况：10

月 6 日，耿飙率领一批人进驻了广播大楼，播音室门口原来只有一个解放军站岗，现在是双岗；送往播音室的稿件，必须经过耿飙带去的人审查签字；主管电台等宣传单位的姚文元未露面。这些情况使我们又惊又喜。我们一致认为，姚文元及其同伙肯定出事了。当晚我兴奋难眠。第二天我就把这些情况告诉了白晓朗、黄林妹和汪文风。他们也和我一样兴奋。我们猜想那帮家伙可能完蛋了！

粉碎"四人帮"的消息，通过各种渠道和方式不胫而走，很快就家喻户晓了。所以一经中央正式公布，人们便立即带上事先准备好的鞭炮、旗帜、标语、漫画，等等上街游行。游行进行了三天，我们都是主动参加，而且不止一次。在游行队伍中，我们情不自禁地默诵曾激励过千万人的诗句：

"总理回眸应笑慰，斩妖自有后来人！"

"若有妖魔兴风浪，人民奋起灭豺狼！"

……

喜除"四害"　倡议编诗

"四人帮"被粉碎了，天安门诗词难道还不能见天日吗？我将埋在炉壁内的诗词取出，一面抚摸着它们，一面想着不久前的那些乌云翻滚的日子，不禁感慨万千。于是，我产生了一个想法，将我们抄录、珍藏的天安门诗词选出一些最精彩的公之于世。这在当时是有风险的，但似乎是一种历史的责任感呼唤着我，还有那些火热的天安门诗词召唤着我，我决心冒这样的风险。

1976 年 12 月 21 日，我对白晓朗和黄林妹说，我想把我珍藏的天安门诗词在总理逝世一周年的时候，编成一个纪念专刊。他们立刻表示赞同，黄林妹还把她珍藏在蜡烛里的诗词取出，决心参与此事。

我们猜想教研室其他老师可能也藏有诗词，最好也吸收他们参加。可是当时"四人帮"虽然完蛋了，天安门事件却还是"反革命政治事件"，天安门诗词也还是"反动诗词"。公开张贴天安门诗词还有一定风险。即使我们敢于冒这风险，但也要尽可能将它降到最低程度。最后我们决定，为稳妥起见，同时出两个纪念专刊：一个纪念周总理逝世一周年，一个纪念陈毅元帅逝世五周年。

我们三人商议的这件事，事先没有向教研室主任汪文风和副主任胡连璞请示。这不是因为不相信他们，而是怕他们为难，更怕连累他们。

我草拟了一份《倡议书》，黄林妹立即用毛笔抄好。黄林妹、白晓朗和我在上面签好名以后，张贴在教研室过道的墙上，请愿意参与出专刊者，在上面签名。

教研室共 22 人，签名者共 16 人（按姓氏笔画）：白晓朗、石淑兴（女）、刘兰英（女）、刘志宽、朱清颐、汪文风、李先辉、罗丹（女）、杨坤明、赵寿安、张润今、胡连璞、黄玉文（女）、黄林妹（女）、赖梅华（女）、蒋士珍（女）。其中年龄最大的 51 岁，最小的 29 岁。16 人中只有汪文风和胡连璞是共产党员，其余 14 人都是群众，绝大多数是"文革"前大学毕业的"臭老九"，所以"臭味相投"。教研室有 6 位教师因不同原因未签名，但他们都同样怀念周总理，反对"四人帮"。后来，他们也参加了童怀周的一些活动。

教研室以外的人，看到《倡议书》后，也有表示愿意签名的。对他们的支持我们非常感谢，但因为担心被扣上"反革命串联"的帽子，便都婉言谢绝了。

因为这一活动局限在教研室内部，所以纪念专刊贴出时署名是"汉语教研室部分同志"。

共同怀念　油印《诗抄》

两个纪念专刊因为主要内容是"天安门广场的反革命政治事件"中的诗词，所以在校园内贴出后引来不少人观看和抄录。有的人还将他们珍藏的天安门诗词交给我们，并建议我们出天安门诗词的专刊。群众的支持和鼓励，大大增强了我们的勇气，于是决定将我们珍藏和搜集到的一百多首诗词都油印出来。

我们选了诗词 111 首、挽联 14 副，由白晓朗、黄林妹、刘兰英和我对每首诗词进行了校订，订正了记录和传抄中出现的明显讹误，由我草拟了《前言》。

我向白晓朗和黄林妹建议，油印本可定名为《天安门革命诗抄》。冠以"革命"二字，一是所选乃革命诗词；二是与当时被诬蔑的"反革命政治事件"的定性针锋相对。他们都表示同意。关于署名，我以为不能再用"汉语教研室部分同志"了，因为汉语教研室未签名的同志中有的人对这样的署名有想法。

可是签名者 16 人，全部署上未免太长，我建议起个笔名，他们问起什么好。我说，我们共同编印这本诗抄，是为了怀念周总理，就按共同怀念周总理的谐音起名"佟怀周"吧，白晓朗认为"佟"虽是姓氏，但不常用，有些生僻，不如用"童"字。我认为他改得好，于是"童怀周"就成了我们 16 人的笔名。

为了尽快油印出《天安门革命诗抄》，我去学校教材科请副科长杨绍孔帮助解决刻蜡版和油印的问题，他翻看了诗稿后显得既激动而又犹豫地说："这件事最好不要通过教材科，还是私下解决吧。"他让我明天去找印刷厂的苏文良同志，说苏的蜡版刻得最好，又喜欢诗词，也许会帮忙。我知道他这样推托自有他的难处（因为他不是一把手）；次日我去找苏文良，苏不仅欣然同意，而且已做好了充分准备，原来老杨已事先安排好了。

白晓朗请学生叶德增设计了封面。封面上有"天安门革命诗抄"和"纪念敬爱的周总理逝世一周年"两行大字，还刻有人民英雄纪念碑。

张贴《诗抄》 传播征集

1977年1月8日，是周总理逝世一周年的纪念日。下班后，我和白晓朗、黄林妹、刘兰英、朱清颐等童怀周的几位同志，携带油印的《天安门革命诗抄》的散页和糨糊，乘学校的班车进城。在东单下车后，我们在当年的中国青年艺术剧院临街的墙上，贴了一本未经装订的《天安门革命诗抄》。我们还未贴完，就围上了阅读和抄录的群众。贴完后我们挤出人群，步行到天安门广场。

当时因正在修建毛主席纪念堂，天安门广场被木板围着。我们又在木板墙上贴了一本未经装订的《天安门革命诗抄》。我们看到木板墙上还贴有一份《一九七六年清明节天安门广场革命诗抄》，署名"五〇二研究所、自动化研究所革命群众合编"。两种《革命诗抄》都吸引了众多的读者，这就引起了当时北京市公安局的高度重视，局长刘传新认为童怀周搜集、编辑天安门诗词"社会联系较广，政治背景不清"，说是"阶级斗争新动向"，是"敌情"，下令加以严密监视。

《天安门革命诗抄》的署名童怀周，表达了群众的心声，而且也容易记。我们在《诗抄》扉页上堂堂正正地写上了童怀周的联系单位和电话号码，在《后记》中还这样写道："由于我们搜集的范围有限，本《诗抄》难免挂一漏万。我们准备在适当的时候对本《诗抄》进行修订、增补。请至今还珍藏着天安门革命诗词的同志大力协助。"

大力协助我们的同志还真不少，第二天就电话不断，登门送来诗稿和索要《诗抄》的人真是应接不暇。因为我们只印了300本，所以很快就被索取一空。

值得一提的是当时北京内燃机总厂锻工车间的工人李华良，他把抄录并珍藏在箱底的诗稿送来时，提醒我们说："听说最近可能还有强烈地震，请你们注意安全，也请你们保护好这些诗词。当年它没有被人祸毁掉，今天可不能被天灾毁了。"此后他还陆续为我们收集了一些诗词。七机部五〇二所、四机部十院、丰台铁路局、清史研究所等单位的同志，还将他们编印好的天安门诗词送给我们。

外省市也有不少同志寄来他们珍藏的诗稿，有的担心邮寄丢失，不惜花路费和时间，专程来京将诗稿亲手交给我们。

在广大群众的支持下，我们搜集到的天安门诗词越来越多。这不仅使我们备受鼓舞而信心大增，还使我们编辑的天安门诗词内容不断得到充实。

出　版

> 热泪滴滴解冻土，
> 悲歌阵阵惊暮鸦。
> 待到春来寒气散，
> 九州竟开带血花！
>
> ——《天安门诗抄》

《天安门诗抄》是天安门事件平反后由官方的出版社出版的。在这之前，民间一些单位的部分群众在少数领导的支持下，也曾冒着风险，将收集和珍藏的诗词编成各种版本出版发行，它们在全国乃至海外产生了广泛的影响，也为天安门事件的平反起了极大的推动作用。因此在这里对它们的出版经过等情形略作介绍。

平反之前　民间出版

童怀周油印的 300 本《天安门革命诗抄》供不应求，很多人建议我们将它铅印出版后广为发行，这也正是我们的愿望。可是联系了多家印刷厂，他们都因"天安门事件"尚未平反，怕担政治风险而婉言谢绝了。

我去找学校教材科科长侯培亮和副科长杨绍孔，希望他们能给予帮助。侯科长是老党员，党性很强。他表示很愿意帮忙，"可是学校领导规定，教材科的印刷厂只能印教材。"杨副科长补充道："还有课外阅读教材。"他这句话提醒了我。我们汉语教研室编选的教材中，有古典诗词和现代诗词、当代诗词。天安门诗词不就是当代诗词吗，何不将它作为汉语课外阅读教材呢？侯科长说，如果以这样的名义，是可以印刷，不过需要教研室和教务处领导签字。

我把这一情况向教研室主任汪文风汇报了，他毫不迟疑地说："你打报告，我签字。"而后他很快就在我赶写的报告上签了"拟同意，请越然同志批示"。

李越然同志曾在外交部工作多年，对周总理很有感情，还担任过毛主席的俄语翻译，政治敏锐性很强，当时是"二外"教务处分管汉语教研室的副处长。我拿着报告立即去找他，他看完报告后沉思良久，批示道："拟同意，请良超同志批示。"我急了，立即说："教材科侯科长说了，印课外阅读教材，您批准就行了，不需要院领导批示。"他摇摇头说："不、不、不，这可不是一般的课外阅读教材呀！"

　　我只好拿着报告，惴惴不安地去请示翟副院长。当时我是一名普通教师，和分管教学的副院长翟良超从未直接接触过，但对他的过去也有所耳闻。"文革"中，他曾被打成"三反（反党、反社会主义、反毛泽东思想）分子"。其主要罪状之一是：60年代困难时期，他去农村考察，亲眼看见饿死人的惨状，令他悲愤不已，曾激动地说过，"要是在旧社会，我就要领导农民起义了！"他老家在农村，曾领导过农民打土豪分田地。新中国成立后他因性格豪爽，仗义执言而多次挨整。他看完我呈上的报告，沉默不语，过了好一会儿，他突然把大腿一拍："豁出去了！大不了再被打成'三反分子'！"并提笔在报告上签了"同意"二字。他的勇气和魄力令我十分敬佩。

　　拿到翟副院长批准的报告，我立即去印刷厂找侯科长。他说："领导敢批，我就敢印。不过现在活儿很多，我们只能尽量提前安排。"杨副科长说："我来安排吧。"他将书稿发排到排字车间后，工人就马上放下手里的其他活儿，加班加点地干了起来。

　　当时我院的印刷设备十分落后，还是人工铸字、拣字、拼版。工人们满怀激情地拣字、拼版。女工朱淑珍告诉我，她是含着眼泪排完《天安门革命诗抄》的。遇到停电，他们就点着蜡烛干。我很感动，将滴有蜡油的清样保留了起来。为了使这本书尽快问世，我蹲在印刷厂和工人一起加班，打出校样后就当场校对。这段时间里，我担任的教学工作就由黄林妹老师代劳了。

印售过程　一波三折

　　在这过程中，我们还得到了社会上多方面的支持。

　　四机部十所搞设计的唐曾烈同志不仅送来了他收集的诗词，还主动承担了绘制插图和请朋友设计封面的任务。他说："丙辰清明，我出差去了，失去了参加战斗的机会，这是我终生的遗憾。今天我要求为编印天安门诗词出力，也是为了表达对周总理的怀念和对'四人帮'的痛恨。"他回到单位，连夜画了几幅插图，并请人设计了两个封面让我们挑选。

　　此外还有10多位同志主动帮我们绘制插图。其中一幅"永远怀念周爷爷"，是一个8岁的小学生画的。

　　我院印刷厂的老式对开机无法大量印刷，我们又四处联系印刷厂，最后北京印刷三厂答应承印，但他们坚持不能在版权页上署他们的厂名，我们理解他们的担心，所以只署了"北京第二外国语学院教材科印刷"之名。

　　当时纸张奇缺，印刷厂无力解决，都要由我们自己想办法，我们四处求人。

当时有的人虽然很愿意帮忙，却无能为力。后来，还是彭平（我院原副院长，当时已调任中国科学院研究生院副院长）和我院团干部宋春林，通过北京二轻局为我们买到了第一批纸。纸款和后来的印刷费都是经翟副院长同意，由学校财务科垫付的。

《天安门革命诗抄》快开印了，翟副院长却忽然坚决要我们将封面上的"天安门"三字去掉。我表示不理解，他语重心长地说："你还年轻，不了解政治斗争的复杂性和残酷性。你以为学校的人都支持你们吗？"我知道学校中对我们有赞扬的，也有评头品足的，诸如什么"醉翁之意不在酒"啦，是"向党中央施加压力"啦，更有什么"树欲静而风不止，总有人要跳出来表演"啦，以及"这是帮倒忙""要犯大错误，等着瞧吧"，等等。自然也有好心人劝我："你又不是小青年，都三四十岁的人了，要是出了问题，老婆孩子也要受牵连，何必去冒这种险？"

以上这些言论，此时正在我脑海里翻腾，翟副院长见我沉默不语，又接着说："你知道我承受了多大的压力吗？有人说'天安门事件'的定性是经过毛主席批准的，能轻易平反吗？"稍停一会儿又说，"我既然签了字，同意你们印这本诗词，就不怕负责任，更不会推卸责任。但是，毛主席教导我们，不仅要敢于斗争，还要善于斗争。去掉'天安门'三个字，是为了不给人抓辫子，使这本有争议的书能顺利印出来。少了这几个字，并不影响书的实质内容嘛。"

尽管我们持保留意见，还是忍痛割爱，请工人师傅另制了一块铜版。将书名改成了《革命诗抄》之一，后来重印时将"之一"改为"第一集"，因为我们又收集到了很多诗词，准备日后编印第二集。

《革命诗抄》的样书送到翟副院长手中后，他发现《后记》中谈到《革命诗抄》就是油印的《天安门革命诗抄》的增订本时，便生气地要我们把《后记》撕掉，否则不能运回学校，也不准发行。但这时书已在运往学校的途中。

白晓朗坚决主张保留《后记》，为此和翟副院长争得面红耳赤。翟副院长既生气又伤心地说："我冒着风险支持你们，反倒落得个不是。"实际上，白晓朗对翟副院长也是心存感激的，只是舍不得撕掉这篇提到"天安门"三个字的《后记》。最后我们做出了让步，撕了部分书的《后记》，主要卖给校内的读者，未撕掉《后记》的书，主要卖给社会上的读者。《后记》原本不太引人注意，这一撕，反倒倍受关注。一些读者来询问为什么撕掉《后记》？有的将撕了的《后记》要去重新贴上。有的借来未撕《后记》的书手抄补上。

1977 年 3 月 23 日，白晓朗正在忙着发售《革命诗抄》，突然被学校保卫处叫了去，而且听说被公安局带走了。我立即去保卫处，问白晓朗出了什么问题，他们不回答；我说："如果是因为《革命诗抄》的事，应该由我负责。"保卫处长说："与你无关，甭充好汉。"

白晓朗被抓走后，公安人员还抄了他的家，将他保存的《革命诗抄》的一份清样作为"罪证"之一抄走了。当时我很茫然，不知"上面"是针对《革命诗抄》还是针对白晓朗个人。以防万一，我们立即将《革命诗抄》的其他清样和天安门诗词底稿以及来往信件等分散保存。我将一些重要材料捆成一包，请家住通州区的老同学刘泽民代为保管。我对他说："这件事只有你知我知。如果我出了问题，你千万不能交出这些宝贵资料，因为这不仅会牵连你，还会使更多的人受连累。"

我们以内紧外松的办法应对这一突发事件，继续出售《革命诗抄》，但是来买的人少了，有的人想买也不敢买了。因为有人散布说"童怀周成员被抓起来了""《革命诗抄》有问题，被查抄了"。我还接到过一个质问我们的电话："你们编选的诗，作者都搞清楚了吗？"我回答说："公安局都搞不清楚，我们能搞清楚吗？"对方又问道："你们能保证《革命诗抄》里没有反革命分子写的诗吗？"我生气地回答他："反革命分子写不出这样的诗来。"

就在我们受到种种压力的时候，不少素不相识的人从本市或外省市来信或电话给我们以鼓励："希望你们继续做好这项工作，如果有什么困难的话，请来信告知，千百万群众都会做你们的后盾。""天安门诗词是革命诗词，'天安门事件'是革命的群众运动。如果童怀周因为编选这些诗词而被捕，我们就在全国张贴寻人启事，寻找童怀周。"

后来我们才知道，白晓朗的被捕，与《革命诗抄》没有直接关系（但也不无关系，因为《革命诗抄》的清样是作为"罪证"被抄走的），直接原因是：1月8号，白晓朗和我们一起在天安门广场贴完油印的《天安门革命诗抄》以后，他独自一人贴了一张标题为《打倒"四人帮"，恢复邓小平同志的一切职务》的大字报，张贴时被便衣盯上，并跟踪到学校，当时就上了黑名单。大字报不点名地批评了反对邓小平复职的某些中央政治局委员，说他们"害怕邓小平同志重新出来"。这就被视为"攻击中央领导，分裂党中央"。

白晓朗被直接押送到半步桥监狱。过了两天，黄林妹（当时是白晓朗的女友）获准去监狱送洗漱用具、衣服和《毛泽东选集》，汪文风、刘兰英和我也去了。我们进了电动的大铁门，原以为能见到白晓朗，结果只让我们将东西交给监管人员，由他逐一检查后交白晓朗，同时将白晓朗换下的衣服交我们带回。

为营救白晓朗出狱，童怀周成员（主要是黄林妹）四处奔走，多次上诉。最后经《解放军报》社长华楠的帮助，将上诉材料转给了叶剑英等中央领导，此时邓小平已经恢复党内外一切职务，因此白晓朗在8月10日出狱，但释放时还给留了个"尾巴": "不是反革命,但有错误,敌我矛盾按人民内部矛盾处理。"过了些日子才被割掉这条错误"尾巴",彻底平反。

《革命诗抄》 供不应求

白晓朗获释后,来买《革命诗抄》的读者与日俱增,全国各地的求购信和汇款纷至沓来。赖梅华、黄玉文、罗丹、蒋士珍和石淑兴等童怀周成员,几乎天天忙着去邮局取款、寄书。直接来购书者,络绎不绝。往往书一到,很快就销售一空。没有买到的人急得哭着不肯走;买到的人,激动得流泪,回到家还写信并寄东西来表示感谢,如从南京寄来梅园的花籽,从新疆寄来天山的雪莲,从天津寄来总理青年时期的照片,还有红领巾、针线包、纪念章,等等。后来因为存书已经不多,我们只好限量发售了。

为了扩大影响,我们给一些社会名流寄赠了《革命诗抄》。当时没有留下名单,现在已记不清具体人名了。1979年,白晓朗代表童怀周参加第四次全国文代会,会上见到歌唱家马玉涛,她说收到童怀周寄赠的《革命诗抄》,十分激动。因为这些诗表达了她的心声,还因为给她寄《革命诗抄》,说明群众还记挂着她。

大力支持并主动帮助我们搞发行的图书馆馆长张炜(曾在"三联书店"工作)对我们说: "新中国成立前我在书店卖书卖了几十年,像卖《革命诗抄》这样热烈的情景我还没有经历过。"

当时有一位外地出差来京的同志,头天来没有买到《革命诗抄》,次日他就带上本子和干粮,向我们借了一本《革命诗抄》,坐在我们教研室一字一句地抄写起来。我实在不忍心了,只好将我准备寄给好友的一本《革命诗抄》送给了他。他高兴地收下后,建议我们再多印一些,并表示如经费上有困难,他和很多人都会解囊相助的。

雕塑家张松鹤(原东江纵队的老战士,天安门广场人民英雄纪念碑浮雕的作者之一,曾制作鲁迅浮雕头像)读了《革命诗抄》后十分激动,画了一幅国画《红梅》送给童怀周,还题诗一首: "五四当年卷怒涛,英雄四五看今朝。诗花染血成霜剑,卫我红旌斩恶妖。"

一位读者赠送我们一方石质的精心刻制的童怀周印章。印章刻字注明,这是一个13岁的孩子所刻。我们发售的一些《革命诗抄》上,就盖有这枚印章。可惜这枚印章在使用的过程中突然不见了,可能是被"有心人"收藏了。因为购书者希望盖上童怀周的印章,我们只好又请人刻了两枚童怀周印章。

一位读者送给我们4月5日他在天安门广场同警察搏斗时从警察制服上揪下

来的一枚纽扣。

……

在广大群众的热情鼓励和大力支持下，我们重印了一次《革命诗抄》第一集，还是供不应求，不少单位就自己翻印。

《革命诗抄》的编选，主要由白晓朗、黄林妹、刘兰英和我负责。我们编选天安门诗词的原则是：必须是1976年清明期间在天安门广场张贴、朗诵或抄录的，而且必须有两份以上抄件互相印证；对有争议的就暂时不选，如有"中国已不是过去的中国，人民也不是愚不可及，秦皇的封建社会一去不复返了"等诗句的这首诗，因为怕授人以柄，我们开始时就没有选，但最后在编辑《天安门革命诗文选》续编时，还是把它编入了。因为那时风险已比较小了。

专家参与　图文并茂

尽管我们在编选工作中努力做到认真负责，但我们毕竟对编辑和校对业务都不熟悉，所以《革命诗抄》第一集的版式不规范，文字错误也较多。

帮助童怀周发行《革命诗抄》的老同志张炜送了一本《诗抄》给他的老朋友、当时任人民文学出版社鲁迅著作编辑室主任的王仰晨，王见到书后如获至宝，高兴地对张炜说："这是人民的心声，应该精心编印，让它永世流传。"他听说童怀周成员都是教师，缺乏编辑工作经验，就觉得自己有义务助童怀周一臂之力。尽管当时"天安门事件"还没有平反，尽管当时童怀周成员白晓朗刚刚被捕入狱，《革命诗抄》的清样还被视为"天安门反革命政治事件"翻案的罪证而被查抄，王仰晨还是向童怀周毛遂自荐，不仅把自己抄存的40多首天安门诗词交给我们，还建议对已编印的《革命诗抄》一面进行修订，一面继续广泛征集诗文和照片，力争尽快编印出附有照片的《革命诗抄》第二集。

那时他正忙于新版《鲁迅全集》的工作，身体也较弱，我们不忍加重他的负担，于是劝他只要指导指导就行了，他却说："我们大家都怀周，你们把我也当作童怀周的一员好了。"从此他就成了童怀周无名而有实的成员。诗稿，他帮助选；版式，他亲自画；装帧设计，他帮着找人；纸张没来源了，他联系解决；为了提高印刷质量，他还联系了新华印刷厂帮忙制版排印，等等，为了不影响本职工作，有时他还连夜看校样。有一次我去他家取校样，见他病了，但还在赶看《革命诗抄》第二集的校样，我很过意不去，要他把未校完的部分让我带回去由童怀周的成员分头校对。他说："你们缺少这方面的经验，说实话，我不大放心。"过了一会儿又感慨地说，"这书本来应该由我们人民文学出版社编辑出版的，现在却只能由你们来做这工作，对我这个老出版工作者来说，心里真觉得很不是滋味。"

《革命诗抄》第一集没有"四五运动"的照片。中国历史博物馆的李晓斌（"四五运动"中他拍了许多照片，后来成了摄影家）对我说："照片和诗词一样珍贵，如果附上照片，图文并茂，就更有历史价值。"他主动将他拍摄并珍藏的照片无偿提供给我们。中国科学院自动化研究所的邓宝珠也无偿提供了她冒险拍摄并珍藏的照片。

李晓斌还建议我请他们单位的范曾先生为该书题写书名。他说，范曾先生"诗书画俱佳"，有"江东才子"之誉，深得郭沫若老先生的赏识。当时我想，我们"北京第二外国语学院"的校名就是郭老题写的，这本书请郭老赏识的"才子"题签，那是求之不得的。不过，我对李晓斌说，现在编印天安门诗词，还有一定的政治风险，他能答应吗？晓斌说，范曾与你我一样，也是"天安门事件"的积极参加者，还因为书写挽联和悼词而受到追查和批判。

在晓斌的引荐下，我认识了范曾先生。他对童怀周编印《革命诗抄》十分赞赏。不仅欣然答应题签，还主动推荐其好友刘光夏为《革命诗抄》设计了彩色封面、绘制了精美插图。

文物出版社的领导和职工精心承印了彩色封面和图片，文字印刷和装订工作是由北京印刷一厂承担的。

《革命诗抄》第二集一次就印了5万册（因为第一集已先后印了5万册）。这需要大量的纸张。《人民日报》的王揖同志和《解放军报》社帮助解决了一部分，其余部分在北京一时难于解决，童怀周成员刘志宽专程去黑龙江佳木斯的造纸厂求助，厂领导看了刘志宽带去的《革命诗抄》第一集后，非常痛快地满足了我们的需要，而且还给了出厂价的优惠。铁路职工听说这批纸是印天安门诗词的，就大开绿灯，提前装运。

由于得到各方面的大力支持和有关专家的热情帮助，《革命诗抄》第二集不仅很快就出版了，而且编校质量较第一集有了很大的提高。第一集只有周总理的标准像，第二集不仅加了总理的工作照，还有邓小平在周总理追悼大会上讲话的照片以及"四五运动"的24幅照片。后来我们特意加印了一些照片，单独装订成小画册《缅怀周总理，怒斥'四人帮'》（照片选），赠送给提供照片和诗文的同志以及部分读者。

《革命诗抄》第二集因为图文并茂，印数又多，所以影响更大。来自全国的求购者络绎不绝，以致"二外"对童怀周有成见的人说："干脆把学校改成书店好了。"

邓小平的女儿邓楠也来买《革命诗抄》了。她长得和小平同志很像。我们请她代童怀周向邓小平同志问好，并表达了童怀周强烈希望小平同志早日出来工作的愿望。

一天，我们接到一个电话，对方称是"邓小平办公室"，希望得到童怀周编的《革命诗抄》。我们十分振奋，当即由白晓朗和黄林妹携带《革命诗抄》第一集和第二集，送往中南海。他们到府右街的中南海西门，向门卫说明了情况，门卫爽快地收下了书，并问要不要收据？若要，等一会儿，由接收者打收条。因为童怀周赠送《革命诗抄》从未要收条，所以他们也没要。后来他们很后悔，说如果要了收条，也许有朝一日会被视为"文物"呢。

为了纪念周总理逝世两周年，根据读者的意见和建议，我们将经过订正的《革命诗抄》一、二集和原拟编为第三集的诗词，以及大量的挽联、悼文和檄文等汇编成一册，改书名为《天安门革命诗文选》。仍由范曾重新题写书名，刘光夏重新设计封面，王仰晨设计版式和校对。尽管没有报酬，他们却都是满腔热情，尽心竭力。经过新华印刷厂职工的加班加点赶印，《天安门革命诗文选》终于在周总理逝世两周年前夕与广大读者见面了。

喜得"罪证" 编印续集

北京市西城区公安分局政保科科长陈悟生，看了《天安门革命诗文选》后十分激动，立即和我们联系，问我们是否还需要照片和诗稿？放下电话后我立即赶去。到了公安分局门口，才想起忘了带介绍信，可是他早已在门口等候，待知道我就是他在等着的童怀周成员，并接过我送给他的《革命诗抄》一、二集时，显得分外热情和激动地说："《革命诗抄》就是你的介绍信，什么都不用多说了。"他将我领进一间屋子，那里堆放着几个大纸袋，里面装满了诗稿、照片和底片。看到那些当年被作为"罪证"收缴来的那么多的珍贵的历史资料，我顿时心潮起伏，不禁热泪盈眶；他也很激动，率直地说："新中国成立前，我在刘仁同志领导的城工部搞地下工作，为革命事业出生入死。没想到在'四人帮'砸烂公检法时，我们这些老公安却受到了诬陷和迫害。周总理一再教育我们，对人民要真正实行民主，对敌人才能实行专政。绝不能混淆两类矛盾。可是'四人帮'却对悼念周总理的广大人民群众实行专政。当年我虽然在天安门广场执勤，可是心情和你们是一样的。"

他指着纸袋说："我认为，这些诗稿和照片都很有历史价值，所以我们在清理过期资料时，我竭力主张将它们保留下来。"他的这一番话，使我深受感动，也使他的形象在我眼里显得突然高大了。

　　第二天，我和白晓朗、黄林妹带上纸笔去西城区公安分局抄录诗词。在大量的诗文原件和抄件中，黄林妹在那成堆的资料中惊奇地发现了她在天安门广场张贴的小字报原件。这样难得和偶然的事使陈悟生也异常高兴，便让黄林妹拿回去留作纪念。当年作为"罪证"的东西如今又回到了漏网"罪犯"手里。真是"天翻地覆慨而慷"！

　　我们在公安分局抄了两天。那时方便面还没有普及，我们中午就以自带的馒头充饥。两天下来，手都抄酸了，但是还有许多很有价值的悼词、挽联以及声讨"四人帮"的檄文需要抄录，底片也需要洗印，因此，我们提出能否将这些资料暂时借给我们，待我们用毕再归还，陈悟生立即满口答应："行。只是你们一次拿不了这么多，我用车送你们回去。"

　　我们谢绝了他的好意。想起半年前公安局用车将白晓朗抓走，现在他主动提出要用公安局的车送我们，真感到是"换了人间"！

　　我们从西城区公安局收缴的诗文中，选取了一部分，编辑出版了《天安门革命诗文选》续编（附有部分《丙辰清明见闻录》）。

　　《天安门革命诗文选》正、续编共收录诗词 1124 首（其中 3 首是歌颂陈毅，反对"四人帮"的；有 5 首是歌颂杨开慧，讽刺江青的）以及悼文和檄文等 94 篇、挽联 73 副、照片 58 幅。

　　我们曾往中南海接待室送了几套《天安门革命诗文选》正、续编，指名赠送给邓小平、邓颖超、陈云、陈毅、叶剑英、聂荣臻等周总理的亲密战友。

《时代报告·中国报告文学》2016 年 3 月号

耕　海

——一个农耕民族的沧浪之歌（节选）

唐明华

1894 年 9 月 17 日，当北洋水师的战舰在晨曦中醒来的时候，45 岁的致远舰管带邓世昌迎来人生最后一个生日。天公作美，风和日丽，邓世昌像往常一样巡阅完毕，他手扶舷栏，引颈眺望，恍惚中，耳边响起四女小婷嫩嫩的声音：等爹爹生日的时候，我给你唱好听的歌儿。一缕淡淡笑影从邓管带的眼波里溢出，绽成深秋里一朵盛开的墨菊。

就在这时，号角吹响了。

12 时许，中日两国舰队在鸭绿江口外的黄海迎头相撞。顿时，阴风怒号，墙倾楫摧，惊天地、泣鬼神。弹尽援绝之际，邓世昌回首西望，双膝跪地。随即，240 余弁勇亦悉数跪倒。邓世昌仰天长啸：“国也，家也，别矣！别矣！”

“投死为国，以义灭身。”

时至今日，邓世昌亲操舵轮的雄姿仍在东海的波光中荡漾，“撞沉吉野”的嘶吼仍是穿越时空的黄钟大吕。

最悲恸的一幕是在邓世昌落水后出现的，仆从刘忠递来木桤，邓世昌慨然嘶吼：“事已如此，誓不独生！”又有北洋鱼雷艇驶过，水手高喊：“邓大人，快上扎杆！”邓世昌去意已决，坚辞不就。忽见爱犬太阳游来，哀号不止，咬住主人衣袖将其拽出水面，邓世昌奋力挣脱，爱犬又咬住主人发辫，拼力拖拽，邓世昌悲从中来：“汝既不舍离我而去，只能随我同亡耳！”言罢，按住犬首，同殉于海。

甲午惨败，朝野震动。光绪皇帝感于邓氏忠烈，戚戚然潜然泪下。随之，亲作挽联寄托哀思：此日漫挥天下泪，有公足壮海军威！

硝烟散尽，英雄的幽幽魂魄变成一尊铜像矗立在威海街心公园的广场上，邓公死不瞑目啊！那不屈的目光久久地凝视大海，眉宇间，透着悲怆，也透着疑问。穿越时空的隧道，英雄一直在苦苦寻觅答案。

转眼间，一个甲子过去了。

周而复始的潮汐堆积成苍老的历史皱纹，终于，当又一个甲子开启新的章回，邓公那诘问的双眸方显出欣慰的笑影。他看到，就在当年北洋水师出发的地方，数不清的后来者涌浪般冲上甲板，他们勇敢地扬起信念的风帆，义无反顾扑向大海。没有炮火硝烟，不见旌旗猎猎，但是，一个古老民族新的悲欢际遇注定成为国运兴衰的深刻象征。当时间把层层叠叠的海浪装订成册，人们看到了一个新的历史故事。这是一个气壮山河又情深似海的蓝色之梦，也是一首民族复兴的深情歌咏。循着时间的讲述，你会发现，一个叫作"伟大"的词汇，就抒写在蔚蓝色的扉页上，一种新的豪迈则蕴藏在浩瀚的缄默中。

第一章　长风破浪会有时

俗话说，靠山吃山，靠海吃海。其出发点，源自"天不变，道亦不变"的生存逻辑。

然而，新中国成立前，威海的渔民中也流传这样的口碑：宁上南山当驴，不到北海捕鱼。可以说，旧时的渔民大都是陆地上的失意者，他们与海结缘，颇有无可奈何的意味。

在新的历史条件下，后来者有了新的人生情怀。而潜藏的英雄基因一旦被风浪唤醒，那个生生不息的奋斗故事便有了焕然一新的精彩演绎。

震古烁今"三八船"

记得是小学六年级那会儿，她听语文老师说起作家赵树理，当时她并未意识到，那个令人唏嘘的婚姻故事竟是一个关于命运的谶语。仅仅几年后，妇女解放的呼号又直冲霄汉，影响所及，她和作家的人生走向都彻底改变了。

1970年9月18日，奄奄一息的作家被人粗暴地挟持着来到太原湖滨会场，这是他生前最后一次遭受批斗。大会开始不过十几分钟，赵树理两腿开始簌簌颤抖，一种发自心底的痛楚戚然漫过脸颊。紧接着，他身子痉挛地晃了晃，一头栽倒了。两天后，赵树理开始绝食，任凭看守一再劝说，均缄默，仅以闭目摇头回应。9月22日下午，作家生命体征骤显异常，经专案组恩准送医救治。23日凌晨2时许，痛苦的枷锁终于打开，在经历了4年之久的非人折磨后，遍体鳞伤的作家用生命作为交换，好歹从死神手里拿到了解脱的钥匙。嗟乎，生命的年轮提前定格，此时，离他 44 岁生日不过短短 22 个小时。现实同这位反封建的斗士开了一个残酷的玩笑：曾几何时，那篇脍炙人口的中篇小说犹如战斗檄文，民心所向，《小二黑结婚》时的大红喜字欣欣然振奋出冲锋的号角。然而，作家直抒胸臆的时候万万没有想到，23 年后，徘徊悱恻的封建幽灵居然卷土重来，一夜之间铺陈出催生浩劫的温床。事实正如开篇看到的那样，当亿万民众重新山呼万岁时，赵树理们已然在劫难逃。那是一个毁灭英雄也制造英雄的年代，人们后来发现，以毁灭为前提的制造，社会成本实在太昂贵也太可怕了。但不管怎样，帷幕已经拉开，锣鼓已经起势，就在老作家悲情谢幕之际，一个妇女解放的崭新形象即将于血色浪漫中惊艳亮相。

那天，21 岁的渔家姑娘宋立芬做了一件让村民颇感意外的事情。她找到村支书毕可友，提出一个大胆建议："毕书记，听说咱村的船队缺人手，干吗不组织一下，让我们也上船去帮着忙活忙活？"书记眼睛一瞪："看把你能的，你还想干什么！"少顷，又嘟囔了一句，"能行吗？""咋不行？"姑娘的回答脱口而出，"毛主席教导我们说，男同志能办到的事情，女同志也能办到。"书记沉吟片刻，盯了她一眼，"等我寻思寻思再说吧。"

在宋立芬心目中，故乡是个颇具神秘色彩的地方。听村里上了年纪的人讲，这儿原先不叫大鱼岛。相传，很久以前，每年正月十五前后，常有一条大鱼在附近海域出没。一个雨雾迷蒙的早上，有年轻小伙摇橹出海。撒网时，忽见一座青黛色的小岛悠悠然浮出水面。小伙心生好奇，遂驱船一探究竟。谁知，行至近前，小岛轰然裂开一道隙缝，刹那间，天昏地暗，一股强大的吸力把小船卷入其中。一番惊心动魄过后，天光重现，而骇人小岛居然消失得无影无踪。惊悉奇闻，众村民惶惑不已。一位老叟指点迷津，那不是岛，那是龙王爷跟前保驾的大鱼。大鱼？对，它是奉龙王爷旨意去传达信息的，老祖宗把这叫作"龙兵过"。言毕，众皆肃然。随后，一番嚷嚷，村名改了。

据古书记载，2000 多年前，秦始皇东巡至此，曾尝射大鱼于成山头。

沧海桑田，传说真伪已无从考证。相形之下，新时代的传说更为精彩。

早在宋立芬上小学的时候，大鱼岛村已是声名鹊起，以"海上大寨"的美誉在全国渔业战线独享殊荣。尽管"农业学大寨"的功过是非有待历史评说，但大寨精神却值得肯定，用今天的话说，它体现了一种正能量，所以，周恩来总理在政府工作报告中不仅专门表扬了大寨，还用八个字概括出精神实质：自力更生，艰苦奋斗。正是得益于正能量的熏陶，她的童年染上了红彤彤的底色。

有人说，大海是童年的摇篮；也有人说，大海是童趣的故乡。

的确，在儿时的记忆中，浩瀚的蔚蓝分明是一个令人神往的蛊惑，以至于尚在蹒跚学步的时候，她就跌跌撞撞走上沙滩，那些细细的小沙砾像无数只小手，把脚丫挠得痒痒的，想笑。记忆中，脚下的小路弯弯曲曲伸向沙滩，好像也要去寻找大海似的。慢慢地，匍匐的童心生出双翅，于是，飞翔中的大海容纳了小姑娘的无尽想象。连她自己也说不清楚，究竟从何时起，在视野中徜徉的白帆生出了一种迷人的魅力。不用说，那肯定是一种完全陌生的生命体验，正由于此，波涛中的跌宕起伏便蕴含了一种生动的、有血有肉的浪漫意味。从父亲的只言片语中，她知道了捕鱼这个行当如何艰辛，不过，父亲的口吻里也充满了自豪，如此一来，那些时隐时现的帆影就显得愈发神秘了。后来，姑娘长大了，眼神儿也变了，艳羡的目光里出现了越来越多的现实成分。那时候，宋立芬在村里的养貂厂干活儿，按规定每月口粮只有 23 斤。唉，正是长身体的时候，动辄饥肠辘辘，难挨呀。相形之下，船上的口粮标准令人咋舌，49 斤！天哪，这还不算，每月工分超出自己一倍还多。对于渴望温饱的肠胃来说，多出的 26 斤粮食和工分就是最权威的政治经济学。后来，她才明白，自家的境遇不过是无数家庭的真实翻版，因为，那一只只干瘪的钱袋里其实盛满了时代的困惑。若依后来的眼光看，当时的鱼队俨然就是村里的深圳。你想，分配差别如此之大，岂止宋立芬为之心动，其他女人又何尝不对海上特区产生非分之想呢？当然，这不过是女人的一厢情愿，想也白搭。千百年来，大海不仅养育了傍海人家，同时也养育了特定的文化与风俗，这些约定俗成的规矩世代相沿，于是，它们便有了一个共同的名字：传统。譬如，在陆地，渔民有豪饮的习惯，但在船上绝对禁止饮酒，此称"登船不酒"；为避免海上遇险给家庭造成毁灭性灾难，通常父子不同船、兄弟不同船；在潜水作业中，手持信号绳的人必须是亲戚或自己亲近的人，其他人无法染指……船上生活也颇多忌讳，譬如，不准把水瓢扣放；不准坐在船帮上，把脚伸进海里；不准筷子横放碗上或插进碗中；不准说"翻"，翻过来要说滑过来；烧煤要说烧渣子；等等。在诸多规矩中，不许女人上船，无疑是最为醒目的"楚河汉界"。人们习惯地认为，大海是一个雄性的、封闭的国土，一旦破了禁忌，会遭报应的。然而，由于特定的时代背景，关于妇女上船的讨论就成为有史以来村委会上最暧昧的话题，也搞不清与会者究竟是真心还是假意。反正，最终结果让宋立芬如愿以偿。都说人走时运马走膘，走着走着，还真就撞上大运了。

听到闺女要上船的消息，宋母的神情比村民们还要凄惶。因为，靠海吃海几十年，那条抖抖索索的木船始终是一个令人惶恐的谜语。丈夫是个漂泊半生的老渔民，在妻子期盼的眼睛里，蜿蜒的海岸线显得忧伤而又漫长。每次鱼汛，都是一次生离死别，送行的人抹着泪，登船的人揪着心啊。"上船能行吗？"母亲问。"我觉得没问题。"母亲不以为然地摇摇头，"我寻思够呛。"说着，抬手轻轻地摸索胸口，"也不知咋的，这两天心老是悬着，没着没落的。"女儿却心不在焉，本来嘛，姑娘的心，天上的云，一旦新风借力，她的心思立马飘到海上去了。

从某种意义说，姑娘们上船那天，是一个开天辟地的日子。

搭在船帮上的踏板不过短短的五六米，但中国的妇女却颤巍巍地走了几千年。她们走得很执拗，也很辛苦。那是一次前仆后继的、史诗般地艰难跋涉。所以，当宋立芬和三个小姐妹登上甲板的一刹那，活着的和已经逝去的女人们终于冲破传统的围栏，完成了震古烁今的历史性跨越。

船长不冷不热地寒暄几句，然后，把姑娘们领到前舱，"喏，一人一个柜子，自己拾掇拾掇。"宋立芬疑惑地皱起眉头，坐车靠前，坐船靠后，这是父亲的经验之谈。上船前，他还特意嘱咐，船头迎着风浪，颠得厉害，睡觉的时候尽量找靠后的地方。然而，船上的安排毫无关照之意，看得出，船长的心思和父亲完全两样。她怯怯地朝舱内瞄了一眼，里面黑洞洞的，就像被盗墓者掘开的一处豁口。硬着头皮走进去，一股肮脏、黏稠的气浪扑面而来。有个姑娘忍不住打了个喷嚏，声音有些夸张、滑稽。很快，宋立芬的脑子里就有了一张船上空间的完整拼图，渔船不大，只有60马力，统共那么点地方，没用几分钟就转遍了。虽说打记事起，渔船就像隔壁的老奶奶一样熟悉，可真正置身其间，她才发现，这是一个完全陌生的世界，陌生到你根本无法想象。换句话说，过去的渔船是被想象装饰过的，因为失真，自然显得神秘而且浪漫了。面对眼前的景象，几个姑娘有点不知所措，眼神现出沮丧。宋立芬先是默默地抿住嘴唇，随后，脸上挤出一个做作的微笑，不过眼神却在说：没想到，真没想到！有人小声嘀咕："什么破地方，又脏又窄，都掉不过腚来，还住人呢！"又有人接上一句，"你闻闻这是什么味？臭鱼烂虾的，太阳一晒，能让人恶心一辈子。"宋立芬狠狠地剜过去一眼，发牢骚的姑娘不吭气了。

短暂的培训和焦急的等待过后，柴油机终于发出一阵轰鸣。启航了，两个姑娘兴奋地跑向船头的甲板，只见天地之间湛蓝无垠，轻柔的海浪舒缓着呼吸的节奏，斑斑光影悠悠荡漾，如同散落在蓝色绸缎上的点点碎银。一只海鸥画出优雅的弧线掠过船舷，然后，明显地放慢速度。显然，它在寻找海风中的某种气味，而这种气味就意味着食物。此时，整个世界一派安宁。蓦地，清脆的笑声潮水般漫开，女人的笑总是很突然，就像埋在路边的地雷，有一种猝不及防的爆发力。

"笑什么笑？"身后传来一声断喝。

姑娘们扭头一看，大副凶巴巴的面孔正门神一般贴在舵楼的窗框上，"你们上船是来玩的吗？"训斥声怒气勃然。

玩？宋立芬扬着脸，可怜巴巴地吸了吸鼻子，怎么会呢？

大副恶狠狠地朝窗外啐了口唾沫，把脸扭到一边去了。

接下来，姑娘们惊讶地发现，大副的教训不过是开场白。在以后的日子里，那粗鲁的、带有谴责意味的嗓音霸占了船上的所有空间。不断的刺激让姑娘们意识到，男人是船上的另一个大海，说不定什么时候，男人就会兴风，就会作浪。女人呢，也只能是逆来顺受，因为，渔船从来都是男人统治的世界，任何一个贸然闯入的异性都必须乖乖地服从男人订立的规矩。大海的心情也似乎受到了大副恶劣情绪的影响，眼瞅着，湛蓝的绸缎变灰了、变暗了。再往远处看，从海天接壤的地方，骤然生成的大浪汪洋恣肆，发出隆隆轰响，很快，呼啸的海风开始撕扯姑娘们的头发，"呜呜"的声音也灌满了耳朵，那是一种新鲜而又粗暴的感觉。就在这时，收网的钟声敲响了。几条汉子从舱里冲出来，迅疾扑向船尾，宋立芬和王爱秋赶忙跌跌撞撞奔向船头，站在操控钢丝车的位置上。突然，一个大浪涌来，船身像一片树叶抛上波峰，紧接着，船头一沉，径直栽下波谷，飞溅的浪花重重地砸在宋立芬的脸上、身上，眼前的一切瞬间消失了。待到视线恢复之后，她看见散乱的湿发乱糟糟地贴满王爱秋的脸颊，活像墨汁打翻在草纸上似的。对方眼里呢，她就像一只被雨水淋透了的小鸟，缩着肩膀，身子瑟瑟发抖，好狼狈呀！然而，对于刚刚开始的生存体验来说，眼前的风浪不过是一个噱头，它直白地告诉女人，在陆地上获得的经验根本无法适应船上的生活规则，大海和陆地是截然不同的两个世界。就说眼下吧，在剧烈的摇晃中，走路的概念被完全颠覆了，更有甚者，收网之后，像换衣服、穿裤子这种原本再简单不过的事情，也变成了需要技巧的冒险。诸多不适让姑娘们张皇失措，她们这才理解，怪不得老一辈都有"宁上南山当驴，不下北海捕鱼"的苦衷。没多久，天放晴了。火辣辣的阳光放肆地盯住女人，比男人的目光更直接、更赤裸。不过几个时辰，姑娘们红扑扑的脸蛋儿便被盯得泛出隐隐紫色。好不容易挨到天黑，宋立芬暗暗松了一口气，谢天谢地，不用值班。她疲惫地爬上了那个叫作床的地方。所谓床，其实就是几块粗糙的木板撑起上下铺的隔断，人躺下去，仿佛塞进一个局促的匣子里，太狭窄了。很显然，这样的设计不仅因为空间限制，也为了防止颠簸时发生碰撞。如此生涩的体验，把睡眠变成了一件很困难的事情，也说不清过了多久，意识才终于变得模模糊糊，再往后，她就感觉到自己坐在一辆颠簸的拖拉机上。这是去哪儿呢？她想。突然，有人瓮声瓮气地吼了一嗓子，她醒了。声音是从舵楼那边发出的，她竖起耳朵，听到大副凶巴巴地对值班的小伙子吼，"磨叽什么？快点，叫闺女们起来，打钩！"为什么？不是有值班的吗？没容她多想，踢踢踏踏的脚步声已经朝前舱移过来了。当时的对船捕捞需要协同作业，即两艘渔船拉开间距，各自船帮上的扣环钩住彼此的网钩，从而撑开巨大的拖网。收网时，非此即彼，有船员手持木棒，敲脱网钩，随后，拖网由另一条船收拾妥当。宋立芬懵懵懂懂地爬起来，一边摸索着蹬上胶鞋，一边在心里嘟囔，又不是没人值班，干吗非要折腾我们呢？！几年后，她从成了自己丈夫的那个男人嘴里，终于了解到事情的真相。原来，当初落实人员上船的时候，几位船长不约而同地成了反对派。到末了，村委会只好把任务压给了总支委员、船队书记宋仁韩。这个四十几岁的汉子像被马蜂蜇了似的，哆嗦了一下。"这可不行，大热的天，那些闺女上船，多不方便。再说，要是出了啥问题，我不得担责任吗？"支书毕可友并不接茬，只是朝宋船长扔了一根烟，他知道，牢骚归牢骚，发泄完了，宋船长还是会照着支部定下的章程办，身为党员，这是起码的觉悟嘛。看到船长如此窝囊，船员们急眼了。胡闹，简直是胡闹！女人怎么可以上船？乱套了，简直乱套了！男人们表现得同仇敌忾，是啊，哪个船员能容忍渔船上的秩序发生紊乱呢？所以，当大副的咆哮肆意泛滥时，船上的其他男人听之任之，沉默的背后，当然是男人之间的共识与默契。难怪哟，渔船祖祖辈辈都是专属于后生的课堂，而宋立芬们则是有史以来第一批被破例接纳的女生。既然你们涎着脸皮挤上甲板，那么，就必须交纳更多的学费，承受更大的学习压力。

更糟糕的事情还在后面。

对于初次出海的船员来说，晕船自然是一堂严酷的必修课。宋立芬的反应狼狈极了，她觉得，每一个浪头撞过来，仿佛都径直穿透舱板，把五脏六腑搅得七上八下。一连六七天，她不停地吐啊吐，吐得万念俱灰，什么欲望都没有了。绝望之际，她想起了父亲。老爹是个为人忠厚的老渔民，在小船上摇了一辈子大橹。那一年，他带着几个后生驾着两条小船到海上放流网。不料，风浪突袭，眼瞅着，旁边那条小船被掀翻了。这边船上的两个后生吓得脸色煞白，随即放声痛哭，父亲猛地吼了一嗓子："哭什么哭？哭有什么用！"恰好，不远处有一条货船驶过，看到求救信号，赶紧驶过来，欲搭救幸存者上船。父亲扯着嗓子问："救不救船？"对方的回答直截了当："不救，能把你们三个的命保住就不错了。"父亲毫不犹豫地挥挥手，"你们走吧，我不能光为了自己逃命，放着公家的财产不管呐。"该当吉人天佑，小船在海上漂了两天两夜，第三天清晨居然奇迹般地漂到岸边。渔船保住了，渔网保住了，三个形容枯槁的男人回来了……听到凄惨的呕吐声没完没了，大车到底忍不住了，他拉开舱门朝里面望了望，不无怜悯地感叹道："妈呀，你看孩子遭的这个罪。"正在甲板上的大副阴阳怪气地应了一句："遭罪，哼，她宋麦子（宋立芬小名）红得发紫呢。"宋立芬的胸口轰地一震，苍白的脸颊上泛出虚虚的光亮。很显然，大副的揶揄中充满了幸灾乐祸的意味。的确，同出征大会上登台宣誓的神气劲儿相比，眼下的狼狈模样简直判若两人。

恍惚中，她忽然看见父亲出现在舱门口，老人家默默地望着她，眼睛里尽是鼓励的神情。是啊，生命也是信念的传承，通过一辈辈的精血接力，闯海人的心性必然会传到儿孙的体内，这就意味着，女人的骨子里也潜藏着英雄基因，一旦出现诱因刺激就会被彻底唤醒。是的，在船上，同大海对话的唯一权利是勇气。那冰冷的海水浸湿了她们的身体，浸湿了她们的灵魂，同时，也给脉管中奔涌的热血注入了祖先的DNA。她费劲地咽了一口唾沫，挣扎着爬起来，踉踉跄跄走上甲板。看到姑娘哆嗦着整理网具，大副顿时愣住了。

随着时间的推移，大副惊讶地发现，在那个用性格的竹篾编成的篮子里，倔强是主人唯一陈放的东西。渐渐地，咆哮的噪音变得柔和了，里面的火气也明显减少了。宋立芬喜不自禁，幸福原来如此简单呀。

24天后，当渔船泊岸时，亲朋好友们惊奇地发现，经过近一个月的海上漂泊，从前那个爱说爱笑的姑娘不仅黑了，而且胖了。当然，只有宋立芬知道自己身上已经发生了隐秘的变化。她觉得，大海是一生中遇到的最严苛的老师，它教授的内容远比自己在陆地上学到的更生动也更深刻。的确，大海给了她和姐妹们许多艰难时光，结果呢？她们也从大海的教海中获得了胆识与经验的最终奖掖。而且，令她意想不到的是，老师布置的课堂作业不仅有励志，居然还有爱情。于是乎，渔船上的故事就出现了撩拨人心的戏剧效果。小伙子是船上的普通船员，一开始，她并没觉出什么。时间长了，她隐约觉得小伙子憨憨一笑和别人似乎有点不一样，而怎么不一样，却又说不清，道不明。后来她才知道，那笑容，原本是一组等待自己去推敲、去破译的感情密码。不知不觉的，两人目光交会时有了缠绵的味道。恋爱的感觉真好啊，那感觉妙在意会，而无须言传。事实上，双方一旦建立了默契，语言有时就显得多余了。若干年后，当夫妇俩在电视荧屏前感叹白娘子与许仙的浪漫邂逅时，方才意识到，渔船其实就是那座连通姻缘的断桥，真的，若不是走上那狭促的甲板，哪里会找到情定终身的归宿？

凭借自身的优异表现，4位姑娘逐渐在两条船上站稳脚跟。到年底，女船员增至13名，第二年又扩展为27名。自此，渔队的5对渔船上同时出现了飒爽英姿的娘子军。通过两年的历练，姑娘们经验越来越丰富，胆子也越来越大了。

1972年8月，村委会做出决定，正式组建第一对由妇女独立驾驭的"三八"号拖网船，任命宋立芬为一船船长，韩水荣为大车，宋立芹为轮机长；二船船长、大车、轮机长分别由金秀兰、傅士丽、王爱秋担任。决定公布那天，十几个小姐妹高兴坏了。她们忘情地说呀，笑呀，以至于喜极而泣。然而，看到村里分配的渔船时，宋立芬和姐妹们心里一下凉了半截，那是队里最老旧的一对拖网木壳船，1956年出厂，只有可怜巴巴的40马力。缄默的渔船僵卧在沙滩上，像老人一样伛偻着腰身，斑驳锈蚀的油漆诉说着岁月的沧桑，打满补丁的船身散发着历经无数风雨后的陈腐气息。姐妹们面面相觑，这样的渔船还能出海吗？女人在琢磨渔船，男人在琢磨女人。在他们看来，比渔船更不靠谱的是这些心里没数的丫头片子们，嘁，屎壳郎能酿蜜，还要蜜蜂干吗？谁说不是，等着瞧吧，有她们哭鼻子的时候。

1972年8月6日，火辣辣的阳光在码头的石堤上勘录下"三八"船的生辰八字。船长宋立芬一声令下，十几名船员各就各位。伴随着柴油机的深情歌咏，船尾的螺旋桨划开水面，雪白的浪花拖出长长的弧线，于是，乘风破浪的"三八"船代表中国的妇女，或许也代表全世界的妇女第一次在大海上留下潇洒的签名。

安全起见，头几天，村里只允许"三八"对船在附近海域里捕点小鱼小虾，给村里的养貂场补充饲料，但姑娘们并不满足于小打小闹，一周后，一年一度的渤海湾捕虾大会战又适时吹响了集结号。姑娘们摩拳擦掌，主动请缨。于是，人们熟悉的宏大叙事场景中出现了一个全新的戏剧元素，那漆着"三八"红字的女子对船成为千帆竞发的海面上一道独特风景。虽说经过两年捶打，宋立芬已经掌握了抓风头、抢风尾以及诸如此类的捕鱼规律，但是，收第一网的时候，姑娘们的心里七上八下，像15个吊桶在拎水。宋立芬拧着眉头，屏住呼吸，两眼眨也不眨地紧紧盯着水面，整个过程尽管只有短短的几分钟，她却觉得没完没了，仿佛经历了一个漫长的世纪。当水花淋漓的拖网"哗"地一下在甲板上摊开时，船上蓦然爆发出一阵惊呼，刚出水的大对虾仿佛受了感染，它们一哄而起，在网里努着劲儿欢蹦乱跳。待到姑娘们返航的时候，"三八"号已经出落成一个成熟的性感女人，它阔绰了臀部，浑圆了腰身，丰满了乳房。姑娘们晒出的分量更是令人瞠目结舌：一季下来，"三八"号共计捕虾8000余斤。那么，男人驾的船呢？咳，真是不好意思，同样马力的机帆船，最高产量也不过2000斤。真是不比不知道，一比吓一跳，先前那些说风凉话的老爷儿们当场傻眼了。

转过年来，又见喜鹊登枝。

1973年5月，上级分给村里一个上大学的名额。捧着入学登记表，宋立芬激动地两眼发亮，真是天遂人愿呐。宋家姐妹十人，宋立芬排行老八。那一年，刚跨进初中校门，不巧与文革迎头相撞，没等她缓过神来，学校停课了。学习生涯戛然而止，让宋立芬倍感失落。现如今，前缘再续，她高兴地简直合不拢嘴，心里边跟抹了蜜似的。可是，当她兴冲冲地把填好的表格交给支书毕可友时，老爷子突然神情忧郁地冒出一句："你走了，这'三八'号怎么办？"一句话把姑娘的心搅乱了。在炕上折腾了大半宿，第二天一早，宋立芬神色平静地去了村委会："毕书记，我想好了，上学的事换人吧。"

1973年6月的一天，"三八"船满载而归。

就在姑娘们忙着卸鱼的时候，村支书毕可友领着一位胖胖的中年男人来到码头上。毕书记比比画画地说些什么，陌生来客则循着他的手势饶有幸味地朝这边张望。一直等到姑娘们忙活完了，俩人才走到近前。"麦子，我给你介绍一下，这是中央广播说唱团的马季同志。"毕书记开门见山，"他们来胶东体验生活，在海阳那块听说了'三八'船的事儿，就特意跑到咱们村来了。"马季？北京来的？宋立芬且喜且疑，"在坦桑尼亚修铁路的相声就是你说的？"来人点点头，笑了笑。看到无线电波里的明星突然现身，姑娘们高兴得什么似的。她们叽叽喳喳地把马季簇拥到船上。"马季同志，给我们说段相声吧。""是啊，说一段吧。"不知是谁带头拍起巴掌，马季清清喉咙，刚一开口，脸上的表情就把姑娘们逗乐了。转眼间，人们循着笑声纷至沓来，甲板上挤不开，就干脆爬到舵楼上。眼看船身被压得歪歪斜斜，马季有点慌了，他朝大伙拱拱手，"今天咱们就先说到这儿。"然后凑到宋立芬耳边，低语道："你把船开出去，咱们再接着说吧。"船行数里，笑声复起。说完了，笑够了，大厨端上一盆香气浓郁的炖鲅鱼和烀饼子，马季齿颊生香，连连赞叹："太好吃了，太好吃了。"

20多天后，以"三八"船为创作素材的相声《海燕》完成初稿。马季特地上船试演，姑娘有幸成为新作的第一批观众。若干年后，尽管电视荧屏上有了万众瞩目的春节联欢晚会，但宋立芬始终认为，马季先生在简陋的渔船上进行的汇报演出，远比今天极尽奢华的春晚节目来得生动。真的，你听——那大锣瞧见那鱼呀，嚯，一筐一筐又一筐，一筐一筐又一筐，小锣呢？抬，抬，抬，快抬，快抬……结尾处，作品对于丰收场景的风趣描绘令人捧腹，这是自小二黑婚庆之后中国妇女再次绽放的时代心声，倘若赵树理先生九泉有知，一定会百感交集吧。相声一经播出，"三八"船的名气更大了。

及至年底，"三八"船的捕鱼量再攀新高。为了表彰和推广"三八"船的典型经验，1974年，山东省水产部门特批为姑娘们建造一对135马力的新式拖网船。随着航海图上的曲线不断延伸，"三八"号也有了声誉日隆的明星效应。无论拖网船到哪个港口卸鱼或是补给，人们都会挑起大拇指啧啧称赞，瞧啊，穆桂英团队来了。让姑娘们高兴的是，称赞还等同于一张优待券，当地人不仅自动帮她们卸鱼，还优先给她们加水、加油，安排妥帖之后还热情地邀请她们上岸参观。姑娘无论走到哪儿，小伙子们都用热情的、赤裸裸的目光盯着她们，直把她们看得身上发热、脸上发红，只有这时候，她们才忽然意识到自己是一个女人。不过，如此追捧仅限于岸上，大海可不像男人那样喜欢调情，它一旦犯起浑来，对女人同样毫不客气。

1974 年腊月二十七，年关将近。

此时，"三八"船仍在东海渔场下网。前几天，渔情特别好，宋立芬和姐妹们夜以继日，谁也舍不得休息。子时过后，海上忽然刮起大风，上网时，两船逐渐靠拢，对面船上的傅士丽抡起网绳，拼命朝这边一抛，船身一晃，傅士丽忽然不见了。宋立芬猝然惊呼："坏了，傅士丽哪儿去了？"顿时，船上人影凌乱。大车眼尖，"哎呀，姐呀，傅士丽掉海里了。"话音刚落，有人"哇"的一声哭开了。借着昏暗的星光，宋立芬发现一道模糊的影子在拖网的边缘颠簸晃动，她扯着嗓子喊道，"傅士丽啊，抓住网，抓住网！"惊心动魄数十秒，落水者总算靠到船帮，随后出现的场面就像动画片里猴子捞月亮一样，后面的搂住前面的腰，一个接一个连成一串，排头的姑娘则死死拽住宋立芬的双脚，此时，宋立芬的身体几乎完全悬在船外，仿佛一枚倒置的吊钩来回摇晃。她拼命抻出两手，"傅士丽，快，快呀！"大概是担心手指相握时不太牢靠，傅士丽一边扑腾，一边用牙咬住并挣脱手套，但又舍不得扔掉，遂尽力将手套举过头顶，"宋姐，先替我拿着。"宋立芬当即爆了粗口，"都什么时候了！"一通忙乱过后，傅士丽像一条大鱼被拖到甲板上，姑娘们忽地围上来，稀里哗啦哭成一团，瑟瑟发抖的傅士丽猛地打了个喷嚏，"哭什么哭，我这不挺好的吗！"

渐渐地，风声弱了，涌浪不知什么时候平息了，强势的大海同弱势的姑娘们和解了。

时隔不久，年方 19 的栾彩兰突遭意外。进机舱时由于底板湿滑，她的身子趔趄了一下，右脚猛地杵进离合器上方的空当，她"啊"的一声惨叫，脚面骨被生生地截断了。经医生诊断，需从脚脖以下截肢。姐妹们掩面而泣，完了，小栾再也不能上船了。谁知，一年后，装上假肢的栾彩兰又回到船上，她还像从前那样一脸阳光，仿佛什么事情也没有发生过似的。

1975 年 11 月，宋立芬出海归来，忙完了例行的活计，她找到村支书毕可友，"毕书记，你得给我几天假，我要结婚了。"毕可友会意地点点头："嗯，好结了，也该结了。"接着，她兴冲冲地找到男友："祖成，我跟毕书记请了几天假，赶明儿，咱们结婚吧！"幸福来得太突然，男友就像一条突然被甩出水面的鱼儿，在充满喜悦的沙滩上窒息了。他记得，几年前，她把自己叫到海边，表情严肃地说："祖成，我要明确地告诉你，我肯定不能早结婚了。现在各级领导都很重视'三八'船，我又是船长，能不好好干吗？咱俩的事，你能等就等，不能等就拉倒吧。"姑娘说得干脆，小伙儿答得利落："看你说的，我大小也是个队干部，还能连这点觉悟也没有吗？"就这样，小伙子足足等了 6 年。将心比心，谁能说等待不是一种煎熬呢？"你不是开玩笑吧？"男友认真地盯着宋立芬，姑娘嗔怪地瞪了他一眼："谁跟你开玩笑，你傻呀。"这句话太关键，也太重要了，就像女娲手中的那枚彩石，在漫长的等待过后终于替这个痴情男人补上了情感天幕上的空缺。

没想到，姐妹们前来贺喜的时候，却抽抽搭搭地哭开了。宋立芬不解地问："我大喜的日子，你们应该高兴才是，哭什么？"原来，姐妹们担心她结婚后会弃船而去，而感情的纽带让他们实在无法割舍。宋立芬笑着安慰道："放心吧，就算你们能舍得我，我还舍不得你们呢。"是啊，这"三八"船上的两千多个日日夜夜，最使她着迷的自然是大海和姐妹们那充满韵律而又富有激情的交响，那声音就像一条无形的纤绳，贯穿了以后的漫长岁月，那是一首永恒的生命之歌。第三天上午，当姑娘们按时踏上甲板时，吃惊地发现，那个熟悉的身影已经在机舱里忙前忙后了。不久，姐妹们发现，宋立芬的口味发生变化，原本喜腥的她变得不愿吃鱼，而喜欢吃些寡淡的白菜、萝卜。随后，又见她的腹部渐渐隆起，那臃肿的、摇摇摆摆的样子让人想起笨拙的企鹅。一直坚持了7个多月，直到有一天，上级一纸任命，她才恋恋不舍地走下"三八"船，荣升县水产局副局长，两个多月后，一个7斤半的女婴呱呱坠地了。

随着时间的推移，船上的姑娘们无一例外地同爱情产生了瓜葛。就像棉花熟了必须采摘，麦子熟了必须收割一样，身为女人，她们在特定的生命节气里总要谈婚论嫁。因为角色转换，姑娘们陆陆续续走出大海的闺房，由于后继乏人，终于有一天，在大海上悄然诞生的"三八"号又在大海上悄然消失了。

白驹过隙。

一晃40多年过去了，像当年创造传奇的女人一样，"三八"船的故事也渐行渐远，然而，激情依旧的英雄赞歌仍在大海的波光中荡漾。是的，正是那些勇立船头的伟大女性，用汗水和泪水点燃了革命英雄主义的火炬，于是，历史的群英谱中不仅有了花木兰、穆桂英的传统速写，也有了"三八"巾帼的当代肖像。

采访时我直截了当地道出疑问："'三八'船为什么没有传承下来？"

宋立芬无奈地摇了摇头，一瞬间，那双阅尽沧桑的眸子里挤满了伤感。

我知道，对她而言这个话题有些沉重。

"后来，生活条件好了，年轻人都不愿再吃那个苦。"

我愀然无语，生活的辩证法，就是如此残酷：得到，往往以失去为代价。问题是，一旦丢失了精神罗盘，我们就会按照物欲的指引，浑浑噩噩地走进灯红酒绿的物质沙漠。不过，这只是事物的一个侧面，循着文明进程的脉络进行考察，"三八"船的前世今生分明承载了多重社会含义。众所周知，在那个特殊年代里，浪遏飞舟的女人就是"铁姑娘"的代名词。作为一种文化符号和审美对象，人们由激赏到厌倦，先扬后抑的变化耐人寻味。"文革"结束的第三年，姜昆、李文华便在一个桥段中对"铁姑娘"做出调侃——"俺队有个铁姑娘，铁手、铁脚、铁肩膀，拳头一攥嘎嘣嘣，走起路来震天响，一拳能把山劈开，一脚能让水倒淌。""这是大姑娘？""这是二郎神。这样的姑娘你敢喜欢吗？"很显然，由于"铁姑娘"的出现，"窈窕淑女"的传统定义被彻底颠覆。渐渐地，新事物露出破绽了。人们发现，新形象的塑造实际上是以男性标准为参照，以忽视男女生理差别为前提，通过抹杀和阉割女性特征实现与男性所谓形式上的平等。这种女性形象男性化的异变不仅是对人性的扭曲，也是对男女平等的误解。结果，女人多了几分沉重，少了几分优雅。待到"东风暗换年华"，"铁姑娘"的时代重负才逐渐被人性关怀所消解，人们终于明白，正视两性差别其实是对女人和男人的真正尊重。事实上，社会的每一次进步都是人道主义的一次升华，"三八"船的离去恰是这一过程的生动投影。正由于此，在"三八"船消失的地方，温馨的东西出现了。

当然，反思的同时也必须承认，"铁姑娘"的社会实践极大地拓展了妇女参与社会生产的广度与深度。尽管体能勉为其难甚至严重透支，但精神上却收获了前所未有的满足感和荣誉感，而且，伴随着妇女自身能力的再发现，社会对于妇女价值的传统评价也悄然改变了。

流年似水，昨日的"三八"船早已隐入历史的地平线，它消失在不朽的事业里，消失在永恒的时空中。事实上，那熊熊燃烧的精神火炬始终不曾熄灭，这是一笔永远保值的历史遗产，因为，在民族复兴的征途上，艰苦奋斗的精神永远是指引我们前行的一盏明灯。鉴于此，"三八"船的故事也有了反讽意味——为什么现如今许多男性缺了凛冽的男人气概？只要重温"铁姑娘"的影像记忆，答案不言自明。

大会战，一夕惊魂

春天来了。

一场淅淅沥沥的小雨带来 1963 年早春的消息，尽管磨磨蹭蹭，春天到底还是露面了。

瞧瞧，一觉醒来，温润的春风开始呢呢喃喃，荒芜的田野悄悄弥漫开一种潮湿的发酵似的气息。经过春风梳理，摇曳的柳枝显得优雅而且富于节奏，山坡上、田垄边，一簇簇野花从草丛中探出脑袋，鲜嫩嫩的花瓣绽放出无辜的娇媚。大海的春天同样生动，不知不觉中，深层海水与表层海水开始了季节性轮转，温暖的底层海水将丰富的矿物质带到海表，以供新生命猎食，而各种洄游鱼类也不约而同地开始了寻根之旅。素以肉质鲜美而著称于世的大马哈鱼，离开太平洋深处的猎食场，迎着滔滔激流，奋力游向遥远的哥伦比亚河；北极龟逆流而上，游向佩若布斯科特河和肯纳贝克河；而新英格兰沿岸的上百条溪流则是灰西鲱的目的地。与此同时，在黄海东南部深海区越冬的中国对虾也循着某种神秘指引溯流而上，一路向北游回渤海湾，在那儿，在自己的出生之地，它们也要做一回父亲、母亲。

历经三年的磨难，面黄肌瘦的共和国终于挣出了大饥馑的泥淖，迎着暖暖的阳光，脚步踉跄地加入了春天的家族。1月29日，周恩来总理在上海科学技术工作会议上第一次提出实现四个现代化的宏伟目标。于是，在延宕了三年之久的呻吟过后，全世界又惊讶地听到了一个古老民族衰弱而又倔强的心音脉动。哦，涨潮了，在重新激荡的涛声中，那一度蜷缩的复兴之梦再次舒展，挨过严冬的大地欣欣然萌发出春天的憧憬。

就在人们心气拔节的时候，东海里的对虾族群也在有条不紊地做着启程前的准备。从表面上看，对虾的洄游似乎跟往年没有任何不同，也似乎跟大多数人的生活没有任何关联。然而，对于捕鱼者来说，其准时出现的那一刻，却因为一个重大决策的诞生平添了某种特殊意义。6月，农业部做出决定，组织实施新中国成立以来首次跨区域的渤海湾捕虾大会战。为此，专门成立环渤海渔业指挥部，统一协调山东、河北、辽宁和天津市，集中优势兵力，开展战前部署。同时要求江苏、浙江、福建三省抽调部分船只北上驰援，形成分进合围之势。领导的战前动员没有拘泥于经济层面，而是一如既往地强调政治主题。对此，技术人员习惯从业务角度去理解，他们认为，领导说了半天，无非就是两个意思，老百姓虚弱的身体需要高质量的蛋白，同样虚弱的国库需要外汇。按照上级指令，威海市迅速成立会战工作组，由时年25岁的市渔业技术推广站站长王义民担任临时负责人。别看工作组不过区区四人，却是麻雀虽小五脏俱全。在随船出征的前提下，还同时承担了渔情预报、技术支持、后勤服务、安全保障四项任务。

王义民是烟台芝罘人，看上去，这个来自城里的年轻人文弱腼腆，实际上，他灵魂的肌肤上清晰地烙着刚毅的胎记。6岁时，父亲突然撒手人寰，迫于生计，母亲只好吃力地拐着一双小脚，趔趄着走遍街衢，靠着为人缝补浆洗获取的微薄报酬，勉强养活两儿一女。如果说，母亲是他童年最重要的启蒙老师，那么，从母亲身上，他学会了勤劳，也学会了坚韧。那是一段刻骨铭心的成长经历，一任岁月更迭，曾经的情形依然恍若昨日。他记得，不定什么时候，一家人又会碰上那道坎儿——母亲把空荡荡的面袋子由里向外翻过来，可着劲地抖啊抖，到末了，总是抖出一声无奈的叹息。后来，他对子女感叹道，这辈子最难挨的滋味就是饿，的确，那种身体内部的坍塌声，如同一个可怕的梦魇，让不谙世事的小男孩切身体验了关于人类生存最原始的恐惧。也记不清等了几个时辰，粗糙的白瓷碗里终于盛上了袅着热气的玉米粥。然而，晚饭过后，他意外地发现，母亲居然偷着喝刷锅水，那声音像呼啸的鞭梢，锐利地击打着他的耳膜，起初声音很大，咕咚咕咚的吞咽声在母亲的前襟里发出空洞的震响，渐渐的，又变成一缕游丝，若隐若现，似溪水悄然呜咽。一抬头，碰上儿子疑惑的目光，母亲赶紧背过身去，接着，扭转脸，咧咧嘴，笑了。他鼻子一酸，多么暧昧的笑容啊，看上去那么空洞，像在说明什么，又恰恰缺少了什么。也正是从那会儿起，小男孩一双清澈的眸子开始蒙上淡淡的薄雾，那一种与年龄并不相符的忧郁。生活的磨难让他一夜之间长大了。

为了帮母亲减轻负担，高考时，他刻意选择了烟台水产专科学校，不为别的，就因为那儿管吃管住，另外还有助学金。待遇如此优厚，诸多寒门学子自然争相报考。最终，凭借扎实的学习功底，他从两千多名考生中脱颖而出，在仅有80人的录取榜单中，抢先占据了一个宝贵席位。时至今日，他还时常反刍接到录取通知书时的喜悦，虽说不过了了几十个字，可他翻来覆去不知读了多少遍，然后一路笑着跑回家，把薄纸片往母亲手上使劲一拍，那表情简直比从前秀才金榜题名还神气。是啊，这是一个令他骄傲的成人礼，其意蕴早已超越了经济学的范畴，而具有了社会学的深刻含义。6年后，威海市渔业技术推广站出现了一个稚嫩的大学生，接下来，三年的摸爬滚打，让年轻人经历了新的精神淬火。待到他步履坚定地踏上鲁威渔11号机帆船的甲板时，已经是即将开篇的传奇故事里的重要人物了。

白露过后，寂静的码头突然热闹起来。

人生的第一次远航似乎注定会成为一件值得纪念的事情。虽说此前已经有过出海的经验，但那条树叶似的小舢板只是近岸徜徉，且顶多也不过一两个时辰。现在不同了，他成了一个真正意义上的渔民。走进船舱的那一刻，他深深吸了一口气，是的，这是一种既陌生又熟悉的气味，他知道，那里面包含着一辈辈先人的古老气息。

起航了，点点白帆在阳光鞣制的海面上缓缓滑行，一只海鸥亲昵地掠过舵楼，轻盈的姿态让他想起儿时曾滑曳出无数快乐的纸飞机。他惬意地昂起脸，哦，海天一色、充满诗意，大海如同辽阔的牧场，阵阵清风放牧着片片渔帆和朵朵白云。"真的海，如同北方高原那片苍茫的土地一样，凝聚着一种无法言说的神秘的生命力，给人一种超越自然的深刻。"这是哪位诗人的抒情描绘？记不清了，不过，说得真对，也真美。

然而，渔船毕竟是一个与陆地完全不同的陌生世界，一旦置身其中，它的奇特之处与可怕之处就同时显现了。在海上，每条船都是一个独立的、最小的社会组织，其结构如同小型金字塔。船长的位置当仁不让地居于塔的顶端，俨若氏族部落里一言九鼎的酋长。船长张福友是个四十出头的中年汉子，身板硬朗、面色黝黑，宽阔的下巴上散着凌乱的胡碴，像煤灰撒在路面上一样醒目。在这个狭窄的空间里，船长的指令就是最高法律，如此规矩自渔船诞生那天起，自然而然萌生出来，而后，又在一代代打鱼人的生活中传承下去。在王义民眼里，船长那些看似简单枯燥的动作，具有机敏而严谨的力量，沙哑的、仿佛透着怒气的声音展示出一种带有野性的权威。不过，同大海相比，船长则相形见绌，因为，大海习惯用夸张的方式折磨人类，借以强调其无与伦比的统治力。

没过多久，他晕船了，吐得很厉害，甚至很凄惨，到末了，简直是天昏地暗。他不停地吐啊吐，好像把五脏六腑都吐出来了。一直折腾到第二天，倒空的肠胃才多少有了一点饥饿感，恍惚中，眼前忽然袅出玉米粥丝丝缕缕的热气。从记事那天起，无论阴晴雨雪，只要家中有粮，母亲都会给他端来一个温馨的早晨。他下意识地嗅嗅鼻子，又费劲地咽了口唾沫，玉米粥的香味真诱人呀。几分钟后，收网的钟声敲响了。看到面色蜡黄的王组长又跌跌撞撞走出船舱，船长张福友关切地问："咋样，行吗？"他努力撑持着拽起网绳，嘴角挤出一个似有似无的微笑，心想，无论如何也必须坚持住，不然的话，一组之长还有什么说服力呢？！其实，在此之前，他已经发现干活是一服治晕船的验方，也别说，这一招还挺管用，只要活计上了手，晕船的事就顾不上了。不过，体内的生物钟已经被晕船搞得乱七八糟，他完全失去了时间感。大约是第七天吧，鲁威渔11、12对船，完成第一渔次作业，满载而归，在龙口港泊岸补给。鉴于晕船导致的狼狈状况，工作组其他成员先后离船上岸。地区水产局夏局长当面询问："小王，你怎么样？晕不晕船？"王义民尴尬地咧咧嘴："能不晕吗？连苦胆都吐出来了。"夏局长深表同情，"实在不行就不去吧。"他"呼"地瞪大眼睛，语气却淡淡地，"这是任务，必须完成，慢慢适应就好了。"

次日，黎明时分，柴油机的轰鸣又划破寂静。透过舷窗望出去，星星还灯笼似的挂在老地方，夜的影子仍悄悄笼在四周，天地间，只剩下大海舒缓的呼吸，轻柔的海浪簇拥过来，仿佛把浩瀚的渤海都汇聚在窗口。悄悄地，攀上桅杆的朝阳为鲁威渔11号船镀上一层绯红，不经意间，它又从船尾悄悄滑落，而一轮明月则亲昵地倚住船头。新月弯弯、星光闪闪、一水汪洋、渔火万点。此时，所有的视觉元素浑然为一种童话般的意境——天上人间，星汉灿烂。

不过，睡眠的感受却同视觉唱起了反调。不知什么缘故，大海也显出些许焦躁，距枕头只有几厘米的船板不时响起海浪的撞击声，这令人不安的音响把睡眠变成一件让人焦虑的事情。好不容易迷糊了，又突然被轰响惊醒了。扑在舷窗上的浪花，是这个清晨与众不同的第一个预兆。随即接收的天气预报带来一个不祥的消息，预报员提醒说，10级阵风即将来袭，各作业船只能迅速收网，就近回港避风。很快，王义民就发现，拍打船身的涌浪变得亢奋了。对于有经验的渔民来说，海浪是一种特殊语言，其形态变化传递出大海情绪稳定与否的即时讯息。据说，住在太平洋岛屿上的原住民能够根据某种涌浪的出现准确做出台风即将来袭的预判，而早在几百年前，爱尔兰偏远海区的农夫只要看到长涌浪冲击海岸，就会战战兢兢地散布风暴潮将要造访的消息。研究表明，海上自然破坏力90%来自海浪，风力的破坏性仅为10%，这就意味着，任何锚地和避风港都避不了风，人们所说的避风实际上就是避浪。据统计，海上巨浪造成的海难占全世界海难的60%~80%。气象学家告诉人们，就全球范围而言，西北太平洋不仅最容易生成台风，也是风力强度最大的海区，在沿岸诸国中，中国可谓是遭受袭击最多的国家，几乎每隔三四年就会发生一次特大风暴潮灾害。史料记载，1922年8月2日，一次超强台风袭击了汕头地区，劫难所致，7万余人命丧黄泉，20多万灾民流离失所。这是20世纪以来，我国因风暴潮死亡人数最多的悲惨记录。1959年9月26日，日本伊势湾顶的名古屋突发史上最严重的风暴潮，滔滔巨浪疯狂扑向堤岸，60万间民房毁于一旦，船舶损失近3000艘，人员伤亡7万余，经济损失高达10亿美元。实际上，此类事例不胜枚举。从一再重复的经历中，我们不难得出这样的结论，尽管遭遇海难的人们都是偶然在场，但从人类学的角度看，他们已经没有种族、信仰和国家的区分，其现实处境实为人类共同命运的深刻隐喻。

大约一个时辰后，舱外的风声为天气预报提供了新的佐证。

此时，大风已经变了调，呼呼直喘，拖着沉重的鼻音。然而，船长仍没有收手的意思，经验告诉他，风头浪尾鱼虾聚集，只要沉住气，再拉一网应当没啥问题。所以，他依旧不动声色地伫立在那儿，就像高高指向天穹的桅杆，沉默而又坚定。风声更狞厉了，海浪发出隆隆震响，好似一个庞然大物在船边扑腾。这时，不远处传来声嘶力竭的呼喊声，富友，怎么还拉呀！正在撤离的5号船看见这边仍在作业，急了。富友，风来了，赶紧走吧！喊声被风声迅速吞没，鲁威渔11号船没有任何反应。又过了几分钟，收网的钟声终于敲响了，王义民像听到冲锋号似的从铺位上一跃而起，刚出舱门，头上的帽子"呼"地被风刮掉了。船员们顶着大风扑向船尾，嚯，这一网果然大有斩获，上百斤青的、黄的雌雄对虾，在水淋淋的拖网里蹦呀，跳呀。不一会儿，船员们按照正常操作程序，七手八脚把渔网搭到放平的拔杆上。突然，一声咆哮把风浪声从人们耳边赶跑了。"急着死啊！"船员们顿时愣住了，船长的骂声鞭子一样从舵楼抡过来，几个船员面面相觑，不知如何是好。原来，作为由各生产队抽调的临时劳力，小伙子们大都是第一次随船出海，因为毫无经验，也就根本意识不到，摊在拔杆上的渔网此时格外招风，从而对渔船的稳定产生致命影响。王义民见状，赶紧招呼大伙："快，快拖下来。"人们一拥而上，把渔网拖到甲板的过道上。还没容王义民喘口气，一簇涌浪忽地扑上甲板，劈头盖脸砸在他和伙计们身上。"见鬼！"他恶狠狠地甩出一句，话音刚落，船长那边又骂上了："想让船沉了？！"王义民猛然醒悟，渔网把甲板一侧的排水孔堵住了。又是一通忙乱，渔网被塞进前舱，人为的险境总算排除了。然而，令人沮丧的是，阵风的嘶吼却越来越响，仿佛铺天盖地的马群从远处奔腾而来，声震八荒、啸如滚雷，其慑人之势惊心动魄。此时此刻，大海用最原始的野性让与之相遇的人类经历了最极致的情感体验。海浪猛烈地撞击着船体，发出震耳欲聋的轰鸣，如同死神撞击地狱之门的咆哮，倾斜的渔船打摆子似的剧烈搐动，船身这里或那里发出"嘎吱、嘎吱"类似散架的可怕声响。渔船一次次被巨浪高高地抛起来，又一次次自由落体般摔下去，那恐怖的跌宕，让王义民的心脏感到一阵阵窒息般的压迫。底部隔舱，有人嚷了句什么，声音发闷，嘴巴像被捂住了似的。兀地，渔船被一个巨浪托起来，紧接着，船头直直地栽下去，朝着波谷里的黑洞径直滑落，惊魂的瞬间如此漫长，让人觉得仿佛滑出世界边缘了。

就在鲁威渔11号船垂死挣扎的时候，白昼悄悄溜走了，乌云翻滚的天空变成一个分娩黑暗的巨大产房。舱内的昏黄灯影，在人们脸上映出虚虚的光亮，不知怎的，灯丝烛出的红线明显萎缩，闪了一下，又闪了一下，突然灭了。王义民一愣，双手扶着板壁立起身来，没等站稳，船身剧烈摇晃，他趔趄了一下，双膝着地，扑通跪倒了。就在这时，一股陡然竖起的水墙迎头砸下来，奄奄一息的鲁威渔11号船，仿佛遭遇了可怕的雪崩，疯狂的海浪带着爆裂的破碎声撞开舱门，把尚未坐稳的他又掀翻在那儿，就在没入涡流的一瞬间，他的脑子里"嗡"地蹦出两个字：完了。

数秒钟后，瑟瑟战栗的渔船终于从死亡陷阱里挣脱出来。黑暗中，隔壁传来隐隐的啜泣声，小伙子边哭边悲切地呻唤，妈哟，妈哟……王义民的胸口像被什么东西撞了一下，奇怪，哭声中好像掺杂着一声熟悉的叹息，哦，那是母亲的声音。他的心中突然生出无法遏制的冲动，他好想好想再听听母亲关切的唠叨，好想好想再感受一下母亲温暖的眼神。在剧烈的颠簸里，儿子对母亲的理解头一次得到升华，他终于意识到，自己的母亲可与世界上最伟大的母亲媲美。是的，她是一只蚕，吐尽爱的长丝缠绕家庭、包裹儿女；她是一道闸门，轧住黑暗与痛苦，放孩子们到光明与欢乐的地方去。在那些忧郁的日子里，母亲的笑容始终如同一束黄澄澄的野花，默默地开放在他的人生旅途上，那是生活中最动人，也最温馨的一道风景。20多年的生命体验告诉他，母亲在哪儿，幸福就在哪儿。如今，自己已经长大成人，终于可以报效她老人家了，难道……鼻腔一酸，眼睛湿润了。隔壁的哭声越来越大，情绪是可以传染的，很快，混成一团的绝望号啕在船舱里和甲板上泛滥成灾，它表明，年轻人的抵抗意志已经土崩瓦解，向风浪彻底缴械。

"哭什么哭，是不是爷儿们？！"

船长的吼声俨若炽烈的岩浆从舱壁上方喷溅出来，王义民如梦方醒，他抚挲着双臂，两手像章鱼的触角摸索着走向舵楼。不知什么原因，船长张福友的防水帽和上衣都不见了，他倔强地梗着脖子，如同一截裸露的礁石伫立在舵轮那儿。看到王义民，他把脑袋凑过去，大声喊道："王组长，我看咱们不能再走了，方向搞不清楚，抛锚吧。"事已至此，别无选择。王义民明白，他们现在唯一能做的，只有把命运托付给一大一小两只船锚，至于结果如何，只能听天由命了。那一夜，他和船长一直守在舵轮前，在阵风痉挛似的悸动中，他想起了那个苍老、瘦削、双手尽是伤疤的老渔翁桑提亚哥，同样的惊涛骇浪把老人与海的殊死搏斗演绎成一曲英雄主义的交响，一任冰冷的海水对老人的身体反复淬火，但他内心的熔岩始终不曾冷却。看上去，老人拖回的那条光秃秃的鱼骨带有明显的失败色彩，实际上，他却是真正意义上的胜利者。老渔翁说得多好，人不是为失败而生的，一个人可以被摧毁，但不可以被打败。多么耀眼的精神之光啊！老渔翁用倔强的性格告诉所有闯海人，他们的每一次胜利，最终都是指向精神层面的。事实上，正是在惊涛骇浪中，一代代闯海人完成了一次次精神接力，那冰冷的海水浸湿了他们的身体，浸透了他们的灵魂，同时，也给脉管中奔涌的热血注入了祖先义无反顾的DNA。王义民不胜感慨，他记得很清楚，第一次捧读海明威的《老人与海》是在大学一年级的时候，然而，直到此时，才对作品的主题有了深刻理解。的确，生死关头，胆怯是一个人血液中的毒素，值得庆幸的是，他的免疫系统最终还是获胜了。

11月上旬，渤海湾捕虾大会胜利结束。

历经两个多月的海上洗礼，年轻的王组长最终完成了一次庄严的精神涅槃。当他走下渔船时，不仅步履平稳神态安然，而且，红里泛紫的脸颊上还浮现出一个沧桑过后的微笑，给人的感觉，仿佛在船上待了大半辈子。时隔两年，王义民又迎来一个重要的精神节点，面对鲜红的党旗，他庄严地举起右手，并拢的五指紧紧攥成一个拳头。

2014年深秋，我第一次见到本文的主人公。当年意气风发的工作组长如今已是75岁高龄。说起当年的大会战，老人显得很兴奋，末了，忽然叹了口气："那时候，干部作风多好啊，无论科长还是局长，都扑下身子，和大伙一起上船……"

说着，神色变得凝重起来，那是一种只有过来人才能读懂的感怀之情。我想，富裕之后的人们之所以怀念那个清贫年代，理由其实很简单——那时候，为官之道不仅清廉，而且，还表现出踏踏实实的工作作风。

交谈中，笔者了解到，2011年老人罹患右肾肿瘤，先是介入治疗，2013年被迫进行手术切除。病榻辗转之间，他开始了近乎悲壮的生命冲刺。在短短不过三年多的时间里，先后撰写并出版了《海洋与渔业基础知识读本》《威海市海水养殖主要经济种名录》两部学术专著。望着老人憔悴而略显苍白的面容，我不禁肃然起敬。"丹心终不改，白发为谁新"。沉吟之际，我看见白发苍苍的王组长又昂首挺立在鲁威渔11号船的甲板上。他的青春虽然枯萎了，但他的信念却依旧年轻。

这是一次矢志不渝的精神远航。

信念像一束追光，照亮了这位老布尔什维克一生的豪迈行程。

《时代文学》2016年第5期

于阗王子（节选）

徐 剑

第四级　法藏东行

法藏是谁？于阗王子乎，高僧大德乎？

法藏是谁？

2009 年元旦的钟声敲响了，似乎在叩问着鲁西南平原的天空。

几杵晨钟，禅林飞泉，这本是伴随着一座古刹禅寺的朝花夕拾，可是对于兖州这座古城来说，普乐寺、龙兴寺、兴隆寺的钟声，早已经成了一记记历史绝响，淹没在历朝历代的滋阳县志里，成为一种遥远的记忆。

法藏是谁？他是于阗国的什么人，这个千年之谜，一直萦绕在兖州人的脑际。

让法藏复活，回到现代。周鹏苦笑了一下，一个念头掠过，这种执意的复活记忆，不啻就是一种当下最时髦的穿越戏。在他听来，那钟声，那暮鼓，虽是遥远的，却是温馨的，是杀戮时的一种安全，离乱时的一种慰藉，是躁动时的一种宁静，更是寒冷时的一种温暖。但钟声之中，却划过一个神秘的天问：法藏，何许人也？

如果确定了法藏的身份，兴隆塔的佛舍利出于何处，为何传至中土，葬于兖州，等等，便牵一发而动全身，犹如牵住一丝线头，可理清一团乱麻。

2010 年悄然走近，新世纪第一个 10 年，将在身后渐行渐远。另一个新 10 年，兴隆塔佛祖金顶骨舍利带来的祥瑞之气，将氤氲于兖州大地。

钟声敲过，挟着舍利佛光，带来新春的肇始之兆。

这年的人间四月天，周鹏局长随兖州市有关领导入京，召开了一个务虚会，分发了兴隆塔藏佛教圣物画册和谭世宝先生的考证文章，引起了宗教界、学术界专家们的极大兴趣，周鹏趁热打铁，邀请专家们晚春时节，到兖州进行一次学术考察。

许多专家当场便允诺了，终于 5 月 14 日至 15 日成行。

是年 5 月份，兖州决定召开一个佛教历史文化研讨会，时间已经定了，9 月份开会，不足 150 天。最后，组织佛教历史研究会的具体任务落在了周鹏肩上。然而此时，周鹏对宗教界、历史界的专家学者接触很少。经过打听，山东师范大学的一位教授告诉他一个信息，可找一个人，山大历史语言所的谭世宝，可电话打去，人却在澳门。周鹏通过网络寻找有关信息，发现接下来有两个佛教研讨会要召开：一个是辽宁朝阳市的辽代北塔佛教舍利崇奉会议；另一个是浙江宁波市的七塔寺研讨会。周鹏先后参加了这两个研讨会，见到一个关键人物——中国社会科学院世界宗教杂志社的黄夏年先生。由于工作的关系，黄夏年认识不少宗教界的专家学者。听说兖州要举办佛教历史研究研讨会，黄夏年很热情，给周鹏列了一大串国内宗教学术界著名学者和高僧大德的名单，上有北京、西安、杭州和上海等地的专家。包括黄心川、方立天、楼宇烈、杨曾文、明哲长老、大恩大和尚、温玉成、贾兴逸……都是响当当的学术大家，抑或高僧大德。

随后，按照黄夏年提供的名单，周鹏将山东文艺出版社出版的《兴隆塔藏佛教圣物》画册和山东大学历史语言研究所谭世宝先生的《兖州兴隆塔地宫宋嘉祐八年十月六日"安葬"舍利碑考释》两份资料，逐一寄给了专家学者，并邀请他们到兖州实地考察。

春风拂来，诸事皆顺，现在终于可以借助宗教界的专家学者和高僧大德的智慧与力量，来确定法藏是何许人也。

而破解法藏身世之谜的主要是两位学者，一位是洛阳龙门石窟研究院原院长温玉成先生，一位则是新疆博物馆研究员贾应逸女士。

温玉成先生可谓大名鼎鼎，当年是北大考古系的高才生，与敦煌研究院院长樊锦诗是大学同班同学。20 世纪 60 年代初支援大西北，他们提前毕业，分别去了文物藏品最丰富的中原地区和大西北。温玉成来到洛阳龙门，守着卢舍那大佛，守着北魏、隋唐、五代和辽宋年间的石窟造像，也守在伊水一方，芦荻悠悠，直至终老。徜徉于他所钟情的佛国世界里，终成研究佛像的一代大家。

而另一位让周鹏敬重的专家是新疆博物馆研究员贾应逸女士。她长于新疆，是于阗学、龟兹学方面的研究专家，常年生活于西域，蛰伏于克孜尔石窟，对于公元前后佛教东传之路，兴盛于龟兹、于阗、库车，乃至高昌的线路图颇有研究，是佛教在西域研究的专家。周鹏与贾应逸相识，缘于洛阳龙门石窟研究院原院长温玉成先生的引荐。后来，温玉成、贾应逸对法藏其人的研究观点高度相近。

也许是冥冥之中的缘分吧，周鹏觉得，兴隆塔出土的文物，有许多当年西域佛教元素，正是贾应逸老师的学术方向。

万事俱备，只欠东风。一个高规格的学术研讨会已呼之欲出。

2010年9月，中国社会科学院世界宗教杂志社与山东省兖州市政府联袂举办的"兖州佛教历史文化研讨会"在兖州举行。与会的专家皆是全国一流的宗教学者和高僧大德。

这次研讨会的重要成果之一，就是厘清了于阗国法藏的真实身份。

温玉成的发言先声夺人。他认为这个法藏，可不是寻常人物，更不是一位普通的游方僧人。他入大宋，与那些熙熙攘攘而来敬献舍利的西域沙门完全不同，赢弱的肩上，担当使命而来，这与于阗王室有关，与于阗王国的安危有关。温玉成先生的理由很简单，就他向大宋王朝进贡的那390斤白玉、两匹细马来看，此非个人行为，也非一个寺院举动，而是一种国家行动。

翻阅《宋史·于阗传》，便会发现一个惊天秘密：于阗国王李从德年代，曾经4次遣使于大宋帝国进贡，带的多是白玉。有一次进贡大宋白玉重达237斤，还有一头与喀喇汗王朝作战时俘获的白象。当时白玉石料这么巨大，堪称价值连城。虽出于阗国，至大宋，八千里路云和月，万里风尘，一路走来，步行要两年时间。后晋时出使于阗的彰武节度判官高居海一段一段地写下了于阗至汴梁的驿程，长达9500华里（4750千米），且走出于阗国门，东行中土，第一个要面对的是瀚漠莽荡，涯连天际，流沙遍地，这就是今日的塔克拉玛干大沙漠。再往前走是龟兹、库车，在焉耆与敦煌之间，又横亘着浩瀚无边的死海罗布泊。这些荒无人烟的大漠，不知藏了多少响马、多少绿林，随时都可以一拥而上，杀人越货，然后消失在风尘之中。因此，仅凭于阗一个区区小国之力，无法将绝世宝藏护送至汴京，故有时于阗国王会让使者送上礼单，然后恳请大宋派军队去押送白玉而归。

法藏生活的年代在公元10世纪。这时，于阗国国王为李从德，而其父王李圣天曾经派四批遣使入宋朝进贡，但查遍《宋史》，并无法藏此人。可是这丝毫不削弱和降低法藏作为一国之使，抑或是于阗国王子的地位。从当时大宋皇帝回赠御马两匹，帘前赐紫衣和师号，奉宣云游圣境等来看，受到大宋朝如此隆重的礼遇，并非一国遣使可以受此隆恩的，唯有于阗国皇室成员入宋，才会有如此待遇。

法藏入使大宋的时间，应该在于阗国僧吉祥入宋贡献俘获喀喇汗王朝的白象（971年），李从德去世（约978年）之后，相对应大宋王朝恰好是太祖之末与太宗初年。

于阗国，是西域古国，位于喀喇昆仑山北麓，紧邻克什米尔高原，在距今

3000 年左右建立了国家，以塞种人为主。西藏古藏文《于阗国授记》和《于阗国》等文献称，大约在公元前 80 年，佛教从现印巴交界的克什米尔传入于阗，信奉大乘，可以说是佛教传入中国最早的地区，也是当时大乘佛教的一个中心。至今保持了中国最早的佛教造像，多为公元 2 世纪所造。于阗国有自己的语言和文字，一直使用到 12 世纪。于阗国当时的地盘，就在今和田地区的和田市及和田、皮山、墨玉、洛浦、策疏、于田、民丰等一市七县。汉传佛教的许多佛典大多来自于阗，如般若中的《放光般若》和《光赞般若》，以及华严部中 60 卷《华严》和 80 卷《华严》等皆出于此。

早在公元前 60 年，于阗国就归汉朝西域都护府管辖，东汉时是有雄兵 3 万的大国。东晋时，法显路过于阗，对其举国朝佛，人民安居乐业，印象犹深。到了唐代设毗沙都督府统辖于阗。当时的都督高仙芝还受唐皇之命，赐于阗国王汉姓尉迟。

727 年，新罗僧人惠超路经于阗国时，发现当时于阗国一大寺院的龙兴寺主是河北冀州人氏。然，公元 8 世纪下半叶，吐蕃占领了于阗，达 70 年之久。到了 866 年，于阗国才彻底摆脱了吐蕃的统治。

时光匆匆，转瞬便是千载，而于阗国的舞台上，却是你方唱罢我登台。一个个枭雄粉墨登场，出演了一场场历史大戏，或昙花一现，或惊艳一世。

912 年，尉迟僧乌波，汉名李圣天，称王于阗。当时的西域境内，三国鼎立，于阗之北，是以高昌古国（今吐鲁番）为中心的回纥仆固俊，而于阗之西，则是八剌沙衮（今吉尔吉斯斯坦托克马克城以东地区）的喀喇汗王朝（黑汗王朝）苏图克，皆虎视眈眈，欲吞并于阗国。然而历代于阗王始终有一个立国理念，若于阗欲立，必与中原帝国为连襟。可是自从高仙芝败于喀喇汗王朝后，鞭长莫及，晚唐分裂成诸多小王朝后更无暇相顾。但是，李圣天仍旧执着联络汉地，不断那一缕血脉之姻。够不着当时那些纷乱的王朝，便就近联姻。李圣天娶了敦煌"归义军节度使、沙州刺史、检校司空"曹议金（914~935 年执政）之女为"天皇后"，为的是取得曹氏的支持。而后晋天福三年（938 年），后晋册命李圣天为"大宝于阗国王"。随后，李圣天之女又嫁给了沙州王曹延禄（976~1002 年）。与华族的联姻和血脉不断。

赵匡胤建立大宋王朝时，李从德还是于阗国太子，又名尉迟输罗。登基之前，于阗国王李圣天派他作为特使，出使大宋，向汴京贡献方物，以示归附，也是为了联络感情。那重 237 斤的白玉，就是他送的。见了大宋皇帝，他对大宋皇帝说，自己有一半汉族血统，大宋皇帝是"东方日出处大世界田地主汉家阿舅大官家"。他们这样急切地想与大宋王朝拉上关系，是因为西北两虎喀喇汗王朝和回纥盘踞门口，腹背受敌，欲求保护。然而，自从大唐帝国崩溃后，分裂成若干个割据的小王朝，八姓十二帝，几乎都是藩镇割据。军阀夺权而来，一朝黄袍加身，便偏安一隅，多没有经营西域的雄心和谋略。纵使赵宋登上了历史前台，也非豪强之辈，更不敢像大唐那样将西域玩于股掌之中。因此，李圣天为于阗王后，百年之间，李氏父子唯有依靠敦煌归义军曹氏。李从德执政时，两个太子李从连、李琮原都在敦煌石窟成了佛像造像的供养人。迄今在敦煌444窟的东壁门上部中央《见宝塔品》，壁画南侧的供养人题名中就有"大宝于阗国皇太子李从连供养"和"大宝于阗国皇太子李琮原供养"。据考证，此二人最终都未称王。

温玉成先生认为，法藏就是两位其中的一人。

也许英雄所见略同吧。贾应逸女士作为西域学的执牛耳者，她比温玉成先生更肯定地得出结论，法藏就是于阗王子，并且肯定地说，他并不是敦煌石窟444窟的从连和琮原两个太子中的一个，而是李圣天的第三个皇子总尝。

这个密码，是贾应逸从《宋史·于阗传》中破译出来的。书中记载，善名被大宋皇帝"赐号昭化大师，因令还取玉"。

毋宁说，大宋皇帝下诏令让善名取回未曾送到汴京200多斤白玉，而《宋史·于阗传》接着写道："又国王男总尝贡玉霸刀，亦厚赐予报之。"这条记录在"开宝二年"（969年），而这时，于阗国国王李从德刚刚继位，这一消息也不可能马上传至大宋朝廷，因此，《宋书·于阗传》所云国王男应是指李圣天之子总尝，而绝不会是李从德之子。

贾应逸女士的这个结论，总尝即是李圣天之子，也被一个日本学者印证。日本研究于阗学的熊本博士根据北京国家图书馆藏丽字73号写本《善财童子比喻经》前面所书残文"□常宗德"，提出"宗德"，就是于阗国国王李从德，而"□常"，很可能就是《宋史·于阗传》所载，开宝二年（公元969年），入贡于宋的于阗"国王男总尝"，这等于告诉后人，总尝是于阗国国王李圣天的第三个儿子。

《安葬舍利碑》记载了法藏所受的厚赐，既有紫衣，又赐予法号"光正大师"，再赐御马，然后巡游天下，这是一般的高僧大德不可能得到的厚赐。

因此，贾应逸女士得出一个比温玉成先生更准确的结论，法藏大师就是于阗国王尉迟僧乌波（汉名李圣天）的儿子，原名叫总（琮）尝（常），于开宝三年（970年）到宋廷贡献白玉，赐紫衣，并赐号"光正大师"。

兖州留存下来的历史典籍也印证了贾应逸女士的说法。万历《兖州府志》记载，兴隆寺"有尉迟公修建年月"，而尉迟公自然是于阗王王族之姓氏，只是这句话湮灭在历史的烟云里，被人忽略了。然，贾应逸的点睛之笔，又将其从历史的烟云中圈了出来。

但是，一个惊天之秘也隐匿于岁月的烟雨里：为何短短的几年之内，万里迢迢，葱岭辽远，于阗国王竟然会派两位王子前往大宋献宝，于阗国究竟向大宋王朝乞求什么呢？其实，一切还得追溯至公元8世纪中叶，唐玄宗天宝九年（750年），大唐中亚都督高仙芝在怛罗斯败于大食的穆斯林军队说起。怛罗斯之战，那是一场世界宗教格局的战争。

怛罗斯之战，一场改变世界宗教格局的战争

高仙芝驰马而行，第三次过葱岭了。

屹立山巅，俯瞰着被后人称为世界第三极的克什米尔高原，身后只有两万余人，这位年轻的大唐将领一点儿也不惧怕。

那天，在龟兹大唐安西四镇节度使辕门前，接过节度使夫蒙灵察递过来的壮行酒，豪饮而下。高仙芝跃身上马，抽出挂在铠甲上的佩剑，往西域的天空一指，光带划破了晴空，湛蓝的天幕上顿时伤痕累累。高仙芝的剑锋所指，便是当时世界上堪与大唐比肩的信奉伊斯兰教为国教的大帝国——大食。

高仙芝太熟悉西域这片土地了，绝不许他人染指。少年时便随父亲入安西从军，辗转河西走廊与河湟一带。虽然血管里流淌着高句丽的血脉，可是心中却景仰大汉帝国青年将军卫青、霍去病，十七八岁便在这块土地上建功立业，马踏飞燕。宁为百夫长，胜作一书生，封他一个万户侯，那才是人生的最高境界。大唐的高天厚土，真是放飞雄鹰之域，不管是华族、异族、东南夷，还是西北胡，只要有本事，就可以在这里找到自己飞翔的天空。

少年从军行，一踏进安西，高仙芝便热血沸腾了。因其骁勇果断，善于骑射，20岁拜将，可与其父同站在一道虎帐辕门下受领令牌。可是，在安西四镇节度使田仁琬、盖嘉运麾下时，他未受到重用。后来，夫蒙灵察担任节度使，发现了他的才干，对他极为赏识，一路提拔重用，步步擢升，很快就超过了父亲高舍鸡。至开元末年，不到而立之年，高仙芝已经官至安西副都护、四镇都知兵马使。

然而，一将功成，并非浪得虚名。高仙芝初啼试剑，是在天宝初年，达奚诸部叛乱，波及黑山以北，直至碎叶城大部分地区（又称素叶城、索虏城，即大唐诗仙李白的出生地）。唐玄宗诏令安西四镇节度使夫蒙灵察前去平叛。夫蒙灵察派高仙芝率两千精骑自副城向北，直抵绫岭之下迎击叛军。达奚部因行军劳顿，人马皆疲，夜间宿营时，被高仙芝部攻破，尽为唐军所杀，高仙芝一仗成名。

大唐开国以来，经"开元之治"，已成盛世，国力空前强盛，是世界上唯我独大的一个大帝国，无人敢于挑战。偌大的西域，也尽握在大唐帝国掌中，帝国依托安西、北庭（今新疆吉木萨尔北破城子）所辖各军镇，号令焉耆、龟兹、疏

勒、于阗等 20 多个西域小国，皆俯首称臣，进贡不断。当时安西四镇为龟兹（今新疆库车）、疏勒（今新疆喀什）、于阗（今新疆和田西南）、焉耆（今新疆焉耆西南），安西都护府则坐落在龟兹镇。安西四镇节度使俨然成了中亚的都督。

偏偏在葱岭之上，有两个国家敢于挑战大唐的权威，一个是中东新崛起的阿拉伯王朝，另一个是青藏高原最强大的吐蕃王朝。居芜野之远，却不时觊觎大唐的这片西域之地。起初，他们与东突厥汗国及突骑施等国联盟，与唐军多次较量，争夺重点在安西四镇及北庭一带。后来，东突厥及突骑施衰落，唐蕃争夺的重点逐渐转移到葱岭以南地区。

当时，葱岭之上有两个国家，一个是小勃律（在今克什米尔西北部，都城孽多城，今吉尔吉特），另一个大勃律（今克什米尔中部一带，都城巴勒提斯坦）。小勃律原为唐属国，是吐蕃通往安西四镇的交通要道，算得上是一个战略要津。吐蕃赞普把公主嫁给小勃律王为妻后，小勃律国遂归附于吐蕃，吐蕃进而控制了西北各国，因此"西北二十余国皆臣吐蕃"，中断了对唐朝的朝贡。大唐几任安西节度使田仁琬、盖嘉运、夫蒙灵察数次派兵讨伐，因高寒缺氧，地势险要，加之吐蕃进行兵援，皆无功而返。

唐玄宗此时尚未沉溺于杨贵妃，仍在励精图治，向天下展盛唐隆恩，但对挑战大唐地位的行为，也绝不容忍，屡出重拳。天宝六年（747 年）三月，玄宗皇帝下诏，命安西副都护、都知兵马使、充四镇节度副使高仙芝为行营节度使，率军万人，征讨小勃律。

高仙芝与前几任大唐将领不同，为过葱岭，做了精心准备，充分了解了这块高原的地理、气象和大地构造。帕米尔高原海拔 4000~7700 米，拥有许多高峰。帕米尔高原分东、中、西三部分，东帕米尔以中山为主，是帕米尔高原海拔最高的部分，海拔平均 6100 米或更高，山峰相对高度 1100~1800 米。山体浑圆，山间谷地却宽而平坦，海拔 3690~4200 米。唐军行军路线不但要经过东帕米尔，而且还要经过海拔 7564 米的青岭（慕士塔格山），在一个冷兵器时代，靠马匹和步行，其艰难程度可想而知。可是高仙芝却从容应对，一是行军时间的选择上，他避开了天寒地冻的冬季，而选 3 至 10 月份为进军时间；对于长途奔袭，此乃兵家之大忌，因远离大后方支撑，粮秣成为最大难题，高仙芝让每个士兵都准备了私马，专驮粮草。再一个是在行军时，注意隐蔽，出其不意。

春天来了，天空中灰头雁掠过，高仙芝仰望天空，对节度使夫蒙灵察说："天时地利，万事俱备。中丞，可以出发了！"

那天清晨，夫蒙灵察站在安西节度使点将台，为高仙芝出征送行。壮行酒喝过之后，唐军将碗一摔，在中亚历史舞台上，中国历史上一位伟大将军登台了。

他长剑一挥，直指葱岭之上的小勃律国。于是，一万多名唐军出龟兹，一路向西，幕中判官封常清记下了一段驿程：经 15 日至拨换城（今新疆阿克苏），又经 10 余日抵握瑟德（今新疆巴楚），再经 10 余日至疏勒（今新疆喀什），眼前葱岭横亘千里，寒山暮雪。然后唐军挥师南下，马蹄声碎，从容踏上葱岭，开始千山寂静、高寒缺氧的帕米尔高原的艰苦行程，万里奔袭而来。当时唐军士兵皆有私马相随，后勤粮草在规定的时间内都能得到保障；高仙芝对于西域地理颇为了解，专择平坦宽阔的山间谷地行军，使唐军的困难降至最低。经过 20 余日漫漫长征，唐军到达了葱岭守捉（今新疆塔什库尔干塔吉克自治县）。然后再次向西，沿兴都库什山北麓西行，又经 20 余日抵播密水（今阿富汗瓦汉附近）。唐军继续驰马而行，再经 20 余日到达特勒满川（今瓦罕河）。至此，唐军经过百余日的跋山涉水，于同年 6 月完成了第一阶段的行军。

夏天悄然而至了。河谷里吹过一阵阵暖风。高仙芝将麾下几位战将召进中帐，摊开地图，说，这是打仗的季节啊，安西部队一分为三，左路由疏勒守捉使赵崇玭统三千骑兵从北谷向吐蕃连云堡进击；右路由拨换守捉使贾崇瓘统领，自赤佛堂路南下；中路由吾与中使边令诚率主力从护密国南下。三路兵马直指连云堡，约定于 7 月 13 日辰时在连云堡下发起总攻。

三路兵马浩浩荡荡，挥师西进。按时抵达了连云堡下。连云堡南面依山，北临婆勒川，堡中吐蕃守军仅有千人。又在城南 15 里处因山为栅，有兵八九千人，遥相呼应，随时声援。当唐军进至婆勒川时，河水暴涨，无法渡河。高仙芝站在河边，遥望连云堡，仔细勘察地形和气象，认为唐军必须尽快渡过婆勒川，否则吐蕃守军一旦发现唐军行踪，势必备战，到时就会加大唐军攻堡的难度。于是，他命兵士每人自备三天干粮，翌日清晨过河。唐将将士皆惊诧不已，雪水滔滔，洪波涌起，舟渡何在？可是安西兵马使精明强干，下此命令，"皆以为狂"。

可是次日清晨，婆勒川河流速变缓了，河水变浅，唐军迅速渡过了婆勒川，竟然"人不湿旗，马不湿鞯，已济而成列矣"。高仙芝见此情景，兴奋不已，对边令诚说："向吾半渡贼来，吾属败矣，今既济成列，是天以此贼赐我也。"趁着晓色，高仙芝指挥唐军攻城。吐蕃守军怎样也想不到唐军会劳师万里，神兵天降，大为惊骇，仓促上阵，慌乱之中只能依山拒战，滚木礌石如雨而下，不可攀登。高仙芝任命郎将李嗣业为陌刀将，下令说："不及日中，决须破虏！"李嗣业手持一旗，领陌刀手自险处先登，奋力杀去，自辰时至巳时，大败吐蕃，斩首5000级，俘虏千余人，余皆逃入山谷。唐军缴获战马千余匹，衣资器甲数以万计。

高仙芝乘胜追击，可是边令诚认为孤军深入敌境过远，乃兵法之忌，惧战而不敢入。高仙芝遂命边令诚率老弱士卒 3000 人留守连云堡，自己亲率大军继续前进。唐军疾行三日，到达坦驹岭（今克什米尔克什北部德尔果德山口，在今克什米尔西北境巴勒提特之北、兴都库什山米尔峰东）上。坦驹岭长40里，山口海拔4688米，是兴都库什山著名的险峻山口之一，岭下就是阿弩越城。一夫当关，万夫莫开，可此时坦驹岭上一兵一卒未见。高仙芝所率的唐军登临山口，必须沿冰川而上，别无其他蹊径。这里有两条冰川，东面一条雪瓦苏尔冰川，西面一条达科特冰川，冰川的源头就是坦驹岭山口。这两条冰川长度都在10千米以上，而且冰川上冰丘起伏，冰塔林立，冰崖似墙，裂缝如网，稍不注意，就会滑坠深渊，或者掉进冰罅冻死。高仙芝料想：阿弩越胡若速迎，即是好心。可又担心士卒惧怕艰险不敢下岭，便派遣20余人装扮成阿弩越城的奉迎使者，从岭下攀缘而上，假称阿弩越城人前来迎接，以消除兵士恐惧心理。到坦驹岭时，士兵果然恐惧不肯下，并对高仙芝说："大使将我欲何处去？"话未说完，其事先派出的20人恰巧从岭下赶到，并说："阿弩越城胡好心奉迎，娑夷河藤桥已斫讫。"娑夷水（即今克什米尔西北吉尔吉特之北印度河北岸支流）即古弱水，水上架有一座藤制桥，是小勃律通往吐蕃的唯一之路，断桥则吐蕃不能入援。高仙芝奉迎之语后，假装闻讯欢喜，兵士听后，畏惧心理顿失，唐军得以迅速下岭，向阿弩越城进发。

又过了三天，阿弩越城守军果然派人前来请降。次日，唐军顺利进入城中。入城后，高仙芝先令将军席元庆等率兵先修桥梁、道路。为了避免强攻造成大的伤亡，高仙芝决定用"假途灭虢"之计智取孽多城。次日，高仙芝令席元庆率1000余众行至小勃律首府孽多城下，对小勃律王说："不取汝城，亦不斫汝桥，但借汝路过，向大勃律去。"城中有五六个首领，皆死心塌地投靠吐蕃，但高仙芝对此也早有准备。席元庆临行时，高仙芝就曾对他交代："军到，首领百姓必走入山谷，招呼取以救命赐彩物等，首领至，齐缚之以待我。"席元庆依计而行，果然俘获小勃律众大臣。小勃律王及吐蕃公主慌忙逃入石窟躲避，使唐军一时无法找到其踪迹。高仙芝率唐军主力到达后，首先处死了那五六个首领，然后，急令席元庆率军砍断通往吐蕃的藤桥。藤桥离孽多城有60里，席元庆在日落时终于将藤桥砍断。藤桥刚砍断，吐蕃兵马已至娑夷水东岸，但桥已砍断，这座藤桥长有一箭之地，修复需要一年的时间，吐蕃兵马只得隔水观望，束手无策。接着，高仙芝又派人招谕小勃律王，小勃律王得知吐蕃兵众被隔在水东，援军路绝，生路无望，只得携公主出降，其国遂平。自平了小勃律国之后，唐军声威大震，"拂菻、大食诸胡七十二国皆震慑降服"。

高仙芝一战出名，震慑了西域，也在唐皇心中成了赫赫有名的战将、爱将。12月28日，玄宗任命高仙芝为鸿胪卿、摄御史中丞，代夫蒙灵察为安西四镇节度使，成了名副其实的中亚总督。

同年十一月初五，吐火罗（在小勃律以西，今阿富汗北部）叶护失里怛伽罗上表朝廷说："师王亲附吐蕃，困苦小勃律镇军，阻其粮道。臣思破凶徒，望发安西兵，以来岁正月至小勃律，六月至大勃律。"高仙芝奉命出征。由于有了第一次远征的经验，欲出奇兵，选冬天行军，从安西到竭师国（今巴基斯坦奇特拉尔），高仙芝这次准备更加充分，加上形势对唐军有利，唐军的行军虽然艰苦，但却很顺利。天宝九年（750年）二月，高仙芝击败了竭师国的军队，俘虏了竭师王勃特没。3月12日，唐廷册立勃特没的哥哥素迦为竭师王。

两次远征大捷，唐朝对吐蕃战争中取得了全胜。"大唐贞观""开元之治"已到了巅峰。高仙芝因此赢得了极大的声誉，被吐蕃和大食誉为"山地之王"。

但是智者千虑，终有一失。高仙芝在个人生涯达至顶点时，人性的弱点贪婪也暴露无遗，这也成了他在处理民族关系时的致命短板。

与大唐盛世相对峙，一个强大的阿拉伯帝国大食出现了，从穆罕默德622年在麦加传教开始，至700年，正是大食国最风光的时候，国力和疆域都达到了鼎盛，其境内大行伊斯兰教，并被尊为国教，容不下佛教。且不断东扩，安国、火寻、戊地、石国、吐火罗等国纷纷屈服，并向其交纳沉重的赋税。唐与大食西域政治板块发生了激烈碰撞，好在当时大唐皇帝尚未荒淫无度，在西域实施了有效的对策，及时遏止了大食东扩。但是唐玄宗晚年好大喜功，唐朝边帅更为所欲为，渐次将大唐这辆战车拖向了泥泽。

当时地处中亚的石国（昭武九姓之一，都城拓折城，在今乌兹别克斯坦塔什干）地处丝绸之路，沃野千里，草原无垠，百姓擅桑蚕、经商，可谓富甲西域。高仙芝垂涎于石国财富久矣，欲掠为己有。

天宝九年（750年），高仙芝诬告石国王"无蕃臣礼"，领兵前去讨伐。其实石国与唐朝关系一直是不错的，朝贡不断。石国国王那俱车鼻施继位之后，因为对唐朝忠诚，曾被唐玄宗皇帝册封为怀化王，并赐予优待和免罪的证明——铁券。所以，当唐军到来后，那俱车鼻施同意高仙芝的约和。高仙芝假意遣使者将那俱车鼻施骗至长安，然后趁其不备，出兵掩袭，俘虏石国部众。随后高仙芝纵兵杀掠，甚至连老弱病残都不肯放过。这次行动，高仙芝共获石国"瑟瑟十余斛，黄金五六囊驼，其余口马杂货称是，皆入其家"。高仙芝从石国回军途中，又诬蔑突骑施反叛，攻打了突骑施，俘虏了移拨可汗。

与石国一样，突骑施也是当时西域各国中与唐朝修好的国家之一。石国与突骑施的被攻打，引起当地民众的反抗，唐军因此大肆镇压，被屠者除石国的老弱之外，多为在石国贸易的昭武九姓的胡商。于是，高仙芝在向朝廷报功时又多了一项"破九国胡"。

天宝十年（751 年）正月二十四日，高仙芝入朝，献其所俘获的突骑施可汗、吐蕃酋长、石国王、竭师王。那俱车鼻施行至长安西北开远门时，被唐玄宗所杀。移拨可汗也被处斩。玄宗以高仙芝功勋卓著，加授开府仪同三司。可是过了不久，唐玄宗便识破了高仙芝西征之目的，完全是为了一己之私，不顾大唐的利益，破坏了对属国恩威并重的羁縻之策。可毕竟是边域一代悍将，唐皇还是迁就了高仙芝，没有治他的罪，但也没有因其灭国之功，而重赏他及其部下，唐玄宗任命高仙芝为武威太守，欲让安思顺为河西节度使，欲将其调离西域。可安思顺讽劝部下"割耳捋面"苦苦相留。监察御史裴周南也站出来相挺，故此令未能实行，遂改任右羽林大将军。

石国王子逃到了诸胡部落，将高仙芝欺诱贪暴之事遍告昭武九姓。诸胡部落酋长大怒，便暗中联合大食国，欲共击安西四镇。

这正中大食国的下怀。击败唐军，便可占领西域，扩大穆斯林在葱岭以北20 国的影响。这是他们梦寐以求的事情。

高仙芝获知此事后，一点儿也不惧怕。他是大唐的常胜将军，西域诸国皆手下败将，遂决定先发制人，亲率蕃、汉兵 3 万攻打大食。依旧经过精心准备，率兵亲征，重上葱岭。人间四月天，天空中的灰头雁掠过，身后有 3 万余铁骑，其中一万葛逻禄部众，个个能征善战，多数都是他当年远征葱岭的老兵将校。

4 月，唐军深入大食国境 700 余里，到怛罗斯城（又作呾逻私，即今哈萨克斯坦东南部江布尔城），与大食军遭遇。3 万精兵，对 15 万阿拉伯军队，唐军虽在人数上居于劣势，可是因高仙芝指挥有方，所以激战五日，未见败迹。而就在双方相持的重要时刻，形势突变，大唐军队战斗到傍晚之后，葛逻禄雇佣兵突然叛变，从背后包围了大唐步兵，并且切断了他们与骑兵的联系。而大食联军趁唐朝军队由于葛逻禄雇佣兵突然叛变而暂时混乱的机会恢复过来，出动重骑兵突击唐朝军队的中心。厮杀之中，高仙芝年轻时的虎气不再，终于溃败，两万人的安西精锐之旅，只剩下数千人逃出来。

收拢残部之后，骁勇善战的高仙芝并不甘心失败，仍想组织反击，但在副将李嗣业劝说下，最终放弃。趁夜间逃跑。由于道路阻隘，拔汗那部众又在前面挡住去路，人马壅塞道路，幸亏李嗣业奋起厮杀，为他杀开一条血路，才得以逃脱。这次战役，士卒死亡殆尽，高仙芝仅率数千人逃回。

从军事角度上讲，怛罗斯之战只是古代战争史上一次普通的战役，鲜为人知。高仙芝作为大唐一代名将，其率军跨越葱岭作战，可谓空前绝后，可是这场战争，却影响了世界的格局。唐军的失败，使大唐在中亚的府州沦丧殆尽。安西都护府属下的精兵死伤惨重，所剩无几，在以后的日子里，对于入侵之敌，只有招架之功，再无反击之力。唐朝的号令也不再西出伊犁河。

不久，安史之乱爆发，大唐再也无暇顾及中亚。不仅如此，唐朝还征发西域精兵入关勤王，北庭和安西又抽调了7000人，只剩一些老弱病残拱卫西边，以至不得不依附于新兴的回纥国，勉强支撑残局。后来，吐蕃与葛逻禄相联合，首先攻陷了北庭都护府；不久，吐蕃又独力攻陷了安西，致使唐朝彻底退出了西域。另一个蛰伏东亚已久的大食国，借此扩大了穆斯林在西域的版图和影响。

一千年已矣。英国冒险家斯坦因为盗走楼兰和敦煌经卷，三度走过帕米尔高原，勘察了一千年前高仙芝将军的行军路线，惊叹不已，说，"数目不少的军队，行经帕米尔和兴都库什，在历史上以此为第一次，高山插天，又缺乏给养，不知道当时如何维持军队的供应？即令现代的参谋本部，亦将束手无策。"又慨叹道，"中国这一位勇敢的将军，行军所经，惊险困难，比起欧洲名将，从汉尼拔，到拿破仑，再到苏沃洛夫，他们之越阿尔卑斯山，真不知超过若干倍！"

尽管后来大食国分崩离析了，但是一个无可否认的事实是，伊斯兰教留在了那里。随后，西域的另一个豪强喀喇汗王朝崛起，并展开了一场场卫教之战。打了近百年，终于消灭了盛行于葱岭南北的千年佛教。这股铺天盖地的卫教之战，如瀚海卷起的狂飙一样，黄沙遮天蔽日，直抵长安城垛之下。

于阗王子西天寻找佛陀舍利

已经与喀喇汗王朝打了8年战争了。

965年，于阗国王尉迟僧乌波（汉名李圣天）驾崩后，太子尉迟输罗（汉名李从德）接过了王杖，继续剑指喀喇汗王朝。终于在登基后的第四年，于969年7月，率军占领了疏勒国国都喀什噶尔。

破城之后，策马在喀喇汗王朝国都的大衢上，于阗王李从德俨然是一副胜者为王的心态，眉飞色舞。王土、城郭、村落、美女、宝象、宝马、黄金和大批的战俘与仆人，都置于于阗国国王帐下了。

战争犹如瀚漠里的沙尘暴一样，一阵飓风掠过，铺天盖地，风一止，便如潮水一样退却了。灰飞烟灭，繁华一梦，皆成了一掬冷灰。此时，喀喇汗王宫里很寂静，坐在穆萨汗的大帐前，窗外，疏勒国的冬天大雪纷飞，喀喇昆仑千山皆白，雪白血红，胜利之果就是用将士的鲜血换来的啊！挥毫修书一封，第一封捷报当给尉迟家的亲戚沙洲大王曹元忠吧，告诉这位与于阗王室联姻的敦煌归义军首领，也是借他之口，通报大宋王朝：喀喇汗王朝穆萨·阿尔斯兰汗战败后，闻风而逃，翻过葱岭，跑到中亚去了。1月9日，于阗国王尉迟输罗给沙洲大王曹元忠写了这封报捷之书：我们已于 7 月率军到了怯沙（当时疏勒国都）之城。该地居民期望归顺。敌视我们的 Ta'zik（大食）TsunHien 的宝物、妻子、大象、良马及其他，还有他部下的财物，都已经献于王庭……我们按照王室的利益行动，现在已经 8 年了。

这份文书，是 900 多年后，法国著名探险家、文物大盗伯希和从敦煌道人王圆篆守着的藏经洞里盗走的经卷里的一份重要文书，也是当时于阗与疏勒国关系中极少提到的珍贵资料。

虽说战争的胜利是许多士兵的鲜血换来的，但是尉迟输罗不想独享。他一边安抚百姓，重立一个傀儡汗，一边遣使分头向宋朝和沙洲曹元忠报告获胜消息和今后的打算，并送上所缴获的部分战利品。

携着战利品回到于阗国都后，尉迟输罗先将于阗国王家寺院里一位高僧吉祥召进了大殿。

阿弥陀佛，吉祥大师跨进大殿门槛后，先向尉迟输罗行了佛家之礼，说，欣闻我于阗大军班师回朝，尔辈比丘皆在大成宝殿里作法三天，念经超度阵亡将士，保佑我于阗佛国吉祥永在啊……

善哉，善哉！吉祥大师，于阗江山永固，就图你这个法号吉祥啊。然唯有于阗国在，佛寺才会万年永存。于阗国王道，喀喇汗穆萨 10 年前让 20 万东突厥人皈依伊斯兰，力量在不断壮大啊！对于仍信奉佛祖的僧侣和百姓，烧杀抢劫，无恶不作啊。

阿弥陀佛，老衲也有所闻啊！吉祥答道，我听过一首流传于喀什噶尔的《突厥诗》：我们如洪水奔流 / 走进了城市 / 拆毁了寺庙……

正是！正是。尉迟输罗说，大师啊，于阗国与喀喇汗王朝的战争，其实就是一场卫教之战。

吉祥点了点头说，老衲手无缚鸡之力，除了带众比丘诵经祈福之外，也帮不了国王什么啊。

今天请大师而来，有一事相求。

但说无妨。

一件经国之大事啊。于阗国王道。

是吗？只要对于阗众生有利，老衲粉身碎骨，在所不辞。吉祥大师道。

本王想请大师到中土走一趟，作为于阗国使臣，给新立大宋国东方田地主阿舅大官家献上刚俘获的喀喇汗一头会跳舞的白象。

好啊！老僧愿意前往。

万山千水，沙海茫茫，大师此行中土，千辛万苦，本王期冀借吉象感动大宋皇帝，让阿舅官家搬来援兵，彻底击败喀喇汗。

喀剌汗王国还会卷土重来？

当然！喀喇汗不会就此罢休的，穆萨汗王已经越过葱岭，去搬卫教兵了。

那大宋会出兵救于阗吗？

唯有大宋出面，于阗国方可保。大师若能以吉象感动大宋皇帝，像当年高仙芝一样经略安西四镇，那可保于阗千秋万世平安了。

肝脑涂地老衲也在所不辞啊。吉祥大师答道。

本王会修国书一封于你，并派卫队送大师过大流沙，不日就起程吧！

阿弥陀佛，善哉，善哉！吉祥大师从于阗王宫告辞出来。

数日后，于阗国王尉迟输罗站在于阗国的城门前，送吉祥大师一行，牵着白象，远去汴京。

站在于阗城堞之间，于阗国王远眺吉祥大师的马队、驼队和白象消失在塔克拉玛干的大漠里，心情一点儿也轻松不起来。吉祥大师此行，能否感动大宋皇帝，让他们出兵西域，李从德心里一点数也没有。父王执政时，他曾作为于阗太子，带着200余斤于阗镇国之宝——白玉，去汴京敬奉大宋开国皇帝赵匡胤。大河之滨，泱泱皇城，一片繁华景象。宋太祖果然一代英主，杯酒释兵权，收禁军之权于皇室，结束了八姓十二君的乱象，但再也没有唐太宗、高宗、玄宗一朝的气度和胸襟了，派兵镇守安西、北庭，任命少数民族将领为节度使，经营西域，挡住伊斯兰教席卷中亚大地。从德在大宋朝堂之上，代父苦求宋太祖出兵，救于阗于水火之中，可是赵宋皇帝以正在平定陕甘，打通河湟为由，拒绝派禁军远征，只组了一个157人僧侣团入于阗，以示声援。不管如何，这对喀喇汗王朝还是一个不小的震慑，让其知道，于阗也非等闲之辈，还有一个巨大的靠山，阿舅官家大宋朝呢。

然而，到了危急关头，真正能够两肋插刀者，唯吐蕃和高昌国。若无他们帮助，仅靠于阗国一国之师，打败不了喀喇汗王朝。

城头悬日，夕阳在沙海上泛起金光。此去，驼队无踪迹，尉迟输罗怏怏地走下城堞，在王室卫队的簇拥下，驰马回到了王宫，一片怅然。

陛下，你为何一脸愁容？王后见国王神情严峻，不解地问道。于阗国刚大捷，又有吉祥大师出使中土，送白象告捷，举国欢庆啊。

王后不懂啊。于阗国王摇了摇头，汉地有一词，叫居安思危，别看于阗与喀喇汗交战，暂时占了上风，可穆萨·阿依斯尔汗逃至葱岭之北，会搬来各国的卫教之兵，喋血大战还在后头。

哦！王后点了点头，又摇了摇头，将信将疑。

尉迟输罗朝身边的太监挥了挥手，传皇弟总尝来吧。

王后一惊，皇弟总尝已经出家在于阗王家寺庙娑摩若寺，改法号为法藏。跳出三界外，不问俗家事了。

倾巢之下，岂有完卵？于阗王摇了摇头，说本王有要事相托。

很快，侍从打着宫灯，引着于阗王子总尝从于阗国的王家寺院匆匆赶来了。跨在王宫，见到了王兄，连忙唱了一个喏，道：阿弥陀佛，国王连夜召法藏入宫，必有要事。是国事，还是家事？

对于尉迟王族来说，家事即国事，国事乃家事。尉迟输罗说，到底是一个娘胎里出来的，知我者，莫如皇弟也。

既是国事，陛下但说无妨。法藏道。

本王想请你去一趟天竺。

去天竺？陛下有何事。

寻访佛陀舍利。

请来供奉何处？

敬奉大宋皇帝。

哦！法藏沉吟道，不是刚请吉祥大师作遣使，入汴京送吉象吗，王兄为何要敬奉佛陀舍利？

当年本王受父王之派，曾出使大宋，发现他们从皇帝到群臣，非常喜欢佛陀舍利，向以拥有佛骨为荣。于阗王说，若皇弟能去西天寻回佛陀舍利，敬之于大宋国皇帝前，再求之出兵相援，感其这于阗之诚，不会再不答应啊。

法藏沉吟片刻道：吉祥大师送吉象入汴京，难道还搬不来救兵？

尉迟输罗摇摇头，大宋不会出兵。唯有佛陀舍利可感其诚。

好！法藏点点头，谨遵皇兄之命，我去一趟西天，只是天竺国经过婆罗门和大食两次灭佛，印度教和伊斯兰教盛行，举国信佛之盛景不再。

葱岭之北，还有一些国家如我于阗国百姓一样崇佛、信佛。于阗王说，但是喀喇汗王朝灭佛，容不下信众，毁坏佛塔，对沙门斩尽杀绝，弄得僧侣四处逃散，恰逢此危难之时，更可寻访到佛陀舍利啊。

王兄说得极是！法藏道，正好喀什噶尔被我方占领，越葱岭之路已经开通。

于阗国王说，我在大宋汴京时，不少沙门和文人墨客常提及东晋法显从于阗入佛国的著述。还有大唐玄奘从天竺回长安路经于阗，也提到过达睹货逻国（即吐火罗，今阿富汗北境）、迦毕试国（今阿富汗贝格拉姆）、梵衍好国（阿富汗兴都库什山）东行至犍陀罗国（今巴基斯坦白沙瓦城），进入北天竺的那竭国、缚喝国、迦湿弥罗国，均见过佛牙舍利乃至金顶骨舍利。此几国，翻越葱岭有千万里。皇弟此去，千山万水，不宜天竺腹地纵深待得太深太久。一旦寻找到佛陀舍利即返，本王还等着皇弟出使中土，可早去早回。

谨遵王命！

多带盘缠，并带上几名去过西天的沙门为你引路。

诺！

翌日，法藏从于阗国出发了，皇兄尉迟输罗一片好心，欲派王室卫队卫士化装成沙门，紧随总尝左右，作为护卫。

法藏摇头道，善哉，善哉，既去西天请佛陀舍利，需有诚心、敬心、善心，而王室卫士杀戮甚重，有血光之冲，难当此重任。既请不回佛陀舍利，还坏了于阗国大事。

好吧！那皇弟好自为之，万水千山，一路珍重。

阿弥陀佛！陛下就等着好消息吧。法藏向站在城门上的于阗国王作深深一揖，然后跃身上马，朝着莎车、朝于阗刚刚收复不久的喀什噶尔驰马前行。

葱岭在视野中城垣般地崛起了。虽然春天已经到了，但是远处的雪山如冠，犹如一位骑在白马上的王子，展着双翼，在云之上振翮而飞。

马铃悠远，缓步前行，身后是一望无际的大戈壁。不知不觉间，从于阗国出发，法藏已经走了半月，过莎车，穿过刚被于阗军队征服的喀喇汗王朝的国都，亦称疏勒。沙漠戈壁在身后渐渐远去。

前方是城郭一样崛起的大雪山。一列列峡谷，形态各异，没有植被，在太阳照耀下呈褐红色，就像一群群大宛的汗血宝马，奔突于群山之间，而山巅覆盖着一层层白雪，景色极为壮观，堪称大千世界之最气韵沉雄的大峡谷。此时，法藏已经踏上了克什米尔高原。

法藏进入西天迎请佛陀舍利之路，300年前法显就走过了。后来，大唐玄奘从天竺取得真经，返长安时也途经此道。数百年间，这条路上，东晋、大唐和赵宋时代去西天的沙门迤逦而来，在大雪山中踽踽独行。

法藏走了20多天，一直行走在和于阗相邻的葱岭岭东六国。一道峡谷中冲出了一条季节河，中间积出一潭湖水。有水就有绿洲，两岸山形陡峭，是丝绸之路的要道，有几户农家和客栈。虽然已遭受喀喇汗王朝的兵燹之灾，百姓无可奈何，改信奉伊斯兰教，可是曾经信奉过佛教。因此，对于于阗来的僧人，多少还有一些感情，因此法藏一行得到斋供。

跋涉20多天后，法藏终于到了子合国。然后，又步入葱岭山中，向于麾国挺进。稍作休息。葱岭山中行走了25天，到了竭叉国。这是中土沙门法显和玄奘到过的地方。两人当年路经此地，都见到佛陀遗物，释迦牟尼用过的唾壶，佛塔里还供奉一颗佛牙舍利，《佛国记》和《大唐西域记》皆有记载。可是物是人非，仅仅二三百年的光阴，竭叉国供的佛陀唾壶和佛牙舍利早已不翼而飞。佛塔被毁，坍塌于荒草野蒿之中。此地，崇山峻岭相拥，天寒地冻，远处白雪皑皑。时令已至仲夏，可仍旧是万里霜天映冷月，独有石榴闻春晓，看来离故国于阗已经越来越远了。

翌日，太阳从雪山后边浮冉而起，又重新上路。驿道小径，板桥霜迹，留下一行行骆驼的脚印，一直延伸到遥远的天边。清风扫过，太阳之吻，迅速将霜地上的驼印渐次模糊掉了。

翻过葱岭，法藏进入北天竺之境。雄关漫道，圣境不再。在陀历国中向西穿行了15天，放眼望去，皆雪山巍然，沟壑纵横，高绝惊险，群山之巅尽裸露的岩石。峭崖森森，壁立千仞，千山我独行，在山脊上往前走，顿时脑际一片空白，觉得连迈脚的地方都没有了。站在山巅，可闻湍急江河奔腾之声，江流有声，断崖千尺。一位沙门说，这叫新头河，缠空山而横流，落绝壁而有声，有怪石突兀，激流险滩之壮观险峻；有飞瀑叠翠，江流滚雪，神奇而壮美；有山高月小，水落石出，幽泉茂林之清幽空灵。沙门队伍之中，有沙门曾经走过此路，告诉法藏，在崖壁上凿出石阶，以作为通路，总共通过了700座石阶。走完石阶之后，轻轻踩着悬在上空的藤桥，有80步宽。渡过新头河，就到峡谷里边了。

走过千山万水，终于到了乌苌国，这才是真正的北天竺。遍地都有佛陀的圣迹。

天空中什么鸟在啼？真好听！如梵音依依。南亚次大陆的暖风吹过来，法藏单薄的身躯，僧衣被风鼓起来，从林间斜射下来的太阳光，剪出一个寂寥的暗红背影。

法藏摇了摇缰绳，夹紧坐骑，往乌苌国的腹地驰马而去。乌苌国，就是当今巴基斯坦的白沙瓦城，梵语被译为花园。巨大的锡克城堡，面对兴都库什山的开伯尔山口，一直延伸到白沙瓦城。大唐高仙芝将军的军队就是从这里下来，征服了小勃律国。历史上，它就是一个重要的军事要津，三山相围，西北是兴都库什山麓；往东北，可入喀喇昆仑山；往东南则是喜马拉雅山，围成一个桃花源之地，法显的《佛国记》有过记载，玄奘《大唐西域记》也对其有过精彩描写："山谷相属川泽连原。谷稼虽播地利不滋。多葡萄。少甘蔗。土产金铁宜郁金香。林树蓊郁花果茂盛。寒暑和畅风雨顺序。人性怯懦俗情谲诡。好学而不功。禁咒为艺业。多衣白氎少有余服。语言虽异大同印度。文字礼仪颇相参预。崇重佛法敬信大乘。夹苏婆伐窣堵河。旧有一千四百伽蓝。多已荒芜。昔僧徒一万八千。今渐减少。"

而当法藏到此，200多年已矣，那些供奉佛陀的塔林，已经沦为废墟。月光之下，法藏徜徉于残破不堪的塔林之中，一种沧桑的剪影投射在地上，无言诉说着当年礼佛的盛景。日光流年，也仅仅是250年时光，昔日的盛景不再，佛陀舍利不知何处，连同那些佛龛，皆无迹可寻了。暮色中听到的却是穆斯林在原来佛陀旧址上修筑起来的大清真寺晚祈时诵经的喊声。那听不懂的经文穿越大清真寺的穹顶，在旷野上笼起一层神秘，法藏感到有些悲凉。

唯有去那竭国了，那是北天竺的一个佛教中心，就淹没在前方的崇山峻岭之中。法藏过了犍陀卫国和竺刹尸罗国，前往佛顶骨的所在地。

法藏一路向西，空山独行，便到了那竭国边界上的醯罗城。不远处出现了一小片林子。有一袭渐次走远的褐红停了下来，是一位沙门吧。于阗国的沙门说过，那竭国乃繁华之都，城里供奉着佛顶骨精舍，系黄金打造。国王非常敬重佛顶骨，还担心有人抢夺顶骨，他就从国内豪族中挑选了8个人，每人持一印，用封印来守护。每天早晨，8个人都到了精舍门外，各自审视自己的封印，然后开门。开门之后，用香汁洗手，捧出佛顶骨，放在精舍外的高座上，用七宝装饰的圆形砧板垫在佛顶骨下，上罩琉璃钟，这些器物都是用珠玑装饰的。佛顶骨黄白色，方圆四寸，上部隆起。这些叙述犹在耳边，可是，法藏进城再寻时，供奉佛陀的精舍成为一片废墟，那黄白色的顶骨不见了，寻访到仅剩的几座佛寺，听说法藏在寻访圣物带到中土去，那些惴惴不安的沙门告诉他，都被阿拉伯人和突厥人捣毁了。

所幸，法藏入印度时，穆斯林对佛教的毁灭才刚刚开始，只是边缘性的，还未深入印度腹地。法藏游历数载，终于在那些尚未被破坏的佛教寺院里，请到了释迦牟尼行像、世尊金顶骨真身舍利，然后安全返回于阗。

法藏东行

法藏该从西天返回于阗国了。

于阗王李从德仁立于关城之上，往西边遥望的时间越来越长了。前方战事吃紧，王弟总尝迟迟未归，于阗再没有身份合适的使臣可以遣宋了。

其实，此时的法藏正在返回于阗途中。他到底什么时间回到于阗国？《宋史·于阗传》未载，敦煌文书也未说。我依据当年法显、玄奘天竺游记以及宋史、敦煌文书等典籍，勾勒和复活了他的西天迎请佛陀顶骨真身舍利的行程。

兴隆塔安葬碑云：世尊金顶骨真身舍利取自于西天，请回了佛陀行像、金顶骨肉身舍利和菩提叶。这是兴隆塔安葬碑所示的，这似乎更接近历史的真实。

然而，新疆博物馆的贾应逸女士却有一家之言。她认为当时于阗正与喀喇汗王朝进行战争，道路已塞，从于阗至疏勒之途，狼烟四起，兵燹遍地，一片刀光剑影。法藏过不了葱岭，自然入不了北印度了，西天取佛陀舍利谈何容易。

或许，贾应逸女士之说是对的，依据后晋法显和大唐玄奘所述，当时的于阗国佛陀林立，僧侣达万余人，乃佛教东渐后的又一个中心，那些佛塔之中供奉佛陀舍利也是自然的。但是，法显和玄奘路经于阗国，却从未在他们的书中提于阗国佛塔之供有佛陀舍利的说法，又取之何处呢？贾女士提出，佛陀舍利取之于于阗附近，或者是与喀喇汗战争获胜的战利品。依照突厥人对于佛国的烧杀抢掠，付火一炬的惯常做法，并不会怜惜佛舍利之类的圣物。

法藏的西天之行，恰好有了开宝三年（969~970年）这个历史契机，于阗王国对喀喇汗战争获胜的间隙，疏勒也在于阗国军队控制之中，入葱岭的通道全都打开了，法藏一行可以由此越过帕米尔高原，而入西天。

然而，和平的日子很短暂，穆萨·阿尔斯兰汗并非等闲之辈。从疏勒国都落荒而逃后，他去了中亚，回到他父亲起家的伊犁河和楚河流域，入八拉沙衮城，到阿拉伯帝国版图是去招收卫教军，然后卷土重来。其野心勃勃之状，堪比其父，那个被穆斯林称为第一位汗王的索图克·布格拉汗，这个出身九姓乌古思部落的突厥人，自信奉伊斯兰教之后，相信用血与火之剑，可以铸成无坚不摧的信仰。

915年的一个寒冬，一个16岁的王子在皈依伊斯兰教之后，突然于一个风高夜黑之时，抽出身上的佩剑，朝黑暗的天穹刺了过去。曙色将近，喀什噶尔皇宫的夜空溅上血色，一场宫廷流血政变发生了。少年王子杀死了不信伊斯兰教的大汗奥古勒恰克，登上喀喇汗王朝大汗之位。这就是历史上赫赫有名的索图克·布格拉汗。他被后来的穆斯林文献尊为喀喇汗王朝的第一位统治者。

16岁拥有了王杖，刚过不惑，布格拉汗成功地夺取了八拉沙衮城（今伊塞克湖西），奠定了喀喇汗王朝的统一大业，从而使喀什噶尔在中亚腹地以惊人的速度繁华起来。在位的40年间，对疏勒王国境内回鹘和不信伊斯兰教的部族四处征讨，终其一生。索图克·布格拉汗却饮憾不已，在他955年要入麻扎之际，并未使伊斯兰教在喀喇汗王朝境内广泛传播。

955年，索图克·布格拉汗在喀什噶尔去世，葬于阿图什。他的长子巴依塔什继位。取伊斯兰教名为穆萨·本·阿不都·克里木，封号为阿尔斯兰汗。这时，喀喇汗王朝却三面受敌，狼烟遍地，葱岭以西有多年宿敌纯伊朗人种的萨曼王朝，北方是高昌——龟兹的回鹘，南方是于阗国的佛教中枢。而他却想以穆斯林教立国，一统西域，将这块土地变成一个穆斯林的世界。

穆萨·阿尔斯兰汗喀喇汗王骑着战马，挥舞着手中的铁剑，指向于阗王国。他从八拉沙衮城南下，开始对信奉大乘、小乘的喀什噶尔和叶尔羌发起进攻。马踏佛殿，剑指众生，要么皈依伊斯兰教，要么就是去死。大批佛陀沙门，仓皇辞寺院，一袭红褐从干裂的土地上掠过，往李圣天、李从德父子当政的于阗国逃去。

于阗国王尉迟家族世代笃信佛教，其国人融西域和汉地文化入血脉，识音乐，通技艺，知书达理，却英勇顽强。男儿或出家为僧，进寺院念经，或跨身马背，成为一代勇士。尉迟王室宅心仁厚，中国高僧朱士行、法显和玄奘都对于阗国王族和国人多有好评。故对喀喇汗王朝强迫佛教徒改信伊斯兰教的做法非常愤懑。当喀什噶尔的佛教徒放下经卷，从青灯梵香中站起身来，挺身而出，反抗强制改宗时，于阗国对受迫害和暴动失败的佛教徒给予收留和庇护。这无疑触怒喀喇汗王朝的穆萨汗王，他以此为借口，发动了"圣战"。然而，于阗国尉迟父子也非等闲之辈，从小善马上骑射，彪悍勇猛。再环视于阗境内，土地肥沃，人民种桑养蚕，淘河挖玉，堪称富甲一方，有足够的实力可与喀喇汗王朝一战。未曾想到，突厥人的疯狂锐不可当，第一个回合就打了 8 年之久。这期间，于阗王李圣天将目光投向了东方，企盼得到新立不久的大宋王朝的支持。作为李氏王朝的使者，不绝地往来于开封、敦煌和于阗之间的道上。于阗国两位王子从德和从连分赴开封和沙洲，请求援兵。可惜宋朝立国不久，无法在军事上给予援助，以表示道义上的支持。幸好，于阗得到了高昌和吐蕃的全力支持与援助，占据了明显优势。经过历时 8 年的战争，于阗军队占领了喀喇汗王朝国都喀什噶尔，当地居民纷纷归顺，阿尔斯兰汗战败后逃往中亚。

望穿秋水啊。于阗王李从德心忧如焚，站在于阗国的城楼上，远眺那片瀚海。日出日落，岁月如流沙，大荒了无痕。吉祥高僧东行汴京两载了，却始终不见大宋帝国军队的旌旗和鼓角声响。

马蹄声咽，鼓角铮鸣，喀喇汗王朝的铁蹄踏破了城阙。穆萨·阿尔斯兰汗卷土重来，重新收复了喀什噶尔。长矛、弯刀银光闪闪，穆萨汗已在叶尔羌盘马弯弓，锋芒毕露，再度指向了于阗国界。李从德处处设防，重点屯兵，砺带山河而未知河山将碎，于阗国将殇。

城郭之上，灰头雁浮在空中，排成"人"字，渐渐远去，消失在葱岭的边缘之上。来去匆匆，春秋几度。掐指算来，皇弟总尝去西天好几载了，为何不见踪影啊？

日光流年，岁月如沙。左等右盼，终于在黄昏将至的傍晚，驿使快马一程一程地报来了喜讯：三皇子法藏大师从西天回来了！

于阗国王携王后匆匆登上了城楼。落日楼头，断鸿声里，沙海深处一个黑点渐次放大，背着苦行僧行囊的法藏身影清晰起来，出现在城门之下。于阗王尉迟输罗牵着王后之手，从城楼上沿级而下。站在城门口，迎接三皇弟法藏西天迎取佛陀真身舍利回来。驿使在前匆匆驰过，尘埃落定，只见法藏从驰马上跨身下来，袈裟褴褛，神形枯槁，朝于阗国王和皇后走了过来。

王弟辛苦了！数载不见，羁旅漫漫，风餐露宿，印度洋的风霜雨雪已经将总尝折磨得不成样子，于阗王尉迟输罗泪水顿时涌了出来，对法藏道，王弟先休息数日吧，前方战事危急，喀什噶尔和叶尔羌等地，重又被喀喇汗王朝占领了，现在正虎视眈眈于阗城郭啊。

王兄，翻越葱岭之北，在返回路上，吾已经感受到，烽火连天。若不是法藏与几位大宋来的沙门同行，早就被关押起来了。要不改信伊斯兰教，唯有一杀了之，涂炭生灵，罪孽啊！阿弥陀佛。

看来，喀喇汗王朝还是对中土大宋国忌惮几分啊。于阗国王感叹道，不然凡见佛陀沙门，大多斩尽杀绝。

是啊！葱岭南北几乎成了突厥人的天下，当年的佛塔，毁的毁，拆的拆，废墟一片啊！

若喀喇汗王朝攻进来了。破城之时，这座千年古城也会成为废墟！尉迟输罗仰天长叹。

会有这一天吗？法藏问道。我尉迟王族一直骁勇善战，从来就没有怕过谁。

会的！于阗国王怅然若失，说喀喇汗王国是一批野蛮的游牧人，一天一天地吞噬于阗国的勇士。他们以伊斯兰教立国，容不得别的信仰。国师布道，20万人一下子入教，你去西域多年，他们的地盘越占越大了。现在他们是全力对付萨曼王朝，如果调转刀尖对准于阗国，末日就不远了。

阿弥陀佛，中国圣贤说，故国虽安，忘战必危啊。法藏问道，陛下，我们该怎么办？

本王想请你作为于阗国使臣，出使中土，再到大宋王国走一趟吧！带上从西天请来的世尊金顶骨肉身舍利、佛陀行像、菩提叶，还有于阗的最后一份国宝390斤白玉，一齐敬献给大宋皇帝，并有请求出兵的国书一份，这也许是于阗最后的希望。

法藏愿去！佛陀说，救人一命，如登七级浮屠，如法藏东行，能救于阗国之难，纵使舍身葬沙，吾也在所不辞。

谢谢王弟！

阿弥陀佛！

数日之后，法藏阔别生于斯、长于斯的于阗国，开始东行，于阗王尉迟输罗亲自在城门前为王弟送行。虽然走出于阗城郭，就是一望无边的大流沙，沙海茫茫，每个风险之地，他都帮法藏做了安排，几乎是倾其所有。给法藏带上了于阗国的稀世珍宝，从于阗至沙州段，于阗国有王家卫队护送。而到了敦煌，东入玉门关、阳关，漫长的河西之旅，则由沙洲大王曹延禄派卫队护送法藏入甘陕，再入大河之下，进入汴京城。

东行万里路。那天早晨，法藏别过王兄和王室成员，跃身上马，将身上的一袭红褐袈裟往肩上一抛，驰马而去。蓦然回眸间，这座自己所熟悉的城郭，这座于阗王都，在身后渐行渐远。唯有城南十里那座自己出家的寺庙，经历于阗国三代国王所修的寺庙，在晨曦中露出一道金塔，或许这是此生最后的一瞥。

对于法藏而言，离开，便是诀别。当年，玄奘离别于阗国，也是这样走进前方这片大漠的。曾留下如此描写：离于阗东境之关防也，从此东行入大流沙。沙则流漫聚散随风。人行无迹遂多迷路。四远茫茫莫知所指。是以往来聚遗骸以记之。乏水草多热风。风起则人畜惛迷。因以成病。时闻歌啸或闻号哭。视听之间恍然不知所至。由此屡有丧亡。盖鬼魅之所致也。

法藏东行，一如当年玄奘回长安一样，大漠孤烟，寒山残雪，驿道万里，瘦马风尘，一步一步地往大宋王朝的国都汴京走近了。

第五级　于阗国殇

美玉之邦，唐家风雨汉家烟

法藏已经走远了。

于阗国王尉迟输罗却迟迟不肯离去。仍然爬上关城之上，远眺王弟总尝的马队淹没于前方的大流沙之中，渐次缩小成为一个个黑点，犹如沙丘之中的芨芨草，一簇簇、一点点，随风而逝。

生如草芥啊，一簇兵燹即成灰烟。于阗国王心中悲凉，突然涌起一股莫名的感伤，这或许是尉迟王族兄弟之间的最后一别吧。总尝，法藏，王子，僧人，亦佛亦人，江山家国，凡尘三界，若此去搬不来救兵，战事再起，王子不返，一盏青灯终老，客死异乡，古于阗国的最后一缕皇族血脉就可能永留中土了。

一切都是命运使然啊。于阗与汉家，西域与东方，早在你中有我、我中有你的激烈碰撞中交织、融合了千载。于阗乃美玉之邦，而中原自古便有崇玉为礼器的历史，仁义君王，孝悌儿男，皆以白玉之纯、温润如玉的谦谦君子风度自喻。故对于阗国有一种剪不断、理还乱的汉家情结。

一如于阗国王城将破时，于阗国王尉迟输罗眼睛里饱含深情的泪水，因为他热爱这片王土，一片丰饶之地。

尉迟王族生于斯、长于斯,但,最早的一支出自何方?史家普遍的看法是,公元前3世纪,东土移民1万余人来到于阗河下游。不久,印度阿育王宰辅耶舍也率领7000人越葱岭,东去至此,遂决定联合建国,这就是《大唐西域记》中的"瞿萨旦那国"。从人种上说,主要居民是伊朗的西亚人、印度人和汉人。早在公元前2世纪,于阗这个城邦就已经出现。当时,王国的都城就设在距和田西9000米的约特干。张骞出使西域,从大月氏返回时,路经于阗。是时,于阗国都设在西城,人口仅19300人,全国有3300多户,战士2400人。

于阗国的第一次扩张是西汉末年,皇室势弱,中原战乱,无暇顾及西域极边,当年经营河西的大汉军队已鞭长莫及。于是,于阗国乘机向外扩张,称雄丝路南道。此时,于阗国居民达3.2万户,8.3万人口,3万精兵,几乎全民皆兵。其版图东起罗布泊,南邻吐蕃,西南至葱岭,西北入疏勒。偌大的版图堪称背倚昆仑,前瞰绿洲,犹如金瓯一片,美玉一块,无一点伤缺。

到了晋代,虽是偏安一隅,于阗国王仍以与中原王朝联系为荣,被册封为"晋守传中大都附奉晋大侯亲晋于阗王"。

444年,北魏晋王拓跋伏罗马踏尤野,横戈青藏,带兵攻打青藏高原上的另一番国吐谷浑。兵至乐都,抄小路攻击吐浴浑国王慕利延,杀5000人,慕利延回撤白兰。其侄子慕拾寅逃至河西;1.3万人由慕利延堂弟慕容伏念带着投了北魏。而慕利延因此战大败,带着族人败退到于阗国,杀死于阗王,占据这片美玉之乡长达两百多年。

674年,大唐设立安西、北庭节度使藩镇,安西治所在龟兹,设毗沙都督府,封于阗王尉迟伏阇雄为都督。一代名将高仙芝就曾经做过于阗镇守使。后来,于阗王尉迟屈密即位,将王子送到长安做质子,被授予相当于都督的毗沙将军衔位,于阗便在大唐的统辖之下,成为一种君臣关系。

唐家风雨汉家烟。

在佛教东传的道上,作为南丝绸之路的重要一站,于阗是一个主要传播中心。

曹魏时,中国第一个到达于阗的僧人叫朱士行。魏甘露五年,朱士行辞别魏都,西行取经。一路风餐露宿,历经千辛万苦。穿过荒无人烟的戈壁、沙海,抵达西域佛国于阗,行程一万余里。

于阗地处西域丝绸之南端,与佛教源头印度仅有一道葱岭之隔,梵香正盛,被中原僧人誉为"小西天"。可朱士行抵于阗后,发现此国当时盛行小乘佛教,对大乘极为排斥。听说朱士行欲去天竺取大乘之经,便将他扣了下来,终生不让离开。朱士行只好留在于阗,一面参拜佛,一面搜寻大乘佛教独有的《般若经》《放光般若经》梵文原本,共有90多章、60多万字,他青灯古卷,精心翻译,请人抄写了一份，并让弟子法饶等10人将经卷送回洛阳。

朱士行最终圆寂于阗，一缕梵香之中，遥望中原。

后晋法显比朱士行幸运。彼时，大乘已经成了于阗国教，所以他路经于阗国时，发现"其国丰乐，人民殷盛，尽皆奉法，以法乐相娱。众僧乃数万人，多大乘学，皆有众食。彼国人民垦居，家家门前皆起小塔，最大者可高二丈许，作四方僧房，供给客僧及余所须……"

玄奘修得正果，取了真经，返国途中，路过于阗，受到热情接待。当时，于阗国已大半是沙碛，但气候温和，人民的性情也温恭有礼而崇尚佛法。玄奘来到于阗大约是在公元7世纪，当时于阗已经有上百所寺院、近5000名僧侣，其中也有外国来此挂单修行的僧人。

然而，汉唐以降，在中国人的记忆中，于阗，却以美玉闻名于世，自然是地地道道的"美玉之邦"。

于阗国王李圣天、李从德父子堪称西域最有作为的一国之君，马背君王。父子两个以于阗一个区区小国，对抗一个强大的阿拉伯帝国，无疑是以卵击石。可是一如诗中所写，平时于阗将士亦农亦兵，春时战马耕田，战时跃身上马，攻城略地，与喀喇汗王朝进行了长达20年的战争，互有胜负。然而，长年的征战，却耗尽了于阗国的国力、兵力和精血。城池最终陷落，只是一个时间早晚的问题，其实这一天已经悄然逼近了。然而，李从德仍然不忘合纵连横，派出于阗国最后一位使臣，让自己的王弟总尝从西天迎请佛陀顶骨真身舍利，再携镇国之宝390斤白玉出使大宋国，可谓用心良苦。

总尝已经走了两年，多少个朝云暮雨，于阗国王李从德似乎还像当年苦等吉祥大师归来一样，站在城垛之上，等着法藏大师，等着大宋王朝的军队从那片大流沙中走出来。

然而，等来的却是十几万如蚁如潮如沙暴一样涌来的喀喇汗王朝的铁骑。

于阗国将破，大宋援兵却迟迟不至。看来，于阗国王李从德只能靠自救了。

于阗国殇

尉迟输罗驰马回到了王宫，将麾下的文武大臣召至廷上，说，本王准备倾于阗国一国之兵，再与喀喇汗王朝决一死战。

群臣骇然，皆心有余悸。与喀喇汗王朝的战争已经打了20多年，虽然于阗国略占上风，但也是互有输赢啊。先是攻入疏勒国的国都，但只是短暂地风光了一阵子，不久之后，穆萨·阿尔斯兰汗卷土重来，迅速夺回了喀什噶尔、叶尔羌等地，与于阗国形成了多年对峙之势。刚刚硝烟散尽的英吉沙东北边境之战，可谓血雨腥风，血流成河。

到了冬天，喀喇喀什河飘雪了，亦漂着浮尸滚滚而来。血流成河啊，时光之河，也全都凝固在了998年1月。

半年前，于阗天空刚吹来一阵阵暖风，阳光灿烂，玉龙喀什河解冻了，春天已至，春耕过后，国王尉迟输罗春风得意，带着一支3万人的军队，踏上了讨伐喀喇汗王朝的征途。于阗军队推进很快，迅速推进到喀什噶尔城下，将城郭团团围住，如铁桶一样，让疏勒王都里的人插翅难飞。当时喀喇汗王朝大汗是穆萨·阿尔斯兰汗。他城门紧闭，不与于阗军交战，欲逼其粮草耗尽，不战自退。然，长期围困，却造成疏勒国都城内发生饥荒，民心浮动。穆萨·阿尔斯兰汗被迫出城背水一战。

眼看陷入于阗国军队的重围之中，穆萨大汗戴上战盔，跃身上马，带着最精锐的卫队，突发奇兵，从城门奔突而出东，直奔于阗军的指挥中帐。那简直就是一场混战。尉迟输罗乱中手持利剑，直逼穆萨·阿尔斯兰汗，两国之王过招，等于是一场单挑，你来我往，一战就是几十个回合，杀个天昏地暗。落日将尽，一阵罡风袭来，沙尘暴铺天盖地。穆萨·阿尔斯兰手一挥，喀喇汗王朝的军队一拥而上，人多势众，向沙暴一样，扑向了于阗国军队，喋血杀戮，血流成河。

暮色四合，于阗军队战败了，被迫撤退到了两国边界的英吉沙一带。穆萨·阿尔斯兰汗率军紧随其后，跟踪追击，双方在两国边界上形成了对峙之势。

转瞬之间，便是伊斯兰教教历388年（998年）1月末，穆萨自改信伊斯兰教后，一切按国师之示为上，尤其重本教礼仪。即便在前方，到了斋戒日，依然号令全军，马放南山，兵戟掷地，不吃不喝，到清真寺或白色帐篷里念经悔过。于阗王一生马背天下，下马可治国，上马能征战，堪称西域一代虎将。他抓住喀喇汗王朝官兵做礼拜的机会，绝地反击。在那个礼拜天的清晨，晓色初露，大地一片寂然，喀喇昆仑仍沉静如梦。尉迟输罗率领大军冲进了喀喇汗王朝军队早祷的帐篷。

穆萨·阿尔斯兰汗起得很早，在大帐中沐浴，净身，然后跪于军帐之中，平举双手，按国师之导，念经祈祷。

寂静的军帐中突然喧嚣四起，喊声、哭声、厮杀声、马啸声震天动地。侍卫长匆匆进了穆萨·阿尔斯兰的帐篷，惊呼道，汗王，于阗国军队攻进来了。

啊！穆萨·阿尔斯兰一骨碌爬了起来，急忙让侍卫替自己穿上战袍、铠甲，牵过战马，跃身上马。但此刻喀喇汗王朝军队已经一片大乱，于阗王尉迟输罗已经带兵攻过来了。乱军之中，穆萨带着卫队左突右冲，一批一批的于阗兵将他们团团围住，穆萨汗王手持弯刀，左砍右劈，手起头落，但是于阗军队实在太勇敢了，前赴后继。一批将士倒下来，另一批又蜂拥而来，长矛大刀纷纷刺向喀喇汗王。

于阗国王到底是马背王子出身，武艺高强，战术一流，百万军中，剑如长虹，划过之后，一注注碧血冲天。穆萨·阿尔斯兰汗勒马回头便跑，于阗国王麾下的两位战将努克、八克穷追不舍。终于，被三匹战马卷入黄沙之中，于阗国王的两位虎将一前一后，堵住了他的去路。长矛剑戟同时插进了他的铠甲，血染白雪。努克抽出佩剑，剑起头落，砍下了穆萨·阿尔斯兰汗的头颅。当于阗国王提着阿尔斯兰汗的头颅出现在大军阵前时，盘马弯弓，两位将军跑到喀喇汗王朝的军队前，举起穆萨·阿尔斯兰汗的头颅。喀喇汗王朝的军队皆惊恐万状，大汗已殁，群龙无首，只好望风而逃。

喀喇汗王朝军队大败，大批将士战死，阿里·阿尔斯兰汗也在激战中阵亡。

于阗国王终于扳回一城，回到国都之后，喀喇汗王朝大汗穆萨·阿尔斯兰汗的躯体便被于阗军抛弃在奥当麻扎。尉迟输罗下令，其头颅被带到喀什噶尔艾斯克萨城堡的城门上，悬首示众，直到后来于阗国破。后来，穆斯林信众在他阵亡的地方为他建造了陵墓，陵墓至今尚存，只埋了阿尔斯兰汗的骷髅之头。穆萨汗王的头颅则被喀喇汗王朝隆重安葬在距艾斯克萨古堡不远的吐曼河畔，这就是我们今日所看到的"阿尔斯兰汗麻扎"。

阿尔斯兰汗死后，长子阿赫马德·托干汗继位。阿赫马德·托干汗执政后，继续同于阗作战。

尉迟输罗觉得自己的机会来了。喀喇汗王朝老汗王已死，幼主新立，政局未稳。不久，喀什噶尔发生了反对伊斯兰教的暴动，国内反抗声浪高涨，对于一位军事家来说，这是绝好的机会，趁对方立足未稳，给喀喇汗王朝最后致命的一击。

然而，于阗国王犯了一个致命的错误。乘人之危，反而激起了对方破釜沉舟，绝地反击，此其一。再则，于阗国在英吉沙边境的最后一战，也不过是偷袭之战，侥幸成功。自己的军队早已经元气大伤，本应休养生息，恢复后再战，可尉迟输罗觉得这是最后的机会了，想一仗鼎定江山。

果然，开始进展很顺利。于阗乘机出兵，一举占领喀什噶尔。阿赫马德·托干汗不得不派其堂兄弟玉素甫·卡德尔汗前往中亚，向副汗求援。

这已经成为一场宗教战争。阿拉伯帝国副汗派出了一支由四位伊玛目率领的4万人的军队，随玉素甫·卡德尔汗火速赶往喀什噶尔。由于这支生力军的参战，喀喇汗王朝士气大振，战局急转直下。早已疲于战争的于阗军队渐渐不支，开始溃退，喀喇汗王朝收复了喀什噶尔。

1000年11月11日，于阗国军诱敌深入到今策勒县南部山地的波斯坦乡，战斗前，雇佣军为了鼓舞士气，举行了一次大型礼拜。于阗军队利用敌人做礼拜的机会突然发起攻击，雇佣军在做礼拜时没有带武器，又来不及备马，结果陷入一片混乱，四散奔逃。一场鏖战，卡德尔大军大败，来自麦达音的4位伊玛目全部丧生，喀喇汗王朝付出了沉重的代价。至今在波斯坦乡还能看到有名的"四伊玛目麻扎"。这一惨败，直接导致喀喇汗王朝在于阗的胜利化为泡影，不得不立即撤军。

几年后，喀喇汗王朝从失败的阴影中走出来，再度恢复实力，相继向萨曼尼王朝和于阗国发起新一轮的进攻。

玉素甫·卡德尔汗进入喀什噶尔后，征集了两万名穆斯林士兵，连同原来的军队，号称14万大军。喀喇汗王朝军队经过重新武装后，开始向于阗进发。在叶城的库姆热瓦特，两军展开了激战，于1006年围攻于阗王城，于阗军队多处设防，顽强抵抗，但都被雇佣军相继击破。最终雇佣军兵临于阗城下。无奈之下，于阗王决定投降，全国改信伊斯兰教。于阗将军乔克和努克拒绝改变信仰，率领一部分同样信仰坚定的军民向昆仑山退去。喀拉汗王朝的雇佣军不战而胜，顺利占领了于阗。

战争并没有就此结束。乔克和努克在昆仑山中与追击而来的喀喇汗雇佣军进行了殊死的搏斗。雇佣军来自远方，不熟悉昆仑山中的地形，常常不知方向，屡屡受到乔克和努克的袭击，伤亡惨重，士气空前低落。就这样，这批外国雇佣军被乔克和努克率领的军队彻底歼灭。

喀喇汗王朝对萨曼尼王朝的战争最终以失败而结束，但在对于阗的战争中取得了胜利，于阗国都再次被占领，喀喇汗王朝征服了于阗全境。

然而，战争取得了全胜，却埋下了分裂的种子。前任阿里·阿尔斯兰汗的几个儿子自以为是王朝嫡派而大为不满。从1041年起，在玉素甫·卡德尔汗手中曾经强大统一的喀喇汗王朝，开始形成分别以喀什噶尔与撒马尔罕为中心的东部喀喇汗王朝与西部喀喇汗王朝。

在政治、经济和文化方面，喀喇汗王朝长期与中原保持着密切联系。933年夏，在喀什噶尔的索图克·布格拉汗向居于华北的辽朝派出过第一个友好使团，940年，辽朝派使团回访成功；至1068年间，仅据我国正史所记，喀喇汗王朝就向辽朝遣使16次。1009年，自玉素甫·卡德尔汗开始，向宋王朝派出了第一个友好使团。至1088年间，喀喇汗王朝共向宋朝派出使团达50余次。有时，一年间数次。其中1063年（宋嘉祐八年），东部喀喇汗王朝大汗托格鲁尔·喀拉扞·马赫穆德（玉素甫·卡德尔汗的第三子）从喀什噶尔遣使入宋，宋朝正式册封托格鲁尔为"特进归忠保顺鉐（蚝）麟喀喇汗王"。

第六级　巡礼圣境

东方阿舅大官家

大宋端拱三年的春天吧。

一炉檀香袅袅，弥漫于汴京早朝的紫宸殿上。宋太宗赵匡义将肥胖的身躯倚在龙榻之上，眼睛半睁半闭。昨晚与年轻贵妃缱绻了半夜，酥得骨架都快散了，多想偎香倚红，睡个懒觉，可还是被那娘娘腔的太监给唤醒了。做皇帝也有人管，真不自由。他狠狠地踢了太监一脚，从贵妃那白如凝脂的怀中慢腾腾地起来，更衣，坐上大轿，颤颤颠颠地进了金銮殿，仍然春梦未醒。

真烦！早朝官员们唠唠叨叨些什么？宋太宗睁开龙瞳，仿佛又看到陈桥兵变那一幕，犹在昨天，太祖黄袍加身。风水轮流转，大位落到自己屁股底下。皇权在握十四载了，经历建隆、太平兴国之治，但帝国的豪强却难以如日中天，边域仍旧动荡不安。东、西突厥人总在找麻烦，掳掠邻邦，妄想坐大，称雄漠北和葱岭。西域小国纷纷派使臣入汴京，祈望东方阿舅大官家做主，一代英主岂可坐视天下不管？然，收禁军之虎符于皇室，大宋实行的是弱兵之策。虽太祖跃身马背，率兵亲征，挥戈甘陕，打通了河西之道，可是血流成河，无定河边皆白骨啊。跟着太祖班师回朝，回望身后的队伍，从汴京而来的禁军死伤过半，宋太宗当时忽然有一种胜者的落寞：战争并非是最好的政治。

晓风残月，凉风徐徐，仍有几缕倒春寒。宋太宗被太监卷轿帘的寒风惊醒了：陛下！到了。又是那令人烦心的嗓音。起身下轿，踱着方步登上殿堂，落座在龙椅上。坐直身子，黄袍朱帽，又是一派九五之尊。春梦初醒，忽闻午门晨钟响起，执掌宫廷礼仪的官员拖着长长的嗓音禀报，于阗国使者王子法藏大师到！

使者？法藏？宋太宗悚然一惊。问群臣：还没有到朝贡的时候，于阗国使者来大宋干什么？会不会是边域陡变？

站在庭下的中书令说，陛下多虑了，近闻于阗大捷，杀了喀喇汗穆萨·阿尔斯兰汗，于阗国国王派使者来贺。

兵部尚书说，贺捷只此其一；有事相商，此其二；抑或还有其三……才是于阗国遣使汴京的目的。

哦！宋太宗捋了一把美须说，众卿家，于阗国称吾大宋为阿舅官家，每年遣使不绝于道，白玉、白象都送过了，亲善可嘉啊。你们说这回会有何事？

中书令揣摩皇帝心思，想着如何回答是好。

还会有什么事？门下省大臣接过话题道，余以为大事啊！派王子做使臣，一定是于阗国危啊。如今，与于阗边界相邻的喀喇汗王朝羽翼丰满，改信伊斯兰教，兼并了邻近诸部落，祈望一统西域。想是于阗战事吃紧，搬救兵来了。

卿家所云，朕甚明了。这等事，为何总与于阗国有关？宋太宗问道。

喀喇汗王朝觊觎于阗国，尉迟输罗岂不如坐针毡？一位大臣道。

宋太宗突然从龙椅上一跃而起，睿眸炯炯，直逼兵部尚书：这么说，于阗国是来央求大宋出兵了？

恐怕是！兵部尚书点头答道。

哦！宋太宗沉吟了片刻，道，太祖当年在朝，便与朕议过，大宋之强敌，仍是东北方之契丹，燕云十六州就握在他们手中。朕继大位后，不顾契丹要挟，灭北汉，收回太原城，后与契丹在幽燕交手，未料遭到契丹之主耶律贤的顽强抵抗，虽一度兵临北京城，但高梁河之败，幽燕未得。契丹主归天，朕二度发兵，兵分数路，东进幽燕，仍再败，而西突塞外，却得了大同。现在东有契丹，西有西夏。都在虎视眈眈着汴梁，大宋军队若进河西，经营西域，中原空虚，等于东门洞开，大辽便会长驱直入，直捣汴京，不啻拱手让出中原。再则，大宋的西北方，另一支唐兀人崛起，赵保机（又名李建迁）称王，建立了西夏王国，横亘于阿拉善、鄂尔多斯一带，并相机占领大宋的军事重镇灵州，直逼宁州。一东一西，两个虎狼之国觊觎大宋江山。朕已下过多道圣旨，大宋王朝对西域诸国，只持道义，不动干戈，于阗远在万里之遥，大宋国鞭长莫及啊。

殿下众臣心知肚明，前有恶虎，后边恶狼，大宋王朝已经自顾不暇，哪有力量远征西域？若出兵，定会危及江山社稷。

因而，这些年来，无论于阗国派多少遣使于宋，大宋王朝从未派过一兵一卒，最多就派了一个 157 名沙门组成的佛宣慰团。意在告诉西域诸国，大宋乃于阗国之坚强后盾。仅能如此啊，那么赵宋皇帝会给于阗国的最后一位使臣——于阗王子法藏一个机会吗？

宣于阗王子法藏吧，朕要见见他。宋太宗朝站在一旁的太监挥了挥手。

宣于阗国使者法藏觐见！站在宋太宗一侧的宦官喊道。

宣于阗国使者觐见……

太监的呼喊声，传到汴京皇城甬道之上。

于阗王子法藏大师走出驿馆，将一袭红褐袈裟往肩上一抛，手捧舍利金瓶，身后紧跟着于阗王室的随从，抬着 390 斤白玉，牵着汗血宝马，朝着大宋朝的皇宫宣德宫城徐徐而行。

法藏仰首望去，早春的阳光从殿堂的门口斜照进来。紫宸殿上，金碧辉煌，宋太宗一脸英气，龙袍在身，头戴一顶方正的乌纱帽，黑色加白底的靴子多少有些夸张。因母后曾是沙州归义军首领曹义军之女，法藏能说汉语，交流起来并无障碍。

阿弥陀佛，法藏以僧侣之身份向大宋皇帝行了一个礼，然后递上了于阗国国王李从德委派他带来的国书。

伫立皇帝一旁的内宦念道，于阗国王尉迟输罗上书表曰——东方日出处大世界田地主汉家阿舅大官家：

于阗国者，去中国一万余里，带甲三万人余，数十年间，北有喀喇汗王朝为恶，南有高昌回纥做我欢邻，东有大宋国为我强援，乃东方日出处大世界田地主汉家阿舅大官家也。

于阗国初立，始与东方日出处亲善，历汉、魏晋、隋、唐，直至大宋，于阗国王族尉迟之姓，乃大唐所赐，王后系沙州大王曹议金之女也，圣天衣冠如中国，从德亦然。然，喀喇汗王朝初立，灭佛兴回，角力竞斗，虽十年岂得休哉！从德即念天民无辜，受此涂炭之苦，国主自见伐之后，夙夜思念，是为自祖宗之世，求救大宋国也，中国者，礼乐之所存，恩信之所出，动止猷为，必适于正。喀喇汗王朝肆诈穷兵，侵人之土疆，残人之黎庶，毁人之佛寺，是乖中国之体，为外邦之羞。若汉家阿舅家大宋朝兴甲兵，大举征讨，盖天子与边臣之议，与于阗国数路进兵，一举可定也。故去年有英沙吉之役，今秋有喀什噶尔之战，斩穆萨·阿尔斯兰汗贼头，悬城门之上也，然，较其胜负，非于阗王所能定矣。今遣王弟总尝，自西天数载，迎请世尊金顶骨肉身舍利、佛祖行像、菩提叶，连同于阗国贡聘白玉390斤，细马两匹，皆敬奉汉家阿舅大官家也，若祖宗之盟既阻，君臣之分不交，存亡之机，发不旋踵，朝廷岂不恤哉！何如哉！

可谓葱岭落日孤城闭，浊酒一杯家万里。

内廷宦官念完于阗国书之后，宋太宗对法藏大师道，欣闻带来了佛陀顶骨舍利，从何处取得？

小僧受于阗国王之托，专至西天，历时数年之久，终于取回世尊金顶骨肉身舍利。

大师一路西行，千辛万苦，其诚可感，其行可敬。朕赐紫衣一套。

谢大宋国皇帝！法藏道，总尝自出家之后，便不再过问身外之事，人在三界外，不问凡尘事，专心侍佛念经。然，佛家言，救人一命，胜造七级浮屠；而救一国之亡，则如菩萨再世。虽法藏力不能及，但受于阗王所托，法藏仍勇往直前，徒步西天，九死一生。纵使再行东土，舍身饲虎，为了东方乐土，有佛世尊顶骨舍利保佑，也在所不辞。唯有一愿，便是请大宋汉家阿舅恤于阗苍生之苦，救黎民于水火之中，亦保一方佛家净土平安吉祥。

宋太宗点了点头道，法藏大师所言极是，出之肺腑，其忠可感，其诚可敬啊。汉家与于阗，从古至今，一家人也。彼称吾为阿舅，此甥舅之盟也。斯时，于阗子民深遭喀喇汗涂炭，大宋理应出兵，解生灵于水火，然，兵者，国之大事也。兵家云，故国虽大，好战必亡，天下虽安，忘战心亡。如今大宋国东北方有契丹的虎狼之师，西北方又有西夏王突兀而起，首尾难顾啊，想法藏大师亦有所闻。于阗国请求出兵之事，容朕再好好想想，与各位卿家们商量一个上上之策。鉴于法藏大师为于阗安，万里芃野，独为舍利，图一国正大光明，朕再赐一个封号：光正大师。

谢大宋阿舅皇帝！

哈哈！宋太宗一阵仰天大笑。

散朝了。法藏走出大殿，捧着紫衣，拥有大宋皇帝赐的"光正大师"封号，他却一点儿也高兴不起来。此行中土，又是竹篮打水一场空。虽说瘦死的骆驼比马大，可是此时的大宋皇帝，早已经没了秦皇汉武、隋主唐宗那种"席卷天下、包举宇内、囊括四海之意，并吞八荒之心"了。一朝文武，温文尔雅，格局太小，无法与大唐群臣比肩。且志不在西域，而被前门契丹和后门的西夏国死死地拖住了。

朝议几载，未见结果，皇帝迟迟下不了决心，这有可能是无限期地拖下去。法藏和于阗国的随从们唯有在驿馆里等待。

故国不可望兮，唯有哭泣

京城的小麦绿了几回，大宋国兵援于阗，却始终未落地成果。

坐在菩提树下，唯有等吧。法藏早就悟到，世间一切劫难，皆有定数，天意难违啊！坐在汴京大相国寺里青灯之下念经打坐，冥想加持，神思却掠过葱岭之上的佛国世界。

故国已远，晓风残月，葱岭雪飘，不曾入梦来。可是，有一天傍晚，暮鼓刚刚敲过，黄昏泛起，大相国寺一片寂然。那个能容万人的寺中广场空无一人，交换货物的百姓已经散去，流散于天井周遭的僧舍喧嚣渐远，只有几声昏鸦鼓噪，衬托着黄昏的寂静。阿弥陀佛，终得一片清净，终于回到一个安宁世界。这时，住持方丈突然疾步而入，令法藏有些意外。更始料未及的是，一脸平静的住持方丈竟然告诉他一个石破天惊的噩耗：于阗亡国了！此话一出，令已经心如止水的法藏，顿起波澜。他有点不敢相信，询问住持方丈，此消息从何而来。方丈说，近日，河西道上熙来攘往，一群又一群从于阗国逃命出来的西域僧人，纷纷栖身于河西走廊、陕、甘等一带的佛家寺院，也有人东入汴梁、洛阳。问起缘由，则说国破山河碎啊。于阗国已不复存在，喀喇汗王朝兵甲破城，于阗国王率民众出城而降，寺庙被毁，佛家弟子若不皈依伊斯兰教，格杀勿论，逃得快者，捡了一条性命，纷纷逃遁于中原等地的崇佛之国。

法藏遽然一惊，那整个尉迟王族都难逃此劫啊！

生死难卜啊，住持方丈点头道，唯有向从于阗国都里逃出来的僧众打听，方会有确切的消息。

法藏默默地点了点头。谢过方丈，将其送出门后，那盈动于眼帘的泪水，最终还是涌了出来。谁道沙门已断却七情六欲，只是未到国破之时，当自己的一国、一族、一家被灭绝时，那撕心裂肺的痛，纵使是石狮子，也会掬一捧悲悯之泪，何况人者。

然，出家之人，生死寂灭，皆为往生，逝者如斯，那是一种苦难的解脱，一种生命的轮回和涅槃。那天傍晚，法藏很快便抑制住生死别离之痛，心渐渐平静了下来。其实，于阗国之劫，也许只是风传。它距离中土万里之遥，黄沙滚滚，瀚漠茫茫，其间横亘着一座又一座大雪岭，国殇之事传至汴京，最起码已经是两年前的事情了。他必须找到一位灭国之时逃出来的沙门或百姓，询问详情，弄清于阗国究竟发生了什么。

忽一天，一位西域僧到大相国寺夏坐。到佛堂念经时恰好与法藏不期而遇，原来是王兴寺里的旧识。

僧自故乡来，应知亡国事。那位从于阗国来的高僧大德向法藏讲述了他离开于阗之后两年的战事。

于阗国王战败身亡。于阗国城破，新王投降，从此被灭。

只有两位将军乔克和努克不愿投降，带着残部跑进昆仑山中，坚持了数年。一度还埋伏打击了喀喇汗王朝的军队，攻入喀什噶尔，但也是昙花一现，最终未能挽回败局。随着乔克和努克率领的残部被歼灭，在西域的历史天空中存活了1000多年的于阗国最后消失在葱岭吹来的雪风中。

故国已经不在，消失在了历史的风尘中。

虽然一切皆有定数，于阗国的千年之劫还是让法藏有一种无法释怀的心痛。

翌日早晨，当大相国寺里的晨钟刚刚敲响，法藏步出自己的僧舍，来到大相国寺的塔前。穿过木塔的拱门，沿梯而上，直至塔的最高一层。登高凭栏，朝西远眺，晓风残月，那颗北斗星仍在闪烁，校正着历史的天空，一条从昆仑山腹地奔来的大河绸带绕大宋王朝的国都汴梁城而过，月光之下，一条大河从天而降，折射着那一轮灰白的月亮。

这是喀喇昆仑之月吗？还是于阗国的月亮？明月几时有，仍照在故国城墙的垛堞之上。及至壮年的总尝，总也忘不了父王李圣天当政之时，母后是沙洲大王曹家的女儿，那是中原旺族的血脉啊。三个王子从德为大，琼原为二王子，而总尝则是最小的，父王李圣天有意要将一国之主的王杖传给大王子李从德，而作为小王子的总尝，唯有出家，献身于佛陀作为自己的人生归宿。

记得剃度之时，一束青丝落下，他便将自己的青春年华全部交给了青灯古刹，梵香磬钟。繁华宠幸皆成为过眼烟云，簪缨鼎食成为遥远记忆，饭钵袈裟、布履素装，锁住了那白玉马、千金裘、夜光杯和颜如玉的追求。

经声阵阵，绕梁多日不散；法号呜呜，那是一个极乐世界的呼唤；梵香袅袅，供奉的佛陀在上，蒲团长跪，五百年前的佛前一瞥，成了今日的青灯木鱼之守望。缘尽尘绝，那一缕缕故国之思，仍然成了法藏的最后乡愁。

晓天将尽，东方既白。东京的城郭上，一轮晨曦从大河流过的尽头浮浮冉冉而起，照在这流金洪波之上。黄河之水天上来，奔流到海不复返。西望大河源头，那一座座大雪山之后，就是于阗王子总尝的故国，尉迟王族已灭门，千年古国不再。西望长安，西望河西，西望葱岭，望不尽西域天涯路，于阗故国再不会有故人而来。

西边厚厚的云层之后，故国不可望兮，唯有痛哭。

哭过了，那只是一个佛门子弟一滴悲悯之泪，早已经流尽。于阗王子总尝已经彻底死了，尘缘了却，一个叫法藏的光正大师复活了，拭去脸庞上挂着的最后一滴残泪，大宋王朝的帝都又慢慢从长夜中苏醒，重现那人间浓郁的气息。

法藏走下大相国寺的隋塔，款步回到自己的僧舍。一炷梵香袅袅，太阳斜射进来，照在蒲团之上，骤然长跪，向那座佛陀行像和供奉的舍利磕了三个长头，口念经文，开始了自己的早课。

晌午时分，寂静的大相国寺门前，石板路上突然响起了清脆的马蹄声。驰马过后，在两个石狮面前戛然停下。紧随其后的轿子轿帘掀开了，侧身走出一个太监，那是大宋皇帝身边的近侍。前边有禁军卫士开道，后边则紧随大宋帝国管理宗教事务的左右僧正、僧录等人。步入大相国寺的殿堂，太监扯着长长的公鸭嗓子喊道：于阗国法藏大师听旨！

法藏被主寺方丈从僧舍里唤了出来。大宋皇帝下诏，派分管佛教事宜的官员前来宣旨。因为法藏来自于阗国，又是比丘，可免下跪之礼。他唱了一个喏，躬身还礼：阿弥陀佛，于阗国王兴寺比丘，大宋皇帝御封光正大师法藏接旨。

奉天承运，皇帝诏曰，于阗国光正大师法藏，念眷皇帝化风，久居中原，弘法无边，特许挟西天取来之世尊金顶骨肉身舍利、佛陀行像、菩提叶，赐御马两匹、闹装金鞍辔，驿券请俸，乞于国内巡礼圣境，奉宣云游西川至峨眉、代州五台山、泗州等地。钦此。

法藏跪下接旨，口中喃喃而语：遵旨！

众僧皆惊。这可不是一般的待遇啊，简直是皇家王族出行的最高标准，才可能获此殊荣啊。鞍辔，就是鞍子和驾驭牲口的嚼子，宋朝规定，"御马鞍勒之制，有金、玉、水晶和金涂等四等闹装，仁宗景佑三年（1036年），诏官非五品以上，毋得乘闹装银鞍，其乘金涂银装绦子促结鞍辔者，自文武升朝官及内职，禁军指挥使、诸班押班、厢军都虞侯、防团副使以上，听之。政和三年（1113年），始赐金花鞍鞯，诸王不施犹坐。宣和末始赐，中兴因之"。由此可见，闹装金鞍辔，可是最高等级了。驿站和州府县衙，看此马头和身上的金鞍辔，便知皇家御封的特使来了。

数日之后，法藏携着西天取来的圣物，跨上御马，驮着经书和于阗国留给他的万贯珠宝和白玉，开始了他漫长的奉宣云游神州之旅。

《中国作家·纪实》2016年第6期

励志人生

一朵爬山的云

——张胜友纪事

丁晓平

小裁缝

【关键词：故乡】我觉得不论从事什么职业，你最好保留你的本来面目，不要有任何的做作，不要有任何的作秀。我是在客家土楼里长大的，永远是故乡的儿子。我说话口音很重，今生改不了啦！有时候别人会嘲笑我的蹩脚普通话，我就告诉他：我这个普通话还是一千年前中国的普通话，是最正宗的呢。

——张胜友

"你也不撒泡尿照照，是当作家的料吗？"父亲说。

"你在家，一个月两斤煤油也不够你烧哟。"母亲说。

1972年春夏之交的某个黑夜，一位刚刚学成出师的小裁缝竟然卖掉了父母用血汗钱给他买回的缝纫机，毅然决然地放弃裁缝这个行当，在父亲和母亲如此无奈的叹息和埋怨中，重新开始做起他"白天劳动，晚上埋头读书写作"的作家梦。

一年前，也是在这样的黑夜，身披"牛鬼蛇神"和"反动学术权威"牌子，被发配学校农场劳动改造的父亲，把他叫到跟前，进行了令他终生难忘的"史无前例的异常严肃的谈话"。父亲告诉他："我目前的处境，饭碗随时不保，你上大学也无望。你身为长子，该挑起全家生计的重担了，写作也换不来饭吃，去学门手艺吧！"煤油灯下，曾经那么潇洒且风流倜傥的父亲的脸，是从未见过的冷峻和沧桑。母亲沉默不言。黝黑的小屋寂静得只听得见自己的呼吸。父亲的话余音绕梁，让他感受到了一种难以名状的悲壮。他不得不忍痛放弃了业余文学写作，去拜师学了裁缝。原本三年的学徒生涯，他仅仅用半年就完成了，并开始独立走村串户，挣钱度日。然而，有一天，在替人家做衣服时，他忽然看到《福建日报》文艺副刊上发表了一位文友的作品，他马上喜滋滋地前往祝贺。这位一边务农一边坚持写作的文友告诉他："我就是当乞丐，也要坚持走文学道路！"同时还鼓励他："下一次来，希望能带上你发表的作品来。"

就像碰到了火星立即熊熊燃烧起来的干柴，文友的一句话深深地刺激了他，再次点燃了他文学梦想的火炬。初中时代就埋下的那个"将来当作家"的念想，像母亲撒在地里的种子一样冲破地表，发芽吐绿了。他清楚地记得，那也是一个夜深人静的晚上，他和另外两名初中同学简林德、王增鑫在校园里望着月亮对天盟誓：将来一定要当作家！这一次，为了梦想，他不再犹豫了。放弃学泥瓦匠、放弃学篾匠的他，这一次下定决心要放弃裁缝的职业，回到田野里当一个农民，要踏踏实实地做一个"白天从事繁重、单调的体力劳动时打腹稿，夜里在煤油灯下把腹稿记录下来"的作家。

这一次，他真的抗命了。他没有顺从父亲的责怨，也没有听从母亲的絮叨。为了作家梦，他要做一回自己。他要让文学引领他走出这个名叫北山的闽西山村，要用文学与这个世界对话。尽管这是一个即使用高倍放大镜搜索，也无法在千万分之一的地图上找到的地方。6年前，因为"文化大革命"的爆发，正在读高二的他不得不辍学回家，除了种稻子，农闲时还外出修路、架大桥、修水库、挖矿槽、开山炸石，和当地祖祖辈辈的农民一样，日出而作日落而息。然而，原本在中学执教的父亲，一夜之间变成"臭老九""牛鬼蛇神"，成为无产阶级专政的对象，他则成了"狗崽子"。十七八岁初涉人世的他，当大字报和广播中点到他名字的时候，他也曾一度想自寻短见，却又不知道该如何下手结束自己年轻的生命。

回忆是一辈子的事情。青春往事，刻骨铭心。现在，当他在北京望京地区的一幢30层高的住宅楼跟我谈及这些山村生活经历的时候，他用了一个非常世俗且高贵的词语做了总结——"财富"。他说："我的财富是经历。"

看看窗外，他点起了一支烟，深深地吸了一口，又吐出来。烟雾缭绕中，他娓娓道来：

"回到农村，我觉得自己的大学梦彻底破灭了。我把所有的高中课本，以及考入清华大学的老乡送的一套数理化参考书，集中起来，在自家的天井里一把火烧了个干干净净。在农村这样的环境里，想搞理工科根本不具备什么条件，但搞文学还是有希望的。我想，搞文学的条件很简单，只要有一支笔，有一些稿纸，农村这块广阔的天地，写作素材是不缺的。于是，我就在家里自修大学中文系的课程，读《文学概论》啦、《写作教程》啦……我那个家乡，虽然很穷，但文化氛围还是有一些的。我们生产队里有一个被发配回乡劳动的'右派'儿子，他的叔父曾经是香港《大公报》主笔，家里藏书非常丰富。我劳动之余经常躲到他家去看书，可以看到古今中外不少文学名著。给我影响最深的是法国作家司汤达的《红与黑》，作品中男主人公于连，有一种坚忍不拔的奋斗精神。还有英国女作家伏尼契的《牛虻》，男主人公亚瑟被他最崇敬的神父所出卖，在沉重的打击下一举击碎十字架的细节，令我终生难以忘怀。另外，'文革'中认识的龙岩一中陈国金同学，回到农村后也心有不甘，自个儿别出心裁地鼓捣起所谓的'共产主义自修大学'。陈国金家住龙岩东肖后田村，我农闲时兴之所至也会骑自行车去他家，或他前来我家，两个少不更事的朋友经常凑一起，高谈阔论交流彼此的读书心得。"

"我那个家乡是山区，农民生活很苦，辛苦一年到头来衣不蔽体、食不果腹。我直到现在看见白薯还反感，因我从小吃白薯熬稀饭，一直吃到上大学为止，而且就连那样的地瓜饭都吃不饱。农村劳动非常繁重，这我都吃得消。最让人难以忍受的是背负着一个沉重的'十字架'——新中国成立前祖父经商，落下个家庭出身不好。在村里只要和生产队长吵几句嘴，他就可以指着我鼻子随便骂我是'反革命'，扬言要用挑箩筐的绳子把我绑起来，押去集市上游街示众。幸亏有乡亲们劝阻，才算罢手。在这种恶劣的境况里，我只有在晚上点起小煤油灯，在书海里神游，以及写小说、散文来充实自己。夏收夏种农事繁忙，每天凌晨4点钟就得爬起来下地干活。我常常被分派踩打谷机，一踩就是一整天，最后两条腿完全麻木，整个躯体成了一架机器，但大脑可以腾出来构思我的小说作品。白天构思，夜里写作，写完的稿纸积了满满一大抽屉。"

苦心人天不负。像所有相信自己力量的年轻人一样，面对这样的挫折和痛苦，虽然不无沮丧，却丝毫也没有影响他对文学对作家梦依然保持信心。在这个时候，一个名叫张惟的人给这位年轻人带来了山外的好消息，从此改变了他的人生轨迹。张惟是福建省委宣传部文艺处下放到永定县的干部，在县文化馆主编一份名叫《工农兵文艺》的刊物。后来经了解才得知，张惟曾是一位颇有造诣的军旅作家，20世纪五六十年代散文作品已蜚声全国文坛。那天是什么天气，他记不得了。反正不像今天，雾霾重重。张惟是搭坐运石灰的拖拉机"突突突"地赶了100多里的山路，从福建永定县城一路颠簸着来到高陂镇北山村的。这令他一辈子都感激涕零。不巧的是，张惟辛辛苦苦来找他的时候，他却外出修水库去了。但张惟还是特地找到大队党支部书记张仕洲并留下了话，反复叮嘱强调"这是一个可以教育好的子女"。而对他来说，更激动人心的好消息不单是张惟留下的这句话，而是时隔不久，便收到了张惟寄来的一本新印刷的《工农兵文艺》——在这本还散发着油墨香的杂志上，赫然刊印着他的处女作短篇小说《禾花》。

　　"我写小说是靠白天从事繁重、单调的体力劳动时打腹稿，夜里在煤油灯下把腹稿记录下来。我发表的第一个短篇小说《禾花》就是这样脱稿的。那小说还受到当时'四人帮'鼓吹的'三突出'创作方法的影响。小说写一个城里的女知青到山村来插队，搞科学种田，把单季稻改为双季稻，提高粮食产量。起初想写她把城里学到的科普知识带到乡下来，后来觉得不对头，她下乡是来'接受贫下中农再教育'的，怎么能比贫下中农还高明？应该首先突出贫下中农教育她。于是，我设计了这样的细节：她住在老队长家里，有一天深夜，老队长召集队干部商议'单季稻改双季稻'的问题，开完会提着马灯回家，在窗口听到里面那个女孩子说梦话。好像说'为什么不能改种双季稻呢'，老队长觉得娃儿和俺贫下中农想到一块儿了。于是在贫下中农指导下，双季稻试种成功。姑娘在城里时有个带着'小资产阶级情调'的名字叫'丽花'，自打试验成功后，贫下中农都亲昵地叫她'禾花'，她也就正式改名为'禾花'了……"

　　张惟看完这个短篇小说，觉得作者是一个可塑之材，就像农民刨地时发现了金子。若干年后，张惟曾经很动感情地向他提起："我收到你《禾花》的来稿时，似乎看到了自己文学写作起步时的影子。"从此，这个高陂镇北山村的山里娃终于扬眉吐气了，文学梦作家梦像埋在地下的种子终于在年深月久之后遇到了阳光雨露，生了根，发了芽。从此，夜深人静的夜晚，当他伏在昏黄的煤油灯下埋头写作的时候，父亲不再言语"写那么多稿子能换成钱吗"，母亲也不再絮叨"煤油不够用"了……现在，他们的儿子有出息了，成了北山村成了高陂镇成了永定县的笔杆子了。是的，张惟的到来，仿佛一道强光划过他生命最初黎明前的黑暗，让他看到了曙光。他看到了他的名字方方正正地印刷在《工农兵文艺》上，这是他的名字第一次变成铅字，他也是他的山村第一个把名字变成铅字的人。

　　他的名字叫张胜友。

　　这一年是他的本命年——他 24 岁。

"临时工"

　　【关键词：功业】我从小受中国的传统文化熏陶，传统文化里那种入世啊、奋斗啊、理想主义啊、英雄情怀啊，这些东西就确定了你的人生观、价值观。而且我们客家人宗族意识很浓厚，每个姓氏都是一个大宗族，都有祭祀祖先的祠堂。也是宗族血缘血脉的一种符号。在封建社会，你考取了功名，就会在祠堂门口竖起一根石柱，我们那儿叫石笔，像一支如椽大笔，直插云霄。每个宗族间彼此较劲的就是你宗族的祠堂门口立起了多少根石笔。我又是张家的长子长孙，这就是说我要承担起这个家族很沉重的负担，要养家糊口，要光耀门楣。所以我从小就有建功立业的思想，你来人生走一遭，总要做点事吧。

——张胜友

"写作就像爬山一样。"张胜友说。

在那个年代，在方格稿纸上写作又叫"爬格子"。在张胜友眼里，文学就是一座高山。"爬格子"就是爬山。

丑小鸭真的变成了白天鹅，飞出了小山村。不久，张胜友被借调到了县里，搞新闻报道，跟随张惟编辑《工农兵文艺》。1975年，张惟调到了龙岩地区文化局，他也跟随前往在文化局创作组当创作员。张惟创刊《闽西文艺》，张胜友成了最好的助手和搭档。你可千万别小瞧这个内部刊物，他们就是在这远离喧嚣地处东南一隅的闽西山区，凭着两双手、四条腿，在这一小块园地上辛勤耕耘，团结、组织一大批年轻的文学爱好者，造就了日后风云际会的大舞台。在这个舞台上亮相的人物除了张胜友之外，还有何东平、王光明、张志南、方彦富、黄启章、陈耕、谢春池、陈元麟、苏浩峰、朱家麟、邓汉征、马卡丹、邱滨玲等一大批在中国和福建文坛颇具影响力的角色，他们有的是全国知名的作家、诗人，有的成为宣传文化部门的领导者。

说是当创作员，其实就是一个临时工。40年过去了，恍如挥手之间。张胜友微笑着说："我当年借住在龙岩地区招待所，当临时工，一个月拿24元钱。我的户口还在农村，要从生产队分谷子，生产队要我每个月交6元公积金，再扣除每月4个星期天计3.2元，所剩14.8元。我经济拮据，住在龙岩，却要从家乡带粮食。我能不能正式调来呢？不行，因为我'家庭出身不好'。在家乡务农时，小学校长曾考虑聘我当民办教师——我毕竟上过高中，学习成绩又不错。但一讨论，不行，贫下中农要'占领教育阵地'，怎么能让'狗崽子'当教师呢！我报道农业学大寨，让高陂公社的名字第一次上了《福建日报》，而且占了大半块版面，公社也曾想调我专门从事报道工作，也是因为'家庭出身问题'而作罢。后来到县报道组、到地区文化局，虽然被领导公认工作很出色，但都只能是借调，当临时工。有两个月被抽出来专门编辑民兵斗争故事集《汀江游击队》，书在福建人民出版社出版了，我的生活费却没了着落。张惟老师只好写张条子，让我到龙岩军分区去拿工钱。军分区陈培训政委同情我，两个月给我开了72元钱，也没扣除星期天，高兴死啦！但拿完这笔钱之后又怎么办？生计无着，我迫不得已只能拿着新编的《闽西文艺》到街头摆摊叫卖，一本一毛钱，聊以糊口。在张惟老师的一再提议下，龙岩地区文化局也曾几次动议，考虑正式解决我的户口、工作问题，都因我'家庭出身不好'而最终搁置。"

对于这样的生活，现在回忆起来，张胜友已经十分从容淡定。他说："我当初并无流露过一丝怨恨或不满，心想，农民一年到头在田里辛苦劳作，晴天一身土，雨天一身泥，换来的又是什么呢？我好歹有房住，有饭吃，能编刊物，能写作，境况比他们总算好多啦。"坐在他窗明几净的书房里，我相信他说的是实话，也是实说。在龙岩文化局当临时工期间，他清贫的生活却因文学而涂抹上亮丽的色彩，不算丰富却生机勃勃。

1977 年的某一天，正在瑞金—长汀参加"两省（福建、江西）革命历史题材创作会议"的张胜友听说马上要恢复高考了，而且年龄不限，老三届都可以报考，这真是破天荒的大事情！就在这时，张惟急煞煞地把他从会场叫出来，一脸严肃地斥责道："你还开什么会？赶快回龙岩复习功课，准备参加高考！"张胜友说："不是要调我到省里去吗？"张惟感叹地说："社会的事，你懂吗？只有调令下来，户口迁走，报到之后才算数！你赶快给我回去，认真复习功课。"

张惟的这番话，张胜友听进去了。其时，共青团福建省委书记陈声远看中了他，正准备调他去新复刊的《福建青年》当编辑。知情人反映说：这要到龙岩地区去和张惟商量，看他肯不肯放人——张胜友正在张惟手下工作，是张惟不离左右的很得力的助手。于是，陈声远书记不辞辛劳亲自来到了龙岩。张惟告诉他："放不放人不是我说了算，而是要看省里是不是真有决心要。农村户口、家庭出身都算一道道关卡，别到时候办不成，又让人家希望落空。"见张惟的话说得实诚，这位团省委书记就微服私访，经过整整一周的实地考察，结果是：坚决要！

张惟毕竟是过来人，他知道，调动一个农村户口的年轻人到省城工作有多么难。他本人就是从省里下放的干部，知道人世间的许多事是无法预料的。但对每一个年轻人来说，高考是相对公平的。

张胜友离开长汀，匆匆赶回龙岩，直奔龙岩一中的大礼堂去听高考辅导课。他回忆说："那里人山人海呀，挤得水泄不通。老师在讲台前走来走去讲课，为了让后面更多的人能够听清楚，有几个学生拖着长长的麦克风电源线，忙乱地跟老师一齐走动，那场景至今难忘。我参加了一次预考，数学成绩只得了 6 分，除小学的四则运算外，初中以上的功课全忘光了。"

高考是独木桥。能顺利过桥的毕竟是少数。但张胜友参加高考预考的消息，龙岩团地委领导马上知晓了，立即报告到省里。团省委自然对张胜友此举大为不满，觉得好不容易为他争取到一个"转干"名额，费尽心机跑断腿，他却偏偏还要去报考什么大学。张胜友知道后，颇有愧疚，心想：上大学无非是为了搞文学创作，在省里也一样可以搞，便又安心等待命运的转机。于是，团省委开足马力办他的转干调动手续，还派专人来他的家乡高陂镇北山村进行例行政审调查，让生产队给鉴定。生产队长张兰洲及父老乡亲为村子里出了一个作家感到高兴，不再计较张胜友的家庭出身问题了，尽说他的好话。当然，从某种实际利益的角度来说，如果张胜友能顺利调到省里，生产队里就少了一个人，少一个人就少一张嘴，少一张嘴大家就可以多分一份口粮呀。但是，政审表格到了公社那里却被卡住了。原因是张胜友在填表时写了"母亲历史清白"的这句话，让公社里个别人抓住不放："他母亲是'四类分子'，怎么能说'清白'？分明是欺骗组织！"为此，永定县、龙岩地区的领导伤透了脑筋：省里如果确实需要这样的干部，全省有多少工人、贫下中农子弟，怎么就找不出一个合适的人选呢？偏偏非要调一个家庭出身有问题的张胜友！其实所谓张胜友母亲是"四类分子"的问题，在县公安部门的档案里根本就没有记载，事情的缘由是张胜友的母亲有一次在田间劳动时，与民兵连长吵了几句嘴，就被人家随意硬扣上这顶帽子，就这样以讹传讹糊里糊涂地戴了下去，戴了一年又一年。好事多磨。但多磨却不能成就好事。张胜友的调动问题就这样卡壳了。遭遇这样的尴尬境况，张胜友欲哭无泪。于是，他不再犹豫，下决心参加高考。

一扇门关上了，总有另一扇门为你打开。对张胜友这一代人来说，高考就是这样的一扇突然为他们打开的大门。

"这真是背水一战呵，形势非常严峻。距离高考的日子只有 20 多天了，即使各科都不复习，仅仅补学解析几何，用 20 天的时间自修人家一个学年的课程，这简直是不可思议的事……但顾不得这一切了，倒退是没有出路的，只能往前拼。我把自己一个人关在屋里，没日没夜地复习功课。语文不复习了。政治不复习了。地理知识、历史知识，制成表，画成图，把四壁贴得满满当当的……考场设在我的母校高陂中学。考试那天，盛况空前。为维持秩序，甚至出动武装基干民兵，画出长长一条警戒线。考生两人一组，共用一张小课桌，挤得胳膊和腿都动弹不了。我沉着应考，一科一科都很顺利，只有数学遇到小麻烦。不是解析几何问题，占 14 分的解析几何题我做出来了，而且很有把握做对。麻烦出在把卷面看少了，本来以为只有三面卷子，从容做完，又慢慢检查一遍，不料翻过来一看，还有三面试题！糟了，所剩时间已不多了，还差一小半题目没做呢，这下可砸了……我飞快地做，一分一秒地拼抢，争夺。最后一道题目做完，恰好钟声响了，不能检查了，交卷！刚交完卷就想起来，一道算式做错了：$y^2=9$，y 应当 =3，我居然写成 y=9！太紧张啦……这样的考试，我一分都不能丢的啊！我懊恼地使劲敲自己的脑壳……考完之后，我的整个身体都累瘫了，躺在小板床上一天一夜起不来，好像死过去一样……"

一个人的记忆是有深浅的。张胜友如此清晰的记忆，足见高考在他生命中的轻与重。

1977年12月26日，高考结束后的第十天，《人民日报》和《福建日报》竟然同日发表了张胜友的散文《闽西石榴红》和《登云骧阁》，立即在龙岩地区，乃至福建文坛引起一阵小小的轰动。不久，又传来消息说，他的考试成绩很不错，似乎各科均在90分以上，尽管数学稍差点，但上大学是有希望的。张胜友的身体渐渐恢复了元气，但他的心仍然紧紧地悬在嗓子眼儿。他知道，只能成功，不能失败，与命运的搏斗已到了白热化阶段。过了些日子，考生们陆续收到了录取通知书。张胜友也终日焦灼不安地在等待着。然而，在龙岩地区邮电局工作的诗友邱滨玲天天向他报告的却是坏消息：没有，没有，还是没有……都到年末了，张胜友依然没接到录取通知书！他的精神几乎崩溃了，"我迷迷糊糊地回到北山老家，一头扎进小屋里，不想见任何人。"

此前，在填报志愿时，还发生了一件事。张胜友回忆说："当时报志愿，可以填许多大学，我只填了三所：第一志愿，北京大学中文系；第二志愿，复旦大学中文系；第三志愿，厦门大学中文系。周围人一看，都惊呆了，说怎么不留点余地？比如填上本省师范学院之类。我赌气说，要念大学就念重点名牌大学，其他不念。接着，我父亲的一位同事悄悄告诉我，北京在北方，那里气候寒冷，吃窝窝头，我们南方人吃大米，一连念四年书，受不了的。我于是挥笔一划，把北大中文系划掉了，只剩下两所，都在南方，空下了第三志愿。父亲看我这样填，把我叫去狠狠骂了一顿，'你长期和泥巴打交道，功课早就忘光了，考一般大学都没什么指望，还报那么高的志愿——你就那么有把握？考不上怎么办？'冷静一想，我报考大学和省里办调动的事掺和在一起，已经闹得满城风雨沸沸扬扬，一旦考不上，好像就没什么退路了。再细一了解，得知复旦大学中文系文学专业在全福建省的招生名额只有两个，便傻眼了。但我的犟劲儿上来了——一切豁出去，拼了！"

转干到省城工作的机会已经擦肩而过，孤注一掷放手一搏的高考又名落孙山，老实巴交的父母知道说什么话都安慰不了精神苦痛的儿子，也就什么都不说了，让他一个人安安静静地待着吧。是的，这个年肯定过不好了，张胜友连年夜饭都不想吃。在北山村有个习惯，就是在大年二十九的晚上把在外工作的本村干部、学生召集在一起，摆上些茶点，叙谈叙谈。偏僻的乡村，思想一点儿也不落后，父老乡亲们尊重知识尊重人才。被邀请参加，当然也是一件挺风光的事情。张胜友的心情坏到了极点，觉得无颜见江东父老，当然不想去。第二天，除夕夜，各家都祭神拜祖不串门，一家人围坐在一起吃团圆饭。张胜友说："我家的气氛像坟场一般死气沉沉，全家人为我的事没吃好一顿年夜饭。我早早就回房间躺下了……"

蒙蒙眬眬之中，大门忽地被推开了，一大群人拥进来，嘴里高声喊着："复旦，复旦！祝贺了，拜年啦！"睡梦中的张胜友被这莫名其妙的叫嚷声吵醒了。这正是1978年正月初一。前来拜年的乡亲们把张胜友从床上拉起来，告诉他，就在大年二十九那天晚上，乡亲们聚会的时候，地区教育局的干部托人捎来一张条子，上面写着："张胜友考取上海复旦大学。"条子传到大队书记手上，他当众宣读。人群沸腾起来——北山村出状元了！人们争相传看那张条子，后来竟不知把它传到什么地方去了，反正不见了。只凭口口相传，父亲起初有些疑问，说："复旦，复旦……会不会是'福大'——福州大学，你们听错了？"有这种可能：两个志愿都没录取上，人家看考分还比较高，送个本省大学，安慰一下……"不！"大家肯定地说，"我们亲眼看到条子上写的字，就是复旦大学！"张胜友心里还是不踏实——没看到录取通知书呀！

好消息就像冬日的腊梅花，迎着瑞雪来报春。正月初二，邮递员骑着自行车来到村里，老远就举着那份录取通知书一边骑一边高喊："请客！请客！张胜友考上复旦了！"（原来，乡村风俗，腊月二十三过小年，邮递员就休假回家了，早已寄达的录取通知书只能不言不语地"躺"在邮电所了。）张胜友接过来拆开一看，果然是复旦——上海复旦大学中文系。蓦地，他的脑海"轰"的一声，瞬间闪过"范进中举"的镜头，紧紧攥着录取通知书，飞速跑回家告诉父亲。父亲接过录取通知书，反复看了又看，一转身，"噔噔噔"就爬上楼去了，随后只听楼上传来"砰"的一声重重的门响……半个小时以后，父亲走下楼来，张胜友看见，父亲的眼眶留有泪痕，眼泡红红的……这一天，他在邻村上洋村的朋友陈荣书（日后担任全国总工会副主席）家喝得酩酊大醉……

入学前体检，张胜友体重只有90多斤。母亲说，他的脸瘦得非常可怕。张胜友都不敢照镜子……离开家乡前，他坐在自家的土楼上，面对家乡逶迤的大山，陷入了沉思。考上复旦大学中文系，他的作家梦，已经不再是遥远的未来。但他知道，山外有山，还有更高的山，等着他去爬，去攀登。此时，共青团福建省委还专门发来一封电报祝贺："自古良才多磨难。"

步入复旦大学校园，不久就赶上中共十一届三中全会召开，新中国的历史进入崭新时代。"真理标准大讨论"、拨乱反正、否定"文革"、开启改革开放……使裹着满身伤痕的莘莘学子激动不已。

思想的解放带来了心灵的复苏。复旦园里大家跳起舞来，对于和祖国一同从十年浩劫中迎来新生的大学生们，那是一种崭新的生活状态。当时复旦大学有很多外国留学生，在留学生的录音机里，张胜友第一次听到邓丽君的歌。"文革"时期只能播放样板戏等所谓革命歌曲。记得第一次听到邓丽君的《千言万语》，张胜友有一种突然遭遇电击的感觉："此曲只应天上有。"1978年的"五四"青年节，上海举行全市中外大学生文艺联欢晚会。联欢会上，本来说是要跳集体舞，可留学生们却跳起了交谊舞。那次联欢会之后，大学里就开始流行起跳交谊舞。张胜友突发奇想：中国没有大学生圆舞曲，为什么不能写一首《大学生圆舞曲》呢？

> 鲜红的太阳升起在东方
> 美丽的花朵争相开放
> 四海的同学欢聚一堂
> 我们展开理想的翅膀
> 来来来遨游在知识的太空
> 前程似锦无限宽广
> ……

张胜友几乎是一口气写完了歌词，歌词表达了当时大学生的心态、情绪、情感、理想，也折射了整个国家、社会走向新时代的一种憧憬。这首歌最初由同学陈小唐谱好曲后参加了上海市大学生文艺会演，荣获一等奖。当时参加文艺演出观摩的有上海歌剧院、上海舞剧院等很多专家，专家看中了张胜友写的词，于是又组织两个作曲家银力康、张强重新谱曲，请上海歌剧院的两位歌唱家来领唱，首先在中央电视台推出，接着全国各省、市电视台都作为每周一歌播放，后来又灌制成唱片，很快在全国（尤其在各大学校园）流行开来。

若干年后，张胜友回忆说："我在复旦中文系读书，那位因发表短篇小说《伤痕》而开'伤痕文学'先河的卢新华便是我的同班同学。我在黄浦江畔完成了一次痛苦的思想嬗变，从幼稚走向成熟，由盲从学会了思考。我此后逐步摆脱个人命运的纠缠，更多地关注民族命运、国家前途。大学毕业后以更大的热情投入文学创作，但同以往相比，已进入自觉创作的阶段，知道自己该写什么，不该写什么。回顾以往走过的道路，那段知青经历占有非常重要的位置，它甚至对我今后要走的道路，对我人生观、价值观的确立，对我整个人格的形成，都产生了不可磨灭的影响。知青那一段生活积淀，已经完全融入我的血液中，永远摆脱不掉了。历史给予这一代人磨难，也给予这一代人厚爱。如果说人生经历是一种财富，那我们这一代人肯定是富有的。我们接受过比较完整的正规教育，经历了'文革'全过程，经历了上山下乡运动；我们又能适应当代的最新潮流。我们能够全身心地投身于国家改革开放洪流中去，同时又少有偏激情绪。如今，我们自然而然地成了各自领域的骨干力量。承上启下，继往开来，这是我们这一代人所肩负的历史使命。"

人们戏称"十年开科取士"——1978年的春天，张胜友跨进了大学校门。

这一年，他30岁。

虽然已迟至而立之年，但不可否认，张胜友有幸赶上了一个好时代。

报告时代

【关键词：文学】我是怀着深深的敬畏和激情，进行一种诗意的抒写。

——张胜友

1982年春天，张胜友从复旦大学中文系毕业，分配到光明日报社文艺部当了一名记者。迎着春风，走进光明日报社办公大楼，张胜友有些忐忑不安。他知道，《光明日报》是中国最大的一家知识分子报纸，学者云集，人才荟萃，在这里工作只有老老实实踏踏实实地一切从零开始。

"《光明日报》在我的眼里，就是一座文化的高峰。"张胜友说，"在这里工作，只有一个感觉，那就是天天在爬山。"

在当时，因为很多演艺团体经营困难，国家开始启动文艺体制改革。在沈阳出现了全国第一个家庭剧团，夫妻俩都是当地剧团里的台柱子，夫妻双双组织剧团下乡演出，给剧团交管理费，自主经营，自负盈亏，很受乡下农民们欢迎。这确实是新鲜事物，是引导社会文艺团体如何搞好体制改革的好新闻。文艺部主任张常海就指派张胜友前去采访，却又担心一个刚毕业的大学生能否完成这样的重头采访任务，就决定同时让一个老同志带他去。但是老同志不太乐意去。张胜友正想自己单独闯一闯呢，也有自己的一个小九九："老同志带我去，我再怎么写，最后还是老同志的功劳。"他就跟老同志说："你就别去了，我自己锻炼一下。"于是，他就一个人跑去了。临行前，张常海交代他："你去采访半个月，回来以后再好好写。"初生牛犊不怕虎，张胜友感到机会来了。时值隆冬，冰天雪地，沈阳的气温达零下20多摄氏度。到沈阳后，作为土生土长的南方人，张胜友第一次感受东北那浸透骨髓的寒冷，受不了，赶紧买了一个皮帽子把耳朵遮起来。随后，他马不停蹄采访、日夜加班写作，一个礼拜就把稿子写好回北京了。见他这么快就回来了，张常海有些不高兴，说："张胜友，你怎么一下子就跑回来了？不是让你好好采访吗？"张胜友说："主任，我已经写好了。"张常海很惊讶，接过稿子一看，近万字的长篇通讯《文艺体制改革的先行者——记沈阳张桂兰家庭剧团》相当成熟，非常高兴，立即把稿子送给社领导。时任《光明日报》总编辑的杜导正看了稿件后当即批示：标题要大，发通栏题。说实在的，连张胜友自己也没有想到，初出茅庐，第一篇稿子就得到总编辑的好评，《光明日报》在第二版发表了这篇通讯，时间是 1982 年 12 月 31 日。

紧接着，1983 年年初，北京京剧团赵燕侠的承包改革取得重大成果，张胜友又奉命采写了长篇通讯《一包就灵——改革带来了希望》，他将安徽凤阳农村土地改革的成功经验同文艺体制改革探索结合起来一起写，《光明日报》在 1 月 13 日的第一版发表，并配发了本报评论员文章。

张胜友的两个长篇通讯在《光明日报》发表后，在全国文化界引发了一场小小的地震——文化体制改革的春天来了。他自己也一炮走红。时任文化部部长的朱穆之亲自打电话给杜导正："你把作者带来。"就这样，身上还带有泥土气息的张胜友，小心翼翼地跟在杜导正身后，第一次走进了共和国文化部部长的办公室。朱穆之部长很高兴，和蔼地说："你是刚毕业的大学生呀！要继续努力，为人民写出更多的好作品。"看到部长办公室那么大，办公桌也非常大，张胜友感到既新鲜又好奇，沉浸在巨大的温暖和喜悦之中，心底涌出一种难以名状的骄傲和自豪。当时，在全国文化战线还有一个上海杂技团的改革典型，是新华社记者采写的。朱穆之部长指示文化部把张胜友写的这两篇通讯加上新华社写的这一篇，编辑成册，下发到全国各文艺演出院团，作为改革参考学习资料。从朱穆之那里回来后，杜导正非常高兴，就把张胜友从文艺部调到机动记者部，满怀信任地对他说："小张，你不要写那些小稿子了，以后专门给报社写这些大块头文章吧。"张胜友毕恭毕敬地答应了。

"给我一个支点，我就能撬动地球。"阿基米德的哲言对任何一个深怀抱负的青年人来说，绝对不是妄言。英雄怕的不是自己能不能成为英雄，而是害怕自己无用武之地。在机动记者部（今日的时髦说法叫时政部）任时政记者，张胜友有了更多的机会和更大的空间广泛接触社会，参与中国改革开放的重大热点问题的新闻报道工作。六届人大、七届人大召开，张胜友都是驻会记者，昼夜在会议现场奔波采访……从上到下，从内到外，从上层建筑到低层百姓，从国家大政方针到民间人情冷暖，从内陆传统保守的企业到沿海改革开放的前线阵地，无不留下他的足迹。身为大报记者，他积极投身时代大潮，走南闯北，捕捉着社会转型期的每一根社会神经，采写和创作了一大批关于中国改革开放的通讯报道和报告文学作品，为人民呐喊，为改革助阵。

《光明日报》作为中国的第二大党报，是中国知识分子最著名的报纸，是知识界的大报。张胜友对光明日报社给他提供的成长平台，一辈子都心存感激。他说："想当年，在国家波澜壮阔的经济改革运动中，社会急剧转型当中，我作为一名年轻的记者，能够有所作为，正是得益于《光明日报》的各级领导对年轻人的培养、重视、信任和启用，它几乎影响了我的整个后半生。"有一年，报社委派张胜友去河南郑州，采访一个打教师的群体案件。到了郑州后，他住在了光明日报社记者站。很快，河南省委宣传部知道《光明日报》派来一个记者采访这个案件，宣传部长就主动提出希望见一面、吃个饭。张胜友心想：饭一吃就没办法写了。他拒绝了。第二天，他们又通过记者站的站长告诉张胜友：分管意识形态工作的省委副书记希望见一面、吃个饭。他想了想，就跟记者站站长说："你去跟副书记说，这个记者已经回北京了。"随后，他立即搬出记者站，找了一家偏僻的小旅馆住下来，秘密采访。经过扎实、认真的采访，他发现作为中华文明发祥地的中原大地，居然在一年内发生了100多起打教师事件，这实在是不能容忍的事情。回京后，张胜友以《文明摇篮的耻辱》为题写了一个长篇通讯。社领导审阅后高度重视，立即以整版篇幅配发评论员文章发表。文章发表后，在全国引起很大反响，掀起了维护教授权益的大讨论，对全国尊重知识、尊重人才、尊重教师起到了很好的示范作用。"他笔之所至无不坦诚直陈，扬善而不隐恶——当言利则言之利，毫无媚语虚言；当言害则言之害，绝不闪烁其词。"因为工作成绩突出，1988年以后，张胜友从一名普通记者走上了部门领导岗位，先后担任了记者部主任助理、作品版主编。

"作品版"是《光明日报》1991年新创办的一个栏目版面，以发表反映当下现实问题的报告文学为主，旨在以大视野观察社会记录民生，以深度报道引导公共舆论。报社领导授命张胜友担任主编，就是看中他这些年在报告文学上的斐然成就。一个人的成功当然离不开天时、地利、人和。但在机会面前，人人平等。成功的关键，是看你能不能抓住机会，因为机会总是留给那些早做准备的人。

改革开放的伟大实践前所未有地开阔了中国人的眼界。尤其是像张胜友这样有知识、有眼光，并在不断追求、不停思考的青年，他们已经不再满足孤立地思考自己民族、社会、个人的命运，而是把一切社会现象置于世界潮流和历史潮流的大背景下加以考察；不再满足于对"生活现实"的观照，而进一步审视起"心灵现实"，从而将对外在世界的"鸟瞰"与对内在心灵世界的"内窥"结合起来，达成"全方位反映现实生活"的境界。

变，是世界上唯一不变的事情。如何适应国家、社会、生活、思维、价值和文化的大变革，在那个新闻问题依然囿于自身体制和机制、小说创作沉迷于文体实验而无暇顾及现实矛盾的特殊时期，以深刻反映现实为己任的报告文学作家，不再迷恋于生活表层的灿烂光鲜，不再踟蹰于因为文学争论而无所适从的十字路口，他们勇敢地扛起报告文学的大旗，将历史的使命扛在肩头，用手中的笔大胆地触及时代的重大景观、社会的重大矛盾和人民关注的焦点热点，从而将具体于一人一事的微观叙事拓展为对于一类一群的宏观把握，由点到面，由平面而立体，从而开创了全景式全方位多角度大格局的创作模式，以文学的形式为人民做出第一手的"时代大报告"。在短短几年里，张胜友和胡平（复旦大学同班同学）像哥伦布发现新大陆一样，秉持报告文学关注社会、干预生活的特有功能，凭借其敏锐的观察力和较高的艺术悟性，以其海天般的开阔视野和天马行空的敏捷思维，抒写历史与现实交汇、中国与世界接轨的恢宏壮丽的时代画卷；以其大无畏的艺术气魄直面社会人生，描绘了足以反映世间百态和人生实相的精致多彩的生活图景，在 20 世纪 80 年代那场报告文学竞赛中游刃有余，力拔头筹，他们的代表作《历史沉思录——井冈山红卫兵大串联二十周年祭》和《世界大串联》，就是因其极富社会责任感和历史使命感，获得了明显高于普通作品的思想震撼力和情感感染力。文学评论家苏浩峰在题为《直视无前气吐虹》的文章中，对张胜友的报告文学做出如下评价："作者借文学所表现的，不只是个人的生活和命运，也不只是个人的追求和生存价值。作者笔下奔涌的，是感时忧世的思想潜流，是力图激起国人奋发图强的感情激流。因此，在其作品中反复展示的，是对于能够推动历史前行的先进的生活方式和人生态度的极力肯定，是对于阻遏社会进步的落后的生活方式和人生态度的坚决否定。一句话，对于真善美的真诚呼唤和对于假丑恶的无情鞭挞，这便是张胜友报告文学创作的出发点和最终归宿。"

20 世纪 80 年代，打开国门、解放思想、启动改革，那是一段令人怀念的激情燃烧的岁月。张胜友和众多勇于创新大胆超越的报告文学作家一道，以文学新军"骄子"的姿态跃马挥戈于中国文坛。短短几年，光是他与胡平合作的报告文学作品，除了《历史沉思录——井冈山红卫兵大串联二十周年祭》和《世界大串联》之外，还有《东方大爆炸》《在人的另一片世界》《摇撼中国之窗的飓风》《邓朴方和他的伙伴们》《命运交响曲》等 10 余部作品。

1991 年 9 月，张胜友奉命直接参与创办《光明日报》"作品版"。这个"作品版"，在那个年代相当于晚报、晨报等大众媒体的"周末版"。时任《光明日报》副总编辑的徐光春与张胜友一起商量，第一期稿件发什么呢？这是一个棘手问题，只能成功不能失败，第一炮必须打响。显然，关注当下社会的热点，既是报纸的看点，也是读者关注的焦点。这个时候，一场罕见的特大洪涝灾害正在江淮流域肆虐。暴雨连月，千里洪流涨破警戒线，一场人类历史上抗击自然灾害的战役在中华大地上演。尽管关于抗洪抢险的报道，无论是电视、广播，还是报纸，已经是铺天盖地，但仍然缺乏一篇纵观全局的"拳头"大作品。

"我看，就写当前的抗洪抢险斗争。"张胜友说，"作为《光明日报》，我们应站位更高，立足中南海最高决策层，从统帅部如何运筹帷幄力挽狂澜的视角来写，就好看了。"

"好！把党中央如何指挥的幕后新闻挖掘出来，给全国人民一个交代，给历史一个交代。"徐光春一锤定音。

说干就干，在报社领导的大力支持下，张胜友非常顺利地采访了中央有关部门和高层领导，为推出第一期《光明日报》的"周末版"做准备。就在采访水利部部长杨振怀的时候，张胜友碰到了同时前来采访的中央电视台摄制组的导演和摄像。其时，他们正准备拍摄一部抗洪救灾的电视纪录片，心里却犯着愁呢，虽然已事先请两位作家跟踪抗洪救灾场景及采访撰稿，但对文本始终不满意。采访结束后，摄制组主动把电话打给张胜友，希望他能够出马救场。

"张老师，您的价位是多少？"接到中央台导演的电话，张胜友有些发蒙。

"实话实说吧，我们组织的写作班子脚本写得不满意，想请您帮忙，我们可按您报的价位支付高稿酬。但不能署名。"那位导演无奈地央求道。

话还没说完，张胜友"啪"一声就把电话挂了，他心想："请我写，尊重我，一分钱不要都可以，但把我当枪手使，给多少钱也不干。"再说，手头正忙于采写"作品版"首期稿件，报社的本职工作任务还没有完成呢！哪里还有心思和时间去创作什么电视片解说词？

没想到的是，仅隔一天，时任中宣部副部长的翟泰丰直接把电话打到了《光明日报》的领导那里，要求借调张胜友到中央电视台抗洪抢险电视片剧组工作，可是，张胜友的工作也是一个萝卜、一个坑，岗位离不开呀。报社领导据理力争，试图婉言谢绝，但翟泰丰没有接受报社领导的意见，反而不容商量地下达指示："张胜友，白天在《光明日报》上班，晚上到'远望楼'剧组撰稿。"这样，张胜友不得不接受命令，开始了没有白天黑夜的创作。

"远望楼"，一个部队宾馆的名字，地点位于海淀区北太平庄，当年是国防科工委的招待所。张胜友至今依然清楚地记得，在那里，他整整住了 21 个晚上。他一边撰写自己的报告文学，一边撰写电视片的解说词。写报告文学，已经是久经沙场；写解说词却刚开始试笔。文学最高的技巧是无技巧，艺术最高的境界是无界限。张胜友深谙此道。他知道，无论是宏观叙事的全景式报告文学，还是大场景的电视片解说词，写作上遇到的最大障碍莫过于材料的组合和结构的设计。

优秀的艺术作品达到的最高理想目标，就是材料组合的逻辑性和思想性达到有序有机的高度统一。同样都是写抗洪救灾，为什么不能做到"一鱼两吃"呢？

盛夏的北京，酷热难耐，坐在"远望楼"昏黄的台灯下，张胜友与浓咖啡做伴，脑海中远望的却是躁动不安的地球，远望的是"人类生存的发展史就是一部与自然灾害做斗争的历史"，远望的是那暴雨追着洪水无情卷走庄稼人希望之梦的南中国大片洪涝地区……于是，他的心像冲破闸门的洪水一样澎湃，他的笔如中流击水一泻千里。

——天摇着雨，雨摇着地，豪雨如注，一片泽国……

——农民们心痛呀，他们说："三年奔温饱，五年奔小康，一场大水全冲光……"

——水也滔滔，情也滔滔……我们的人民，我们的军队，我们的干部，共同筑起一道钢铁长城，挽狂澜于既倒……

——中国有一整部关于水的历史——爱民乎？害民乎？治水与否成为一杆检验的标尺……

于是，在张胜友的笔下，人们看到了总参谋部不息的灯光，看到了汛情如军情那惊心动魄夜晚的场景，看到了中南海运筹帷幄决胜千里战胜洪魔的人间绝唱。

夜深人静，咖啡喝了一杯又一杯。久而久之，张胜友就养成了一个自嘲为"不良的习惯"：咖啡和香烟一样，成为他写作时须臾也离不开的伴侣。经过 21 个昼夜的奋战，张胜友同步完成了电视纪录片文学脚本《力挽狂澜——1991 年抗洪交响曲》和报告文学《力挽狂澜——中国抗击 1991 特大洪灾纪实》。1991 年 9 月 14 日，报告文学在《光明日报》第五版整版刊出；电视纪录片也在同年 10 月由中央电视台播出，反响强烈。作品还获得 1991 年全国抗洪救灾作品征文特等奖。

《力挽狂澜》"一鱼两吃"的成功，或许连张胜友自己也不曾想到，给他带来的不仅仅是鲜花和掌声，而且开启了他文学创作的另外一条道路。从此，张胜友大步跨入电视政论片创作的殿堂，站在了另一个新的起点上，向另一座高山奋力攀登。

"改革作家"

【关键词：改革】我是中国改革开放这场伟大社会变革的见证者、记录者、参与者和直接受惠者。

——张胜友

1992 年，张胜友到光明日报社工作已经整整 10 个年头。

10 年，弹指一挥间。

10 年前，在复旦大学读书的张胜友，刚刚知道世界上还有麦乳精之类的营养品；再往前十年，他和他的弟弟每逢周末总是哆哆嗦嗦伫立在村口，眼巴巴地等待在外乡执教的父亲早早归来，好用父亲一周节省下的一包糙米伴野菜熬粥充饥……是的，在那个特殊的年代，张胜友是不幸的，又是幸运的。他遭遇了一个时代隐退的痛苦，又领略了一个新时代崛起的喜悦。在"十年动乱"与改革开放两个时代之间，他注定要扮演一个"过渡者"的角色，并为此付出全部青春的代价。

"可贵人生的可怕错位，使张胜友领受到生活的严峻与艰辛。不同寻常的人生印记，不能不引发他苦苦思索，促其走上求索之路，也为他日后从事文学创作积累了丰厚的社会阅历和生活素材。同时，艰苦的生活也给他以'苦其心志，劳其筋骨'的磨砺，培养他那不屈不挠的生存意识和大山般的稳重而坚强的性格，培养他那甘于寂寞、近乎宗教徒式的献身精神。更为重要的是，剧烈变动的社会思潮和现实生活哺育着作者，激发起他空前的创作欲望和创作热情。"（苏浩峰语）

10 年后，"心比天高，身为下贱"的张胜友，秉持"经世致用"的文学理想，已经成为时而豪勇地在寂寞大地上踽踽独行、时而在时代大潮推拥下狂飙突进的著名报告文学作家。他把写作的感觉比喻成"爬山"。

"张胜友的前半生中看得最多、接触最多的可算是山了。他也最崇拜大山，倾心于故园那些披绿戴翠、雄姿万态的南方的群山。那些大山，是他所属的客家人刚勇顽强性格的对象化。在常年的观照中，他看到自己生命的投影。大山，以膜拜的姿态面对太阳，以满身的新绿迎接春天。当风暴来临，山绝不动摇，依旧傲然挺立。山把根须深扎入大地，而以无私的坦率，向着天空无限展开……一句话，大山的沉默、坚强、厚重给了他生命启示，大山伟岸、雄浑和大无畏的英雄气概给了他在创作中铸造力量与气势的底气。"（苏浩峰语）

20 世纪的最后 10 年，是潮落潮起的 10 年，是大合大开的 10 年；是一代人在经历了狂热、痴迷、磨难、痛苦、困惑、希望、疲惫、抗争之后睁开灵魂的眼睛的 10 年；是在一个旧秩序覆灭与新秩序诞生的空白地带悄悄地、异常迅猛地、不可遏制地选择突破口的 10 年；是共和国的改革列车在心理、思想与理论日臻成熟的轨道上奔驰穿过万重关山的 10 年；是中国人的目光穿越历史的峰峦正苦苦探寻他们脚下的道路的 10 年；是中华民族从苦难中警醒，开拓创新走向富强、昌盛、民主、文明的必由之路的 10 年……

这 10 年的中国和世界，从一开始就很不太平。刚刚经历了"八九"政治风波的中国，许多事情尚未理顺头绪，接连又遭遇苏联解体、东欧剧变，偌大的一个社会主义大家庭，顷刻间不战自溃，红旗纷纷落地。严峻的事实发人深思：今后世界向何处去？社会主义命运将会如何？中国今后怎么走？面对这些纷繁驳杂前所未闻的世界性的历史难题，各式各样的人物都相继登场，给出了自己的答案。举什么旗？走什么路？彼时的中国，正处在社会主义改革开放、社会主义现代化道路与模式探索不进则退的临界点上，历史正处在选择前进方向的十字路口上。在严峻的国际国内形势面前，敢不敢迎接世纪挑战，能不能把握历史机遇，坚定地走中国特色社会主义道路，都需要中国共产党做出明确而有力的回答。人民在关注着北京，世界在关注着中国。

1991 年年底的某一天，中宣部副部长翟泰丰直接把电话打到了张胜友的办公室。自从《力挽狂澜》在中央电视台播出后，翟泰丰就记住了他。这位高级经济师出身、曾业余从事过戏剧剧本创作的部长，再次给张胜友出了一个题目——创作 4 集电视政论片《十年潮》，以电视影像为媒介，从历史和现实的双重视角，立体、全面、宏观地回顾改革开放 10 年来共和国的新变化、新面貌、新成就。

来到翟泰丰的办公室，让张胜友没有想到的是，部长为这部政论片的创作已思谋良多，表示将安排中央体改委的有关部门和中国社科院的有关专家，组建一个写作参谋班子，全程提供相关资讯以保障他的创作。

听翟泰丰这么介绍，张胜友心有不悦，说："翟部长，我可以提一个要求吗？"

"可以呀，有什么要求，你尽管说。"

"不要写作班子，我愿意一个人来完成！"

"你不懂经济呀，我们请社科院的经济学家帮助你。"

"不要。"

个性倔强的张胜友所提的这个大胆要求，确实让翟泰丰没有想到。这位比张胜友整整大 15 岁，在张胜友还没出生就已经投身革命，经历过解放战争炮火洗礼的花甲老人，将信将疑地望着他，半天没有说话。"你写完以后可请这些专家看，如果有外行的地方还可以改。"

"写作是充满个性的劳动。"张胜友胸有成竹地解释说，"翟部长，在政治上，我听你的；在艺术上，你尊重我。电视是综合艺术，有文字、画面、音乐，等等，专家们千万不要断章取义，最后要看整体效果……"

"好！"听张胜友这么一说，善解人意又具开明作风的翟泰丰心里有底了，当即爽快地答应了，充分给了他创作的自主权。

没有金刚钻，谁敢揽瓷器活？已过不惑之年的张胜友，既不是不知天高地厚的年少轻狂，更没有了自命不凡夜郎自大。他有的只有自信。但其中的甘苦却难以为外人所道。人人都说作家是脑力劳动。其实，作家"爬格子"就是"爬山"，也是一项巨大的体力劳动，那不仅是思想的激情碰撞，也是身心的辛劳疲累，其肉体和精神所承担的巨大负荷难以用语言表述。之所以接受《十年潮》的创作任务，应该说张胜友已等待了许久许久，他发自内心地说："作为一个记者、一个作家，我虽然不能站到改革开放第一线去冲锋陷阵，但我可以用手中的笔为改革呐喊助阵，扫除障碍，我相信，任何一个有良知的知识分子，都会找到适合自己的方式来推动中华民族的进步和发展的。"

在《光明日报》工作 10 年来，张胜友每年都要跑去深圳四五趟。那个时候，在他眼里，深圳特区就是一个大工地。原本一个小小的渔村，突然从四面八方涌进来几十万建设大军，四处尘土飞扬，昼夜机器轰鸣，他向朋友借上一辆自行车转几圈，就把整个特区转遍了。但是，站在这片改革的热土上，凭着记者的敏锐，他很快就捕捉到改革开放前沿的社会脉搏和人民群众最热烈的心跳，也彻底地领悟了邓小平推行改革开放政策的时代精髓。悲苦的少年时代，挣扎的青年时代，张胜友早早地咀嚼了生活的苦涩。生活是最好的老师。毫无疑问，对以劳苦大众为主体的中华民族那份深挚的爱，始终熔铸在他作品的字里行间。正如评论者所言："在民族苦难与个人不幸的喂养下，他的精神内力苗壮成长，早年坎坷的人生体验和曲折的心路历程，在他心灵深处悄然沉淀为历史意识和民族意识，敦促他登上高台纵观历史发展的轨迹，去追寻富强的中国和公平的社会；引领他一如既往地面向太阳歌唱，把光明带给人们而把阴影留在自己身后，引领他执著地高擎火炬，奋不顺身地与改革同行……这种民族意识和历史意识的共振共鸣，构成张胜友创作的精神指向，使他坚守着自己的社会理想和艺术取景的'趋赴性'——凡是推动社会进步和民族振兴的人和事，他的心就像熊熊燃烧的火焰，充溢着热情；反之，他的笔一如冰冷的剑戟，放射寒光，展示利刃。"

多年奔波在中国改革开放前沿的生活积淀，使张胜友胸有成竹，他把自己关进招待所。整整一个月时间里，他像一个建筑设计师，夜以继日地查阅大量资料，为《十年潮》设计最佳的蓝图。历史和现实，就像两条平行的铁轨，把张胜友思绪的列车牵引到改革开放的纵深处，又把他从遥远的过往拉回到逼真的现实，再开足马力奔向更加遥远的未来——"这是一个久远而深邃的梦。人类自从步入文明时代的第一天起，世界各民族就共同执着地追求昌盛、繁荣、民主、自由、发达、富强。"读书破万卷，下笔如有神。张胜友一下笔，就把改革开放置于人类文明史和中华民族伟大复兴的历史高度上，为受众推开了厚重的历史之门，让人们倾听金戈铁马的呼啸，从陈胜吴广到李自成，从林则徐到孙中山再到毛泽东，随后在邓小平畅游北戴河的画面中聆听邓小平苍劲铿锵的警言："中国不走社会主义道路，不改革开放，就死路一条！"《十年潮》就是以这种激扬奋力的大口气、粗犷雄伟的大形象和汹涌澎湃的思想大潮流，惊涛拍岸，滚滚奔腾而来。

《十年潮》分为"历史的选择""农村新崛起""艰难的起飞"和"走向新世纪"四大版块，分别阐述邓小平理论的形成、农村率先破冰、开启城市改革和实施对外开放。张胜友"以时间为序，从纵向写人民要求变革，揭示中国改革开放的历史必然性；又以空间转换为线索，从横向写国际形势，表现出处于世界新格局中的中国只有改革开放才有出路的总趋势"，艺术地体现了邓小平改革开放的整体思路。他在文稿中还首次罕见地引用美国作家的话语，把邓小平形象地比喻为"永远打不倒的小个子"。整个作品以纵横交错的网络式结构，引导人们从改革开放十年的历史中，观照一个民族的走向。谈及《十年潮》的写作，张胜友坦诚地说："我的电视政论片写作，深受苏晓康、王鲁湘《河殇》的启发，在艺术架构和表达技巧上这确实是一个范本。我非常认同《河殇》这样一种表现社会转型期的新颖的艺术形式，能非常强烈地表达一种思想、一种理念、一种意境、一种内在的逻辑力量。解说词和影视画面互为补充，表达非常自由开阔，有冲击力、说服力。而且不是说教的，有丰富的细节，大量的资料和人物故事，可以生动展示作者所要传递的思想与理念。"

1992 年 2 月，两万多字的《十年潮》文学脚本，张胜友一气呵成。完稿后，张胜友立即把稿件誊清交给翟泰丰。中宣部有关领导和专家审读后，非常满意，刚巧邓小平从南方巡视返京，立即呈送邓办审阅。后又一细想，小平同志已经是 88 岁高龄的老人了，让老人家看这两万多字的文稿显然不妥，于是，又决定邀请著名话剧表演艺术家张家声担任配音解说，制作成录音带。张家声拿到文稿，认认真真地准备了一个星期，十分动情地给张胜友打来电话，只说了一句话："张胜友，在配这部电视片解说词的时候，我的感觉就是，我在向世界宣告中国的改革宣言！"很快，由张家声配音的《十年潮》磁带送上去了。半个月后，邓小平办公室给中宣部回复说：很好，很及时，很必要，较准确全面反映了小平同志的改革开放思想。

"文章合为时而著，歌诗合为事而作。"得到了邓小平老人家的首肯，上上下下都非常高兴。于是，翟泰丰副部长亲自牵头指挥，立即启动《十年潮》的拍摄工作，中央电视台选派导演傅思组成精干的拍摄团队，日夜加班快速推进，按照张胜友既有的文本很快剪辑完成了四集电视政论片《十年潮》。

1992 年春天的中国，涌动着一股春潮——

3 月 26 日，《深圳特区报》在头版头条位置发表了该报副总编辑陈锡添撰写的长篇通讯《东方风来满眼春》；随后，《羊城晚报》《文汇报》《光明日报》《北京日报》等报刊陆续转发了这篇通讯；3 月 30 日，新华社也全文播发了这篇文章。

《东方风来满眼春》传递的信息激荡人心、震撼世界，成为新闻界在思想解放运动中的一个标志性事件。

5月25日至28日，《光明日报》每天以一个整版的篇幅刊登《十年潮》解说词，同名电视政论片则由中央电视台在黄金时间——每天紧接在《新闻联播》节目之后播出（当年还没开办《焦点访谈》节目）。

《十年潮》一经播出，立即在读者和观众中引起巨大反响：许多读者致信《光明日报》，他们白天看报纸刊登的解说词，晚上对照着报纸收看电视；全国各地的观众信件雪片般飞来，纷纷要求重播，于是，第一轮播完一周之后，中央电视台立即安排每天中午、下午和晚上分三次重播，以满足广大观众的需求。

外电也给予极大的关注，评述这是中国为改革开放发出的第二波呐喊，为改革开放擂鼓助阵。

《十年潮》如此强烈的反响，确实超乎大家的预想。中央电视台遵照中宣部领导的意见，精心录制了一盒《十年潮》录像带，送给邓小平。不久，邓办秘书打来电话，传达了邓小平观看《十年潮》后的指示精神："这么多年了，在宣传改革开放、反映改革开放方面，我还没有看到过这么好的电视片。"

邓小平的指示精神传达到光明日报社，报社领导十分高兴。时任《光明日报》副总编辑的徐光春，当即提议授予张胜友"总编辑特别奖"，得到了总编辑张常海的赞同。几十年过去了，张胜友谈及这个奖还十分幽默地说："当时感到非常光荣，'总编辑特别奖'啊！"再问及这个"总编辑特别奖"的实质内容，张胜友笑答：就是颁发了一张奖状和100元奖金。据说，一开始准备奖励200元的，后来总编辑权衡再三，大笔一挥还是减去了100元。

再回到1992年的5月，正当《十年潮》在中央电视台热播之际，张胜友却突然生病了，高烧达39℃。偏偏在这个时候，深圳市委宣传部给《光明日报》打来电话，邀请张胜友马上去深圳撰写邓小平"南巡"的电视政论片。报社领导据实告之：张胜友生病了。不久，有关部门又给报社打来电话，直接点名抽调张胜友，并且叮嘱说：深圳的医疗条件不会比北京差，马上把作者送到深圳，时间很紧。后来才知晓，这是中央安排的重大宣传项目，这部片子将作为党的十四大献礼片，此前已有两部关于"南巡"的纪录片样片，报送中央有关领导和邓小平办公室审核，均没有得到满意的答复，而此时距党的十四大召开仅剩下4个月时间了。

几乎是重现1991年抗洪抢险斗争时突击完成《力挽狂澜》电视片的情景。任务紧迫，刻不容缓，高烧中的张胜友，在时任《光明日报》总编辑的张常海和他的秘书白建国二人的陪同下，当天即飞赴深圳，入住小平同志"南巡"时住过的深圳迎宾馆。恰好当晚深圳有精彩文艺演出活动，香港影视歌星和内地刘欢、韦唯、毛阿敏等大腕歌星悉数到场，张胜友因留下检查病体而没能前往，至今仍觉遗憾。

张胜友回忆当时的写作感受："确实太疲惫了，那感觉就是在爬山、爬高峰。"因为发高烧，血压又低到50—80毫米汞柱，医生说你这是疲劳过度，也没别的更好的办法，就嘱咐他注意多休息，每天喝一点红葡萄酒和红糖水可帮助提升血压。张胜友说："哪能休息呀？深圳市委宣传部的同志把小平同志'南巡'的所有原始资料，还有关于深圳特区的新闻报道、报告文学、影视资料全部送来宾馆，在我的床头架起一个垫子和播放器设备。我躺在床上整整看了5天，看完后，马上找深圳市委领导和市委宣传部领导交流我的创作思路。"

5天的阅读和思考，使张胜友读懂了邓小平"南方谈话"的历史启示和现实意义：88岁的老人不辞辛劳毅然决然"南巡"，目的就是针对人们思想中普遍存在的疑虑，重申深化改革、加速发展的必要性和重要性，并从中国实际出发，站在时代的高度，深刻地总结了10多年改革开放的经验教训，在一系列重大的理论和实践问题上，将建设有中国特色社会主义的理论与实践大大地向前推进了一步。邓小平深刻思索中国改革开放的前途命运，标志着邓小平理论的最终成熟和形成，也标志着中国改革开放第二次浪潮的蓬勃兴起。

古人云："龙文百斛鼎，笔力可独扛。"张胜友不紧不慢地娓娓道来："一共有三条线，第一条线是小平思想，小平两次'南巡'，第一次'南巡'是1984年，在深圳特区改革最困难的时候，小平同志出现在深圳街头，给深圳巨大的鼓励，写下题词'深圳的发展和经验证明，我们建立经济特区的政策是正确的'；再就是1992年'南巡'，小平同志已是88岁高龄的老人了，在中国掀起第二轮改革开放的高潮，吹响号角。所以，这个片子要贯彻小平同志改革开放的思想，这是统领全片的第一条线。第二条线，深圳的改革开放取得非常多的成就，非常多的全国第一，但是我们不是写深圳改革开放的大事记，而是要理出一条主线，主线就是，深圳在探索由计划经济体制向市场经济体制转轨过程中，为全国做出了表率，提供了成功的经验。第三条主线，深圳是中国改革开放的试验田，是共和国改革的长子，是中国改革的排头兵，它要辐射全国，推进全国的改革开放，同时它的改革开放又是在世界第三次经济浪潮、在产业结构调整的大背景下面闯出了自己的一条路。这三条线要互为铺陈有机结合起来。"

听了张胜友的话，深圳方面十分赞成。于是，张胜友立马投入写作。他说："我在宾馆用了20天的时间写完大型政论片《历史的抉择》的解说词脚本，这20天里，我除了下楼吃饭，没有走出宾馆大门半步，完稿后，当天下午就飞回北京了。

中央新闻纪录电影制片厂整合各部门骨干力量，由一位副厂长带队，周东元为总导演，马上赶到深圳去拍摄这部电影政论片，深圳电视台全力配合。我记得当时力量不够，还调用了珠江电影制片厂的部分力量。"

《历史的抉择》时长90分钟，在太阳与大海的壮阔拥抱中拉开了序幕："每一波潮汐／都孕育着一场生命的大躁动／每一轮日出／都完成了一次历史的大跨越……"整部片子的拍摄是以张胜友的解说词的逻辑关联和情绪流向作为画面、音响、音乐的核心结构依据的。片子由中央新闻纪录电影制品厂、光明日报社和深圳市新闻影视制作中心联合摄制，很快就拍摄完毕。随后，中宣部直接将其送到邓小平家里去审片。参加审片的人员有李瑞环、丁关根、李铁映、杨白冰等负责中央宣传文化工作的领导同志。一个半小时的纪录片播放完后，邓小平说："大家看怎么样，我看不错嘛，我看很好嘛。"接着，大家都说了各自的意见。邓小平接着又说："我们说了也不算嘛，听听代表们的意见，看他们怎么说。"于是，又把《历史的抉择》送到"十四大"会场，请"十四大"全体代表观看。完全可以想象得到，《历史的抉择》在"十四大"代表中引起了强烈反响，更加坚定了全党坚持改革开放、走中国特色社会主义道路的信心，再次吹响了新一轮改革开放的进军号角。时任广东省委书记的谢非在看了《历史的抉择》后，专门看望了深圳市的代表，对深圳组织拍摄该片给予了高度评价。

1992年10月25日至26日，《光明日报》以两个整版篇幅全文刊发《历史的抉择》解说词文本，同名电影政论片在中央电视台播映。随后，由中国电影发行放映公司发行的大量电影拷贝发至全国各地、各大军区、各军兵种，外交部也买了很多拷贝送往驻外使领馆。张胜友回忆说，《历史的抉择》播映前夕，还发生了一个小插曲。10月8日晚上，北京长安街头突然竖立起一块大型电影广告宣传画《历史的抉择》，这是深圳市委宣传部副部长吴松营苦心孤诣的宣传创意，立即成为京城一大风景，人民群众纷纷来到广告牌下照相留念，中外许多媒体也纷纷前往这块广告牌下进行现场新闻采访、拍摄，轰动一时。这时，中央有关部门打电话到光明日报社，询问是谁批准的，要求立即拆除；不过，只是虚惊一场，很快最高层又来了电话，认为不必拆除。张胜友说："这个宣传画，在我们光明日报社的大门口也高高地悬挂了好长时间，现在回想起来，心里还挺嘚瑟的。"

无论是当记者还是当作家，张胜友一直把"改革"作为自己关注和写作的主题，以至于被评论界称誉为"改革作家"。对此，他颇为得意地说，他是讴歌改革开放最热忱、最持久、最自觉、最勇往直前、最义无反顾的作家之一。事实确实如此，无论是以旁观者的身份追踪、实录、见证改革，还是作为领导者置身于改革的风口浪尖，张胜友都是一位身体力行、勤奋多产的作家。他励志忘生，只顾玩命地写，好心的朋友都劝他歇歇，他笑着说："累是累，但乐在其中。处于大变革时代的中国作家是幸运的。改革开放是一场充满挑战性的社会运动，每天都有一些意想不到的事情发生。我又适应了影视政论片这种借助于现代传媒手段、受众面广的写作形式，所以乐此不疲。"他以惊人的毅力日夜趱行，博采深掘，不断向读者和观众奉献一幅幅开阔恢宏、色彩斑斓的改革画卷和社会生活图景。历史与现实的关系，中国与世界的关系，党内与党外关系，宏观与微观的关系，张胜友用他的思想之剑，构建起一个巨大的文学坐标系。张胜友游刃有余地把控着这个坐标系的原点，提纲挈领，上下千年，四面八方，气势如虹，一以贯之地把他的电视政论片写作在诗、思、史的宏大叙事上发挥到了极致，从而形成了他大视野、大架构、大场景、大口气、大力气、大才气的文学格局。

"世间富贵应无分，身后文章合有名。"作为一名以笔为利器为改革大潮推波助澜的著名作家，张胜友对中国改革和中华民族复兴情有独钟。他是为之说了真话，出了大力，尽了责任，做出了实绩，也为之付出了真情和代价的一名正直有为的作家。这些年来，他始终以先领时代风骚、勇立潮头唱大风的勇气和魄力，先后完成了《海南：中国大特区》《石狮启示录》《让浦东告诉世界》《2000奥运：光荣与梦想》《风从大海来》《风帆起珠江》《闽商》《百年潮·中国梦》《闽西：红色记忆》等40多部电影、电视政论片，有的受到党和国家领导人的高度评价，有的成为中国改革开放30周年的献礼片，有的荣获影视片类的中国政府最高奖（星光奖），有的被《新华文摘》等权威期刊转载并入选大学和中学的语文教材，成为这一类型创作的最重要的代表性作家——可以毫不夸张地说也是贡献最大、成就最高的一个，"改革作家"的美誉可谓名副其实。

"如果给我一个舞台，不管这个舞台大小，我都会把我的改革理念付诸实施。"这是张胜友一以贯之秉持的价值理念。他说，政论片有点类似封建社会科举考试的那个策论——你怎么来理解国家和治理国家？也像现代政治家们的施政演说。政论片需要有思想，有历史感，有厚重感，有文化内涵，有哲理意识，有诗化语言，还要有精美的画面，对于表现中国当下的社会转型，是一种很贴切的全新的便捷的艺术形式。张胜友说："改革开放三十多年，我们国家在市场化、工业化、城市化和国际化方面，走过了西方发达国家一两百年，甚至三百年的历史进程，同样也会积聚起西方发达国家在他们的发展过程中需要两三百年时间去消化的大量社会矛盾，所以我们自然需要大的调整。如今我们有了较厚实的经济基础，如果调整得好，我们继续往前发展是没有问题的。平时我一直在思考这些问题，我写政论片的时候，不是以中央的文件、中央的精神为唯一，我要把自己的所思所想也融进去。"这就是一个作家的家国情怀，他用手中的笔为祖国改革开放的伟大事业做出了独特的贡献。

从《十年潮》到《百年潮·中国梦》，大题材创作像峻岭，张胜友勇敢攀登；大题材创作像大海，张胜友敢涉深海。道路由来曲折，征途自古艰难。张胜友的创作道路并非一直平坦没有坎坷，也并非沿途都是鲜花和掌声，其间也有汗水、泪水甚至血水。对他十分了解并理解的好友苏浩峰先生感叹说："曾几何时，张胜友的写作遭遇如同他笔下的改革历程一样处于好事多磨的状况，改革题材因其敏感而显得格外脆弱。那一阵子，他的作品时常招来非议，创作之外耗费的心血往往超过创作本身。可是，不管遇到什么风浪，他都没有改变创作初衷。他的作品，始终鸣响着对国家和人民的深切关怀之音，鸣响着不以一己小小悲欢为喜乐的放达之声。悲世不悲己，成为张胜友思想行为及其作品思想内容的一个显著特点。"

官商之间

【关键词：性格】别人都说我很冒险，说我很激进，说我很大胆，其实我是一个很谨小慎微的人，我做任何事情都要先锁定一个目标，然后我会详细地论证、思考要实现这个目标有几种途径，在每一种途径里面会遭遇什么风险，我的能力够不够，我的现有条件能不能排除风险。如果出现大的风险，我没有办法规避和防范的时候，我就会毫不犹疑地放弃。我在设定目标的时候会比较高，但我不会幻想抓着自己的头发能飞离地球，懂得要脚踏实地、一步一个脚印走下去。

——张胜友

集记者、编辑、报告文学家、电视政论片作家和出版家、中国作协书记处书记等头衔于一身的这个人，突然出现在你的面前，你绝对不会相信，这位个头不高、外表木讷、其貌不扬，被人们戏称为"农民企业家""土老帽"的人，就是传说中的张胜友。

奇人异相，一语中的。"30 年前，张胜友以饱含忧患意识、富有批判锋芒的报告文学作品在中国文坛崭露头角；20 年前，他又以极具思辨性和前瞻性的影视政论作品，再度饮誉文坛"。这是"一位以报告文学和影视政论片创作独树一帜的作家，一位在文化体制改革领域闯出新路的践行者，一位享有'改革作家'美誉的时代弄潮儿"。的确，在新中国改革开放 30 年的文坛上，张胜友是一个绕不开的名字。

1993 年 12 月，张胜友离开了新闻记者的职业岗位，进入另一个全新的岗位——就任光明日报出版社总编辑。这也是一次临危受命。当时光明日报出版社因为经营不善，滞销书堆满了库房，负债累累，于是，他开始探索出版业改革，改革的理念在哪里？张胜友说："就是来源于我在《光明日报》当记者时长期奔波在改革开放的最前沿阵地，实际上我见证了中国从改革启动到改革深入、突破重重难关的整个历史进程。我也目睹了很多企业的兴衰成败过程，自己对中国的社会变革也有了很多思考，所以我到光明日报出版社时，感觉给了我一个舞台，我要把自己的改革理念付诸实践。"

通过一年多时间大刀阔斧的改革，成效十分明显，令报社领导和所有同行吃惊的是：光明日报出版社不仅还清了 360 万元的外债，装修了出版社的办公楼，买了汽车，给职工发放了比较优厚的奖金，还给光明日报社上缴了 80 万元的利润。张胜友小试牛刀，即被知情者惊呼为"出版界的一匹黑马"。

1995 年 9 月，中宣部拟调张胜友出任作家出版社社长兼总编辑。光明日报出版社的同志们舍不得他走，就找到刚从《光明日报》总编辑升任中宣部副部长的徐光春说项，被告之以大局为重，还是让张胜友到作家出版社走马上任了。其时，作家出版社双效不佳、经营陷入困境。如果从社会效益方面来讲，作为国家级的文学出版社，它的图书从未得过国家图书奖、中国图书奖、"五个一工程"奖、茅盾文学奖等重要奖项；从经济效益方面来说，一个老字号的大型出版社，年发行总码洋也才 1200 万元。然而，到 2004 年 9 月，已升任中国作家协会党组成员、书记处书记的张胜友，正式辞去作家出版社社长之时，他的《离任经济责任审计报告》表明：作家出版社在他主政 9 年间，获奖图书达 100 多种，年图书发行总码洋由 1200 万元飙升至 1.8 亿元，增长 15 倍；国有资产年平均增长率 31.15%，所有者权益（净资产）年均增长率 39.55%，主营业务收入（图书销售）年均增长率 67.60%；结论为"很好地完成了管理体制改革，将政策导向与市场竞争进行有机结合，取得良好的社会效益和经济效益，促进了出版社的健康有序发展"，9 年共计为国家上缴利税近 9000 万元。

中国有句老话："男儿事业须自奇。"你说，张胜友是不是一个奇人？随即，中外媒体（包括报纸、刊物、电视）对张胜友进行了"轰炸式"报道，中国出版界的"风云人物""传奇人物""出版大鳄"等赞誉声不绝于耳，就连美国《纽约时报》都称他为"引发中国出版业革命第一人"！即使按照西方现代商业社会的流行理念，10 年上山下乡的知青农民生活，10 年《光明日报》的记者生涯，这样的背景和资历，并不足以证明张胜友具有商业才能或受过相应训练，然而他不负众望，从一个记者、作家的角色成功转型为出版家。张胜友是如何成功的？一时间，全国 500 多家出版社就有 300 多家前来向张胜友取经。

张胜友的秘籍到底在哪里呢？

1995 年 9 月，张胜友穿着一件已经穿了 10 年的白色的确良白衬衣，光脚蹬着一双塑料凉鞋，走进了农展馆南里 10 号中国文联大楼。在位于第四层的作家出版社办公地，他看到每个编辑室摆了四五张桌子，拥挤得容不下放一张让客人坐下的凳子。许多赫赫有名的编辑到单位打一下上班卡，不愿待在烟雾缭绕的办公室就溜之大吉了。再一看发行和财务，他上任当月的图书发行码洋仅 39 万元。包含众多高级知识分子在内的七八十名员工，平均月工资才 500 余元，最低的才380 元，大大低于同行业的收入水平。比他在《光明日报》工作时的收入要低很多，甚至还比不上他远在福建龙岩的早年同事们的工薪。

怎么办？

张胜友不慌不忙，他首先买来一张行军床，放在自己 10 平方米的办公室，然后把自己关在办公室里。整整两天，他将中宣部以及新闻出版署所有的文件、法律、法规、条例、政策等，仔仔细细地看了一遍，搞清楚哪些是黄线，哪些是红线，有多大的空间。空间虽然不大，但还是足够你充分地施展、腾挪的。随后，他分别又找出版社各方面的人员进行谈话，了解业务、人员和思想情况，摸清底牌。

在做好充分的调查研究之后，张胜友决定召开全社编辑和员工会议。有人私下嘀咕，这新官上任还不知放哪"三把火"呢！有人笑着议论，看你怎么踢出"头三脚"？会议开始了，大家都静静地等待张胜友发表"施政演说"。

这是张胜友第一次和全社员工见面。他开门见山地说："作家出版社的改革怎么搞？坚持正确出版导向，坚持社会效益第一，这是大前提。在这个大前提下，就是两句话——怎么来钱怎么干，大钱小钱都要赚！"张胜友说的后两句话立即引发轩然大波，不久即被许多媒体争相引用，但"两个坚持"的"大前提"却被人为"删除"了，为此还有人向中央告状，这是后话。但张胜友不理那一套，循着自己的改革思路继续宣布："第一，从下个月开始，全社人员工资过千；第二，从明天开始，取消打卡上班制度。"张胜友还宣布，自己绝不开没有实质内容的会，如果在开会时讲了空话、套话、官话、大话，与会人员随时可以离会；对于问题，自己也绝不说"研究研究"之类的废话，只说行与不行和不行的原因。

听新来的张社长这么一通说，在场的编辑和员工们一下子都怔住了，都忘记了鼓掌，只有那位每月拿 300 多元的打字员怯怯地问了一声："也包括我吗？"

张胜友断然回答："你下月起就拿 1000 块。"

直到这时，在场的编辑和员工们才忽然醒悟过来，哗啦啦地鼓起掌来。

事后，张胜友也为自己捏把汗，这是破釜沉舟、背水一战啊！

有人不解，说张胜友是一个胆大妄为的人，其实他之前已在心中反复进行过

"沙盘推演"：左算右算，前算后算。

张胜友如是说："改革应该尽快让群众得到实惠，我还没有实施改革就先让群众得到实惠，万一我的效益上不去，我的钱从哪里来？这就像赌博、就像玩命。但我心里像明镜似的，如果每个人的潜能都释放出来，产生的价值远不是千元所能估算的呀。"

以事业单位当时的现实和巨大惯性，张胜友的胆识由此可见一斑。然而张胜友并不是一个简单激进的冒险主义分子。他说："我做什么事情，都会先对风险和机遇进行评估，如果出现大的风险，我没有办法规避和防范的时候，我就会毫不犹疑地放弃。在运作过程中尽量防止风险，提升成功的概率。条件是可以创造的。我绝不打无准备之仗。"

与许许多多的中国改革者不同，张胜友在证明自己在市场上精打细算的才能的同时，保持着一种非凡的政治才干和平衡能力。从某种程度上来说，他团结了一切可以团结的人，并使之按照他的既定目标前进；而在这个过程中，他与激进的改革者不同，他又表现出了更多的非市场经济的温情与自省。有人将这称之为一种"世故"或"政治智慧"。商场如战场。对于张胜友这样的转型中的"官与商"来说，他要保持自己的位置和权力，同时实现自己的抱负和理想，经济与政治这两张牌，他都不能出错，而这两张牌的规则和打法却不尽相同。

张胜友的过人之处，正在于他在"打牌"的时候，兼顾了左右。而这对于中国条件下立志有所作为的改革者来说，的确是成功的必要条件。他无比清醒地认识到，他每天所面临的管理和生产过程与纯粹的物质生产部门很不一样，"我从业的是意识形态部门，产品是图书出版物。意识形态的政策性、政治性都很强，而且是非常敏感的，是一票否决的，是绝不允许产生失误的。一家出版社出了1000部哪怕是1万部好书，突然出了一本有问题的书，可能社长要下台，出版社要停业整顿。另外，以往出版社是国家长期包养的事业单位，完成国家交给的任务，所有的费用由国家财政支付，从来没有进入过市场。在这一领域内，市场的意识是非常薄弱的，谈不上什么经营。"而经过10多年在改革开放报道最前沿的新闻记者生涯的历练，他认识到国家意识形态部门管理的严重滞后，"我来的时候，刚开始试行事业单位企业化管理，也希望走上市场。我很想变成一个实现者。"

尽管张胜友有着足够的心理准备，然而，局面的困难还是远远超出了他的预想，而他所引用的鲁迅先生的一句话则成了最好的注解。鲁迅说，在中国，想要搬动一张桌子都是要流血的。而张胜友的能量和过人之处在于，他在不流血的情况下，完成了体制内的利益重组与变革。"改革实际上是一个对立统一的系统工程，不断打破旧的平衡，建立新的平衡。你要非常准确地掌握尺度和分寸，这有一个承受能力的问题。我们经常会谈到群众对改革的承受能力和改革的阵痛。打个比方说旧房改造，你让群众搬到郊区住半年、一年，他会支持改革，如果你让他到郊区去住上 5 年，他会说 NO，我就住这个旧房子好了，这就是群众对改革的承受能力，你要掌握好这个尺度。改革要让群众参与，要让群众尽快得到实惠，使群众成为一个改革参与者、推动者，而不是阻力。"只是一些业务层面上的改革，张胜友认为是远远不够的，要改革一个单位，最重要的是改革整个集体的思想和精神面貌，而这一切需要从小事入手……

上任第一周，遇到义务献血，作家出版社每年分配给两个名额的指标，因为前两年都没有完成，累积到了 6 个。"这么大的出版社找不到 6 个献血的人？"张胜友很奇怪。他问办公室主任："如果我们给予很高的补贴呢？"办公室主任说还是不行。久居底层的张胜友很快就明白了事情的症结所在，当天下午，他亲自召开全社大会："献血是公民应尽的义务，在这个问题上，我们同政府之间没有讨价还价的余地。现在我宣布，男 55 岁以下、女 50 岁以下，领导干部和共产党员排在前面。"短短几句话引来热烈的掌声。张胜友是咬着牙说出来的，他当年 47 岁，而且正患胃出血。第二天，连体弱有病一头白发的常务副总编辑王文平也参加了献血（当然，因体检不合格被医院打回来了）。从此，献血再也不是作家出版社的难题，立马超额完成了任务。

紧接着，张胜友快刀斩乱麻，解决了多年久拖未决的分房问题。因为分房问题，作家出版社有写信告状的、有打电话要挟的……曾经闹得沸反盈天，可房子也一直没法分下去。听说张胜友上任后就要分房，上级领导连连警告他"不要乱来"。但在底层工作多年的张胜友，"非常了解老百姓在想什么，有些人说我激进，其实激进的前提，是对老百姓的充分理解和信任"。

看准了的事情，就必须大胆去干。张胜友先发了住房申请表下去，然后召开全社职工分房大会，他说："我是正局级，完全有资格申请 4 居室，也就是两套两居室，但是，我不能一来就跟群众争抢房子，我今天放弃自己分房的要求，一平方米也不要，所以我认为自己有资格担任分房领导小组组长。同时，凡提出分房要求的社委会成员一律不进入分房领导小组。"接下来是制定分房条例，在旧分房条例的基础上，一条条提意见，每个人都有发言的权利，说得有理，条例就改正，这样先后讨论了两个多小时，最后反复问好几遍，没有任何人提出反对意见的时候，张胜友说："这个全体职工共同制定的条例像宪法一样神圣，就是我们这次分房的依据。"

那真是一个让人难忘的星期六，通过"死抠"条例，所有住房终于分了下去。

星期一张榜公布公开征询意见，星期三一锤定音，不到一周时间，一个从制定条例、修改条例到执行条例的过程宣告完成。竟然没有一个人提出反对意见或告状、上访。

作为作家出版社社长、正局级干部，张胜友不能轻易开除任何一个员工，他必须衡量和计算好每一处人际关系，而且绝对不能翻身落马；而作为自负盈亏的出版社法定代表人，他又必须绞尽脑汁，在市场上谋求利益与利润的最大化。他不同于他的国外同行，他当然有中国特色的资源与优势，但是条条框框和限制更多，而前进路上的陷阱则无处不在。"我有一种强烈的意识，我想把我的很多理想、改革理念付诸实践，并且已经做了很充分的准备。当初的改革举措是非常激烈的，当你要推进改革的时候，你是要大刀阔斧的，但是我又非常注意国情。我不能让庸者下，但是我要让能者上，这就是中国特色。"

在让改革的群众尝到变革的甜头而成为改革推动的利益主体的同时，张胜友马上开始打破旧的平台，构建新的平台。而他的聪明之处，在于游戏规则的设计。"我是双向选择，优化组合。原来的编辑部主任，我继续让你当编辑部主任，你也可以竖起一杆旗，你可以选择编辑，编辑也可以选择你。业绩不好，没有编辑选择你的时候，你就自然会让贤。我就非常顺利地推动了改革的进程，既实现了我的目的，又没有激化矛盾。最后有几个编辑被优化下来，如果改革要彻底一点，尾数淘汰是可以的。但是我不这么干，我引进足球赛事的甲A甲B制，前三名先进，后三名成立一个综合编辑室，甲B队。奖金肯定少了，但是我也没有让你下岗呀。你压力就很大，明年你业绩上去了，又可以从甲B出来。这就叫引进竞争机制，又不激化矛盾。"但是恰恰是这一项改革，引来了铺天盖地的上访和告状，最后，张胜友在中国作协的三位主要领导面前立下"军令状"：一、只要三权（人事权、经营权、财务权）在握；二、一年内保证社会效益和经济效益翻番；三、年底全社职工对我背对背信任投票，如果信任票达不到三分之二以上，我自动辞职下台。

没有任何背景的张胜友大刀阔斧地推进当时看来相当激进的改革，他知道，想"扳倒"自己的人肯定不少，因此，如果自己还想做一番事业，自己的政治操守绝对不能出任何问题，尤其是不能出一星半点经济问题。多年后，当他听到朱镕基总理引用"公生明，廉生威"的话的时候，觉得"于我心有戚戚焉"。

新闻出版行业是文化企业，也是国家的意识形态部门，其改革面临的风险与一般的经济企业不同。"为什么我们国家进行了20多年的改革，文化、新闻、出版这一块滞后呢？那就是风险太大。它不是一个纯粹的经济问题，首先是一个政治问题。社会效益是出版社的底线，是生命线。出了问题，其他一切都免谈。我要首先守住社会效益，这是第一；第二，我们又实行企业化管理，企业的最高宗旨是追求企业利润的最大化。这个思路我是很明确的。实际上我很快修订成：改革的总体思路是追求社会效益的最优化与经济效益的最大化。我们一定要保证正确的舆论导向。我要让大家意识到，无论是社会效益还是经济效益，最终都要通过市场这只无形的'手'才能实现，实际上我要强化编辑的市场意识。一个领导者，怎么体现公平？第一个是竞争的公平，要让员工站在同一起跑线上；第二，我给每个编辑记三个卡片，分别是成本卡片、销售卡片、利润卡片，这也是体现公平的原则。"

所有变革最核心的问题就是利益的再分配。在给每本书建立了成本、销售、利润3张卡片，并且编辑发行人员奖金不封顶，甚至美编的设计费用都按毛利的1.5%计提之后，收入最高的编辑叫袁敏，一年奖金曾高达80多万元，而张胜友自己的奖金一年也不过四五万元。有记者问他："许多编辑的收入都比你高，你心里又怎么平衡？"张胜友回答说："戴一顶'乌纱帽'，就要有所选择，你是选择轰轰烈烈干一番事业，还是选择利益。如果选择干事业，你就不能太在意物质利益。尤其是我这样平民出身的官员，一旦在经济上'栽筋斗'，就很难再做事情了。我刻意要求自己，就是要'让人说不出话来'，我自己不多拿钱，拿钱少的编辑心里也平衡一些。"

事实证明，他选择了一条明智的道路，上任仅一个月，作家出版社的月图书发行码洋从39万元跃升至276万元，一年后发行码洋即从1200万元达到3859万元，5年后则达到1.7亿元，经济总量相当于原来的14倍，甚至曾经有一个月份控制中国畅销书市场的2/3份额，作家出版社一跃成为"大鳄"。上任第三年，张胜友就用作家出版社自有资金，解决了所有职工的商品住房问题。他说："我从头到尾都知道自己想要什么，以及通过怎样的途径去实现。我这么多年对作家出版社的付出很多很多，几乎把所有的聪明才智、所有的知识积累都奉献给了作家出版社的改革，我把它视作生命。很多改革者因为抢先享受了改革带来的物质成果，往往被守旧者用暗箭射下马。对我来说最需要的是改革事业的不断推进，而我的成就感和幸福感全部在此。我不会因为去抢先享受改革带来的物质成果，而授人以柄使改革半途夭折。"

在完善内部体制、机制及相关规章制度建设之后，张胜友尤其注重作家出版社的品牌建设。每年一次的春季图书订货会上，作家出版社都打出一个响亮的口号："作家出版社精品书连连得奖，作家出版社畅销书年年火爆！"在张胜友看来，优秀出版社的品牌主要包括两个方面：一个是社会形象品牌，一个是市场效益品牌。为什么要打造品牌意识呢？他说："有一年我在'海尔'采访，正是张瑞敏砸冰箱的时候，实际上，那些冰箱也就是有一些螺丝没拧紧等小毛病，但他就是带头砸了，所有员工都流着眼泪砸。我从那里得到的感悟是一个企业品牌最重要。我在出版社也反复强调这个观点。刚到出版社的时候发现买卖书号的情况严重，我立即展开全社自查活动。编辑、编辑室主任等层层自查，只要是查出买卖书号、变相买卖书号、超范围出书等违规现象的，一律停止运作，终止出版合同。为此，我们赔出去20多万元违约金，而那时社里的经济条件其实是很困难的。这叫'壮士断腕'啊！"

1996年，作家出版社推出了一本非常畅销的引进版图书，由白冰责编的《马语者》。在购买这部欧洲爱情小说的中国独家版权时，对方提出要求发行量应该是5万至7万册。最终，这部《马语者》实际发行了23万册。当作家出版社把这个结果如实告知对方时，那位版权公司的老板非常吃惊地问张胜友："你为什么要告诉我你们发行了23万册呢？许多出版社印了10万册，却告诉我只印了5万册，印了5万册就告诉我只印了3万册。"张胜友听了，非常生气地告诉他："你太小看我了！你以为我是摆地摊的，我是堂堂国家级出版社的老总，我是做大事业的！"

事后，张胜友借此现身说法，教育作家出版社全体职工："如果哪个编辑瞒了印数，那么好像表面上你为出版社节约了几万块钱的版税，但我第一个反应就立马把你开了，你侵害了我们出版社的声誉！我们是做品牌的，是做大品牌的！我的品牌是第一位的，我的职业道德是第一位的，我的企业信誉是第一位的，所以我们是绝不隐瞒印数的！"这就是张胜友的商业理念、市场理念和经营理念。再比如王安忆的《长恨歌》，当时在张胜友就任之前就跟出版社签了合同，当时签约是以一次性买断的方式支付稿酬的。后来，《长恨歌》营销得非常成功，不仅成了畅销书，还得了茅盾文学奖，累计发行达26万册。这时，张胜友亲自打电话通知王安忆，主动要求重新签订合同，稿酬支付改成版税制，让作家拿到她应该拿到的那部分稿酬。为此，张胜友告诉出版社的编辑："我们出版社与作家的关系是双赢的关系，如果套用商场上的俗语，作家就是我们出版社的衣食父母，我们不能侵害作家的利益。我们这些举动是为了取信于作家，最终结果就是，全国很多作家闻风而来，主动找到我们，把好书交给我们出版。"

为了增加稿源、扩大作者队伍，张胜友再出奇招：每年春节，回家过年的编辑在回来的时候只要能带上当地作家的书稿来，回家的机票就可以作为公务出差报销。而他自己，每年春节虽然也带回一大堆书稿，其中不乏获奖书和畅销书，但他从来不报销自己的机票（坚持只按探亲假标准报销火车票）。张胜友先后搬过三次家，可作家出版社的办公室主任连他家在哪都不知道。张胜友说，这样就省去了很多麻烦。曾有个体书商送所谓的"审稿费"到他办公室，他拉开办公室门，让同事都进来，来人只好溜走。"绝对没有白送钱给你的，事实证明，被我拒绝的钱后面，都是各种各样可能损害出版社利益的要求。"

从上任之初遭遇上访、告状不断，到1999年"三讲"时由全体员工无记名投票进行测评，正在中央党校中青班学习的张胜友，其满意率竟然达到了100%。时任中共中央党校常务副校长的郑必坚感到非常振奋，认为这是群众对改革满意度的体现。作家出版社成功的改革实践，立即引起高层的重视。国务院政策研究室最早派人前来调研，之后给中央写了内参，认为作家出版社的改革坚持正确出版导向，社会效益和经济效益双丰收的成功经验值得肯定。紧接着，新华社也派记者前来调研，写了《动态清样》内参，并编发了新华社通稿。最后，中央政策研究室政治组一位副组长亲自带队前来调研，写了大内参。之后，中央有关领导当面听取了张胜友的汇报。张胜友说："我心里很清楚，我在作家出版社的改革，一点问题都不能出，一定要在坚持正确出版导向的基础上出效益，否则，就会全盘皆输。我搞改革有两个关键词：'管住'与'搞活'！'管住'就是管住出版导向，加强规范化、制度化管理；'搞活'就是要'以人为本'，搞好干部人事制度改革和分配制度改革，最大限度地释放每个个体的潜能。"

2003年12月22日，经中共中央宣传部和中国作家协会党组批准，由张胜友领衔挂帅，新成立的中国作家出版集团在中国现代文学馆举行挂牌仪式。从此，中国作家协会所属的作家出版社和《文艺报》《人民文学》《诗刊》《民族文学》《中国作家》《小说选刊》《长篇小说选刊》《作家文摘》《中国校园文学》《环球企业家》以及中国作家网站，12家曾经在中国文坛的不同时期不同领域独领风骚的文化单位，高举中国文学精神大旗，组成强大的文化方阵，强强联盟，集团冲锋。张胜友担任集团管理委员会主任兼党委书记。集团宣布的第一项重大改革举措，就是面向社会公开招聘《文艺报》两名副总编辑和一名经营副总编辑；《民族文学》两名副主编；作家出版社一名副社长、两名副总编辑；《小说选刊》一名副主编。一下子向社会公开招聘9名司局级领导干部，在新闻出版界造成了巨大的轰动效应。实践已经证明，张胜友的改革思路是颇具前瞻性的。

在中国作家出版集团挂牌成立大会上，张胜友即席发表了这样的致辞："当国家拉开了文化体制改革的大幕，我们自告奋勇登台表演，能否演得精彩，能否博得掌声，也就是能否在集团运作中创立一种新体制和新机制，无疑是摆在我们面前的难得的机遇和无可回避的严峻挑战。"

张胜友明确要求作家出版集团的全体职工：我们要让这样一种新体制和新机制畅行，既能确保正确舆论导向、确保社会效益第一，又能有机促成社会效益与经济效益相统一；既能遵循文学艺术的创作规律，又能适应文化事业与文化产业的发展要求；既能让集团每一位员工充分释放自身能量、实现自身价值，又能提升集团的整体优势，不断解放和发展文学生产力。概而言之，我们要真正将中国作家出版集团做强做大，以期最终实现多出精品、多出人才、繁荣和发展社会主义文学事业的目标。

张胜友的致辞掷地有声：责任感与使命感告诉我们，从今往后，我们只能脚踏实地，不尚浮华；埋头苦干，不赶时髦；务求实效，不慕虚名；把握机遇，不避风险；开拓创新，不因循守旧……如是，我们开创了新局面，工作上了新台阶，真正做出了一些实绩，才有资格说我们无愧于今天隆重而简朴的成立挂牌仪式，无愧于在座的领导、朋友们的关心、支持与厚爱，无愧于新世纪的中国文学事业，无愧于复兴中华民族的大变革时代！

从一个农村小裁缝到"改革作家"，从一介书生到电视政论片创作首屈一指的大家，从一名新闻记者到"引领中国出版业改革第一人"——张胜友把在纸面上设计的改革方案及自己文学作品中的改革理想付诸改革实践，跃身改革舞台实际操演，并以不俗的改革实绩检验改革成效，因而获得"新中国 60 年百名优秀出版人物"和"2010 年当代中国十大杰出人物"称号，写下了当代中国知识分子无愧于这个大变革时代的人生传奇。

但，张胜友不是传说。

爬山的云

【关键词：梦想】我这个人也经常突发奇想，因为我写作的时候头脑里经常会出现画面。我就想如果从一开始我选择做导演，我也会做得很好。其实我现在也会有点怀才不遇的遗憾，如果我年龄真的能减去十岁，又给予我一个更大的舞台，比如一个西部城市，我一定会努力把它建设得非常和谐并且富足。我也会非常注意民本主义。关注老百姓的衣食住行。当然，想归想，做不做得到又是另外一回事了。

——张胜友

老骥伏枥，志在千里。转眼将近古稀之年的张胜友，走起路来，远远看上去有些佝偻了。但他每天都还伏在书房的电脑前默默耕耘，眼下，又衔命正呕心沥血地创作一部政治把握、宏观把控都极富挑战性的大型电视政论片《大道之行——"四个全面"战略布局》。他停不下脚步，仍然在文学的高原上向更高的高峰攀登、攀登……

少年时代入学读书时，在中学任语文老师的父亲给他取名"胜友"，源于唐代文学家、大诗人王勃的《滕王阁序》，其中有"十旬休暇，胜友如云"句。

胜友如云。张胜友就是一朵爬山的云。

山高人为峰。

"但有路可上，更高人也行。"回顾人生历程，这位来自闽西山区的赤子深有感触地分享了他的心灵体验："其实改革和文学创作就跟爬山一样。我喜欢用爬山做比喻，爬山就一定要爬上山顶，但是我知道爬山是靠一步一步爬上去的，所以我把爬上山顶的理想分散到每一步的努力上……"

《中国作家·纪实》2016 年第 2 期

自由的代价

——独立新闻人张纯如的悲剧之路

张 威 顾学泰

　　2004年11月9日，年仅36岁的美国华裔作家、独立新闻人、《南京大屠杀》一书的作者张纯如在加州圣何塞附近的一辆车中自杀。

　　此消息在美国媒体立即引起轩然大波。一个《纽约时报》畅销书榜单前十名的女作家，一个正在上升的"明日之星"突然选择自尽，令人困惑不已。1996年，28岁的张纯如的处女作《钱学森传》问世，时隔一年后，《南京大屠杀》出版。她在35岁时又推出了力作《美国华裔史录》，这三本专著的成功为张纯如带来了巨大声誉，她一跃而成为最年轻的《纽约时报》畅销书作者。她的瞬间陨落引起了种种猜疑。一些人认为，张纯如之死与日本右翼军国主义的威胁有关，但张的家人却向公众解释说，纯如之死是因抑郁症导致的精神崩溃。

　　迄今为止，关于张纯如的研究资料在张纯如的死因方面，大都沿袭了传统说法——长期研究恐怖题材造成她对人性的绝望，工作压力和日本右翼势力的威胁造成了她的自杀。毫无疑问，这些说法都有根据，但随着近年新信息的出现，更深入、更细致的探索成为必要。

她选择以独立撰稿人的方式实现新闻理想

　　张纯如生于文化世家，其祖父张廼藩（1905~1998）曾任蒋介石侍从室处长，后移民美国。张纯如的外祖父张铁君是民国报业界极负盛名的报人，曾担任《中华日报》的总主笔。张纯如的父母曾是哈佛大学和普林斯顿大学学子，毕业后双双在伊利诺伊大学任教。

　　张纯如就读伊利诺伊大学初期，由于家庭的熏陶，她选择了计算机专业。但后来，她开始对文学创作感兴趣，曾积极向校刊《伊利诺伊人报》投稿，并成为该刊的主笔之一。张纯如大学三年级时果断转至新闻系，她说："学新闻不仅可以让我有机会写作，还能与各种有趣的人打交道，从而丰富人生阅历。"她的丈夫布瑞特回忆道："她每天脑子里转悠的就是怎样才能获取普利策新闻奖。"在《伊利诺伊人报》工作时，她发表了三篇关于艾滋病的报道，反响很大。

张纯如曾这样描述她初入新闻领域时的兴奋：我的文字变成正式出版物了！我变得沸腾起来……尽管我后来为《纽约时报》这样的大报写过许多稿件，但首次看到自己的名字出现在《伊利诺伊人报》上的那种兴奋劲儿却是难忘的。

张纯如在新闻系学习期间，曾任《芝加哥论坛报》的校园记者，她的稿件一度占据了该报的很大版面。骄人的业绩使她获得了美国杂志编辑协会的资助，前往《纽约时报》《新闻周刊》《读者文摘》等大媒体实习。1989年，张纯如到美联社芝加哥分社实习。她采写的有关诺贝尔物理学奖得主约翰·巴丁的文章为多家报刊转载。约翰·巴丁称赞她能深入浅出地解释深奥的科学原理。

本科实习结束后，由于与编辑发生冲突，张纯如未能成为新闻记者。张纯如一向认为自己不是"随波逐流之人"，她不愿意一味听从报社的指令，从而丧失自己的独立性。她最终离开报界，选择以独立撰稿人的方式实现新闻理想。

她笔下的钱学森，立体而个性鲜明

1990年，张纯如考入约翰·霍普金斯大学语言写作硕士课程班深造，导师发现了她的写作才能，将她推荐给哈珀柯林斯出版社的编辑苏珊·拉宾娜。苏珊提议她撰写中国科学家钱学森，张纯如便将全部精力灌注在这本书中，"每周工作50到100个小时，我一醒来就工作，直到睡觉才停止"。

由于钱学森拒绝立传，并婉谢了采访要求，张纯如便采用迂回战术，在加州找到了钱学森的儿子钱永刚，获得了大量一手资料包括珍贵的录音。

1993年5月，张纯如前往中国，探访了钱学森的故乡和工作场所。返回美国后，她又采访了钱当年在加州理工学院时的同事，搜集了钱的老师冯·卡门等人对钱的回忆，并在书中将风洞理论、旋涡理论等艰深的物理学做了生动的解释。

评论家雷雨在张纯如著的《钱学森传》中说："张纯如笔下的钱学森，已不再是我们以往知道的那种刻板印象，他是立体而个性鲜明的。"张纯如清晰典雅的文笔和冷静的观察，使读者能迅速悟到书的主旨：这是一个令人羞愧而又亟须反省的故事，是一个追求在和平环境中工作的科学家两次陷入世界政治斗争的旋涡中不能自拔的故事。这个故事使人们质疑并批判美国政府的麦卡锡主义。

她视自己为历史的抢救者

《钱学森传》在美国主流报纸上得到了积极的反响,《华盛顿邮报》等报刊纷纷发表了书评。一年后,《南京大屠杀》问世,张纯如声名鹊起。

写作《南京大屠杀》缘于张纯如的祖父曾在南京蒙难,前辈的心酸往事给她留下了深刻印象。她在讲述写作动机时说:"在我们学校的图书馆里,在市政公共图书馆里,在我的世界历史教材里,什么都找不到。更糟糕的是,我的老师们居然对此一无所知。这件事在我的记忆中作为一个问号存在了许多年,直到1994年我在图片展上看到相关的照片。那些照片之恐怖激发了我写这本书的念头。"

1995年,张纯如再次访华,到达南京后,她持续高烧,但她仍坚持在酷热的夏天里走访了上百位幸存者。陪同她采访的杨夏鸣教授回忆道:"她的中文水平一般,我要逐字逐句地给她翻译,她很认真,十分严谨,常常用英文材料和中文资料核对事实。她常常会打破砂锅璺(问)到底,有时真觉得她有些偏执,但事实上,她是一个责任感很强的人……"张纯如想知道的问题非常多,也非常具体,诸如南京浩劫发生的当时,南京老百姓怎么生活、怎么吃饭等,不一而足。

张纯如在采访写作《南京大屠杀》中,将自己视为历史的抢救者,她说:"我的近期目标本是希望成为一名调查记者,我渴望能够广阔地交际并尝试冒险,去揭穿高层的腐败。但事实上,我也梦想着有一天能够前往海外成为一名驻外记者,因为没有任何事情能像报道战争那样让我倍感光荣和兴趣盎然。然而颇具讽刺的是,在研究了六年的南京大屠杀后,我虽然最后报道了战争,却不是用记者的身份而是以历史学家的角色去阐述,我一头扎进档案中去翻阅故纸堆以代替身临战场去躲避枪林弹雨。即使如此,这个南京大屠杀的课题依然让我感到身心交瘁,因为需要如此之多的细致调查与大量研究。"

在研究南京大屠杀时,张纯如发现了纳粹德国南京代表拉贝的资讯,审视了尘封多年的档案。在处理南京浩劫这段伤痛时,她穿透这些历史记忆,在学术著作的冷静和不时激起的强烈情感冲动之间,取得平衡。

1997年12月,《南京大屠杀》一书在美国上市,一个月后,这本书荣登《纽约时报》十大畅销书榜首,好评如潮,张纯如成了公众焦点。白宫专门购入此书,将其作为总统的参考读物。从崭露头角到一举成名,张纯如仅仅用了两年时间。

她被卷入大量的社交活动中

1998 年春天，张纯如受邀前往美国各地发表演讲。此后，她被卷入大量的社会交际活动中。

《南京大屠杀》一书的成功，使年仅 30 岁的张纯如令人瞩目，2003 年，她的第三部著作《美国华裔史录》问世，她再次成为社会的焦点。在 2004 年一年中，张纯如应邀走遍了全美 21 座城市，发表了几十次演讲，可以说是红极一时。然而，就在张纯如创作力达到巅峰时，她却结束了自己的生命。

事发 10 年之后，张纯如的母亲张盈盈，好友梁伯华、鲍拉·卡曼等陆续写出了关于张纯如的回忆录，他们都提到张纯如是患上抑郁症而自杀的。他们认为，张纯如之所以罹患抑郁症，有三个原因，第一个便是工作压力。

在张纯如去世之前，她的著作《美国华裔史录》刚刚出版，随后，她又马不停蹄地投身另一题材的采访，那是有关"二战"时期美军巴丹行军的惨烈故事。与此同时，张纯如应邀前往美国众多城市发表演讲。一张 2004 年 2 月到 6 月的行程安排表反映出张纯如在此阶段的奔波劳顿：

> 2004 年 2 月 4 日，加州大学伯克利分校，参加妇女作家节活动并发表演讲。
> 2004 年 3 月 24 日，加州旧金山市中心图书馆，《美国华裔史录》被提名为加州湾区书评协会奖（非小说类），举办图书签售。
> 2004 年 4 月 1 日，得克萨斯州达拉斯华人社区中心，举办个人讲座。
> 2004 年 4 月 3 日，威斯康星大学麦迪逊分校，出席两场讲座。
> 2004 年 4 月 6 日，俄克拉马州立大学学生活动中心，举办个人讲座。
> 2004 年 5 月 4 日，加州 De Anza 学院，应邀参加活动并举办个人讲座。
> 2004 年 6 月 12 日，加州州立大学海沃德分校，接受该校授予的荣誉博士学位，并发表演讲。

在签售会中，张纯如不停地与读者互动，她的用餐时间被不断延后。在一次长达 6 个小时的签售会中，张纯如不停地签名以致险些晕倒。张纯如曾对其母亲说，她的生活变成了机场—演讲厅—旅馆—机场—演讲厅—旅馆的模糊记忆，她感到筋疲力尽。

写作题材的恐怖给她的精神造成巨大的杀伤力

另一方面，由于《南京大屠杀》的成功，张纯如在许多"二战"受害者心中变成了正义的化身，他们纷纷在图书签售会上向张纯如宣泄他们曾经受过的苦难。无形的悲伤笼罩着张纯如的身心，正如她的母亲张盈盈所说："在听了这些故事后，她觉得自己的精神和情绪都已耗空。"

写作过程中出现的持续亢奋和超负荷运转，使她身心俱疲，她写道："在写书的整个过程中我都很虚弱，在中国的一个月身体一直不适，我体重减了，开始掉头发，经常患病，我非常不快乐。"

显然，写作题材的恐怖对她的精神杀伤力是巨大的。在研究《南京大屠杀》的过程中，她常常将日军暴行的图片贴在房间的墙上，以再现真实场景。这些惨状与她朝夕相处。1996 年她前往南京调研时，"坚持带病工作，每天要工作 10 个小时，每天都要接触大量日军的暴行录，面对砍头、火焚、活埋、挖心、分尸等惨状，她精神上难以承受，受到很大创伤，常失眠和忧郁。"张盈盈说。

张纯如生命中研究的最后一个题材是巴丹行军，这也是"二战"历史上的一次惨祸。在巴丹行军中，大约 7.8 万名美国降兵被押解到 100 千米以外的战俘营，一路上无食无水，战俘被日军刺死、枪毙，历经磨难。张纯如采访了很多参加巴丹行军的老兵，沉重的记忆让她精神恍惚，鲍拉回忆道："纯如告诉我她处在压迫性的焦虑与恐惧中，当她在研究巴丹死亡行军时，她发现自己无法直视如此复杂、充满矛盾的人性。"

高强度的工作和巨大的精神压力，令张纯如崩溃，她患上了抑郁症。

日本右翼分子多次对张纯如发出死亡威胁

张纯如患上抑郁症的另一个原因来自日本右翼势力的威胁。在《南京大屠杀》出版后，日本右翼势力栖息的政界、学界、文化界对她发起了"围剿"。在华盛顿特区的一次新闻发布会上，时任日本驻美大使的齐藤邦彦对《南京大屠杀》大加鞭挞，他声称书中"包含了极不准确的描述和一面之词"。中国驻美大使馆为此发表了公告，批判齐藤邦彦不负责的言论。张纯如的书迅速成为一场中日外交对战的导火索，日本右翼分子指责中国政府是张纯如的"幕后推手"。

1998 年 12 月，美国公共广播公司主持人吉姆·莱勒邀请张纯如与齐藤邦彦就南京大屠杀的事实在电视上进行公开辩论，在辩论中齐藤邦彦对南京大屠杀百般狡辩，而张纯如则反驳说："日本需要诚实地承认其暴行。书面道歉以及对受害者的赔偿是必需的，日本教科书应写进有关日本战争侵略的内容。"

《南京大屠杀》出版后，出版商试图在《新闻周刊》上刊载书摘，该刊的大多数广告商客户为佳能、铃木、日立、丰田等日本大公司，为了避免得罪广告商，《新闻周刊》延迟刊登书摘，并将书摘挪到了不显眼的第三页。《南京大屠杀》原计划在日本发行，然而翻译此书的教授却收到了死亡威胁通知。于是，出版方责成张纯如删除书中的敏感内容，她拒绝了。

1999 年 1 月，右翼分子袭击了东京的一家出版社，因为这个出版社曾出版了有关南京大屠杀的回忆录。出版方最终取消了《南京大屠杀》日文版的出书计划。突如其来的毁约事件给张纯如带来了沉重的打击。

日本右翼分子还多次对张纯如发出死亡威胁。据她母亲说，纯如总能收到一些恶意来信，其中一封还装有两颗子弹。

日本右翼分子的围攻使张纯如精神极度紧张，2004 年 8 月 13 日深夜达到了总爆发。据她母亲回忆，大约凌晨 2 点时，纯如来电说，怀疑房间里装了窃听器。

疑神疑鬼、对周边环境极其敏感和不信任等各种表现，让医院最终确定张纯如患上了抑郁症，并让她服用了大量的维思通镇静剂。该药有极大的副作用，使人头痛且视线模糊。

在经济上她一直处于入不敷出的状况

在张纯如去世后的 10 年中，由于各种条件限制，对其死因的解释大体基于上述两种说法，即工作压力和日本右翼势力的威胁。近年，更多的疑问指向出现了，这使当时处于隐蔽的某些因素浮出水面。

在张纯如自杀前 6 天，即 2004 年 11 月 3 日，鲍拉·卡曼接到了张纯如打来的电话，在电话中，鲍拉察觉到了张纯如有些异乎寻常，鲍拉描述道："尽管纯如告诉我她处在疾病的困扰中，但是她无法讲清自己的问题是什么，这种状态就是我所理解的因为'外部'力量所造成的某种抑郁症的征兆，这种状况不会是因为'内部'自身原因所造成的，我询问她其他人对她这种抑郁症成因有什么看法时，她欲言又止，后又说道，'他们都认为这是因为我自身内部的原因所造成的。'"

在电话里，张纯如强调自己所患抑郁症并非内部原因，而是强加在她身上的外部原因所造成的，然而，这些外部原因到底是什么，她却没有回答。我们只能从张纯如的写作生涯、经济状况和婚后家庭所带给她的影响上发现蛛丝马迹。

首先，张纯如的生活支持主要来自两方面：研究课题经费以及出书后的版税，这两项收入既少又不稳定。1991年走出家门后，在经济压力之下，她开始积极寻找经济来源，但总是入不敷出。张盈盈回忆说："她当时要一边养活自己，一边还要应付写书的各项开销。她拿到的预付稿酬和小额研究经费无法满足两者兼顾的要求，他们夫妇俩只能靠布瑞特的奖学金过日子。这使纯如必须兼职工作。她的日子很窘迫，直到那之前，我们对她的财务状况都不太清楚。她或许还打过包票，结婚后可以养活布瑞特。但事实上，那时候她连自己都养活不了。"

在写作《南京大屠杀》时，张纯如依靠柯林斯出版社预付的6万美元稿酬和美国科学基金会的帮助度日，捉襟见肘，以至她不得不与编辑苏珊·拉宾娜在报酬上讨价还价。那时，她已窘迫到买不起一台打印机。张母说："纯如的打印机早已十分破旧。字母a和o看起来完全是黑黑的一团。此外，页边的墨迹颜色极深，我们几乎无法阅读。纯如需要买台新打印机了。但她没有时间，或许也没钱——对一个承受着时间和财务状况双重压力的独立作家来说，日子并不好过。"

《南京大屠杀》的成功使张纯如在经济上平稳了一段时期，但她仍忧心忡忡，她对朋友戴尔说，她为自己即将破产而担忧，想搬到没有营业税的内华达州去。

张纯如一直处在资金短缺的状况中，从未有过足够的资金来保障她的写作。张纯如的丈夫布瑞特说，纯如的写作都是赔本生意，而对金钱的担忧是作家群体的共同特征。当银行家们聚在一起时，他们谈论文学；当作家们坐在一起时，他们谈的是金钱。独立作家很难成为百万富翁，多数人在温饱线上挣扎。

经济上的拮据还可以从张纯如多次的搬家情况中发现端倪。她婚后经常变换租房地点，张纯如母亲的回忆录记载了女儿女婿的迁居情况：

1996年7月15日，接纯如通知，他们已搬到森尼维尔橡树大街655号的一套公寓。此地在旧金山以南30千米，位于硅谷中心，住户都是年轻人。

1998年2月，张纯如和布瑞特搬入同一条街上的另一栋公寓，以尝试治愈布瑞特的过敏症。新房子不大，张纯如请了木匠在墙上打了一排书架，放书和资料。

1999年秋，张纯如终于结束旅行，两人开始找房子。他们选了洛斯加托斯山间的中介公司，很快看上了熊溪附近的一栋房子。

2000年2月9日，张母接张纯如通知，她和布瑞特搬进了圣何塞北的一栋联排别墅……张纯如觉得非常幸运，因为房主人很好，房租也很合理。

漂泊不定的租房生活延续到张纯如婚后的第十一年即2002年，此时，夫妻俩终于买下了一栋旧房。

儿子的自闭症成为她心中的梦魇

如何在母亲、妻子与作家之间找到平衡，这也是张纯如苦苦追求而不得的。在几个角色的转换上，她始终处于被动。在职业生涯开始之初，她就对未来产生了困惑。她从来不戴婚戒，也不希望任何外部因素干扰自己前进的步伐；她害怕孩子会成为她前进中的拖累，阻碍她的事业，她甚至对于女性的生物钟也采取了抗拒与排斥，她认为，女性性别限制住了她，这种限制不是从智力上影响，而是从她的身体上将她牢牢地拴住。

她对友人鲍拉说："我有我的工作和自由，是的，我想过要一个孩子。但是，鲍拉，你知道的，我在芝加哥演讲的时候曾经提到过，我可能会在 10 年之后再去考虑这个事情，因为我想等我完成一切以后再去想生孩子的事情。"

在张纯如的生命中，事业始终占据着第一位，她不希望家庭负担耽误了她事业的发展。在完成《南京大屠杀》后的第五年，正当她不可避免地准备生儿育女时，一个消息使她大受打击：她和布瑞特的免疫系统互相排斥，如果生育就要接受免疫治疗，要么就雇用代孕母亲。不孕症一度使她感到彷徨无助。

她最终不得不选择了代孕的方式，这个信息推翻了关于张纯如因患上产后抑郁症而精神消沉的说法，从侧面反映出张纯如的另一精神压力。儿子克里斯托弗的出生曾让张纯如感到幸福，但是困扰随之而来，她发现自己在职业与母亲之间难以找到平衡。

儿子克里斯托弗诞生不久，张纯如立刻投入到工作中，在一次巡回签售会后回到家时，她发现儿子已经学会了走路，这让她充满了内疚，她觉得自己应更多地照顾儿子。克里斯托弗三岁时患上自闭症，这令本来就已脆弱的张纯如雪上加霜。在自杀的前 5 天，她在给好友鲍拉的电话里道出内心的苦闷和抑郁："我对我儿子犯了极其严重的错误。"她不断地重复着这句话。

鲍拉说："我不断地问她到底是什么情况，她却一遍又一遍地重复着关于她儿子的事情。我被弄得晕头转向，不知所措。我一度觉得我对她一无所知。一会儿，她突然变得安静，就像着了魔一样。她的声音变得微弱起来，就像一个小孩子一样充满渴望地轻轻说，'鲍拉，你渴望灯光熄灭吗？'"

在去世之前，张纯如在与鲍拉的通话中透露了自己的精神已坍塌，儿子的自闭症已成为她心中的梦魇，而她感到她未尽到做母亲的责任。张纯如的母亲证实："像其他职业母亲一样，纯如已经为没能花更多时间与克里斯托弗相处而深感内疚。"

显然，持续的经济压力、难以平衡的事业危机与家庭拖累是张纯如患上抑郁症的外在推力。

独立新闻人没有雇用单位提供的种种人身和经济的保障，他们为寻求理想和自由保持了独立之身，但又时时处于孤独无助的阴影之下。张纯如的悲剧彰显了独立新闻人面临的困境，表明了这一群体在复杂多变的社会环境下的脆弱性。显然，独立新闻人需要在一定的物质、精神保障下才能自如地创作；需要一种更强大的心力和智慧来化解诸种矛盾，从而避免在危机临头时手足无措。

《名人传记》2016 年第 2 期

阎肃人生

阎 宇

阎肃不严肃

据长辈说，我爸阎肃是个很勤奋的人，非常用功，干什么都力争干到最好。调入空政文工团后，他就开始慢慢往文学创作方面发展。

在我看来，爸爸一生好像没过过星期天，有时就算周末上午和我们玩会儿，下午又会回到工作状态，在他年轻时更是这样。他把几乎所有的业余时间，都用来阅读戏剧作品、文学作品及看戏上了。

他对各种形式的戏剧、曲艺都认真学习，广泛涉猎。像川剧、清音、单双簧、四川评书、越剧、梆子，什么都看、都学，哪个剧种有什么绝活、精彩的段落，他都清楚。

20 世纪 50 年代，空政文工团领导为了提高创作人员和主要演员的艺术修养，举办过文学讲座，由阎肃、朱正本、文采讲课，一周讲一次。

阎肃讲散文，讲过清朝袁枚的《祭妹文》、明朝刘基的《卖柑者言》等。

文工团的歌唱家张映哲曾说："到现在我还能想起阎肃是怎么给我们讲诗词的，手舞足蹈地从广寒宫里的嫦娥、吴刚说到高山大川，再从李白、杜甫说到郭沫若、毛泽东。从天上到地下，从古说到今，阎肃说得天花乱坠，大伙听得心旷神怡。"

有时，我爸讲完一段，再由张映哲唱一段，找找感觉。"下部队演出，坐火车、汽车，大家都喜欢把阎肃往自己跟前拉，给他拿糖、拿瓜子，巴结他啊！好让他讲笑话啊！他肚子里的故事也不知咋那么多。有他在跟前，保证你笑得前仰后合。"

在团里，我爸还经常教一些小学员学古诗词、古文，当然有时他也会编些故事瞎说一气的，谁让他本就不是个严肃的人呢。

说到爸爸的不严肃，还要再提一下他改名字的原因。

那是在西南文工团时，因为他总是爱开玩笑，讲故事，爱说爱闹的，有人给提意见了，说他不太严肃。我爸一想，你们不是说我不严肃吗，那我干脆把名字改为阎肃，看你们还能不能说我不严肃。

就这样，名字真改成了阎肃，可就算改了名，爸爸仍然严肃不到哪儿去。

我见过一段资料是这样描写当时的爸爸：

在团里，阎肃不严肃，爱逗乐，说笑话，喜欢编一些顺口溜、打油诗什么的。说起话来跟说相声似的，常把人逗得捧腹大笑。

可是他在生活上还是很严肃的，日子过得很节俭，不讲穿戴，不乱花钱。一个月才几十块工资，偶尔好不容易赚点稿费，只不过五块八块的，都贴补到重庆家里了。

文工团其他一些人拉拉扯扯、黏黏糊糊地忙着跟姑娘纠缠谈恋爱，阎肃并不着急找对象，结婚挺晚。工作上一丝不苟，非常认真。识谱能力强，能说能唱，还有表演能力，是合唱队里的一名骨干。

中南海任务

1958 年之后，每逢周末，团里有时会安排一些乐队、伴唱及舞蹈演员去中南海参加晚会演出，或和共和国领导人搞小型联欢舞会，地点通常在中南海春藕斋、怀仁堂、小礼堂等。空政文工团内部称之为"中南海任务"。

一般到了约定时间，中南海便会派出几辆吉姆小轿车到文工团接人，那时候元帅坐吉斯，将军坐吉姆，他们享受的是将军待遇，去多少人，派几辆车，都是事先定好的。

有些书刊把这类活动称为"舞会"，并不准确，因为不光是跳舞，还有文艺节目，去的人，乐队、说唱演员、舞蹈演员都有，包括京剧演员马长礼，相声演员侯宝林、马季等都去过。

当然节目过后，有时也会嘣嚓嚓地跳上一段儿。共和国几位领袖，由于年龄、生活习惯的不同，来的情况也不一样。

朱德一般是晚饭过后散完步才不紧不慢地来，有时一个人来，有时康克清陪他来。朱老总岁数大，来得早，走得也早，跳一阵子舞，舞步就像拉着小孙女儿散步，再跟大家聊会儿，9 点过后就回去睡觉了。

毛主席一般 10 点以后才来，跳跳舞，拉着舞伴慢慢地兜圈子，有时跳着跳着突然把舞伴儿往沙发上一放，拉起另一位舞伴儿再跳。有时仅是随着音乐节奏挪动脚步，跳到半截儿，扔下舞伴儿，坐到一旁休息室抽烟，考虑问题去了。每当这时候，谁都不敢去惊扰他。

毛主席喜欢听京戏，也看其他节目，兴致来时跟大家聊会儿。12 点过后就回屋继续办公了。

刘少奇有时和王光美一道来，有时女儿小小也被带来，他俩跳得不错，尤其王光美跳得好。

周恩来出席晚会一般都是为了找毛主席谈工作，两人也形成一种默契，休息时便坐到一块儿商谈，如果事情不着急，谈完话周恩来也会兴致勃勃地跳一会儿。就数他跳得最好，三步四步都很规范。

"中南海任务"好像始于 1958 年 10 月 1 日，一直延续到"文化大革命"开始。我爸也去过好几回，他说第一次去的是中南海春藕斋，参加一个小晚会。看见了几位开国元勋，当时挺激动，临走时还悄悄从门口的一盆万年青上摘下一片叶子带回家，以此留念。后来去的次数多了，觉得不能再摘了，要是每次都摘，那盆万年青就得成秃子了。

每逢节日，他们也会配合"中办"在中山公园或天安门搞个小型演出。

有一次国庆节，他们在天安门城楼上演出，好像是为欢迎越南胡志明主席。

演出间歇，我爸突然内急，工作人员就送他去了卫生间。在他小解时，旁边又进来一人，他也没仔细看，只是觉得那人个子挺高，顺嘴儿跟他说："真没想到啊，这天安门城楼上竟然还有厕所啊！"

那人答道："嗯，是啊。"

他又说："而且真是干净啊！"

那人又答："是啊。"

这时他"解决"完了，扭头一看，旁边站着的是刘少奇同志，吓得他连手都没洗，赶快跑了。

勤俭和杂货铺

因为要养家，爸爸的节俭在全团是出了名的。

他把开始每月的津贴及后来改发的薪金几乎都寄给奶奶，帮着养家及负担弟弟、妹妹们的学习和生活费用。从开始时的 5 元 6 角，然后是十五六元，后来成了 35 元。随着工资的提高，他每月最多时能给家里寄 50 元钱，自己却舍不得吃，舍不得穿，几乎没给自己买过衣服。

记得小时候，看衣柜里也有几套爸爸的衣服，毛料的也有，但那都是单位统一发的，要不就是军装了。一件背心爸爸能穿很多年，破了几个大洞他也无所谓，还照穿不误。小时候我对爸爸的勤俭节约非常不以为然，长大后才知道，爸爸已经养成习惯了。

虽然其他方面节俭到家了，但在买书、看戏方面，爸爸还是保留了点最低消费。他那时自己留下的那点儿钱，不是买书，就是看戏。

爸爸曾说他30岁以前的休息时间不是看书，就是进戏园子，没玩儿过别的。

他对自己看戏的特点总结为一个字："杂"。

北京人艺在20世纪五六十年代上演的剧目，他一出也没落下过。电影、京戏那就更不用说，曲艺、交响乐他也常看。钱少就买最差、最便宜的票。就连一些地方小剧种的戏、小剧场里演的节目，爸爸也都会去看。他说，就是爱好，没什么道理可讲。"爱好"这个老师让爸爸受益匪浅。当然他的"爱好"绝不是简单的"消遣"和"玩票"了。

爸爸看书更算得上"杂"，可说是包罗万象，像中外戏剧、文学名著，他更是刻苦阅读。记得我们家里有一套《四川戏剧集》，爸爸一直很爱惜，说那套书对他的启发最大了，也看得出他对四川、重庆的感情一直很深。

他曾说，四川话是全国最幽默的语言。

爸爸一直能说比较地道的四川话，家里要是来了四川的客人，他一定要用四川话和人家聊天。以前还给我讲过一个四川方言的笑话：

抗战时期，在重庆街头，青年学生们在大街上做抗日宣传演讲，用普通话说的。大意是：日本人太坏了，霸占了东四省！（当时东三省加上热河并称为东四省）还抢走了烟台！后来，还有青岛！我们一定要……

一个老头儿刚巧路过，也看不清楚，只是远远地听了听，摇摇头苦笑而去。回到家里，老婆儿问："那些青年娃儿讲些啥子么？"

老头答道："没啥子大事，是说哪个董四嫂（东四省），丢了烟袋（烟台），过后，又擒到（青岛）喽。"

我们家没有书房，爸爸住最小的一间，也就十二三平方米。一张床，一套桌椅，一个衣柜，一台电视。书和资料堆在地上，时间长了就打成捆搁到地下室。这么多年，我在家从没看到过他第二个形象——除了吃饭、上厕所、睡觉，他就是坐在桌子前头，不是写，就是看。

爸爸对书的爱惜也令我非常敬佩。他几乎把每本书都包上书皮，如果书皮破了，他就会换。他包的书皮花样很多，有对角折线的，有折单角的，还有折单边双角的。这些包书皮的技巧，他在我上小学时，也都传授给我了。包书皮的纸也都非常讲究，厚一点儿的书，就用旧挂历、牛皮纸；薄的书呢，就用旧刊物的内瓤。现在去我们家，两面墙的书柜里，很多书都几十年了，还依然崭新如初。

爸爸在我小时候就说过，你要能把我的这些书全都看一遍，你就是有学问的人了。说来惭愧，直到现在，我也没看多少。

作词没灵感的时候，他大概就几个姿势，站起来溜达，或者在床上翻来覆去，有时候突然跑过来抱我一下，我说你干吗呢真烦人。

很多人为了生活而工作，我觉得我爸是为了工作而生活。

帮儿子得了个作文竞赛奖

那年北京市搞了个全市中小学生读后感作文竞赛，学校安排我投稿参赛，我正好刚看完当时作为中国青少年必读的《钢铁是怎样炼成的》一书，就想以此为题。

那段时间，爸爸在外地出差，我就给他写信告知此事，并问他对这本书有什么感想。爸爸很快回了信，在信中把他以前读此书的感受，一、二、三地写给我。

我一看，太好了！按他信里的大意，简单地进行了些加加减减，就投了稿。比赛结果，我得了三等奖，是当时年纪最小的获奖者。在颁奖仪式上，得了个塑料铅笔盒的奖品，我高高兴兴地拿回家。爸爸开玩笑说，这里也有他的功劳，他也该去领奖，我说："你要是去了，就成了岁数最大的了。而且才得个三等奖，还文学家呢。"

老爸无语了。

后来爸爸又帮过我一次，那是阿富汗"抗苏"战争时，"第三世界"的人民都在关注阿富汗人民的苦难，广播里每天都会有这方面的消息：什么哪个村庄又被炸了，什么游击队当天又缴获了敌人两颗手榴弹啦，等等。

所以市教育局组织学生搞了一个"把爱心送给阿富汗儿童"的诗歌大赛，我又参加了。左思右想的，写了个《快来救救索尔旦》。索尔旦是个阿富汗小孩儿，是爸爸给起的名字，我怀疑地问："这名字行吗？"

爸爸说："阿富汗十分之一的小孩儿都叫这名字。"

他还帮着改了几句诗，我满怀希望地把稿投上去了，可一直没音信了，没得奖。

爸爸在帮我改诗的当口，顺应潮流，也写了个关于阿富汗游击队抗击侵略者的独幕歌剧《贾拉拉巴德之夜》。现在看看这名字都觉得怪怪的，里边的唱词也有点儿怪，我记得其中一段：

静悄悄耐心等待，

看鱼儿钩住了鳃；

一般欣喜一般笑，

谁是痴来谁是呆？

电视节目怎么开始的

老爸第一次接触电视节目是在 1984 年，北京电视台张正言编导的《家庭百秒十问》。这个节目当时是 1985 年春节期间播出的，在北京红极一时，非常受观众喜爱。

在制作这个节目时，张导演请老爸帮忙给这个节目当顾问，并撰写主持人台词及帮着出些题目，等等。爸爸那时说，连续每天要出 100 个题目，半个月后，也快没题出了。我曾问爸爸："怎么会想到去搞电视节目啊？"

老爸说："人家找上门来让帮忙，觉得挺有意思就搞了。"

"那人家干吗找你呀？"

"那我就不清楚了。"

老爸就是这样稀里糊涂地与电视结下了缘分。

那年，老爸又帮着北京电视台搞了晚会《游迷宫》，后又参加中央电视台晚会《新春乐》的撰稿，用著名相声演员杨振华父子在深圳游乐场的一番趣游贯串整台晚会，逗乐了观众。

到了 1985 年入冬时，中央电视台著名导演黄一鹤找到老爸，尊称为老大哥，开始策划 1986 年的春节联欢晚会。从那时起，爸爸一共搞了十五六年中央台春节联欢晚会，春节时加班也就成了家常便饭了。

从深圳回来，爸爸回想起特区文化的新鲜，就顺笔写了个小歌剧《特区回旋曲》，讲的是三个复员战士在特区旅游行业做出了成绩的故事。该剧作曲是刘江，后来由总政歌剧团排练演出了。

自从开始搞电视晚会，尤其是春节晚会，爸爸在家的时间变得又少起来。特别是下半年，几乎总是住在不同的剧组，难得回家。我卖着服装，回家也少，和爸爸碰面聊天的机会就更少了。

爸爸在 1988 年底策划了新年晚会——《难忘一九八八》。

这台晚会构思巧妙，把美国总统竞选的形式搬到了晚会主持人的互相打擂上，很有意思，并获得当年的全国电视文艺"星光奖"和全国优秀"撰稿奖"，这台晚会也被爸爸引为得意之作。

难忘 1988，难忘的何止是 1988，我们难忘 20 世纪的整个 80 年代。

> 但愿到那时，我们来相会，
> 举杯赞英雄，光荣属于谁，
> 为祖国，为四化，
> 流过多少汗，
> 回首往事心中可有愧。
> 啊……年轻的朋友们，
> 创造这奇迹要靠谁，
> 要靠我，要靠你，
> 要靠我们 80 年代的新一辈。

这首歌，迎接着 20 世纪 80 年代的到来。80 年代对于中国人来说，意义非凡。那是个充满幻想的年代，充满真诚与朝气的年代。80 年代的激情与理想，只有成长在那个年代的人才能真切地体会到。

雾里看花"打假歌"

20 世纪八九十年代，电视上晚会很多，爸爸参与策划、撰稿的也很多，他的作品就更多，几乎每个晚会上都会有他的一两首歌，《雾里看花》就是那时诞生的。

当时中央电视台为搞一台纪念《商标法》颁布 10 周年的晚会，请爸爸策划，其中有个片段是打假的，要写一首"打假歌"。

老爸想，直接写太麻烦了，那时假冒商品最多的是化肥、农药等，但总不能写"化肥是假的，农药是假的，皮鞋是真的"吧，想来想去，突然想到川剧《白蛇传》中韦驮踢"慧眼"的情节，灵感一闪，"识别真假也得有慧眼啊"，于是"借我一双慧眼吧，把这纷扰看个清楚……"就顺应而出了。

这首歌最早就叫《借我一双慧眼》，大家唱着唱着嫌麻烦，干脆就用第一句的歌词代替，于是歌名就成了《雾里看花》了。

> 雾里看花，水中望月，
> 你能分辨这变幻莫测的世界。

涛走云飞，花开花谢，

你能把握这摇曳多姿的季节。

烦恼最是无情夜，

笑语欢颜难道说那就是亲热？

温存未必就是体贴。

你知哪句是真，哪句是假，

哪一句是情思儿凝结。

借我借我一双慧眼吧，

让我把这纷扰看个清清楚楚明明白白真真切切。

这首歌从一问世，可能就没有被看成仅跟"打假"有关，似乎超越了它本身，有人说它是描写男情女爱，卿卿我我；也有人说歌词里有"禅机"，能从中悟出人生哲理。打假打出这么多名堂来，已大大出乎爸爸意料。当人们唱这首歌时，谁会想得到，作者是在提醒你，时刻要小心假货啊。这可真成了雾里看花了。

但细品起来，这首歌的理趣不在其意境之下，体现出很高的说理艺术。

钱锺书说："理之在诗，如水中盐，蜜中花，无痕有味，体匿性存。""理"可以说是一种百姓文化，没有高低贵贱，"唱的都是曲，说的都是理""有理走遍天下，无理寸步难行"。事可大可小，但"理"上必须过得去。

爸爸把握这样一种说理的文化，用了一种美丽的意境，把"理"说得更轻盈灵动、富有美感。正是这些作品接近了普通人的内心，拨动了普通人的心灵琴弦，所以，它们在人们的心中留驻了下来，也许这就是老爸作品传唱不衰的秘密。

那阵子有的朋友和我开玩笑说："你们家老爷子真行啊，这么大年纪了还能写出如此缠绵的歌，是不是没事儿，在下雨天儿老跑到公园里'雾里看花'啊？"我心想了：我们家老爷子就算是真有这份儿心，也没这个胆儿啊。

痴迷电脑游戏有高招

20世纪90年代初期，国内开始兴起游戏机热。"任天堂"当时誉满全国，著名的游戏有"坦克大战""魂斗罗""超级玛丽"等很多种，我也把游戏带回家，给老爷子买了一套。他喜欢得不得了，一空闲下来就玩会儿。

开始时爸爸也喜欢玩打仗和那些难度比较大的，但玩"魂斗罗"几个回合下来，老爷子发现自己已不太擅长"摸爬滚打""摆枪弄炮"了。而像"超级玛丽"那样蹦蹦跳跳、躲躲闪闪的，他也觉得力不从心，不能保持长时间都那么身手敏捷。而且某一"关"中有一个大沟，他怎么也跳不过去，经常胳膊、腿都跟着使劲儿，快把手柄连线拉掉了，还是跳不过去，老爷子只好放弃了。

对游戏痴迷的人很多，我有一同学和他爸爸就属于这种狂热的发烧友。听说他们父子俩一起玩一个非常难的游戏，他们一关一关地打下去，但被一个关口卡住了，有个暗堡怎么也打不下来。一个月下来，把这父子俩急得抓耳挠腮的，直到吃不好、睡不好的地步。好在皇天不负有心人，一天深夜，同学的爸爸又玩到这暗堡前，机缘巧合地随手一摁，误打误撞地摔在一个沟里，竟然躲过了暗堡里射出的子弹。就这样"灭"掉了暗堡过关了。同学爸爸高兴坏了，也不管已是凌晨3点，还是立刻把儿子叫醒，告诉这一特大喜讯。

和他们比起来，老爷子在玩"电游"上，就属于遇困难就退的那种了，凡是难掌握的，他就玩得少；那些容易的，好操作的，老爷子就越玩得得心应手。有些"玩"熟了的，再加上点技巧，就更得意异常。

老爷子当时玩得比较多的，是"俄罗斯方块"，玩得越来越熟，有时遇到我回家，他就越发要表演表演，故意夸张地摆动手臂，做出各种高难度的动作。

他有时也会拉着我，让我从头到尾演示一遍"超级玛丽"的过关。在我玩儿时，老爷子站在身后，比我还紧张，看到新的画面或怪物时，都大呼小叫的，害得我经常出错，他却哈哈大笑、幸灾乐祸。

再几年后，社会上又开始流行电脑游戏，我就给家里买了台电脑，老爸又开始迷上了电脑里最容易上手的纸牌游戏——空当接龙。这一"迷"就是好多年，直至今日。

老爷子玩"空当接龙"，据他自己讲已到了出神入化的地步。每天不忙时，或忙中偷闲，都要玩一会儿，喜爱程度到了就像那是每日必做的功课。

回家时常会见到老爷子坐在电脑桌前玩得津津有味。若我站在他身后，观看一会儿，老爸还要摆出一副莫测高深状，俨然一位武林高手。而且他总会故意制造出些紧张气氛，让我误以为牌已无路可退，正要大加嘲笑时，老爷子"嘿嘿"一笑，亮出几招早已计划好的雕虫小技，扬长而去，口中念道："山人自有妙计，非尔等凡夫俗子能窥豹矣。"我不得已只好跟着吹嘘几句。

老爸得意之余，总不忘"卖弄"一下他那些"惊人"的连胜纪录，开始我不明就里，一看吓一跳：这"连胜"也太多了，把把都开啊。后来我才知道，原来爸爸遇到解不开的牌时，他就把这副牌挂着，也不摁"结束键"，只去重新再开一局，这样电脑记录上就继续着解开的盘数，那副解不开而挂在那儿的也就不了了之了，电脑还是比人傻。

老爷子的童心在看电视上更表现得淋漓尽致。他一直很爱看"港台"的枪战片，经常让我找来给他看。那时候，不像现在这样满街都是 VCD 卖，当时只有录像带和 LD 大碟，而且只在大的音像店有卖。我当时花了不少钱购置这些电影，拿回家给老爸，他看得也是激动异常，时而连声大笑，时而突然惊呼："哎哟，我的妈啊！"把在隔壁屋干缝纫活儿的妈妈吓一大跳，骂他道："你吓得我针都'跑'了，那么大人了，看个电视还喊来喊去的。"

"那个人一斧子把手指头'剁'下来了，好家伙，哎，你也来看看啊。"

"我才不看那些，再说，那谁干活儿啊。"

"看完再干嘛，急什么啊。"老爸说得很诚恳。

"得了吧，没给你缝好扣子，待会儿你又得瞎叨唠。"

"谁叨唠啊。"

"你就看你的吧。"

"我这不是心疼你嘛！"

"呸！你就知道嘴上说，就从没见你干过活儿。"

"哎哟！好家伙，这一枪又把眼珠子打出来了。"

"真讨厌！你又吓我一跳。"

《中华读书报》2016 年 3 月 2 日

中国之蒿

——屠呦呦获诺贝尔奖之谜

陈廷一

> 青蒿，古名"菣"。……春生苗，叶极细，嫩时人亦取，杂诸菜食之，至夏高四五尺，秋后开细淡黄花……根、茎、子叶并入药用。此蒿生挪敷金疮，大止血，生肉，齿疼痛良。
>
> ——摘自北宋苏颂主编的《图经本草》

走近屠呦呦

仿佛横空出世，"屠呦呦"这个名字突然间在中国的媒体上铺天盖地地闪亮登场，盖因被誉为诺贝尔奖"风向标"的拉斯克奖名单之后，中国女科学家屠呦呦荣获诺贝尔奖。

呦呦鹿鸣，食野之蒿。

2015 年注定是属于中国人的光辉年，从小说《三体》获得文学大奖雨果奖，到中国 70 周年抗战胜利纪念大阅兵，世界的目光无不聚焦迅速崛起的中国。

多喜临门，而在国庆节后的第五天又传来一则好消息：10 月 5 日，中国女科学家屠呦呦获得诺贝尔医学奖。

从小就低调的屠呦呦长大后仍然不喜欢热闹的场面，即使在名扬天下后，对于一般的邀约也是能推则推。我幸运地通过同事拨通屠呦呦的手机，与她取得了联系，她终于答应接受采访。

踏着北京初冬的第一场瑞雪，迎着凛冽的寒风，走了半天的冤枉路，我终于寻到屠呦呦居住的社区。应该说这是北京城里的老旧小区，与周边崛起的千奇百怪的高楼大厦相比，这幢十多年前的建筑，显得些许陈旧。不过小区整洁、安静，冬青长青,绿化到位,每幢单元楼之间的间距也很大,走在里面十分惬意、舒服。

在屠呦呦家的单元楼门口,坐着一位身穿绿大衣的保安,这是其他单元楼没有的"配置"。很明显,他是小区专门安排在这里的"屠呦呦挡客"。我说明了来意,坐电梯到了屠呦呦居住的楼层。

这一层共有 6 户人家,三户贴着对联,另外三户的门面干干净净,哪一户是屠老家?我还不清楚,我所了解到的信息,只精确到老人所住的楼层。

少顷,隐约传来一个人打电话的声音,贴着门缝仔细听了听:"对,对,这几天来看我们的人太多了,谢谢你!"淡淡的宁波口音,我想就是她了。

刚要按门铃,屠呦呦的丈夫李廷钊打开了门,我做了自我介绍。对方说:"进来吧,我家老屠已经推掉了很多采访。"

屠呦呦的家宽敞整洁,进门的书柜中摆满了老人获得的各种奖牌奖杯,其中最醒目的是 2011 年国际医学大奖美国拉斯克奖授予她的临床医学研究奖。细看房间很干净,偏中式的装修,家具的色调以棕红色为主。客厅的钢琴上摆着两小盆波斯菊,一盆红色,一盆黄色。客厅与阳台被大大的落地玻璃门隔开,阳台上,安静地躺着 8 个大花篮,都是这几天收到的。

屠老穿着红色的上装,精神矍铄,完全不像 85 岁高龄的老人。

她从沙发上慢慢站起来,满脸笑容地迎接我。我送去了对她荣获诺贝尔奖的祝贺,她淡雅地笑了,自我调侃地说:"我是呦呦鹿鸣,食野之蒿。这个青蒿素是传统中医药送给世界人民的礼物。青蒿素的发现是集体发掘中药的成功范例,获奖是中国科学事业、中医中药走向世界的一个荣誉。这可不是我一个人的功劳。"

我问,什么时间到瑞典领奖去?她说,按照流程,12 月 10 日得去瑞典领奖。但她又说,要看我这条老腿让不让去了。她指了指自己的膝盖:"好疼。"

2011 年,她在丈夫李廷钊的陪伴下,从美国领回了有美国诺奖之称的"拉斯克奖",而这一次,她觉得去瑞典便有点困难了。

在今年 6 月,她又获得了哈佛大学颁发的医学院华伦·阿尔波特奖,"是我在美国的女儿代我去领的。"这个奖还没拿回来,就传来获诺奖的消息了。

屠老说消息来的时候,她正在洗澡,一个接一个的祝贺电话打到家里,"我还以为是哈佛的那个奖。"

我们的采访持续了一个多小时,临近 10 点时,屠呦呦的老伴李廷钊抬头看了看墙上的挂钟示意我说:"还有领导要来。"

从屠老的单元楼下来,太阳已经从东面转到头顶,望着我投射在地上的身影,我默默在想:屠呦呦的名字不仅因"呦呦鹿鸣"而雅致,而且因"食野之蒿"将被人类永远记住。当她把名字中所蕴藏的人文密码认定为一生的职业宿命时,"青蒿素"的神话故事便成了中国科学界的诺贝尔传奇———一个鲜为人知的密码。

快翻开这篇文章吧，开卷有益，带你走近屠呦呦的心灵深处，走进中国医药科学半个多世纪，揭开诺贝尔奖之谜，以及她留给当代人乃至后人的启示……

"呦呦鹿鸣"，诗意一般的名字

翻开地图，你可以看到宁波是一个海港城市。

宁波的历史可以追溯到7000年前的河姆渡文化。夏时，宁波所在地区称为鄞。唐朝，称宁波为明州。同时，宁波依赖地理优势成为全国最大的开埠港口，与日本、高丽均有非常频繁的贸易往来，对外贸易的进一步发达使得宁波成为海上丝绸之路的出发地。元代，宁波已经成为南北货物的集散地和全国最为重要的港口之一。清代，宁波出现了全国闻名的著名学派——浙东史学，与西方的交流也日渐频繁。鸦片战争后，1844年，宁波开埠。外资的进入使得宁波本土经济受到重创。此时，宁波商帮开始转变为近代商人，并将新兴的上海作为主要活动地点，对上海的城市建设和文化发展产生了重要的影响。"中华民国"时期，宁波经历战乱，经济发展起伏很大。1916年8月底，孙文考察宁波，在当时的浙江省立第四中学（今宁波中学）发表讲话，鼓励商人积极经营并敦促宁波改善市政。但是，在同一时期，军阀混战也给宁波带来了动荡。1917年，军阀蒋尊簋、周凤岐等人宣布宁波"自主"，与浙江省督军杨善德军队交火，周凤岐溃军进城抢掠。1927年1月至2月，国民革命军击败孙传芳部军阀，进入宁波。同年3至7月，由于国民党清党，宁波也发生了一系列国共之间的冲突，其中的一些冲突直接由蒋中正领导。这些动荡直到20世纪30年代方才有所缓解。

屠呦呦正是在这个动荡的年代在宁波降生了。

1930年12月30日黎明时分，宁波城的上空还响着稀疏的枪声。居于宁波市开明街508号的屠家，传来了婴儿"呦呦"出世的声音。

这是屠家迎来继3个儿子后终日所盼的"千金"。

呦呦哭声，犹如鹿鸣。

呦呦的声音使呦呦的父亲屠濂规沉浸在呦呦到来的幸福之中。他随口吟诵出《诗经·小雅》中的著名诗句"呦呦鹿鸣，食野之蒿……"

"女《诗经》，男《楚辞》"是中国人古而有之的取名习惯。于是，当家的父亲便给小女取名呦呦，呦呦之声永远地荡漾在父亲的听觉之中，以表示他对于女儿的喜爱、庆贺，以及未来神话般成长、发展的期待。应该说，屠呦呦的传奇人生正是沿袭父亲的神话般期待走下来的，无可复制，完美无缺。

父亲在吟完"呦呦鹿鸣，食野之蒿"后，意犹未尽，又对仗了一句"青青蒿草，报之春晖"。似乎这才富含哲理，这才对仗完美。这四句充满童话般的诗，使呦呦度过了幸福诗意的童年和人生。

尤其是"青青之蒿，报之春晖"，竟使呦呦一生冥冥之中与青蒿结下了不解之缘。

整个孩提时代，屠呦呦一直生活在宁波开明街——这片地处中心城区的"莲桥第"区域，令屠呦呦从诗意童年起，就浸淫于旧时宁波最为精致、最为小桥流水、细雨朦胧的江南气息中。

江南，本就是人之向往的地方，而江南的宁波古镇更是非去不可的地方。那里的人美丽、温婉，那里的水清清、细腻，让人站在那里陶醉，不想离开。

在这里八面来风，五方交会，风情万种的《夜上海》《夜来香》等民国歌舞，光怪陆离的古老中幡、肚皮拉车等民间杂耍，拍案叫绝的皮影戏、木偶戏等民间戏剧，如火如荼的斗鸡、斗狗表演，一一精彩纷呈、叹为观止。漫步于商业作坊街，体验濒临绝迹的造纸、酿酒、榨油、打铁等传统行当。跻身民间小吃坊，江南小吃姜糖、打年糕、老嫩豆腐也应有尽有。尤其是清晨街边的叫卖声，清脆悦耳，让您乘兴而来，尽兴而归，在娱乐中感受民国沧桑，在休闲中领略百业精彩。这在屠呦呦的幼年留下了永不泯灭的记忆。

从这片水乡美景向东步行 3 千米左右，则是 20 世纪 30 年代宁波城的另一处精华所在——三江口。姚江和奉化江，一个由北而下，一个由南而上，相汇于此处，然后合二为一，投身甬江，经镇海的招宝山入海口后，向着东海奔腾而去。一时间，宁波人可以将大半个中国纳入其贸易视野。与此同时，三江口的江厦码头也一度兴盛不已，千帆竞发，百货流通……于是便又有了那句俗话，"走遍天下，不及宁波江厦"。

不过，在屠呦呦的儿时记忆里，三江口的繁华，一定不如距家不到两站地的天一阁更具有吸引力——这是城中最大的图书馆，她在这里博览了她喜爱的群书。

同时，天一阁顶层的藏书楼，里面还收藏了两本关于屠呦呦家族的宗谱：一是父辈《甬上屠氏家谱》，二是母辈《鄞县姚氏宗谱》。两本宗谱记录着两家数百年的家训，共同向我们昭示着家族兴盛之道——重学重教、礼义传家、踏实做人，传递着关于立身处世、治家持业的谆谆教诲。翻阅宗谱，屠呦呦家族重教兴义、累仁积德的家风跃然纸上。

在宁波，屠家称得上名人辈出、家学深厚，而屠呦呦母系所在的姚家也是书香门第。两家皆为名门望族。

宁波文史研究者袁良植介绍，屠家祖先在南宋庆元年间从江苏常州府无锡县迁居至宁波，至今绵延达 800 余年。中间出过包括吏部尚书、太子太傅赠太保屠滽，文学家和戏曲家屠隆，博物学家屠本畯，等等，既有高官显贵，又有文人墨客。

历史总有惊人的巧合之处。

在屠家宗谱里，屠本畯这个名字让人惊奇。数百年前，他就从事着生物药品研究工作。著有《闽中海错疏》《海味索引》《闽中荔枝谱》《野菜笺》《离骚草木疏补》，其中《闽中海错疏》成书于明万历丙申（1596 年），是中国最早的海产动物志，在江浙一带闻名遐迩。

重读书，好探究，时间跨越数百年，屠家两位生物药品研究者在冥冥中产生了一次神奇的交集。在祖国医学史的星空中，屠呦呦和她的祖宗屠本畯，相映生辉，光彩照人。

再说宁波开明街 26 号姚宅，是屠呦呦外婆家，它像"外婆的澎湖湾"一样承载了屠呦呦另一段少年时代的记忆。

这是开明街旁当下仅存的一幢典型民国建筑，已成文物。由屠呦呦的外公姚咏白兴建。

这幢坐北朝南的建筑，由前厅、大厅、正楼、后屋组成。前厅和大厅为三间二弄的二层楼房。饰车木栏杆，廊楼板端面有卷草纹雕饰。正楼为面阔三间一弄、进深五柱的高平屋，五脊马头山墙。后屋为三间一弄硬山式高平屋。穿过空荡荡的大厅，可见一个不宽敞却温馨的小院子。一株高大的乔木用繁茂的枝叶遮蔽了正楼的面貌。深秋时节，红叶会悄然铺满院子，像一幅秋实图刻印在屠呦呦的脑海里。

在素有尊师尚道之风的宁波，姚咏白曾任上海法学院、复旦大学、厦门大学教授。给呦呦印象最深的是外公身穿长袍、脚蹬布鞋、满脸慈祥的形象。

在屠呦呦父亲屠濂规的个人档案中，还记载着他早年工作于上海太平洋轮船公司，后来做银行职员的经历。屠呦呦幼年，父亲常年在上海工作，两地分居，所以屠母带着她住进了外公外婆家。在这座大宅门内，屠呦呦与众多亲人一起，共同度过了那段动荡的岁月，常常听到日机的轰炸声和吓人的防空警报声，声声灌耳。

姚宅的周边邻居中，曾汇集大批名人故居，包括元代"甬上第一学士"袁桷、一代邮票设计大师孙传哲、宁波帮巨子李镜第……堪称文人荟萃、望族云集。

在屠呦呦之前，姚宅最出名的，当数她的舅舅——著名经济学家姚庆三，是影响民国的英雄人物。

生于 1911 年的姚庆三，1929 年毕业于复旦大学，随后留学法国，毕业于巴黎大学最高政治经济系。归国后，1931 年起他开始任职于上海交通银行总管理处，投身于中国货币研究。1934 年，姚庆三的专著《财政学原论》出版，这也是中国最早的财政学教科书之一。

1934 年 6 月，美国通过购银法案，国际银价上升，中国白银大量外流。对此，南京国民政府即使开征收银出口税，也未解决问题。这在当时的经济学界、金融学界也爆发了一场有关白银问题与改革币制的大讨论。持不同观点的经济学家马寅初，与支持实行货币改革的姚庆三等学者展开了舌战，震撼了民国学界。

直至 1935 年 11 月，姚庆三等学者的观点被采纳，法币改革开始，这是中国货币体系现代化过程中迈出的关键一步。

姚庆三与西方经济学大家凯恩斯也缘分颇深。

可以说，将凯恩斯学术思想引入中国，并留下中国第一批研究凯恩斯理论文献的人，正是姚庆三。

1953 年起，姚庆三开始在新华银行香港分行任职，并于 1979 年调任中国建设财务有限公司（香港）任职至 1985 年。这两家机构，皆为香港中银集团的前身，从 42 岁到 75 岁，姚庆三始终为祖国海外金融事业的繁荣贡献良多。同时，姚庆三也是屠呦呦父亲进入银行界的引领人。

这个出色的舅舅曾使呦呦敬仰一生，成为她一生的榜样。

如今她已八旬高寿，离开宁波 60 多年了，仍是一口流利的宁波腔，对宁波的记忆犹新，可见她对家乡、故人的眷恋程度和家国情怀。

"呦呦"哭声，注定她生不平庸

屠呦呦爱哭。

在襁褓时，她就常哭，渴了也哭，饿了也哭，黑天也哭，白天也哭，动不动就哭，而且哭得没完没了，闹得四邻不安。都说屠家生了个"哭叫子"，呦呦鹿鸣，是鹿的转世。

父亲屠濂规听了这话，暗暗窃喜，他笃信玄学，再加上囡囡的哭声很似鹿鸣呦呦，他认为小女名字起对了，从她发出的第一声哭啼，就是这种鹿鸣的感觉，难怪街坊四邻亦这样说。

父亲屠濂规很欣赏这种"呦呦"的哭声，像是播放一种音乐，洋溢在他的心田，有一种醉醉甜甜的感觉。这种声音弥漫在屋里屋外，里弄院外，他不认为这是扰民，而是一种和谐美满的幸福。他能在这种"呦呦"的音乐声中眠而不醒。

而母亲姚氏并不这样认为，她认为这是一种不祥的预兆，是一种病理的反射。小女每一场长时间的哭泣之后总是眼泪汪汪的，这让做母亲的心急如焚。抱孩子去医院看大夫，大夫说哭是孩子的天性，爱哭不是坏事，注定你的爱媛生不平凡。说得母亲破涕为笑，揩去眼中幸福的泪花。

出身于书香门第的屠呦呦，5岁时被父母送入家门前的幼儿园，转年进入宁波私立崇德小学初小，扎着鹿角辫，成为一名小学生。11岁起就读于宁波私立西小学高小，13岁起就读于宁波私立器贞中学初中，15岁起就读于宁波私立甬江女中初中。

民国初年，女孩放脚、求学、走向社会，男女平等之风已如冰山开化。尤其是上海的宋氏三姊妹，花光了她们的嫁妆钱，被父母送到大洋彼岸的美国求学，大学毕业后三朵金花纷纷回国，光鲜耀人，一个嫁给广东的孙中山，一个嫁给了宁波的蒋介石，一个嫁给了山西的孔祥熙。她们的榜样风范在江浙一带被人高歌、效仿。犹如一股暖流，抑或一股旋风在江浙风行、时尚。与整个宁波重教之风相应，按照父母的安排，屠呦呦开始了求学之路。女孩也要去读书，这更与屠家对子女教育一贯的重视密不可分。屠呦呦的父亲屠濂规也受这股风的影响，特别重视女孩的读书和教育。作为家中唯一的女孩，屠呦呦从小就开始接受了完整的教育。

不幸的是屠呦呦的学生生涯，到1946年戛然而止。

这一年，16岁的屠呦呦经受了一场灾难的考验——她不幸染病，高烧不退，被迫中止了学业。

起初，大夫诊断是疟疾发作。

这种病民间叫"打摆子"，发病有规律，时热时冷，在我国南方发病率居高不下，北方也有，全世界都有，尤其是东南亚国家更是重灾区。得病快，治愈率低，死亡率高。

大夫经过仔细观察，又否定了疟疾，最后确诊为肺结核，闹得家人虚惊一场。倘若是得了疟疾，在当时是没有救的。因为还没有这种青蒿素救命药。现在有了，那应是屠呦呦的功劳。我们在采访中询问屠老，屠老自我调侃地笑说："我之所以不是疟疾而是肺结核，主要是青蒿素这种救命药还在等待我去研究、发现。倘若说我真得了疟疾倒下，就不会有今天的青蒿素问世了。"看来这是上天冥冥中的安排。

正是那场突如其来的急病乱投医，使16岁的少女屠呦呦第一次听到"疟疾"二字。这个吓人的病魔，在当时是与死亡画等号的。她也为自己最终没有确诊为"疟疾"而庆幸不已。同时反而使她下定了决心——"我要学医，拿下疟魔，救死扶伤，贡献社会"。

应该说，一代大药学家的原始起点，抑或诺贝尔奖的因子，就是源自这种"救死扶伤"的朴素愿望。

家教的熏陶，也让屠呦呦对医药渐生极大的兴趣。

父亲屠濂规，平时喜好读书，也影响了女儿。家中楼顶上那个摆满古籍的小阁房，既是父亲的书房，也成为屠呦呦最爱的去处。父亲看书时，屠呦呦也会坐在一旁，装模作样摆本书看。虽然看不太懂文字部分，但是中医药方面的书，大多配有插图，既读书也识字，何乐而不为呢。

乐趣是在学习中建立的。那个小阁房成为少年屠呦呦的阅览室。多本医学古籍如《黄帝内经》《神农本草经》《伤寒杂病论》《千金方》《四部医典》《本草纲目》《温热论》等，都曾在那段时间与屠呦呦"亲密接触"。屠呦呦记得，当时年纪小，识字不多，但是在磕磕绊绊中，认得了几百种中草药的名字。接着她又读了本家屠本畯的著作——《闽中海错疏》《海味索引》《闽中荔枝谱》《野菜笺》《离骚草木疏补》等，她发誓要像先祖一样，成为一名药物学家。

在笔者采访她的时候，她说父亲是支持她学医的，家族的支持又给了她新的动力，添加了新的翅膀。

疾病来袭，中途辍学两年

时间到了 1948 年秋月。

肺结核休学两年，病情好转，青葱岁月的屠呦呦开始进入宁波私立效实中学高中班就读。

"长得还蛮清秀，戴眼镜，鹿角花辫，一个宁波小姑娘的样子。"这是老辈的家乡人，对屠呦呦青葱岁月的印象。

效实中学是宁波名校，早年父亲屠濂规也从这里毕业。和屠呦呦一班的同学李廷钊对她的到来有着新鲜感，以致后来默默地暗恋着她。

创立于 1912 年 2 月的效实中学，由中国早期物理学家何育杰以及叶秉良、陈训正、钱保杭等一批著名的科学家，联手宁波当地实业家李镜弟共同创办。学校以"私力之经营，施实川之教育，为民治导先路"为宗旨，创校之初就提出了"教育之事，贵有适性，与人适意志，与地适风尚，与时适际遇"的教育理念。

学校办至 1917 年时，早已声名鹊起。名校上海复旦大学及圣约翰大学皆与效实中学订约，凡效实中学毕业生皆可免试，直接保送入学。

1948 年 2 月，当屠呦呦以同等学力进入效实中学读高中一年级时，学校刚刚从抗日战争的战火中走出不到 3 年。在 1941 年 4 月宁波沦陷后，直至 1945 年 10 月 25 日，效实中学才得以复教，这一天，也成为后来的宁波效实中学校庆纪念日。

这家以"忠信笃敬"为校训的中学，有着令人啧啧称奇的院士校友群体。迄今为止，这里已走出了15名中国科学院、中国工程院院士。与天津的南开中学、北京的四中、汇文中学颇为相似。

在1955年，就有3位从效实中学走出的科学家当选中国科学院院士——化学家纪育沣，1916年肄业于宁波效实中学旧制第三届；实验胚胎学家童第周，1922年毕业于宁波效实中学旧制第九届；土壤农业化学家李庆逵，1930年肄业于宁波效实中学高中部。1980年，又有5位曾经的效实学子——地球物理学家翁文波、土壤化学家朱祖祥、遗传育种学家鲍文奎、核物理学家戴传曾、医学家陈中伟，当选为中国科学院院士。1995年，则有5位当年的效实学子，包括材料科学家徐祖耀、电磁场与微波技术专家陈敬熊、核技术应用专家毛用泽、无机化工专家周光耀、核武器工程专家胡思得，分别当选中国科学院院士和中国工程院院士。1997年，又有两位效实校友——电子信息系统工程专家童志鹏、土木结构工程和防护工程专家陈肇元，当选为中国工程院院士。

这15位"产自"效实的院士，也成为宁波作为"院士之乡"的最大的骄傲。

虽身在名校，高中阶段的屠呦呦，整体学业成绩并不算拔尖。当年，这位在效实中学学号为A342的女生，高中学籍册和成绩单中清晰地列着——语文平均成绩71.25分；英语平均成绩71.5分；数学平均成绩70分；生物平均成绩80.5分；化学平均成绩67.5分。

生物成绩能如此突出，也源于屠呦呦对生物课的特别喜欢。每次生物老师在课堂上讲课，屠呦呦都听得津津有味。有一次，老师开玩笑似的说："如果其他同学都能像屠呦呦一样勤学好问，认真听讲，我即使再辛苦也开心！"

屠呦呦承认，"那时的我很文静、很低调。"读高中时，她的表现并不是很突出，但是读书却很认真。同学陈效中回忆："她很普通，衣服穿得也很朴素，不是特别引人注目，属于默默无闻型的。"

效实中学对于屠呦呦，除了学习，还有另一层渊源——她正是在这里和李廷钊成为同班同学。当时在班中交流甚少的二人，未曾想到，多年之后会成为夫妻。

1950年3月，屠呦呦转学进入宁波中学读高三，这是她在宁波求学生涯的最后一年。

屠呦呦就读于宁波中学时的班主任徐季子老师，曾给这名当时并不起眼的女学生写下鼓励的评语："不要只贪念生活的宁静，应该有面对暴风雨的勇气。"使她重拾医药救国信念，在她的报考志愿表中毅然决然地写下了"北京大学医学部药学系"，亦令当年同班同学、后来是北京大学常务副校长的王义遒，中科院院士石钟慈、著名学者兼出版家的傅璇琮，刮目相看。

向医而行，"北大"医学部的骄子

1951 年，是新中国诞生的第三年，呦呦以优异的成绩考取了比较生疏的北京大学药学系，成为共和国的第一代骄子。

收到通知书那天，父亲让母亲多做了呦呦爱吃的几个菜，请来了亲朋好友，以示庆贺呦呦的录取。父亲喝点小酒，在庆贺中又吟诵了他心中的诗：呦呦鹿鸣，食野之蒿；蒿草青青，报之春晖。接着他说："我们的呦呦，考上北大药学系，研究《本草纲目》，食之蒿草，是真正的名副其实了。望你步步登高，永不退缩，爸爸妈妈就是你的坚强后盾，让我们共同干杯庆贺。"在一阵碰杯声中，呦呦表示了自己北去求医的决心，激起了大家的阵阵掌声……

在呦呦接到通知书的第二天，她隐隐约约听到，还有几个同班同学被北京高校录取，其中包括她未来的丈夫李廷钊同学，考进了北京工业学院，即今天的北京理工大学钢铁系。当时对屠呦呦来说还谈不上什么好感。他们心仪相爱，则是以后的浪漫。

50 年代的北京大学医学院，在这座千年古都中显得颇为洋气。设在北京市西城区西什库天主堂附近的校园，被包裹在当年的皇家建筑群之中，学子们每天抬头可见的，却是典型的西方哥特式建筑。在校期间，屠呦呦和同窗们的实验室和宿舍，则设在附近的菜园胡同 13 号。

报到那天，屠呦呦是带着她对未来的自信和憧憬，抑或她的医学梦和父亲的期待——"呦呦鹿鸣，食野之蒿；蒿草青青，报之春晖"，昂首阔步走进北大红门的，并在校门前留了影。

当年的同窗周仕锟回忆，他们这一班，按入学年份排序，称为药学第八班，全班一共七八十人。与屠呦呦同龄的周仕锟记得，他们在班上年龄相对较大，称为学姐学兄，最小的同学比他们小 3 岁。

升入大四，各班分科，按照不同方向分为药物检验、药物化学和生药三个专业。这一班的学生中，选药物化学的最多，有 40 多人；选择生药的最少，只有 12 人，其中就有屠呦呦。

生药的英文为 crudedrug，意指纯天然未经过加工或者简单加工后的植物类、动物类和矿物类中药材。

屠呦呦从入学的那天起，就像一头美丽的小鹿，闯进无垠的蒿海里，尽情地享受着"食野之蒿"，在父亲期待的路上奔腾、寻觅。据考证，蒿，即青蒿。呦呦这个名字和青蒿这种植物，跨越 2000 多年，以这种奇特的方式联系在了一起。

这为一个科学家的故事增添了几分令人遐想的诗意。然而，现实中，这位传奇的屠呦呦的人生关键词里，基本是没有诗意这一层的。她是一个苦读生，在宽敞明亮的图书馆里，她翻阅了几乎所有的古医典，比如《神农本草经》《黄帝内经》、张仲景的《伤寒杂病论》、孙思邈的《千金方》、陶弘景的《本草经集注》、宋慈的《洗冤集录》、许国祯的《御药院方》、刘完素的《素问玄机原病式》、张子和的《儒门事亲》、朱丹溪的《格致余论》、李东垣的《脾胃论》、李时珍的《本草纲目》、刘文泰的《本草品汇精要》、吴又可的《瘟疫论》、徐春甫的《古今医统大全》、叶天士的《临证指南医案》、吴鞠通的《温病条辨》、王孟英的《温热经纬》、薛生白的《湿热条辨》、王清任的《医林改错》《古今图书集成医部全录》《圣济总录》，等等。

在中华医学宝典的海洋里，她找到了青蒿的解释："青蒿，古名'菣'。民间又称作臭蒿和苦蒿。春生苗，叶极细，嫩时人亦取，杂诸菜食之，至夏高四五尺，秋后开细淡黄花……根、茎、子叶并入药用。此蒿生挪敷金疮，大止血，生肉，齿疼痛良。"

同时她也觅到了青蒿入药治疟的妙方。中国最早见于马王堆3号汉墓出土的古书《五十二病方》，其后的《神农本草经》《补遗雷公炮制便览》《本草纲目》等典籍都有青蒿治病的记载。

有趣的是，说来也巧，诗云"呦呦鹿鸣，食野之蒿"一语成谶，千百年过去，呦呦爱蒿、学蒿、用蒿、吃蒿，因蒿出名，轰动了全世界，怎么偏巧正是这位屠呦呦呢？难道世间还真有冥冥之中的神话和预言吗？

当年与屠呦呦选择同一专业的王慕邹，退休前为中国医学科学院药物研究所研究员。他说，当时生药专业毕业的学生，更多的去向是做研究，而药物化学专业更多与全国各大药厂相关。对生药专业的屠呦呦而言，生药学课程就比其他专业课时多些，其主要内容就是学习各类原产中药材的分类、认识，以及通过显微镜切片观察其内部组织等。给他的印象是，屠呦呦搞实验一丝不苟，十分认真，有时近乎苛刻。

当时，开设生药学的是楼之岑教授，这位1951年刚刚回国的留英博士，也是生药专业唯一的教授。后来，楼之岑曾任中国药学会理事长，是中国现代生药学的开拓者之一。他对屠呦呦印象更深刻，说她是个低调又能吃苦的好学生。

当时屠呦呦大学学习的背景是，1950年8月，第一届全国卫生会议召开。毛泽东主席提出"面向工农兵、预防为主、中西医结合"是新中国卫生工作的三个基本原则。

1953年12月，毛泽东主席在听取时任卫生部副部长贺诚汇报工作时，给予中医高度评价："我们中国如果说有东西贡献全世界，我看中医是一项。我们的西医少，广大人民迫切需要，在目前是依靠中医。对中医的团结要加强，对中西医要有正确的认识。"

把中医放到中国对世界的一大贡献的高度，足见毛泽东对中医非常重视。

1954 年，毛泽东又专门针对中医药问题做出批示：中药应当很好地保护与发展，我国中药有几千年的历史，是祖国极宝贵的财富，如果任其衰落下去，那是我们的罪过。中医书籍应进行整理。应组织有学问的中医，有计划有重点地先将某些有用的，从古文译成现代文，时机成熟时应组织他们结合自己的经验编出一套系统的中医医书来。

屠呦呦正是在这个大背景下，完成大学本科专业的。时代的潮流追逐督促着她，在宁静的校园里，屠呦呦学习刻苦，勤勤恳恳，踏踏实实，但成绩并非十分拔尖，也并非不堪。她对课外文体活动不太热衷，做事为人非常低调。熟悉她的周仕锟与王慕邹都用了"非常普通"来形容对大学时代屠呦呦的印象。

1955 年，是新中国第一个五年计划的第三年，经历 4 年的寒窗苦读，屠呦呦终于完成了大学学业。

正在这一年，新中国百事待兴，直属于卫生部的中医研究院开始筹建，也就是现在的中国中医科学院，从全国各地抽调一批知名老中医到北京，充实中医研究的专家力量。作为刚刚毕业的大学生，头扎鹿角辫的屠呦呦，洋溢着青春活力，被分配到该院中药研究所工作。

1959 年，参加工作 4 年后的屠呦呦，积极响应毛主席的号召，报名参加了卫生部举办的为期两年半的"全国第三期西医离职学习中医班"，开始系统全面地学习中医药知识。倘若说北大的求学偏重于西医专业，这次两年半学习则是中医药学习，使她打下了坚实的中西医贯通的知识，为屠呦呦以后发现青蒿素家族埋下了伏笔，抑或机遇留给有准备的人。

爱情敲门，助理研究员的传奇人生

大学时期的屠呦呦是"两耳不闻窗外事，一心只读圣贤书"。参加工作后的屠呦呦，却是一个工作狂。

1956 年，全国掀起防治血吸虫病的高潮。她和自己的大学恩师楼之岑共同完成了对有效药物半边莲的生药学研究。1958 年，这项研究成果被人民卫生出版社出版的《中药鉴定参考资料》收录；此后，屠呦呦又完成了品种比较复杂的中药银柴胡的生药学研究，1959 年，这项成果被收入《中药志》……她收获了一项项科研新成果，可将近 30 岁了，谈情说爱还是一张白纸。这可急坏了宁波老家的父母，可是远水不解近渴——干着急。呦呦给父母的回答是：不是我不找，爱我的人我不爱，我爱的人还没到。

殊不知，在熟悉的朋友们眼中，屠呦呦是另外一个样子——她是一个粗线条的"马大哈"。

"屠呦呦生活上粗线条，不太会照顾自己，一心扑在工作上。"屠呦呦的高中同班同学、清华大学数学系的老教授陈效中曾经讲过屠老生活中鲜为人知的故事。

"有一次，她的身份证找不到了，让我帮忙找找。当我打开箱子，吓一跳，我发现里面东西放得乱七八糟的，不像一般女生收拾得那么妥当。"

"还有一次，我们几个人到宁波出差开会，她因为还要出席一个重要场合，多留了一晚，第二天单独坐火车回京。想不到，发生了一件非常好笑的事——火车停靠途中站点时，屠呦呦下车走走。结果，火车开走了，她竟然被落下了。"

"由于她过于专注工作，她的爱情亦像是生活中的列车，也把她抛下站了。"

"从一方面看，屠呦呦是失落不幸的，从另一方面看，有人在偷偷地暗恋着她，她又是幸福的。这个男人不是别人，正是宁波效实中学的同班同学——李廷钊。此时李已是一位很棒的工程师。他从北京工业学院毕业后，被分配至马鞍山钢铁厂。后来，他又留苏学习钢铁冶金 5 年半，从钢铁实务、科研到管理，他的人生与钢铁结下了不解之缘，并在业内小有名气。他看好屠呦呦的做事为人，从中学分别后，一直在暗恋着她，从没有机会表白。"

"且说分配到马鞍山工作的李廷钊，有个姐姐恰好在北京工作，因为都是同乡，屠呦呦也常会同李廷钊的姐姐会面，当在中学时就对屠呦呦有好感的李廷钊从马鞍山到北京看望姐姐时，也常会遇到老同学屠呦呦。姐姐看出他们间的爱慕，主动当起了红娘，远在千里红线牵，一来二往，两颗年轻的心，中学时代很少交流，大学时代断绝交流，而后犹如磁铁一样，渐渐变得相互欣赏、吸引，成了天生的一对。"

"1963 年，她们在北京重逢两年后，正式走进了婚姻殿堂。不久，又迎来了她们的爱情结晶——大女儿和小女儿的降生。"

有朋友戏称，李廷钊与屠呦呦的结合，是传统（中药）与现代（钢铁）的融合，他们的结合一定会碰出火花，耀眼世界。

屠呦呦自己承认，要让身边的生活琐事变得井井有条，"我依然不灵光，成家后，买菜、买东西之类的事情，基本上都由我家老李做。"屠呦呦口中的"老李"，是她的丈夫李廷钊。

婚后，两口子有共同的理想——为国奉献。

屠呦呦告诉笔者："我和我先生应该算是生在旧中国，长在红旗下的第一代。从小接受的教育，都是告诉我，服从组织，忠于组织，把自己献给组织，组织包管你的一切。组织里的领导找下属谈话，最典型的一句话是，你只管好好工作，努力完成组织交给你的任务，你的个人问题，组织会替你考虑。交给你任务，就要努力工作。只要有任务，孩子一扔，就走了。"说起往事，屠呦呦显得很淡定，那时，她被派去海南岛试药，老伴李廷钊则被派去云南的五七干校。为了不影响工作，他们咬牙把不到 4 岁的大女儿送到了托儿所，把尚在襁褓中的小女儿送回宁波老家。也正是由于长时间的骨肉分离，以至于大女儿当时接回来的时候都不愿叫爸妈了。

在小女儿李军的朦胧记忆里，自己第一次对母亲有清晰印象，已是 3 岁多。那天，在外公外婆家门前的小巷口，李军远远就瞧见一个阿姨，拎着行李快步走来，张开双手，嘴里不停地叫着自己："小军、小军，我是你的妈妈……"

小军却下意识地往后退了好几步，那一刻，小女孩的脑中，已经没有"母亲"的记忆，她不知道，眼前这个风尘仆仆的女人，就是自己脑中想象过无数次的母亲——屠呦呦。长大后的小军至今也纳闷，母亲那时如何能认出自己。

3 至 4 年才能有一次的母女相会，一直持续多年。于是，女儿李军在很长时间里无法理解妈妈，认为母亲抛弃了自己。

每次都颇为"陌生"的母女相会，也让屠呦呦暗暗怀疑过自己当初的选择。当初的选择，在现在看起来有些不近人情，对于如今家中摆满女儿和外孙女照片的屠呦呦和李廷钊而言，这是迫不得已，是那个年代的人都理解——服从组织、别无选择。

像父母当初的选择一样，如今两个女儿也都依照父母的榜样，成功地选择了自己奋斗的人生，她们皆是成功者。

光杆司令，"523"课题组的组长

地球的旋转，旋转的地球。

当时间定格在 1969 年的时候，正是"文革"的第三个年头。

大乱到大治，全国革命派的大联合汹涌澎湃……中医研究院是"文革"的重灾区。大字报贴满全院各个角落，科研几近停止状态。

然而，这一年的 1 月 21 日，助理研究员屠呦呦迎来了她科研人生的重要转折。

这一天，中医研究院来了两个神秘的人，一高一矮，一位穿军装，一位穿便装。

他们自称是中央"523"办公室的人。

"523"很新奇,有何秘密?

屠呦呦脑子转了几圈也想不明白,后来才打听到,原来这是一个素未听闻的全国大协作的疟疾科研项目——"523"为其秘密代号。

疟疾,中国民间俗称"打摆子",在今天的中国已基本绝迹。多数人对它的认知来自反映战争年代或者更久远年代的影视剧或文学作品。疟疾病人发起病来如坠冰窖,颤抖不止,冷感消失以后,面色转红,发绀消失,体温迅速上升,通常发冷越显著,体温就愈高,可达40℃以上。高热患者痛苦难忍。有的辗转不安,呻吟不止;有的谵妄,甚至抽搐或不省人事;有的剧烈头痛、顽固呕吐;患者面赤、气促;通常持续2~6小时,个别达10余小时。症状呈间歇性,死亡率极高。

在历史长河中,将疟疾列在蹂躏人类最长时间疾病的榜首可能都不为过。早在公元前二三世纪,古罗马的文学作品中,已经写到出现了疟疾这种周期性疾病。在我国,现存最早的中医理论著作,成书于先秦时期的《黄帝内经》中也有对疟疾的详细记载。

古时人们对这种传染疾病束手无策,甚至认为是神降于人类的灾难。苏美尔人就认为疟疾是由瘟疫之神涅伽尔(Nergal)带来的,古印度人则将这种传染性和致死率极高的病称作"疾病之王"。古希腊的亚历山大大帝和文艺复兴初期的意大利著名诗人但丁,均死于这种凶如猛虎的疟疾。

但丁虽然死了,在《神曲·地狱篇》却留下了他对疟疾恐惧的深度描绘,令人触目惊心。他说:犹如患三日疟的人临近寒战发作时/指甲已经发白/只要一看阴凉就浑身打战/我听到他对我说的话时就变得这样/但是羞耻心向我发出他的威胁/这羞耻心使仆人在英明的主人面前变得勇敢。

在中国的兵书征战史上,疟疾也是一名常客。

汉武帝征伐闽越时,"瘴疠多作,兵未血刃而病死者十二三";东汉马援率八千汉军,南征交趾,然而"军吏经瘴疫死者十四五";清乾隆年间数度进击缅甸,都因疟疾而受挫,有时竟会"及至未战,士卒死者十已七八"。

当下值得人们关注的是,美国发起的越南战争。

越南战争,简称越战,美国等资本主义阵营国家支持的南越,对抗共产主义阵营国家支持的越南北方和越南南方民族解放阵线的一场战争较量,发生在冷战时期的越南、老挝、柬埔寨。越战是"二战"以后美国参战人数最多、影响最重大的战争,美军投入兵力最多时为65万人。最后以美国失败告终。

长达几十年的越战,给越南等国人民造成了巨大的伤害,越战是那几代越南人心中永远无法抹去的恐惧。经过一场激烈的战斗,城市变成了废墟,遍地是伤亡的市民和士兵。随着战事升级，美越双方伤亡人数不断攀升。

很快，战场上却出现了比子弹、炸弹更可怕、更恐惧的"敌人"——抗药性恶性疟疾，一染即亡。美、越两军苦战在亚洲热带雨林，疟疾像是"第三者"插足，疯狂袭击交战的双方军力，大大高于战斗性减员，令双方苦不堪言，它比敌人更可憎。

据河内卫生局统计，越南人民军 1961~1968 年伤病员比例，除 1968 年第一季度伤员多于病员外，其他时间都是疟疾病员远远超过伤员；抗美援越的中国高炮部队也深受其害，据说减员达 40%。再据美军有关资料表明，在越南战争中，1964 年，美军因疟疾造成的非战斗减员比战斗减员高出 4~5 倍，更是天文数字。1965 年驻越美军的疟疾发病率高达 50%。美国也在寻找有效药，但欲速不达。

越南地处热带，山岳纵横，丛林密布，气候炎热潮湿，蚊虫四季滋生，本就是疟疾终年流行的地区。而当时的抗疟药——氯喹及其衍生药，因其抗药性，对越南流行的疟疾已经基本无效。

能否抵抗住"疟疾"这个敌人，甚至成了越南战场上美、越双方"胜负的杀手"。

越共总书记胡志明了解这个情况后，心急如焚，亲自给毛泽东写信，派特使秘密到北京，请求中方支援抗疟疾药物和方法。

在革命战争时期曾感染过疟疾、深知其害的毛泽东，认真阅读了老朋友胡志明的信，对胡的特使说：解决你们的问题，也是解决我们的问题。告诉老朋友，我会记在心上。

送走了特使，毛泽东又把胡的信批转给周恩来。周恩来亲自布置了抗疟新药的研发。于是，这项研究又成了带有军事色彩的紧迫绝密任务。

1967 年 5 月 23 日，这是个特殊的日子。

中国人民解放军总后勤部和国家科委在北京召开了抗药性恶性疟疾防治全国协作会议，组织 60 多家科研单位通力攻关，并制定了三年科研规划。防治抗药性恶性疟疾被定性为一项援外战备的紧急军工项目，以 5 月 23 日开会日期为代号，称为"523 任务"，一直沿用下来。

由此，拉开了抗疟新药研究的序幕。

先是军方开路，后是地方跟进。随着时间的推进，先后有 7 个省市全面开展了抗疟药物的调研普查和筛选研究。至 1969 年筛选的化合物和包括青蒿在内的中草药有万余种，但未能取得理想的结果，使研究者一筹莫展，让人质疑研究是否进入了死胡同……

正在这个当儿，两位523的"神秘人"径直走进位于东直门内的中医研究院领导的办公室，亮明身份，开诚布公地说："中药抗疟已做了好多工作，到流行地调查，收集秘方试验，有一定效果但不满意，用法、制剂等方面也存在问题。方子拿了不少，很多是大复方，这么多药怎么办？哪个方子好，什么起主要作用，我们经验少、办法少。根据首长的批示，希望贵院能加入此项科研活动。"

对方恳求的眼神，让院领导没有打磕巴就接受了任务。

"523"办公室的领导走后，院领导召开紧急会议，拉下窗帘，按照"523"办公室的要求——"谁能担当大任？"对本院科技人员逐一进行筛选，3个小时过去了，颇让中医研究院领导们有些犯难。

作为"文化大革命"的重灾区，当时的中医研究院，科研工作几近全面停顿，经验丰富的老专家有的被打倒，有的被劳教，有的"靠边站"，政治上不能委以重任。

他们反复筛选，最后有一人浮出水面，不是别人，正是37岁的屠呦呦。

她有两大优势：一是性格认真执拗，虽然职称尚是助理研究员，但来到中药所已14年，中西医贯通，基础扎实。二是她年富力强，正致力于研究从植物中提取有效化学成分，已经步入中药所研究第二梯队人选。

以当时中药所的现状，屠呦呦正是最合适的人选。自20多岁便与屠呦呦共事的中国中医科学院中药所原所长姜廷良回忆说，将重任委以屠呦呦，这是对的，在于她扎实的中西医知识和被同事公认的科研能力。

当晚，领导找她交代任务，屠呦呦爽快地应允了。

屠呦呦问：还有什么人？

领导告诉她：暂且你一人，其他人后定。

从此，人们便看到她像一个陀螺开始旋转起来。中药所里、资料室里、图书馆里、老中医的家里，多了个疯狂翻阅历代医籍，甚至连一封封群众来信都一定要打开看看的忙碌身影。

这就是37岁的屠呦呦，在被任命为课题组组长后，她正式走上抗疟寻药之路。

红运当头，重担压肩。

当时，谁也无法预料，院领导的这个决定，将是"523任务"取得重大进展、取得重要成果迈出的第一步。

说是课题组，在最初的阶段，屠呦呦"光杆司令"一个，只有她一个人孤独地踏上了尝百草的寻药之路——归宿了"呦呦鹿鸣，食野之蒿"，对仗了"青青蒿草，报之春晖"。

次次失败，190 次后的成功

成功的花，人们只惊羡它现时的明艳，谁知道它当初的芽儿，却浸透了奋斗的泪泉，洒遍了牺牲的血雨！

从领导办公室走回自己的办公室，已经星斗满天。屠呦呦很激动，她觉得这是一副担子，重重压在了她还有些细嫩的肩上。她多年科研的梦想一下子成了现实，领导的信任，任务的紧迫，特别是越南战场上饱受疟魔折磨的将士们，睁大了求救的眼神，一个个在乞望着她，她觉得时不我待，加快了研发的脚步。她不敢多想，就一头扎进《本草纲目》等古典药典，寻觅自己的灵感，抑或突破口。

"523"项目的任务十分明确，就是通过军民合作开发防治疟疾药物，同时对所开发防治药物的要求是高效、速效，预防药物要长效。

在采访中，屠呦呦告诉我们说：

"中西医知识的积累让我意识到，必须从古代文献中寻找解决方案。我开始系统整理古方。从中医药医学本草、地方药志，到中医研究院建院以来的人民来信，采访老大夫，等等，不放过任何一个机会。花了半年时间，最后做了 2000 多张卡片，编出 640 多种抗疟方药，作为我的基本功，考虑从中找到新药。"

一年过去了，两年过去了，时间伴随着她和她的团队忙碌的身影，在指尖中不知不觉流去。该做的实验都做了，这 2000 多种方药中整理出一张含有 640 多种草药、包括青蒿在内的《抗疟单验方集》。可在最初的动物实验中，那时青蒿还没有涉入她的视野，真如大海捞针，茫无头绪。但她一直坚持实验，有时累得呕吐不止，头涨脑昏，怀疑自己中了毒，结果一检查，是中毒性肝炎，大夫让她休息。她哪能休息呢？越南的炮火在催促着她，伤病员的眼神在乞求着她，怎能停下手中的实验工作呢？她吃下一把药，又走出家门，开始了失败后的重新筛选。

冬战"三九"，夏战"三伏"，有时累得吃不下饭，四肢无力，连走回十步之遥的宿舍的力气都没了。希望似乎化成了泡影，她也如死了一般。在这个时候，"失败是成功之母"，在她脑海里划过，犹如彩虹映在她眼前，她又如触电一般地从床上弹跳起来，重新开始实验、筛选。失败，再失败，她一度怀疑她当初的选择。又是多少次失败，她始终坚信：乌云遮不住太阳，失败孕育着成功的阳光。说不准是多少次失败了，这个与她名字有着联系的青蒿，冥冥中闯进了她的视野。经过实验，青蒿的效果并不出彩，屠呦呦的苦苦寻找再度陷入了僵局。

问题出在哪里？屠呦呦再次翻阅葛洪的《肘后备急方》，企图在这本古典中再寻突破。书不知翻阅了多少遍，四角已经微微翘起，颜色愈加变黄。

这本古代医书究竟有何渊源？屠呦呦再次陷入作者的故事中……

《肘后备急方》由东晋葛洪著。凡举名医，必有一段艰难的求学历程，以其超人的毅力去探索和学习。葛洪自幼十分好学，沉着稳重，从不与别人嬉戏贪玩，经常写字、抄书至深夜。13 岁时，他父亲去世了，家境败落，十分贫苦，就靠上山砍柴换取文具，用来学习。《肘后备急方》由葛洪摘录自共 100 卷的医书《玉函方》中可供急救医疗、实用有效的单验方及简要灸法汇编而成，是我国第一部临床急救手册。之所以叫这个名字，是因为"可以放在手肘后面，带在身边，随时拿出来救急使用"。书中，他尤其强调灸法的使用，用浅显易懂的语言，清晰明确地注明了各种灸法的使用方法，只要弄清灸的分寸，不懂得针灸的人也能使用。葛洪在《肘后备急方》序中说道，"穷乡远地，有病无医，有方无药，其不罹夭折者几希。丹阳葛稚川，夷考古今医家之说，验其方简要易得，针灸分寸易晓，必可以救人于死者，为《肘后备急方》。"

此书共有 8 卷 70 篇。后经南朝梁时陶弘景增补录方 101 首，改名《补阙肘后百一方》。此后又经金代杨用道摘取《证类本草》中的单方作为附方，名《附广肘后方》，即现存《肘后备急方》，简称《肘后方》。该书主要记述各种急性病症或某些慢性病急性发作的治疗方药、针灸、外治等法，并略记个别病的病因、症状等。书中对天花、恙虫病、脚气病以及疥螨等的描述都属于首创，尤其是倡导用狂犬脑组织治疗狂犬病，被认为是中国免疫思想的萌芽。该书今有明、清版本 10 余种。1949 年后有影印本和排印本。

《肘后备急方》中收载了多种疾病，其中有很多是珍贵的医学资料。这部书上描写的天花症状，以及其中对于天花的危险性、传染性的描述，都是世界上最早的记载，而且描述得十分精确。书中还提到了结核病的主要症状，并提出了结核病"死后复传及旁人"的特性，还涉及了肠结核、骨关节结核等多种疾病，可以说其论述的完备性并不亚于现代医学。书中还记载了被疯狗咬过后用疯狗的脑子涂在伤口上治疗的方法，该方法比狂犬疫苗的使用更快捷、更有效，从道理上讲，也是惊人地相似。另外，对于流行病、传染病，书中更是提出了"疠气"的概念，认为这绝不是所谓的鬼神作祟。这种科学的认识方法在当今来讲，也是十分有见地的。书中对于恙虫病、疥虫病之类的寄生虫病的描述，也是世界医学史上出现时间最早、叙述最准确的。

屠呦呦的目光最终停留在《肘后备急方》："青蒿一握，以水二升渍，绞取汁，尽服之。"突然她眼前一亮，获得了"诺奖级别"的灵感，马上意识到，以前的高温可能破坏了青蒿中的有效成分，她随即另辟蹊径采用低沸点溶剂进行实验。在 190 次失败之后，屠呦呦改用乙醚低温提取，终于成功了。

成功就在一念间。

1971 年，屠呦呦课题组在第 191 次低沸点实验中发现了抗疟效果为 100% 的青蒿提取物。1972 年，该成果得到国人重视，研究人员从这一提取物中提炼出抗疟有效成分青蒿素。

屠呦呦通过反复实验和研究分析还发现，青蒿药材含有抗疟活性的部分是叶片，而非其他部位，而且只有新鲜的叶子才含青蒿素有效成分。课题组还发现，最佳采摘时机是在植物即将开花之前，那时叶片中所含青蒿素最丰富。

细节决定成败。

喜讯传来，屠呦呦和她的四人团队，高兴得跳了起来。

姐妹们相拥而泣，多日的沉寂化成天边的云彩被风吹散，再苦再累也一扫而去，她们成功地破解了青蒿素的密码，像是打了一场大胜仗，1000 多个日日夜夜，胜仗虽来得迟些，但毕竟来了，怎不让她们高兴呢？

清华大学医学院常务副院长鲁白告诉笔者，改用乙醚提取是关键一步，突破了瓶颈。此后，屠呦呦与中科院生物物理研究所、中科院上海有机化学研究所、中科院上海药物研究所等单位合作，对青蒿素里有效成分的化学结构进行了测定，并对其改造，最终获得抗疟疗效显著的蒿甲醚、青蒿琥珀酸酯。这两个化合物被国家批准成药，并在全球成功挽救了数以百万计生命。所以她是"523"项目一个代表性的人物，是最大的功臣之一。

中国之蒿，世界之神药

青蒿，是中国南北方都很常见的草本植物，外表朴实无华，长年在山野里默默生长，随时准备在机会到来的时刻绽放自己的绚烂。一岁一枯荣。就是这普普通通的小草内却孕育着降妖伏虎的魔力，不声不响地隐藏着神奇，而到了今天才贵族式地华丽转身，成为走出国门、享誉全球的救命神药。有言道：中国一株小草，让千万人喜获新生。

阶段性胜利，没有让屠呦呦放慢脚步。很快，大家开始进行对青蒿乙醚提取混合物中有效成分青蒿素的分离、提取工作。殊不知这也是一项十分艰难的工作。

由于北京产的青蒿中青蒿素含量只有万分之几，要大量提取青蒿素以供动物试验和临床观察用药，难度可想而知，她想到了求助南方的药物所……

回忆那段攻坚期，屠呦呦丈夫李廷钊很"心疼"妻子："那时候，她脑子里除了青蒿还是青蒿，回家满身都是酒精味，还得了中毒性肝炎。"

那是"文革"特定的时期，工厂都停工了，实验室都关门了，为了做实验，他们买了好几个大缸，在大缸里做隐秘的提取，乙醚易挥发，但人天天围着缸。为什么得肝炎？不是吃那药得的肝炎，是吸那个乙醚得的肝炎，不只屠老，当时课题组成员都是如此。

屠呦呦的肝炎是来自乙醚等有机溶媒的毒害。姜廷良回忆："乙醚等有机溶媒对身体有危害，当时设备设施都比较简陋，没有通风系统，更没有实验防护，大家顶多戴个纱布口罩。"

日复一日，科研人员除了头晕眼花，还出现鼻子出血、皮肤过敏等反应……这些都没有阻止她们的行动。

乙醚中性提取混合物有了，但在进行临床前试验时，却出现了问题，在个别动物的病理切片中，发现了疑似的毒副作用。

经过几次动物试验，疑似问题仍然未能定论。

人与动物有差异，只有反复人体试服后才能为病人使用，即临床应用。

为了让191号青蒿乙醚中性提取物尽快应用于临床试验，被世人称作"中国居里夫人"的屠呦呦向领导提交了志愿试药报告。

领导不放心地问："试药有风险，再说你刚得过中毒性肝炎。"

屠呦呦当仁不让："不，我是组长，这是我的宝贝，我有责任第一个试药！"

当年，她的表态令很多人惊叹：这位戴着眼镜、斯斯文文的江南女子有着鲜为人知的女汉子的一面。

"在当时环境下做这样的工作一定是极其艰难，科学家用自己来做试验，这是一种献身精神。她比英雄还英雄，让人崇敬。"清华大学副校长施一公如是说。

屠呦呦的试药志愿获得了课题组两位同事的积极响应。

1972年7月下旬的一天，这是个让人难忘的日子。

屠呦呦和她3名团队科研人员，在家属的陪同下，一起住进了北京东直门医院，成为首批人体试毒的"小白鼠"。

不是战场胜似战场，不是出征胜似出征。

她们穿上病号服，向家人挥手告别，向死神宣战，更像一场大战前的出征，信心百倍地走进病房，静静地躺在病床上，接受大夫的药物注射，细心体验药物在身体中的反应……应该说这是一项严肃性的试毒体验，一旦有失，将是终身的遗憾。作为医药工作者，屠呦呦比谁都明白，但她和她的同事义无反顾地做了，可见她对科学的献身和追求比生命都重要，这多么让人崇敬！

还好，在医院严密监控下进行了一周的试药观察，未发现该提取物对人体有明显毒副作用。

为了充分显示醚中干提取物的安全性，科研团队又在中药所内补充5例增大剂量的人体试服。当临床试用效果不理想时，经过努力坚持，深入探究原因，最终查明是崩解度的问题。改用青蒿素单体胶囊，从而及时证实了青蒿素的抗疟疗效。

终于赶在这一年的 8~10 月，赶赴海南疟区实验。

所到之处，"有屋无人住，有田无人种，蒿草遍地，荒冢累累"，屠呦呦想起了毛主席的诗句——"绿水青山枉自多，华佗无奈小虫何！千村薜荔人遗矢，万户萧疏鬼唱歌。"屠呦呦亲自携药，寻找患者，验证她的新生"宝贝"对疟原虫的厮杀。

初次临床，必须慎之又慎。

更可贵的是，她亲自为病人端水服药，用药剂量从小到大，逐步增加。屠呦呦根据自身试服的经验，分为 3 个剂量组。病人选择，从免疫力较强的本地人，再到缺少免疫力的外来人口；疟疾病种，从间日疟到恶性疟。屠呦呦亲自给病人喂药，以确保用药剂量，并守在床边观察病情，测体温，详细了解血片检查后的疟原虫数量变化等情况。

最终，在海南高温下，屠呦呦完成了 21 例临床抗疟疗效观察任务，包括间日疟 11 例，恶性疟 9 例，混合感染 1 例。临床结果令人满意，间日疟平均退热时间 19 小时，恶性疟平均退热时间 36 小时，疟原虫全部转阴。

这一年，还同时在北京 302 医院验证了 9 例，亦均 100% 有效。

1973 年，新年的钟声刚过，屠呦呦发现青蒿奥秘的消息不胫而走，中药所就不断接到各地来信和来访。屠呦呦都亲自回信、寄资料，热情接待来访者，毫无保留地介绍青蒿、青蒿提取物及其化学研究进展情况。很快，云南和山东等数个研究小组借鉴了她的方法，对青蒿素的提取亦有斩获。

1973 年 9 月下旬，屠呦呦在青蒿素的衍生物实验中又有新的发现，青蒿素经硼氢化钠还原，羰基峰消失，这也佐证了青蒿素中羰基的存在，并由此在青蒿素结构中引进了羟基。经课题组同志重复，结果一致。此还原衍生物的分子式为 $C_{15}H_{24}O_5$，分子量 284。这个还原衍生物就是双氢青蒿素。

1975 年，课题组对青蒿素、过氧基团去留、内酯环羰基还原、乙酰化等的构效关系进行了研究。证实了青蒿素结构中过氧基是抗疟活性基团，在保留过氧基的前提下内酯环的羰基还原成羟基（即双氢青蒿素），可明显增效，临床药效提高 10 倍；在羟基上增加某侧链，药效可进一步增加，提示修饰青蒿素的部分结构，能改变其理化性质，增强抗疟活性。因此，双氢青蒿素的发现是屠呦呦及其课题组又一个重要贡献。

时间到了 1995 年，这是一个传奇的故事。

故事发生在肯尼亚的疟疾重灾区奇苏姆省，有位怀孕的贵族妈妈得了恶性疟疾。大夫开诚布公地告诉她：如果用传统的奎宁或者氯喹治疗，即使母亲能活下来，胎儿也很容易流产或致畸。

她问大夫，还有什么新药？

大夫告诉她，还有中国新药青蒿素"科泰新"，无毒副作用，只是我们医院没有这种药了。

于是，他们把眼睛投向千山万水外的中国，寻求青蒿素的支援。中国班机在最短的时间里把药物送达，在接受中国的青蒿素抗疟药"科泰新"治疗后，奇迹出现了，母子平安无事！妈妈一遍一遍地亲吻着胖胖的娃娃，父亲说"科泰新"救了孩子，孩子就叫"科泰新"吧，让他永远不要忘记中国神药的救命之恩。多么感人的话语啊！

20年过去了，如今的"科泰新"已长成标致漂亮的大姑娘了，真正意义上，她已成为"科泰新"的明星特使，现身说法，活跃在世界的舞台上。

由于双氢青蒿素药效高，用药量小、复发率降至1.95%，进一步体现了青蒿素类药物"高效、速效、低毒"的特点。在很长一段时间里，"科泰新"甚至是中国国家领导人出访非洲必送的礼物，在当地被誉为"中国神药"。

作为"中国神药"，青蒿素在世界各地抗击疟疾显示了奇效。2004年5月，世卫组织正式将青蒿素复方药物列为治疗疟疾的首选药物。英国权威医学刊物《柳叶刀》的统计显示，青蒿素复方药物对恶性疟疾的治愈率达到97%。据此，世卫组织当年就要求在疟疾高发的非洲地区采购和分发100万剂青蒿素复方药物，同时不再采购无效药。

青蒿素的横空问世，成为当之无愧的"救命药"。

如今，为进一步提高药效，中国科学家还研制出青蒿琥酯、蒿甲醚等一类新药。其中，青蒿琥酯注射剂已全面取代奎宁注射液，成为世界卫生组织强烈推荐的重症疟疾治疗首选用药，在全球30多个国家挽救了700多万重症疟疾患者的生命。

由于青蒿素作用十分迅速，疟原虫根本来不及诱导抗氧化酶及抗氧化剂的合成。因此，红细胞与栖身其中的疟原虫，因缺乏足够的抗氧化活性物质保护，几乎不可能抵御青蒿素的凌厉攻势，一旦遭遇必陷灭顶之灾。

古老的"中国小草"正释放着令世界惊叹的力量。

40年来仍然保持奇高的治愈率，成为抗疟药中的一枝独秀。

更神奇的是，正当抗氯喹疟原虫肆虐而让疟疾患者无药可救时，青蒿素有如"及时雨"般地横空出世，令世人叹为观止。

疟疾，与艾滋病和癌症一起，被世界卫生组织列为世界三大死亡疾病之一。全球有100多个国家、3/7的人口，约33亿人受疟疾威胁；每年发病人数3亿~6亿人，主要在非洲等发展中国家。

诺贝尔生理学或医学奖评委弗斯伯格说："屠呦呦的发现对人类的贡献不可估量。每年约50万人死于疟疾，其中大多数为儿童……屠呦呦对青蒿素的发现引起对抗疟新药品的研制和发展，该药品已挽救上百万人性命，将过去15年疟疾的致死率降低了一半。"

根据世卫组织的统计，全球有20多亿人生活在疟疾高发地区——非洲、东南亚、南亚和南美。自2000年起，撒哈拉以南非洲地区约2.4亿人口受益于青蒿素联合疗法，约150万人因该疗法避免了疟疾导致的死亡。

津巴布韦卫生部抗疟项目负责人姆贝里库纳什说，津巴布韦卫生部2010年至2013年进行的一项跟踪调查显示，服用青蒿素抗疟药物的疟疾患者治愈率高达97%。津巴布韦自2008年开始推广以青蒿素为基础的复方药物。21世纪初，津巴布韦疟疾患病率为15%；到2013年，这一比率已下降至2.2%，青蒿素抗疟药物的普及和推广在其中发挥了重要作用。

在南非的夸祖鲁纳塔尔省，中国的复方蒿甲醚使疟疾患病人数减少了78%，死亡人数下降了88%；在西非的贝宁，当地民众都把中国医疗队给他们使用的这种疗效明显、价格便宜的中国药称为"来自遥远东方的神药"……

世界卫生组织非洲区事务负责人特希迪·莫蒂说，青蒿素治疗疟疾的发现给世界人民的健康福祉带来巨大改变，"疟疾是非洲人民尤其是非洲儿童的主要健康杀手。多年来，青蒿素挽救了大量非洲人民的生命，对非洲实现联合国千年发展目标发挥了重要作用。"

利比里亚卫生部长伯尼斯·达恩表示："在我的国家，疟疾是人民健康的主要杀手。"此前，利比里亚一直用奎宁等其他疗法对付疟疾，都有明显副作用。自从改用青蒿素以来，这些顾虑便消除了。

塞内加尔卫生部长阿娃·塞克说，她曾在一线工作多年，有过治疗疟疾的经验，亲身见证过青蒿素的疗效，青蒿素研究成果给非洲所有受疟疾困扰的国家带来希望。

"我的国家每年都会暴发疟疾疫情，"尼日尔卫生部副部长阿尔祖马·达里说，"我很感谢中国长久以来对我们国家的医疗援助，尼日尔也在用青蒿素药物控制疟疾，并取得显著成效。"

加蓬卫生部副部长塞莱斯蒂纳·巴说，中国在公共健康领域付出了很大努力，抗疟药物青蒿素的发现对治疗疟疾有重要作用，尤其是在卫生条件有限的国家和地区。

自 20 世纪 60 年代起，中国就开始派遣医疗队前往非洲进行无偿的医疗支援和疾病防治。截至 2009 年底，中国在非洲援建了 54 所医院，设立 30 个疟疾防治中心，向 35 个非洲国家提供价值约两亿元人民币的抗疟药品。

2015 年 10 月 23 日，毛里求斯总统阿米娜·古里布－法基姆来华期间，专门访问中国中医科学院中药研究所。这位同时身为著名生物学家的女总统对屠呦呦获得诺贝尔奖表示祝贺，实至名归。她说，屠呦呦研究员的工作让世界的目光重新聚焦到传统医学上，不仅对中国非常重要，对于发展中国家和世界传统医学也有非凡意义。对中医药有着浓厚兴趣的她同时表示，非洲的传统医药资源非常丰富，迫切希望与中国建立起传统医药领域的合作关系，以此拓展"南南合作"平台，毛里求斯将成为中医药走向世界的窗口。她还希望与中国同胞一起，在五千年的中华医药宝库寻找出更多的神药。

诺贝尔奖风波的由来及反思

2011 年 9 月，犹如一道闪电划破长空，从大洋的彼岸——美利坚合众国传来 81 岁的屠呦呦获得拉斯克奖的消息。

这是中国发明青蒿素 30 多年后获得的国际认可的最高奖项。评审委员会成员露西·夏皮罗评价发现青蒿素的意义时说："人类药学史上，像青蒿素这种缓解了数亿人的疼痛和压力、挽救了上百个国家数百万患者生命的科学发现，并不常有。"

但是，美国拉斯克奖为中国青蒿素赢得了国际声誉的同时，也重新在国内点燃了青蒿素的发明权之争。屠呦呦又荣获诺贝尔医学奖后，抑或称之诺贝尔奖风波。一面是热情和盛赞，一面是争议和不解……

坦率地说，举国之力、参战之多的"523"大会战项目，始自 1967 年，结束于 1981 年，长达 14 年之久。神药——青蒿素家族的横空出世，大协作的抗疟新药研发计划徐徐谢幕，也为"神话造神"的时代画上了句号。

这时，毛泽东、胡志明主席已经谢世；更为讽刺的是，从疟疾中站起来的越南人民军恩将仇报，掉转枪口，对准中国，一场中越边境自卫反击大战刚刚谢幕，时过境迁，朋友已变敌人。改革、开放如同车的双轮隆隆地行驶在中国大地上，此时已是后毛泽东时代，物是人非，包括价值观念……

应该说"523"项目的谢幕比较仓促，甚至说连"最后晚宴"都没有来得及吃，就匆匆散伙了，一切并不像最后"那份文件"所希望的"排名争议达成一致"。

因为那是个集体主义至上的英雄年代——"荣誉归党，问题归己"。当年"523"研究小组的 600 多名专家流着眼泪、做出的种种牺牲和让步，却让这段历史在此后几十年里依然十面埋伏、扑朔迷离、剑拔弩张、争议不停。

且说 1986 年，屠呦呦和北京中药所用所有发明单位共有的研究资料单独向国家卫生部申请了新药证书。此事却炸了锅，立即引起一场不小的风波，另外几家发明单位向国家科委、卫生部和国家中医药管理局写报告抗议，后来还引发官司，婆说婆有理，公说公有理，最终伤了和气，不了了之。

应该说这场官司被认为是青蒿素历史中"一个极不和谐的杂音"，对国内艰难起步的青蒿素产业造成了严重的负面影响，也给原来大协作群体内部造成了不小的伤害，尤其是对当年的大协作精神提出了挑战。

时间向前推进，集体英雄年代不再。

再说 20 世纪 80 年代，当年"523"项目发起人、组织者周克鼎先生到重庆出差，专程去看望当年的贡献者罗泽渊夫妇。并对他们说："'523'不会忘记你们夫妇对青蒿素的贡献。"但罗泽渊没有想到，当年"523"项目的老领导、老同志为澄清这段历史真相，还在奔走，风餐露宿。

2005 年，四川中药研究所教授万尧德给科技部的一封信《还历史的本来面目》，让波澜再起。据他回忆：1975 年大会战的关键时期，屠呦呦曾通过"523"办公室派了两个同志到四川中药所来学习。短短 21 天，化学室的刘鸿鸣协助北京中药所提取了 800 克的纯青蒿素。紧接着，他们又花一万块钱到四川中药所买了一千克青蒿素。此后仍三番五次通过"523"办公室向四川所索要青蒿素。"四川'523'办公室的领导都是老革命，教我们不能有自私之心，人家要，我们就给人家。说老实话，知识分子都是有所顾忌的。"

回首往事，万尧德有些愤愤不平地说："既然屠呦呦早就提取出来青蒿素，为啥要派人来学，又求爷爷告奶奶地买？这不是开玩笑吗？"

2006 年，原"523"项目组织人张剑方、周克鼎、傅良书等老一辈"523"成员编写的《迟到的报告：五二三项目与青蒿素研发纪实》一书问世。用大量的数据讲述了青蒿素的发现及研究过程，讴歌了数以千计在"文化大革命"中无私奉献的知识分子，告诉人们如今享誉世界的青蒿素属于我们伟大的祖国、伟大的军队和参加此项研究的"523"战士。

其实，屠呦呦获奖前，美国科学院院士米勒·路易斯曾在公开场合说："青蒿素的发明是一个接力棒式的过程——屠呦呦第一个发现了青蒿提取物有效；罗泽渊（云南省药物研究所）第一个从菊科的黄花蒿里拿到了抗疟单体青蒿素；李国桥（广州中医学院）第一个临床验证青蒿素疗效。"这一说法得到在场大多数

"523"老科学家的认可。米勒·路易斯也是这样主张排名申报美国拉斯克大奖的。

而一个值得一提的细节是，在推荐拉斯克奖的提名人时，李国桥推荐的是罗泽渊。李国桥认为："青蒿里有7种结晶，只有一种结晶是青蒿素。"他多次表明，"我是用云药所的青蒿素完成了首次临床验证工作的。"

没想到几天后，拉斯克大奖的结果公布于世，这三个相互传承的"第一"全部归功于屠呦呦一人，顿时让问题复杂化。正如中国"大锅饭"时说的俗语那样："外国有个加拿大，中国有个大家拿，不要白不要，不拿白不拿。"面对巨额美元奖金，谁不心跳？

对于屠呦呦获奖，当年亲历者大多心情复杂。"你问我到底感受怎么样？我说一点不难受是很虚伪的。我难受的不是我没有得，我是觉得奖一个人太不合理了。"罗泽渊说，"如果这个奖给我，我也承受不了，它的确是一个大集体的作品。"

云药所成立50周年时，罗泽渊应邀做了一个关于青蒿素的专题报告。"在场很多'523'课题组老同志都流泪了，因为那是大家亲历过的往事。"罗泽渊如是说。

屠呦呦获奖后，中国科协主席韩启德说："青蒿素的发明，一直是我国引以为豪的科技成果，但仅仅由于难以确定成果归宿，而一直没有得到足够的表彰和奖励。"

有研究者说，"青蒿素是一个奇迹，一个波谲云诡的传奇，它只会在中国发生……"

坦率地说，拉斯克奖风波实质上是中西方国家认识上的偏颇，抑或误差。就像过马路时，西方是车让人，我们则是人让车；看到梨在桌面上滚动时，西方人想的是万有引力，我们想的则是孔融让梨；看到蜡烛燃完时，西方人是快换一支，我们则是能省则省。难道不是这样吗？

屠呦呦能获拉斯克奖，应该说与美国国立卫生研究院的两位科学家米勒·路易斯和苏新专的大力推荐有直接关系。

有业内人士称，2007年，米勒·路易斯和苏新专特意来中国调查了青蒿素的研究历史，并写了《青蒿素：源自中草药园的发现》一文。对于美国人为何将拉斯克奖颁给屠呦呦，身在美国的苏新专说了心里话。他说，拉斯克奖评奖委员会共有24名评委，他们都是美国人，其中半数是诺贝尔奖获得者，都是知名科学家。最终的评奖结果由这24名评委投票决定。

此次评奖关键看三个方面：一是谁先把青蒿素带到"523"项目组；二是谁提取出有100%抑制力的青蒿素；三是谁做了第一个临床试验。

屠呦呦第一个把青蒿素引入"523"项目组，第一个提到100%活性，第一个做临床试验，这三点中的任何一点都足够支撑她得这个奖。

美国人颁奖，注重科学发现的思维，而不在乎是谁做的。美国人不会把奖颁给一个具体做事的人，而会颁给告诉你做这件事的人，这与国内的标准不一样。也许有其他人在屠呦呦的小组里做过实验，某种意义上他才是亲手做这件事情的人，但他是屠呦呦的手下，实验的想法是来自屠呦呦的。

拉斯克奖毕竟是对中国医学的首肯，同时它又是诺贝尔奖的风向标。

时间过去了4年，到了2015年10月5日。

中国科学家屠呦呦继拉斯克奖后又获得诺贝尔奖，终于实现了中国科学家获诺奖零的突破！中国人为此欢呼雀跃，媒体将此置于消息头条，《北京晚报》破天荒地出了号外，全版套红予以庆祝！可以看出中国人的喜悦之情。

但是，在人们高兴的同时，疑问也随之而来：为什么一个土生土长未出国留学、不会英语的科学家，没有博士学位、未获院士称号的科学家，研究工作没有发表过SCI论文（国际期刊）的所谓"三无"科学家，能获得诺贝尔奖？这样的疑问同屠呦呦获奖的消息一起在网络上传播，一些主流网站如人民网、凤凰网等刊登了相关文章，而微信上相关的文章更是被广泛转载，风光一时。

对于屠呦呦无博士学位和留洋背景，人们倒是可以理解，这是"文革"前的历史条件所致。但对于她几次被提名参评院士但均未当选，则需要探究。这些文章还举出像"杂交水稻之父"袁隆平、中科院上海系统所研究员李爱珍等，这样做出国际认可的重大科学贡献却落选院士的科学家，相当比例的政府高官和企业高管当上了院士，说明中国的科技体制，尤其是院士制度值得检讨，抑或反思。

作为过来人，香港大学李嘉诚医学院金冬雁教授心平气和地说："我本无意凑热闹参与有关屠呦呦教授的讨论。对于中国的院士选举和学术评审，我过去曾做出过强烈的批评。根据现在掌握的文献材料，我认为屠教授对青蒿素的发现有重大贡献，是够格当院士的，屠的落选再次说明中国的院士选举确实荒腔走板。我由于过去同中国学术界的联系，对屠当年的落选有一些了解，现在根据自己对陈年旧事的记忆提供一点背景资料供大家评论。我个人认为，屠当时落选最主要的原因——屠在发现青蒿素过程中的关键性贡献有一定争议，由屠一人将其发现整碗端去确有不妥，而更要命的是屠本人自我介绍也确实言过其实。尽管如此，我个人认为她对发现青蒿素还是有原创性重大贡献的，但提出乙醚提取的原始思路、独立分离到活性单体及测定结构的同事，功劳也不在其下。在当时组织大协作的历史背景下，协作组起到任何个人都起不到的作用。作为个人本应更加积极地肯定其他做出重大贡献者。这方面周维善老师在2008年的访谈中就做得至少要比屠好一些。我记得当时领导上是做过认真调查的，不但开会，而且私下也广泛听取了中医研究院内内外外方方面面人士的意见，特别是参加协作组对内情有所了解的学者。但听到的几乎无一例外全是负面的评价，有人指其贪天之功为己有，有人指其压制他人，有人指其愚昧和学识不足。当时领导上得出的结论是，选屠作为当年协作组的代表难以服众……根据当时中国院士选举的惯常做法，屠也就注定要落选，并非有什么特定的权威人士一定要拉其下马。科学家活在同行的心目中，没有任何奖项比同行心中的形象更重要。一个科学家如果只说自己如何伟大而别人如何渺小，是很难赢得同行尊重的。现在有些人大造舆论，发动新的造神运动，将屠当成新的偶像来崇拜，是其所是而非其所非，其实并不公正。"

金冬雁说："由屠的落选可以看到，中国院士选举的一个弊端就是过于注重学术贡献以外的问题，有时达到吹毛求疵的地步，甚而包括做人个性的审判。如何将焦点放在学术成就之上，将之作为压倒性的评选标准，应是两院今后的努力方向。人无完人，评院士主要应该评正面的贡献，不应扒粪和揪小辫。评院士的标准不应随心所欲，而要尽量客观。强调学风是对的，但抓住一点小事不放就过分了。正如我过去所指出，中国院士选举或其他学术评审的荒腔走板，是与中国社会风气和中国科学家的个人素质修养密不可分的。院士选举是民主的，是完全由现有院士们的意志所决定的，舍此别无他法。两院领导应大力说服现有院士多从国家大局出发、从科学出发，充分考虑对从事科研的年轻人的影响，选出真正对国家学术发展有重大贡献的新院士。有关青蒿素发现的具体细节，都带着过去时代深深的烙印，要用历史的观点与角度来解读。"

最为滑天下之大稽的是，正如周海滨所说的那样——中国竟有人联名投书诺贝尔评奖委员会拿下屠呦呦，言下之意她不是我们选的。说什么没有征得基层同意，没有一层一层上报，甚至连国家科委、卫生部可能都不知道，便把载入史册的科学最高荣誉授给了中国人屠呦呦——一个连英文都不懂、院士都不是、论文都没几篇的中国老太太，你们错了！

应该说，诺奖让中国人备感荣耀与惊喜的同时，也让一些中国人感到了难堪。早在四年前，屠呦呦被美国的拉斯克奖砸中时，国内就有人把酸犯到了太平洋对岸。有人公开表态说，"这个奖不是我报的，也没有征求我的意见。我不赞成她一个人得奖，我赞成国家科委批准的发明单位都应该得奖。"甚至有人联名向诺贝尔评奖委员会写信，"阻截这个奖项的评定"。

但是，诺奖是不按某些中国人所认同的"程序正确"来办事的，也不是按照地位高低、论资排辈来分成果的。诺奖委员会成员汉斯如是说："我们是把奖项颁给从传统医学选出新药的研究者。"

　　宁可不要这个诺奖，也不要屠呦呦一个人独享。这个看上去正义感很强的呼声，可能符合中国特定环境下的某种思维定向，但看来并不符合拉斯克、诺贝尔奖的评判标准。价值与价值观的区别，在屠呦呦的人生际遇中昭然若揭。

　　在诺奖评委会看来，屠呦呦作为青蒿素发现过程中起了关键作用的"发现者"，人类有必要记住她的名字，记住她的贡献。但在一些中国人看来，这份荣誉只能属于祖国，属于集体，属于中医。这是可以拿上台面来犯酸的理由。而台面底下的犯酸，却实际上是犯难。真正的心态在于，中国第一个真正意义上的"纯本土"诺贝尔科学奖得主，不是在数以千计的中国院士身上出现，而是任由一个"三无科学家"被墙外之士捧得这么高，这让那些中国正统意义上的科学家、拿着巨额科研经费的"领军科学家"情何以堪。也因此，一些肚肠酸翻了天的人士甚至怀疑，这诺奖的评委要么是有意搅局，要么是集体看走了眼。

　　诺奖不是完美无缺的。但诺奖挑剔的目光，今天看来远没有中国的院士评审制度来得更挑剔，也远没有中国科学界一些自以为出自正统的人士更挑剔。如果不是诺奖，完全有可能，单凭一封慷慨陈词的联名信，屠呦呦这个名字今天很难被中国人拿到台面上来说事。

　　诺奖没像少许中国人所期待的那样，把屠呦呦的名字从获奖名单上拿下来。这就像诺奖没像许多人所猜测的那样，把桂冠递给分子生物学的研究成果，而是落在寄生虫研究这个相对"小众"领域一样，诺奖的"任性"，是不以人的功利诉求而妥协的。

　　现实就是这样严肃，有的人一辈子都在押题，但他们能够押准上司在想什么、押准自己的哪句话哪个行为方式能够精准地迎合上面的需要，押准科研项目和经费，但他们押到了职称职务，押到了这奖那奖，却押不到诺奖。他们风光了大半生，眼见着人世的风光一下子被这个不善交际、个性直率的"三无科学家"给独占了去，心里差点儿酸出了血来。

　　心里酸，是因为屠呦呦的行政职位、教育背景、学术地位，与自己不相匹配，是因为屠呦呦的实话实说、口无遮拦的个性与这个正统的圈子文化不般配。他们看重的不是一个人的发现，不是这个"只是一个牵头人、参与者"最后的研究成果救了成千上万人的生命，而是在这个环境中能够兜得转的被各方认可的"八面玲珑"。

　　屠呦呦是注定不会合群的。这个登不上中国科学领域大雅之堂的女人，不是能力与贡献问题，而是不会说英语，不会写论文，不会说顺话。她有能力改变人类生存的机体抗争力量，但她无法改变圈子化了的傲慢与偏见。她是孤独的。这个被正统学术所边缘化了的女人，自20世纪70年代初提出用乙醚提取青蒿后，在长达 40 年时间里，只有 1977 年署名"青蒿素结构研究协作组"的一篇论文、2009 年的一本专著，在中国的医学界刷着一份存在感。直到 2011 年，这个很特别的中国名字，被拉斯克奖砸中，才被人们注目。

这是中国科学领域人为的冷落，是中国人才制度的沦落。尽管今天会有各种犯酸者能够找到很多堂而皇之的理由兑冲这种矛盾，但再漂亮的说辞，都无法掩盖中国太多"良币"被驱逐的现实。倘若我们今天不愿面对这些现实、这个结果，我们的科学技术就会伴随着更多的张呦呦、王呦呦们被冷漠，而在自欺欺人的麻醉中继续犯酸，继续沦落。

外界的声音传到屠呦呦的耳朵里，她只能让"各种各样的说法"存在，"我姑且听之"。在科研事业的黄金时期，屠呦呦并未收获太多的名声。她的沉默和国际医学界的忽视一直存在。如今，公众对诺贝尔奖的热情在 85 岁的屠呦呦身上栖身，但她本人对于年事已高的无奈才是内心中最真实的情感。

"我都已经风烛残年了，还能管一辈子？就是这么回事嘛。"一句无奈、没有底气的话，为争论画下了个重重的大大的惊叹号！

永远的屠呦呦

2015 年 10 月 5 日，瑞典首都斯德哥尔摩，卡罗琳医学院诺贝尔大厅。

这是一个富丽堂皇的大厅。

全世界都将关注的目光投向瑞典，聚焦这个金色大厅，专注地倾听着诺贝尔奖的"心跳"。

诺贝尔奖年度颁奖大会，关乎世界人类前沿科学的今天和未来，历来备受世人瞩目。

来自世界各国的记者，身着五颜六色的服装，早早地聚集在这里，抢好位置，架好摄影机、照相机，长短不一，高低有致，像在打一场"战争"，把镜头的"枪口"对准了大厅的主席台，单等那一刻的到来。

高高的穹顶上巨大的金色吊灯，将中央大厅映射得金碧辉煌。在这个金色的大厅里，灿灿的金橘、火红的杜鹃、绿色的叶兰和天冬，与几百号中外记者一起，迎来了重要的历史时刻——上午 11 时 30 分。

音乐骤起。众目睽睽之下，诺贝尔生理学或医学奖评委会常务秘书乌尔班·林达尔和 3 位评委，优雅地缓步走上主席台——发布诺贝尔奖新闻。

乌尔班·林达尔面带着微笑，先后用瑞典语、英语宣布，将 2015 年诺贝尔生理学或医学奖授予中国药学家屠呦呦以及爱尔兰科学家威廉·坎贝尔和日本科学家大村智，表彰他们在寄生虫疾病治疗研究方面取得的成就。诺贝尔奖评选委员会用"成果无法估量"来评价 2015 年的获奖成果："由寄生虫引发的疾病困扰了人类几千年，构成重大的全球性健康问题。屠呦呦发现的青蒿素应用在治疗中，使疟疾患者的死亡率显著降低；坎贝尔和大村智发明了阿维菌素，从根本上降低了河盲症和淋巴丝虫病的发病率。今年的获奖者们均研究出了治疗'一些最具伤害性的寄生虫病的革命性疗法'，这两项获奖成果为每年数百万感染相关疾病的人们提供了'强有力的治疗新方式'，在改善人类健康和减少患者病痛方面的成果无法估量。"

就在林达尔宣布的同时，他身后的大屏幕上，已随即出现获奖者的照片和简介。照片中的屠呦呦戴着眼镜，嘴角微微带笑，简介中写着"生于 1930 年，中国中医科学院，北京，中国"。

此时，是北京时间 2015 年 10 月 5 日下午 5 时 30 分。已成为全世界媒体都在寻找的采访对象，85 岁的屠呦呦尚浑然不知，她正洗澡时，在客厅看电视的老伴突然告诉她："你获奖了！"

起初，屠呦呦并未在意。很快，贺信和鲜花纷至沓来，一波波记者竞相约访——诺贝尔奖获得者的身份，让屠呦呦迅速处于一种她并不习惯的热闹之中。所有人都在为屠呦呦的获奖而兴奋异常，因为历史已因她的这次获奖而改写——中国首次获得诺贝尔奖的女科学家、中国医学界迄今为止获得的最高奖项、中医药成果获得的最高奖项。

北京时间 2015 年 10 月 5 日，屠呦呦获奖的当天，中共中央政治局常委、国务院总理李克强致信国家中医药管理局，对中国著名药学家屠呦呦获得 2015 年诺贝尔生理学或医学奖表示祝贺。

北京时间 2015 年 10 月 6 日 13 时，屠呦呦接到乌尔班·林达尔的正式致电，通知她获奖的消息，表示热烈祝贺，并诚挚邀请屠呦呦于 2015 年 12 月赴瑞典参加诺贝尔奖颁奖大会。屠呦呦一如既往地淡定，耄耋之年的她在回应时，着重提及的是"这不仅是个人的荣誉，更是国际社会对中国科学工作者的认可"。

三天后的 2015 年 10 月 8 日，中国科协主办了"科技界祝贺屠呦呦荣获诺贝尔医学奖座谈会"。

一个多月后的 12 月 6 日，应诺贝尔奖委员会邀请，屠呦呦乘机到达瑞典领奖。12 月 7 日出席 2015 年诺奖得主新闻发布会，并发表主题演讲《青蒿素的发现：传统中医献给世界的礼物》，激起大家长时间的掌声。她在半个小时的演讲中 10 次提到"中医药"。她在结束演讲时说："我想再谈一点中医药。中国已故领导人毛泽东的话，强调'中国医药学是一个伟大的宝库，应当努力发掘、加以提高'。青蒿素正是从这一保护中发掘出来的。通过抗疟药青蒿素的研究历程，我深深地感到中西医药各有所长，两者有机结合，优势互补，当具有更大的开发潜力和良好的发展前景。"

12月10日是诺贝尔的逝世纪念日，是每年的诺贝尔奖隆重颁奖典礼的日子。庄严素雅的瑞典首都斯德哥尔摩音乐厅，再次布置一新。

当地时间16时30分，身着亮紫色长套裙的屠呦呦，显得格外精神、漂亮，与其他领奖人逐一登上领奖台就座。诺贝尔基金会主席卡尔·亨里克·赫尔丁首先致辞，欢迎获奖者来瑞典参加颁奖仪式。

在诺贝尔生理学或医学奖评选委员会的代表介绍了该奖得主屠呦呦的获奖成就后，瑞典国王卡尔十六世·古斯塔夫向屠呦呦颁发了诺贝尔奖证书、奖章和奖金。颁奖现场回荡着嘉宾表达祝贺的掌声。

2015年诺贝尔生理学或医学奖奖金共800万瑞典克朗（约合92万美元），屠呦呦将获得奖金的一半，另外两名科学家将共享奖金的另一半。

2015年诺贝尔物理学奖、化学奖、文学奖以及经济学奖的获奖者也在颁奖仪式上获颁各自的奖项，瑞典王室成员、政界领导人及其他各界人士1300余人出席颁奖仪式。

屠呦呦载誉而归。

在北京，她又接受了记者的采访，屠老十分风趣、幽默、率真，像位老顽童，现场掌声雷动。

记者开口问道："您一直在申请院士资格吗？"

"是的，一直申请。"

"为什么没有当选呢？"

"因为诺贝尔奖一直等着我！"

现场爆发出热烈的掌声，人们为老人的乐观精神和机智语言喝彩。

记者接着问："您获得了诺奖，可直接晋级院士，您愿意吗？"

"不，我不愿意，因为院士们要活下去！"

现场又是一阵掌声。

"您今年85岁高寿，经常喝牛奶吗？"

"不，我不喝牛奶。因为我也要活下去！"

现场更是哄堂大笑。记者最后说："谢谢您接受我的采访！"

老人答道："别客气，我知道，你也要活下去！"

现场哄堂大笑声、掌声、欢呼声，经久不息！

追星当追屠呦呦。

诺贝尔奖，不仅是一个巨大的世界荣誉，更重要的，这是为屠呦呦坚守几十年的沉默，做了一个最佳的注脚，抑或诠释。

人生如烟，几十年的坚守、沉默，化成天边的彩虹，永远定格在共和国的星空，与日月同辉，变成历史的永恒。这种永恒正像恒星一样，给中国科学界带来了渴求多年的荣耀与自豪，更为中国后继的科学研究者点燃了强大自信，为实现科技复兴民族之梦注入了无穷动力，难道不是吗？

12月22日，习近平致信祝贺中国中医科学院成立60周年，表示60年来，中国中医科学院开拓进取、砥砺前行，在科学研究、医疗服务、人才培养、国际交流等方面取得了丰硕成果。以屠呦呦研究员为代表的一代代中医人才，辛勤耕耘，屡建功勋，为发展中医药事业、造福人类健康做出了重要贡献。习近平强调，中医药学是中国古代科学的瑰宝，也是打开中华文明宝库的钥匙。当前，中医药振兴发展迎来天时、地利、人和的大好时机，希望广大中医药工作者增强民族自信，勇攀医学高峰，深入发掘中医药宝库中的精华，充分发挥中医药的独特优势，推进中医药现代化，推动中医药走向世界。切实把中医药这一祖先留给我们的宝贵财富继承好、发展好、利用好，在建设健康中国、实现中国梦的伟大征程中谱写新的篇章。

在北京中科院，院士陈凯先接受了笔者的采访。他说，屠呦呦的成就，是中国整体的社会科学繁荣发展的缩影，也让我们再次认识到中医药的作用和潜力。其实早在20世纪50年代，毛泽东就提出中医药是"伟大的宝库"，同时他又提出"中医药要出国"，为人类做贡献。这也证明了毛泽东先生的先见之明。

屠呦呦站在中医及中医古籍著作上而成功，就像一面镜子，让多少对中医妄自菲薄以及浅薄认知的人无地自容，也让当代国人好好地上了一堂传承老祖宗智慧的一课，这其实比获得诺贝尔奖还重要。

习近平主席日前对于中医药传承创新的一段讲话，精彩纷呈，颇令人深省。他说"我们以古人之规矩，开自己之生面"，体现出国家对中医药的发展给予重大的重视和发展导向。

在采访的途上，笔者一直在回忆，曾几何时，那段腥风血雨的日子里，有人一叶障目不见森林，割裂五千年历史，抛弃中医药文明，曾让人惊骇不已。实践证明，我国中医药文明史已经创造了N个世界第一。倘若放在今天，这些成就都应该获得诺贝尔奖。君不见名医华佗是世界第一个从植物中提取麻醉剂用以开刀手术的；君不见葛洪的《肘后备急方》，除了提到青蒿素，同时他还记录把疯狗的脑组织取出来，涂在狗咬伤的地方，可以治愈狂犬病，殊不知这是1200年后巴斯德发现的秘密；君不见我国古代医圣孙思邈，用葱来做导尿管也早了西方数百年；君不见中国人是最早提出口鼻是传染病之源，等等。屠呦呦的获奖，昭示着古老的中医药文明之花，孕育着很多很多诺奖的因子，它像报春的红梅，也昭示着后人——屠呦呦获奖了，我坚信还会有第二个、第三个屠呦呦跟上来。就像屠呦呦是站在古人的肩膀上去摘取诺奖王冠一样，后人还会站在屠呦呦的肩膀上，去摘取更多的王冠，为人类，亦为这个地球村做出更大的贡献，难道这还是一场永远的梦想吗？

当今世界还有很多顽疾需要去战胜，五千年的中华医药宝库为我们提供了开门的密码，抑或钥匙。马克思说："在科学上没有平坦的大道可走，只有不畏劳苦沿着陡峭山路攀登的人，才有希望达到光辉的顶点。"屠呦呦也寄语中国的年轻学者们为人类造福。她说："我希望这次获得诺贝尔奖，能够产生一种新的激励机制，让年轻人更努力，做到有所发现，有所创新。传统中医药是个伟大的宝库，我们应该继承发扬，努力提高，为人类造福。"亲爱的青年学子们，请记住他们的话，身体力行，忧天下之忧，乐天下之乐，去破解更多的不为人知的密码，再添一页人类的文明！我坚信，明天瑰丽的彩虹，就是你！

近看陈忠实

张艳茜

2016年4月29日上午，一个噩耗传来——陈忠实去世了！那一刻，我手中的电话险些掉落在地，泪水难以抑制地涌出。我快速动身去往我曾经工作了28年，也是我与陈忠实老师共事28年的陕西省作家协会所在地——西安市建国路83号。

我落寞地站立许久，茫然地望向旁边的东耳房——陈老师曾经的办公室。东耳房里早已没有了他的气息。但我知道，因为"西安事变"为世人瞩目的"高桂滋公馆"，现在因为陈忠实老师，让人们再次将目光投向这里。

账房先生

1985年7月我大学毕业后，有幸走进"高桂滋公馆"大院，开始在陕西省作家协会的《延河》文学月刊社工作。那正是文学的鼎盛时期。曾经在报刊书籍上见到的大名，胡采、杜鹏程、王汶石、李若冰、路遥、陈忠实等作家，突然以活生生的形象，行走在省作协大院里，出现在我面前。

陈忠实是1982年11月调入陕西省作协从事专业创作的。陈忠实曾说，他的人生理想，就是能当一个专业作家。1985年4月，陕西省委宣传部正式行文，陈忠实为中国作家协会陕西分会（陕西省作协前身）副主席。之前，根据"专业技术干部的农村家属迁往城镇"的相关政策，陈老师的妻子和子女四人的户口，由灞桥区的蒋村迁到了西安。户口和人事关系进了城，但陈忠实决定，还是回到原下的祖居老屋写作，因为写农村题材，原下的老屋接地气，也更安静。当了专业作家，时间充分自由了，他非常珍惜这难得的自由支配时间的权利。当时，他还有一个角色，就是挂职的中共灞桥区委副书记。

不论挂职还是不挂职，陈忠实都是村子里的一员。遇事乡党都要互相帮忙。乡党要办事，凡是想到陈忠实能办的，也不管他是在读书还是正在构思写作，径直进门找他说事。遇上村里娶媳妇，乡党也总是找到他，以不容推托的口气让他去做执事，并叮咛："你还干你那摊子事。"作为乡党的陈忠实，不能说半个不字，必立即应诺，还要表现出踊跃。"那摊子事"就是做账房。除此之外，偶尔遇到急事，想着他有"官家"身份，外边关系广、熟人多，也会找到他。

1986年春天，陈忠实自己建房，满村的乡党几乎都来帮忙了。陈忠实一方面还做"那一摊子事"——账房先生，另一方面，人手短缺时他也上手当个劳力。

他为自己辟出一间书房。接下来为了保证长篇小说《白鹿原》的创作，他请求终止了灞桥区委副书记的挂职，其他文学活动也选择性参加。只有账房先生这个角色没免除，并且他还很乐意继续。

事后回顾，1982年到1992年，陈忠实认为这是他写作生涯中最好的10年。四季流转，心情恬静，偶尔给乡邻做账房先生，更多的时候是自己独处老屋，气定神闲地投入写作。他说，如果有人在他身边，他小说中的人物就会纷纷躲起来。

背 馍

1987年，陈忠实到西安市长安区查阅《长安县志》和有关党史、文史资料。有一天晚上，他与《长安报》的记者李东济聊天，第一次向外人透露了他创作《白鹿原》的信息。陈忠实感叹自己已经是45岁的人了，说一声死还不就一死了之了？但最愧对的是一辈子爱文学，死了还没有一块可以垫头的东西。

关中民俗，亡者入殓，头下要有枕头，身边装有其他物件。这些东西，有时是由死者生前准备或安排妥当的。陈忠实说："东济，你知道啥叫老哥一直丢不下？就是那垫头的东西！但愿我能给自己弄成个垫得住头的砖头或枕头！"

1988年第5期，《延河》编辑了"陕西作家农村题材小说专号"。这一期专号，由贾平凹、邹志安、陈忠实、王宝成、京夫、王蓬等15人组成强大的阵容，集中展示了陕西优秀作家和他们的作品。作为分配在《延河》工作才3年的小说编辑，我负责编辑的小说，是陈忠实老师的《钻辕子客》。这个短篇小说将一个赌徒描写得生动而有趣。我当时真是年轻又胆大，发现小说中有1000字的描写游离于叙述之外，就毫不犹豫地删掉了。刊物出版后，陈老师见到我，呵呵笑着对我说："小张，你把我一条烟钱给删没了。"那时，《延河》的稿费标准是每千字15元，大概正是当时的一条烟钱吧。今天，我再次找出《延河》的合订本，阅读这篇将近30年前陈忠实老师的旧作，读着读着，再次泪眼模糊。我在想，若是现在，我是否还能毫无顾忌地对著名作家的文稿放心大胆地动刀子？或者，当时不是陈忠实，而是别人，这个作家会否轻易饶过我这个小编辑？

陈老师的这篇小说文末，有这样的注明："1988 年 2 月 13 日于白鹿园。"千真万确，是"白鹿园"而非"白鹿原"。

1988 年 4 月 1 日，陈忠实在草稿上写下了《白鹿原》的第一行字，漫长的《白鹿原》创作开始了。当他写下这行字时，他的"整个心理感觉已经进入我的父辈爷爷辈老爷爷辈生活过的这座古原的沉重的历史烟云之中了"。那之后的很长一段时间，很少在省作协大院见到陈老师。冬日的某一天下班后，《延河》的同事、作家王观胜约我一同去灞桥蒋村看望陈老师。我们乘坐省作协的一辆面包车，尽管司机轻车熟路，但是因路况极差，在一条狭窄的小土路上盘旋了好久。赶到蒋村陈老师老屋时，天色已经大黑，安静的村落，只有几声狗叫和我们汽车行驶的声音。陈老师高兴地将我们迎进院子，又迎进老屋。老屋里的通道上，灰暗的灯光下有一个案板，上面是手工擀的早已晾干的面条。原下的小院只有陈忠实一个人，《白鹿原》的创作已经开始，他得自己开火做饭，洗锅洗碗。陈老师说，妻子王翠英走的时候给他擀下并切好一大堆面条，只由他将面下到锅里煮熟。妻子还留下不少的蒸馍，饿了将蒸馍在火上烤得焦黄，陈忠实感觉味美无比。得着空闲，王翠英回来给陈忠实送蒸馍，同时再擀一些面条。如果妻子太忙，陈忠实便赶到城里家中，再背馍回原下。陈忠实感慨，自己与背馍结下了不解之缘：少年时为读书从乡下背馍到城里，中年时为写作又把馍从城里背到乡下。

在老屋陈老师的书房，有一个小圆桌，桌前有个小板凳。陈老师说，他就是在这个圆桌上写作的。谁能想到，后来让陈忠实站立在中国和世界文坛的《白鹿原》，竟是陈忠实坐在小板凳上，在这张斑驳的小圆桌上完成的。

在老屋，没有见到蔬菜，屋角只有几根大葱，墙上挂了一串辣椒。

1991 年农历腊月，王翠英又一次回原下给陈忠实送面条和蒸馍。临走送妻子出小院时，陈忠实说，你不用再送了，这些面条和馍吃完，就写完了。王翠英突然停住脚，问：要是发表不了咋办？陈忠实没有任何迟疑，仿佛考虑已久地说：我就去养鸡。

1992 年 1 月 29 日，写完鹿子霖的死亡最后结局的一段，画上意味深长的省略号，陈忠实把笔顺手放在书桌和茶几兼用的小圆桌上，顿时陷入一种无知觉状态，仿佛从一个漫长而又黑暗的隧道摸着爬着走出来，走到洞口看见光亮，竟然有一种忍受不住光明刺激的眩晕。

20 多天后，陈忠实到城里背馍，在省作协传达室收到人民文学出版社的来信。他后来回忆说："这是一封足以使我癫狂的信。他俩（高贤均和洪清波）阅读的兴奋是我期待的效果。他俩共同的评价使我战栗，把在他们面前交稿时没有流出的眼泪倾溅出来。"

平静之后，他对妻子说，可以不去养鸡了。

《白鹿原》出版后曾获得过许多奖项和荣誉，最高奖项便是第四届"茅盾文学奖"。陈老师后来说："回首往事我唯一值得告慰的就是，在我人生精力最好、思维最敏捷、最活跃的阶段，完成了一部思考我们民族近代以来历史和命运的作品。"

主　编

1993 年，陈忠实上任陕西省作协主席后，也同时兼任《延河》杂志的主编。那时，我是《延河》小说组组长。1993 年省作协换届的理事会上，陈忠实突然点我的名，我一时惊住，不知所措地站起身来。却原来是陈老师要将我介绍给理事会的作家们，为的是让我尽快与作家们熟悉，以便日后组稿方便。

1995 年 6 月，《延河》编辑一期"陕西青年作家小说专号"组来陕西省 9 位当时很有实力的作家作品。编辑整理后，我请主编陈忠实为这期专号撰写主编寄语，他欣然答应，并一定让我将文稿排序后再交给他。我遵意拟好排序目录，送到陈老师手中。几天后他将文稿还给我的同时，也送来了撰写好的主编寄语《生命易老，文学不死》。在这篇近三千字的文章中，文中和文尾，陈老师两次感慨"生命易老，文学不死"——

翻阅这些墨痕笔迹千姿百态的手稿，我突然想起十四年前的 1981 年元月号的《延河》，那一期刊物也是"陕西青年作家小说专号"，集中展示了新时期开始在文坛崭露头角的一拨青年作家的作品，在经历浩劫刚刚复苏的中国文坛第一次亮出陕西青年作家群的基本队列。十余年后，队伍中的路遥和邹志安，以他们剧烈的燃烧已经过早地焚毁了，我的失落我的沧桑感慨出于兹。我居然还在这个群体队列之中，然而，这个队列已不是青年作家的队列了，我再也没有资格入选《延河》任何一期以年龄为标识的青年作家专号了……岁月逼人。

生命易老，文学不死。

……

本期青年作家专号便是一种容纳百川的艺术胸襟的昭示。《延河》年轻的编辑们编辑了本期的"陕西青年作家小说专号"，两方面的年轻人，共同创造着《延河》的辉煌。

生命易老，文学不死。

在交给我主编寄语时，陈老师对我说，起初让我做好排序，就是要看我的编辑感觉是否与他的阅读感觉相吻合。他说他很高兴，因为我俩的审美标准是一致的。1995 年 8 月，刚刚 32 岁的我，在陈忠实的力主下，被任命为《延河》副主编。2011 年，在我的第二本散文集《城墙根下》出版前，我恳望陈忠实老师为我写序，他说他很愿意。

陈忠实老师兼任《延河》主编的那些年，并不参与日常的编辑工作，偶尔有作者将文稿邮寄到他的名下，他转来时，一定会叮咛，要以作品质量为准则。彼时，文学逐渐边缘化，办刊可谓举步维艰。每当遇到财政困难，陈老师便担当起主编的职责，想方设法解决《延河》经费不足的问题，自然是热脸、冷脸他都遭遇过。他常感叹，从别人口袋里拿钱真是为难，但是不要，《延河》就无法生存。正因为有陈忠实做主编，我们背靠大树，才度过一个又一个艰难的日子。

1998 年元月号，我们编辑了一期"陕西中青年作家小说专号"，我再次请陈老师为这一期专号撰写主编寄语。从来做事认真的陈老师阅读了全部的文稿，写下了《寻找属于自己的句子》的寄语。后来，他又以"寻找属于自己的句子"为书名，出版了《寻找属于自己的句子——<白鹿原>创作手记》一书。一篇由我约稿的主编寄语引出陈忠实老师的一部新著，让我这个做编辑的多少有些自得。

邻家大哥

2001 年春节刚过，陈忠实在西安城里买了足够取暖做饭的蜂窝煤和足够填肚充饥的粮食，再次回到灞桥原下祖居老屋。准备了这么多"粮草"，他显然是打算在这里长住的。写作长篇小说《白鹿原》那五六年里，他一个人独居老屋，那时他还是中年。而这一次再回到祖居老屋，他已经 59 岁，却要一个人在乡下自己照顾自己的起居。妻子儿女一起送他回去，当他挥手告别妻女，看着汽车转过沟口，返身回到原下的小院，心里竟然有点酸酸的感觉。何苦又回到这个空寂了近十年的老窝来呢？

> 我听见架在火炉上的水壶发出噗噗噗的响声。我沏下一杯上好的陕南绿茶。我坐在曾经坐过近 20 年的那把藤条已经变灰的藤椅上，抿一口清香的茶水，瞅着火炉炉膛里炽红的炭块，耳际似乎萦绕着见过面乃至根本未见过面的老祖宗们的声音。嗨！你早该回来了。（《60 岁后重回白鹿原，泪眼模糊》）

他这一住就是两年多，似乎隐居了一样，在杂志和报端阅读到他的散文或是短篇小说，知道他点滴的生活状况，读出他的几多无奈。他自己说，那两年，是他1992年完成《白鹿原》进城以后，写作字数最多的两年。

2001年12月，陈忠实在北京参加中国作协第六次全国会员代表大会，当选为中国作协副主席。2002年1月3日，陈忠实从北京回来，朋友们为他举办了庆贺会，他说："就两句话。一，感谢大家；二，该干啥干啥。"

2005年，我遭遇了人生巨大的打击，将青春、生命和热爱都倾注于《延河》的我，被迫与已经与我生命成为一体的这部分——《延河》撕裂开来。在生离死别般的痛苦中难以自拔。还挂着《延河》主编职务的陈老师安慰我说，风物长宜放眼量，你还年轻，也很坚强，目光放长远一些。在得到我成功调动的消息后，他给我打来电话祝贺，并叮咛我，不要放弃写作。

2005年之后的十几年间，虽然我们无法如以往一样在工作上保持密切交往，但与陈老师关系却越走越近。随着年龄的增长，陈老师愈加如兄长般平易近人，宽厚和善。除却他身上耀眼的光环，他着实就像一位邻家可敬可爱的老大哥。同时，这个邻家老大哥又有着一般人无法企及的人格魅力和人生境界。无论是我或者是一些作者，遇到困难，只要与他言语一声，他能办的就立即想办法着手相助。也是这些年，只要陈老师有时间，身体状况允许，几个与他脾性相合的朋友就组成一个饭团子，尤其到了春节，是一定要在一起聚餐的。而大多的聚餐，陈老师都要事先声明由他付账，谁要是与他抢，他定是要跟谁急的。直到2015年3月，他生病住院治疗之后，这样的欢聚才被迫停止。

2015年10月10日，陈老师让邢小利约上方英文、刘炜评、朱鸿、仵埂和我等几个人晚上一起吃羊肉泡馍，地点在西安东门外的"老孙家泡馍馆"。自从陈老师生病，有快一年时间没有再见到他了，我很是高兴。见面时我与陈老师拥抱，却感受不到以往拥抱他时身体的厚度——透过毛衣，触到的是他极其单薄的身体，令人心疼。待大家落座后，陈老师说，因为前一段时间治疗，啥也不想吃，现在想吃东西了，先想到的就是泡馍，他还说："我知道，你们都很关心我，也很想来看望我，我也很想大家，所以今天将大家约在一起。今天谁都别抢，由我来买单。"

陈老师只掰了一个馍，等待煮馍上桌时，我注意到他手里仍然拿着一辈子都离不开的香烟，不过不是以往标志性的雪茄，而是细短的黑卷烟。那天散席很早，陈老师与我们一一握手道别，不让我们送过马路，坚持一个人走到马路对面上了车。

也因为这次一起吃泡馍，我私下以为他从此就能摆脱病魔，彻底康复，所以，到 11 月时，陕西省社科院文学所筹办《文谈》杂志，我首先想到的是让陈老师为我们题写刊名。短信发给陈老师，陈老师很快打来电话，说他很愿意，"如果不合适用，你就留作纪念吧。"陈老师这样对我说。结果《文谈》第一期出刊后，刊名的书写得到一片赞誉。

这些年，每到节日，我总不忘用短信给陈老师送上我的祝福。每次接到我的短信祝福，他都马上打来电话，第一句便是：抱歉！我不会发短信。然后是感谢的话语。

2016 年春节，我在福州过年，像以往一样发短信给陈老师，祝愿他新的一年吉祥安康。我没有奢望得到他像以往一样的回话，但是陈老师给了我惊喜，很快拨打电话过来。他很诚恳地说，现在他说话不方便了，只能挑选着几个人回电话致谢。万万没有想到的是，这竟然是陈忠实老师在他生命的最后时光给我打来的最后一个电话！

陈忠实老师，"国际劳动节"了，又到了我给您短信问候的日子了。"五一"之后是端午节、是父亲节、是您的生日、是重阳节、是国庆节……这样的日子里，我的问候短信将发往哪里？您在天堂收得到吗？我相信您会一如既往地给我回电话，我会一直期待着……

《北京日报》2016 年 5 月 5 日